AF546203

LISA GRAF

DALLMAYR

Das Erbe einer Dynastie

ROMAN

PENGUIN VERLAG

Dies ist ein historischer Roman.
Er basiert auf der Unternehmensgeschichte des Hauses Dallmayr.
Zahlreiche tatsächliche Abläufe und handelnde Personen
sind jedoch so verändert und ergänzt, dass Fakten und Fiktion
eine untrennbare künstlerische Einheit bilden.

Eine Zusammenarbeit mit dem Haus Dallmayr gab es nicht,
insbesondere besteht keine wie auch immer geartete Lizenzbeziehung.
Die Verwendung des Firmennamens erfolgt also ausschließlich aus
beschreibenden und nicht aus markenmäßig-kennzeichnenden Gründen.

Penguin Random House Verlagsgruppe FSC® N001967

4. Auflage

Neumarkter Straße 28, 81673 München
produktsicherheit@penguinrandomhouse.de
(Vorstehende Angaben sind zugleich Pflichtinformationen nach GPSR)

Dieses Werk wurde vermittelt durch die Montasser Medienagentur, München.
Redaktion: Lisa Wolf
Umschlaggestaltung: bürosüd
Umschlagabbildungen: Arcangle Images/Abigail Miles,
Arcangel Images/Ildiko Neer, Trevillion, www.buerosued.de
Satz: satz-bau Leingärtner, Nabburg
Druck und Bindung: GGP Media GmbH, Pößneck
Printed in Germany
ISBN 978-3-328-60224-8

*»Wenn mir ein Schmerz widerfahren ist,
fasst mich immer ein doppeltes Verlangen nach Leben –
nie eigentlich Resignation.«*

Fanny Gräfin zu Reventlow (1871–1918)

1933

»Lotte? Lotte!«

Lotte hörte Pauls Rufe zuerst gar nicht, so intensiv war sie damit beschäftigt, einer Kundin zu erklären, wie man am besten mit einer weißen Albatrüffel umging. Sie müsse sie ganz fein hobeln und keine Späne dabei vergeuden, erklärte sie Frau Kommerzienrat Schülein, die ihre Nase so dicht an der wertvollen Knolle hatte, als wolle sie ihren Duft inhalieren.

Doch nun hob die Kundin mit dem altmodisch großen Hut den Kopf und bemerkte: »Kann es sein, dass Ihr Mann Sie sucht?«

In dem Moment, als Lotte Paul mit den beiden Koffern im Laden stehen sah, bemerkte sie auch den schwarzen Mercedes draußen vor der Tür. Jetzt hatte sie ganz die Zeit vergessen! War es wirklich schon so spät? Als Paul sie endlich entdeckte, bemerkte sie auch die steile Falte zwischen seinen Augenbrauen, die bevorstehenden Ärger ankündigte.

»Ich komme!«, rief sie zu ihm hinüber.

»Das Taxi wartet, meine Liebe«, rief er zurück und stellte die beiden Koffer an der Tür ab, »aber die Eisenbahn ist nicht so galant. Die fährt stur nach Fahrplan und nimmt keine Rücksicht auf meine Gattin.«

Lotte wollte sich loseisen und winkte einer Verkäuferin, die sich um Frau Schülein kümmern sollte.

»Mein Mann mag aber keinen Reis«, wandte die Kundin beleidigt ein, als Lotte sich von ihr abwandte.

»Wollen Sie es nicht wenigstens probieren? Es handelt sich immerhin um ein feines Risotto mit Trüffel?« Lotte wandte sich noch einmal zu der Dame um. »Sonst bereiten Sie ihm einen Kartoffelbrei zu und hobeln ein paar feine Späne der weißen Alba darüber. Aber machen Sie ihn darauf aufmerksam, dass er eine Delikatesse vor sich hat. Nicht dass er noch denkt, das wären Kartoffelschalen oder anderer Unrat. Ich muss mich nun leider von Ihnen verabschieden.«

»Wo geht es denn hin?«, rief die Kundin ihr noch hinterher.

»In den hohen Norden«, antwortete Lotte, »nach Bremen und Bremerhaven.« Eine Erwiderung hörte sie nicht mehr, denn Paul stand schon mit ihrem Mantel bereit, aber Lotte schüttelte den Kopf. Sie würde sich doch nicht mit ihrem schwarzen Alltagsmantel auf die Reise begeben, den sie schon das zweite oder dritte Jahr trug. »Bin gleich da«, sagte sie zu ihm und lief die Treppe hinauf in die Garderobe, »nur noch schnell frisch machen und den passenden Mantel holen.«

»Lotte, bitte!«, hörte sie ihren Mann hinter sich flehen, aber es half nichts. Paul neigte zur Überpünktlichkeit und war lieber eine Stunde zu früh am Zug. Sie mochte jetzt nicht nachrechnen, wie viel Zeit ihr noch blieb. Sie hatte ja alles schon hinter den Schranktüren der Garderobe zurechtgelegt.

Sie öffnete die Türen, nahm den feinen grünen Wollmantel mit der neuen schmalen Silhouette und den gepolsterten Schultern heraus und schlüpfte hinein, legte sich den Fuchspelz um die Schultern, der wunderbar mit ihren roten Haaren harmonierte. Die Krönung war der neue Hut, eigentlich eine Kappe aus graugrünem Filz mit einer schwarzen Samtgarnitur am Hinterkopf und einem etwas gewagten Federgesteck. Wenn sie so durch den Laden spazierte, würde sie

Aufsehen erregen. Aber den teuren Hut in der Hand tragen, wie würde das denn aussehen? Also aufgesetzt, die schulterlangen Haare darum herum drapiert, ein letzter Blick in den Spiegel, und los. Die neuen Spangenschuhe waren schon im Koffer verstaut, für die lange Fahrt mussten es die bereits getragenen Schuhe tun, die auch nach einem langen Tag im Geschäft noch bequem waren.

Als sie so neu eingekleidet die Treppe herunterkam und durch den Laden ging, wurde es tatsächlich kurz still. Wenn es ein anderes, gewöhnlicheres Geschäft als ihr distinguierter Dallmayr gewesen wäre, hätte vielleicht jemand von den Männern gepfiffen. So bemühten sich Kunden, Kundinnen wie Angestellte, nicht zu auffällig zu starren, und doch schielten sie alle nach der eleganten Chefin. Paul hatte die Koffer schon ins Taxi befördert und hielt ihr die Tür auf. Seine Falte zwischen den Brauen war verschwunden, in seinem Blick die reine Bewunderung.

»Madame«, sagte er grinsend und verbeugte sich, »jetzt aber los.«

»Wo ist denn Gregor?«, fiel es Lotte plötzlich ein, »er wollte doch auch mit zum Bahnhof.«

»Wollte er«, antwortete Paul, »aber unser Herr Sohn ist einfach nicht aus seinem warmen Bett gekommen. Er lässt dich herzlich grüßen und wünscht uns eine gute Reise.«

»Und die Schülein ist versorgt?«, erkundigte sich Lotte.

»Fräulein Baumer hat sich um sie gekümmert und ihr noch mal alles erklärt. Du kannst beruhigt sein. Sie hat mich gefragt, ob wir Seeluft schnuppern wollen oben im Norden.«

»Und was hast du ihr geantwortet?«

»Eher Kaffeeduft, habe ich gesagt. Und dass wir vielleicht bald unseren eigenen Kaffee rösten werden in München, echten Dallmayr-Kaffee. Ich glaube, sie dachte, ich nehme sie auf den Arm.«

Lotte schüttelte leicht den Kopf. »Dass du hier Firmengeheimnisse ausplauderst, wundert mich aber. Über ungelegte Eier spricht man nicht, hat deine Mutter uns eingetrichtert. Erinnerst du dich nicht mehr?«

»Ha! Und ob ich mich erinnere«, rief Paul. Das Taxi fuhr durch die Neuhauser Straße, an deren Ende schon das Neuhauser Tor und dahinter der Stachus zu sehen waren. »Therese war die schlimmste Geheimniskrämerin, die mir in meinem Leben je begegnet ist. Was hat das immer für Ärger gegeben, wenn wir ihr wieder bei irgendeiner ihrer heimlichen Planungen auf die Schliche gekommen sind. Weißt du noch?«

»Natürlich! Was hat Hermann sich immer aufgeregt, richtig wütend ist er geworden, und es hat ewig gedauert, bis er sich wieder mit deiner Mutter versöhnt hat.«

»Und was hat sie uns hinterlassen?«, fragte Paul, als das Taxi am Stachus scharf abbremste, um einer kreischenden Trambahn die Vorfahrt zu gewähren. »Den Goldachhof, auf dem mein Bruder mit seiner Familie seit Jahrzehnten gern lebt und als Gutsherr schaltet und waltet.«

»Und unser herrliches Geschäft in der Dienerstraße, das prächtige Haus mit der gelben Fassade und den eleganten halbrunden Schaufenstern. Ach, ich vermisse es jetzt schon!«, seufzte Lotte. »Therese hat ihre Häuser gut bestellt.«

»Und wir mühen uns redlich, alles zu erhalten und wenn möglich zu mehren«, sagte Paul. »So wie sich das gehört. Aber weißt du, was noch schöner ist?«

Lotte sah ihn erwartungsvoll an.

»Dass wir jetzt zusammen verreisen. Ich bin ja froh, dass du mich überhaupt an deiner Seite duldest.«

»Wieso?«, fragte Lotte.

»Du siehst aus wie eine Londoner, nein, Pariser Madame, so schick und mondän. Ich kann mich gar nicht sattsehen an dir.« Er strich mit dem Handrücken über Lottes Fuchspelz. »Darf ich dich überhaupt noch küssen?«

»Aber bitte sehr«, antwortete Lotte und hielt ihren Hut fest, als sie sich vorbeugte und den Kuss ihres Mannes erwartete.

Erst als Lotte aus dem Taxi stieg, merkte sie, wie kalt der frostige Januarmorgen war. Selbst nachdem sie sich durch die Taxischlange in die Empfangshalle im Münchner Hauptbahnhof gedrängt hatten, war die Luft noch so kalt, dass sie wie alle anderen Reisenden um diese Zeit mit kleinen Nebelschleiern vor dem Mund herumlief. An einer Seite der Schalterhalle wartete schon der Rest der Familie auf sie. Hermann war so etwas wie der Leithammel, und er schien sehr aufgeregt. Dabei verreiste er gar nicht selbst, dachte Lotte. Er begleitete nur seine Frau zum Zug. Johanna war natürlich auch gekommen, um sich von ihrer Mutter zu verabschieden. Wie alt war sie jetzt, überlegte Lotte, und betrachtete die sportliche junge Dame. Fünfundzwanzig? Sie trug einen karierten Mantel, unter dem der Saum ihres schlichten Rocks hervorblitzte. Johanna war berufstätig, praktisch, zupackend, natürlich. Ein Mädel vom Land. Eleganz war kein Thema für sie. Trotzdem war sie es, die zur Begrüßung sagte: »Tante Lotte, du siehst aus wie eines der Modelle aus den Modejournalen.« Und als sei das nicht ganz eindeutig, ergänzte Sonia, ihre Mutter: »Fantastisch, Lotte! Deinen Geschmack und dein Händchen für hübsche Kleider hätte ich auch gern.«

Lotte fühlte sich geschmeichelt, aber dann sah sie sich suchend um. »Wo ist denn Johann? Hat er etwa auch verschlafen wie unser Gregor?«, fragte sie.

»Ach, unser Herr Sohn«, antwortete Hermann missmutig, »der kommt wie üblich entweder in letzter Minute oder gar nicht. Wär auch nicht das erste Mal.«

»Ach was«, wiegelte Sonia ab, »Johann taucht sicher noch auf, ihr werdet schon sehen. Er ist bestimmt schon seit dem frühen Morgen unterwegs.«

Hermann blieb skeptisch. »Dass euer Junge verschlafen hat, ist ja nicht so schlimm. Ihr bleibt ja auch nicht ewig in Bremen. Aber Sonia hat eine lange und vielleicht auch gefährliche Schiffsreise auf die Kanaren vor sich, da könnte man als Sohn schon einmal antanzen und Adieu sagen.«

»Ich bleibe aber auch nicht ewig«, bemühte sich Sonia wieder um Ausgleich. »Du tust ja, als käme ich gar nicht wieder.«

»Tja, weiß man's?«, fragte Hermann.

»Jetzt hör aber auf mit deiner Schwarzmalerei, Papa«, ging Johanna dazwischen. »Bestimmt ist Johann etwas Wichtiges dazwischengekommen. Und jetzt los, sonst verpasst ihr alle noch den Zug und Mama ihr Schiff.«

Sie liefen zusammen mit vielen anderen Reisenden und Ausflüglern auf die Gleishalle zu.

»Was macht ihr eigentlich in Bremen?«, fragte Johanna.

»Wir werden uns in der Stadt ein wenig umsehen«, antwortete Paul.

»Ich habe gehört, ihr wollt ins Kaffeegeschäft einsteigen«, sagte Sonia. »Aber verkauft ihr nicht schon lange Kaffee?«

»Natürlich! Aber wir wollen unter die Kaffeeröster gehen und in Zukunft unsere eigenen Mischungen herstellen«, sagte Paul.

»Hier, in München?«, fragte Johanna. Paul nickte. Dann sah sie ihren Vater an. »Hast du das gewusst, Papa?«

»Ja, natürlich«, antwortete Hermann.

»Und wieso hast du gar nichts davon erzählt?«, fragte Johanna.

»Das muss ich wohl in der ganzen Aufregung um die anstehende Reise vergessen haben«, gestand ihr Vater.

»Vergessen?« Jetzt schüttelte Johanna den Kopf. »Und wer

soll das machen, ich meine, gibt es jemanden in der Firma, der das kann?«, wandte sie sich wieder Lotte und Paul zu.

»Eben nicht«, antwortete Lotte. »Deshalb fahren wir auch in den Norden. Dort sitzen nämlich die Spezialisten, die sich damit auskennen.«

»Dann wünsche ich euch viel Erfolg!«, sagte Johanna. »Kaffeespezialist für München gesucht, wenn das mal gut geht.« Sie kamen an die Sperre vor der Gleishalle, und Hermann löste die Bahnsteigkarten. Er sah sich immer wieder um.

»Er wird schon noch kommen, Papa, wirst sehen!«, beruhigte ihn seine Tochter.

Wie die Spitze eines Pfeils führte Hermann den kleinen Pulk an, als sei er der Einzige, der wüsste, von welchem Gleis der Zug nach Bremen abfahren würde. Er hatte es abgelehnt, seine Frau auf die Kanaren zu begleiten. Einer musste doch draußen auf dem Goldachhof bleiben, um nach dem Rechten zu sehen, behauptete er. Aber Paul nahm an, dass sein Bruder sich auch nicht gesund genug fühlte für so eine weite Reise. Hin und wieder bereitete ihm das Herz Probleme, und er musste sich öfter ausruhen als früher. Lotte gegenüber hatte er das mit seinem Alter begründet. Mit seinen fast sechzig Jahren war er nun mal kein junger Mann mehr. Aber auch kein wirklich alter, hatte Lotte gedacht.

Johanna stellte sich auf die Zehenspitzen und sah sich in der Gleishalle um, wo der Dampf der Lokomotiven unter dem Glasdach hing und die Menschen zu ihren Zügen eilten. Samstagmorgen, wo wollten all diese Leute auf dem Bahnhof denn nur hin?, dachte Lotte. Viele hatten Rucksäcke umgeschnallt, einige trugen Skier auf den Schultern. Ihr Ziel waren vermutlich die Berge rund um den Tegernsee und den Schliersee im Süden von München.

»Da, schaut doch!«, rief Johanna plötzlich. »Ist er das nicht?«

»Wer?«, fragte Lotte.

»Na, Johann!«

Am anderen Ende der Gleishalle hatte sich eine Traube von Menschen um einen improvisierten Altar aus Kisten versammelt, die mit einem weißen Messtuch verkleidet waren. Dahinter stand ein Priester, flankiert von zwei Messdienern.

»Ist das nicht der verrückte Pater?«, fragte Hermann.

»Wen meinst du?«, fragte Paul, »Pater Mayer von der Bürgersaalkirche? Was macht er denn so früh am Morgen am Hauptbahnhof?«

»Sieht aus, als würde er hier eine Messe halten«, sagte Lotte.

»Davon hat Johann mir erzählt«, schaltete sich Johanna ein. »Pater Mayer sagt, wenn die Leute nicht zu ihm in die Kirche kommen, dann kommt er eben zu ihnen. Und wenn sie am Wochenende mit ihren Skiern in die Berge fahren, dann hält er eben seine Messe am Bahnhof. Damit sie sich nicht damit herausreden können, dass sie schon so früh losmussten.«

Einer der Ministranten, der eben noch vor dem Altar gekniet hatte, stand auf, drehte sich zu ihnen um und fing plötzlich an zu winken. Johanna winkte zurück. Jetzt erkannte auch Lotte ihn, und als sie zu ihrem Schwager sah, bemerkte sie keinerlei Freude in Hermanns Gesicht, sondern Bitterkeit. Lotte konnte sich schon vorstellen, woher sie kam. Es war kein Kaufmann, kein Landwirt, kein Förster aus Johann geworden, wie sein Vater es gern gehabt hätte, sondern ein Mann Gottes. Und obwohl Johanns Entscheidung jetzt schon lange zurücklag, konnte Hermann sich immer noch nicht recht damit abfinden.

»Siehst du«, bemerkte Sonia und griff nach Hermanns Hand. »Ich hab dir doch gesagt, dass er noch kommen und sich von mir verabschieden wird.« Seine Frau hatte gar kein Problem mit der Berufung ihres Sohnes. Sie liebte und akzeptierte ihn so, wie er war. Wie das wohl bei ihr und Paul wäre, wenn Gregor sich für einen ganz anderen als den Kaufmannsberuf entscheiden würde? Ihr Sohn war gerade mal siebzehn und ging noch zur Schule. Da konnte noch alles Mögliche passieren. Aber ein Mann der Kirche, ihr Gregor? Nein, das konnte sie sich beim besten Willen nicht vorstellen. Was ihn neben der Schule interessierte, waren seine Segelflugmodelle, die er baute, und seine Flugzeitschrift, ein bisschen Sport. Ein besonders eifriger Kirchgänger war er beileibe nicht.

»Unser Herr Sohn soll sich gefälligst beeilen«, knurrte Hermann. »Sonst sieht er von eurem Zug maximal noch die Schlusslichter, wie sie in Höhe der Hackerbrücke langsam verschwinden.« Aber da eilte Johann schon im flatternden weißen Chorhemd über dem schwarzen Talar an allen Gleisenden vorbei, zwischen Gruppen von Reisenden hindurch, Skiern und Schlitten ausweichend, bis er zu ihnen aufschloss.

»Ist dir nicht kalt, mein Junge?«, fragte Sonia ganz besorgt, als er bei ihnen ankam. »Du hast ja schon ganz rot gefrorene Ohren!«

»Es geht schon, Mutti«, antwortete Johann. »Ich kann ja schlecht mit einer Wollmütze auf dem Kopf ministrieren.« Er umarmte seine zierliche Mutter, die einen ganzen Kopf kleiner war als er. Übermütig hob er sie in die Luft.

»Lässt du mich wohl herunter«, schimpfte Sonia. »Das gehört sich doch nicht für einen Priester.«

»Wer sagt das?«, fragte Johann, der als Nächstes seine Schwester herzte und küsste.

Früher waren die beiden unzertrennlich gewesen, erinnerte Lotte sich. Wie Zwillinge. Heute waren sie beide erwachsen. Doch während Johanna weiter auf dem Goldachhof wohnte, als Tierärztin arbeitete und wohl auch auf dem Land bleiben würde, lebte Johann, dieser bedächtige, altkluge Junge, nun in München.

Die Begrüßung zwischen Vater und Sohn fiel ein wenig

unterkühlt aus. Sie gaben sich die Hand, und Hermann klopfte seinem Sohn etwas linkisch auf die Schultern. Es gelang ihm nicht, über seinen Schatten zu springen. Nimm deinen Sohn doch einfach in den Arm, dachte Lotte, die diese Distanz zwischen Vater und Sohn grauenvoll fand.

»Es wird Zeit.« Hermann räusperte sich. »Euer Wagen ist noch ein ganzes Stück weiter vorne im Zug. Nicht, dass ihr noch zu spät kommt.«

Johann hatte jetzt den Arm um seine Mutter gelegt, auf der anderen Seite hängte Johanna sich bei ihm ein. So liefen sie zusammen bis zu der Wagentür, zu der Hermann den ganzen Tross lotste. Als es Zeit wurde, Abschied zu nehmen, zeichnete Johann seiner Mutter mit dem Daumen ein Kreuzzeichen auf die Stirn und segnete sie, mitten auf dem Bahnsteig und unter den dahinhastenden Reisenden, die hektisch nach ihrer Wagennummer suchten. »Benedicat vos …«, hörte Lotte ihren Neffen leise beten.

»Jetzt los, los, einsteigen. Nicht, dass der Zug ohne euch abfährt«, mahnte Hermann.

Umarmungen, Händeschütteln, Hermann hielt seine Frau in den Armen und küsste sie zärtlich.

»Jetzt aber rein mit dir, Sonia«, rief Paul, als sie beide eingestiegen waren.

Der Zugführer mit seinem roten, über die Schulter getragenen Gurt, hatte sich mit dem Signal in der Hand bereits am Bahnsteig in Stellung gebracht. Der Zug war bereit zur Abfahrt. Hermann half seiner Frau beim Einsteigen. Sie winkte noch einmal, dann schloss der Zugführer die Tür hinter ihr. Er hob sein Handsignal, und der Zug setzte sich schnaufend in Bewegung.

»Meine Tasche!«, kreischte Sonia, als sie zu ihnen ans Fenster trat.

Die braune Ledertasche mit den gestreiften Gurten stand

einsam und verlassen am Bahnsteig. Johann reagierte blitzschnell, griff nach den Henkeln und rannte mit dem fahrenden Zug mit.

»Köpfe weg!«, rief er, holte Schwung und schleuderte die Tasche durchs offene Fenster. Als sie sich wieder aufrichteten, waren sie vom Dampf der Lokomotive ganz eingehüllt. Das Stampfen der Räder, ein lang gezogener Pfiff, dann hatte ihr Zug den Bahnhof verlassen. Paul schloss das Fenster, und Sonia hatte ihr Taschentuch aus dem Ärmel gezogen, um sich schnell, damit sie es nicht sahen, die Augen zu wischen.

So also sah der Norden aus. Lotte stand am Fenster des Hillmanns, eines der besten Hotels in ganz Bremen. Sie sah vom zweiten Stock auf die lebhaft befahrene Straße hinunter. Eine kaum abreißende Kolonne von Droschken und Autobussen transportierte Reisende zum Bahnhof und von dort zurück in die Altstadt. Rechts von ihr lagen die grünen Wallanlagen, die von der früheren Stadtbefestigung übrig geblieben waren und aus denen ein hübscher Park geworden war. Am Vortag hatten sie Sonia nach Bremerhaven zu ihrem Schiff begleitet. Wirklich schade, dass Hermann nicht mitgekommen war. So musste Sonia die weite Reise allein antreten, und es war fraglich, ob Hermann noch einmal die Gelegenheit bekommen würde, die Insel und seine Schwiegereltern wiederzusehen. Er könne den Goldachhof nicht allein lassen, hatte er gesagt. Dabei hatte Johanna angeboten, sich um alles zu kümmern. Zudem lebte auch ein Verwalter auf dem Hof, doch selbst das hatte ihn nicht von seinem Entschluss abbringen können. Sonia hatte Lotte verraten, dass ihr Mann diesen Grund nur vorschob. War es wirklich das Herz, so wie bei seinem Vater? Traute er sich deshalb die weite Reise nicht zu? Vielleicht hatte er auch Angst vor der See, dachte Lotte. In der Familie wurde immer erzählt, Hermann hätte damals, als junger Mann, auf seiner Seereise auf die Kanaren vor Lissabon beinahe Schiffbruch erlitten.

Sonia hatte auf der Reling so zögerlich einen Fuß vor den anderen gesetzt, dass Lotte schon befürchtete, sie könnte auf die Idee kommen, noch einmal umzukehren. Bevor sie dann schließlich doch im Bauch des Schiffes verschwand, hatte sie noch einmal ihr Taschentuch hervorgezogen und ihnen zaghaft zugewunken.

Plötzlich spürte Lotte einen warmen Körper, der sich von hinten an sie schmiegte, und Arme, die sich um ihre Taille legten.

»Was machst du denn hier so weit weg?«, fragte Paul mit einer Stimme, die klang wie die von Gregor, wenn er noch ganz verschlafen am Frühstückstisch erschien. »Es ist doch noch zu früh zum Aufstehen, eigentlich mitten in der Nacht«, murmelte er und zog sie noch näher an sich.

Erst da wurde ihr bewusst, wie kalt es im Zimmer war und dass sie mit nackten Füßen am Fenster stand.

»Mach doch das Fenster zu«, flüsterte er. Dann hob Paul sie hoch und trug sie zum Bett. »Du musst doch frieren wie ein Schneider«, murmelte er.

»Wieso frieren die Schneider eigentlich immer?«, fragte Lotte.

Aber Paul antwortete nur: »Rutsch mal rüber«, und dann spürte sie seine warmen Hände überall auf ihrem Körper, und es dauerte nicht mehr lang, bis ihr auch warm wurde. Sogar an den Füßen.

Als sie nach dem Frühstück durch das Foyer schritten und ein livrierter Page ihnen einen Flügel der hohen Glastüren aufhielt, fühlte Lotte sich für einen Moment wie eine elegante Dame der Bremer Gesellschaft. Unsinn! Sie war eine Münchner Kaufmannsgattin und seit vielen Jahren Geschäftsfrau mit

Leib und Seele. Ihre Lehrzeit hatte sie im Dallmayr in der Dienerstraße gehabt. Alles, was sie heute wusste und konnte, hatte sie ihrer Schwiegermutter zu verdanken. Therese war eine hervorragende Lehrmeisterin gewesen. Weniger nachsichtig und liebevoll als streng oder zumindest ernsthaft, und immer ehrgeizig, immer nach vorne schauend, bis ins hohe Alter. Therese hatte Lotte von Anfang an gemocht und respektiert, und die beiden hatten sich auf Anhieb und über all die gemeinsamen Jahre hinweg gut verstanden.

»Träumst du?«, fragte Paul und hakte sie unter. »Wenn wir noch länger hier herumstehen, wird uns noch einer der Portiers hinauskomplimentieren. Wir blockieren den Eingang.«

»Entschuldige«, sagte Lotte und schüttelte ihre roten Locken, die schon mit einigen Silberfäden durchzogen waren. Besonders über dem rechten Ohr gab es eine Strähne, die fast weiß war und die Lotte immer sehr sorgfältig mit Klammern unter dem Deckhaar feststeckte.

»Wovon hast du denn geträumt? Hoffentlich von mir?« Paul zwinkerte ihr zu.

»Ach, ich musste gerade an München und unser Geschäft denken. Wie lange ich jetzt schon dort bin. Und wie alt ich geworden bin.«

»Wer, du? Ach, Lottchen, da mach dir mal keine Sorgen. Du wirst doch mit jedem Tag schöner und weiser.«

Vor allem weißer, dachte Lotte. Als sie Pauls Blick auf sich spürte, versuchte sie, sich durch seine Augen zu sehen. Er konzentrierte sich immer nur auf das Schöne an ihr: die schlanke Taille, das volle Haar, ihre Grübchen, wenn sie lachte. Lotte band den Gürtel ihres grünen Wollmantels enger und schlang den Fuchspelz um ihren Hals, der mit seinem rötlichen Schimmer so gut zu ihrem Haar passte, das unter dem Glockenhut hervorquoll. Sie nahm den Arm ihres Mannes, und die Absätze ihrer knöchelhohen Stiefel klackten auf dem Pflaster, als sie Richtung Altstadt aufbrachen. Keine Taxe, hatten sie beschlossen. Sie wollten doch etwas sehen von dieser Stadt im Norden. Und für eine Stadtrundfahrt im offenen Wagen war es noch zu kalt.

Die Bremer Häuser schienen Lotte eher in die Tiefe als in die Breite gebaut. Sie waren zur Straßenseite hin schmal, und der Eingang befand sich nicht etwa ebenerdig, sondern war über eine Steintreppe erreichbar, während die Fenster des Souterrains noch zur Hälfte auf die Straße reichten. Dort gingen die Dienstboten ein und aus, während die Haupttreppe den Herrschaften vorbehalten war. Manche Häuser hatten Erker, andere einen gläsernen Windfang oder einen Wintergarten. Natürlich waren das vornehme Häuser vermögender Bürger der Hansestadt.

Lotte war schon so gespannt auf die Kaffeeröstereien, die sie sich ansehen wollten. Es war Pauls Idee gewesen, es mit einer eigenen Rösterei zu versuchen und echten, bei Dallmayr gerösteten Bohnenkaffee bester Qualität zu verkaufen. Irgendein weiteres Standbein brauchte die Firma, seit die große Wirtschaftskrise auch das Delikatessengeschäft Dallmayr heftig durchgeschüttelt hatte. Aber ob das tatsächlich eine gute Idee für ihr Geschäft in München war? Eine eigene Rösterei, eine eigene Dallmayr-Mischung oder auch mehrere? Verschiedene Qualitäten zu unterschiedlichen Preisen. Lotte hatte mehr Zweifel als ihr Mann. Es würde eine große Investition bedeuten und damit auch ein echtes Risiko. Würde die Dallmayr-Kundschaft wirklich Kaffee aus München kaufen oder nicht doch lieber den gewohnten Hanseaten-Kaffee aus den Großröstereien in Hamburg und Bremen? Bayerischer Kaffee, konnte das tatsächlich ein gutes Geschäftsmodell werden? Mit Schaudern dachte Lotte an die schweren Zeiten seit dem Einbruch der Weltwirtschaft vor vier Jahren. Es war noch nicht so lange her, und sie spürten die Folgen immer noch. Ob es hier im Norden auch so viele Arbeitslose gab wie in München? Paul hatte in der Hotellobby eine Ausgabe der *Münchner Neuesten Nachrichten* entdeckt und ihr die neuesten Zahlen vorgelesen. Von den siebenhunderttausend Einwohnern, die München jetzt hatte, war jeder Siebte Empfänger von Sozialleistungen, die die Stadt Unsummen kosteten: Arbeitslosenunterstützung, Krisenunterstützung, Unterstützung für Wohlfahrtserwerbslose, Dauerbefürsorgte und Sozialrentner, deren Bezüge zum Leben nicht reichten. Dazu kamen noch die Kriegsversehrten. Über hunderttausend Münchner hatten eine Unterstützungskarte in der Tasche und mussten damit sich und ihre Familien durchbringen. Die Zeiten waren schlecht für einen Delikatessenladen. Im Dallmayr ging es heute ganz anders zu als noch zu Thereses Zeiten. Der Krieg hatte den Königshof hinweggefegt. Viele der Bürger, die sich etwas mehr leisten konnten als die breite Masse, hatten bei der Bankenpleite Ende der Zwanzigerjahre ihre Vermögen verloren. Natürlich gab es, wie immer, auch Gewinner, aber für ein erfolgreiches Geschäftsmodell bräuchten sie eine breitere Kundschaft. Sie mussten auf etwas setzen, das nicht nur ein reines Luxusgut war, sondern ein Genussartikel zu erschwinglichen Preisen, der trotzdem ihren Ansprüchen gerecht wurde und auch eine potente Käuferschicht weiterhin ins Geschäft locken würde. Paul war der Meinung, dass er das mit dem Kaffee erreichen konnte, und mit seinen Berechnungen hatte er schließlich auch Lotte überzeugen können. Ein Restzweifel war jedoch geblieben. Wenn die Zeiten wieder schlechter wurden, konnte es sein, dass Bohnenkaffee für die meisten Menschen ein unbezahlbarer Luxus werden würde. Aber man durfte sich als Kaufmann auch nicht von der Angst vor schlechten Zeiten leiten lassen. Etwas Neues anzupacken, war immer auch ein Wagnis. So war es ja auch schon bei Therese gewesen. Und wie sie immer wieder

Neues wagte! Hatte der Erfolg ihr nicht immer wieder recht gegeben?

Als sie in die Martinistraße einbogen, zog Paul sie rasch zur Seite. Vier Jungs mit Schiebermütze jagten auf Rollschuhen den Gehsteig entlang.

»Wovon träumst du denn schon wieder, dass du das Rattern der Rollschuhe auf dem Pflaster gar nicht gehört hast?«, fragte Paul.

»Vom Kaffee«, antwortete Lotte. »Jetzt kann ich ihn fast schon riechen, du auch?«

Paul schnupperte. Doch Lotte war sich sicher. Hier roch es nach frisch gerösteten Kaffeebohnen. Sie sah an der Fassade des Nachbarhauses hoch, aus dem der Duft zu kommen schien. Martinistraße 44, ein schmales Haus mit drei Stockwerken und einem hohen Giebel, der über weitere zwei Etagen ging. »Fa. Roselius – Kolonialwaren und Kaffee« stand über dem Eingang.

»Dann sind wir ja genau richtig«, meinte Paul und trat auf die beiden Steinstufen zum Eingang. »Komm.« Er streckte seine Hand nach ihr aus. »Bevor die nächste Rollschuhbande an uns vorübersaust.«

Lotte folgte ihm.

»Und dass du hier nicht mit einem Grüß Gott den Laden betrittst«, warnte ihr Mann sie. »Wir sind schließlich nicht in Bayern.«

»Daran musst ausgerechnet du mich erinnern! Wie du weißt, bin ich in Wiesbaden groß geworden. Und euer Grüß Gott musste ich selbst erst lernen, als ich nach München kam. Ganz leicht geht es mir auch nach fast dreißig Jahren noch nicht über die Lippen. Also mach dir keine Sorgen. Wahrscheinlich rutscht es eher dir heraus als mir.« Sie grinste und trat durch die Ladentür.

»Moin, Moin«, kam es von der Ladentheke, und Lotte

wünschte dem Herrn im weißen Kittel sowie seiner Kundschaft, einer älteren Dame, einen guten Tag.

Der Kaffeeduft im Geschäft war so intensiv, dass Lotte am liebsten gleich hier eingezogen wäre. Aus einem Laden wie diesem wollte man doch gar nicht mehr weggehen. Schade, dass es gar keine Sitzgelegenheiten gab, wo man eine schöne Tasse Kaffee hätte genießen können.

»Fiete, kommst du mal?«, rief der Mann am Tresen nach hinten. »Was darf's denn sein, eine schöne Tasse Kaffee?«

Lotte und Paul nickten.

»Bin gleich da!«, hörten sie eine junge Stimme aus dem Hinterzimmer.

Lotte und Paul sahen sich im Laden um. Der Boden war mit gemusterten Fliesen in Braun und Hellgrün ausgelegt, der Tresen und die wandhohen offenen Regale waren aus dunklem Holz. In Schaukästen mit Glasdeckeln wurden die Trockenfrüchte präsentiert: Aprikosen, Datteln, Pflaumen, Rosinen, Feigen und Apfelringe. Wie eine wertvolle Schmetterlingssammlung, dachte Lotte.

»Wer wird denn nun unser neuer Reichskanzler werden, Herr Kruse?«, hörten sie die Kundin am Tresen fragen. »Mein Neffe meint ja, es könnte doch vielleicht dieser Herr Hitler sein.«

»Tja, das weiß man nicht, für wen der Reichspräsident sich entscheidet«, meinte Herr Kruse. »Eine Mehrheit bekommt ja wohl keiner von denen. Was für ein schreckliches Kuddelmuddel dort in Berlin.«

»In Potsdam sind sie, heißt es«, sagte die ältere Dame. »Und heute soll die Entscheidung verkündet werden. Wenn Sie jetzt so einen neumodischen Radioapparat in Ihrem Laden stehen hätten, dann wüssten wir vielleicht schon, wer uns demnächst regieren wird.«

»Moin, Frau Ahlers.« Mit einem Schwall herrlichen Kaffeearomas kam ein blonder junger Mann hinter dem Vorhang hervor, der die Rösterei vom Laden abtrennte. Blitzblaue Augen, ein Haarwirbel an der Stelle, wo der Seitenscheitel ansetzte, und etwas abstehende Ohren. »Ich hätte auch gern so einen Apparat im Laden«, sagte der junge Mann. »Aber nicht wegen der Politik.«

»Weshalb denn?«, fragte Herr Kruse. »Über Kaffeebohnen wirst du dort nichts erfahren. Und das ist doch sowieso das Einzige, was dich interessiert, Fiete.«

Fiete grinste. »Was Sie von mir denken, Chef. Wegen der Musik natürlich. Ich habe gehört, sie senden nicht nur Klassik im Rundfunk, sondern auch Unterhaltungsmusik bis in die Wohnzimmer. Und das hätte ich auch zu gern.«

»Du und Unterhaltungsmusik!«, widersprach Kruse. »Du hängst doch sowieso Tag und Nacht nur über deiner Röstmaschine und deinen Spezialmischungen.«

»Was darf es sein, die Herrschaften?«, wandte Fiete sich endlich an die wartende Kundschaft.

»Guten Tag, wir kommen vom Feinkosthaus Dallmayr in München«, sagte Paul. »Und wir haben vor, eine eigene Kaffeeabteilung aufzubauen. Könnten Sie uns da beraten oder vielleicht Herr Roselius selbst?«

»Herr Roselius ist immerzu beschäftigt«, warf Herr Kruse ein. »Wenn nicht mit seinen Kaffeeexperimenten in der Firma, dann mit seiner Kunstsammlung. Aber nach dem Chef selbst finden Sie keinen besseren Experten als unseren Fiete Wünsche hier. Noch nicht ganz ausgelernt, weiß er doch schon mehr als wir alle zusammen. Zumindest über Kaffee.«

»Er erinnert mich so an unseren Ludwig«, flüsterte Paul, als sie Fiete folgten.

»An den Chocolatier in Frankreich?«, fragte Lotte.

Paul nickte. »Er kam als Lehrling zu uns, als ich zwölf oder dreizehn war.«

»Der sich dann unglücklich in Balbina verliebt hat?« Sie

kannte die Geschichte, auch wenn das vor ihrer Zeit in München passiert war.

»Wie lange das jetzt schon her ist«, überlegte Paul. »Ich sehe ihn vor mir, als wär's gestern gewesen. Er ist diesem Fiete so ähnlich.«

Fiete zeigte ihnen seine Werkstatt, die etwas von einem chemischen Labor hatte. Schütten mit verschiedenen Sorten von Kaffeebohnen – größeren, kleineren, runzeligeren und glatteren, helleren und dunkleren. Er hatte jede Schütte ordentlich mit der Sorte und dem Herkunftsland beschriftet: Arabica, Robusta, Brasilien, Peru, Ecuador ... Fiete experimentierte mit Röstpfannen, Töpfen und einer beheizbaren Trommel, die mit einer Handkurbel gedreht wurde.

»Alles Handarbeit hier«, bemerkte Paul. »Und was ist das da?« Er deutete auf eine Art Versuchsanordnung, wo in mehreren kleinen Schälchen Kaffeebohnen zusammensortiert waren.

»Das sind meine Spezialmischungen. Meine besten Sorten, wenn Sie so wollen.«

»Und was wäre denn so Ihre Tagesempfehlung für uns, zum Probieren?«, fragte Lotte.

»Was darf's denn sein für die Dame, eher mild oder eher kräftig?«

»Mild, aber mit vollem Aroma, würde ich sagen.«

»Dann probieren Sie doch am besten einmal diese Arabica-Mischung aus dem mexikanischen Hochland. Sehr harmonisch in der Tasse. Ein echter Frauenkaffee«, behauptete Fiete.

»So? Und davon verstehen Sie etwas?«, fragte Lotte.

»Nun, ich gebe nur das wieder, was die Damen mir berichten.«

»Und die Männer mögen es stärker?«

»Männer mögen eher die volle, kräftige Tasse.«

»Weil sie nicht so sensibel sind wie wir Frauen.«

»Das weiß ich nicht«, sagte Fiete. »Ich kenne mich bisher nur mit Kaffee ein bisschen aus.«

Er errötete leicht, grinste schief, und auf seiner linken Wange erschien ein hübsches Grübchen. Dieser Junge ist doch der geborene Charmeur, dachte Lotte. Mit diesem einen Grübchen und seinem Expertenwissen erobert er die Kundinnen im Sturm.

»Ich stelle ja nur die Hausmischungen für unsere Kunden aus dem Viertel zusammen. Na ja, einige kommen schon auch von weiter her, um sich bei mir ihre Lieblingsmischung zu holen. Und einige bestellen auch bei mir.«

»Ach, Sie versenden auch?«, fragte Lotte.

Fiete nickte. »Bei uns hier im Norden überallhin, bis nach Berlin«, antwortete er.

»Waren Sie schon einmal in München?«, fragte sie.

»München? Liegt das denn überhaupt noch in Deutschland?« Er zwinkerte ihr zu. Wie ein Lausbub, dachte Lotte, und damit würde er ganz gut nach München passen. »Irgendwo ganz weit weg von der See und den Importhäfen für Rohkaffee?«

Paul unterbrach mit einer Handbewegung dieses Geplänkel. »Wir sind ein renommiertes Feinkostgeschäft im Herzen der Landeshauptstadt München«, sagte er, »und unsere Lieferketten für Delikatessen haben sich trotz Seeferne schon in der zweiten, bald dritten Generation bewährt.«

Fiete hatte Wasser aufgesetzt und brühte ihnen von seiner derzeitigen Lieblingsmischung aus Arabica-Bohnen ein Kännchen auf. Während das Wasser durch den Filter lief und ein verführerischer Duft die Kaffeewerkstatt erfüllte, fragte Fiete: »Sie möchten von uns beliefert werden?«

»Wir möchten eine eigene Kaffeeabteilung aufbauen«, antwortete Paul und sah den Jungen direkt an. »Und wir suchen jemanden, der zu uns kommt und uns dabei hilft. Was ist Ihr größter Wunsch, Fiete? Darf ich Sie so nennen?«

Fiete nickte.

»Ein großer Traum, den Sie haben«, hakte Paul nach. »Jeder träumt doch von irgendwas, besonders, wenn man so jung ist wie Sie.«

Fiete lächelte wie eine Sphinx.

»Ach, kommen Sie: Erfolg im Beruf oder in der Liebe, ein kleines Häuschen im Grünen …«, fantasierte Paul.

»Da muss ich gar nicht lange überlegen«, sagte Fiete.

»Also?«, fragte Lotte.

»Ich möchte reisen«, antwortete er. »Das wäre mein Traum.«

»Und wohin?«, fragte Paul.

»Nach Mexiko und Guatemala, wo der Hochlandkaffee wächst. Oder nach Äthiopien, dort liegt der Ursprung der Kaffeepflanzen und der Zubereitung des Kaffees. Ich habe davon gelesen und auch Bilder gesehen von dem Land. Es sieht aus wie das Paradies.«

»Äthiopien?«, fragte Lotte. »Wo liegt denn das?«

»Im östlichen Zentralafrika, am Südende des Roten Meeres.«

»Das ist bestimmt sehr weit«, vermutete Lotte. »Und eine Reise dorthin nimmt viel Zeit in Anspruch.«

Fiete nickte. »Ich weiß. Deshalb ist es ja auch ein Traum.«

»Der Kaffeespezialist, der im Dallmayr eine neue Abteilung aufbauen soll, wird mit Sicherheit viel reisen«, sagte Paul.

»Wie viel?«, fragte Fiete direkt.

»Geld?« Lotte sah ihn irritiert an.

Fiete schüttelte den Kopf. »Reisezeit.«

»Im ersten Jahr zwei Wochen, dann jedes Jahr eine Woche mehr. Sie können auch sammeln«, schlug Paul vor. »Bis zu acht Wochen in zehn Jahren.« Sie hatten das vorher gar nicht besprochen. Aber es war ein cleverer Schachzug, fand Lotte, diesen Fiete genau an dem Punkt zu packen.

»Acht Wochen, das sind ja zwei volle Monate«, rechnete Fiete.

»Für die Rechnung haben Sie jetzt ein bisschen lang gebraucht«, meinte Lotte. »Aber wir suchen ja keinen Prokuristen, sondern einen Kaffeespezialisten.« Sie grinste.

»Schauen Sie doch mal auf der Karte nach, wo München liegt. Sie werden sehen, es ist nicht so weit wie Äthiopien. Und dann besuchen Sie uns doch morgen Vormittag bis elf Uhr im Hillmanns und sagen uns Bescheid, ob München für Sie infrage käme oder nicht. Sie wissen doch, wo das Hillmanns ist?«

»Natürlich«, antwortete Fiete.

»Wir sind Herr und Frau Randlkofer.«

»Sagten Sie nicht Dallmayr?«

»Das ist der Name unseres Geschäfts. Alois Dallmayr.«

Paul reichte ihm eine Visitenkarte, und nachdem sie ihren köstlichen Kaffee ausgetrunken hatten, empfahlen sie sich.

»Meinst du, er beißt an?«, fragte Paul, als sie wieder auf der Martinistraße standen.

»Abwarten«, meinte Lotte. »Aber wieso um Himmels willen warst du dir gleich so sicher, dass er der Richtige für uns ist?« Lotte schüttelte den Kopf. »Was ist Ihr größter Wunsch?«, ahmte sie ihren Mann nach. »Ich wusste ja gar nicht, dass ich mit einem so feinfühligen Herrn verheiratet bin.«

»Dass ich feinfühlig bin, müsstest du doch schon gewusst haben.« Paul drückte Lottes Hand.

»Stimmt. Aber warum gerade er? Wir kennen diesen Fiete doch noch gar nicht. Ist es, weil er dich so an Ludwig erinnert hat?«

»Irgendwie spüre ich, dass er der richtige Mann für uns wäre.«

»Mann?«, sagte Lotte. »So ein junger Kerl, noch nicht einmal fertig ausgelernt ist er.«

»Noch Lehrling, aber man überlässt ihm schon eigenständig das Auswählen und Mischen der Bohnen und das Rösten. In einem Betrieb mit dem großen Namen Roselius. Der Junge kreiert sozusagen seine eigenen Kaffeesorten, und auf den Mund gefallen ist er auch nicht.«

»Hübsch anzusehen ist er außerdem«, sagte Lotte. »Aber ob er so weit von zu Hause weggehen wird?«

»Wenn einer reisen will, dann ist ihm keine Entfernung zu groß. Und ich bitte dich, was ist München gegen Ostafrika?«

»Ein Klacks«, antwortete Lotte. »Aber was machen wir mit einem Fiete in Bayern?«

»Wenn Fiete von Friedrich kommt, wie ich annehme, dann wird in München eben ein Fritz aus ihm«, beschloss Paul.

»Und wenn nicht?«, fragte Lotte.

»Wenn nicht, dann auch.«

Lotte nippte an ihrem Gläschen Sherry, während Paul die *Bremer Nachrichten* las. Sie betrachtete die Hotelgäste, die durch die Lobby flanierten. Vor allem vom Chic der Damen wollte sie sich ein wenig inspirieren lassen. Obwohl Bremen nur etwa halb so groß wie München war, schien die Damenmode doch etwas anders zu sein, einen Tick eleganter, sogar großstädtischer kam sie Lotte vor. Die Hüte der Damen waren durchweg größer und prächtiger als die Modelle, die sie von München her gewohnt war, die Pelze auffälliger. Wer es sich leisten konnte, trug hier das Besondere, das wirklich Teure ohne Scheu vor den Blicken der anderen. Wenigstens kam es Lotte so vor. Sie musste unbedingt in die angesagten Bremer Häuser wie C&A Brenninkmeyer am Brill oder das Kaufhaus Julius Bamberger. Immer wieder sah Lotte unauffällig zur gläsernen Schwingtür. Würde der junge Mann kommen? Würde ihn Pauls Angebot locken, oder hatte er Bammel vor der Verantwortung, eine eigene Abteilung aufzubauen? So wie sie ihn einschätzten, würde die Abenteuerlust siegen. Doch vielleicht täuschten sie sich beide.

»Du weißt, dass wir um elf aufbrechen müssen«, sagte Paul, ohne von seiner Zeitung aufzublicken. »Die Droschke ist bestellt.«

Natürlich wusste sie es. Sie würden zum Holz- und Fabrikenhafen an der Weser fahren und endlich das fabelhafte Werk besichtigen, in dem der weltberühmte Kaffee HAG produziert wurde. Gegründet von Ludwig Roselius, dem Giganten unter den Kaffeebaronen in Bremen. Elf Uhr. Also würden sie in fünf Minuten aufbrechen.

Um elf war immer noch keine Nachricht von Fiete eingetroffen. Jetzt saßen sie schon fast eine Stunde im Foyer des Hillmanns und beobachteten abwechselnd die Eingangstüren. Lotte bemerkte, dass Pauls Stimmung sich zunehmend verschlechterte. Sicher fragte er sich, wie er sich so hatte täuschen können. Dieser Fiete hätte wenigstens mit irgendeiner fadenscheinigen Begründung absagen können. Aber dass er sich nun gar nicht meldete, das wunderte Lotte schon auch.

»Vielleicht ist irgendetwas passiert«, sagte Lotte und trank den letzten Schluck kalten Tee aus ihrer hauchdünnen Porzellantasse.

»Ach, Unsinn, was soll schon passiert sein von gestern auf heute«, regte Paul sich auf. »Und gar keine Nachricht zu schicken, ist auch keine Art. Hätte ich nicht gedacht von dem Jungen.«

Da wurde das Rundfunkgerät in ihrer Ecke der Lobby knisternd angeschaltet und der Ton lauter gedreht. »Sie hören eine Ansprache des Reichskanzlers Adolf Hitler«, sagte der Sprecher.

»Psst, psst«, hörte man in der Hotelhalle. Augenblicklich kehrte Stille ein, alle hielten den Atem an. Und dann vernahm man diese Stimme mit dem süddeutschen rollend gesprochenen R. Sie sprach ruhig und dem Anlass angemessen getragen.

»Der Reichspräsident, Generalfeldmarschall von Hindenburg, hat uns berufen mit dem Befehl, durch unsere Einmütigkeit der Nation die Möglichkeit des Wiederaufstiegs zu bringen. Wir appellieren deshalb nunmehr an das deutsche Volk, jenen Akt zur Versöhnung selbst mitzuunterzeichnen.« Das war alles.

»Und was hat das nun zu bedeuten?«, fragte Lotte.

Paul zuckte die Achseln.

Ein hanseatisch wirkender, elegant gekleideter Herr am Nebentisch drehte sich zu ihnen. »Er redet von Versöhnung«, sagte er, »aber seine SA-Truppe ist nicht gerade für Versöhnung bekannt. Dann schon eher für Saalschlägereien. Wenn das mal keine Unruhen gibt in der Stadt. Wenn die SA zum Provozieren in die Arbeiterquartiere zieht, zum Beispiel ins rote Gröpelingen, wo die Werftarbeiter der AG Weser wohnen, dann fliegen garantiert Steine.« Er griff wieder zu der Zeitung, die vor ihm auf dem Marmortischchen lag. »Aber nach Gröpelingen wollen Sie bestimmt nicht«, meinte er. »Was steht denn heute auf Ihrem Programm?«

»Wir haben einen Termin bei Herrn Roselius, auf dem Gelände von Kaffee HAG«, antwortete Lotte.

»Oho, beim König Ludwig von Bremen höchstpersönlich.«

»König Ludwig?«, fragte Lotte.

»Herr Roselius heißt Ludwig mit Vornamen, und er ist doch unser Kaffeekönig. Seine Kaffee HAG im Holzhafen ist so groß wie ein eigenes Stadtviertel. Waren Sie schon mal da?«

»Mein Mann ja, ich noch nicht«, sagte Lotte. »Unsere Droschke müsste eigentlich jeden Augenblick kommen.«

»Ist sie das?«, fragte der Herr und deutete auf einen Chauffeur, der seine Mütze in der Hand drehte und nach seinen Fahrgästen Ausschau hielt.

Lotte gab ihm ein Zeichen. »Jetzt komm, Paul, und mach nicht so ein Gesicht. Es gibt bestimmt eine Erklärung, warum

Fiete uns keine Nachricht geschickt hat. Vielleicht kommt sie noch später am Nachmittag.«

Paul stand missmutig auf und wies den Kellner an, die Getränke auf ihr Zimmer zu schreiben. Dann folgten sie dem Taxifahrer.

»Wie kam dieser König Ludwig eigentlich darauf, einen koffeinfreien Kaffee zu erfinden?«, fragte Lotte auf der Fahrt zum Hafen, um Paul etwas abzulenken.

»Es heißt, und so erzählt er es auch selbst, dass sein Vater mit Ende fünfzig an einem Herzanfall starb, und zwar, weil er zu viel Kaffee getrunken hätte. Er musste ja auch immer viel probieren.«

»Aber die Kaffeetester spucken doch ihre Proben immer aus, hab ich mal gelesen.«

»Der alte Roselius anscheinend nicht«, antwortete Paul. »Oder Ludwig Roselius erzählt eben eine interessante Geschichte zu seinem Kaffee ohne Koffein, die sich jeder merken kann. Er ist ja auch ein Meister in Sachen Reklame. Du wirst schon sehen. Von ihm können wir eine Menge lernen.«

»Aber dass wir versucht haben, ihm seinen Lehrling abzuwerben, das binden wir ihm lieber nicht auf die Nase, oder?«

»Auf keinen Fall. Außerdem ist die Sache ja sowieso geplatzt.« Paul sah zum Fenster hinaus. Er war immer noch gekränkt.

»Jetzt sei doch nicht so pessimistisch.« Lotte schmiegte sich an Paul und drückte ihm einen Kuss auf die Wange. »Vielleicht ist ihm nur etwas Wichtiges dazwischengekommen.«

Das Taxi hielt am Fabriktor. Lotte sah mehrere Straßen auf dem Gelände, rote hohe Backsteingebäude, die wohl schon etwas älter waren, moderne Hochhäuser mit bunten Fassaden und einen Turm, auf dem die drei goldenen Buchstaben HAG angebracht waren. Auf einem der Backsteinhäuser entdeckte sie, ebenfalls in Gold oder Messing, die Aufschrift »KABA der Plantagentrank« und dazu die vier Palmen, die auch auf den Packungen des Kakaogetränks abgebildet waren.

»Sag bloß, KABA ist auch eine Erfindung von Roselius.«

»Der Mann ist ein genialer Kaufmann. Du wirst es sehen.«

Lotte hoffte, dass er nicht nur genial, sondern vielleicht auch ein bisschen charmant und unterhaltsam sein würde.

Der Pförtner zeigte ihnen den Weg zu ihrem Treffpunkt.

»Das ist also der berühmte Marmorsaal, von dem du mir schon erzählt hast.«

Durch die Säulen aus weißgrauem Marmor kam ihnen das Genie entgegen. Obwohl Lotte ihn vorher nie gesehen hatte, wusste sie, dass er es sein musste. Kahlköpfig, untersetzt, vital, energisch und dabei sehr elegant gekleidet in einem braunen Maßanzug mit beiger Seidenkrawatte kam er auf sie zu. Roselius war kein verhuschter Erfinder, sondern ein Mann von Welt. Er zeigte ihnen in den Vitrinen aus dunklem Holz das von ihm entworfene weiße Kaffee-HAG-Geschirr mit dem roten Rettungsring, das wahrscheinlich jeder in Deutschland kannte. Die Botschaft lautete: Kaffee HAG ist ein Kaffee, der dein Herz schützt und deine Gesundheit. Sogar eine eigene Schrift wurde für alle Reklamemittel von Kaffee HAG erfunden. Roselius war Hanseat, sprach von der S-tadt und von der S-tromversorgung.

»Was sagen Sie zu unserem neuen Reichskanzler?«, fragte Paul ihn.

»Hitler?«, antwortete Roselius. »Ich finde es gut, wenn eine nationale Partei das Heft in die Hand nimmt. Wir sind Germanen und sollten stolz auf uns sein, statt andere Völker nachzuahmen. Waren Sie schon in der Böttcherstraße?« Er wandte sich an Lotte.

»Ich schon«, sagte Paul, »meine Frau noch nicht.«

»Das sollten Sie sich unbedingt ansehen, gnädige Frau.«

»Herr Roselius hat eine mittelalterliche Bremer Gasse vor dem Verfall gerettet«, erklärte Paul, »und sie mit modernen Mitteln wieder aufgebaut.«

»Eine komplette Straße?«, fragte Lotte.

»Nun, sie ist nicht sehr lang«, räumte Roselius ein.

»Aber ein Erlebnis«, sagte Paul. »Da gibt es Kaffee-Probierstuben und Gemäldegalerien, alles eng beisammen. Es wurden sehr viele Backsteine verbaut.«

»Und Bremen ist um eine Attraktion reicher«, sagte Roselius selbstbewusst.

Dallmayr bestellte schon viele Jahre Kaffee HAG und war ein guter Kunde von Roselius.

»Ich würde gern eine eigene Kaffeerösterei bei uns im Geschäft einführen«, gestand Paul schließlich.

Lotte schüttelte den Kopf. »Herr Roselius ist so nett, uns seine Fabrik zu zeigen, und was machst du, Paul? Kündigst gleich an, dass du ihm Konkurrenz machen willst.« Es war ihr wirklich etwas peinlich. Aber einen Vollblutunternehmer wie Roselius kratzte das offenbar nicht.

»Für Kaffee HAG gibt es keine Konkurrenz, da will keiner sich die Forschungsarbeit, die ich geleistet habe, noch einmal antun. Machen Sie sich keine Gedanken über uns, gnädige Frau. Wir sitzen sehr fest im Sattel. Und bis Ihr Gatte selbst rösten kann, habe ich mir längst schon wieder etwas Neues ausgedacht. Mein Geist ruht praktisch nie.«

Den Spruch merke ich mir, dachte Lotte. Mein Geist muss mit dem von Herrn Roselius verwandt sein, denn er ruht auch praktisch nie.

Bei der anschließenden Werksführung wurde Lotte in ihrer Vermutung bestätigt, dass die HAG-Werke so etwas wie einen eigenen Stadtcharakter hatten, sogar eine Betriebsfeuerwehr gab es. Die neuen Gebäude aus Eisenbeton kamen ihr äußerst modern vor. So etwas hatte sie in München noch nie gesehen. Sogar der berühmte Architekt Walter Gropius hatte über diese Industriebauten gestaunt. So nationalistisch Roselius sein mochte, er war kein bisschen altmodisch, sondern modern und innovativ. Und darauf war er auch stolz, das sah man ihm an.

In den Fabrikhallen, die sie dann besuchten, gab es in den riesigen Maschinensälen kaum mehr Menschen als Maschinen. Es war ziemlich laut dort, sodass sie sich nicht zu lange darin aufhielten. Die Fließbänder surrten, und der Mitarbeiter, der sie durch das Werk führte, behauptete, Herr Roselius hätte sie sogar noch vor Henry Ford in seiner Autofabrik in Detroit eingesetzt. Dann hatte König Ludwig Roselius also auch noch das Fließband erfunden, dachte Lotte. Was für ein Mann! Dafür war er eigentlich noch ziemlich bescheiden, nein, eher vornehm hanseatisch zurückhaltend aufgetreten. Nur in der »Wickelhalle«, wo der Kaffee verpackt und für den Versand vorbereitet wurde, gab es sehr viele weibliche Arbeitskräfte und kaum Maschinen. Lotte wurde es ganz schwindelig beim Zuschauen, so schnell wickelten die jungen Frauen die Kaffeepakete in einen Karton, verschlossen ihn und legten ihn auf ein Fließband, das ihn irgendwo verschnürte und auf einen Lkw oder gleich auf die Eisenbahn oder ein Schiff beförderte.

»So modern sind wir in München noch nicht«, sagte sie zu Paul.

»Wir haben ja auch keine Fabrik und keinen Industriebetrieb, sondern führen ein Delikatessengeschäft. Und ich bin schließlich auch kein König Ludwig.« Zum ersten Mal an diesem Nachmittag lächelte ihr Mann wieder. Na endlich, dachte Lotte und drückte seinen Arm, als sie sich bei ihm einhängte.

»Die ganze Wahrheit haben wir ihm aber nicht gesagt«, sagte Lotte, als sie mit der Droschke zurück in die Stadt und ins Hillmanns fuhren.

»Wieso, was meinst du?«, fragte Paul.

»Dass wir ihm einen Lehrling ausgespannt haben.«

»Ach was, ausgespannt«, schnaubte Paul. »Gewollt hätten wir ja, aber gekonnt haben wir anscheinend nicht.«

»Jetzt warte mal ab, Paul. Wetten, dass er doch noch zusagt?«

»Worum willst du denn wetten?«, fragte Paul.

»Lass dir etwas einfallen. Eben, was es dir wert ist«, sagte Lotte und strich sich über ihren Wollmantel und den Fuchspelz.

»Das überlege ich mir erst dann, wenn dieser Fiete wirklich zugesagt hat. Oder eben ein anderer.«

»Ein anderer?«, fragte Lotte. »Wer denn?«

»Frag mich was Leichteres.«

»Dann müssen wir eben noch mal nach Bremen kommen, wenn es dieses Mal nicht klappt.«

Paul schüttelte den Kopf über so viel Optimismus oder Hartnäckigkeit.

In der Hotellobby ging es zu wie am Stachus. Es war die Stunde des Heimkommens, des Aperitifs und des anschließenden Schönmachens für das Souper. Für das festliche Abendessen im Restaurant wurde alles an Garderobe aufgefahren, was die Koffer hergaben. Der Wäscheservice des Hotels wurde mit letzten Aufträgen zum Aufbügeln von Hemden, Dämpfen von Bügelfalten und Aufstecken von Säumen beschäftigt. Im Friseursalon gab es längst eine Warteliste von Kundinnen. Manche, die weniger geschickten, ließen sich die Fräuleins privat aufs Zimmer kommen, um die Haare aufzustecken. Lotte konnte das alles selbst, und ihre Abendgarderobe hing längst auf einem Bügel an der Schranktür zum Aushängen. Sie liebäugelte mit einem kleinen Gläschen Schampus an der Bar, als einer der Portiers ihnen mit einem Brief winkte.

Lottes Herz machte einen kleinen Sprung. Eine Nachricht von Fiete? Sie sah Paul an, aber der zuckte nur die Achseln und tat ganz uninteressiert. Aber dann stolperte er fast über eine Teppichkante, und da wusste Lotte, dass er wohl auch ein wenig aufgeregt war.

Es war kein Brief, sondern ein Telegramm, das der Portier ihnen reichte.

»Lies vor!«, forderte Paul Lotte auf.

»KURZSCHLUSS RÖSTMASCHINE STOPP KONNTE NICHT WEG STOPP NEHME DAS ANGEBOT AN STOPP KOMME IM MAI NACH MÜNCHEN STOPP FIETE WÜNSCHE«

Lotte sah Paul an und grinste über das ganze Gesicht.

»Na, welch exklusives Geschenk darf es jetzt sein, meine Dame? Hatten Sie nicht davon gesprochen, dass Sie gern einen Pelz hätten, der etwas größer als Ihr Fuchskragen wäre? Eine Nerzstola oder so etwas in der Art vielleicht?«

»Erst einen Kuss und dann ein Glas Champagner bitte«, flüsterte Lotte.

»Können wir die Reihenfolge noch ändern?«, fragte Paul und sah sich in der belebten Lobby um.

»Einverstanden«, antwortete Lotte und ging Richtung Bar voraus.

∾

Simon war der Erste, der den Ford auf den Goldachhof einbiegen sah und genau beobachtete, welch hohe Herrschaften wohl jetzt gleich aussteigen würden. Die Fahrertür wurde aufgestoßen, und ein schmales Wesen sprang heraus, das dunkelblonde Haar kinnlang und gekleidet wie ein Mann. Die Hose war am Bund eng und an den Beinen sehr weit geschnitten, mit Bügelfalten und Umschlag am Saum. Dazu trug sie flache, fast derbe Schuhe, ein helles Hemd mit schmaler Krawatte und eine Lederjacke, die bis auf die Mitte ihrer Schenkel reichte.

Johanna hatte die ganze Szene vom Fenster ihres Zimmers im ersten Stock aus beobachtet, auch den staunenden Knecht, der immer noch unschlüssig vor diesem Wunder aus einer für ihn unbekannten Welt stand. Dabei hatte das Wunder einen Namen, den auch Simon gut kannte: Marie, Johannas Cousine aus Lindau am Bodensee.

Als Johanna unten im Hof ankam, standen Marie und Simon schon über die offene Motorhaube des Wagens gebeugt und fachsimpelten über die Anzahl der Zylinder, den Hubraum und das Dreiganggetriebe, und Marie zeigte Simon die Kardanwelle, über die die Hinterräder angetrieben wurden. Als Marie gerade anfing, Simon von den Trommelbremsen vorzuschwärmen, näherte Johanna sich ihrer Cousine von hinten und hielt ihr die Augen zu. Marie drehte sich um, und die beiden fielen sich lachend in die Arme.

»An deiner Cousine ist ein Mechaniker verloren gegangen«, bemerkte Simon. »Sie versteht mehr davon als jeder Mann, den ich kenne.«

»Ich will eben immer alles ganz genau wissen«, antwortete Marie. »Auch wie das Fahrzeug funktioniert, das mich von Lindau nach München bringt, und warum es überhaupt fährt. Außerdem habe ich womöglich bald eine weite Reise vor mir und keinen Mann dabei, der mir mein Automobil wieder flottmacht, wenn es einmal liegen bleibt. Meine Probleme muss ich dann schon selber lösen können.«

»Eine weite Reise?«, fragte Johanna. »Wohin denn?«

»Erst einmal nur zurück nach München.« Johanna zwinkerte ihr zu. »Ich muss noch ein paar Sachen besorgen, und du solltest unbedingt mitkommen, Cousinchen.«

»Aber ich habe doch keine Ahnung von Automobilen und kann dir da gar nicht helfen.«

»Wer redet denn von Autos? Die moderne Automobilistin will doch überall auf der Welt gut aussehen und schick angezogen sein. Ich dachte an Bekleidungsgeschäfte. Große Hüte brauche ich keine. Aber eine Fliegerkappe wäre nicht schlecht, wenn ich mit offenem Verdeck unterwegs sein werde und in wärmeren Weltgegenden als hier. Brr, ist das kalt bei euch. Und neblig.«

Johanna konnte sich vorstellen, wie Marie in ihren dünnen Hosen und ohne Mantel frieren musste. Hatte denn Simon keine Augen im Kopf? Aber der war immer noch in die Betrachtung des Motors versunken.

»Jetzt komm doch erst mal rein und wärm dich auf. Paula hat bestimmt einen Teller Suppe für dich und eine von ihren Schmalznudeln.«

»Wo ist denn dein Vater?«, fragte Marie. »Ist er gar nicht da?«

»Doch, aber er hat sich kurz hingelegt. Die Kälte macht ihm zu schaffen«, sagte Johanna und hörte selbst, dass es nicht besonders überzeugend klang.

Simon klappte den Deckel der Motorhaube zu. »Der Motor mag die Kälte wahrscheinlich auch nicht. Ich mach dir das Scheunentor auf, Marie. Dann kannst du den Wagen dort unterstellen.«

Marie stieg in ihren imposanten Ford und fuhr ihn in die Scheune. Dann ging sie mit Johanna ins Haus.

»Aber wieso jetzt das Auto und die große Reise, ich denke, du wolltest in Berlin zum Rundfunk?«, fragte Johanna.

Marie winkte ab und biss in ihre Schmalznudel.

»Hans Bredows Vision vom weltoffenen Medium Radio.« Marie lachte, doch es klang bitter. »Natürlich hat mir das imponiert. Die Leute hören lassen, was in der Welt geschieht, in anderen Ländern, Musik aus Amerika.« Marie schenkte sich Kaffee ein. »Ich bin gespannt, wie lange Bredow sich noch halten wird.«

»Wieso?«, fragte Johanna. Sie hatte den Namen des Reichsrundfunkkommissars schon von ihrer Cousine gehört und ihn kürzlich auf einem Zeitungsfoto auf der Funkausstellung gesehen.

»Wieso wohl?«, fragte Marie. »Weil Hitler Reichskanzler geworden ist.«

»Ja und?«, fragte Johanna.

»Sag mal, wo lebst du denn eigentlich?«

Johanna zog eine Grimasse. »Na hier, auf dem Goldachhof. Ich kümmere mich hauptsächlich um die Tiere. Für Politik habe ich mich noch nie besonders interessiert.«

Marie strich sich eine Haarsträhne hinters Ohr. Was für feine Gesichtszüge Marie hat, dachte Johanna. Und was für zarte Haut. Wie hauchdünnes Porzellan.

»Habt ihr hier auf dem Land etwa noch keine Bekanntschaft mit den Nazis machen müssen? Wir in Berlin schon, das kannst du mir glauben. Ich befürchte, sie werden alles umkrempeln«, sagte Marie. »Und vermutlich wird es schnell gehen.«

»Übertreibst du nicht?«, fragte Johanna. »Dieser Hitler ist doch gerade erst zum Kanzler ernannt worden.«

»Und?«, fiel Marie ihr ins Wort. »Ein staatenloser Niemand, vor zehn Jahren wegen eines Putschversuchs als Hochverräter verurteilt, und jetzt ist er Reichskanzler. Meinst du, der wird in dieser mächtigen Position plötzlich zahm, weise und gütig?« Marie lachte wieder sarkastisch auf. »So naiv kann man doch selbst als Landpflanze nicht sein. Sie bereiten sich seit zehn Jahren auf die Machtübernahme vor. Und jetzt hat Hindenburg ihnen die besten Plätze für dieses Vorhaben angeboten. Noch sitzt er da wie ein braver Zivilist im eleganten Anzug. Als könne er kein Wässerchen trüben. Aber wir wissen doch, was für Leute er um sich schart und was sie auszeichnet. Und das ist nicht Weltoffenheit, Toleranz und

Respekt vor den Menschen, wie Hans Bredow sich das für den Rundfunk vorgestellt hat.«

»Sondern?«, fragte Johanna. »Was denkst du?«

»Das komplette Gegenteil. Nationalismus, Intoleranz und eine Brutalität, die uns noch Hören und Sehen vergehen lassen wird. Schlägereien sind doch ihre größte Spezialität. In Berlin weiß man das«, sagte Marie.

»Hoffen wir, dass es nicht so schlimm kommen wird, wie du sagst«, sagte Johanna, ohne so recht davon überzeugt zu sein.

»Ein Mensch mit Verstand, der beobachtet hat, was diese Leute die letzten Jahre so getrieben haben, dem bleibt nicht viel Optimismus.«

»Aber ihre Partei hat doch nur drei Personen in der Regierung, wenn ich es richtig gelesen habe. Damit kann man doch keinen Umsturz durchführen«, sagte Johanna.

»Das ist vielleicht der einzige Funke Hoffnung, der noch besteht«, stimmte Marie ihr zu. »Das Volk müsste sie bei den nächsten Wahlen einfach wieder abwählen. Aber ich denke nicht, dass das passieren wird. Hans Bredow glaubt es auch nicht. Sein Stuhl wackelt schon bedenklich. Er rät mir davon ab, beim Rundfunk zu bleiben. Obwohl ich doch genau dort immer hinwollte.«

»Und jetzt?«, fragte Johanna.

»Jetzt habe ich all mein Erspartes und meinen Teil des Erbes von Oma Therese abgehoben und mir erst mal diesen Wagen gekauft. Irgendwas muss man ja tun.«

»Und was hast du nun damit vor?« Marie war immer gut für Überraschungen. Berlin. Rundfunk. Ein eigenes Automobil. Dagegen war Johannas Leben eintönig und so richtig langweilig.

»Jetzt fahren wir erst einmal nach München zum Einkaufen. Du kommst doch mit? Bitte, Johanna, reiß dich los von deinem Hof, der wird auch mal einen Tag ohne dich auskommen.« Marie lächelte. Und diesem Lächeln konnte man kaum widerstehen.

»Ich müsste nur vorher noch auf Gut Zengermoos vorbeischauen«, antwortete Johanna. »Da gibt es eine trächtige Stute. Ich hab's versprochen.«

»Na gut«, sagte Marie und stellte ihre Kaffeetasse ab. »Dann fahren wir eben erst dahin und danach einkaufen. Kein Problem.«

»Ich packe nur noch schnell meine Sachen.«

൭

Hermann hatte die Ankunft des Wagens auf dem Hof ebenfalls bemerkt. Ein Ford V8, was für ein schöner Wagen. Und das war doch Marie! Dabei sah sie fast aus wie ein Junge, ein Bengel aus der Großstadt. Fehlte nur noch die Zigarettenspitze im Mund.

Hermann erinnerte sich noch gut an Marie als kleines Mädchen. Damals war sie hier vom Hof ins Moos gelaufen. Er und Balbina hatten nach ihr gesucht und sie schließlich in der armseligen Hütte der Familie König wiedergefunden. Wie lange das nun schon her war! Seit achtundzwanzig Jahren bewirtschaftete er mittlerweile diesen Hof, den seine Mutter 1905 gekauft hatte. Seine beiden Kinder waren hier geboren und aufgewachsen. Seine Frau hatte ihre geliebten Pferde auf den Hof gebracht und ritt täglich auf ihnen ins Moos. Sie produzierten immer noch Gemüse, Kartoffeln, züchteten Geflügel, hatten ihre Fischweiher. In den letzten Jahren hatten sich ganz neue Probleme ergeben. Seit dem Bau des Speichersees durch die Mittlere Isar AG sank der Wasserspiegel bedenklich, Wasserläufe veränderten sich, und Schmutzwasser trat immer wieder in ihre Trinkwasserbrunnen ein. Bis jetzt hatten all ihre Eingaben bei den Behörden nichts bewirkt. Als einzelne Moosbauern und Gutsbesitzer hatten sie keine Chance gegen den mächtigen Betreiber. Hermann fühlte sich müde nach all diesen Kämpfen. Bis er sich von seinen Erinnerungen losgerissen hatte und hinunter in den Hof kam, war der V8 schon wieder zum Tor hinaus.

∾

Johanna und Marie fuhren etwa fünf Kilometer über einen schnurgeraden Feldweg nach Norden, bogen dann nach Osten ab, überquerten die Goldach und kamen nach einem weiteren Kilometer auf das Gut Zengermoos. Johanna stieg aus, sah sich auf dem Hof um und lief, als sie niemanden draußen entdeckte, mit ihrer Tasche direkt zu den Pferdeställen. Marie, in ein Wollcape von Johanna gehüllt, folgte ihr.

»Johanna, endlich!«, war eine Stimme aus dem Halbdunkel des Stalls zu hören.

»Grüß dich, Franz.«

»Ich glaube, es geht bald los. Lisbeth hat sich gerade hingelegt. Sie war so unruhig.«

Johanna öffnete das Gatter und betrat die Box. Sie gewöhnte sich schnell an das gedämpfte Licht. Die Fuchsstute lag ganz ergeben auf ihrem Heubett. Johanna berührte sie leicht an der Kruppe und tastete die Bänder am Hüftgelenk ab.

»Alles schön weich und bereit für die Geburt«, sagte sie. »Bist du schon lang bei ihr, Franz?«

»Seit einer Stunde vielleicht. Meinst du, es geht bald los?«

»Kann sein, aber das kann ich von außen nicht erkennen. Und bei den Stuten kann man sowieso nicht nachhelfen. Sie fohlen dann, wenn sie so weit sind.« Johanna sah sich nach Marie um. »Das ist übrigens meine Cousine Marie aus Lindau. Und das ist Franz Reisinger, der Juniorchef auf dem Gut.«

»Grüß Gott«, sagte Franz, während Marie nur kurz die Hand hob.

Jetzt versuchte die Stute mit den Hinterbeinen aufzustehen. Als wollte sie Platz schaffen für das Fohlen, das tatsächlich kurz darauf in einer weißlichen Hülle aus der Stute herausplumpste. Johanna half mit den Händen nach, zog an den langen Beinen, bis das Fohlen am Boden lag. Sie suchte nach den Nüstern des Tieres und riss mit den Händen ein Loch in die weiße Eihaut, die das Fohlen umschloss, damit es Luft bekam und selbstständig atmen konnte. Das war der gefährlichste Moment bei einer Pferdegeburt, denn mit verstopften Nüstern würde das Fohlen ersticken. Das wussten längst nicht alle Menschen, die dabei waren, wenn ein Fohlen zur Welt kam.

»Hast du gesehen?«, fragte sie Franz. »Immer sofort die Nüstern frei machen.«

Franz nickte. Er hatte aufgepasst. Jetzt kniete er neben Johanna, und gemeinsam rubbelten sie das Fohlen mit Stroh trocken.

»Es hat ja so lange Beine!«, rief Marie von jenseits des Gatters.

»Ja, da stimmen die Proportionen noch nicht so ganz.«

»Und was ist das da, an den Hufen?«, fragte Franz. »Ist das eine Krankheit?« Es sah aus, als sei dem Fohlen eine milchige Extrahaut über die Fußsohlen gewachsen.

»Das ist, damit das Fohlen die Mutter im Bauch nicht verletzt mit seinen Hufen. Darum ist die Haut noch ganz weich. Aber sie fällt mit der Zeit beim Laufen ab, keine Sorge.«

»Dann bin ich ja beruhigt«, sagte Franz.

»Ein ganz schönes Fohlen hat sie geboren, unsere Lisbeth. Hast du schon einen Namen für das Mädchen?«

»Ich dachte, Lisi oder Rosi«, sagte Franz.

»Romana«, schlug Marie vor.

»Viel zu lang«, meinte Franz.

»Wie wär's mit Romy?«, fragte Johanna.

»Das gefällt mir.« Franz strahlte. Dann hoben sie zusammen Romy hoch und setzten ihre Hufe auf den Heuboden. Kaum stand das Fohlen auf eigenen Beinen, wackelte es zu seiner Mutter, um zu trinken. Damit war Johannas Einsatz beendet.

»Ja, ich muss dann weiter, Franz. Meine Cousine entführt mich heute noch nach München, mit ihrem Automobil.«

Franz nickte. »Kommst du morgen noch mal vorbei und schaust nach Romy?«

»Freilich«, versprach Johanna. »Gleich nach dem Frühstück.«

»Dank' dir schön, Johanna.«

Als Johanna sich die Hände gewaschen und ihren Kittel ausgezogen hatte, stieg sie zu Marie ins Automobil.

»Sind wir jetzt wegen der Stute hier gewesen oder doch eher wegen des Gutsherrn?«, fragte Marie.

»Wieso? Was meinst du?«

»Kommst du morgen noch mal vorbei und schaust nach Romy?«, äffte Marie Franz nach. »Jetzt tu nicht so ahnungslos. Der Kerl ist doch hochgradig in dich verliebt. Wie er dich anhimmelt.«

»Meinst du?«, fragte Johanna.

»Bist du auch in ihn verliebt?«

Johanna merkte, wie sie errötete.

»Dachte ich's mir doch. Johanna, endlich! Schmachtblick. – Grüß dich, Franz. Blink, blink.« Marie machte einen übertriebenen Augenaufschlag.

»Stimmt überhaupt nicht. Du übertreibst. Ich bin doch kein Backfisch mehr«, protestierte Johanna.

»Offiziell nicht, aber man könnte es fast glauben, wenn

man euch so zusammen sieht«, behauptete Marie. »Spricht denn etwas gegen diesen Franz?«

»Nein, wieso? Du musst jetzt da vorne in Ismaning auf die Hauptstraße abbiegen.«

»Warum seid ihr dann nicht zusammen?« Marie blieb hartnäckig.

»Wie jetzt, einfach so, meinst du?«

»Na, man sollte doch ausprobieren, ob man überhaupt zusammenpasst. Oder muss man dafür bei euch auf dem Land gleich heiraten?«

»Jetzt schau nicht dauernd zu mir rüber, sondern auf die Straße, Marie. Und lass das mal meine Sorge sein.«

»Deine oder eure?«, insistierte Marie. »Du hast es doch auch bemerkt, dass er in dich verliebt ist.«

»Doch, ja, vielleicht. Aber ich muss mir ja selbst erst klar werden, was ich will.«

»Und wie lange kennt ihr euch schon?«

»Eigentlich schon seit der Kindheit. Wir waren immer Nachbarn im Moos und Freunde, Franz, Johann und ich. Eine verschworene Bande.«

»Und wie lange wollt ihr noch warten?«

»Marie, jetzt kümmere dich um deine Angelegenheiten, bitte.« Johanna sah aus dem Fenster in die bekannte und vertraute Umgebung. Nicht zum ersten Mal fragte sie sich, was es bedeuten würde, wenn sie sich offiziell auf eine Verbindung mit Franz einließ, für sie und für ihren Beruf. Wo würde sie leben, bei ihm auf dem Hof? Und wer würde sich dann um den Goldachhof kümmern? Von diesen Überlegungen ahnte Marie nichts, und Johanna wollte auch nicht unbedingt mit ihr darüber reden.

»Okay«, gab Marie sich geschlagen. »Können wir jetzt damit aufhören, uns anzuschweigen, ja? Das ist so öde. Ich mische mich auch nicht weiter in deine Angelegenheiten.

Versprochen. Also, wohin fahren wir zuerst, was schlägst du vor? Ich bräuchte einen Herrenausstatter.« Sie hatten die Stadtgrenze von München erreicht, und Marie bog auf die Leopoldstraße ein. Johanna überlegte.

»Woher hast du eigentlich die Fahrpraxis, um im Stadtverkehr mit deinem schicken, aber doch sehr großen Automobil zurechtzukommen?«, fragte sie.

»Woher wohl? Aus Lindau?« Marie lachte aus vollem Hals.

»Also hast du noch gar keine? Das wird ja lustig. Achtung, Straßenbahn!« Marie trat auf die Bremse, dass es quietschte. »Herrenausstatter.« Johanna überlegte. »Isidor Bach«, schlug sie vor, »in der Sendlinger Straße. Das wäre meine erste Adresse für Herrenkonfektion. Und die von Tante Lotte übrigens auch. Eigentlich von der ganzen Familie. Dort gibt es die größte Auswahl und beste Qualität.«

Johanna lotste sie, und Marie zockelte im Kolonnenverkehr hinter der blauen Straßenbahn her, während sie beide auf Radfahrer und Fußgänger achtgaben. Maries Ford war nicht das einzige Fahrzeug auf der Straße. Sie fuhren ein ganzes Stück an Isidor Bach mit einer Reihe von Schaufenstern entlang, bevor Marie einen Platz fand, wo sie das Automobil parken konnte.

»Schau, ist das nicht ein Lieferwagen von Dallmayr?«, rief sie während des waghalsigen Rangiermanövers.

»Dunkelblau mit goldener Schrift.« Johanna nickte. »Sollen wir später noch bei Tante Lotte und Onkel Paul vorbeisehen?«

»Unbedingt, vielleicht laden sie uns ja zum Essen ein.«

Der Wagen stand zwar immer noch etwas schief, aber Marie behauptete, so könne er bleiben. Die anderen Verkehrsteilnehmer müssten eben auch ein bisschen auf sie Rücksicht nehmen.

Im Geschäft übernahm Marie sofort die Führung. Sie war

an den elegant ausgestatteten Schaufenstern vorbeimarschiert, ohne sie eines Blickes zu würdigen, trat durch die Eingangstür und sah sich nach einem Verkäufer um. Ein bleicher junger Mann mit rötlichem Backenbart fragte sie nach ihren Wünschen.

»Ich suche einen leichten Sommeranzug, so im Safari-Stil, wenn Sie wissen, was ich meine. Ein Sakko, eine lange und eine kurze Hose dazu passend. Eine Fliegerkappe mit Ohren, einmal Leder und einmal aus einem leichteren Stoff. Und einen Tropenhelm.«

»Und für wen?«, fragte das Bürschchen.

»Für mich natürlich.«

»Und Sie möchten die Sachen hier auch anprobieren?«

»Davon können Sie ausgehen, dass ich meine Anzüge probiere, bevor ich sie kaufe.«

»Moment bitte, die Dame. Ich bin gleich wieder da. Wenn Sie sich vielleicht schon in die Hutabteilung begeben wollen? Dort könnten Sie eventuell auch mit der Automobilistenkappe fündig werden. Für den Tropenhelm sehe ich offen gesagt schwarz. Bei uns in Mitteleuropa herrscht bekanntlich Winter. Aber ich bin gleich zurück. Einen Moment.« Und er eilte Richtung Kassen oder Büros davon.

»Ob der wirklich wiederkommt?«, fragte Marie. »Was hat er denn? Habe ich ihm Angst gemacht?«

»Vielleicht darfst du als Frau die Herrenumkleiden nicht betreten oder so etwas«, vermutete Johanna. Und dann sahen sich die beiden an und prusteten los.

Der Rotschopf kam tatsächlich zurück, im Schlepptau eine Matrone aus einer anderen Abteilung oder weiß Gott, aus welch finsterem Depot oder Kontor. Sie wirkte sichtlich unzufrieden, dass sie zu diesem Sondereinsatz gerufen wurde, und missbilligte offenkundig auch Maries ganze Erscheinung. Doch sie biss die Zähne zusammen, sprach kein Wort zu viel, grinste ein falsches Lächeln, das freundlich wirken sollte, aber eigentlich gruselig war. Marie legte es darauf an, sie speziell zu ärgern, indem sie aus der Umkleide trat und ans Fenster marschierte, um die Farbe im Tageslicht zu prüfen. Marie, mit ihrer Kleidergröße wie ein Firmling und ihren dünnen Beinen, stakste auf dem Teppich herum wie ein Wasservogel. Neugierige Blicke der männlichen Kunden waren ihr sicher. Das konnte auch die Matrone nicht verhindern. Die Sommerkollektion musste aus irgendeinem Lager ausgegraben werden, aber keiner verlor darüber ein Wort. Die Kundin blieb Königin, auch wenn sie Herrenkleider für sich kaufte. Und an das Haifischgrinsen der Verkäuferin hatten die beiden Frauen sich bald gewöhnt.

»Wirklich ein feiner Laden«, sagte Marie, als sie mit ihrem rothaarigen Pagen das Geschäft verließ, der ihre sechs Pakete zum Wagen trug und sich sehr tief verbeugte, als er das Trinkgeld entgegennahm.

Direkt vor dem Haus mit der gelben Fassade, den weißen Säulen und den vertrauten halbrunden Schaufenstern fand Marie keinen Platz, wo sie hätte parken können. Drei Lieferwagen standen dort in Reihe, dunkelblau mit dem goldenen Schriftzug »Alois Dallmayr«. Erst ein Stück weiter Richtung Marienplatz konnte sie den Wagen abstellen.

»Das ist aber doch nicht Tante Lotte, diese Person mit dem langen Hals und der Brille auf der Nasenspitze, die jede einzelne Kiste höchstpersönlich inspiziert«, stellte Marie fest.

»Das ist Rosa«, sagte Johanna. »Sie stammt noch aus Omas Zeiten. Kannst du dich nicht an sie erinnern? Vor ihrer Heirat war sie das berühmte Fräulein Schatzberger, Omas rechte Hand. Sie kennt den Laden wahrscheinlich besser als alle anderen, vielleicht sogar besser als Onkel Paul. Jedenfalls ist sie länger im Betrieb als er.«

Marie erinnerte sich nicht. »Ich war ja leider nicht so oft in München, wie ich gewollt hätte. Meine Mutter war dagegen. Und wenn meine Mutter dagegen war, dann hieß das: Schlag es dir aus dem Kopf.« Es klang, als seien zwischen Marie und Tante Balbina immer noch einige Rechnungen offen. Doch in Maries Gesicht war keinerlei Regung zu erkennen.

Johanna griff tröstend nach Maries Arm, doch da blieb Marie stehen, bückte sich und hob etwas vom Boden auf. Es war zu dunkel, als dass Johanna erkannt hätte, was es war.

Der Fahrer des ersten Lieferwagens startete den Motor und fuhr los. Rosa war unterwegs zum nächsten Wagen, als die beiden Frauen zu ihr aufschlossen.

»Johanna?« Rosa nahm ihre Lesebrille ab. Marie reichte ihr den Gegenstand, den sie aufgehoben hatte. Es war ein Notizbuch.

»Und das ist ja Marie! Mit dem Kontobuch des Kronprinzen. Wo kommt denn das jetzt her, um Himmels willen!«

»Hab ich gefunden, gleich hier«, sagte Marie. »Es muss Ihnen aus der Hand gerutscht sein.«

»Ja, sag einmal. Da sieht man, wie schusselig ich im Alter geworden bin. Das wär mir früher nicht passiert. Da hätte ich aufgepasst wie ein Luchs. Wenn eure Oma, Gott hab sie selig, noch leben würde! Wie hätte sie mich jetzt tadelnd angesehen. Vom Kronprinzen!«

»Tja, Oma ist nicht mehr da, und eigentlich gibt es ja auch schon länger keinen Kronprinzen mehr«, bemerkte Marie ungerührt. »Oder haben wir immer noch eine Monarchie in Bayern, so ganz heimlich, während alle anderen denken, wir lebten seit fünfzehn Jahren in einer Republik?«

»Der Kronprinz Rupprecht«, klärte Rosa sie auf, »ist der Kronprinz Rupprecht. Und das bleibt er, solange er lebt. Auch wenn er kein Amt mehr bekleidet und kein König mehr werden kann.«

»Und das Wichtigste«, ergänzte Marie, der es offenbar Spaß machte, Rosa ein wenig zu ärgern, »er hat ein Kontobuch bei Dallmayr und kauft hier immer noch regelmäßig ein. Er kann also noch nicht komplett verarmt sein, der letzte Spross aus dem Geschlecht der Wittelsbacher.«

Aber Rosa ließ sich nicht provozieren. »Meine liebe Marie«, sagte sie. »Ich bin genauso Republikanerin wie du. Aber Geschäft ist Geschäft, und jeder, der ein Kontobuch bei uns hat, wird behandelt wie ein guter Kunde, und über unsere Kunden wird nicht schlecht geredet, egal ob Kronprinz oder Chefsekretärin.« Damit war das Thema vorerst beendet. »Wollt ihr nicht schon reingehen? Ich muss noch die letzte Lieferung überprüfen. Die Lebensmittel haben wir schon drinnen abgehakt, jetzt wollte ich nur noch schauen, ob das ganze Zubehör auch mit dabei ist und nichts fehlt.«

»Zubehör?«, fragte Marie.

»Dallmayr ist doch jetzt der Wundermann.« Johanna grinste. »Kennst du die Reklame nicht?«

Marie schüttelte den Kopf. »Hab ich in Berlin nicht gehört.«

»Du rufst Dallmayr einfach an – das ist der große Wundermann«, zitierte Johanna.

»Und was macht der Wundermann?«, fragte Marie.

»Er liefert nicht nur die fertigen Speisen für Bankette, Hochzeiten, Familienfeiern«, erklärte Rosa, »sondern auch das feine Porzellan dazu, die passende Anzahl von Schüsseln, Silberbesteck und Platten, Tafelaufsätze, Austernteller, Austernmesser und versilberte Gabeln, Fingerschalen, Weingläser in ausreichender Zahl, Damasttischtücher und gestärkte Servietten. Denn nicht jeder hat all das heute noch zu Hause in den Schränken stehen.«

»Nicht wie die Großbürger und der Adel vor dem Krieg«, kommentierte Marie. »Die reichen Leute heutzutage besitzen eben kein vierundzwanzigteiliges Nymphenburger Porzellanservice mit Goldrand und Familienwappen mehr und haben auch zu wenig Personal, als dass sie wöchentlich die Silberlöffel und die Kristallgläser polieren lassen könnten. Die Wohnungen sind einfach nicht mehr groß genug für so eine komplette Ausstattung, wie sie in den Palästen noch vorhanden war.« Johanna wollte sie unterbrechen, aber Marie war noch nicht fertig. »Der Wundermann«, wiederholte sie. »Was mich ja wundert ist, dass es bei Dallmayr immer noch Austern und Hummer gibt, oder wieder. Trotz Krieg, Weltwirtschaftskrise und so weiter.«

Da machte Rosa einen Schritt auf sie zu. Sie sprach jetzt leiser, obwohl nur die beiden Fahrer und ein Lehrling in der Nähe waren, die sie hören konnten. »Ich glaube nicht, Marie, dass du – ich darf doch noch Du sagen zur Tochter meiner Freundin Balbina? – in Berlin in deinen Journalistenkreisen, bei den Herren Verlegern und dem Herrn Reichsrundfunkkommissar, eben den Kreisen, in denen du dich bewegst, nie Austern oder ein Hummersüppchen, Artischocken oder Spargel gegessen hast.« Sie zischte jetzt fast, als müsste sie sich beherrschen, nicht laut zu werden. »So, und jetzt pass mal auf: Etwas anderes hat der Kronprinz heute auch nicht bestellt.« Sie schlug das Kontobüchlein auf und las vor: »Kaffee, Eier, Artischocken, Champignons, Gemüse, Tee, Thunfisch, Sardinen, Lachs, Krebsbutter, Schinken, Gänseleber, Spargel, Trüffeln. Die Bestellung kostet genau zweihundertvierzig Mark. Das Pfund Kaffee für 4,80 Mark. Die zwei Pfund Stangenspargel, wenn du es genau wissen willst, für zwölf Mark, das entspricht in etwa dem Preis für ein Pfund Hummer.«

»Wer Anfang Februar Spargel essen möchte, muss eben etwas tiefer in die Tasche greifen«, kommentierte Marie. »Vielleicht weiß der Kronprinz gar nicht, dass er bei uns frühestens Mitte April von den Feldern geerntet werden kann, weil vorher noch Frost herrscht.«

Rosa rollte mit den Augen. »Marie, dein Widerspruchsgeist ist ja wirklich legendär, aber du schaffst es dann doch immer wieder, noch eins obendrauf zu setzen. Immer das letzte Wort, die Madame vom Bodensee. Ich mache dann mit meiner Arbeit weiter, wenn ihr gestattet. Bin bald so weit.«

»Sind Tante Lotte und Onkel Paul eigentlich schon aus dem Norden zurück?«, fragte Johanna.

»Wir erwarten sie zum Abendessen. Geht doch schon mal vor. Die Köchin ist mitten in den Vorbereitungen. Am besten meldet ihr euch bei ihr, damit sie weiß, dass sie zwei weitere Personen für das Abendessen einplanen muss.«

»Wir können auch beim Tischdecken helfen«, bot Johanna an.

»Hoffentlich brauchen wir keine Austerngabeln.«

Marie konnte es einfach nicht lassen. Rosa blieb wie angewurzelt stehen.

»Ich meine, nicht dass der Wundermann die Gabeln jetzt alle an die Kundschaft ausgeliehen hat.«

Marie lächelte so charmant, dass Rosa nicht anders konnte, als mitzugrinsen, auch wenn sie dabei den Kopf schüttelte über so viel Renitenz.

Im Geschäft waren die frischen Waren am Feierabend zum Teil mit Tüchern abgedeckt, zum Teil ausgeräumt und in die Kühlung geschafft worden. Marie stellte sich auf Zehenspitzen und ließ ihren Blick durch den Laden schweifen.

»Suchst du etwas Bestimmtes?«, fragte Johanna.

»Wo sind denn die Pralinen? Die müssen doch nicht verpackt werden über Nacht.«

Johanna ging als Lotsin voran. Auch die Pralinen waren mit Tüchern abgedeckt, aber das war für Marie kein Hindernis. Sie hob das Tuch in der obersten Reihe hoch, stibitzte eine würfelförmige Noisettepraline und wollte gerade nach einer Champagner-Trüffel aus der zweiten Reihe greifen, als eine Männerstimme von der Treppe her »Hallo? Ist da jemand?« rief.

Zwei Jungs kamen ihnen durch den Laden entgegen.

»Ist das nicht ...?«, nuschelte Marie mit vollem Mund.

»Gregor, grüß dich!«, rief Johanna. »Schau, wer zu Besuch ist: Marie aus Lindau.«

Draußen wurden die Motoren der beiden Lieferwagen gestartet, und Rosa betrat das Geschäft.

»Wo willst du denn jetzt noch hin, Gregor?«, fragte die Buchhalterin, als habe sie in Abwesenheit von Paul und Lotte Erziehungsfunktionen für den siebzehnjährigen Gregor übernommen. »Ich dachte, wir essen alle zusammen. Und wer ist der junge Mann da, ein neuer Freund von dir?«

»Das ist Adi. Er geht in meine Klasse.«

»Adi und wie noch?«

»Adi Faltermeier, aus der Westenriederstraße.«

»Adi wie Adolf?«, insistierte Rosa weiter.

»Adi wie unser neuer Reichskanzler Adolf Hitler, Fräulein!«

Hatte der Junge mit dem untenrum kahl geschorenen Kopf jetzt tatsächlich Haltung angenommen? Johanna fand die Szene kurios.

»*Frau* Baumgartner«, korrigierte Rosa ihn. »Und wo wollt ihr zwei jetzt noch hin?«

»Ich habe mein Mathebuch bei Adi vergessen, und wir sind mit den Hausaufgaben nicht ganz fertig geworden«, sagte Gregor. »Ich begleite ihn noch schnell nach Hause und hole mein Buch.«

»Dann müsstest du in«, Rosa sah auf ihre Armbanduhr, »etwa fünfzehn bis zwanzig Minuten wieder zurück sein. Aber beeil dich, Gregor. Deine Eltern sind sicher nicht begeistert darüber, wenn du bei ihrer Ankunft nicht hier bist.«

»Ach, Rosa, mach dir da mal keine Sorgen. Meine Eltern wissen schließlich, wie alt ich bin.« Er lächelte verschmitzt, rief »bis später« und schob seinen Freund Richtung Tür. Adi hob den Arm wie ein kleiner Führer und ließ sich dann von Gregor hinausbugsieren.

»Was ist das denn für eine neue Gesellschaft?«, wunderte Rosa sich. »Bisher war der noch nie hier.«

»Solche wie diesen Adi werden wir in Zukunft wahrscheinlich öfter zu sehen bekommen, als uns lieb ist«, prophezeite Marie.

»Jetzt hör auf, Marie, du bist immer so negativ.« Johanna verdrehte die Augen. »Die beiden Jungs sind doch fast noch Kinder.«

ၜ

Marie trank ihren Kaffee allein. Alle anderen waren längst fertig mit dem Frühstück. Nachdem Lotte sie eingeladen hatte, bei ihnen zu übernachten, war Johanna bereits früh am Morgen mit dem Zug nach Ismaning gefahren. Sie musste sich ja um Romy, oder besser gesagt Franz, kümmern. Bevor Marie nach Hause fuhr, wollte sie noch einen Besuch machen und verließ das Haus. Der Morgen war bitterkalt. Sie ließ trotzdem den Wagen stehen und ging zu Fuß. Der leichte Schneegriesel am Boden war gefroren und knirschte bei jedem Schritt. Die Fliegerkappe hatte sie bis über beide Ohren gezogen und sich einen Wollschal umgelegt, doch ihr war immer noch kalt. Sie umrundete die Rückseite des Rathauses, das einen ganzen Straßenzug einnahm. Die Menschen, denen sie begegnete, waren ebenso eingepackt wie sie und kämpften sich mit hochgezogenen Schultern durch den kalten Morgen.

Marie hatte den Winter noch nie gemocht. Am Bodensee, wo sie aufgewachsen war, waren die Winter mild. Hassen gelernt hatte sie ihn erst während ihrer Zeit in Berlin. Diese schneidende Kälte, der Ostwind, der einem durch alle Glieder fuhr. Das kam jeden Winter wieder und war geradezu unmenschlich. Wahrscheinlich wurde in Berlin deshalb so viel geraucht und getrunken. Man wäre einfach erfroren ohne Zigaretten und Alkohol. So ein Cognac oder Whisky wärmte von innen und viel besser als ein Paar Handschuhe oder Ohrenschützer. Aber bei Tante Lotte und Onkel Paul und auch bei Lina, der Köchin, gab es keinen Cognac zum Frühstück.

Marie bog in die Kaufingerstraße ein. Lieferwagen brachten frische Waren zu den Geschäften, Zigarettenspitzen glommen auf, Motoren liefen, weiße Auspuffgase standen in der kalten Luft. Man hätte ja auch im Bett bleiben können, aber Johanna hatte ihr gesagt, nach der Morgenmesse würde Marie ihren Bruder am ehesten treffen können. Johanna war jetzt bestimmt schon wieder bei ihrem Franz und seinem neugeborenen Fohlen. Franz würde sie schon wärmen, wenn Johanna fror, und da lag ja auch ausreichend Stroh und Heu in der Pferdebox.

Marie zündete sich eine Zigarette an. Für Johanna wäre das sicher nichts, aber in den Kreisen, in denen Marie sich in Berlin bewegte, rauchten alle Frauen, genau wie die Männer. Der Journalismus in der Hauptstadt war anstrengend und herausfordernd. Zigaretten, schwarzer Kaffee, Cognac, das brauchte man dort, um durch den Tag zu kommen.

Fast am Ende der Neuhauser Straße konnte Marie schon das alte Stadttor erkennen, und dahinter das Rondell für die Straßenbahnen und die Kioske am Stachus. Hier stand auch wirklich diese Renaissancekirche mit der auffälligen weißen Fassade, die Johanna ihr als St. Michaelskirche beschrieben hatte. »Du kannst schon das Neuhauser Tor sehen, wenn du davorstehst.« Marie nahm noch einen tiefen Zug von ihrer

Zigarette, dann schnippte sie die Kippe weg und öffnete eines der beiden Eingangstore. Eine Jesuitenkirche, hatte Johanna gesagt. War Johann Jesuit? Und wenn ja, warum? Das wollte sie ihn fragen, und warum er sich überhaupt für die Theologie entschieden hatte, wo er aus einer Familie von Kaufleuten stammte und von einem Hof kam, für dessen Bewirtschaftung der Vater ihn fest eingeplant hatte. Wollte er dagegen aufbegehren? Das hätte Marie ja noch verstehen können. Aber die Kirche? Was faszinierte ihren Cousin denn an einem Leben abseits des Trubels der Welt? Johann war immer schon ein wenig bedächtig und vorsichtig gewesen. Marie dagegen die Wildere, die Mutigere, die ihren Eltern ständig Sorgen bereitet hatte.

Das Innere der Michaelskirche war hoch, weit und hell und mit weißem Stuck ausgeschmückt. Über den Rundbögen der Seitenkapellen strömte aus den großen Fenstern der Emporen das Morgenlicht hell und weiß wie die Hoffnung auf eine bessere Zukunft herein. Marie bewegte sich im Schatten der Kapellen nach vorne und entdeckte ihren »Vetter« Johann, wie sie ihn als Kind genannt hatte, fast sofort. Er trug ein langes weißes Gewand mit einem Saum aus geklöppelter Spitze und assistierte dem Priester als Messdiener. Offenbar machten ihm seine Aufgaben mit den Glöckchen, dem Weihrauchfass, dem Kelch und so weiter wirklich Freude, denn er lächelte ganz beseelt vor sich hin. Konnte man so glücklich sein, nur weil man sich entschlossen hatte, ein Diener des Herrn zu werden? Gab es da keine Zweifel, oder hatte er die schon alle hinter sich gelassen?

Als die Messe aus war, wusste Marie plötzlich gar nicht mehr so sicher, was sie hier eigentlich wollte. Johann treffen, ihm Guten Tag oder eigentlich Adieu sagen. Sie hatten sich lange nicht gesehen und würden sich wohl auch länger nicht sehen, wenn sie tatsächlich ihre große Reise antrat.

Sie folgte den Besuchern der Messe nach draußen. Wollte sich eine Zigarette anzünden, dachte aber, dass sich das vielleicht nicht gehörte, nicht hier. Unschlüssig bog sie in die angrenzende Gasse ein, und da sah sie Johann aus einem Seiteneingang kommen. Er war nicht allein. Der junge Mann, der mit ihm zusammen ministriert hatte, lief neben ihm, und die beiden schienen sich sehr ernsthaft zu unterhalten.

»Johann« rief sie, und die beiden blieben stehen und drehten sich nach ihr um.

»Marie?«, fragte Johann, »bist du's wirklich?«

»Ich dachte, ich besuche dich einmal, wenn ich in München bin«, antwortete Marie.

»Das ist schön«, sagte Johann, »aber hättest du doch vorher geschrieben! Gerade heute habe ich den ganzen Tag Seminaristen aus Freising hier, die ich betreuen muss. Wir werden schon in der Karmelitenkirche erwartet. Willst du uns noch ein Stück begleiten?«

Marie zögerte. Nichts von dem, was sie Johann fragen wollte, würde sie ihn fragen können, wenn sie nicht mit ihm allein war.

»Bist du länger da?«, wollte er wissen.

Marie schüttelte den Kopf.

»Das ist aber wirklich schade.« Johann legte die Arme um sie. »Das nächste Mal schreibst du mir vorher, wenn du kommst. Einfach an St. Michael, Neuhauser Straße. Auf Wiedersehen, Marie.« Dann wandte er sich ab, der Seminarist nickte freundlich und lief neben Johann her.

Marie sah den beiden Männern in ihren langen schwarzen Mänteln nach, wie sie durch die Ettstraße davongingen. Dann zündete sie sich doch eine Zigarette an.

⁂

Mitte Februar, und selbst jetzt, am späten Nachmittag, lagen die Temperaturen noch bei angenehmen achtzehn Grad. Zu Hause herrschte bestimmt eine Eiseskälte. Hatte sie jetzt tatsächlich »zu Hause« gedacht? Elsa strich sich das Haar aus der Stirn. Dabei betrachtete sie nun doch schon so lange Palästina als ihre Heimat. Genau hier in Degania Aleph, auf das sie vom Dach des Versammlungshauses hinunterblickte, zwischen den Wäscheleinen hindurch, wo ihre Wäsche zum Trocknen hing. Es war ein schöner Tag, und auf den Feldern wurde schon den ganzen Tag fleißig gearbeitet. Da draußen zog Uri immer noch Furche um Furche mit seinem Pflug, vor den er eines der beiden Pferde im Kibbuz gespannt hatte. Sein pechschwarzer Schopf glänzte in der schon flach stehenden Sonne, und das verwaschene Unterhemd, das er trug, klebte nass vor Schweiß an seinem muskulösen Oberkörper. Uri gehörte bereits zur nächsten Generation, er war jung und hatte Kraft. So wie Alexej früher, dachte Elsa und sah ihm noch eine Weile bei der Arbeit zu. Er bemerkte sie nicht, da oben auf dem Dach. Bestimmt träumte er wieder von einem deutschen Traktor, einem Hanomag oder Lanz. Er war sich nicht sicher, welchem er den Vorzug geben würde. Dabei war das im Moment nur Träumerei. Er würde sich noch eine ganze Weile mit dem Pferd oder sogar mit einem Maulesel begnügen müssen, weil sie sich hier in Degania, am Südrand des biblischen Sees Genezareth, beim besten Willen keinen Traktor leisten konnten. Und außerdem, selbst wenn ihnen jemand einen Traktor schenken oder »spenden« und nach Palästina transportieren würde, so brauchte diese Maschine ja auch Benzin oder Diesel. Und wo sollten sie den Treibstoff herbekommen? Wie sollten sie ihn finanzieren? Den Hafer für die Pferde konnten sie selbst anbauen, doch den fraß so ein Blechvieh einfach nicht. Manchmal träumte Uri davon, dass einer von Elsas

Brüdern eine Stange Geld übrig hätte für seine Schwester in Palästina und die Gemeinschaft, in der sie lebte.

»Hast du vergessen, Uri, dass es seit dem Jahr 1929 eine Wirtschaftskrise gibt, auch in Deutschland?«, hatte sie ihn bei ihrem letzten Gespräch gefragt. »Was glaubst du, wie es einem Feinkostgeschäft geht, wenn die Menschen keine Arbeit und kein Geld mehr haben, die Spekulanten pleitegehen und die Zinshäuser keine Miete mehr abwerfen, weil die Bewohner lieber Kartoffeln und Steckrüben kaufen, als die Miete zu bezahlen? Was kaufen sie wohl, wenn sie endlich einmal ihre Löhne oder ihre Unterstützung bekommen: Delikatessen oder einfach etwas, wovon man satt wird?«

»Jaja«, hatte Uri darauf gesagt, »man wird ja wohl noch träumen dürfen.«

Elsa nahm die Wäsche ab und faltete sie ordentlich in einen Korb. Gebügelt wurde nur das Allernötigste.

Beim Abendessen traf sie Alexej im Gemeinschaftsraum, wo alle zusammen aßen, sie fanden aber keine Zeit, miteinander zu reden. Elsa hatte abends den Tischdienst von Monya übernommen und drückte Alexej nur rasch einen Kuss auf die Wange, als sie die Schüssel mit dem selbst angebauten und geernteten Salat auf den Tisch stellte. Erst später, als alle Aufgaben erledigt waren und sie zu Bett gingen, hatten sie etwas Zeit, sich zu unterhalten.

»Heute hat mich der kleine Moshe über meine Mutter ausgefragt«, erzählte Elsa, während sie sich die Zähne mit Salz vom Toten Meer putzte.

»Über deine Mutter? Wie kommt er denn auf sie?«, fragte Alexej und trocknete sich das Gesicht.

»Er hat den Schuhkarton in meinem Zimmer entdeckt und in meinen Fotos von daheim gestöbert. Da hat er ein Bild meiner Mutter gefunden und mich über sie ausgefragt. Du weißt schon, dieses Foto, das ich von ihr gemacht habe, als sie schon sehr alt war, ein, zwei Jahre, bevor sie starb.«

»Ja, ich erinnere mich«, sagte Alexej. »Das, auf dem sie auf einer Bank sitzt, auf ihren Gehstock gestützt, und in die Landschaft hinausschaut wie Goethe in Italien.«

»Genau, es ist dieses hier.« Elsa suchte nach dem Bild und zeigte es Alexej.

»Wie alt war sie denn da?«, fragte er.

»Fünfundsiebzig.«

»Ein stolzes Alter«, sagte Alexej.

»Es war das letzte Mal, dass wir uns gesehen haben. 1922 war das. Zwei Jahre, nachdem mein Bruder Paul aus der Kriegsgefangenschaft zurückgekommen ist. 1924 ist sie dann gestorben.«

»Und was hast du dem kleinen Moshe über deine Mutter erzählt?«

»Ich habe ihm erzählt, wie tüchtig sie war, dass sie allein ein Geschäft geführt und ein großes Haus gebaut, einen Gutshof erworben hat und so weiter. Es klang alles wie ein Märchen. Am Ende hat er mich gefragt, ob meine Mutter auch Jüdin war. Und als ich sagte, ›nein, Christin‹, meinte er nur: ›Wie schade!‹«

»Ein echter kleiner Kibbuznik, unser Moshe.« Alexej grinste.

»Den halben Nachmittag saß er hier bei mir, dabei hat meine Mutter behauptet, ich und Kinder, das passe überhaupt nicht zusammen. Und eigentlich dachte ich selbst auch immer, dass sie damit recht hätte.«

»Ich finde, ihr passt schon zusammen«, sagte Alexej, »aber nur, wenn du sie abends an eine der Betreuerinnen oder an ihre Mütter abgeben kannst und sie nicht selbst wickeln, waschen und ins Bett bringen musst. Du kannst ihnen so viel erzählen und erklären, sie lernen Deutsch und Französisch bei dir, Geografie und was weiß ich noch alles, und sie respektieren und mögen dich einfach.«

»Meinst du?«, fragte Elsa.

»Sie lieben dich. Aber du bist ihre Lehrerin, ihre Tante, nicht ihre Mutter. Und das ist doch gut so.«

»Findest du?«

Elsa schmiegte sich in Alexejs Arme und fuhr ihm mit der Hand über das kurz geschorene Haar. Ganz grau war er in den letzten Jahren geworden, aber er hatte immer noch starke Arme und Beine und trug gern seine kurzen Hosen, wie die meisten in Degania, sobald das Thermometer über zehn Grad anzeigte und sie auf den Feldern, in den Gärten und auf den Baustellen schwere körperliche Arbeiten verrichteten.

»Woran denkst du?«, fragte Elsa ihren Mann. Er sah besorgt aus und gleichzeitig so, als brüte er irgendeine Idee aus. Denn das war immer sein Weg gewesen: erst die Sorge, dann ein Plan.

»Ich denke an dein Vaterland«, antwortete Alexej, »und an diesen Judenhasser, der jetzt Reichskanzler geworden ist. Es wird unseren Brüdern und Schwestern sehr schlecht ergehen in Deutschland. Auch denen, die sich sicher fühlen, weil sie denken, sie sind in erster Linie Deutsche, viel mehr als Juden.« Alexej legte den Arm um Elsa. Er sah zum Fenster hinaus, wo nur noch ein Stück vom Hof und die Umrisse von Deborahs kleinem Blumenbeet im Abendlicht zu erkennen waren.

»Sagt man nicht, dass Hunde, die bellen, nicht beißen?«, fragte Elsa.

»Sie werden beißen, verlass dich drauf. Und sie werden auch einen Doktor Eichengrün und einen Rechtsanwalt Cohen, wie deutsch sie sich auch immer fühlen mögen, nicht verschonen mit ihrem Hass. Und selbst die jüdischen Kriegsteilnehmer, die denken, dass sie geschützt sind, werden merken, dass sie sich irren.«

Elsa drückte sich noch fester an ihren Mann. Dreizehn Jahre war es her, dass sie ihm nach Palästina gefolgt war. »Vielleicht wählen sie ihn wieder ab, wenn sie gesehen haben, dass er keine Regierung führen kann.«

»Der wird jetzt alles auf eine Karte setzen«, antwortete Alexej. »Und wenn er am Ruder ist, wird er umsetzen, wovon er bisher nur geredet und worüber er geschrieben hat. Derzeit gibt es vermutlich auf der ganzen Welt niemanden, der die Juden mehr hasst als er.«

»Und was heißt das jetzt konkret, ich meine, für uns?«, fragte Elsa.

»Wir müssen unseren Brüdern und Schwestern dabei helfen, aus Deutschland rauszukommen. Wir brauchen junge jüdische Einwanderer in Palästina. Aus Deutschland bekommen wir sie.«

»Aber die Quoten, die die Briten für legale Einwanderer nach Palästina festgelegt haben, sind furchtbar niedrig, das muss ich dir doch nicht erzählen. Das weißt du genauso gut wie ich. Zehntausend pro Jahr, und die kommen doch von selbst, seit es wirtschaftlich bei uns wieder bergauf geht.«

Elsa öffnete das Fenster, um die frische Abendluft ins Zimmer zu lassen. Doch Alexej drückte es gleich wieder zu.

»Ich spreche nicht von legaler Einwanderung.«

»Sondern?«, fragte Elsa.

»Von einer Alija Bet, wenn du so willst. Einer zweiten Einwanderungswelle, die an den Engländern vorbeigeschleust wird.«

»Du meinst illegal?«, fragte Elsa.

»Sie alle unterschätzen diesen Kerl mit dem Bart eines Gartenzwergs. Nicht nur die deutschen Juden, alle unterschätzen ihn, auch die Engländer und die übrigen Europäer.«

»Und wie willst du ihnen helfen?« Für Elsa war sofort klar, dass er sich selbst dafür in die Pflicht nehmen würde, denn so war es Gesetz unter den Juden in Palästina: »Wenn du willst, dass etwas getan wird, dann warte nicht, bis einer kommt, es zu tun, sondern tu es selbst.«

»Wir müssen mit den jüdischen Gemeinden und Organisationen in Deutschland reden und mit ihnen verhandeln, wie wir die, die ausreisen wollen, am besten und günstigsten rausbekommen.«

»Und wer ist wir?«

»Du und ich«, antwortete Alexej mit einem ganz kleinen Fragezeichen. »Wir besuchen deine Brüder in München. Und dann hören wir uns bei der jüdischen Gemeinde in München um. Na, was meinst du?«

»Ich meine heute gar nichts mehr«, antwortete Elsa. »Es wird Zeit fürs Bett.«

»Ich komme mit«, sagte Alexej und strich Elsa eine Haarsträhne aus dem Gesicht, sehr sanft und zärtlich. »Wir müssen ja nicht gleich morgen aufbrechen«, murmelte er und küsste sie.

~

Es war früher Morgen, und auf den Wiesen im Englischen Garten lag der Raureif. Leichter Nebel umgab den Hügel, auf dem der Monopteros stand. Ein kleiner runder Säulentempel mit Kuppeldach und offenen Wänden, ein Bauwerk wie von den alten Griechen, die es aber nie bis nach München geschafft hatten. Der künstlich angelegte Hügel war nicht besonders hoch, doch dafür im Winter bei den Kindern als Schlittenberg beliebt. Außerdem hatte man von dort einen herrlichen Blick hinunter auf die Altstadt, mit den gelben Türmen der Theatinerkirche am Odeonsplatz und den Backstein-Zwillingstürmen der Frauenkirche.

An diesem Faschingsdienstagmorgen waren die einzigen Geräusche, die Gregor wahrnahm, das Knirschen von Kies unter seinen Sportschuhen und das Rauschen des Eisbachs. Um sich warm zu halten, machte er ein paar Rumpfbeugen, Dehnübungen und Armkreisen und trippelte dabei auf der Stelle. Ein Mann im Lodenmantel führte seinen Dackel Gassi. Ein Radfahrer, noch als Scheich verkleidet, mit Kopftuch und schwarzer Kordel, kehrte spät von einem Rosenmontagsball nach Hause. Von der Isarseite her näherte sich jetzt Ursi, die Gregor gleich an ihrer roten Mütze mit dem weißen Bommel erkannte. Sie war jedoch nicht, wie sonst an ihren Lauftagen, allein, sondern hatte eine Freundin mitgebracht. Gregor tänzelte einmal um die beiden herum, während sie ihre Fahrräder abstellten.

»Sind wir zu spät?«, keuchte Ursi.

Gregor musterte das andere Mädchen, das ihm bereits einen kurzen Blick zugeworfen, sich dann aber an ihrem Fahrradschloss zu schaffen gemacht hatte.

»Wo hast du denn dein Fahrrad?«, fragte Ursi.

»Vorne an der Eisbachbrücke festgemacht.« Gregor zeigte zur Prinzregentenstraße hinauf, wo sein Fahrrad an einer Laterne befestigt war.

»Ein Miele-Fahrrad, voll verchromt und mit Ballonreifen«, sagte das zweite Mädchen, das Ursi ihm immer noch nicht vorgestellt hatte.

»Hab ich dir doch gesagt, dass mein Freund Gregor stinkreich ist, also zumindest seine Eltern. Die können sich ein Fahrrad für hundertfünfzig Mark einfach so leisten, ohne dass sie ein Sparschwein schlachten müssen, das sie jahrelang gefüttert haben, wie andere Leute. Ich zum Beispiel.«

»Hundertdreißig«, sagte Gregor und versuchte nicht zu erröten.

»Ich bin übrigens Selma«, half Ursis Freundin ihm aus der Patsche. Zwei blonde Zöpfe hingen aus ihrer Strickmütze runter. Ihre mandelförmigen Augen waren taubenblau.

»Ihr zwei werdet mir heute bestimmt davonlaufen«, sagte Ursi. »Selma ist eine richtige Sportskanone.«

Gregor musterte sie unauffällig, während er seine Schnürsenkel noch einmal band. Sie hatte elend lange Beine. So viel konnte er sogar aus den Augenwinkeln erkennen.

»Trainierst du am Ende für die Olympischen Spiele?« Es sollte ein Witz sein, aber Selma lachte gar nicht. Genauso wenig wie Ursi.

»Selma ist für die Deutschen Meisterschaften im August in Weimar aufgestellt. Sie ist schon fast fünf Meter weit gesprungen«, sagte Ursi. »Und schnell ist sie. Pass auf, sonst läuft sie dir am Ende noch davon.«

Davor hatte Gregor überhaupt keine Angst. Er stellte es sich sogar richtig angenehm vor, wenn dieses Mädchen ihn irgendwann überholte und er dabei in aller Ruhe ihre sagenhaft langen Beine und ihre großen Schritte bewundern konnte.

»Dann geht's endlich los?«, fragte er. »Wer zuerst beim Aumeister ankommt, bestellt schon mal ein Radler für alle. Abgemacht?«

»Aumeister? Bist du verrückt? Das sind ja sieben Kilometer«, rief Ursi.

»Und wo ist das Problem?«, fragte Gregor.

»Dass mein Rad nicht beim Aumeister, sondern hier am Eisbach steht. Ich muss die sieben Kilometer also auch wieder zurück«, jammerte Ursi.

»Jetzt los«, rief Selma, »sonst wird mir kalt, wenn wir hier noch länger herumstehen.«

Ursi grummelte vor sich hin, setzte sich aber in Bewegung. »Mensch, ist das heute kalt«, beschwerte sie sich. »Der kälteste 28. Februar seit Menschengedenken.«

»Dann lauf ein bisschen schneller, damit dir warm wird«, schlug Selma vor. Dafür knuffte Ursi sie in den Arm.

»Wehe, wenn ihr mich abhängt. Einer für alle, alle für einen, oder nicht?«

Bis zum Kleinhesseloher See konnte Ursi gerade noch mithalten. Dort mussten sie einer Herde Stockenten ausweichen, die über den Weg watschelte. Auch zwei Schwäne fanden sich am Ufer ein, wo ein älterer Herr Brotkrumen aus einer Papiertüte schüttelte.

Auf Höhe der Wirtschaft in der Hirschau bekam Ursi plötzlich Seitenstechen. Das Tempo ihrer beiden Kameraden war einfach zu schnell für sie. Wenn sie mit Gregor allein lief, passte er sein Tempo an ihres an. Aber Selma hatte offenbar seinen Ehrgeiz geweckt. Er wollte auf jeden Fall mit ihr mithalten, und das schaffte er bisher auch gut. Nur Ursi war überfordert.

»Lauft ihr allein weiter«, keuchte Ursi und blieb stehen. »Ich bin heute einfach nicht so gut in Form.«

»Sind wir dir zu schnell?«, fragte Selma. »Wir können auch eine Pause einlegen und warten, bis dein Seitenstechen nachlässt.«

»Nein, bitte nicht stehen bleiben. Lauft ihr weiter bis zum Aumeister, und ich bleibe kurz hier und drehe dann langsam um. Vielleicht holt ihr mich auf dem Rückweg schon ein.«

»Und wenn nicht?«, fragte Selma. »Wartest du dann bei den Rädern auf uns?«

»Ja, mache ich. Aber jetzt los, ich kenne ja den Weg.«

Sie sah den beiden Freunden nach, die im Gleichschritt liefen, beide mit einer fast identischen Schrittlänge. Da fehlten Ursi mindestens zehn Zentimeter.

»Meine Beine sind einfach zu kurz«, stellte sie resigniert fest und kickte einen Kieselstein vom Weg.

Der kleine See war zugefroren. Ursi ging das erste Stück, bis das Seitenstechen nachließ, dann trabte sie gemütlich zurück zur Eisbachbrücke, wo Gregors Miele-Fahrrad und schräg gegenüber ihre beiden Damenfahrräder warteten. Auf der Prinzregentenstraße fuhren jetzt die Trambahnen, Droschken und Automobile. Radfahrer schwärmten in Gruppen Richtung Englischer Garten und durch die Isarauen stadtauswärts. Das Klingeln der Radfahrer, das metallische Reiben der Trambahnen auf den Schienen und das Klopfen der Motoren der Automobile übertönten die Zeitungsjungen mit ihrem Geschrei. Sie standen auf den Gehwegen, an den Haltestellen und riefen einer lauter als der andere, um ihre Morgenausgabe unter die Leute zu bringen. War irgendetwas Besonderes passiert? Die Leute rissen sich ja geradezu um die Zeitungen.

Das Erste, was Ursi verstand, als sie sich der Straße näherte, war, dass es in Berlin einen Brand gegeben hatte.

»Wo hat es denn da gebrannt?«, fragte sie einen der Ausrufer.

»Im Reichstag, Fräulein,« antwortete der sommersprossige Junge und streckte ihr die Sonntagsausgabe der *Münchner Neuesten Nachrichten* entgegen. Doch Ursi hatte kein Geld eingesteckt. Der Junge lief auf die Tram zu, die an der Haltestelle Lerchenfeldstraße stehen blieb.

»Reichstagsbrand in Berlin gestern Nacht«, schrie er. »Kein Erbarmen mehr für Kommunisten und andere Volksfeinde!«

»Wer sagt das?«, rief Ursi ihm nach.

»Unser Reichskanzler sagt das. Den Kommunisten geht es jetzt an den Kragen.«

Die Kommunisten hatten den Reichstag angezündet? Aber weshalb denn, fragte Ursi sich. Was hatte das zu bedeuten? Sie musste nach Hause. Von ihren Eltern würde sie bestimmt Genaueres darüber erfahren, was passiert war. Sie konnte jetzt unmöglich auf Selma und Gregor warten, das würden die beiden schon verstehen.

Sie entriegelte ihr Fahrradschloss und radelte los, quer über die Prinzregentenstraße, dann durch die Wagmüllerstraße ins Lehel und von dort weiter Richtung Isartor.

Am Straubinger Hof, der Gastwirtschaft ihrer Eltern, zwängte sie sich mit dem Rad durch die Haustür und den Durchgang zum Hinterhof. Die Tür zur Wirtsstube ging auf, und sie wäre beinahe mit einem der Stammgäste zusammengestoßen.

»Servus, Ursula«, grüßte Erwin Urban sie und strich sich über den Schnäuzer, der haargenau so geschnitten war wie der des neuen Kanzlers.

Ursi nickte ihm zu. Sie stellte das Fahrrad ab und trat an ihm vorbei durch die Tür.

Was wollte der denn hier, und schon so früh? Erwin Urban war Arbeiter in der Maschinenfabrik Hurth in der Holzstraße und hatte früher fast jeden Abend bei ihnen in der Stube gesessen. Früher, »als er noch gewusst hat, wo ein Arbeiter hingehört«, wie Ursis Papa Julius sagte. Jetzt traf er sich mit seinen neuen Freunden in einer Wirtschaft drüben in der Kanalstraße, wo die rechten Arbeiter zusammensaßen und die Braunhemden von der SA immer öfter und immer zahlreicher vorbeischauten.

Julius Krug stand hinter dem Tresen und trocknete die Biergläser und grauen Steinkrüge seiner Stammgäste. Die Mutter wischte die Tische. Bunte Girlanden hingen an der Decke, und Luftschlangen waren um die Lampenschirme in der Gaststube gewickelt.

»War das nicht der Urban, der gerade gegangen ist?«, fragte Ursi. »Was will der denn noch bei uns?«

»Warnen wollte er uns«, sagte Julius. »Hast du schon gehört, was in Berlin passiert ist?«

Ursi nickte. »Deshalb bin ich auch gleich heimgefahren vom Englischen Garten.« Sie ging zum Tresen, schenkte sich ein Glas Leitungswasser ein und trank es in einem Zug leer. »Und was heißt, er wollte uns warnen? Wovor denn?«

»Davor, dass es den Roten jetzt an den Kragen geht, hat er gesagt. Zuerst dem Kommunistenpack, meint er, und dann allen Sozis.« Julius stellte die Halblitergläser ins Wandregal und legte die Maßkrüge dicht an dicht ins Spülbecken, sodass sie dumpf aneinanderklackten.

»Dein Vater hat gesagt, dass er nicht wüsste, warum er sich jetzt fürchten sollte.« Lilly richtete sich auf und streckte die Wirbelsäule durch. »Aber ich weiß es. Ja, ich fürchte mich vor diesen nationalsozialistischen Schlägerbanden. Jetzt haben sie Oberwasser und können die nächste Prügelei, sei es mit den Gewerkschaftern oder den organisierten Arbeitern, kaum mehr erwarten.«

»Ist das denn schon bewiesen, dass es Kommunisten waren, die den Reichstag angezündet haben?«, fragte Ursi.

»Bewiesen!«, Julius spuckte das Wort fast aus. »Um Beweise sind die Rechten doch nie verlegen. Wenn es keine gibt, dann werden eben welche besorgt. Das kommt ihnen doch gerade recht. Jetzt haben sie einen passenden Grund gefunden, um auf die Gegner loszugehen. Bei den Wahlen ist es ihnen ja noch nicht gelungen, sie auszuschalten. Ein abgekartetes Spiel ist das, wenn ihr mich fragt.«

»Das kannst selbst du noch gar nicht wissen. Es ist ja schließlich erst letzte Nacht passiert«, widersprach seine Frau.

»Ein holländischer Arbeiter soll es gewesen sein, schreiben die Zeitungen.« Julius zeigte auf die Sonderausgabe der *Münchener Post*, die er von den fliegenden Händlern am Isartor geholt hatte. »Ein Einzelner, ganz allein, und dann so ein Brand?« Er schüttelte den Kopf.

»Wer soll es denn sonst gewesen sein?«, fragte Ursi.

»Am Ende waren sie es selbst«, raunte Julius, die Tür zur Gaststube im Blick.

»Die Nationalsozialisten selbst, meinst du?«

Ihr Vater nickte. »Was Besseres kann ihnen doch gar nicht passieren. Jetzt können sie endlich anfangen, unter ihren Gegnern aufzuräumen. Die Gewalt ist ein Mittel, das ihnen genauso liegt, wie die Leute mit Hetzreden auf ihre Seite zu bringen.«

»Hoffentlich siehst du dieses Mal zu schwarz, Julius. Ich wünsche mir wirklich von Herzen, dass du unrecht hast«, warf Lilly ein.

Julius schüttelte den Kopf. »Besser ist es, wenn wir uns auf das Schlimmste vorbereiten und auf der Hut sind, als dass wir hoffen und träumen, dass schon alles gut gehen wird. Es wird nicht gut gehen. Diesmal nicht.«

Ursi bekam eine Gänsehaut, wenn ihr Vater so redete. »Und was heißt das jetzt für uns?«, fragte sie.

»Dass wir vorsichtig sein müssen. Keine roten Wimpel an den Stammtischen, am besten überhaupt keine Stammtische mehr, bis sich die Lage wieder beruhigt hat.«

»Und wie willst du das verhindern, Papa? Du kannst wohl kaum das Wirtshaus zusperren.«

»Nein, das werde ich auch nicht. Aber vorerst gibt es eben keinen Stammtisch, nur private Gäste, die zu viert und zu fünft an ganz normalen Tischen sitzen und ihr Bier trinken. Und politisiert wird nicht.«

»Gerade heute!« Lilly schüttelte den Kopf. »Und wie soll das gehen?«

»Dann sollen sie eben darüber reden, aber leise«, meinte Julius.

»Du denkst, dass Spitzel dabei sein könnten?«, fragte Ursi.

»Ich würde jedenfalls nicht für jeden, der hier reinkommt, die Hand ins Feuer legen«, antwortete ihr Vater. »Es sind schlechte Zeiten.«

»Wieder einmal«, sagte Lilly und rieb sich die schmerzende Hüfte.

»Setz dich doch hin, Mama, und trink eine Tasse Kaffee«, sagte Ursi. »Gib mir den Lappen, dann mache ich hier weiter.«

»Dank' dir schön.« Lilly setzte sich und lehnte den Oberkörper an die Rückwand der Eckbank. »Warst du wieder mit dem Gregor beim Laufen?«

»Mit dem Gregor und der Selma. Die zwei haben mich glatt abgehängt. Heute war ich wirklich schlecht.«

»Es ist nicht jeder Tag gleich, mach dir nichts draus.«

»Als hätte ich gespürt, dass irgendwas Schlimmes passiert ist.«

»Bist halt die Tochter deines Vaters. Der ist auch wie ein Wachhund und wittert jede Gefahr. Und auch wenn er es abstreitet, hat er doch genauso viel Angst wie wir.«

Selma hatte es nicht weit bis nach Hause, und es lag eigentlich überhaupt nicht auf Gregors Weg. Trotzdem ließ er es sich nicht nehmen, sie zu begleiten, wie ein Kavalier. Selma fand das übertrieben, aber auch schön. So wie sie sich im Englischen Garten am Ende einen zähen Schlussspurt geliefert hatten, bei dem keiner von ihnen zurückbleiben wollte, so radelten sie auch jetzt wieder flott nebeneinanderher. Nur während sie die Räder zur Prinzregentenstraße hochschoben, hatten sie etwas Zeit zu verschnaufen. Sie hörten zwar das Geschrei der Zeitungsausrufer, kümmerten sich aber nicht weiter darum. Denn Gregor wollte alles über Selmas sportliche Erfolge wissen, wann sie an welchen Meisterschaften teilgenommen und welchen Platz sie errungen hatte, mit wem sie wann und wie oft trainierte, ganz so, als wäre sie schon ein Star oder auf dem sicheren Weg, einer zu werden. Als sie den Hügel zum Friedensengel erreicht hatten, lieferten sie sich wieder ein Wettrennen, bei dem Gregor beinahe die Nase vorne gehabt hätte.

Am Prinzregentenplatz bremste Selma abrupt und blieb an dem Eckhaus zur Possartstraße stehen.

»Hier wohnst du?«, fragte Gregor und sah an der Fassade des noblen vierstöckigen Gründerzeithauses mit den verzierten Erkern hoch. Er pfiff durch die Zähne, als Selma nickte.

»Treffen wir uns am Sonntag wieder zum Laufen? Englischer Garten, Eisbach?«, fragte Gregor und wartete, schon auf dem Sattel sitzend, auf Selmas Antwort, während sie ihr Fahrrad abschloss.

»Gerne! Hoffentlich ist Ursi nicht beleidigt. Dass sie nicht auf uns gewartet hat, fand ich schon komisch.«

»Wahrscheinlich war ihr einfach kalt, und sie hatte keine Lust, noch länger zu warten.«

»Noch länger?« Selma grinste. »Dabei waren wir doch ziemlich flott unterwegs.«

Gregor grinste und schlängelte sich durch den Verkehr auf der Prinzregentenstraße nach Haidhausen hinüber.

Selma lief in den zweiten Stock hinauf und klingelte. Wahrscheinlich war das Dienstmädchen schneller an der Tür, als sie ihren Schlüssel aus der Jackentasche gekramt hätte. Es öffnete jedoch ihr Vater. Stimmt, heute war ja Faschingsdienstag, und Cilli hatte einen freien Tag.

»Du kommst gerade rechtzeitig zum zweiten Frühstück, Selma. Wie war dein Frühsport?«, fragte er. »Warst du wieder mit diesem Mädchen vom Arbeiter-Turnverein unterwegs?«

Wie er das sagte, vom Arbeiter-Turnverein, klang es ziemlich herablassend, fand Selma.

»Mit Ursi und Gregor«, sagte sie, während sie aus der Jacke schlüpfte und die Schuhe abstreifte.

»Gregor?«

»Gregor Randlkofer. Seine Eltern sind Geschäftsleute. Ihnen gehört das Feinkostgeschäft Dallmayr.«

Das schien ihren Vater mehr zu beeindrucken. Es war klar, dass er einen Dallmayr-Spross als Umgang für seine Tochter passender fand als ein Mädchen vom Arbeiter-Turnverein, deren Eltern eine Gastwirtschaft betrieben. In dieser Hinsicht war er ein richtiger Snob, fand Selma.

»Netter Bursche?«, fragte ihr Vater.

»Ja, auch nett, aber vor allem ein wirklich guter Trainingspartner. Er ist viel schneller und ausdauernder als Ursi.«

»Läuft er dir davon?«

»Zumindest hat er das heute noch nicht geschafft«, antwortete Selma. »Da müsste er noch ein bisschen üben. Selbst beim Endspurt hab ich ihn nicht abziehen lassen. Aber vielleicht wollte er mich nur nicht verlieren lassen.«

»Ein Gentleman«, meinte ihr Vater. »Oder du bist eben wirklich so gut, Selma.«

Die Mutter saß schon zu Tisch und las die Morgenzeitung. »Hast du mitbekommen, was in Berlin passiert ist?«, fragte sie Selma. Die schüttelte den Kopf. »Eine Brandstiftung im Reichstagsgebäude.«

»Brandstiftung? Und weiß man schon, wer dahintersteckt?«, fragte Selma.

»Sie haben einen holländischen Kommunisten gefasst, aber er kann es unmöglich allein gewesen sein. Das Feuer war sehr groß und hat den gesamten Plenarsaal zerstört. Grauenhaft.« Die Mutter legte die Zeitung fort. »Willst du dich vorher nicht noch frisch machen, Selma?«

»Ich habe aber jetzt Hunger, Mutter. In einer halben Stunde, wenn ich geduscht habe, bin ich schon tot.«

»Sie hat mit einem jungen Mann trainiert«, sagte der Vater.

»Ach ja?«, fragte Selmas Mutter. »Und wer ist der Glückliche?«

»Oder der Arme. Selma hat ihm gegenüber keine Gnade gezeigt. Du kennst ja den Siegeswillen unserer Tochter.«

»Aber er hat doch auch einen Namen und ist hoffentlich keiner aus diesem Haidhauser Turnverein.«

Selma schnaubte. Ihre Mutter war ebenso ein Snob wie ihr Vater.

»Er ist ein Dallmayr-Erbe«, machte ihr Vater die Sache klar.

Selmas Mutter spitzte den Mund und nickte anerkennend. Ein Kaufmann war zwar kein Rechtsanwalt, wie ihr Papa, aber er war, wenn er Dallmayr hieß, alteingesessen und nicht unvermögend. Auch Cilli wurde zum Einkaufen zu Dallmayr geschickt. Manche Dinge bekam man eben nur dort, und außerdem konnte man vor Gästen damit angeben, dass der Wein und das Dessert vom Dallmayr stammten und natürlich auch das feine Rinderfilet.

»Ich gehe jetzt duschen.« Selma stand nach dem vierten Brötchen vom Tisch auf, die Mutter nickte, der Vater schnappte sich eine weitere Zeitung vom Stapel, denn man musste sich seine Meinung ja aus unterschiedlichen Quellen bilden. Selma interessierte sich eigentlich nur für die Leichtathletik-Ergebnisse. An ihnen gab es wenigstens nichts zu deuten.

൭൬

Gregor radelte die Äußere Wiener Straße hinunter bis zum Max-Weber-Platz und über das Hochufer der Isar zur Maximilianstraße. Wenn er nur mit Ursi zusammen Dauerlauf machte, war er hinterher nie so beschwingt wie jetzt gerade. Die Anstrengung vom Laufen und vom Radfahren spürte er kaum. Am liebsten hätte er laut gepfiffen oder gesungen.

Das Geschäft in der Dienerstraße hatte schon geschlossen, aber einige Kunden standen immer noch herum und wurden wie üblich einfach nicht fertig mit ihrem Einkauf. Sein Vater hatte aber meist eine Engelsgeduld mit seinen »Bummelkunden«, wie er sie nannte. Gregor fuhr sein Rad in den Hinterhof und lehnte es an den Holzschuppen.

»Was gibt's zu essen?«, rief er in die Küche hinein, wo es schon ziemlich verführerisch nach Omas Rinderbraten roch.

Lotte streckte den Kopf zur Küchentür heraus. »Bist du das, Gregor? Du warst aber heute lange weg.«

»Ich hab Selma noch nach Hause begleitet«, rief Gregor. »Komme gleich und brauche dringend was zu essen.«

Als er gewaschen und umgezogen zurückkehrte, standen Brot, Butter, Käse und ein Teller mit Essiggurken auf dem Tisch, dazu ein Glas Milch.

»Kann ich auch Kaffee haben?«, fragte Gregor.

»Bitte sehr, der Herr, aber gern doch.« Lotte setzte Wasser zum Kochen auf und füllte Kaffeebohnen in die Handmühle. »Und wer ist Selma?«, fragte seine Mutter, während sie die Kurbel drehte. »Ich dachte, du läufst mit Ursi.«

»Ursi war auch dabei, aber die hat's nicht geschafft bis zum Aumeister. War heute nicht so gut in Form.«

»Und Selma hat's geschafft?«

»Ja, die ist eine hervorragende Läuferin. Sie sagt, sie trainiert für die Olympischen Spiele.«

»Das ist doch geflunkert, oder?«

»Ich weiß nicht. Sie ist schon sehr schnell. Ich hab mich richtig anstrengen müssen, um mitzuhalten. Hat Beine wie ein Rennpferd.«

»Aha«, sagte Lotte. »Ist sie auch in Ursis Verein?«

»Nein, die ist kein Arbeiterkind. Ich glaube, ihr Vater ist Anwalt. Sie wohnen am Prinzregentenplatz.«

»Dann wird sie wohl kaum im Arbeiter-Turnverein sein.«

»So wie ich ja auch nicht. Wir sind halt keine Arbeiterkinder.«

»Dein Turnbund nimmt ja auch keine Arbeiter auf.«

»Genau«, sagte Gregor und biss in seine Gurke. »Die Arbeiter sind ja auch lieber unter sich. Für die sind wir die Bürgerlichen. Also, für Ursi bin ich natürlich kein Bürgerlicher und kein Feind. Wir sind ja seit ewigen Zeiten befreundet.«

»Ursi ist ja auch die Tochter von Lilly. Und die ist die Schwester von Ludwig, der hier im Haus gelernt hat«, sagte Lotte. »Also gehört Ursi auch irgendwie zur Familie. Aber es ist nicht so, dass die Arbeiter eigene Vereine gegründet haben, weil sie so gern unter sich sind. Sie haben das deshalb getan, weil die Bürgerlichen, wie du sagst, sie nicht haben wollten, und weil sie sich die hohen Beiträge nicht leisten konnten.« Sie setzte sich zu Gregor an den Tisch. »Rosa hat uns erzählt, dass du einen neuen Freund hast.«

»Ist Rosa jetzt so etwas wie euer Spion, wenn ihr nicht da seid?« Konnte man in diesem Haus nichts tun, ohne dass einen irgendjemand beobachtete und dann den Eltern Bericht erstattete?

»Und, was ist das für ein neuer Freund?«, insistierte seine Mutter.

»Du meinst Adi? Der war genau einmal hier. Was soll mit dem schon sein?«

Als hätte er den frischen Kaffee gerochen, kam nun auch Paul aus dem Laden, den er endlich hinter dem allerletzten Gast abgeschlossen hatte.

»Für dich auch eine Tasse?«, fragte Lotte.

»Ja bitte, aber gern ein wenig stärker.« Lotte brühte eine Tasse für Gregor auf und gab dann noch mehr Pulver dazu für Pauls Tasse.

»Wer ist jetzt dieser Adi?«, fragte Paul. »Nach dem, was

Rosa erzählt hat, stammt er aus einem national gesinnten Milieu.«

»Und was ist daran so schlimm?«, fragte Gregor mit vollem Mund.

»Erst einmal noch nichts«, antwortete Paul.

»Wir sind schließlich Deutsche«, meinte Gregor, »warum sollten wir nicht auch national, also deutsch, eingestellt sein?«

»Vielleicht, weil andere Nationen unsere Nachbarn und Freunde sind?«, antwortete Paul. »Weil sie uns mit hochwertigen Waren beliefern und auch nicht schlechter sind als wir Deutschen?«

»Aber auch nicht besser«, behauptete Gregor.

»Vielleicht sind manche sogar besser«, setzte sein Vater dagegen. »Der Champagner aus Frankreich zum Beispiel, den mein Freund Lelarge in Vrigny produziert, ist auf jeden Fall um einiges besser als unser deutscher Schaumwein, so leid es mir tut, mein Junge. Ich würde das nicht behaupten, wenn ich es nicht ganz sicher wüsste.«

»Ja, aber die deutschen Tugenden …« Doch auch da hakte sein Vater sofort ein.

»Die da wären?«, fragte er nach, und da hatte sich bereits ein leicht bedrohlicher Unterton in seine Stimme geschlichen. Gregor merkte es wohl, aber er hielt tapfer dagegen.

»Fleiß, Ehrlichkeit, Stärke, Mut«, zählte er auf.

Jetzt setzte sich auch Lotte mit einer Tasse Kaffee zu ihnen an den Tisch. Sie legte Paul eine Hand auf den Arm, was sie meistens tat, wenn er dabei war, sich aufzuregen. Aber worüber regte er sich überhaupt auf? Sie unterhielten sich doch ganz normal, dachte Gregor.

»Und die anderen Nationen«, sagte sein Vater bedrohlich leise, »die Franzosen zum Beispiel, die sind faul, schwach, feige und außerdem lügen sie? Das glaubst du wirklich?«

»Ich habe nicht gesagt, dass ich das glaube«, antwortete

Gregor. Er ahnte, dass sein Vater nun wirklich dabei war, sich in Rage zu reden.

»Aber du hast mir hier gerade die deutschen Tugenden aufgezählt. Und wenn es die Tugenden der Deutschen sind, dann sind es folglich nicht die der anderen Nationen. Vielleicht solltest du besser aufpassen, was du sagst.«

»Jetzt reg dich doch nicht auf, Papa«, wollte Gregor ihn beschwichtigen.

Auch seine Mutter tätschelte immer heftiger Pauls Arm. Sie wechselte einen Blick mit Gregor, und beide ahnten, dass es wahrscheinlich schon zu spät war. Er würde sich jetzt aufregen, so oder so, da halfen weder der Kaffee noch das Händetätscheln.

»Nachplappern kann man leicht mal was«, raunzte Paul da auch schon, »aber so läuft das nicht. Nicht für einen ehrbaren Menschen, egal, wie jung er ist. Ein ehrbarer Mensch muss schon vorher sein Hirn einschalten und darüber nachdenken, ob das richtig ist, was er da nachplappert.«

»Paul! Jetzt übertreib mal nicht.« Allmählich regte auch Lotte sich auf. »Lass doch den Jungen in Frieden. Er kann doch nichts dafür, dass sich die politische Lage gerade so zuspitzt. Er ist schließlich kein Nazi.«

»Aber er redet daher wie einer!« Jetzt wurde Gregors Vater lauter. »Deutsche Tugenden und ein national gesinnter Klassenkamerad. Das kann ein Anfang sein, der in die falsche Richtung geht.«

»Das musst du mir doch nicht gleich unterstellen, Papa. Ich hab überhaupt nichts gemacht, und du putzt mich hier runter, als wäre ich ein Verbrecher.«

»Ich finde auch, Paul, dass du zu weit gehst«, sprang Lotte Gregor bei.

»Ich gehe keineswegs zu weit«, beharrte Paul. »Dieses nationalistische Geschwätz musste ich mir früher schon anhören, und am Ende hätte es mich beinahe das Leben gekostet. Schon vergessen, Lotte, wie lange du um mich bangen musstest während des Krieges und noch darüber hinaus?«

Gregor verdrehte die Augen. Schon wieder die alte Leier. Der Kaiser, der Weltkrieg, die Gefangenschaft.

»Das war doch damals alles ganz anders«, behauptete er und merkte sofort, dass er einen Fehler gemacht hatte.

»Und was weißt du davon?«, herrschte sein Vater ihn an. »Warst du vielleicht dabei?«

»Nein, war ich nicht«, gab er zu. »Darf ich deshalb nichts dazu sagen?«

»Doch«, antwortete Paul. »Aber vielleicht solltest du erst noch besser zuhören, bevor du mitredest, und dann ganz vorsichtig sein mit den Schlüssen, die du ziehst. Denn mit siebzehn Jahren, das wirst du mir zugestehen, kann man wirklich noch nicht alles wissen.«

»Ja, ist ja gut, Papa. Ich hab's verstanden«, rief Gregor. Er stand auf, lief zur Tür und ließ sie hinter sich ins Schloss krachen.

»Gregor!«, rief seine Mutter ihm nach. »Komm zurück, jetzt vertragt euch doch wieder.«

Aber Gregor hatte genug gehört. Sein Vater war ein Sturkopf, der würde sich so schnell nicht wieder mit ihm vertragen und er sich auch nicht mit seinem Vater, diesem alten Besserwisser. Dabei war er vor einer halben Stunde noch so guter Stimmung gewesen. Sollte er jetzt sein Geografiebuch durcharbeiten für die Probe am nächsten Tag oder lieber schauen, ob Adi zu Hause war? Vielleicht wartete er damit noch bis nach dem Mittagessen. Omas Rinderbraten war es sogar wert, schweigend und eingeschnappt seinem Vater gegenüberzusitzen. Vielleicht hatte er sich bis dahin auch wieder beruhigt. Oder seiner Mutter war es gelungen, ihn zu besänftigen.

Lotte wusste gar nicht mehr, wie lange sie diese Arbeitsteilung nun schon praktizierten. Aber immer, wenn sie den Rinderbraten nach Thereses Rezept mit einer sämigen Soße aus Wurzelgemüse mit einem Schuss Rahm machte, war Paul für die Knödel zuständig, die ihr einfach nicht gelingen wollten. Der Braten schmorte je nach Größe zwei bis zweieinhalb Stunden vor sich hin, sie köchelte währenddessen den Rotkohl als Beilage, der in Bayern Blaukraut hieß, aber für die Knödel konnte sie beim besten Willen keine Geduld mehr aufbringen. Also war das Pauls Aufgabe. Er rieb gerade die am Vorabend gekochten Kartoffeln fein auf. Mehl, Eier und Salz stellte Lotte ihm schon zurecht, aber Mischen und das Formen der Knödel überließ sie ihm.

»Das war keine Heldentat, wie du dich deinem Sohn gegenüber benommen hast«, sagte sie in einem Ton, der versöhnlich genug war, damit ihr Mann nicht gleich wieder an die Decke ging. »Hätte es dir vielleicht gefallen, wenn dein Vater dir als junger Mann gesagt hätte, dass du nicht mitreden kannst, weil du einfach noch zu jung bist?«

Paul stellte die Reibe zur Seite und gab das Stärkemehl zur Kartoffelmasse. »Als ich in Gregors Alter war, war mein Vater schon verstorben. Und mit meiner Mutter habe ich nicht über Politik geredet, das war auch gar nicht nötig damals. Wir hatten einen Monarchen, der ein umgänglicher, uneitler Mensch war, und wir lebten im Frieden. Es gab diese nationalistische Pestilenz noch nicht, die uns dann ins Unglück gestürzt hat. Und jetzt kommen dieselben Leute wieder aus ihren Löchern gekrochen. Sie sind dabei, dem demokratischen Staat den Garaus zu machen, und wieder schreien alle: Deutschland ist Unrecht widerfahren von den bösen anderen, und dabei sind wir doch die Besten und die Größten.«

»Der Staat, die Demokratie hat sich aber auch nicht nur

mit Ruhm bekleckert in all den Jahren seit dem Krieg«, antwortete Lotte. »Aber den Garaus machen? Das schaffen die doch nicht, selbst wenn sie es wollten. Sie sind demokratisch gewählt worden …«

»Sie haben aber keine Mehrheit bekommen«, unterbrach Paul sie. »Reichspräsident Hindenburg hat diesen Hitler ernannt. Es war ein Experiment. Nach dem Motto: ›Lassen wir mal diese Ultranationalen an die Macht, sie werden genauso scheitern wie alle vor ihnen, und dann sind wir sie los.‹ Und wenn sie doch nicht scheitern, Lotte?«

»Wie sollen sie das schaffen? Du sagst ja selbst, dass sie keine Mehrheit in der Bevölkerung hinter sich haben.«

»Na und? Sie sind an der Macht, und der altersschwache Präsident ist auf ihrer Seite. Sie warten doch nur auf eine Gelegenheit zum Durchgreifen.« Er schlug vorsichtig zwei Eier auf und gab sie mit einer Prise Salz zum Teig. »Ich ertrage das nicht, Lotte. Nicht schon wieder dieses nationalistische Geschrei. ›Deutschland über alles‹, verstehst du?«

Er krempelte die Ärmel hoch und vermischte die Masse mit den Händen. Und mit welcher Geduld! Lotte stand neben ihm und sah ihm dabei zu, wie seine Hände aus den einzelnen Zutaten eine gleichmäßige Masse schufen.

»Vielleicht sollte ich meinen Freund Raymond Lelarge besuchen. Dann werde ich hören, was die Franzosen über diesen Hitler und seine Kumpane denken. Und nebenbei verköstige ich noch seine neueste Champagnerproduktion.« Er grinste.

»Ja, mach das, Paul. Fahr zu deinem Freund.« Lotte strich ihm zärtlich über den Rücken. »Aber bitte, sprich dich mit Gregor aus. Am besten noch vor dem Mittagessen. So hat das doch keinen Sinn. Du bist doch kein Tyrann, und er ist kein dummer Junge.« Paul streute etwas Stärkemehl auf die Arbeitsplatte und formte die Masse zu einer Stange, von der er gleichmäßig Scheiben abschnitt.

»Rede mit Gregor und erklär ihm, warum du so reagiert hast.«

Paul schnaubte. Es gefiel ihm nicht, sich eingestehen zu müssen, dass er unbeherrscht gewesen war und seinem Sohn Dinge an den Kopf geworfen hatte, die mit ihm nichts zu tun hatten.

Nachdem Paul sich die Hände gewaschen hatte, wollte er Lotte in den Arm nehmen und ihr einen Kuss geben, doch sie wich ihm aus.

»Erst redest du mit Gregor. Wenn man sich schlecht benimmt, klärt man das, sonst schwelt es dahin und kommt irgendwann an einer ganz anderen Stelle wieder an die Oberfläche. Geh schon, rede mit ihm.«

Paul seufzte tief, und dann ging er.

൭

Es klopfte. Gregor sah von seiner *Flugsport* auf. »Ja?«

Sein Vater stand in der Tür. »Darf ich reinkommen?«

Gregor grummelte irgendetwas, das man als Zustimmung interpretieren konnte.

Paul trat ins Zimmer und legte ihm eine Hand auf die Schulter. »Welche Maschine ist das?« Er deutete auf die aufgeschlagene Seite der Zeitschrift.

»Eine Fieseler F 5. Wurde in Kassel gebaut. Als Sport- und Reiseflugzeug.« Er zeigte seinem Vater auch die Konstruktionszeichnung auf der nächsten Seite.

»Gregor, ich muss mich bei dir entschuldigen«, rückte sein Papa heraus. »Da ist mir wohl der Gaul durchgegangen. Aber du kennst mich ja. Beim Thema Krieg und diesem ›Wir sind besser als die anderen‹, da kann ich nicht anders, als aus der Haut zu fahren. Wir können doch nicht die Katastrophe, die wir erlebt haben, so schnell schon wieder vergessen haben.«

»Ist schon gut«, meinte Gregor, um die Diskussion nicht noch einmal anzufachen. »Schickt Mama dich?«

Sein Vater nickte. »Wär doch schade um den feinen Rinderbraten mit Knödeln. Der schmeckt doch nicht, wenn man sich vorher zerstritten hat.« Er kratzte sich am Kinn. »Was ist, sind wir wieder gut?«

»Klar.« Erleichtert klappte Gregor seine Zeitschrift zu. »Wann kommt denn jetzt endlich euer Wunderknabe aus Bremen?«

»Fiete? Anfang Mai sollte es so weit sein. Er hat schon Listen geschickt, was er alles an Anschaffungen braucht für die Grundausstattung. Das Teuerste ist eine Röstmaschine, über die wir gerade noch verhandeln. Nicht gerade billig, das Modell, das bei ihm auf Platz eins steht. Vielleicht tut es ja die Nummer zwei oder drei auch. Aber bald müssen wir bestellen.«

Nach dem Essen wollte Gregor noch einmal los.

»Was hast du denn noch vor?«, fragte seine Mutter.

»Sendlinger Tor Lichtspiele«, antwortete Gregor und war schon halb zur Tür raus.

»Moment«, rief ihm sein Vater nach, »was schaust du denn für einen Film?«

»Paul«, mahnte Lotte.

Gregor verdrehte die Augen. »*Zwei gute Kameraden*«, sagte er. »Soll lustig sein.«

»Über den Krieg macht man keine Witze«, antwortete prompt sein Vater.

»Lass es gut sein, Paul«, bremste die Mutter ihn wieder. »Der Junge ist alt genug, sich selbst eine Meinung zu bilden.«

Gregor zog die Schultern hoch und machte seiner Mutter ein Zeichen, dass er jetzt wirklich gern gehen würde. Sie nickte.

Von der Dienerstraße zum Marienplatz und zum Sendlinger Tor, das war nur ein Katzensprung. Gregor lief über den Oberanger, um sich die Schaufenster des Kaufhauses Uhlfelder anzusehen. Sie hatten dort eine Modelleisenbahn aufgebaut, für die Gregor eigentlich schon zu alt war. Sie gefiel ihm trotzdem mit ihrem Fachwerk-Bahnhofsgebäude und dem Wäldchen aus Pfeifenputzern. Plötzlich tippte ihm jemand von hinten auf die Schulter. Gregor fuhr herum. Adi Faltermeier.

»Na? Schaufensterschauen? Du wirst doch nichts bei Uhlfelder kaufen wollen, dem alten Juden, oder?«

»Adi, was machst du denn hier?« Gregor fühlte sich ertappt, dabei hatte er doch gar nichts angestellt. Er hatte eigentlich noch nie darüber nachgedacht, ob Uhlfelder Jude war oder nicht.

»Ein guter Deutscher kauft nicht bei Juden, das weißt du doch.«

»Ach, ich finde so eine Modelleisenbahn einfach klasse. Mehr nicht«, sagte Gregor.

»Kinderkram.« Adi schüttelte den Kopf. »Was hast du denn heute noch vor, ich meine, außer Schaufenster schauen.«

»Ich wollte ins Kino. Eine Komödie. *Zwei gute Kameraden.* Mit Paul Hörbiger.«

»Komödie?«, fragte Adi und zog die Mundwinkel nach unten. »Krieg ist doch nichts, worüber man Witze macht.« Das waren haargenau die Worte seines Vaters. »Kino!« Adi schüttelte mitleidig den Kopf, als wäre Kino auch nicht viel besser als Modelleisenbahn. »Komm mit zur Theresienwiese. Ich zeig dir was.«

»Theresienwiese? Was soll denn da sein?«, fragte Gregor.

»Wirst du dann schon sehen. Los, komm!«

Adi ging voraus, doch Gregor blieb unschlüssig stehen. Er hatte sich mit ein paar Kameraden vom Turnverein in den Lichtspielen verabredet.

»Na, was ist? Jetzt komm schon«, drängte Adi in einem Ton, der es Gregor schwer machte, Nein zu sagen. Er war hin- und hergerissen. Doch Adi wartete nicht lange, sondern stapfte los. Sollte er sich jetzt einfach verdrücken? Gregor zögerte, dann folgte er ihm.

Sie querten die Sonnenstraße am Sendlinger Tor, liefen die Nußbaumstraße entlang und bogen in die Beethovenstraße ab. Adi sah an den mit Säulen und Erkern verzierten Fassaden der noblen Stadtvillen hoch. Von der Straße aus konnte man hinter hohen Mauern die parkähnlichen Gärten der Häuser erkennen.

»Alles Bonzen, die hier wohnen«, sagte Adi verächtlich.

Gregor musste an das prächtige Haus am Prinzregentenplatz denken, in dem Selma lebte. Waren Selmas Eltern auch Bonzen? Wäre das Mädchen dann mit Ursi zum Laufen gegangen und mit ihm? Gregor spürte ein Ziehen in der Brust, wenn er an Selma dachte.

»So, und jetzt pass auf«, sagte Adi.

Sie hatten einen der Eingänge zur Theresienwiese erreicht. Außerhalb der Oktoberfestzeiten war die Wiese ein riesiger freier Platz, über den der Wind pfiff. An einer Seite stand ein Schäferwagen mit gebogenem Kamin. Manchmal weideten Schafe auf dem Gelände unter der Bavaria. Adi setzte sich auf die Holzleiter, die am Eingang zu dem Wagen eingehängt war.

»Da, schau!« Adi zeigte auf eine Gruppe von kleineren Jungen, die ein Stück weiter nördlich exerzierten. Sie hatten aus Holzteilen gebastelte Gewehre und marschierten damit im Gleichschritt auf und ab, schulterten die Gewehre, legten sie wieder ab.

»Ich kenne den Gruppenführer«, sagte Adi, »er wohnt bei mir in der Straße.«

»Und?«, fragte Gregor.

»Er ist der HJ beigetreten.« Er sah Gregor an. »Der Hitlerjugend, Mann. Wo lebst du denn so vor dich hin? Er hat hier seine eigene Truppe organisiert. Die Kleinen dürfen ja noch nicht beitreten, und wahrscheinlich wären ihre Eltern sowieso dagegen.«

»Und was machen die jetzt da?«, fragte Gregor.

»Ordnungsübungen natürlich«, antwortete Adi.

»Exerzieren wie die Soldaten in den Kasernen?«

»Na klar. Ich sag dir ja. Über den Krieg macht man keine Witze. Dafür ist die Sache zu ernst. Darauf muss man sich gut vorbereiten.«

Gregor konnte sehen, wie ernst sein Freund die Sache nahm. Er zog etwas aus der Hosentasche und zeigte es Gregor. Es waren zu einem Knoten geflochtene Lederbänder.

»Hab ich mir selbst gebastelt«, sagte Adi. »Durch den Knoten wird das schwarze Halstuch der HJ gesteckt. Das gehört zur Uniform.« Schwärmerisch drehte er den Knoten in der Hand. »Ich will da auch beitreten. Und Gruppenführer werden, wie er dort.« Adi schaute zu seinem Idol hinüber. »Und du? Machst du auch mit?«

»Ich weiß nicht«, antwortete Gregor.

»Du weißt nicht?«, fuhr Adi ihn an. »Das solltest du aber. Irgendwann muss sich jeder entscheiden. Man ist entweder für oder gegen die Bewegung. Dazwischen gibt es nichts.« Er steckte den Knoten wieder in seine Tasche. »Wenn du zu den anderen gehörst, kannst du nicht mehr mein Freund sein, Randlkofer. Überleg's dir.«

Er ließ Gregor auf den Stufen des Schäferwagens sitzen und schlenderte hinüber zu seinem Kumpel, der seinen Jungen den Stechschritt beizubringen versuchte. Keiner lachte.

Gregor hatte keine Lust mehr auf den Kinofilm mit den zwei guten Kameraden. Er lehnte sich mit dem Rücken an die Tür des Bauwagens und schloss kurz die Augen. Sofort hatte er wieder dieses Mädchen mit den blonden Zöpfen vor Augen. Wie eine Gazelle war sie über die Kieswege im Englischen Garten geflogen. An den geröteten Wangen hatte man ihr die Anstrengung angesehen. Ehrgeizig war sie. Ob das stimmte mit den Olympischen Spielen, dass sie sich da Hoffnungen machte? Es waren ja noch drei Jahre hin bis zur Olympiade in Berlin.

Adi stand immer noch bei seinem Scharführer, Gregor hatte er anscheinend ganz vergessen. Also entschied er, sich auf den Heimweg zu machen. Er lief über die Sendlinger Straße nach Hause, damit er erst gar nicht in Versuchung kam, noch einmal bei Uhlfelder in die Schaufenster zu schauen. Eigentlich kauften doch alle Münchner bei Juden. Immer schon. Wieso sollte das auf einmal schlecht sein?

൬

Der Lehrling war es, der nach einem Botengang die Nachricht als Erster ins Haus brachte. »Vom Rathaus weht eine Hakenkreuzfahne«, rief Fredi. Es war an einem Donnerstag im März, und Paul würde sich, wie viele Münchner, immer an diesen Tag erinnern. Was genau hinter den Türen des Rathauses vor sich gegangen war, war nicht zu erfahren. Fredi berichtete von einem Menschenauflauf vor dem Rathaus. Am Fischerbrunnen und an der Mariensäule hingen Trauben von Leuten und gafften, erzählte er.

Paul rief seinen Freund Hubertus Hönig von der Bayerischen Volkspartei an, der einen Sitz im Stadtrat hatte. Von ihm erfuhr er, dass zwei »Alte Kämpfer« der NSDAP, Christian Weber und Max Amann, das Direktorium des Münchner Rathauses besetzt und die Stadtverwaltung übernommen hatten. Und als sichtbares Zeichen für ihre Machtübernahme hatten sie aus einem der oberen Fenster des Rathauses eine überdimensionale Hakenkreuzfahne entrollt. Der amtierende Oberbürgermeister Karl Scharnagel war zwar noch im Amt, aber Hönig meinte, es sei nur eine Frage der Zeit, bis er abgesetzt und durch einen Vertreter der Hitler-Partei ersetzt werden würde.

»Wie würdest du das nennen, was da gerade passiert, Hubertus?«, fragte Paul.

»Ich würde es einen Staatsstreich oder Putsch nennen, auch wenn die Nazis es vielleicht als Machtergreifung bezeichnen. Bayern ist nach Preußen das größte der deutschen Länder. Preußen kontrollieren sie schon, und heute war eben Bayern dran.« Hubertus, sonst einer, bei dem das Glas immer halb voll war, klang resigniert. »Es heißt, dass Ministerpräsident Held und der Innenminister von SA-Leuten abgeholt und mitgenommen worden sind.«

»Mitgenommen?«, fragte Paul, »der Ministerpräsident von Bayern?«

»Ja, mitgenommen.«

»Wohin denn?«

»In die Brienner Straße, wie es heißt.« Dort befand sich die Parteizentrale der NSDAP. »Ich hoffe, dass ihnen nichts passiert. Die SA fasst die Leute üblicherweise nicht mit Samthandschuhen an.«

»Was wollen sie denn von ihnen?«, fragte Paul.

»Sie werden beide absetzen«, sagte sein Freund. »Anstelle des Ministerpräsidenten will Hitler einen Reichskommissar einsetzen, und dann ist es vorbei mit der Eigenständigkeit Bayerns ... Ich muss jetzt Schluss machen, Paul. Wir müssen zu einer Ansprache des Gauleiters Amann antreten. Servus, Paul, und bleib sauber.« Er legte auf, bevor Paul noch etwas erwidern konnte.

Ein Staatsstreich, dachte Paul. Wenn nicht Ministerpräsident Heil noch einen Trumpf im Ärmel hatte. Vielleicht im

Zusammenwirken mit Kronprinz Rupprecht, dem letzten Vertreter der Wittelsbacher Monarchie in Bayern, oder mit Kardinal Faulhaber, dem Erzbischof von München, der doch auch kein Freund der Nazis war. Konnten sie denn alle zusammen nichts ausrichten gegen diese Bande?

Noch mehr musste Paul schlucken, als ihm Rosa Baumgartner am späteren Nachmittag eine dringende Bestellung noch für denselben Abend aus dem dreistöckigen Eckhaus in der Thierschstraße Ecke Liebherrstraße übermittelte. Der Leiter des Franz-Eher-Verlags, der dort residierte und den *Völkischen Beobachter* herausbrachte, war ebenjener Gauleiter Max Amann, der vormittags die Hakenkreuzfahne am Rathaus gehisst hatte.

»Das machen wir nicht«, war Pauls spontane Reaktion. »Ich schlage vor, dass wir den Auftrag einfach nicht annehmen. Lieferschwierigkeiten, Überlastung, lass dir was einfallen, Rosa.«

Rosa reagierte nicht.

»Was haben sie denn überhaupt geordert?«, fragte Paul.

»Zwei Kisten Champagner, vom feinsten, den wir haben, und ein kaltes Büfett für zwanzig bis fünfundzwanzig Personen. Lachs, Pastete, Westfäler Schinken. Cognac und Rauchwaren für einen Herrenabend.«

»Dann sagen wir, dass das zu kurzfristig ist und wir nicht genügend Ware auf Lager haben.«

»Mit Verlaub, ich glaube nicht, dass das eine besonders gute Idee wäre«, antwortete Rosa. »Wollen wir uns wirklich gleich als Gegner der neuen Machthaber zu erkennen geben? Wir schneiden uns doch nur ins eigene Fleisch.«

»Rosa, jetzt enttäuschst du mich aber. Du und dein Mann, ihr habt doch auch Prinzipien und seid anständige Menschen. Wollen wir unser Fähnchen bei der erstbesten Gelegenheit in den Wind hängen und uns mit den neuen Herren arrangieren? Ist es uns egal, dass sie unsere gewählten Politiker unter Druck setzen?«

»Nein, das ist es natürlich nicht«, gab Rosa zu. »Aber wir haben ein Geschäft zu führen, wir haben eine Verantwortung für unsere Belegschaft und die Lieferanten, mit denen wir Verträge geschlossen haben. Wir sind für sie alle verantwortlich, Paul, das muss ich dir doch nicht erklären. Wir haben schließlich beide unter deiner Mutter gelernt. An erster Stelle kommt immer noch das Geschäft.«

In dem Moment trat Lotte zu ihnen ins Kontor.

»Sprich ruhig weiter, Rosa, lass dich nicht unterbrechen«, forderte sie Rosa auf.

»Gewählt haben wir diese Nazis nicht und werden es freiwillig auch nie tun«, fuhr sie fort. »Aber wieso sollen wir ihnen keinen Champagner liefern? Wir haben noch nie Bestellungen und Kundenlisten zensiert. Und gelogen haben wir im Übrigen auch noch nie. Dallmayr kann nicht liefern – das wäre doch eine miserable Werbung für uns.«

»Dallmayr ist schließlich der Wundermann, der alles kann«, stellte sich Lotte auf Rosas Seite. »Meinst du, das würden die Leute verstehen, Paul? Und werden die neuen Herrscher sich das gefallen lassen, dass wir sie diskriminieren?«

»Diskriminieren, diese Gewaltbrüder?«, zischte Paul. »Habt ihr denn beide gar kein Rückgrat?«

»Doch, haben wir«, antwortete Lotte. »Aber wir setzen unseren Verstand ein und denken zuerst an das Wohl des Geschäfts.«

»Und was setze ich deiner Meinung nach ein? Mein Spatzenhirn?« Paul musste sich zusammenreißen, um nicht laut zu werden.

»Du lässt dich von deinen Gefühlen leiten, Paul. Und das ist in dieser Situation genau das Falsche.«

»Dann macht doch, was ihr wollt, ihr zwei Musterschülerinnen meiner Mutter.« Paul zog seinen Kittel aus und warf ihn auf Rosas Schreibtisch.

»Und was hat das jetzt zu bedeuten?«, fragte Lotte.

»Ich brauche frische Luft. Ein kleiner Spaziergang wird mir bestimmt guttun.«

»Dann vermeide bitte den Marienplatz auf deiner Runde, damit du dich nicht gleich wieder aufregst.«

»Hast du sie dir angesehen, diese Schandflagge?«, fragte Paul seine Frau.

Sie nickte. »Ekelhaft«, sagte sie.

Gut, dachte Paul, dann soll ich also den Marienplatz auslassen, das Parteihaus in der Brienner Straße, wo der Ministerpräsident zusammen mit seinem Innenminister festgehalten wird, und wer weiß noch welche Gebäude und Straßen. Wahrscheinlich werden es mit der Zeit immer mehr und der Radius für meine Spaziergänge immer kleiner. Bald ist es vielleicht nicht mehr unsere Stadt, in der wir geboren und groß geworden sind und seit fünfzig Jahren leben und arbeiten.

»Aber sie kriegen keinen Champagner von Lelarge, damit das klar ist. Nehmt was anderes, aber nicht den von meinem Freund Raymond. Versprecht mir das.«

»Natürlich, Chef«, sagte Rosa. »Den hätte ich ihnen doch niemals geliefert.«

»Gut«, sagte Paul und nahm Hut und Mantel von der Garderobe.

»Du bist doch zum Abendessen zurück?«, rief Lotte ihm hinterher, aber Paul machte nur eine vage Handbewegung, dann war er draußen.

Erst am Samstag fand Paul Zeit, bei Rosa nachzufragen, ob die neue Kundschaft in der Thierschstraße denn mit der Dallmayr-Lieferung zufrieden gewesen sei.

»Doch«, antwortete Rosa. »An der Lieferung hatten sie nichts zu beanstanden. Außer …«

»Außer was?«, fragte Paul.

»Außer, na ja, man hat nachgefragt, wann denn der aktuelle Chef vom Dallmayr jetzt der Partei beitreten würde. Soweit man wüsste, stehe noch kein Herr Randlkofer auf der Liste der Parteimitglieder oder Aspiranten.«

»Da können sie lange warten«, sagte Paul.

Rosa räusperte sich und kritzelte mit dem Bleistift am Rand ihres Buchhaltungsjournals herum.

»Haben sie sonst noch etwas gesagt? Jetzt lass dir doch nicht alles aus der Nase ziehen, Rosa.«

»Sie haben uns wissen lassen, dass sie irgendwann so mächtig wären, dass sie ausschließlich bei Firmen einkaufen und ordern würden, die mit der neuen Bewegung auf einer Linie wären. Irgendwann müsste schließlich jeder Farbe bekennen.«

»Das haben die sich angemaßt, unserem Personal zu sagen?« Paul schüttelte den Kopf.

»Und noch was haben sie gesagt, falls unsere Leute das richtig verstanden haben. Aber ich schätze schon.«

»Was denn noch?«

»Dass sie ihre Bankette und Feierlichkeiten in Zukunft nur mehr von Freunden ausrichten lassen.«

Sollen sie doch, dachte Paul trotzig. Das war nicht die Kundschaft, die er sich in seinem Geschäft wünschte. Wo würde das alles noch hinführen? Diese Stadt war dabei, sich zu verändern. Und das nicht zu ihrem Besten.

∾

Es war früher Morgen, über dem Moos lag noch tiefschwarze Dunkelheit. Nur am Horizont, Richtung Erding, war ein blasser Sonnenaufgang zu erahnen. Hermann strich sich über das graue Haar, das ihm der Dorffriseur beim letzten Mal sehr kurz geschnitten hatte. Es fühlte sich an wie eine Bürste. Nur am Hinterkopf konnte er diese kreisrunde Stelle ertasten, die sich ganz glatt und kahl anfühlte. Er dachte, er wäre allein mit Simon und der Köchin, wie so oft in den Morgenstunden. Umso mehr wunderte er sich, als Johanna auftauchte und sich zu ihm an den Tisch setzte. Nicht ohne ein »Guten Morgen, Papa« zu murmeln. Sie wirkte gehetzt, als wollte sie gleich wieder aufbrechen.

»Musst du schon wieder nach dem Fohlen in Zengermoos schauen?«, fragte Hermann, während die Köchin ihm seine Tasse Kaffee einschenkte. »Oder kann es inzwischen doch schon selbst laufen?«

»Und was meinst du damit?«, fragte Johanna, nachdem sie sich dick Butter und Marmelade aufs Brot geschmiert hatte.

»Das weißt du doch ganz genau, was ich damit meine«, antwortete Hermann. »Vielleicht ist ja doch Franz der Grund, warum du so oft am Zengerhof bist, und nicht das Fohlen.«

Darauf sagte Johanna nichts, mampfte nur ihr Brot und trank ihren Kaffee.

»Wieso machst du denn eigentlich so ein Geheimnis darum?«, fragte Hermann. »Meinst du, wir Eltern bekommen gar nichts mit von euch Kindern?« Die Köchin schepperte lauter als nötig mit der Wasserkanne. »Aber warum macht ihr das heimlich, frag ich mich. Was gibt es da für ein Problem?«, hakte Hermann nach.

»Keines, Papa«, antwortete Johanna. »Ich hab mich halt einfach noch nicht entschieden.«

»Und warum, wenn man fragen darf?«

Johanna blies in ihre Kaffeetasse, obwohl der Kaffee gar nicht mehr heiß sein konnte.

»Wenn Mama wieder zurück ist«, sagte sie schließlich.

»Und was heißt das jetzt?«, fragte Hermann. »Machst du es also wegen mir heimlich?«

Johanna schüttelte den Kopf. »Ich möchte gern hier auf dem Hof bleiben, bei euch«, sagte Johanna.

»Du kannst dich doch nicht so an uns binden, Kind. Du musst dein eigenes Leben leben«, sagte Hermann.

»Und was ist mit dir?«, fragte Johanna.

»Ich bin doch nicht allein hier, Kind«, sagte Hermann. »Ich hab doch meine Leute um mich herum. Und die Mama wird doch hoffentlich irgendwann wiederkommen. Ich gönne ihr die Zeit mit ihrer Familie auf der Insel. Sie wird jeden Tag stundenlang durch die Bananenplantagen und Pinienwälder reiten und die Sonnenuntergänge über dem Meer anschauen. Das würde ich an ihrer Stelle auch tun.«

»Warum bist du eigentlich nicht mitgefahren?«, fragte Johanna. »Und jetzt sag bloß nicht, dass wir dich hier so dringend brauchen. Ich bin ja schließlich auch noch da.«

»Tja.« Das Thema war Hermann unangenehm. »Man kann halt nicht immer so, wie man möchte. Wenn mir unterwegs was passieren würde, das möchte ich niemandem zumuten.« Er umschloss seine Kaffeetasse mit den Händen. »Wenn ich so fit wäre wie früher, als junger Mann, dann wäre ich schon mitgefahren.«

»Vielleicht solltest du noch einmal zu einem anderen Arzt gehen, Papa, der dich ordentlich untersucht.«

Hermann winkte ab. »Gegen das Altwerden ist noch kein Kraut gewachsen.«

»Ja, aber Mama ist noch so gesund und kräftig. Sie reitet jeden Tag aus.«

»Da hat sie Glück gehabt«, sagte Hermann. »Andere haben das eben nicht. Aber …« Er schob die leere Tasse zur Seite. »Eigentlich wollten wir jetzt gar nicht von mir reden, sondern von dir, Fräulein.« Er sah seine Tochter an. »Hast du den Franz Reisinger denn gern?«

»Ja, schon«, antwortete Johanna.

»Dann solltest du ihn wohl heiraten, oder wartest du noch auf was Besseres?«

»Nein. Ich hab nur ...«

»Was?«, fragte Hermann.

»Angst, dass sich mein Leben dann komplett ändert«, gestand Johanna. »Ich möchte doch weiter als Tierärztin arbeiten, Papa. Ich habe so gekämpft, bis sie mich zum Studium der Tiermedizin zugelassen haben. Und ich kümmere mich doch so gern um die Tiere. Ich will jetzt keine Familie gründen, einen Haushalt führen und so weiter. Ich möchte am liebsten einfach so weiterleben wie bisher.«

»Und da kommt dir der Franz jetzt ein bisschen ungelegen, oder wie?«, fragte Hermann. »Was sagt er denn zu deinen Plänen, dass du einfach weiterarbeiten möchtest, auch nach einer Heirat, wenn es denn je dazu kommen sollte?«

»Er hat nichts dagegen, sagt er. Aber, weißt du, dann träumt er doch insgeheim von einer Familie mit Kindern und allem.«

»Du hast also Angst um deine Freiheit.«

»Ja«, gab Johanna zu.

»Das war bei deiner Mutter und mir auch ein großes Thema«, gestand Hermann. »Ich habe sie von ihrer Insel weggeholt und hierher verpflanzt. Auch wegen ihr sind wir hier aufs Land gezogen, auf den Hof, den ich anfangs überhaupt nicht mochte. Aber ich hatte Angst, Sonia geht mir ein in der Stadt, ohne die Natur, in der sie aufgewachsen ist – auch wenn die auf La Palma natürlich ganz anders aussieht. Und erst recht ohne ihre geliebten Pferde. Das Ausreiten im Englischen Garten, das war kein richtiger Ersatz für das freie Leben in der Natur, das sie von zu Hause kannte.«

»Vielleicht habe ich das von Mama geerbt«, sagte Johanna.

»Soll ich mal mit dem Burschen reden?«, fragte Hermann. »So von Mann zu Mann, und ihm ein bisschen was vom Freiheitswillen der Frauen in unserer Familie erzählen?« Er lächelte seine Tochter an.

»Ich weiß nicht«, antwortete sie.

»Damit ich höre, ob er dir gewachsen ist, meine ich«, erklärte Hermann. »Ob er verstanden hat, wer du bist und wie du dir dein Leben vorstellst. Das mache ich aber nur, wenn du ihn wirklich gernhast. Wenn sich die Sache lohnt, meine ich.«

Die Köchin rumorte immer noch in der Speisekammer herum.

»Doch, doch, es würde sich schon lohnen, glaube ich.« Johanna lächelte schief. Sie trank ihren Kaffee aus, dann stand sie auf und gab ihrem Vater einen Kuss auf die Wange. »Schade, dass ich auf deinem Schoß keinen Platz mehr habe«, sagte sie. »Ich muss los, Papa. Bis zum Abend!« Und fort war sie.

»Wo ist denn eigentlich unser Simon?«, fragte Hermann die Köchin, als sie endlich aus der Speisekammer herauskam. »Ich hab ihn heute noch gar nicht gesehen.«

»Ich auch nicht«, antwortete Gesine, die in Abwesenheit seiner Frau den Haushalt führte, in ihrem schwäbischen Singsang. Sie stammte aus der Gegend um Donauwörth. »Ich glaub fast, er ist gestern Nacht gar nicht heimgekommen. Gehört hab ich nichts von ihm, und seine Stiefel und sein Mantel stehen auch nicht draußen auf dem Flur.«

»Hat er was gesagt, dass er heute früh irgendwo einen Besuch macht?«

Die Köchin schüttelte den Kopf. »Im Wirtshaus war er gestern, wie immer am Freitag. Wird halt zu viel getrunken haben. Manchmal übertreibt er es ein bissle mit dem Biertrinken, das wissen wir doch.«

»Ja schon, aber bis zum Frühstück und zum Arbeitsbeginn am nächsten Morgen ist er normalerweise noch immer aufgetaucht.«

»Im Zickzack auf seinem alten Fahrrad. Aber es stimmt schon. Spätestens zum Kaffee war er hier, egal wie lange er nachts im Wirtshaus gesessen hat.«

Hermann ging selbst nachsehen. Simons Kammer war leer. Das Bett aufgeschlagen, unberührt. Jetzt machte er sich allmählich doch Sorgen um seinen Knecht. Nicht wegen der Sache mit dem Alkohol. Aber Simon war auch nicht mehr der Jüngste, da konnte schon einmal etwas passieren. Auf dem Heimweg, in der Dunkelheit, angetrunken auf der alten Schindmähre, die quietschte wie ein Stall voller Ferkel. Nachdem ihm einmal eine Magd einen Eimer eiskaltes Wasser vom ersten Stock aus über den Kopf gekippt hatte, ließ er sein Fahrrad meist draußen bei der Kapelle stehen, um nicht den ganzen Hof aufzuwecken.

Wird Zeit, dass es Frühling wird, dachte Hermann, als er auf den Hof hinausging. Der März war in dem Jahr immer noch sehr kühl, und er begann zu frieren. Als er auf dem Hof und in der näheren Umgebung keine Spur von Simon fand, holte er seinen Horch aus der Garage und fuhr nach Ismaning, mit den Augen die Ränder der Mayerbacherstraße absuchend, ob nicht irgendwo Simons Fahrrad herumlag. Die Bäume in der Allee, die seine Mutter vor fast fünfundzwanzig Jahren gepflanzt hatte, waren alle noch kahl und grau. Immer wenn in den letzten zwanzig Jahren ein Baum erfroren oder durch einen Blitzeinschlag eingegangen war, hatte Hermann einen kleinen Ahorn nachgepflanzt. So war die Allee zwar nicht gleichmäßig, aber ohne Lücken geblieben.

Hermann kam bis nach Ismaning, ohne eine Spur von Simon zu finden, und lenkte den Horch gleich zum Ismaninger Polizeiposten. Vielleicht war ihm doch etwas passiert.

Wachtmeister Kellnberger überraschte ihn mit einem zackigen »Heil Hitler«, doch als Hermann mit »Guten Morgen« antwortete, zuckte der Beamte nur die Achseln.

»Meinen Knecht Simon Wanninger suche ich«, sagte Hermann.

»Das glaube ich Ihnen gern, Herr Randlkofer.«

»Was heißt das? Wissen Sie, wo er ist?«

»Wo wird er schon sein nach der Schlägerei gestern Abend im Neuwirt? Festgenommen haben wir die ganze aufrührerische Bande, die sich da ungebührlich geäußert und mit ein paar Uniformierten Streit angezettelt hat.«

»Simon bei einer Schlägerei? Das ist doch schon seit bestimmt zehn Jahren nicht mehr vorgekommen. Ich hab gedacht, mit dem Älterwerden ist ihm die Lust vergangen, Prügel einzustecken.«

»Es ist uns gar nichts anderes übrig geblieben, als die Aufrührer in Gewahrsam zu nehmen.«

»Was für eine Bande, und von welchen Aufrührern ist denn hier die Rede?«, fragte Hermann. Sein Simon war doch kein Aufrührer.

»Die Arbeiter von der Papierfabrik, fünf junge Kerle. Vermutlich Kommunisten.«

»Und was hat Simon mit denen zu schaffen? Das passt doch gar nicht zusammen. Wahrscheinlich hat er einfach zufällig auch im Wirtshaus gesessen.«

Kellnberger zuckte die Achseln. »Das war für uns nicht genau zu unterscheiden, ob er dazugehört hat oder nicht.«

»Na gut, dann nehme ich den Simon jetzt wieder mit auf den Hof«, sagte Hermann.

»Nur gegen Zahlung einer Kaution, Herr Randlkofer.« Der Wachtmeister legte die Arme auf den Schreibtisch und verschränkte die Finger. Das sollte vielleicht heißen, dass ihm die Hände gebunden waren in dieser Sache. »Und wenn Sie schriftlich versichern, dass Sie auf Ihren Knecht aufpassen und ihn an der Flucht hindern werden, falls er etwas im Schilde führt.«

Hermann glaubte nicht, dass Simon irgendetwas im Schilde führte. Für die Kaution musste er ganze vierzig Mark auf den Tisch blättern, das war für einen Arbeiter fast ein Wochenlohn. Für etwas so Gewöhnliches wie eine Wirtshausschlägerei.

Der Beamte stellte eine Quittung aus und führte Hermann zu der einzigen Zelle, die es im Posten Ismaning gab. Dort saßen die fünf jungen Männer zusammengepfercht ein, zwischen ihnen sein Knecht Simon. Während die anderen Schrammen im Gesicht und an den Händen hatten und ihre Hemden angerissen waren, sah Simon ganz so aus wie immer.

»Wieso bist du gar nicht schmutzig geworden bei eurer Rauferei?«, fragte Hermann, als sie ins Auto stiegen.

»Ich hab nicht zugehauen, nur zugeschaut«, behauptete Simon.

»Und warum hat die Polizei dich dann eingesperrt?«

»Weil sie alle Arbeiter festgenommen und dafür die Schläger von der SA allesamt verschont haben.«

»Mit der SA habt ihr euch eingelassen? Simon, ich hätte gedacht, dass du gescheiter bist. Die Kaution zieh ich dir von deinem Lohn ab«, sagte Hermann.

Darauf sagte Simon nichts, wahrscheinlich wusste er so gut wie Hermann, dass das nicht passieren würde.

»Können wir noch bei der Papierfabrik vorbeifahren?«, fragte der Knecht. »Der Direktor sollte schließlich erfahren, warum fünf von seinen Arbeitern heute nicht rechtzeitig zu ihrer Schicht angetreten sind. Sonst können die sich am Montag gleich ihre Entlassungspapiere abholen.«

Hermann nickte. »Was ist denn eigentlich passiert? Warum sind die so aufeinander losgegangen?«

»Bis März haben wir in Ismaning überhaupt keine Nazis im Gemeinderat gehabt. Aber seit sie unseren Bürgermeister, den Benno Hartl, abgesetzt haben, sind sie auf einmal überall. Und jetzt schaffen sie gleich unsere ganzen Vereine ab, die ihnen nicht passen.«

»Wieso, welche denn?«, fragte Hermann.

Von Weitem war schon die Papierfabrik am Seebach, neben der Ziegelei der einzige Industriebetrieb in Ismaning, an seinen beiden himmelhohen Schloten zu erkennen. Den dicken weißen Rauch, der daraus hervorquoll, konnte man sogar vom Goldachhof aus sehen.

»Sie verbieten einfach alle Arbeitervereine und konfiszieren ihre Kassen mit den paar Notgroschen, die dadrin gesammelt sind«, antwortete Simon. »Zum Beispiel den Arbeiter-Radfahrerverein Solidarität, in dem die Burschen aus den Fabriken alle Mitglieder sind. Den Gesellenverein hat es auch schon erwischt. Selbst einen christlichen Verein haben sie schon verboten.«

»Du meinst den Kolpingverein?«, fragte Hermann.

»Wenn ich es Ihnen sage. Pfarrer Ziegler hat schon mit seinen Oberen im Rheinland verhandelt und beratschlagt, was man dagegen machen kann. ›Gesellenverein‹ oder ›Burschenverein‹ darf man ihn jedenfalls nicht mehr nennen, das klingt für die Rechten gleich nach Aufruhr und Revolution.«

»Aber wieso kannst du dich da nicht einfach heraushalten, Simon?«, fragte Hermann. »Ich meine, wir sind doch beide nicht mehr die Jüngsten. Ich nicht, und du auch nicht.«

Simon strich sich über das unrasierte Kinn und sah zum Fenster hinaus. »Bald kann sich keiner von uns mehr heraushalten. Es ist einfach zu viel Unrecht, was da passiert. Sie wollen die alte Ordnung wiederherstellen, so, wie es früher einmal war. Alles, was die Arbeiter sich über viele Jahre erkämpft und erreicht haben, wollen sie wieder rückgängig machen. Und wer nicht spurt, der wird verprügelt und eingesperrt.«

»Siehst du das Ganze jetzt nicht zu schwarz, Simon, nach einer Nacht in der Polizeizelle?«, fragte Hermann und parkte den Wagen vor dem Werkstor der Papierfabrik.

»Bekommen Sie auf Ihrem Gutshof draußen im Moos überhaupt noch mit, was im Dorf so alles passiert, Chef? Ins Wirtshaus gehen Sie ja auch schon lange nicht mehr.«

Da hatte Simon allerdings recht, musste Hermann zugeben.

»Es heißt«, raunte Simon, als Hermann gerade die Wagentür öffnen wollte, »dass auf dem Gelände der ehemaligen Pulverfabrik in Dachau ein Lager gebaut wird.«

»Was denn für ein Lager?«, fragte Hermann.

»Für ihre Gegner«, antwortete Simon und starrte auf das Tor zur Papierfabrik. Erst als der Pförtner ans Autofenster klopfte, kam wieder Leben in Simon. Er stieg endlich aus, und zusammen gingen sie zum Direktor, um ihm von seinen fünf Arbeitern zu berichten, die noch auf der Polizeidienststelle festsaßen. Er versprach, sich um sie zu kümmern. Alle fünf waren gute Facharbeiter, die sich in der Fabrik nie etwas hatten zuschulden kommen lassen.

»Hoffentlich sind die neuen Machthaber nur am Anfang so scharf und stoßen sich bald die Hörner ab«, meinte der Direktor.

Hermann und Simon gingen zurück zum Wagen.

»Wo ist denn eigentlich dein Fahrrad hingekommen?«, fragte Hermann.

»Beim Neuwirt, wenn sie's mir nicht gestohlen haben, diese Banditen.«

»Mit mir kannst du so reden, Simon, aber pass ein bisschen auf, wenn wir beim Wirt sind oder noch mal zur Polizei müssen.«

»Ach, der Kellnberger«, sagte Simon abfällig, »vor dem

fürchte ich mich nicht. Der ist ja auch nur maximal hellbraun. Läuft halt mit seinem neuen Dienstherrn mit und schreit ›Heil Hitler!‹ wenn er sich einen Vorteil davon verspricht.«

»Vorsicht, Simon«, mahnte Hermann. »Hüte deine Zunge.«

»Da gefällt's mir außerhalb von Ismaning schon besser«, meinte Simon. »Zum Beispiel am Goldachhof. Die einzigen Braunen, die dort unterwegs sind, sind Esel oder Stuten.« Jetzt grinste der alte Knecht.

Sein Fahrrad stand nicht mehr beim Neuwirt vor der Tür, und keiner wusste, wo es abgeblieben war.

»Schade ist es ja eigentlich nicht um deinen alten Drahtesel«, meinte Hermann. Doch als Simon darauf bestand, dass der Diebstahl angezeigt werden müsste, versprach ihm Hermann, am nächsten Tag noch einmal zum Polizeiposten zu gehen und eine Anzeige zu machen.

»So lange kannst du mein Rad benutzen, Simon, ich glaube, ich brauche es eh nicht mehr.«

Simon sah ihn von der Seite an. »Wird's gar nicht besser mit dem Herz?«, fragte er.

»Doch, doch, es wird schon wieder besser«, log Hermann. »Aber ich fahr eben lieber mit meinem schönen Automobil.«

ര

Ganz allmählich wurde die Landschaft vom Zugfenster aus so, wie sie sich in Pauls Erinnerung vor vielen Jahren eingebrannt hatte: weite, flache Hügel, alle bedeckt mit Rebstöcken, Reihen um Reihen, und hinter den Hügeln Täler und wieder neue Hügel. Noch waren sie braun und kahl, aber er konnte es sich schon vorstellen, wenn die ersten Knospen aufbrachen und die Blätter sich an den Zweigen entfalteten, die sich um die Stöcke winden und am Boden dahinkriechen und alles grün einfärben würden. Der Himmel war hoch und weit und schon von einem strahlenden, intensiven Blau. Ein Raubvogel zog in der Höhe seine Kreise, mühelos, ohne einen Flügelschlag. Paul näherte sich immer mehr dem Herzen der Champagne und dachte zurück an die Zeit vor dem Krieg, wo sie für ihn am schönsten gewesen war, unversehrt und friedlich. So wie sie auch jetzt wieder vor ihm lag. Er wollte nicht an den Krieg denken und auch nicht an seine Gefangenschaft, wollte keinen Groll aufkommen lassen. Wollte nicht auf das leise Grummeln in seinen Eingeweiden hören, die Sorgen, die ihn überfielen, wenn er an die Lage in Deutschland dachte. Er wollte das Schöne sehen, das Heile. So wollte er sich die Welt vorstellen, Europa, sein geliebtes Frankreich, trotz alledem. Den Frieden und diese Schönheit ringsherum wollte er feiern.

Auf den Weg zum Speisewagen sah er sie. Eine junge Französin, frech mit ihrer Bubikopffrisur und dem knieumspielenden Rock und zugleich mädchenhaft zart, wenn sie lächelte. Sie hatte eine Tasse Café au Lait vor sich auf dem Tisch und daneben ein aufgeschlagenes Skizzenbuch, in das sie mit einem Bleistift zeichnete. Nachlässig pustete sie eine widerspenstige Strähne aus der Stirn. Paul setzte sich an einen Tisch ihr schräg gegenüber. Er wollte sie nicht anstarren, tat es aber doch, während sie den Stift über das Papier sausen ließ und ihn gar nicht zu bemerken schien. Sie mochte Ende zwanzig sein und trug eine eng geschnittene weiße Bluse mit lässig aufgekrempelten Ärmeln zum karierten Rock. Ihre braunen Lederschuhe hatten einen breiten Blockabsatz. Sie wirkte mit Geschmack zurechtgemacht, aber nicht aufgeputzt. Eben wie eine typische Französin. Zu gern hätte Paul gewusst, was sie da zeichnete. Die Landschaft vor dem Fenster, den Eisenbahnwaggon oder etwas ganz anderes.

»Excusez-moi, Mademoiselle«, sprach Paul sie an und fragte, ob er einen Blick auf ihre Skizze werden dürfte.

Als sie den Kopf hob und lachte, dachte Paul, dass er bestimmt doppelt so alt war wie sie. Sie hielt ihm den Block hin, und er erkannte darauf Stühle, Hocker und einen Liegestuhl aus gebogenem Stahlrohr, glänzend schwarzes Leder, mehrere kleine Tische, die wie Blütenblätter über- und nebeneinander standen. Auf einem anderen Blatt waren diese Tische in den kräftigen Grundfarben gelb, rot, blau und grün koloriert. Ihr breiter Mund, die hellen Augen, die feine Stirn mit der losen Haarsträhne, alles an ihr strahlte. Sie lachte, als sei das Leben leicht wie ein Spiel. Wie jung sie war. Paul hätte sie stundenlang ansehen und mit ihr über ihre Ideen, die sie so schnell zu Papier brachte, staunen können. Bei einer weitere Tasse Kaffee und einem Cognac erzählte sie, dass sie eine Kunstgewerbeschule besucht hatte und nun zusammen mit einem Architekten in Paris moderne Möbel entwarf. Sie hieß Charlotte, und Paul hätte sie am liebsten bis in ihr Atelier in der Rue de Sèvres begleitet.

Kurz vor Reims ging er zurück in sein Abteil.

Während er sein Gepäck aus der Ablage nahm, hielt er kurz inne. Nur einen kurzen Augenblick, und es schien ihm, als fiele eine Last von ihm ab. All die schlimmen Erlebnisse der Vergangenheit, Krieg, Gefangenschaft und äußerste Not und die Sorgen, die er sich um die Zukunft ihrer Länder machte. Er spürte sie abfallen wie einen Kettenpanzer. Das Leben konnte doch auch so schön sein. Musste er erst nach Frankreich fahren und einer jungen Frau wie Charlotte begegnen, damit er sich wieder daran erinnerte.

Bei der Einfahrt in den Bahnhof von Reims war sein Herz leicht. Während Charlotte noch an ihrem Tisch im Speisewagen saß und zeichnete, stand draußen am Bahnsteig, mit der Schiebermütze auf dem langen schmalen Schädel, Raymond Lelarge und erwartete ihn. Wie immer wirkte er ein wenig verlegen, sein Freund und Lebensretter, der ihm zum Bruder geworden war.

Raymonds Renault Primaquatre, schwarz, mit markantem schräg gestelltem Kühlergrill, Baujahr 1931, tuckerte über die Landstraßen, die schmäler wurden und staubiger, sobald sie die Stadt verlassen hatten. Sie fuhren durch die Weinfelder, die sich über alle Anhöhen und Senken dieses Landstrichs zogen. Überall wurde gearbeitet, denn es war die Zeit der Liage, wie Raymond Paul erklärte. Geschnitten wurden die Reben zum ersten Mal im Herbst, unmittelbar nach der Ernte, und dann zum zweiten Mal, wenn sie im Frühling nach der Ruhephase anfingen, auszutreiben. Jetzt, Anfang April, mussten die Reben an die Stöcke gebunden werden, die ihnen als Rankhilfen dienten und verhinderten, dass die Reben ineinanderwuchsen und sich gegenseitig im Wachsen und die Trauben im Reifen behinderten. Die Liage musste noch vor der Blüte durchgeführt werden. So bestimmten die Reben und ihr Wachstum den Verlauf des Jahres für die Winzer.

Raymond hatte den geflochtenen Picknickkorb schon im Wagen, und so machten die beiden ihr übliches Picknick im Weinberg, ganz wie früher. Nur dass sie jetzt bequem mit dem Automobil anreisten, während Lisette ihnen früher dazu die Kutsche angespannt hatte.

»Weißt du noch, wie jung wir bei unserem ersten Picknick waren?«, fragte Raymond, während er das karierte Tischtuch ausbreitete.

»Wir hatten keine Vorstellung davon, was noch alles auf uns zukommen würde.« Paul nahm das frische Baguette aus dem Korb und legte es auf die Decke.

»Du warst jedenfalls bis über beide Ohren in deine Lotte verliebt, als du mich das erste Mal hier besucht hast. Du wolltest dich in Paris heimlich mit ihr treffen.«

Paul nickte. Und wie genau er sich daran erinnerte. Es war seine erste große Geschäftsreise gewesen, von Lindau über die Schweiz nach Paris.

»Du warst damals ja schon unter der Haube und hast zusammen mit deiner Frau den Betrieb geführt. Du hast mir deinen Weinkeller gezeigt und mir alles erklärt. Wie die Flaschen gedreht und geschüttelt werden, damit dieser herrlich perlende Champagner daraus entstehen kann. Ich war beeindruckt, wie sicher und umsichtig du hier gewirtschaftet hast. Es war doch alles perfekt, oder nicht?«

»Doch, ja, es war ein schönes Leben«, sagte Raymond, faltete das Tuch, mit dem die Käseplatte abgedeckt war, und legte ein Messer dazu. »Aber dann kam der Krieg.« Er schnitt sich ein Stück Roquefort ab. »Wir waren ja eigentlich beide schon zu alt dafür. Besonders ich.«

»Deshalb haben sie uns ja auch erst später geholt, als viele der Jungen schon gefallen oder verwundet waren.« Paul setzte sich auf die Decke und brach sich sein erstes Stück knuspriges Baguette ab, das für ihn genauso zu Frankreich gehörte wie der Champagner.

»Meine Frau wollte mich im Weinkeller verstecken. Was für eine dumme Idee«, sagte Raymond. »Aber sie hatte solche Angst um mich. Wir hatten damals schon zwei Kinder. Gott sei Dank erinnern sie sich nicht mehr an diese Zeit.«

»Ich habe meinen Sohn erst kennengelernt, als er schon fünf Jahre alt war und ich endlich aus der Gefangenschaft wieder nach Hause durfte«, sagte Paul.

»Ihr Deutschen habt uns den Krieg in die Dörfer und vor die Haustür gebracht«, antwortete Raymond und schenkte ihnen von dem offenen Rotwein ein, den er mitgebracht hatte. »An der Marne, an der Somme, überall habt ihr gegen uns gekämpft. Wo hätte ich mich da verstecken sollen?«

»Und ich, im Geschäft vielleicht? Jeder kannte mich, den jüngsten Randlkofer-Sohn. Meine Mutter ist noch ins Wehramt gelaufen, die Taschen vollgestopft mit Kaviardosen, um den zuständigen Beamten, der Kunde bei uns war, zu bestechen. Hermann, mein älterer Bruder, hat damals den Hof geleitet, ich das Geschäft in München. Der Goldachhof wurde als kriegswichtig eingestuft, er war zur Versorgung der Bevölkerung mit Lebensmitteln wichtig. Außerdem war Hermann für den Militärdienst wirklich schon zu alt. Dafür haben sie ihm seine Knechte und sogar Pferde rekrutiert auf dem Goldachhof.«

»Santé!«, Raymond reichte Paul ein Glas Wein. »An den Fronten haben wir geraucht wie die Schlote und Schnaps gesoffen wie die Clochards. Anders konnte man es gar nicht aushalten.«

»Es gab ja auch nie genug zu essen. Immer diese Leere im Bauch, die Kälte, das Wasser und der Dreck in den Gräben. Wie haben wir das eigentlich überlebt, Raymond?«, fragte Paul.

»Wir hatten ja keine andere Wahl«, antwortete sein Freund.

»Ich werde den Tag nie vergessen, an dem du mir das Leben gerettet hast. Dein Kamerad stand schon mit dem Spaten über mir.«

»Du warst mein Freund.«

»Nein, in dem Moment war ich dein Feind.«

»Mein Feind, ja, aber auch mein Freund, Paul. Jetzt lass uns aufhören mit diesen alten Geschichten. Wie läuft dein Geschäft nach den schweren Krisenzeiten?«, fragte Raymond.

»Wir werden bald selbst Kaffee rösten«, erzählte Paul stolz. »Ich möchte mich voll und ganz auf diesen neuen Geschäftszweig konzentrieren.«

»Dann wirst du also bald Dallmayr-Kaffee verkaufen?«

»Ja, und hoffentlich kaufen ihn die Leute dann auch. In diesen Zeiten sind Delikatessen nicht unbedingt das Erste, was man sich gönnt.«

»Bohnenkaffee trinken die Leute immer«, behauptete Raymond. »Genau wie Champagner. Nicht jeden Tag und nicht jeder. Aber es wird immer welche geben, die ihn sich leisten können und wollen.«

»Kaffee wird in anderen Mengen konsumiert als Champagner«, sagte Paul, »jedenfalls in meiner Kalkulation.« Paul schwenkte sein Glas, in dem der leicht moussierende Rotwein feine Bläschen warf.

»Und jetzt habt ihr wieder einen starken Mann in Deutschland«, wechselte Raymond das Thema. »Ein Kerl, der den Schnäuzer trägt wie die meisten von uns damals in den Schützengräben, fein gestutzt, damit die Gasmaske auch dicht abschließt. Sogar die Pferde trugen welche im Einsatz. So dringend hat man sie als Tragetiere gebraucht.«

»Ich hatte damals gar keinen Bart«, sagte Paul.

»Ich schon, genauso einen wie euer Herr Hitler.« So wie er es aussprach, klang es wie »Err Itler«.

»Machen dir diese Braunen auch Angst?«, fragte Paul seinen Freund.

»Angst?« Raymond überlegte und nahm noch ein Stück von dem sehr reifen, fast gelben Camembert aus der Normandie. »Es war nicht recht, Deutschland so zu erniedrigen und ausbluten zu lassen. Ich habe das immer gesagt. All diese Sanktionen, unter denen das Land beinahe zusammengebrochen wäre. Und jetzt kommt der starke Mann, der Deutschland wieder groß und mächtig und bedeutend machen will. Und der sich von Feinden umzingelt sieht.«

»Es könnte wieder gegen Frankreich gehen«, sagte Paul.

Raymond kaute und nickte.

»Mein Sohn Gregor ist siebzehn«, sagte Paul.

»François, mein Jüngster, ist einundzwanzig.«

»Sie dürfen nicht dasselbe erleben wie wir.«

»Nein, das dürfen sie nicht. Meine Frau wird ihn bestimmt im Keller verstecken, wenn sie befürchtet, dass sie ihn holen kommen.«

Die beiden sahen sich an. Raymond lächelte und zwirbelte an seinem Schnäuzer, den er wieder hatte wachsen lassen. Ein Friedensschnäuzer.

»Aber was sollen wir tun, Raymond?«

»Ich weiß es nicht«, antwortete Raymond. »Warum schickst du ihn nicht her, deinen Sohn, in den Ferien? Zur Weinernte brauchen wir immer Helfer. So kann er uns ein wenig kennenlernen, unsere Sprache sprechen, erleben, wie wir arbeiten und wie wir feiern. Und dann soll François ein paar Wochen bei dir im Laden mithelfen, sobald ich ihn hier entbehren kann. Sie sollen Freunde werden, damit sie nicht aufeinander schießen müssen.«

»Ob das reichen wird?«, fragte Paul.

»Das ist zumindest etwas, das wir beide tun können.« Raymond wischte sich die Brösel vom Hemd, verschränkte die Arme hinter dem Kopf und streckte sich auf der Decke aus. »Wann geht es denn nun los mit deinem Dallmayr-Kaffee?«

»Anfang Mai, wenn mein Spezialist in Bremen seine Lehre beendet und nach München kommt.«

»So jung ist er?«

»Neunzehn.«

»Das beste Alter«, sagte Raymond. »Zum Kaffeerösten, zum Weinanbauen und zum Lieben. Nicht zum Töten.« Raymond richtete sich wieder auf. »Trinken wir, Paul, genießen wir den Wein, die Liebe, das Leben. Dazu sind wir schließlich da, und zu nichts anderem, oder?«

»Vielleicht noch zum Geschäftemachen.«

»Stimmt, das hätte ich jetzt fast vergessen.« Raymond verteilte den letzten Rest aus der Weinflasche. »À ta santé, Paul!«

»À la tienne«, antwortete Paul.

Seit einiger Zeit hatte Lotte sich angewöhnt, sich den Samstagmorgen freizunehmen und das zu pflegen, was Paul ihr »Lotteleben« nannte. Wenn der Wecker um die übliche Uhrzeit klingelte, gönnte sie sich das Vergnügen, ihn auszuschalten, sich umzudrehen und noch ein halbes Stündchen weiterzuschlafen. Oder auch etwas mehr, um dann erst langsam aufzustehen, ausgiebig zu frühstücken und die Zeitungen durchzublättern. »Wie ein alter Herr«, sagte Paul, und dass ihr nur noch das Gläschen Cognac oder Sherry und die Rauchwaren dazu fehlten. Mit fünfundvierzig Jahren, von denen sie jetzt mehr als die Hälfte berufstätig war, erst als Telefonistin in Wiesbaden und dann als Pauls Ehefrau, Chefin und Mädchen für alles im Dallmayr, konnte sie sich das leisten. Lotte hatte nicht die Arbeitsmoral und den unermüdlichen Fleiß ihrer Schwiegermutter geerbt, vielleicht auch nicht deren unverwüstliche Gesundheit. Und ob sie Thereses biblisches Alter von siebenundsiebzig Jahren erreichen würde, stand auch noch in den Sternen. Bis dahin wollte sie jedenfalls noch etwas haben vom Leben, nicht nur tagein und tagaus schuften. Wie hatte sie ihre gemeinsame Bremenreise im Januar genossen. Lotte war gern unterwegs, begleitete Paul auf den meisten Geschäftsreisen, nur nach Frankreich hatte sie ihn jetzt allein ziehen lassen. Da gab es diese besonders innige Verbindung zwischen Paul und Raymond Lelarge, die sie nicht stören wollte.

Zu Lottes Samstagmorgenritual gehörte ein Schälchen Porridge, den sie immer selbst zubereitete. Sie vergaß nie, eine Prise Salz und eine Prise Lebkuchengewürz, nach dem Rezept ihrer Schwiegermutter, hinzuzufügen. Therese hatte es nicht nur für ihre Lebkuchen verwendet, sondern auch für das weihnachtliche Bœuf Bourguignon, das ihr immer so fantastisch gelungen war. Daran und an ihr erstes Weihnachten in München musste Lotte immer denken, wenn sie den Korkstöpsel aus dem Gewürzglas zog und ihr der Duft von Kardamom und Anis, Zimt, Nelken und Muskat in die Nase stieg.

Das Zeitunglesen dauerte an diesem Samstag, dem 1. April 1933, länger als sonst. Der Lebkuchenduft war verweht, als sie die Aufrufe entdeckte, die in beiden Zeitungen groß und prominent zu finden waren: »Deutsche, wehrt euch. Kauft nicht bei Juden.«

Lotte schluckte. Eine Aktion gegen alle jüdischen Geschäfte wurde da für den heutigen Samstag angekündigt. Das konnte doch nicht wahr sein. In München gab es Hunderte von Geschäften, deren Besitzer jüdischen Glaubens waren. Was spielte das für eine Rolle? In die Zeitung konnte man ja viel drucken lassen, aber ob die Münchner sich daran hielten, was diese Parteigenossen sich da ausgedacht hatten? Sie musste sowieso noch beim Joppenkönig Bach in der Sendlinger Straße vorbeigehen und den neuen Anzug für Paul abholen, bei dem die Hose zu kürzen gewesen war. Dann würde sie doch am besten gleich heute hingehen. Von wegen, kauft nicht bei Juden.

Als sie ihre Zeitung zusammenlegte, kam Gregor in die Küche marschiert.

»Was ist denn mit dir passiert?«, rutschte es Lotte heraus.

»Guten Morgen, Mutter.«

»Guten Morgen. Warst du beim Friseur?« Dumme Frage, denn es war offensichtlich, dass ihr Sohn sich die Haare von unten herauf hatte rasieren lassen, sodass nur noch oben ein Schopf mit etwas längerem Haar übrig war. »Du siehst ja aus wie einer von diesen Nationalsozialisten. Wie dein Freund Adi.«

»Das ist modern, Mutti, das trägt man jetzt so«, sagte Gregor und biss in die Laugenbreze, die er sich aus dem Laden mitgebracht hatte.

»Gut, dass Papa in Frankreich ist und dich so nicht sehen

muss. Das musst du bald nachwachsen lassen, Gregor. Sonst regt er sich bestimmt gleich wieder auf.«

»Warum er sich da immer so ärgern muss, verstehe ich nicht«, antwortete Gregor lässig und kramte, mit der Breze im Mund, im Kühlschrank nach der Butter.

»Warum? Weißt du das wirklich nicht?«

»Doch, doch. Weil er im Krieg war und in Gefangenschaft. Aber was hat das mit mir zu tun? Es wird ja auch keinen Krieg mehr geben.«

»So, das weißt du? Kannst du auch sonst in die Zukunft sehen?«

»Nein, aber man soll doch auch wieder stolz sein dürfen, Deutscher zu sein. Uns Jungen gefällt das eben. Was spricht denn auch dagegen?« Er hatte die Butter gefunden und strich sie dick obendrauf. Offensichtlich war ihm das Aufschneiden und Bestreichen der Breze zu mühsam. »Sollen wir denn ewig im Staub kriechen und die Schulden abbezahlen, die uns die anderen Länder aufgebürdet haben? Wir, die Jungen, wollen doch nicht in Knechtschaft aufwachsen.«

Lotte musste schlucken. »Also, ich persönlich habe nicht das Gefühl, in Knechtschaft zu leben. Wirklich nicht. Das ist doch alles politisches Gerede.«

»Aber unser Geschäft hat auch schon mal bessere Zeiten gesehen, oder nicht?« Gregor setzte sich zu seiner Mutter an den Tisch, und sie versuchte zu übersehen, dass er sich nicht einmal einen Teller genommen hatte für seine Breze.

»Meinst du mit den besseren Zeiten die, als hier die Prinzen und der Adel ein und aus gingen und deine Großmutter noch lebte? Das war die schönste Zeit, die ich erlebt habe, ja. Wir waren jung damals, Therese hatte das große Haus gebaut. Es ging uns richtig gut. Aber dann kam der Krieg. Und dein Vater musste fort.«

»Das weiß ich doch, Mutti. Die alten Zeiten. Aber danach,

die große Wirtschaftskrise vor ein paar Jahren, das hatte doch nichts mit dem Krieg zu tun.«

»Wer weiß. Alles hat doch miteinander zu tun. Der König ist weg, der Adel ist weg, der Kaiser sowieso, und das hat wohl mit dem Krieg zu tun.«

»Vergiss den Adel, Mutti.« Ein Stückchen Butter klebte Gregor an der Wange, das sah so süß aus, dass Lotte es nicht fertigbrachte, ihn darauf aufmerksam zu machen.

»Sollen wir Kaviar an die Arbeiter verteilen, die Dose für einen halben Wochenlohn, ja? Wir sind doch sowieso dabei, unser Sortiment umzustellen, und werden in Zukunft auf Kaffee setzen, den jeder braucht und jeder haben will.«

»Und das Geschäft mit dem Kaffee soll dieser famose Fritz aus Hamburg hier aufbauen.«

»Fiete heißt er. Und er kommt aus Bremen. Apropos: Weißt du jetzt eigentlich schon, wie es nach der Schule bei dir weitergehen soll? Dass wir es am liebsten sehen würden, wenn du eine Kaufmannslehre machst, weißt du ja.«

»Wie Papa und wie Onkel Hermann«, sagte Gregor.

»Ganz genau. Und?«

»Ich weiß es noch nicht«, wich Gregor aus.

»Hast du andere Pläne?«

»Pläne ist zu viel gesagt. Ich bin noch am Überlegen. Forscher vielleicht, Ingenieur oder Flugzeugbauer.«

Mein Sohn, ein Ingenieur oder Techniker?, dachte Lotte. Und das Geschäft?

»Du willst also Flugzeuge bauen, vielleicht auch militärische, für das neue Deutschland?«, vermutete Lotte.

»Warum nicht?«

»Ich weiß es nicht, Gregor. Mir kommt das eigentlich gar nicht so neu vor, was diese Leute so erzählen. Mitunter hört sich das für mich so altmodisch an wie zu Kaisers Zeiten.«

»Was? Wie kommst du denn darauf?« Gregor wischte sich

den Mund mit einem Taschentuch ab, und das Butterstückchen war verschwunden. Lotte begann sich schon fast an den neuen Haarschnitt zu gewöhnen. Es stand ihm ja eigentlich ganz gut. Er hatte das kräftige Haar seiner Mutter geerbt, war aber blond, ohne Lottes Rotton, und hatte eine unglaublich glatte, seidige Haut und sanfte hellbraune Augen. Ein richtig hübscher Junge war ihr Gregor geworden.

»Mutti?« Gregor wartete auf Lottes Antwort.

»Ja, weißt du, ich habe den Eindruck, dass besonders wir Frauen es wieder ganz schwer haben werden mit diesen Männern, die jetzt an der Regierung sind und die so gern in Uniform auftreten. Einige von ihnen waren schon im Gefängnis. Sie nehmen überhaupt keine Frauen in ihren Reihen auf. Und sie wollen alles, wirklich alles auf ihre Linie bringen.« Lotte bemerkte, dass Gregor ihr aufmerksam zuhörte. »Am besten gibt es dann irgendwann gar nichts mehr, das irgendwie anders ist als sie. Gegen alle, die anders denken, anders aussehen, andere Kirchen besuchen, haben sie etwas. Gegen die, die politisch anders denken sowieso.«

»Aber du wählst doch auch nicht die Sozialdemokraten oder Kommunisten, Mutti.«

»Das stimmt, ich wähle sie nicht. Aber deshalb will ich sie doch nicht einfach weghaben. Es gibt sie eben aus verschiedenen Gründen, und viele Leute engagieren sich für diese Parteien und wählen sie. Aus Überzeugung. Dafür haben wir doch eine Demokratie, damit jeder wählen kann, was er für richtig hält. Auch die Frauen.«

»Aber was kommt denn dabei raus, wenn jeder denkt und macht, was er will? Das Volk ist zerstritten, die Lager bekämpfen sich auf der Straße und im Parlament, irgendwann knallt es, wenn da nicht einer Ordnung schafft«, sagte Gregor.

Lotte dachte, dass sie genau das schon öfter gehört oder gelesen hatte in den letzten Wochen. Aber das Wichtigste war doch, weiterhin miteinander zu reden. Und das taten sie gerade. Sie musste ihm ein ganz konkretes Beispiel nennen. Vielleicht konnte sie ihm so die Augen öffnen.

»Und warum soll ich jetzt nicht mehr beim Joppenkönig Bach oder bei Tietz, Uhlfelder, Cohen einkaufen, dort, wo ich immer schon eingekauft habe, seit ich in München lebe? Und mit mir Tausende anderer Münchner? Kannst du mir das erklären?«

»Weil die Juden in Amerika unsere deutschen Waren boykottieren, deshalb«, behauptete Gregor. »Sie erzählen Schauermärchen über die neue deutsche Regierung.«

»Ach ja? Und was genau haben Herr Bach, Herr Tietz oder Herr Cohen nun damit zu tun? Zahlen sie nicht genauso brav ihre Steuern wie alle anderen, seien sie nun katholisch, evangelisch oder sonst etwas?«

Darauf wusste Gregor auch keine Antwort.

»Kommst du mit?«, fragte Lotte.

»Wohin?«, fragte Gregor.

»Zu Bach. Ich muss den Anzug für Papa abholen, den er letzte Woche dort gekauft hat.«

»Sicher nicht«, antwortete er. »Und du solltest da heute auch nicht hingehen, Mutti. Da steht SA vor der Tür und spricht die Kunden an. Ich hab's vorhin gesehen, als ich vom Friseur gekommen bin.«

»Und? Ich hoffe, die Kunden haben sich nicht abwimmeln lassen. Mich beeindrucken sie damit jedenfalls nicht. Das wäre ja noch schöner.«

»Mutti!«

»Nichts ›Mutti‹. Ich bin doch ein freier Mensch, und ich habe wirklich keine Angst vor diesen Leuten. Meinst du, du musst mich vor denen schützen? Dann können sie aber kaum deine Vorbilder sein, oder?«

»Ich glaube nicht, dass ich dich schützen muss. Nur warnen

eben, dass es da gerade ziemlich zugeht. Da musst du ja nicht mitten hineinlaufen.«

»Doch, das muss ich, Gregor. Ich bin Bürgerin dieser Stadt und Geschäftsfrau in der Innenstadt. Genau wie Herr Bach und seine Söhne und Töchter. Da muss ich mir schon ansehen, was jetzt mit diesen Leuten passiert, die ich bisher immer als fair und anständig erlebt habe. Komm doch mit.«

Gregor schüttelte den Kopf. »Ich bin verabredet«, sagte er.

»Mit wem?«, fragte Lotte geradeheraus. Sie hatte sich innerlich so aufgeregt, da blieb kein Sinn mehr für Diplomatie.

»Mit Selma«, antwortete er.

»Ah, zum Laufen?«

»Eigentlich wollten wir bummeln oder ins Kino gehen. Aber das mit dem Bummeln verschieben wir dann lieber auf ein andermal.«

»Euch wird schon was einfallen«, meinte Lotte jetzt wieder versöhnlicher. »Du kannst sie uns auch gern einmal vorstellen, deine Selma.«

»Meine Selma ist sie ja noch nicht, Mutti. Wir haben uns gerade erst kennengelernt.« Gregor errötete ein klein wenig.

»Aber schon trefft ihr euch wieder.« Lotte kniff ihren Sohn in seine herrlich samtige Wange und stand auf. »Jetzt lass ich mich mal im Geschäft sehen, sonst schicken die noch den Arzt hoch. Und später gehe ich in die Sendlinger Straße.«

Gregor fuhr die Strecke zum Prinzregentenplatz schon ganz automatisch, er musste nicht mehr nachdenken, wo er abbiegen und wo er geradeaus fahren musste. Es war kein Tag in der Woche vergangen, an dem er nicht am Maximilianeum oder am Friedensengel das Isarufer hinauf nach Bogenhausen geradelt wäre. Er hatte sich immer erst gefragt, wieso er das eigentlich tat, wenn er schon dreimal am Aufgang zum Prinzregententheater vorbeigekommen war. Was machte er hier? Er wartete auf eine ganz zufällige Begegnung mit Selma, nachmittags, wenn sie zum Sport ging oder vom Sport nach Hause kam. Bisher hatte er aber nie Glück gehabt und war jedes Mal wieder heimgefahren, ohne sie zu sehen. Aber für den Samstagvormittag hatten sie sich so gut wie verabredet. Selma hatte zwar gesagt, sie sei noch nicht ganz sicher, ob sie nicht doch zum Training müsse, aber eigentlich ging sie davon aus, dass sie freihätte. Um elf Uhr wollten sie sich treffen. Und obwohl Gregor sich Mühe gegeben hatte, langsam zu fahren, war es doch erst halb elf, als er am Prinzregentenplatz seine Runden drehte. Er kurvte noch ein paar weitere Runden durch Bogenhausen, fuhr einmal um die Sternwarte mit ihrer riesigen weißen Kuppel herum, bog in der Möhlstraße, kurz bevor er wieder an der Isar gelandet wäre, nach links ab und fuhr erneut die Steigung hinauf zum Prinzregentenplatz. Er stellte sein Fahrrad ab und wartete. Vom Turm einer Kirche, die er nicht sehen konnte, schlug es elf Uhr. Als dieselbe Glocke um Viertel nach elf noch einmal schlug, begann er die Klingelschilder am Haus, in dem Selma am Sonntag verschwunden war, zu studieren. Huber, Sellmayr, Bernstein, Böhm. Otto Böhm, Rechtsanwalt. Das musste es sein. Selma hatte doch erzählt, dass ihr Vater Anwalt war. Gregor wartete noch einmal ein paar Minuten, bevor er klingelte. Beim Summton warf er sich gegen die schwere Haustür und stand in einem vornehmen Foyer mit breiter Marmortreppe und Wänden mit grünen und roten Kacheln, die Stängel und Blüten einer tulpenartigen Blume bildeten. Er lief in den zweiten Stock hinauf und war maßlos enttäuscht, als er nicht Selma an der Wohnungstür antraf, sondern ein Dienstmädchen mit weißer Schürze.

»Ich wollte zu Selma«, stotterte Gregor, »wir waren für elf Uhr verabredet.«

Das Mädchen musterte ihn kritisch. Sie hatte schwarzes krauses Haar und einen leichten Flaum auf der Oberlippe.

»Die Familie Böhm ist übers Wochenende aufs Land gefahren«, teilte sie ihm mit.

»Selma auch?«, fragte Gregor enttäuscht.

Sie nickte.

»Wann kommen sie denn wieder?«

»Das haben sie noch nicht entschieden. Guten Tag.«

Die Tür fiel ins Schloss, und Gregor fühlte sich, als sei er zu einem Marathon angetreten, aber kurz nach dem Start schon ausgeschieden. Dann würde es morgen auch nichts werden mit dem gemeinsamen Dauerlauf durch den Englischen Garten. Mist. Warum hatte Selma ihm denn nicht Bescheid gegeben? Hatte sie ihre Verabredung vergessen? Und was sollte er jetzt mit seinem freien Samstag anstellen? Adi hatte ihn für den Nachmittag zu irgendeiner Schulung eingeladen, ins Hinterzimmer einer Gaststätte im Lehel. Aber vielleicht sollte er lieber nach Schleißheim rausfahren, zum Segelflugplatz, und bei den Starts und Landungen zusehen. In nicht mal einer Stunde wäre er dort.

∾

Um die Mittagszeit gelang es Lotte endlich, sich aus dem Geschäft zu stehlen. Den ganzen Vormittag über hatten ihr immer wieder Leute berichtet, dass die Geschäfte jüdischer Besitzer genauso wie ihre Kunden von SA-Leuten belästigt würden. Sie hätten Plakate umgehängt mit den Parolen, die sie schon in der Zeitung gelesen hatte, und sie zum Teil auch an die Schaufenster der Geschäfte geklebt. Viele Kunden hätten sich daraufhin nicht mehr getraut, die Läden zu betreten. Eine

Kundin hatte sogar Angst gehabt, mit ihrer Isidor-Bach-Tasche durch die Stadt zu laufen und wendete deshalb die Außenseite mit der Aufschrift nach innen, um unbehelligt zu bleiben. Das durfte doch alles nicht wahr sein, dachte Lotte. Sie würde sich davon bestimmt nicht abschrecken lassen. Schon allein aus Solidarität mit den jüdischen Geschäftsleuten. Man kannte sich schließlich seit Jahren aus dem Gewerbeverein und schätzte sich gegenseitig.

Doch als sie, vom Rindermarkt kommend, auf das Rosental zuging, sah sie schon den Aufmarsch von fünf SA-Männern vor dem Eingang von Isidor Bach, und trotz ihrer Entschlossenheit begannen ihr augenblicklich die Knie zu zittern. Ihr erster Impuls war nichts anderes als wegzurennen, so schnell wie möglich, einfach umzukehren, wieder nach Hause zu laufen und den Einkauf auf einen anderen Tag zu verlegen. Aber dann dachte sie daran, wie sie sich fühlen würde, wenn sie jetzt einknickte. Was sie Paul abends am Telefon erzählen würde. Dass sie weggelaufen war, statt ihren Mut zusammenzunehmen und das zu tun, was sie sich vorgenommen hatte. Lotte atmete einmal tief durch und redete sich gut zu: Du gehst jetzt einfach dahinein und holst den Anzug ab, genau wie du es vorgehabt hast. Du siehst nicht nach links und rechts, du ignorierst diese Männer einfach, du sprichst nicht mit ihnen, du hältst dich zurück und gehst einfach ganz normal und wie immer durch die Tür. Wie viel Angst werden erst die Leute drinnen im Laden haben? Die Verkäuferinnen, die Angestellten, die Herrenschneider, und natürlich die Eigentümer? Würden die Uniformierten es bei den Plakaten und den Pöbeleien belassen? Schlimm, was für eine Angst sie einem einjagen können, einfach weil sie da breitbeinig herumstehen mit ihren selbst gemalten Transparenten. Nein, das stimmt nicht, die Plakate sind gedruckt worden. Es ist eine Aktion zur Einschüchterung, Lotte, das weißt du doch. Und du wirst dich jetzt einfach nicht einschüchtern lassen. Mit zitternden Beinen lief sie auf den Eingang zu.

»Eine deutsche Frau kauft hier nicht ein«, herrschte der Erste sie an und stellte sich ihr in den Weg.

»Ich hole nur etwas ab, das ich schon gekauft und bezahlt habe. Für meinen Mann.« Und sofort ärgerte Lotte sich über sich selbst. Du musst dich doch vor denen nicht rechtfertigen, schalt sie sich. Geh einfach da durch. Aber so leicht kam sie an dem Kerl gar nicht vorbei. »Mein Name ist Randlkofer«, sagte sie und hielt ihre Stimme unter Kontrolle, denn sie hatte kaum Luft zum Atmen, so aufgeregt wie sie plötzlich war. Das Herz schlug ihr bis zum Hals. »Lassen Sie mich doch bitte durch.«

»Soso, muss man den Namen Randlkofer kennen?«

»Wir sind die Eigentümer des Delikatessengeschäfts Dallmayr in der Dienerstraße.«

»Ach so, von diesem Bonzenladen. Und judenfreundlich wahrscheinlich.« Der Kerl mit seinem ausrasierten Stiernacken blitzte sie aus wässrig blauen, tief liegenden und eng zusammenstehenden Augen an. »Schämen Sie sich denn gar nicht?«, fuhr er Lotte an. »Sie sind doch Arierin?«

Lotte nickte. Sie konnte nicht anders, es ging ganz automatisch. Doch sie kam sich dabei vor wie eine Verräterin.

»Dann sollten Sie hier nicht einkaufen«, zischte der Mann in der braunen Uniform. »Ist Ihr Mann denn in der Partei?«

»Meines Wissens nicht.« Lotte hatte Angst, dass ihr die Stimme versagte.

»Noch ist es nicht zu spät«, hörte sie diesen Kerl sagen. »Nicht, dass es ihm einmal leidtut.«

»Ich weiß nicht, ob mein Mann sich der neuen Bewegung anschließen wird«, antwortete Lotte, und dafür musste sie ihren ganzen Mut zusammennehmen. »Wenn Sie Geschäfte von ganz normalen Bürgern boykottieren, die ihre Steuern zahlen wie alle anderen und sich nichts zuschulden kommen lassen.«

»Nur Geschäfte von Juden, meine Dame. Und das ist doch etwas ganz anderes. Es kann ja jeder gehen, dem es hier bei uns nicht passt.«

»Sie sagen einem Geschäftsmann, er soll seinen Laden schließen und gehen? Wovon soll er denn dann leben, wenn er sein Geschäft aufgibt?«

»Ein Jude findet immer einen Weg, an Geld zu kommen«, behauptete der SA-Mann. »Machen Sie die Augen auf, Frau …, und seien Sie froh, dass wir heute nur die Passanten warnen. Wir können auch anders.«

Das glaube ich sofort, dachte Lotte. Ich werde da jetzt reingehen, und Sie werden mich nicht daran hindern. Es gelang ihr nicht, den Satz wirklich auszusprechen, aber sie schaffte es, die nötigen drei Schritte an dem Kerl vorbeizutun und die Ladentür aufzustoßen. Auch wenn sie dachte, es würden ihr in genau dem Augenblick die Beine einknicken und sie würde ohnmächtig zu Boden sinken.

Irgendetwas oder jemand rüttelte an seiner linken Schulter. Lasst mich doch in Ruhe, dachte Fiete und wollte sich zur Seite drehen. Es war sowieso kein bisschen bequem, hier im Sitzen zu schlafen, in diesem proppenvollen Abteil. Doch es rüttelte noch einmal, und als Fiete ein Auge aufbrachte, blickte er in das Gesicht eines schnurrbärtigen Dienstmannes.

»Mir war'n jetzt da«, sagte der, aber Fiete begriff nicht, was er von ihm wollte. »München Hauptbahnhof, Zeit wird's, dass S' aussteign!«

Fiete sah sich um. Das Abteil war leer, draußen war es

stockfinster. Dieser Mensch war anscheinend dazu da, den Zug in Ordnung zu bringen, und alle Mitreisenden waren bereits ausgestiegen. München! Dann war er ja endlich angekommen. Wie lange hatte er überhaupt geschlafen? Endlos war ihm diese Zugfahrt erschienen, und die Bahnhöfe und Landschaften hatten ihn immer weniger interessiert, je länger er unterwegs gewesen war. Wie ein Kind beim Sonntagsausflug an die See hatte er mehr als einmal gedacht: Wann sind wir denn endlich da. Schließlich hatte ihn hinter Nürnberg der Schlaf übermannt. Zum Glück war sein Gepäck noch da. Er griff nach dem Koffer und hastete zur Tür.

»Danke schön, auf Wiedersehen«, rief er dem Dienstmann hinterher.

»Is scho recht«, war dessen Antwort, wenn Fiete es richtig mitbekommen hatte. Das konnte ja heiter werden, wenn er schon Mühe hatte, die Leute hier zu verstehen.

Hauptbahnhof München. Fiete sah sich auf dem nächtlichen Bahnhofsplatz um. Sollte er eine Droschke nehmen? Es war schon ziemlich spät. Andererseits hatte Herr Randlkofer, sein zukünftiger Chef, ihm den Weg genau beschrieben, und er hatte nichts dagegen, sich noch ein bisschen die Beine zu vertreten und dabei etwas wacher zu werden. Er spürte ein leichtes Flattern im Magen. Wie würde das hier werden? Er kannte in München keine Menschenseele außer Herrn und Frau Randlkofer. Einfach über den Bahnhofsplatz, durch das alte Stadttor hindurch und immer geradeaus bis zum Marienplatz, hatten sie ihm gesagt, und dass er den Platz schon an der vergoldeten Marienstatue erkennen würde. München war katholisch, deshalb spielte die Mutter von Jesus dort auch eine so große Rolle, dass sie vergoldet und auf eine Säule gestellt wurde. Das hatte ihm sein Chef bei Roselius erklärt. Der kannte sich aus, denn er war schon öfter verreist, auch in den Süden, bis nach Bayern. Er hatte ihm auch erzählt, dass man von München aus die Berge sehen konnte, von denen einige sogar im Sommer weiß waren. Er würde schon noch herausfinden, ob das stimmte oder ob sein Chef ihm da einen Bären aufgebunden hatte.

Er ging gerade auf dieses Tor zu, als er links von sich, nicht weit entfernt, einen rötlichen Lichtschein am Nachthimmel bemerkte. Als er stehen blieb und lauschte, meinte er, ein prasselndes Geräusch zu hören. Wie Feuer. Er blieb stehen und schnupperte. Von den Droschkenfahrern schien es noch keiner bemerkt zu haben. Ein Feuer, mitten in der Stadt? Als der Wind wieder drehte, kamen zu dem Geprassel auch Stimmen und Geschrei hinzu. Es konnte nicht allzu weit von hier entfernt sein. Er änderte seinen Kurs und lief nun Richtung Norden, wenn er es richtig im Kopf hatte. Die Straße hieß Luisenstraße, und der Schein wurde immer heller, je weiter er sie entlanglief. Vor ihm mündete die Straße bald auf einen weiten Platz voller Menschen. Das war kein Häuserbrand, erkannte Fiete. Das war ein Aufmarsch von Männern in SA-Uniformen und von Studenten in ihren Corpsfarben, die um einen brennenden Scheiterhaufen versammelt waren. Außen herum standen Hunderte von Zuschauern. In Kisten und Handkarren stapelten sich Bücher um Bücher, die von den Studenten stapelweise herausgenommen und zum Scheiterhaufen getragen wurden. Sie warteten jeweils ab, bis ein Ausrufer seinen vorbereiteten Spruch vorgetragen hatte.

»Gegen Dekadenz und moralischen Verfall!«, hörte Fiete den Ersten rufen. »Für Zucht und Sitte in Familie und Staat!« Die Flammen prasselten. »Ich übergebe der Flamme die Schriften von Heinrich Mann, Ernst Glaeser und Erich Kästner.«

Bücher flogen nacheinander ins Feuer, und einer der Braunhemden lachte laut und hämisch. Fiete war wie elektrisiert.

Der nächste Rufer trat vor. »Gegen Gesinnungslumperei

und politischen Verrat, für Hingabe an Volk und Staat! Ich übergebe der Flamme …«

Eine kleine Bewegung am Boden lenkte Fiete ab. Er spürte, wie etwas seinen Fuß streifte, bückte sich und steckte das Buch, das von irgendwoher gerutscht war, schnell in seine Tasche. Es hatte ausgesehen wie ein Kinderbuch. Bestimmt war das ein Irrtum. Sie würden doch keine Kinderbücher verbrennen. Oder doch?

Die lauten Rufe und das Zischen der Flammen auf dem Platz gingen immer weiter.

»Gegen Verfälschung unserer Geschichte und Herabwürdigung ihrer großen Gestalten … Gegen literarischen Verrat am Soldaten des Weltkrieges … Gegen dünkelhafte Verhunzung der deutschen Sprache.«

Der Bann, der Fiete ergriffen hatte, war plötzlich gebrochen, mit einem Mal stieß ihn diese bombastische Veranstaltung nur noch ab. Studenten, die Bücher verbrannten, dachte Fiete, das war ja wie Kaffeeröster, die ihre Kaffeebohnen verbrannten. Und es kam ihm kurz der Gedanke, dass dieses kleine Buch genau deshalb zu ihm gerutscht war, damit er es vor dem Scheiterhaufen bewahrte. Was konnte denn so Schlimmes an dem Büchlein sein, dass man es verbrennen wollte?

Fiete lief durch die Luisenstraße zurück zum Hauptbahnhof. Er hatte keine Lust mehr, zu Fuß zu seinem neuen Arbeitgeber zu laufen, und nahm eine Droschke.

»Wohin woll ma denn?«, fragte der Fahrer.

»Zu Dallmayr«, antwortete Fiete. »Moment, die Adresse muss ich noch raussuchen.«

»Brauchen S' ned«, meinte der Fahrer. »Den kenn ich. Den kennt jeder in München.«

München sah schon etwas anders aus als Bremen, fand Fiete. Die Kirchtürme waren nicht spitz, sondern hatten bauchige

Eierwärmer aufgesetzt. Nur das Rathaus ähnelte, bis auf das grüne Dach, dem in Bremen. Und auch hier hing eine Hakenkreuzfahne, genau wie in seiner Heimat.

Das Haus Dallmayr, vor dem die Droschke hielt, hatte eine prächtige Fassade und hell erleuchtete Schaufenster. Größer und vielleicht auch irgendwie herrschaftlicher als Roselius in Bremen, wo er gerade eben erst seine Lehre beendet hatte. Aber München hatte ja auch mehr Einwohner als die kleine Hansestadt. Dafür gab es an der Weser mehr Kaffee und Röstereien. Was stand da auf der Bronzetafel am Eingang? »Königl. bayer. Hoflieferant«.

Das Geschäft war um diese Uhrzeit geschlossen. Er nahm den Durchgang daneben und klingelte an der Privatwohnung. Ein junger Mann öffnete ihm die Tür, etwas jünger noch als er selbst.

»Moin, ich bin Fiete Wünsche aus Bremen«, stellte er sich vor.

»Ah, guten Abend, die Wunderwaffe!«, sagte der andere.

»Wo?«, fragte Fiete und sah hinter sich.

»Na du!« Er gab Fiete die Hand. »Gregor Randlkofer. Meine Eltern sind ins Theater gegangen und sitzen jetzt bestimmt noch im Vier Jahreszeiten an der Hotelbar. Komm, ich zeig dir dein Zimmer.«

»Ist mein großes Gepäck schon angekommen?«, fragte Fiete.

»Die zwei riesigen Kisten? Ja, die sind da. Was hast du denn da eingepackt, Kanonen oder so etwas?«

»Kaffeemaschinen«, antwortete Fiete. »Eine kleine Röstmaschine, Siebe, Mühlen, nichts Besonderes.«

Nach einem kleinen Imbiss und einer Tasse Tee, die in München auch anders schmeckte als in Bremen, und zwar wässriger und weniger aromatisch, ging Fiete auf sein Zimmer. Die Eltern von Gregor mussten umtriebige Leute sein, denn selbst als er schlafen ging, waren sie immer noch nicht nach Hause gekommen.

Dafür konnte er endlich das kleine Buch, das ihm auf dem Platz mit dem Scheiterhaufen zwischen die Füße gerutscht war, aus der Jackentasche holen und genauer ansehen. Es war geschrieben von einer Autorin, die Lisa Tetzner hieß, und der Titel lautete: *Hans Urian oder die Geschichte einer Weltreise*. Auf dem Umschlag waren Hochhäuser gezeichnet, davor Automobile in drei Reihen nebeneinander und ein dicker Polizist in Uniform. Neben ihm standen ein blonder Junge mit einem Schulranzen auf dem Rücken und ein Eskimojunge in Fellkleidern. Die Häuser und Autos, das konnte nur Amerika sein. Dann musste der blonde Junge wohl dieser Hans Urian sein. Geschichte einer Weltreise – das passt doch, dachte Fiete. Schließlich wollte er selbst ja auch die Welt bereisen, irgendwann einmal. Doch so weit war es noch nicht. Zuerst musste er den Münchnern zeigen, wie man besten Kaffee herstellte und zubereitete.

⁂

»Ist es schon so weit?«, fragte Lotte. Rosa versuchte sie aus ihrem Kundengespräch loszueisen.

»Es geht gleich los«, antwortete Rosa und sah auf die Uhr.

»Was gibt es denn heute Besonderes beim Dallmayr?«, fragte Frau Swadko, langjährige Stammkundin aus der Burgstraße, die immer sehr viel Beratung für ihre eher bescheidenen Einkäufe brauchte. Sie war Witwe und konnte sich nicht alles leisten, was sie gerngehabt hätte. Vor allem nicht allzu viel von den schokolierten Mandeln, nach denen sie fast süchtig war. Ein Tütchen pro Woche leistete sie sich, mehr war nicht drin. Außer zu Ostern und Weihnachten.

»Nichts Süßes, Frau Swadko«, antwortete Lotte, »doch etwas sehr Aromatisches.«

»So? Das kann ja jetzt alles Mögliche sein.« Die Witwe war enttäuscht.

»Wir haben doch seit Kurzem einen Kaffeeexperten im Haus«, erklärte Rosa. »Und er hat heute eine erste Vorführung der neuen Röstmaschine angekündigt.«

»Ach.« Die Neugierde war Frau Swadko an der gepuderten Nasenspitze anzusehen. »Heißt das, Sie wollen in Zukunft Ihren eigenen Kaffee produzieren?«

Rosa lächelte geheimnisvoll.

»Kaffee aus München?« Die Frage klang skeptisch.

»Wieso denn nicht?«, fragte Lotte.

»Kaffee kommt aus Hamburg oder Bremen, das weiß doch jedes Kind«, behauptete die Swadko, deren Vorfahren aus der Donaumonarchie stammten. »Aber aus München? Ob die Leute darauf anspringen?«

»Aber natürlich, Frau Swadko«, mischt Rosa sich ein und schob Lotte ein Stück weiter, damit sie endlich von der Kundin wegkamen. »Wenn Dallmayr auf der Packung steht, wissen die Leute doch, dass nur etwas ganz Exquisites drin sein kann. Dafür haben wir doch eigens den Experten aus Bremen geholt, der jetzt für uns die besten Bohnen aus der ganzen Welt rösten wird.«

»Das ist natürlich etwas anderes. Wenn sich das herumspricht. Ein Röster aus der Hansestadt Bremen, schau an, was Dallmayr nicht alles schafft. Ich sag's ja, Respekt!«

Als sie die Kundin endlich verabschiedet hatten, fragte Lotte, warum Rosa ihr das alles unter die Nase hatte reiben müssen.

»Sie kennen doch die Witwe Swadko, eine der größten Münchner Ratschkathln. Was sie am Vormittag erfährt, das weiß mittags die ganze Altstadt, und am Nachmittag dann jeder, von der Maxvorstadt bis in die Au. Und spätestens am Abend ist es dann auch auf der anderen Isarseite angekommen. Eine bessere Werbung gibt es doch gar nicht.«

»Wenn du meinst.« Lotte grinste. »Kommen wir denn noch einigermaßen pünktlich zur geplanten Vorführung?«

»Fiete ist doch ein Gentleman, der ohne uns nicht anfangen wird«, antwortete Rosa.

∾

Fietes Kaffeerösterei, vielmehr das, was einmal die Dallmayr'sche Kaffeerösterei werden sollte, war in einem Anbau zum Hinterhof untergebracht, der ursprünglich als Werkstatt gedacht war, mit großen, mehrfach unterteilten und metallgefassten Fensterscheiben und einem rohen Werkstattboden. Genau das Richtige, um hier zu experimentieren, hatte Fiete gedacht, als er den Raum zum ersten Mal betreten hatte. Wie eine Fabrikhalle. In Miniatur zwar, aber immerhin mit genügend Platz, um einen neuen Geschäftszweig zu starten.

Die Fenster waren gekippt, denn Fiete hatte das Prunkstück des Raums, den nagelneuen schwarz glänzenden Trommelröster aus Gusseisen bereits ausreichend vorgeheizt, um mit der Vorführung beginnen zu können, sobald alle eingetroffen waren. Sein Chef war als Erster mit zwei Mitarbeitern erschienen, die gerade entbehrlich waren. Als auch die Chefin und die Buchhalterin mit etwas Verspätung angekommen waren, konnte die Vorstellung beginnen. Fiete kam sich ein bisschen wie der Heizer auf einer Dampflokomotive vor. Nur dass seine Maschine nicht mit Kohlen gefüttert wurde, sondern mit Gas. Er musste also nicht selbst schippen, sondern nur die Düsen richtig einstellen und die Zufuhr überwachen. Ein schwarzes Gesicht bekam er dabei zum Glück nicht. Aber sein Herz begann doch mächtig zu klopfen, als sich alle eingefunden hatten und ihre erwartungsvollen Blicke auf ihn richteten.

»Moin, Moin, meine Herrschaften«, begann er. Er hatte die Szene schon ein bisschen vorbereitet und sich überlegt, was er sagen würde. »Wenn wir vollzählig sind, kann meine kurze Vorführung beginnen. Ich bin Fiete Wünsche aus Bremen, wie Sie wissen, und das hier«, er klopfte vorsichtig mit dem Finger gegen den Einfülltrichter seiner Maschine, »ist der berühmte, gasbetriebene Trommelkaffeeröster aus den Probat-Werken von Gimborn aus Emmerich am Niederrhein. Das Beste, was es derzeit auf dem Markt gibt. Und ich kann nach den ersten Proberöstungen sagen, dass diese Maschine jeden Pfennig, den sie gekostet hat, auch wert ist.«

»Das will ich hoffen«, warf sein Chef ein. »Ich habe schließlich ein Vermögen dafür bezahlt.«

»Dann stelle ich Ihnen das gute Stück rasch vor. Wie Sie sich sicher schon gedacht haben, werden durch den Zylinder hier oben die Kaffeebohnen in die Maschine gekippt. Wenn sie bei uns in Säcken angeliefert werden, sind sie ja bekanntlich noch roh. So können wir aber keinen Kaffee aus ihnen kochen. Sie müssen zuerst geröstet werden. Das Herzstück der Maschine ist dieser waagerecht liegende Behälter in Zylinderform, der sich langsam dreht und so die eingefüllten Bohnen umwälzt. Bitte diesen Behälter aus Gusseisen nicht anfassen, denn er ist bereits vorgeheizt. Durch diese Düsen, die entzündetes Gas gegen die Trommel blasen, wird der Behälter von außen erhitzt.«

Die Zuschauer reckten die Hälse, um die Düsen zu sehen. Noch näher wollten sie nicht herankommen, denn die Trommel strahlte wirklich eine enorme Hitze ab.

»Im Inneren«, fuhr Fiete fort, »röstet der Kaffee sowohl durch den Kontakt zwischen den Bohnen und der Zylinderwand als auch durch die Hitze, die sich im Behälter bildet.«

»Und wie lange werden die Bohnen geröstet?«, fragte die Buchhalterin mit dem ungewöhnlich langen Hals, den auch noch eine Operationsnarbe zierte, wie Fiete sie in München schon bei vielen Menschen gesehen hatte. Jemand hatte ihm erklärt, dass in Süddeutschland Jodmangel herrsche und viele Leute einen Kropf bekamen, der operiert werden musste. Er hoffte nur, dass ihn dieses Schicksal nicht ebenfalls ereilte, solange er in München lebte. Wonach hatte die Buchhalterin ihn gefragt? Ah, nach der Röstdauer.

»Das ist nicht für jede Charge gleich. Es kommt auf die Beschaffenheit des Rohkaffees an«, beantwortete Fiete ihre Frage. »Ist er eher ein bisschen feucht, dann wird länger geröstet. Ist er sehr trocken, dann entsprechend kürzer. Als Röster muss ich das einschätzen können. Ich bin schließlich der Letzte in der Reihe derer, die den Kaffee bearbeiten, und ich habe deshalb auch eine gewisse Verantwortung für diesen Kaffee. Er wird in Kolumbien oder Brasilien gepflanzt, gehegt, geerntet, gewaschen, getrocknet, in Säcke verpackt, nach Hamburg verschifft, dort auf die Bahn verladen und zu uns nach München geschickt. Ich stehe am Ende der Kette, und nach mir kommt nur noch die Hausfrau, die zu Hause die gerösteten Bohnen in der Handmühle mahlt, um sich und ihrem Gatten eine schöne Tasse Kaffee zuzubereiten. Ich muss das vollenden, was andere schon alles unternommen haben, um ein wirklich gutes Ergebnis, sprich den bestmöglichen Kaffeegenuss zu garantieren.«

»Da spricht der Fachmann«, sagte Lotte. »Und der weiß und kann offenbar mehr, als nur den Brenner, pardon, den Röster anzuschalten.«

»Deshalb will er auch einmal die Kaffeeländer bereisen und alle die persönlich kennenlernen, die vor ihm mit den Kaffeebohnen arbeiten«, schmunzelte Paul. »So wie ich unseren Fiete kenne, wird er dort auch noch den ein oder anderen Verbesserungsvorschlag für seine Mitstreiter parat haben. Jedenfalls ist er ein harter Verhandler, der zu überzeugen weiß. Das kann ich selbst bestätigen. Es hätte auch durchaus preiswertere Röstmaschinen gegeben.«

»Dann hätten Sie am falschen Platz gespart«, kommentierte Fiete. »Von Gimborn am Niederrhein ist entweder schon Marktführer oder wird es bald sein. Sie liefern die besten Röster, die es aktuell auf dem Markt gibt.« Er sah die langhalsige Buchhalterin an. »Sie hatten nach der Röstdauer gefragt, Frau Baumgartner, und wollten sicher wissen, wie viele Minuten es dauert. Also: Es sind zwischen mindestens fünfzehn und höchstens zwanzig Minuten, je nach Qualität des Rohkaffees und dem gewünschten Röstgrad. Man kann die Bohnen heller oder dunkler rösten, das werde ich Ihnen gleich zeigen.«

»Bestimmt kann man sie auch verbrennen, wenn man nicht aufpasst«, meinte Lotte.

»So ist es, Frau Randlkofer, und dann war alles umsonst, das Pflanzen, Ernten, Waschen et cetera. Und das wollen wir dem Kaffee natürlich auf keinen Fall antun. Dafür haben wir hier an diesem Mercedes Benz oder Maybach unter den Röstmaschinen auch so eine kleine Schublade, die ich herausziehen und mit deren Hilfe ich den aktuellen Röststatus überprüfen kann. Noch ist sie leer.« Er zog den Schieber heraus und zeigte ihn seinen Gästen. »Nicht anfassen, auch die ist heiß.«

»Ich kann's schon gar nicht mehr erwarten, dass der Kaffee jetzt endlich in die Trommel kommt«, sagte Lotte. »Der Duft muss ja unbeschreiblich sein.«

»Leider nein«, antwortete Fiete. »Beziehungsweise, nicht, was Sie erwarten, wenn Sie dabei an den Duft von frisch gemahlenem Kaffee denken. Beim Rösten erhalten die Kaffeebohnen zwar ihre typische Farbe und das unvergleichliche Aroma. Aber sie verwahren dieses Aroma in der Bohne bis zu dem Moment, in dem sie aufgebrochen und gemahlen werden.«

»Wonach riecht es dann?«, fragte die Baumgartner.

»Angenehm, wie ein offener Kamin, in dem trockenes, duftendes Holz auf dem Feuer liegt und ein behagliches Aroma und eine angenehme Wärme verströmt.«

»Besonders angenehm finde ich die Wärme hier drinnen nicht gerade«, sagte Paul.

»Daran gewöhnt man sich«, sagte Fiete, »und passt sich mit der Kleidung an. Irgendwann geht es hier dann zu wie in den Tropen, also kleidungsmäßig.«

»Und wie viel Kaffee passt jetzt in diesen Hochleistungsröster rein? Ich hab's schon wieder vergessen«, sagte Paul.

»Sagenhafte fünf Kilo«, antwortete Fiete. »Ich könnte also in der Stunde bis zu zwanzig Kilo rösten.«

»Na, das ist ja ein Anfang«, sagte Lotte. »Wenn das Geschäft einmal läuft, können wir ja immer noch aufstocken.«

»Noch so eine Spitzenmaschine, Lotte?«, jammerte Paul. »Du hast doch den Preis gesehen.«

»Ich stelle mir lieber den Erfolg vor, den wir mit unserem Kaffee aus eigener Röstung haben werden, Paul. Das habe ich bei deiner Mutter gelernt. In die Zukunft schauen, optimistisch sein, immer etwas Neues wagen. Das sind alles Lektionen deiner Mutter.«

»Ach«, seufzte Rosa. »Wenn sie noch leben würde und unseren Kaffeeröster vom Niederrhein bewundern könnte, sie wäre begeistert.«

»Und unseren Kaffeeröster aus Bremen erst«, ergänzte Lotte.

»Wenn sie noch leben würde, wäre Mutter jetzt sechsundachtzig«, wandte Paul ein.

»Na und?«, fragte Lotte. »Deine Mutter war eine Frau, die auch mit sechsundachtzig noch einen patenten jungen Mann mit Weitblick erkannt hätte«, behauptete sie. »Das Potenzial von eurem Lehrling Ludwig hat sie schließlich auch gleich gesehen. Und was ist aus ihm geworden? Chocolatier in Südfrankreich!«

»Du bist gut, Lotte. Willst du, dass Fiete uns nach Frankreich oder Kolumbien auswandert?«, scherzte Paul.

Fiete räusperte sich. »Wenn dann alle so weit sind, schreiten wir zur Tat, würde ich sagen.«

Er nahm ein Messer vom Tisch und schnitt den Jutesack auf, der an der Wand lehnte, füllte eine Schüssel mit Kaffeebohnen und zeigte sie herum. Sie waren klein, weißlich wie Knochen, und sahen gar nicht schön aus. Und sie rochen nach gar nichts, höchstens ganz leicht nach dem feuchten Wurzelwerk von Pflanzen. Dann füllte er mit der Schüssel den Rohkaffee in einen Metalleimer, bis der eingezeichnete Maßstrich für fünf Kilo erreicht war. Er stieg damit auf ein Treppchen, bis er den Einfülltrichter gut erreichte, und kippte die Bohnen hinein. Die Trommel drehte sich langsam, das Gas strömte weiterhin über die Düsen an die Außenwand und sorgte für eine gleichmäßige Hitze der Wand und der Luft im Inneren der Trommel.

»Wie heiß wird es denn dadrinnen?«, fragte die Buchhalterin.

»An die zweihundert Grad Celsius. Bei sechzig Grad beginnen die Bohnen schon zu rösten, aber das würde dann sehr lang dauern. Ich habe in den letzten Tagen ein wenig herumexperimentiert. Zweihundert Grad sind ideal. Ich zeige Ihnen gleich, wie die Bohnen sich so entwickeln. Jetzt sind sie schon nicht mehr so käsig wie zu Beginn.«

Er zog den kleinen Schieber heraus, und das Publikum konnte sehen, dass die Bohnen bereits etwas Farbe bekommen hatten. Nach etwa zehn Minuten begannen sie leicht hellbraun zu werden, und jetzt stellte sich auch allmählich ein leichter Kaffeegeruch ein, der sich mit dem Duft nach Holz mischte.

»Und woher weißt du so genau, wann die Bohnen fertig sind?«, fragte Paul.

»Durch ständiges Kontrollieren und durch meine langjährige Erfahrung natürlich.« Bei ›langjährig‹ schmunzelte sein Publikum, aber Fiete war praktisch mit Kaffee aufgewachsen. Sein Vater betrieb eine Rösterei in Bremen.

»Wenn ich den Rohkaffee sehe und befühle, dann weiß ich schon ungefähr, wie lange ich ihn rösten muss. Trotzdem kontrolliere ich laufend.« Wieder zog Fiete seinen Messstab heraus und prüfte den Röstgrad. »Jetzt kann es jeden Moment so weit sein«, kündigte er an.

Das Publikum beobachtete gespannt jeden der Prüfvorgänge und wartete auf den Moment, wenn die Bohnen herauskommen mussten. Fiete drehte die Gaszufuhr ab, brachte die Rösttrommel zum Stehen und öffnete eine Luke, durch die ein Schwall matt schimmernder dunkelbrauner Bohnen in einen Eisenbehälter prasselte und von zwei Rechen zum Abkühlen an der Luft durchgemischt wurden. Das Publikum klatschte spontan.

»Die Bohnen sind ja jetzt viel größer geworden«, stellte die Buchhalterin fest.

»Wenn die Feuchtigkeit verdampft ist, blähen sie sich auf. Sie werden leichter und bekommen diese herrliche braune Farbe.«

»Wie Schokolade«, sagte Lotte. »Und sie glänzen sogar. Woher kommt das?«

»Der matte Glanz ist keine Zauberei«, antwortete Fiete. »Um die rohe, gewaschene und dann an der Sonne getrocknete Bohne bleibt ein feiner, transparenter Schutzfilm erhalten, das sogenannte Silberhäutchen. Es platzt beim Rösten auf. Man kann es sogar hören, wenn die Gasbrenner nicht zu laut sind. Erst wenn dieses Häutchen sich von der Bohne getrennt hat, glänzt sie so wie unsere jetzt.«

»Dann liegt hier schon unser zukünftiger Dallmayr-Kaffee herum?«, fragte Lotte.

»Noch nicht ganz«, bremste Fiete. »Die meisten Kaffeesorten, die es zu kaufen gibt, sind nicht sortenrein. Ich kann Ihnen auch gern noch mehr darüber erzählen. Nur vielleicht besser irgendwo, wo es nicht ganz so heißt ist.«

»Bei einer schönen Tasse Kaffee«, schlug die Buchhalterin vor.

»Dallmayr-Kaffee«, korrigierte Lotte.

»Für heute nur so viel: Die meisten Kaffeesorten sind Mischungen. Mischungen von Bohnen aus verschiedenen Herkunftsländern, von Hochlandkaffee und solchem, der in tieferen Lagen angebaut wird. Das Mischen ist eine Kunst, wie im Weinbau.«

»Aber das passiert erst nach dem Rösten?«, fragte Paul.

»Ganz genau. Sie haben ja gesehen, wie sensibel die Sache mit dem Rösten ist. Da kann man nicht einfach unterschiedlich große oder feuchte Bohnen zusammenkippen, sonst wird das nichts. Erst wird sortenrein geröstet, dann wird gemahlen, probiert, verschiedene Sorten werden gemischt, dann wird wieder probiert und so weiter. Das Kaffeeprobieren ist nur nicht besonders damenhaft, fürchte ich.«

»Warum denn nicht?«, fragte Lotte alarmiert.

»Beim Probieren muss geschlürft werden«, erklärte Fiete. »Da geht es richtig laut zu.«

»Dafür gibt es bestimmt einen Grund.«

Fiete nickte. »Beim Schlürfen können Sie viel, viel mehr Aromastoffe schmecken, als wenn Sie den Kaffee einfach nur trinken. Trinken geht zu schnell. Also schlürfen wir, und zwar nicht dezent. Das wäre für eine Dame dann wohl schwer auszuhalten.«

»Ach, wenn es um die Qualität des Produkts geht, würde ich selbst auch schlürfen«, sagte Lotte. »Auch wenn man mir das mit Mühe als Kind ausgetrieben hat. Ich war eine große Schlürferin.«

»Dann könnten wir es vielleicht einmal zusammen versuchen, gnädige Frau«, sagte Fiete ganz ernst. »Ich brauche sowieso noch weitere Tester. Und ein weiblicher Gaumen wäre wichtig. Die Geschmäcker sind ja verschieden.«

»Dann schauen wir doch, ob ich dafür Talent habe«, meinte Lotte. »Wann geht es los?«

»Jederzeit«, antwortete Fiete und zeigte auf fünf weitere Kaffeesäcke, die sich an der Wand stapelten. »Das will alles geröstet und dann verköstigt werden. Ich brauche Vorkoster und Entscheider, um den einzigartigen Dallmayr-Kaffee zu kreieren. Denn bald wollen wir ja loslegen, nicht wahr, Chef?«

»Auf jeden Fall«, stimmte Paul zu. »Vielen Dank für die Vorführung, Fiete.« Es gab noch einmal Applaus. »Ich hoffe, die Investition in den Röster hat sich gelohnt, und die Leute reißen uns deinen Kaffee nur so aus den Händen. Wir arbeiten auch schon am Entwurf der Verpackungen und der Bewerbung der neuen Produkte.«

»Ach, ist das aufregend«, seufzte Lotte. »Ich spüre, dass unser Kaffee ein großer Erfolg werden wird. Irgendwann werden wir ganz viele verschiedene Sorten haben, für jeden soll etwas dabei sein. Ruhig auch eine, sie sich viele Leute leisten können, und dann darf es aber auch noch ein paar ganz besonders Kostbare geben. Die etwas mehr kosten. Ihr wisst schon, etwas, das man zum Beispiel auch dem Kronprinzen und seiner Gemahlin anbieten könnte.«

Sie zwinkerte Rosa zu, und alle gingen zurück an ihre Arbeit. Der teure Röster vom Niederrhein war nun eingeweiht und auf dem Weg, der neue Stolz des Unternehmens zu werden. Fiete hatte das Gefühl, dass er seine Sache gut gemacht hatte. Er hatte sein Publikum mit seiner Vorführung begeistern können. Der Funke war übergesprungen, und das war schon mal ein guter Einstieg für ihn in München.

⁂

Die Allee sah aus wie ein grüner Tunnel, alle Bäume hatten frisch ausgetrieben. Über den Feldern standen die Lerchen in der Luft, und die Kiebitze mit ihren Krönchen tänzelten und setzten zu ihren waghalsigen Sturzflügen an. Das war das pure Leben, dachte Johanna, der Frühling, in dem die Natur wie in jedem Jahr erwacht war und eifrig dafür sorgte, dass alles wuchs und blühte. Bei den Tieren fanden sich Paare zusammen, die für den Nachwuchs sorgten, der über das eigene Leben hinausweisen würde. Überall entstand neues Leben und wurde stürmisch willkommen geheißen. Malina, Johannas braune Stute, flog mit dem Einspänner nur so dahin, als habe ihr der Frühling eine Extraportion Energie und Freude am Laufen beschert. Sie fand den Weg ganz von alleine. Johanna hielt die Zügel locker in der Hand. Sie liebte die Ausfahrten in der Pferdekutsche, das war doch so viel schöner als im stinkenden Automobil. Wie herrlich das Leben hier draußen am Land war und wie gut sie es doch getroffen hatte. Nirgendwo anders, an keinem Platz der Erde, hätte Johanna sein mögen, als hier bei den Tieren und Menschen, die sie fast ihr ganzes Leben kannte. Nie würde sie von hier wegwollen.

Seit die Mutter von ihrer großen Reise zurück war, blühte auch ihr Vater wieder auf. Es war, als erlebten ihre Eltern einen zweiten Frühling. Sie gingen liebevoller miteinander um, als sie es vor Sonias Abreise getan hatten, und verbrachten mehr Zeit miteinander. Hermann überließ Entscheidungen dem Verwalter, von denen er viele Jahre geglaubt hatte, dass ausschließlich er persönlich sich darum kümmern sollte. Seinen Kampf gegen die Mittlere Isar AG hatte er vorerst eingestellt. Er hatte nachgegeben und darauf vertraut, dass die Dinge sich von selbst regeln würden. Endlich achtete er mehr auf sich, was auch Johanna glücklich machte, denn sie liebte ihren Vater sehr. Mit den neuen Medikamenten gegen seine Herzbeschwerden ging es ihm deutlich besser, und er hatte wieder mehr Freude am Leben. So sollte es jetzt weitergehen, wünschte Johanna sich von ganzem Herzen.

Sie fand das Fohlen draußen auf der Weide, zusammen mit seiner Mutter und zwei weiteren Stuten. Romys Beine waren noch länger geworden, aber allmählich wuchs auch der Rumpf mit. Ein schönes, gesundes Pferdchen war sie geworden, das mit wehender Mähne über die Koppel jagte. Johanna lockte das Fohlen mit einem der letzten Winteräpfel, den sie im Stall gefunden hatte. Sie kannten sich mittlerweile gut. In gewisser Weise war Romy ja auch Johannas Kind. Schließlich hatte sie geholfen, es zur Welt zu bringen. Romy nahm den Apfel und rannte mit eckigen Sprüngen wieder davon. Johanna sah sich um. War Franz irgendwo hier draußen? Er lief doch meistens draußen zwischen den Feldern und den Stallungen herum. Als sie ihn nirgendwo entdeckte, ging sie zum Wohnhaus hinüber. Die Haustür stand offen und im Flur war es immer noch kühl. Es würde dauern, bis sich der alte Steinboden allmählich erwärmte. Johanna hatte schon die Hand an der Türklinke zur Wohnküche, als sie von drinnen Stimmen hörte. Franz sprach mit seinen Eltern, und Johanna zögerte. Ob sie störte, wenn sie jetzt einfach so he-reinplatzte? Redeten sie dadrinnen etwa über sie? Nun trat sie doch näher heran.

»Hast du ihr denn jetzt endlich einen Antrag gemacht?«, hörte sie den alten Reisinger fragen.

»Bevor es dazu kommt«, kam Frau Reisinger einer Antwort ihres Sohnes zuvor, »möchte ich gern einmal wissen, wie unser Sohn sich das eigentlich vorstellt.«

»Wieso, Berta, was soll er sich denn vorstellen?«, fragte ihr Mann.

»Will sie denn auch als Hausherrin auf Zengermoos und Gattin von unserem Franz noch weiter von Hof zu Hof fahren und Fohlen und Kälber auf die Welt bringen oder Krankheiten bei den Rindern behandeln?«

»Warum denn nicht, Mutter?«, fragte Franz. »Ich hätte nichts dagegen.«

»Und genau das verstehe ich nicht«, hakte seine Mutter nach. »So machst du dich doch zum Gespött der Leute. Wer auf Gut Zengermoos das Sagen hat, der muss doch keiner anderen Arbeit mehr nachgehen. Ich bitte dich! Was sagst du denn dazu, Heinrich?«

Ihr Mann brummte etwas, das Johanna nicht verstehen konnte.

»Wie?«, fragte seine Frau. »Du musst doch dazu eine Meinung haben.«

»Habe ich ja«, behauptete ihr Mann. »Und zwar, dass die zwei jungen Leute das selbst entscheiden sollten, nicht wir. Wir gehen aufs Altenteil, und die zwei übernehmen.«

»Da hätte ich dich sehen mögen«, entrüstete sich seine Frau, »wenn ich meinen Beruf weiter hätte ausüben wollen nach der Heirat.«

»Du hast doch gar keinen Beruf gehabt, Magda«, sagte ihr Mann.

»Ich war Hausfrau, ich konnte kochen, nähen, flicken, einen Garten anlegen und verstand etwas von Kinderpflege.« Sie machte eine Pause, und Johanna hielt die Luft an. »Und was kann deine Tierärztin, ich meine, sie wird ja dann auch einen Haushalt führen, oder willst du das etwa übernehmen, Franz?«

»Dafür kann man doch Personal beschäftigen, eine Köchin, ein Dienstmädchen …«, hörte Johanna Franz sagen.

»Und eure Kinder erzieht dann auch das Personal?«, fragte Frau Reisinger spitz. »Oder nimmt sie die mit auf die Höfe, zu den kranken Tieren? Habt ihr überhaupt schon über Kinder gesprochen? Am Ende ist sie so modern, dass sie gar keine haben will.«

»Magda, jetzt hör aber mal auf«, fuhr ihr Mann sie an. »Was geht dich denn das alles an?«

»Ich will, dass unser Sohn etwas dazu sagt, nicht du!«, beharrte die Mutter. »Also?«

»Also nichts«, antwortete Franz. »Das wird sich zeigen. Wichtig ist doch, dass Johanna mich gernhat und dass sie sich ein Leben mit mir vorstellen kann. Alles andere ergibt sich dann schon von selbst.«

»Eine berufstätige Frau!«, schnaubte seine Mutter. »Du musst das klären, bevor du ihr einen Antrag machst. Die Leute würden sich jedenfalls das Maul zerreißen, wenn sie mit Kindern immer noch arbeiten geht.«

»Was die Leute sagen, ist mir egal, Mutter. Mit den Leuten muss ich nicht leben und alt werden wie mit meiner Frau. Johanna ist eine gute Tierärztin. Sie hat den siebten Sinn für die Viecher. Es macht mich so stolz, wenn ich sehe, wie umsichtig sie mit allen Geschöpfen umgeht, groß oder klein. Sie hat Respekt vor ihnen und liebt die Tiere sehr. Das gefällt mir.«

»Wenn sie das hören könnte, wie du sie über den grünen Klee lobst, würde sie rote Ohren bekommen«, sagte Herr Reisinger.

Johanna fasste sich an die Ohren. Sie waren sehr warm. Wo sollte sie denn jetzt hin? Raus oder rein?

»Hast du sie denn eigentlich schon gefragt, ob sie dich überhaupt will?«, fragte der alte Reisinger.

»Jede Frau kann sich glücklich schätzen, wenn der Zengerhof winkt«, behauptete seine Frau.

»Es winkt aber nicht der Hof«, sagte ihr Mann, »sondern unser Franz. Er hat sich eh schon lange Zeit gelassen mit der Familiengründung. Johanna ist auch nicht mehr die Jüngste. Zeit würde es allmählich. Für euch beide.«

»Was hält dich dann noch zurück, Franz?«, fragte seine Mutter.

»Dass sie ihren Beruf und ihr eigenständiges Leben vielleicht mehr schätzt als mich und ich eine Abfuhr kassiere«, gestand Franz.

In dem Moment hatte er bei Johanna endgültig gewonnen. Sie spürte nicht einmal mehr den kalten, zugigen Flur, in dem sie hinter der Tür stand und lauschte. So warm war ihr geworden. Sie ging auf Zehenspitzen aus dem Haus und zurück zu ihrer Stute, die sie draußen bei der Koppel angebunden hatte. Dann winkte sie Romy zum Abschied, tätschelte Malina den Hals und fuhr nach Hause.

Ihr Vater saß vollkommen entspannt auf der Hausbank, eine Tasse Kaffee neben sich, und ließ sich die Sonne ins Gesicht scheinen.

»Na?«, fragte er, als Johanna die Stute ausgespannt und versorgt hatte.

»Du musst kein Gespräch mehr von Mann zu Mann führen mit dem Franz«, sagte Johanna und setzte sich neben ihn.

»So? Warum denn nicht?«, fragte Hermann.

»Weil ich jetzt selbst weiß, was ich will.« Sie strahlte ihren Vater an.

»Und? Weiß es der Glückliche schon?«

»Noch nicht«, sagte Johanna, »aber spätestens heute Abend sage ich es ihm.«

»Und ich nehme an, es wird ihm gefallen, was du ihm zu sagen hast.«

Johanna grinste. »Doch, ja, ich glaube schon.«

∾

Jetzt kam er doch zu spät zum Dauerlauf im Englischen Garten, weil er zu Hause so herumgetrödelt hatte. Gregor rumpelte auf dem Kopfsteinpflaster der Wagmüllerstraße dahin und achtete darauf, nicht in die Trambahnschienen zu geraten. Dabei war das Problem gar nicht mal das Zuspätkommen. Das Problem war, dass es einfach nicht mehr so schön und unbeschwert war wie am Anfang. Ursi kannte er schon seit ewigen Zeiten. Sie waren einfach immer nebeneinander hergelaufen, hatten sich unterhalten und Spaß dabei gehabt. Von ihm aus hätte es ewig so weitergehen können. Doch jetzt war alles anders.

Als er zum Englischen Garten kam und sein Fahrrad am Eisbach abstellte, wartete niemand auf ihn. Ursi würde vielleicht gar nicht kommen. Sie redete sich ein, dass sie die schlechtere Läuferin war und ihre beiden Mitläufer sowieso nur bremste. Auch wenn sie ihr immer wieder versicherten, es ginge um Ausdauer, nicht um Schnelligkeit. Ursi fühlte sich nicht mehr so richtig wohl in dem Trio.

Gregor zog seine Windjacke aus und legte sie ins Gebüsch, zu seinem Fahrrad. Dann begann er mit den Aufwärmübungen. Die Luft war noch kühl und der Boden feucht.

Ob sie noch kommen würde? Gregor machte Rumpfkreisen und Kniebeugen. Dann Liegestütz. Er schaffte fünfzehn. Ein paarmal hatte er jetzt schon umsonst auf Selma gewartet. Wie damals am Prinzregentenplatz hatte sie ihn auch beim Laufen schon versetzt. Er sprang auf und wischte sich die Erde von den Handflächen. Für die erste geplatzte Verabredung hatte sie sich zwar entschuldigt, aber so richtig erklärt hatte sie ihm nicht, warum sie plötzlich mit den Eltern aufs Land gefahren war und ihm nicht rechtzeitig abgesagt hatte. So euphorisch war er damals die vielen Runden um den Platz gefahren, und wie ernüchtert hatte er sich anschließend gefühlt, als das Hausmädchen ihn wie einen dummen Jungen fortgeschickt hatte.

Beim Laufen war es ihm dann so vorgekommen, als sei sie mit jedem Mal schweigsamer und verbissener geworden. Sie hatte das Tempo so angezogen, dass sie sich nicht mehr unterhalten konnten beim Laufen. Wie im Wettkampf rannten sie stumm nebeneinanderher. Das war es, was sie wollte. Schneller werden, noch härter trainieren. Alle Vorschläge von Gregor, sich doch einfach mal so zu treffen, ins Kino zu gehen, ein Eis zu essen, hatte sie abgeblockt. Schule, Lernen, Sport, daneben schien es nichts für sie zu geben. Merkte sie denn gar nicht, wie wichtig sie ihm war?

Gregor lief noch ein paar Meter auf und ab, damit ihm nicht kalt wurde. Dabei ahnte er schon, dass sie wieder nicht kommen würde. War er hier der Trottel, den man nach Belieben herbestellen und dann einfach versetzen konnte, wenn man doch etwas Besseres vorhatte? Er hob einen Stein vom Boden auf und schleuderte ihn ins weiß schäumende Wasser des Eisbachs. Und den nächsten gleich hinterher. Dann zog er sich wieder an, schob das Fahrrad zur Prinzregentenstraße hinauf und fuhr Richtung Isartor.

Am Straubinger Hof war eine Fensterscheibe zur Straße hin zerbrochen und mit Pappe ausgekleidet. Gregor schob sein Fahrrad in den Innenhof. In der Gaststube saß Ursi und tunkte ein Stück Semmel in ihren Milchkaffee.

»Gregor, was machst du denn hier?«, rief sie.

»Und du? Waren wir nicht zum Laufen verabredet?«

Sie zog eine Grimasse. »Ich hab gerade andere Sorgen«,

sagte sie. »Außerdem ist Selma schneller, ihr zwei passt besser zusammen. Wo ist sie denn, bringst du sie nicht mit?«

»Sie hat mich genauso versetzt wie du«, sagte Gregor. »Ich komme mir vor wie ein Depp. Steh da am Eisbach herum und warte auf euch, aber keiner kommt.«

»Aha«, sagte Ursi.

»Findest du das vielleicht in Ordnung?«

»Keine Ahnung, Gregor. Ich hab wirklich gerade andere Sorgen, und Selma vielleicht auch.«

»Was für Sorgen habt ihr denn, und wieso redet eigentlich keiner mit mir?«

»Jetzt setz dich halt her. Willst du auch einen Kaffee?«

Gregor nickte. »Was ist denn mit der Fensterscheibe da draußen passiert?«, fragte er, während sie zum Tresen ging und ihm Kaffee einschenkte.

»Ja, was glaubst du denn, was mit der Fensterscheibe passiert ist?«, fragte Ursi.

»Kaputtgegangen«, vermutete Gregor.

»Kaputtgegangen«, echote Ursi. »Eingeschlagen haben sie sie.«

»Wieso, wer denn?«

»Gregor, bist du so ahnungslos oder tust du nur so? Wer wird das wohl gewesen sein?«, fragte Ursi.

»Wisst ihr denn, wer es war?«, fragte er zurück.

»Ja, das wissen wir ziemlich genau, denn sie haben uns als ›rote Schweine‹ beschimpft, nachdem es geklirrt hat. Und gedroht haben sie uns, dass sie die Wirtschaft zusperren, wenn die Sozis sich hier weiterhin zusammenfinden.«

»Und was macht ihr jetzt?« Gregor gab Zucker und Milch in seinen Kaffee und nahm sich eine Breze aus der Bäckertüte.

»Dem Glaser Bescheid geben, dass er vorbeikommt. Das hab ich heute in der Früh schon gemacht.«

»Und sonst?«

»Sonst nichts. ›Wir lassen uns nicht einschüchtern‹, sagt mein Papa. Wir sind ein ganz gewöhnliches Münchner Wirtshaus, mit ganz gewöhnlichen Gästen, Arbeitern, Straßenkehrern, Trambahnfahrern, die bei uns ihr Bier trinken und am Sonntag ihre Weißwürste essen zum Frühschoppen.«

»Und warum werfen sie euch dann die Scheibe ein? Lass mich raten: Weil sie euch das mit den gewöhnlichen Gästen nicht abkaufen?«

»Ich hab immer gedacht, man darf verschiedener Meinung sein, politisch, meine ich. Die einen sind Schwarze, die anderen Rote, na und? Aber jetzt ist es anscheinend bald Schluss mit den unterschiedlichen Meinungen, und zwar mit Gewalt. Aber weißt du, was danach kommt?« Ursi legte ihre Hand auf Gregors Arm, und er stellte seine Tasse wieder ab.

»Was denn?«, fragte er.

»Die Diktatur. Schluss mit der Demokratie, Schluss mit der Verschiedenheit. Nur noch Einheitsbrei. Der Stärkere setzt sich durch und macht die anderen fertig. Am Ende schreien dann alle nur noch ›Heil!‹, ob freiwillig oder nicht.«

»Übertreibst du nicht, Ursi?«, fragte Gregor. »Eure Leute, die Sozis, die in Gewerkschaften organisierten Arbeiter, sind doch auch keine Heiligen. Du wirst doch nicht behaupten, dass bei denen noch nie eine Fensterscheibe zu Bruch gegangen ist.«

»Fensterscheibe!«, zischte Ursi. »Hast du gehört, was mit unserem Turnverein passiert ist?«

Gregor schüttelte den Kopf.

»Aufgelöst haben sie ihn.«

»Den Turnverein? Warum denn?«

»Hast du doch gerade selbst gesagt: organisierte Arbeiter, Sozis. Bald gibt es nur noch einen einzigen Verein, nämlich den, der dieser Partei recht ist. Und das wird jedenfalls kein Arbeiterturnverein sein.« Darauf wusste Gregor nichts zu erwidern. »Zwanzig Jahre haben meine Eltern mit den anderen

Genossen gekämpft, bis wir endlich ein eigenes Vereinsheim und die Turnhalle an der St.-Martin-Straße bekommen haben. Und jetzt gibt es das alles von heute auf morgen nicht mehr, verstehst du?«

»Und was wird aus dem Vereinsheim?«, fragte Gregor.

»Das wird umgewidmet. Da soll nun das SA-Heim ›Georg Hirschmann‹ draus werden.«

»Hirschmann? Der Name klingt jüdisch«, sagte Gregor.

»Da täuschst du dich. Dieser Hirschmann war Schuster und ein Nazi. Er ist 1927 bei einer Straßenschlägerei mit Kommunisten zu Tode gekommen. Seitdem ist er so etwas wie ein Märtyrer für die Partei.«

Gregor trank weiter seinen Kaffee.

»Du sagst ja gar nichts dazu. Die Nazis machen Jagd auf unsere Leute, die haben die Arbeiter auf dem Kieker, wollen nacheinander alle unsere Vereine auflösen und verbieten. Alles, wofür meine Eltern, meine Großeltern schon, gekämpft haben. Und dir fällt nichts dazu ein? Uns Arbeiter machen sie fertig, und ihr Bürgerlichen steht daneben und sagt nichts.« Gregor fühlte sich immer mehr in die Ecke gedrängt. »Ihr müsst euch schon entscheiden«, fuhr Ursi fort. »Wollt ihr dabei zuschauen, wie alles kaputtgemacht wird, die Republik, die Länderparlamente abgeschafft werden, wie sie ihre Schlägertrupps ausschicken und jeden Widerstand brechen? Gegen uns geht es jetzt gerade, aber noch schlimmer trifft es die Juden. Das musst du doch mitkriegen, Gregor, hier mitten in der Altstadt. Du bist doch nicht blind, und dumm bist du auch nicht.«

»Ja, aber was soll ich denn da tun als Einzelner?«, verteidigte sich Gregor.

»Nicht jammern, sondern denen helfen, die angegriffen werden. Wenigstens zeigen, dass du nicht einverstanden bist mit dem, was gerade geschieht.«

»Ja, aber wie denn?«

»Es gibt immer einen Weg«, sagte Ursi und sah ihn eindringlich an. »Bei dir bin ich mir manchmal nicht sicher, ob du nicht doch lieber zu denen gehören willst.« Gregor merkte, wie er leicht errötete, nippte aber weiter an der leeren Kaffeetasse.

»Gegen dieses ›Wir wollen wieder groß werden und diese und jene Gebiete zurückhaben‹ bist du nicht ganz immun, stimmt's? Am Ende marschierst du doch noch mit denen mit.«

»Nein, sicher nicht«, behauptete Gregor. »Mein Vater macht mir auch schon jede Menge Ärger zu Hause. Und meine Mutter mag meine neue Frisur nicht, und außerdem wollen sie natürlich, dass ich Kaufmann werde.«

»Und du?« Ursi wuschelte ihm mit der Hand durchs Haar. »Was willst du eigentlich?«

»Ich weiß es nicht. Ich bin halt nicht so aufgewachsen wie du, dass ich immer schon wusste, wo mein Platz ist. Wo ich hingehöre und was ich denken und tun soll. Was richtig und was falsch ist. Ich denke einen Tag so und am nächsten wieder anders.«

»Und was ist mit dir und Selma?«

»Was soll da schon groß sein?«

»Ihr lauft doch noch zusammen?«

»Wenn sie mich nicht grade versetzt, wie heute, dann bin ich weiterhin ihr Trainingspartner.«

»Und sonst?« Ursi betrachtete ihn aufmerksam.

»Was meinst du?«, fragte Gregor, obwohl er sehr genau wusste, worauf sie hinauswollte.

»Denkst du, ich habe nicht gemerkt, dass du dich gleich beim ersten Mal, als ich Selma in den Englischen Garten mitgenommen habe, in sie, na ja, zumindest ein bisschen verliebt hast?«

Gregor errötete.

»Du willst doch mehr als nur mit ihr laufen gehen, oder täusche ich mich?«

»Sagen wir so«, wand Gregor sich. »Ich hätte nichts dagegen, wenn da mehr wäre.« Nun war es heraus.

»Und? Wie steht die Sache zwischen euch?«

Gregor seufzte. »Am Anfang hab ich mir noch Hoffnungen gemacht. Aber dann hat sie mich versetzt. Ich habe gewartet wie ein Trottel und mich dann vom Hausmädchen wegschicken lassen.«

»Wann war das?«, fragte Ursi.

»Wann? Anfang April glaube ich.«

»War das vielleicht der 1. April?«

»Kann sein«, antwortete Gregor.

»Sag mal, bist du eigentlich blind?«, fragte Ursi.

»Wieso? Was weißt du denn davon?« Gregor war verwirrt.

»Mehr als du jedenfalls.«

»Und? Jetzt sag schon.«

»Du hast aber schon mitgekriegt, was am 1. April hier bei uns in der Altstadt los war?«

Gregor überlegte, was sie meinen konnte. War das nicht dieser Tag …? Allmählich dämmerte ihm etwas. Dass er darauf nicht selbst gekommen war! Aber was sollte Selma damit zu tun haben, am noblen Prinzregentenplatz, in dem Haus mit dem gekachelten Entree.

»Hast du vergessen, dass an dem Tag hier Schaufenster beschmiert und Scheiben eingeschlagen wurden?« Ursis Gesicht kam seinem jetzt sehr nahe. Er hatte fast Angst, sie würde ihn gleich an den Schultern packen und durchschütteln.

»Ach so, ja, bei den Juden«, stotterte er. »Aber was hat das …?«

Ursi starrte ihn an. »Du fragst ernsthaft, was das mit Selma und ihrer Familie zu tun hat?«

»Böhm ist doch ein ganz normaler deutscher Name«, hörte Gregor sich sagen.

»Ja, und?« Ursis Stimme überschlug sich fast. »Sie sind ja auch ganz normale Deutsche. Sie sprechen Deutsch, leben wahrscheinlich schon immer hier. Selmas Papa ist Sozius in einer Kanzlei in der Sonnenstraße, ihre Mama war bestimmt schon oft bei euch im Dallmayr.«

Gregor legte seine zweite Breze weg und wischte sich über die Stirn. Er begriff es nur ganz langsam. Selma war also Jüdin.

»Ihre Familie hat ein Haus irgendwo am Tegernsee«, wusste Ursi. »Bestimmt hat Selmas Vater die Familie an dem Wochenende dorthin gebracht. In Sicherheit, verstehst du?« Und jetzt gab sie ihm tatsächlich einen Stoß gegen die Schulter, auf den er schon die ganze Zeit gewartet hatte. »Bist du vielleicht auch der Meinung, dass die Juden raus aus Deutschland müssen, damit wir unter uns sind?« Sie wartete seine Antwort gar nicht erst ab. »Mensch, Gregor, mach doch die Augen auf! Erst die Juden, dann die Linken, und wer kommt als Nächstes? Die Linkshänder vielleicht oder die Kurzsichtigen? Alle Brillenträger? Was diesem staatenlosen Verbrecher …« Gregor zuckte zusammen.

»Pscht!«, unterbrach er sie. »Bist du verrückt, Ursi? Wenn dich jemand hört!«

Ursis Blick sprach Bände. Sie verachtete ihn. Sie hielt ihn für einen Feigling oder Mitläufer. Einen, der bloß keinen Verdacht auf sich ziehen wollte. Und vielleicht hatte sie damit sogar recht.

Lieber Onkel Paul,

erinnerst du dich noch an den Tag, an dem ich dich auf meiner Insel im Bodensee herumgeführt und dir alle meine schönsten und geheimsten Plätze gezeigt habe? Weißt du noch? Ich muss ein schrecklich ungezogenes Kind gewesen sein, denn meine Mutter hatte mich wieder einmal vom Tisch weg und in mein Zimmer geschickt. Ich weiß nicht mehr, was ich angestellt hatte, vielleicht einfach nur zu viel geplappert bei Tisch. Denn das konnte sie gar nicht ausstehen. Ich saß hungrig am Fenster, sah wie durch mehrere Schichten von Schleiern hindurch nach draußen, es war alles ganz verschwommen. Meinen Hunger hatte ich bestimmt gleich vergessen, denn vom Tisch weggeschickt zu werden, während Besuch im Haus war, das war noch viel schlimmer, als zu hungern. Und plötzlich standst du bei mir im Zimmer. Ich hatte dich gar nicht hereinkommen hören. Wir haben zusammen meinen Teller leer gegessen, und dann hast du bei meiner gestrengen Mama erwirkt, dass wir noch zusammen einen Abendspaziergang machen durften. Ich erinnere mich noch ganz genau. Ich habe dir Lindau gezeigt, meinen Kindergarten, die Römerschanze und das Römerbad. Es war so schön, in der Dämmerung hinaus auf den See zu schauen. Am nächsten Tag bist du von Lindau aus rüber in die Schweiz. Ich stand am Hafen und habe deinem Schiff hinterhergesehen, so lange, bis es ganz weit draußen vom See verschluckt wurde.

Warum mir dieser Tag vor so vielen Jahren gerade jetzt einfällt? Ich weiß es wirklich nicht. So viele Jahre habe ich die Erinnerung in meinem Herzen bewahrt und hier, im Hochland Abessiniens, das von manchen Europäern, die vor mir schon hier waren, auch als die Schweiz des afrikanischen Kontinents bezeichnet wird, fällt er mir auf einmal wieder ein. Der Mensch ist schon ein seltsames Wesen. Er möchte funktionieren wie eine Maschine, seine Ziele erreichen, voranschreiten, sich laufend verbessern. Und dann sitzt er da, am Rande eines Dorfes mit strohgedeckten Hütten auf fast zweitausend

Metern Höhe, in einem märchenhaft schönen Land, und denkt an einen der schlimmsten und dann schönsten Tage in seinem Kinderleben. Ich bin ja eine Reisende aus Interesse und Vergnügen, mich treibt allein die Abenteuerlust. Ich habe keine Mission, will niemanden belehren oder gar zu etwas bekehren. Und so sitze ich eben da und hänge meinen Erinnerungen nach.

Und doch gibt es ein unsichtbares Band von diesem Märchenland, in das es mich verschlagen hat, zu dir und deinem Geschäft nach München. Hier wachsen nämlich, wild und seit Urzeiten schon, und auf Landstrichen, die allen und niemandem zu gehören scheinen, ganz besondere Pflanzen. Sie tragen rote Früchte wie Kirschen, doch das Wertvollste ist nicht das Fruchtfleisch, sondern der Kern in ihrem Inneren. Es sind Kaffeesträucher, und sie gedeihen hier unter hohen Bäumen, die ihnen bei großer Hitze Schatten spenden. Wenn sie reif sind, werden sie von den Dorfbewohnern gepflückt, zum Trocknen in die Sonne gelegt und immer wieder gewendet. Dann werden die Bohnen aus dem getrockneten Fruchtfleisch geschält. Und wenn es dann so weit ist, kann die Buna-Zeremonie beginnen. Die ganze Familie oder Dorfgemeinschaft wird dazu eingeladen. Am ehesten kann man es mit einem Kaffeekränzchen bei uns zu Hause vergleichen. Die Zubereitung ist allein Frauensache. Eine der meist sehr anmutigen Hochlandfrauen kümmert sich darum, und oft ist sie nicht allein, sondern hat eine Assistentin. Die Frauen hier tragen weiße, locker sitzende Kattunkleider, die mit blauem oder schwarzem Garn am Ausschnitt und an den Ärmeln bestickt sind. Sie entzünden draußen ein Feuer für die Buna-Zeremonie, nehmen zwei Handvoll Kaffeebohnen von einem der Siebe, werfen sie in eine flache Eisenpfanne und beginnen sie über dem Feuer zu rösten. Zwischendurch schütteln sie die Pfanne, damit die Bohnen gleichmäßig geröstet werden. Die

Assistentin hat bereits die Stühle für die geladenen Gäste aufgestellt und auf einem Tisch, vielmehr einem Holzbrett, das auf zwei Bohlen ruht, irdene Mokkabecher nach der Anzahl der Gäste herbeigeschafft. Auch ich bin eingeladen, teilzunehmen. Außer mir Ausländerin sind nur die beiden Ältesten, ein runzeliges Pärchen, Mann und Frau, auch schon da.

Die gerösteten Kaffeebohnen werden erst langsam, dann immer rascher braun und beginnen zu duften. Mir scheint, es wird auch ein wenig Weihrauch mit in die Röstpfanne gemischt. Es knistert und knackt. Die Zeremonienmeisterin heißt Ayana, das bedeutet »schöne Blume«. Sie nimmt die Pfanne vom Feuer und hält sie erst mir, dann den beiden Alten unter die Nase und fächert uns den Rauch zu. Der Duft ist köstlich. Ich mache es den beiden Alten nach und lächle und nicke freudig. Ayana kehrt zurück zum Feuer und röstet die Bohnen weiter, bis sie fast schwarz sind. Dann kippt sie den Inhalt ihrer Pfanne in einen Steinmörser, und ihre Assistentin beginnt mit einem Stößel die Bohnen zu zerstoßen. Es mag nicht so bequem sein wie mit einer Kaffeemühle, aber das Ergebnis ist dasselbe: duftendes, wenn auch etwas gröberes Kaffeepulver. Das wird nun auf ein Stück Bananenblatt geschüttet und von dort – die Mittelrippe des Blattes wie einen Trichter verwendend – in die enge Öffnung einer bauchigen Kaffeekanne aus gebranntem Ton gefüllt. Sie heißt Dschabana und hat einen langen dünnen Hals, einen gebogenen Ausguss, einen Henkel zum Greifen und ist an der Bodenfläche abgerundet. Ayana stellt sie direkt ins Feuer und gießt nun das Kaffeepulver mit frischem Wasser auf. Sie wartet, bis es zu brodeln beginnt und einmal aufkocht. Ein Europäer hat mir erklärt, dass sich die Dampfblasen beim Kochen in der bauchigen Form der Kanne besonders gleichmäßig verteilen und der Kaffee deshalb nicht sofort überschäumt.

Endlich haben sich weitere Gäste leise schwatzend eingefunden und ihre Sitzplätze eingenommen. Die Männer tragen enge Kattunhosen und darüber weiße kragenlose Hemden, die bis über die Knie reichen. Die langen Kleider der Frauen reichen bis zu den Knöcheln. Ihren Gast, mich, betrachten sie zugleich scheu und neugierig. Ist sie nicht doch eine Frau, auch wenn sie Hosen trägt und ihr Haar so kurz geschnitten ist wie das eines Mannes?

Ayana stellt die Dschabana auf einen Ring aus gewickeltem Stoff, auf dem die Kanne mit dem gerundeten Boden sicher steht. Dann wartet sie, bis sich das Kaffeepulver auf den Boden abgesetzt und der Kaffee etwas abgekühlt hat. Sie füllt die kleinen Tassen bis zum Rand mit schwarzem Kaffee, und die Assistentin reicht sie an die Gäste. Der Kaffee schmeckt stark und süß. Davon, dass sie Zucker hineingetan hat, hatte ich gar nichts bemerkt. Während die Gäste sich leise unterhalten und kleine Schlucke aus ihren Tassen nehmen, sauge ich die ganze Szene in mich auf, wie ein Maler, der später eine erste Skizze für sein Bild anfertigen wird und gerade dabei ist, alle Eindrücke im Geist zu sammeln und vorzusortieren. Ich habe genügend Zeit und Gelegenheit, das zu tun, weil keiner das Wort an mich richtet und auch ich mich den Leuten nicht verständlich machen kann. Dennoch fühle ich ihre Gastfreundschaft. Ich bin in ihren Kreis aufgenommen, man betrachtet mich diskret und wie zufällig, ohne mich anzustarren oder zu belästigen. Es ist eine angenehme Art, dazuzugehören. In meiner Heimat ginge man nicht so zimperlich mit einer Fremden um. Man wäre geneigt, sie auszufragen, und wenn sie der Sprache nicht mächtig wäre, dann würde man unweigerlich fordern, dass sie sie möglichst schnell lernen sollte. Hier fordert niemand etwas von mir. Meine Sprache ist das Lächeln, und es scheint ihnen zu genügen.

Lieber Onkel Paul, ich bin keine Malerin. Meine Skizze

kann ich nur mit Worten zeichnen. Ich hoffe, es macht dir trotzdem Freude, sie zu betrachten. Äthiopien ist ein Stück vom Paradies für alle, die Kaffee lieben. Ich bin keine Expertin, aber ich habe nirgendwo in meinem Leben besseren Kaffee getrunken als den, den Ayana mir in der schon etwas angeschlagenen blauen Tontasse unter freiem Himmel serviert hat. Die Zeremonie dauerte übrigens noch länger, und der Gesprächsstoff ging den Gästen so schnell nicht aus, denn Ayana hat noch zweimal frisches Wasser aufgegossen und zwei weitere Runden Kaffee ausgeschenkt. Am besten aber schmeckte mir der Kaffee beim ersten Mal.

Die Äthiopier sagen, ihre Kaffeebäume seien die ersten gewesen, die auf der Erde wuchsen, zumindest seien sie das erste Volk gewesen, das Kaffee zubereitet und getrunken hat. Schon das Wort Kaffee stamme von hier, aus der Region Kaffa im Südwesten des Landes. Falls du die Geschichte noch nicht kennst, wie die Äthiopier den Kaffee entdeckten, erzähle ich sie dir morgen oder an einem anderen Tag. Ich habe noch Zeit, bis der nächste Wagen aus der Hauptstadt kommt und einen Brief mitnehmen kann. Die Eisenbahn verkehrt nur zwei- bis dreimal die Woche von der Hafenstadt Dschibuti über Dire Dawa bis nach Addis Abeba. Und noch seltener der Wagen und das Fuhrwerk zu uns in die Provinz.

Solltest du die Geschichte schon kennen, dann kannst du den nächsten Teil meines Briefes jemand anderem zu lesen geben.

Liebe Grüße an Lotte und Gregor und alle übrigen
Deine Marie

Als Marie den Brief an Paul fertig geschrieben hatte, überließ sie sich ganz den kräftigen und gleichzeitig zärtlichen Hände von Ayana, die ihr während des Schreibens schon die ganze Zeit über sanft den Nacken und den Rücken massiert hatte.

»Machst du eine Buna-Zeremonie nur für mich alleine?«, fragte Marie und wendete ihren Kopf Ayana zu.

»Nur für dich und mich?« Ayana drehte Maries Kopf wieder aus der angespannten Haltung nach vorne. »Nein«, sagte sie. »Das gehört sich nicht. Aber ich weiß etwas Besseres.«

Wenigstens war es das, was Marie verstand. Es war wunderbar, dass Ayana etwas Englisch gelernt hatte und sie sich so unterhalten konnten. »Heute Abend, wenn die Hitze nachlässt, satteln wir die zwei Maulesel meines Cousins, und dann zeige ich dir den schönsten Platz, den du je gesehen hast.«

»Wo ist es?«, fragte Marie, »und was ist es?«

»Lass dich überraschen.«

Es klang wie eine Geschichte aus *Tausendundeiner Nacht*. Ayana massierte weiter Maries Nacken und ihre Schultern, dazu murmelte sie Wörter und Sätze in ihrer Sprache, und manchmal hörte sich ihr weicher Singsang an wie einzelne Zeilen aus einem Gedicht oder Lied. Ayana ist meine Scheherazade, dachte Marie. Sie hätte ihr tausend und eine Nacht und noch länger zuhören können. Ihr war so wohlig und vollkommen entspannt zumute, dass sie, die Arme auf dem Tisch und den Kopf darauf gebettet, einschlief.

Als Marie wieder erwachte, war sie allein. Es war mitten am Nachmittag, die Hitze immer noch drückend. Sie nahm ein frisches Blatt von dem dünnen Schreibpapier, das sie erstanden hatte, und fing wieder an zu schreiben. Schließlich hatte sie Onkel Paul noch die Geschichte von der Entdeckung des Kaffees versprochen.

»Habt ihr's schon gehört?« Martin Kerschbaumer wartete nicht ab, bis Ursi sich wieder vom Tisch entfernte, nachdem sie eine neue Runde Bier serviert hatte. Die Arbeiter fühlten sich im Gasthof ihrer Eltern sicher. Hoffentlich nicht zu sicher, sagte ihr Vater manchmal. Bei Ursi hatten sie jedenfalls keine Bedenken, dass sie auf die andere Seite übergelaufen sein könnte. Die Ursi doch nicht. Sie kannten sie schon aus der Zeit, als sie noch ein Kind gewesen war und sich mit Decken und Wirtshausstühlen in der Gaststube ein Lager gebaut hatte, in dem sie saß und den Männern zuhörte, ohne zu verstehen, wovon sie redeten.

»Jetzt macht doch wenigstens mal die Fenster auf zum Durchlüften«, schimpfte ihre Mutter, wenn die Luft zum Schneiden war vom Rauch schlechter Zigaretten und Ausschuss-Zigarren. »Dass ihr so viel rauchen müsst mit eurem wenigen Geld. Und auf das Kind nehmt ihr gar keine Rücksicht, ihr rohen Kerle!«

Die Arbeiter zwinkerten sich zu, was bedeuten sollte: Die Lilly schimpft halt gern mit uns, aber eigentlich meint sie es nicht böse.

»Was gibt es denn wieder Neues, was wir noch nicht wissen, Martl?« Schorsch Wimmer nahm einen Zug aus seiner schlecht brennenden Pfeife und stocherte mit seinem Pfeifenstopfer in der Glut herum.

»Ihr wisst doch alle noch, dass unsere Münchner Stadträte von der SPD sich geweigert haben, auf ihre Mandate zu verzichten, als diese Nazibrüder sie dazu aufgefordert haben.«

»Freilich wissen wir das. Und auch, dass die Rechten sie noch im Mai, ich glaub' es war am 22., daraufhin gleich in Schutzhaft genommen haben.« Schorsch spie das Wort »Schutzhaft« fast aus. Es klang so harmlos, als würde da wirklich jemand geschützt, dabei waren die Männer von der Polizei abgeholt und festgenommen worden, obwohl sie nichts getan hatten, außer ihre Ämter auszufüllen, in die sie gewählt worden waren. Nach Dachau hatte man die SPD-Stadträte gebracht, so viel war durchgesickert. Man hatte sie dort eingesperrt, zu Appellen antreten lassen, sie verhört, schikaniert und drangsaliert.

»Jetzt haben sie die SPD ganz verboten«, platzte Kerschbaumer mit seiner Neuigkeit heraus. »Und zwar nicht nur in Bayern, sondern gleich im ganzen Reich.«

»Au weh«, antwortete Schorsch mit der Pfeife im Mundwinkel. »Dann müssen wir uns zum heutigen Datum schon wieder ein Kreuzzeichen in den Kalender malen. 22. Juni 1933, die SPD gibt's nicht mehr.«

»Dann wird's aber wirklich duster, wenn unsere Abgeordneten ihre Mandate abgeben müssen. Die Kommunisten haben sie eh schon verboten, und wie man hört, wird die Bayerische Volkspartei auch aufgelöst.« Martin nahm einen kräftigen Zug aus seinem Bierkrug. »Die Katholiken-Partei, aufgelöst! Jetzt geht es auch gegen die Religion!«

»Wer ist denn dann überhaupt noch übrig?«, fragte Ursi von ihrem Platz hinter dem Tresen, obwohl sie die Antwort kannte.

»Von den Braunen gibt's genügend, und jeden Tag werden es mehr«, antwortete Schorsch. »Dann rücken eben die nach. Ihr werdet es schon sehen. Ganz bald, vielleicht noch in diesem Sommer, haben wir nur noch Nationalsozialisten im Stadtrat. Dann haben sie es geschafft, dieses Gesindel. Und dann ist die Machtergreifung bei uns in München perfekt.«

Die Stimmung war gedrückt. Kaum einer zweifelte mehr daran, dass es wohl so kommen würde.

»Kann denn da keiner etwas dagegen tun?«, rief Ursi.

»Wer denn?«, fragte Martin, »und wie? Die verstehen doch nur eine Sprache, und die heißt: mit der Faust aufs Maul oder mit dem Gewehrkolben ins Kreuz. Jetzt sind sie mit ihren Gewehren und den Stiefeln und den Schlagstöcken die, die oben sind. Und für uns schaut's schlecht aus.«

»Wenn die schon unsere Prominenz aus dem Stadtrat verprügeln und zur Sau machen, wie sie's brauchen, da möcht ich nicht wissen, was sie mit uns einfachen Arbeitern anstellen, wenn sie uns erwischen. Von uns möchte jedenfalls bestimmt keiner nach Dachau.«

»Irgendwer muss doch was tun!« Ursi öffnete den Zapfhahn und ließ das Bier in die Krüge schießen.

Schorsch sog an seiner Pfeife. »Unsere Arbeiterjugend ist auch verboten worden. Da gibt es keinen mehr, der sich traut, gegen die Nazis aufzumucken. Jetzt heißt es erst einmal nur noch, diese schlimmen Zeiten irgendwie zu überstehen.«

Die alten Männer, dachte Ursi. Alle hatten sie Frau und Kinder daheim, die sie mit ihrer Arbeit ernährten. Ihre Arbeitsplätze durften sie auf keinen Fall verlieren, sonst stürzten sie die ganze Familie ins Elend. Sie mussten verdammt aufpassen und würden bestimmt nicht kämpfen. Wenn, dann mussten die Jüngeren, solche wie sie, es tun. Aber wie? So etwas konnte man sich doch nicht allein ausdenken und durchführen. Und wo waren die Gefährten, die man hätte anstacheln und mit denen man sich hätte austauschen können?

∾

Äthiopien ist die Wiege und eigentliche Heimat des Kaffees. Das behaupten jedenfalls die Äthiopier. Ein junger Bursche, den hier jeder kennt, ist der Hirte Kadi, der im 9. Jahrhundert, vor mehr als tausend Jahren, an diesem Ort lebte. Er bemerkte eines Mittags, in der sengenden Sonne, wie seine Ziegen nicht wie sonst schläfrig den Schatten aufsuchten, sondern wie Kitze herumsprangen und seltsame Tänze aufführten.

Alte Ziegen, sogar trächtige Tiere sprangen herum, als hätte man ihnen Pfeffer ins Futter gestreut. Kadi beobachtete, wie einige von ihnen von ihrem Futterplatz zurückkamen, und verfolgte ihren Weg bis zu einem Strauch, von dem eine seiner Ziegen sich die kleinen roten Beeren, die sie am Stamm aufgerichtet gerade noch erreichen konnte, herunterpflückte. Als die Ziege fertig war, stieg Kadi selbst auf das Bäumchen, um von den Beeren zu kosten. Ihre Schale war dick, und die Früchte schmeckten wässrig und bitter. Doch als Kadi vom Baum wieder herabstieg, fühlte er, dass seine Müdigkeit, die ihn mittags stets ein Schläfchen machen ließ, wie weggeblasen war. Und so ließ er die Mittagsruhe ausfallen und wanderte mit seinen Ziegen zu einem Futterplatz, den er sonst nur selten erreichte, weil sie dazu eine Schlucht und einen reißenden Bach durchqueren mussten. An dem Tag machte es den Ziegen nichts aus, hindurchzulaufen, und sie waren schneller auf der anderen Seite als jemals zuvor.

Man nannte später die Pflanze »Kaffee«, weil Kadi die Beeren in der Provinz Kaffa entdeckt hatte. Das schwarze Getränk eroberte von Äthiopien aus erst Nordafrika, dann die arabischen Länder, heißt es. Nach Europa kam der Kaffee erst sechshundert Jahre später. Und noch einmal dreihundert Jahre, bis er nun zu euch in die Dienerstraße kommt.

Marie rieb sich den Nacken, der schon wieder zu schmerzen begann, ohne das Zutun von Ayanas Glück spendenden Händen. Sie legte den Stift zur Seite und versuchte sich zu entspannen. Sie dachte an Ayana und ihre Überraschung für den Abend. Ein Ausflug mit den Maultieren zu einem paradiesischen Ort, und nur sie beide. Ein Kribbeln breitete sich von Maries Bauch über ihren ganzen Körper aus. Sie legte ihren Anhang zu dem Brief, den sie am Vortag geschrieben hatte, faltete die Papierbögen und steckte sie in einen Umschlag, den sie an Paul Randlkofer, Dienerstraße 15 in München adressierte. Sie würde ihn morgen früh dem Hausboten mitgeben. Dann ging sie in ihre Kammer, füllte sich aber vorher draußen am Brunnen noch den Wasserkrug auf, um sich ein wenig frisch zu machen vor ihrem Ausritt. Ayana würde doch kommen und sie abholen? Hoffentlich hatte sie die schöne Äthiopierin richtig verstanden.

Noch vor dem Abendmahl klopfte es an Maries Fenster. Ayana hielt also Wort. Sie führte zwei Maultiere am Halfter, und Maries Herz schlug wild. Sie verließen das Dorf und die Felder und folgten dem Bachlauf, der sich einen kleinen Hügel hinaufzog. Dort toste von einem Felsen ein Wasserfall in ein Becken, das hinter Eukalyptusbäumen versteckt lag. Der Ort erschien Marie wie der Garten Eden, in dem die verführerisch schöne fremde Frau und sie als die ersten beiden Menschen auf der Welt gelandet waren. Nur sie allein. Alles rundherum, das Dorf, die Menschen waren mit einem Mal ausgelöscht, als hätten sie nie existiert. Marie hatte nur noch Augen für die andere Frau. Sie beobachtete, wie Ayana die Maultiere an einen Strauch band, von dessen Blättern sie gleich anfingen zu fressen. Dann schenkte sie Marie ein Lächeln, das dunkel und süß war wie Schokolade, und legte ihr besticktes Kattunkleid ab. Wie eine Mumie war sie darunter in Bahnen aus ungebleichter Baumwolle gewickelt. Marie brannte darauf, sie diese Stoffstreifen ablegen zu sehen. Sie verzehrte sich danach, diesen fremden Körper in seiner dunklen, makellosen Haut, mit den Brüsten, die sie sich fest und tropfenförmig vorstellte, nackt zu sehen. Doch Ayana verharrte in ihrer letzten Verhüllung, die nur Schultern, Arme und Beine freigab, und forderte Marie mit Blicken auf, ebenfalls ihre Kleider abzulegen.

Marie knöpfte den Bund ihrer Leinenhose auf und schlüpfte

aus den Sandalen. Der Duft der Eukalyptusblätter, die von der Gischt des Wasserfalles benetzt wurden, war betörend und benebelte Maries Sinne. Sie faltete ihre Hose und legte auch das leichte Baumwollhemd, das sie trug, dazu. Ayana ließ sie dabei nicht aus den Augen. Das zarte Seidenhöschen und ihr Büstenhalter ließen viel mehr von Maries Körper erahnen als Ayanas Stoffbahnen, die ihre Brüste verschnürten, statt sie freizulassen. Marie sehnte sich danach, sich in dem Wasserbecken zu erfrischen. Doch es erschien ihr als Frevel, diese paradiesische Badestelle in Kleidungsstücken, so fein sie auch sein mochten, zu betreten. Man spazierte nicht in Kleidern durch den Garten Eden, sondern so, wie Gott einen erschaffen hatte. Also öffnete Marie ihren Büstenhalter und legte ihn zu den anderen Kleidern. Ayana ließ sie auch nicht aus den Augen, als sie das Höschen abstreifte und schmal, fast mager, mit Brüsten wie kleinen Äpfeln und dem rötlich braunen Dreieck ihrer Scham vor ihr stand. Sie sagte keinen Ton, aber ihr Mund lächelte, und ihre Augen glühten dunkel. Marie ließ sich ins kühle Wasser gleiten und tauchte mit dem Kopf unter. Als sie wiederauftauchte und sich das Haar aus dem Gesicht strich, war Ayana fort. Marie fuhr die Enttäuschung wie ein Messerstich in die Brust. Doch dann sah sie ein Bündel Stoffbahnen am Ufer liegen, und im nächsten Augenblick spürte sie zwei Hände von hinten nach ihrem Körper, ihren Brüsten greifen. Die eine Hand blieb dort und liebkoste die kleine Brust und den Nippel, der im kühlen Wasser und in der Berührung groß und fest geworden war. Die andere Hand wanderte hinunter, zum Eingang in ihr Innerstes, und Marie ließ es geschehen, denn alles in ihr sehnte sich nach diesen Berührungen. Marie hatte Angst, die Besinnung zu verlieren, und so stiegen sie aus dem Wasser und machten sich ein Bett an einem Ort, der der sicherste der Erde war. Dem Platz hinter dem Wasserfall.

Am Nachmittag, nachdem ihre Mutter sie am Tresen abgelöst hatte, nahm Ursi ihr Fahrrad und fuhr damit vom Isartor ins Tal. Die Straße schien zu dampfen, so heiß war es. Die Fußgänger drängten sich auf dem schmalen Schattenstreifen der Straße aneinander vorbei. Ursi trat kräftig in die Pedale und bog vom Alten Rathaus in die Dienerstraße ein. Sie musste mit Gregor reden. Er war seit Kindertagen so etwas wie ihr bester Freund, auch wenn sie nicht immer einer Meinung und politisch auch nicht auf einer Wellenlänge waren. Irgendwie hatte sich das so ergeben. Sie hatten sich von klein auf gemocht und oft zusammen gespielt. Vielleicht wollte Ursi, auch gerade weil sie mit Gregor nicht immer einer Meinung war, jetzt zu ihm. Um vielleicht noch eine andere Sicht der Dinge von ihm zu bekommen. Sie stellte ihr Fahrrad im Hof ab und ging nicht vorne durch den Haupteingang in den Laden, sondern versuchte es vom Hinterhof aus, wo dieser junge Mann aus Bremen gerade dabei war, seine Kaffeerösterei aufzubauen. Er wuselte auch tatsächlich zwischen den grob gewirkten Kaffeesäcken und der gusseisernen Röstmaschine hin und her, als Ursi die Hintertür öffnete.

»Moin, Moin«, rief er, als er sie bemerkte. Ein dünner, nicht besonders sportlich wirkender junger Mann mit feinen Gesichtszügen und blondem, ebenfalls dünnem glatten Haar.

»Servus«, grüßte Ursi ihn. Es war schließlich schon Mittag. »Ist Gregor da?«

»Das glaube ich nicht«, antwortete der Bremer, der Fiete hieß, den aber alle mittlerweile nur Fritz nannten. Denn in München gab es keine Fietes. »Ich habe ihn vor einer halben Stunde wegfahren sehen. Er hat das Fahrrad aus dem Schuppen geholt und ist los.«

»Ist er wieder mit diesem Adi unterwegs?«, fragte Ursi.

Fritz zuckte die Achseln.

Unschlüssig stand Ursi in der Rösterei herum. Sie war enttäuscht. Gregor war nicht da, wo sollte sie denn jetzt hin? Mit wem konnte sie noch reden?

»Willst du vielleicht meine neuen Kaffeemischungen mit mir zusammen verkosten?«, fragte Fritz und nahm den Tauchsieder aus dem Wassertopf.

»Ich?«, fragte Ursi. »Ich bin doch nun wahrhaft keine Expertin in Sachen Kaffee. Du kannst dir gar nicht vorstellen, was für billigen Muckefuck bei uns im Straubinger Hof die Arbeiter so in sich hineinschütten. Billig muss er sein, unser Kaffee, heiß und stark. Nach gutem Geschmack hat bis jetzt noch keiner gefragt.«

»Wenn du nicht willst, kannst du mir auch so Gesellschaft leisten und dabei eine Limonade trinken.« Fritz grinste sie an.

Hatte er sie tatsächlich eingeladen, dazubleiben, obwohl Gregor nicht hier war?

Ursi grinste jetzt auch. Mit seinem Vorschlag hatte er sie tatsächlich überrascht. Dabei hieß es doch, dass die Nordlichter im Normalfall sehr zurückhaltend waren. »Ich habe nur gesagt, dass unsere Arbeiter nicht wissen, was ein guter Kaffee ist. Ich würde schon gern mal was Besseres als die übliche braune Brühe probieren.«

Mithilfe einer Waage stellte Fritz verschiedene Sorten gerösteter Bohnen zu unterschiedlichen Mischungen zusammen, schnupperte immer wieder daran, gab noch etwas von den dunkleren oder den helleren Sorten dazu oder nahm etwas weg. Dann sortierte er sie in verschiedene Schälchen und legte ein Blatt dazu, auf dem er die Zutaten grammweise notierte. Beiläufig fragte er Ursi, warum sie gekommen war und worüber sie mit Gregor sprechen wollte. Ursi zögerte. Sie kannte Fritz ja eigentlich gar nicht.

»Die Sozialdemokraten sind verboten worden«, fiel sie trotzdem direkt mit der Tür ins Haus. Es drängte förmlich aus ihr heraus.

»Und was bedeutet das, ich meine, für dich persönlich?«, fragte Fritz.

Ursi seufzte. »Das ist nicht nur für mich ganz schlimm. Wir alle verlieren doch damit, das ganze Land.« Aber was wusste dieser Fischkopf aus Bremen schon davon. Hatte er überhaupt eine Ahnung, wovon sie sprach, oder beschäftigte er sich ausschließlich mit seinem Kaffee?

»Du meinst, wir verlieren eine Vielfalt an Aromen und Düften und haben am Ende nur noch eine Plörre wie das, was ihr im Straubinger Hof als Kaffee ausschenkt?«

Ursi sah ihn an, als zweifelte sie an seinem Verstand. Doch dann begriff sie, dass er sie durchaus verstanden hatte. »Mich macht das so traurig. Das ist, wie wenn man ...«

»Ja?«, fragte Fritz und hantierte weiter mit seinen Bohnen herum.

»Wie wenn man eine Hälfte der Leute einfach grundlos nach Hause schickt und sagt, ihr werdet jetzt nicht mehr gebraucht und dürft ab sofort nicht mehr auf die Straße«, platzte es aus Ursi heraus. »Wir sind doch nicht gleich. Wir sind alle verschieden. Die einen arbeiten in der Fabrik, müssen jede Mark dreimal umdrehen. Die anderen haben es zu Wohlstand gebracht, gehen beim Dallmayr einkaufen und können sich was leisten. Die Dienstmädchen in den Haushalten der bessergestellten Leute haben einen freien Sonntag in der Woche und arbeiten für einen Hungerlohn. Dann heiraten sie, damit sie da rauskommen. Und wenn sie Glück haben, hat ihr Mann eine Arbeitsstelle und kann sie miternähren. Wenn sie Pech haben, müssen sie weiter für andere Leute putzen, waschen und nähen. Alle diese Leute leben anders, denken anders, haben andere Vorstellungen und Ziele im Leben. Die einen wollen vorwärtskommen, ein paar Mark mehr verdienen, bessere Arbeitsbedingungen erkämpfen. Die anderen, die schon fast alles haben, wollen natürlich, dass möglichst alles so bleibt.

Dass man ihnen nichts wegnimmt, damit andere dafür etwas mehr bekommen. Das sind doch fundamental unterschiedliche Interessen. Das sind mindestens zwei Parteien, in Wahrheit aber noch viel mehr als nur zwei. Jeder ist anders und denkt anders und hat andere Vorstellungen davon, wie man dorthin kommt, wo man eigentlich sein möchte.« Ursi holte tief Luft und vergewisserte sich, ob Fritz ihr auch immer noch zuhörte. Der stellte seine Mischungen zusammen, aber jetzt, in ihrer Atempause, hob er den Kopf und sah sie direkt an.

»Du warst noch nicht fertig, oder?«, fragte er.

Er hatte recht. »Und deshalb«, fuhr Ursi fort, »kann es auch nicht nur eine Partei im Land geben für all diese unterschiedlichen Menschen mit ihren unterschiedlichen Anschauungen. Das passt doch nicht zusammen. Warum begreift das denn keiner?«

»Aber das ist es doch gerade, was sie behaupten«, antwortete Fritz. »Sie sagen, dass das Land gespalten ist zwischen den Klassen, den Parteien, den verschiedenen Religionen und so weiter. Und dass sie gekommen sind, um alle zusammenzuführen und ein starkes, vereintes Volk daraus zu machen.«

Fritz begann jetzt die Bohnenmischungen in den einzelnen Schälchen der Reihe nach in einer Kaffeemühle zu mahlen. Ein himmlischer Duft breitete sich aus. Aber Ursi war immer noch innerlich aufgewühlt von den Ereignissen.

»Das ist doch nichts als Augenwischerei«, sagte sie. »Eine einheitlich graue Masse aus all diesen Unterschieden zu formen, das geht doch nur mit Zwang und Einschüchterung.«

Jede Mischung wurde jetzt einzeln und sorgfältig ausgemahlen.

»Erinnerst du dich noch an diesen Trick mit dem 1. Mai?«, fragte sie.

»Wieso Trick?«, fragte Fritz zurück. »Sie haben doch den

Tag der Arbeit zum Feiertag erklärt. Genau dafür haben die Arbeiter viele Jahre gekämpft.«

»Ja eben!«, rief Ursi. »Diese Schufte! Der 1. Mai ist jetzt nationaler Feiertag, und die Arbeiter haben gedacht, sie kommen endlich an ihr Recht. Nur einen Tag später sind die Gewerkschaften verboten worden, und die SA hat das Gewerkschaftshaus in der Pestalozzistraße besetzt. Sie haben sich außerdem das ganze Vermögen der Gewerkschaften unter den Nagel gerissen.« Plötzlich hielt sie inne. Was wusste sie denn eigentlich von diesem Fritz, dass sie ihm gegenüber das Herz dermaßen auf der Zunge trug? Er hantierte mit seiner Mühle und gab nicht zu erkennen, was er von alldem hielt, was sie ihm erzählte. Er verteilte das gemahlene Pulver in Tassen, die exakt vor den Schalen mit den Mischungen standen. Als sie schwieg, sah Fritz zu ihr auf und lächelte ihr aufmunternd zu. Ursi warf ihre Bedenken über Bord, er könnte sie aushorchen. Er war schließlich nicht von hier, und wie ein Spitzel sah er nicht gerade aus.

»Auf die Sozialistische Arbeiterjugend haben sie schon länger ein Auge geworfen. Seit drei Jahren dürfen wir unsere Tracht nicht mehr öffentlich tragen. Und jetzt sind wir ganz verboten worden. Uns gibt es nicht mehr, weil wir ihnen zu aufmüpfig waren.«

»Und da warst du mit dabei?«, fragte Fritz und goss die erste Tasse Kaffeepulver mit heißem Wasser auf.

Hatte er das jetzt irgendwie verächtlich gesagt? Egal. Ursi war immer stolz auf ihre Zugehörigkeit zur SAJ gewesen. »Ja, das war mein Verein. Meine Heimat«, sagte sie. »Und du?«, fragte sie. »Warst du auch Mitglied bei einer Jugendorganisation?«

»In Bremen meinst du?«

Er goss sorgfältig die fünf Tassen auf, fächerte sich dabei jeweils mit der Hand das aufsteigende Aroma unter die Nase, schnupperte und machte sich Notizen auf dem Blatt Papier, das er zu jeder Tasse gelegt hatte.

»Ich war«, sagte er schließlich, »wenn ich neben der Lehre überhaupt noch Zeit hatte, öfter bei den Wandervögeln in Bremen und Umgebung. Vor allem am Sonntag sind wir zusammen raus.«

»Ach, bei der Bündischen Jugend warst du.« Ursi hatte ein Bild von Jungs in kurzen Hosen mit Gitarren beim Wandern oder am Lagerfeuer vor sich. »Bei den Unpolitischen.« Sie war ein bisschen enttäuscht.

»Zumindest waren da keine ganz Rechten dabei.« Fritz wartete, bis der Kaffee sich in der ersten Tasse etwas abgesetzt hatte, dann schlürfte er geräuschvoll sein Gebräu.

»Und, ist er gut?«, fragte Ursi.

»Irgendwas fehlt mir an der Mischung«, meinte er. »Aber ich finde schon noch raus, was es ist.«

»Lass mich mal versuchen.« Ursi nahm vorsichtig einen Schluck.

»Du musst ihn schlürfen«, sagte Fritz, »sonst geht dir das ganze feine Aroma verloren.«

»Wirklich?« Sie versuchte es noch einmal. Diesmal richtig laut.

»Und? Was sagst du?«

»Schmeckt intensiv, also stark.«

»Und magst du die Mischung?«

»Doch, ja, sehr. So guten Kaffee habe ich wahrscheinlich noch nie getrunken.«

»Bist du eigentlich mit Gregor zusammen?«, fragte Fritz plötzlich.

»Wie kommst du denn darauf? Nein«, antwortete sie. »Wir sind einfach Freunde. Ich glaube, Gregor wär gern mit Selma zusammen. Aber Selma nicht so richtig mit ihm. Und Gregor dann eigentlich auch nicht mit ihr.«

»Wie?«, fragte Fritz. »Ich glaube, das war mir jetzt zu hoch.«

»Na, weil Gregor sich eben nicht entscheiden kann«, behauptete Ursi.

»Gibt es denn da noch ein anderes Mädel?«

»Nein, Quatsch. Ich meine politisch, verstehst du?«

Fritz schüttelte den Kopf und notierte etwas auf dem ersten Blatt.

»Ich glaube, Gregor hängt politisch noch irgendwo dazwischen. Das Militärische, vor allem die Fliegerei, hat ihn immer schon fasziniert. Er kann sich davon nicht abgrenzen, weil er keine feste Überzeugung hat, verstehst du? Er hat nie irgendwo richtig dazugehört. Nicht einmal zu den Pfadfindern oder zur Katholischen Jugend.«

»Nicht so wie du«, sagte Fritz. »Eher, na ja, wie ich.«

»Ihr mogelt euch immer so durch«, behauptete Ursi. »Bloß nichts machen, womit man aneckt. Immer so zwischendrin bleiben, nicht Fisch und nicht Fleisch. Bis dann einer kommt, der euch einfach mitreißt und ihr selbst nichts mehr entscheiden müsst. Und sie werden Gregor auf ihre Seite ziehen, das sehe ich schon kommen. Deshalb passen er und Selma auch nicht zusammen.« Ursi hielt ihre Nase noch einmal über die erste Tasse, dann über die zweite. War da ein Unterschied? »Wer weiß, was aus Selma wird«, sagte sie. »Ob sie ihren Traum von den Olympischen Spielen im eigenen Land nicht schon längst begraben hat.«

»Probier doch mal. Wie schmeckt dir diese Mischung?«, fragte Fritz und reichte Ursi die nächste Tasse. »Kannst du einzelne Aromen herausschmecken, Schokolade zum Beispiel?«

»Oh, Schokolade ist ein Aroma, das wahrscheinlich selbst ich schmecken kann, falls es wirklich da ist.« Sie schlürfte, und wirklich, da war etwas Schokoladiges, wenn auch eher die bittere Sorte, die Ursi nicht so gern mochte. Bei der dritten

Probe, die sie nahm, dachte sie an Malzbonbons, und bei der vierten schließlich meinte sie sogar, so etwas wie Lakritz herauszuschmecken.

»Süßholz, richtig, das schmecke ich auch.« Fritz behauptete, niemand, auch er selbst nicht, kenne alle Aromen im Kaffee. Es käme auf die Herkunft, die Art der Trocknung, den Transport und noch ganz viele andere Dinge an, die Ursi sich nicht alle merken konnte. Aber es seien praktisch unendlich viele Aromen im Kaffee feststellbar. Da gäbe es noch viel zu tun.

Als Ursi sich verabschiedete, um wieder nach Hause zu fahren, setzten plötzlich die Sirenen ohrenbetäubend laut ein, und sie heulten minutenlang. Sie hatten beide auf die Uhr gesehen. Für fünfzehn Uhr war ein Übungsalarm angekündigt worden. So spät war es schon! Als der Lärm vorbei war und sie ihr Rad hinaus auf die Dienerstraße schob und Richtung Marienplatz losfuhr, wurde ihr klar, dass sie fast zwei Stunden bei Fritz in seiner Kaffeewerkstatt verbracht hatte. Falls Gregor in der Zwischenzeit nach Hause gekommen wäre, hätten sie es vielleicht nicht einmal bemerkt, so beschäftigt wie sie gewesen waren. Fritz mit seinem Kaffee, und sie mit ihren Sorgen, die sie ins Dallmayr-Haus getrieben hatten. Auch wenn dieser Junge aus Bremen nur ein Bündischer gewesen war, so war er doch ziemlich nett. Vor allem konnte er gut zuhören. Und Kaffeekochen natürlich.

෴

»Was ist denn da wieder los?«, fragte Lotte.

Der Lärm kam von draußen, vom Marienplatz her. Es klang wie eine Sirene. Die Kunden im Geschäft sahen sich verunsichert an, einige liefen zur Tür, um nachzusehen, was da los war. Auch von den Angestellten hätten einige gern nachgesehen, was da vor sich ging. Der Lehrling war schon auf dem Weg zur Tür, blieb aber abrupt stehen, als er die Chefin sah, und fragte vorsichtshalber: »Darf ich mal kurz raus?«

»Was kann das sein?«, fragte Lotte.

»Das wird der Luftschutzalarm sein, der für fünfzehn Uhr angekündigt war. Haben Sie es nicht in der Zeitung gelesen?«

»Luftschutzalarm?«, fragte Lotte verdattert. Nein, davon hatte sie nichts mitbekommen. »Wieso denn, wer greift uns denn an?«

»Niemand«, sagte Fredi. »Es ist doch nur eine Übung.«

»Und was wird da geübt?« Lotte ging mit ihm zusammen hinaus auf die Straße. Kinder kamen vorbei, sie hatten bedruckte Zettel in der Hand, die wie Flugblätter aussahen.

»Auf den Marienplatz sind Bomben gefallen«, schrien sie. »Aus schwarzem Kartonpapier.«

»Es muss doch geprobt werden, ob die Sirenen überhaupt funktionieren«, wusste Fredi, der offenbar bestens informiert war.

Die Sirenen funktionierten auf jeden Fall und in einer so durchdringenden Lautstärke, dass man sie nicht überhören konnte. Warum sollten sie gerade jetzt, im August 1933, das Verhalten bei Bombenangriffen üben? Lotte ging zurück in den Laden und nahm die Morgenausgabe der Zeitung mit ins Büro.

»*Am 5. August wird vom Abschnitt Hochland des Reichsluftschutzbundes eine groß angelegte Luftschutzübung durchgeführt, um der gesamten Bevölkerung der Stadt die Gefahren eines Luftangriffes vor Augen zu führen und ihr damit die Bedeutung der Luftschutzbewegung eindringlich klarzumachen*«, las sie. »*Die drei wichtigsten Botschaften der Bewegung lauten: Straße frei machen, keine Menschenansammlungen, Schutzräume aufsuchen.*«

Schutzräume? Wo waren die denn in der Münchner Altstadt überhaupt?

»*Der Luftangriff erfolgt in der Weise*«, las Lotte weiter, »*dass die feindlichen Flugzeuge die Stadt mit insgesamt achttausend Papierbomben bewerfen. Zur Warnung werden auf dem Karlsplatz und Marienplatz drei Minuten lang Sirenen heulen.*«

Das taten sie immer noch.

»Wann hört denn dieser Krach endlich auf?« Paul kam zu ihr ins Büro.

»Die drei Minuten müssten bald um sein«, meinte Lotte. Paul versuchte sich nichts anmerken zu lassen, aber sie wusste natürlich, wie sehr das Sirenengeheul ihm zusetzte.

»Komm, wir besuchen Fritz in seiner Manufaktur und lassen uns einen guten Kaffee von ihm zubereiten«, schlug Lotte vor. »Ich könnte jetzt eine Stärkung gebrauchen, und du doch sicher auch. Lass uns schauen, wie weit er mit unserer Hausmischung gekommen ist«, versuchte sie ihren Mann abzulenken.

»Behandle mich nicht wie ein Kind, Lotte. Du weißt, wie mich das aufregt.«

»Meinst du, mich regt es nicht auf? Gerade deshalb schlage ich ja eine Pause vor. Komm, ich organisiere uns noch einen Teller mit Himbeertörtchen dazu, wenn noch welche da sind.«

Paul schüttelte zwar den Kopf, schloss sich ihr dann aber doch an. Endlich ebbte der Sirenenton ab. Als sie die »Kaffeemanufaktur«, wie Fritz seine Werkstatt nannte, betraten, sahen sie durchs Fenster ein Mädchen aufs Fahrrad steigen und wegfahren.

»War das nicht Ursi?«, fragte Lotte.

»Kann gut sein«, antwortete Paul. »Aber Gregor ist doch gar nicht zu Hause.«

»Zu wem wollte die Ursi denn?«, fragte Lotte, als Fritz vom

Röstraum in die kleine Kaffeeküche mit Verkostungsraum herüberkam. »Das war sie doch, oder?«

»Sie wollte zu Gregor«, antwortete Fritz. »Weil er nicht da war, hat sie mir ein bisschen Gesellschaft geleistet und meine neue Mischung verkostet.«

»Kanntet ihr euch denn schon?«, fragte Lotte.

»Wir haben uns gerade kennengelernt«, sagte Fritz und tat so geschäftig, als hätte er Besuch von einem Vertreter gehabt.

Das fand Lotte ein bisschen seltsam. Und dann gleich zusammen verkosten.

Aber da hakte Paul ein. »Deswegen sind wir auch hier, also um die neue Mischung zu verkosten. Ist sie denn gut, ich meine, so gut, dass wir sie unseren Kunden anbieten können?«

»Probieren Sie einfach mal«, forderte Fritz sie auf. »Ich glaube, ich bin jetzt auf einer ganz guten Spur.« Er hängte den Tauchsieder in die Wasserkanne. »Der Hochlandkaffee aus Mexiko, von dem ich einige Säcke für uns organisieren konnte, ist eine Offenbarung. Sie werden es bestimmt merken.«

Er gab das Kaffeepulver aus seiner neuen Mischung in den Papierfilter und goss langsam und von außen her kreisend das Wasser in einem dünnen Strahl über das Pulver. Paul hielt seine Nase über den dampfenden Filter und schnupperte.

»Das riecht frisch und zugleich vollmundig«, sagte er fachmännisch. Sie hatten schon eine Menge gelernt bei ihrem Röster aus Bremen.

»Und ein bisschen nach Kakao«, sagte Lotte. »Vielleicht sogar nach dunkler Schokolade.«

Fritz nickte zustimmend und füllte zwei kleine Probiertassen, die er vorher noch heiß ausgespült hatte.

»Für meinen Geschmack könnte die Schokolade ruhig noch mehr in den Vordergrund treten«, sagte Lotte nach dem ersten Schluck. »Ist das der Hochlandkaffee?«

Fritz nickte. »Man darf es damit aber nicht übertreiben, sonst wird er bitter.«

»Na, das ist aber doch schon eine echte Hausnummer, dieser Kaffeegeschmack. Und der Duft!« Paul entspannte sich beim Verkosten. Es wurde ja auch langsam Zeit, dass Dallmayr das Publikum mit eigenen Kaffeemischungen verwöhnte, am besten gleich mit einer kleinen Auswahl an Sorten, damit für jeden etwas dabei war: stärker, feiner im Aroma, fruchtiger, schokoladiger. Doch, das machte einen vielversprechenden Eindruck. Sie kosteten von den Himbeertörtchen und probierten noch ein weiteres Tässchen, das nun ganz anders schmeckte, irgendwie erdiger, fand Lotte. Als sie ihren Eindruck schilderte, gab Fritz ihr recht.

»Das ist die kräftigere Geschmacksvariante«, sagte er, »mit mehr Brasil in der Mischung.«

»Also eher etwas für Männer?«, fragte Paul.

»Nicht unbedingt, aber vielleicht für bestimmte Trinkgewohnheiten. Für Menschen, und damit meine ich Frauen und Männer, die ihren Kaffee gern stärker trinken und eventuell auch mehr als zwei Tassen am Tag. Oder für morgens, zum Wachwerden.« Das konnte noch nicht alles gewesen sein an Erklärungen, dachte Lotte, denn wenn Fritz in seinem Element war, dann sprudelte meist noch viel mehr aus ihm heraus.

»Und die weiblichere Sorte?«, fragte sie.

»Die ist eben feiner, weniger rund und behäbig, eher ein bisschen nervös, sensibel. Und anfälliger für Fehler bei der Zubereitung, würde ich sagen.«

»Schau an«, meinte Lotte, »das klingt interessant.«

»Da kann man etwas fürs Leben lernen, nicht nur fürs Kaffeekochen«, stimmte Paul zu.

»Man darf es nur nicht so plump verkaufen, hier Männerkaffee, dort Frauenkaffee«, sagte Lotte. »Da muss Fritz das

Personal gut vorbereiten, damit sie sich auch so elegant ausdrücken können, wenn sie die Kunden beraten, vor allem die Kundinnen. Die legen viel Wert darauf, dass der Fachmann einige seiner Geheimnisse mit ihnen teilt.«

Als sie zurück ins Geschäft gingen, fiel Lotte noch einmal die flüchtige Begegnung mit Ursi ein. Ob sie am Ende gar nicht zu Gregor gewollt hatte? Sie musste ihren Sohn einmal fragen, was denn da eigentlich los war zwischen ihnen und was aus dieser Selma vom Prinzregentenplatz geworden war. Aber Gregor war ja ständig unterwegs und ließ sich immer nur kurz blicken.

Beim Abendessen tauchte Gregor gar nicht erst auf. Immerhin hatte er der Köchin Bescheid gegeben, dass er bei einer Versammlung war. Sie erinnerte sich nur nicht mehr, bei welcher. So saßen sie zu zweit beim Essen und tranken danach noch ein Gläschen Cognac im »Blauen Salon«, wie das Zimmer immer noch genannt wurde, das ihre Schwiegermutter einst eingerichtet und mit einer blauen Seidentapete ausgestattet hatte. Hier standen die Familienfotos auf dem Kamin, von Anton und Therese, von Elsa und Alexej in Palästina, von Hermann und seiner Familie draußen am Goldachhof, von Marie und Johanna, den beiden Cousinen, und von Johann, als er noch zur Schule ging. Von ihr und Paul hing das Hochzeitsfoto an der Wand und daneben ein Bild von Gregor als kleiner Junge, wie er bei seiner Oma Therese auf dem Schoß saß.

Paul hatte sich die Zeitung mitgebracht und blätterte sie durch. Aufmacher auf Seite eins war der Luftschutzalarm, der zu einem Großereignis aufgebauscht wurde. Er blätterte weiter zu den Wirtschaftsnachrichten. »Ha, hör mal zu, was sie sich jetzt wieder einfallen lassen«, rief er.

»Was denn?«, fragte Lotte und schlüpfte aus den Schuhen,

um die Beine nach dem langen Tag auf dem Sofa auszustrecken. »Aber bitte keine schlimmen Nachrichten mehr heute«, bat sie.

»*Die Reichspresse- und Propagandastelle des Einheitsverbandes des Deutschen Gaststättenverbandes*«, las Paul vor, »*veröffentlicht eine Mahnung, die sich gegen die Verwendung von Fremdwörtern in den Speisekarten verwendet. Mit Recht, so heißt es, wird vielfach darüber Klage geführt, dass in den Gaststätten nach wie vor zu viele Fremdwörter benutzt werden.*«

»Hat das irgendwas mit uns zu tun?«, fragte Lotte. Sie hatte vor, sich für den Rest des Tages nicht mehr aus der Ruhe bringen zu lassen.

»Deutsche Speisekarten!«, höhnte Paul. »Das hatten wir doch schon. Ich kann mich sogar erinnern, wann das war. Und du bestimmt auch: Da hat meine Mutter noch gelebt. Kriegseintritt des Deutschen Reiches 1914. Weißt du noch?« Er wartete erst gar keine Antwort von Lotte ab. »In einer Nacht- und Nebelaktion haben wir den feindlichen Kaviar und die Fruits Confits aus den Schaufenstern entfernt, damit sie uns nicht die Fenster mit Ziegelsteinen einwerfen.

Lotte erinnerte sich. »War das damals, als deine Mutter dachte, es seien Einbrecher im Haus?«

»Das war sogar fast lustig, aber eben nur fast. Ich hätte heulen können, nicht wegen des Kaviars, sondern vor allem aus Wut, dass wir uns selbst so verleugnen mussten. Gegen unsere eigene Überzeugung haben wir die feinen Sachen aus Frankreich, England und Russland weggeräumt. Weißt du noch?« Er sah Lotte an, die immer noch entschlossen war, entspannt zu bleiben und sich nicht aufzuregen.

»Auf einmal konnte man keine andere Überzeugung mehr haben als die, die plötzlich alle hatten. Die als einzig mögliche Haltung und eben als ›deutsch‹ definiert wurde.«

Lotte schnaufte tief durch. Paul war mal wieder in seinem Element. Ein Stichwort genügte, und jetzt war es eben die »deutsche Speisekarte«.

»Die Franzosen waren unsere Feinde, die Russen auch, die Briten sowieso, und wir würden von Stunde an nur noch Äpfel und Birnen und keine Mangos und Avocados mehr essen und verkaufen«, rief er, »weil die irgendwo anders, bei den Feinden oder in deren Kolonien wuchsen.«

»Beruhige dich, Paul«, mahnte Lotte und nippte von ihrem französischen Cognac.

»Und jetzt geht es wieder los. Es ist doch wie verhext. Erinnert sich denn keiner mehr daran, dass wir das schon einmal hatten? Und wie das Ganze ausgegangen ist?«

Der Krieg, der Nationalismus, Pauls altes Thema.

»Aber die Reparationsleistungen, Paul«, redete Lotte dagegen. »Fast alles, was unsere Industrie erwirtschaftet, müssen wir an die Siegermächte abgeben. Wenn es nach denen geht, wird es bei uns nie wieder so etwas wie Wohlstand geben. Findest du das etwa in Ordnung?« Lotte nahm noch einen Schluck und verabschiedete sich allmählich von der Idee, den Abend entspannt ausklingen zu lassen.

»Nein, ich glaube, das war falsch und hat uns jetzt den Nationalsozialismus eingebrockt. Und dabei wird wieder nichts Gutes herauskommen.«

»Vielleicht geht es aber auch gut aus, dieses Mal?« Lotte dachte an die Luftschutzübung.

»Und was dann?«, fragte Paul und gab sich gleich selbst die Antwort. »Deutschland als Sieger, die anderen die Verlierer, und dann zahlen wir es ihnen heim und zwingen ihnen unmenschliche Reparationen auf.«

»Nein, um Himmels willen«, stöhnte Lotte, »ich meine, vielleicht geht es ganz ohne Krieg.«

»Und wozu dann der Bombenalarm mit Attrappen aus

Papier? Wozu dann diese Uniformen überall, die wir jetzt schon seit Jahren sehen, die Straßenkämpfe und die Saalschlachten?«

»Da sind aber immer zwei Seiten beteiligt. Es kämpfen die Rechten und die Linken gegeneinander.« Ich will mich nicht aufregen, sagte Lotte sich wieder und wieder. Aber sie musste doch diesem Negativen, dieser Schwarzmalerei von Paul irgendetwas entgegensetzen.

»Und jetzt sind die Rechten an der Macht und werfen die Linken aus allen Ämtern. Kann das gut gehen, Lotte? Glaubst du das wirklich?«

»Ich hoffe es einfach«, sagte Lotte schwach.

»Und dass die Beamtinnen bei der Stadt München ab sofort entlassen werden, wenn sie verheiratet sind? Damit sie den Platz für einen Mann frei machen, wie findest du denn das? Hast du mir das nicht erst vor ein paar Tagen selbst vorgelesen und dich darüber beschwert?«

»Doch, schon, aber solche Regelungen kann man auch wieder zurücknehmen. Wenn man erkennt, dass sie falsch waren.«

»Zurücknehmen?« Pauls Lachen klang unsympathisch und höhnisch. »Du träumst doch, Lotte. Hast du nicht mitbekommen, dass sie innerhalb weniger Wochen oder Monate jede Opposition ausgeschaltet haben? Wer soll sie denn jetzt noch daran hindern, ihre Pläne durchzusetzen?«

»Hast du denn gar keine Hoffnung, dass es auch gut gehen könnte, Paul? Dass tatsächlich das eintritt, was sie uns versprechen, ein einiges, stolzes, starkes Vaterland, allen anderen Nationen um uns herum ebenbürtig?«, fragte Lotte fast schon resigniert, denn sie kannte die Antwort ihres Mannes, noch bevor er sie aussprach.

»Was ich noch an Hoffnungen hatte, habe ich schon vor vielen Jahren verloren. Du kannst dir denken, wo. In den

Schützengräben in Frankreich nämlich. Und alles, was jetzt passiert, bereitet mir nur Sorge und Angst. Und dass Gregor da keine eindeutige Position bezieht, macht mich noch vollends verrückt.«

Ging es also mal wieder um Gregor. Ein ganz schwieriges Thema.

»Aber unser Sohn hat diese Erfahrungen im Krieg eben nicht gemacht, er hört sie nur immer wieder von dir«, hörte Lotte sich nun wieder ihren Sohn verteidigen. Dabei wollte sie doch nur ihren Frieden nach einem anstrengenden Tag. »Du darfst ihm das nicht übel nehmen, Paul. Gregor will an etwas glauben, er will Hoffnung haben.«

»Ja, ich weiß.« Paul ließ die Zeitung zu Boden gleiten und leerte sein Glas. »Aber er wird damit auf die Schnauze fallen, genau wie ich damals. Und das Schlimmste ist, dass ich es nicht verhindern kann.«

»Aber du kannst besser trennen zwischen deinen Erfahrungen und deinem Wissen, und dem des unerfahrenen Jungen, der siebzehn Jahre alt ist und eben noch keinen Krieg erlebt hat«, beschwichtigte Lotte.

»Und was hat Gregor davon?«, fragte Paul. »Wieso glaubt er mir nicht einfach, wenn ich ihm erzähle, was ich erlebt habe?«

»Paul, wir müssen uns einfach damit abfinden, dass er ein eigenständiger Mensch ist, der seine eigenen Erfahrungen machen muss. Wir können nicht die Lebenserfahrungen unserer Eltern einfach so übernehmen und da weitermachen, wo sie aufgehört haben.« Sie wunderte sich, dass Paul sie ausreden ließ, ohne sofort einzuhaken. »Lass ihn doch seine Erfahrungen machen und vertrau darauf, dass er unser Sohn ist und seinen Weg finden wird. Du hast ihm so viel erzählt vom Krieg, er hat das alles gehört und weiß, wie es aus deiner Sicht gewesen ist.«

»Womöglich sind bei ihm nicht die Schrecken des Kriegs hängen geblieben, sondern die Kameradschaft, das vermeintlich Heroische.«

»Aber diese Kameradschaft hat es doch auch gegeben«, wandte Lotte ein.

»Ja, die hat es gegeben, zwangsläufig, sonst hätten wir ja keine zwei Wochen da draußen an der Front überlebt. Aber das wiegt doch das Leid nicht auf, Lotte! Niemals.«

Lotte dachte, dass nun genug geredet war. Sie stand auf, strich Paul über die Stirn, um seine grüblerischen Falten zu glätten, und gab ihm einen Kuss. »Man muss nicht immer so schwere Gedanken haben«, sagte sie. »Man muss auch leben und das Leben genießen, Hoffnung haben, oder nicht?«

Sie merkte, wie er sich unter den sanften Berührungen ihrer Finger ein wenig entspannte. Schließlich schloss er die Augen.

»Weißt du, dass ich das am allermeisten vermisst habe, in der ganzen Rohheit des Krieges?«, flüsterte Paul. »Dass mich jemand berührt, dass jemand meine Hände, meine Arme, meine Armbeuge streichelt. Einen Platz, wo man sich nahe sein kann. Einen Platz, an dem man seines Lebens so sicher sein kann, dass man es wagt, eine Pause zu machen vom Krieg, von der Anspannung, von der Aufregung vor dem bevorstehenden Angriff oder der Angst vor dem Gegenangriff.« Er wischte sich über die Augen. »Ich glaube, ich werde den Krieg in meinem ganzen Leben nicht wieder los. Er verfolgt und begleitet mich bis ans Ende.«

»Komm«, sagte Lotte. »Lass uns zu Bett gehen.«

»Aber Gregor …«

»Gregor kennt sich hier aus. Er findet etwas zu essen und den Weg in sein Zimmer. Wir müssen jetzt ins Bett, ich kann nicht mehr.«

൭

Schon Anfang September und die Tage waren immer noch so warm wie im Hochsommer. Am Sonntagmorgen wachte Gregor schon bei Tagesanbruch auf. Etwas schien ihn aus dem Bett hinauszudrängen. Er spürte den Wunsch, allein und für sich zu sein, um ein bisschen nachzudenken. Er stieg über die letzten Ausgaben der *Flugsport*, die neben seinem Bett am Boden verstreut lagen. Vor dem Einschlafen hatte er sie noch einmal durchgeblättert und die abgebildeten Segelflieger-Modelle studiert. Gregor war den ganzen Sommer über oft zu den Segelfliegern am Flugplatz Schleißheim rausgefahren und hatte viel Zeit bei den Fliegern verbracht. Ein-, zweimal in der Woche war er auch im Turmhaus der TU an der Gabelsberger Straße gewesen. Dort hatte die Akaflieg, die Akademische Fliegergruppe, ein Konstruktionszimmer unterm Dach und im Erdgeschoss eine Werkstatt. Ein Student, den Gregor noch aus seiner Schulzeit kannte, hatte ihn einmal dorthin mitgenommen. In der Akaflieg fanden sich Studenten der Technischen Hochschule zusammen, die einen gemeinsamen Traum hatten: Sie alle wollten fliegen lernen. Und das wollte Gregor auch irgendwann, wenn er erwachsen war. Das wusste er jetzt. Er war noch viel zu jung und noch nicht einmal als Student eingeschrieben, aber keiner hatte etwas dagegen, dass er sich hier umsah und bei kleineren Arbeiten, zum Beispiel beim Modellbau mit der Laubsäge nützlich machte. Tatsächlich saßen hier interessierte Studenten unter Anleitung einiger Professoren zusammen und arbeiteten an Entwürfen und Zeichnungen zum Bau von Segel- und Motorflugzeugen. Hier wurde berechnet, Material getestet, und es wurden Modelle gebaut. Geflogen wurde hauptsächlich auf einem kleinen Sportflugplatz in Prien am Chiemsee. Dorthin hatte Gregor bisher noch nicht mitfahren dürfen. Und davon, einmal selbst zu fliegen, konnte er bislang nur träumen. Er war noch Schüler, und dass ihn die Studenten in ihren Reihen akzeptierten, war schon Ehre genug. Einige von ihnen hatten bei der Oberbayerischen Sportflug-GmbH in Schleißheim bereits ihren Flugschein erworben. Das wünschte Gregor sich auch, aber es würde noch ein Weilchen dauern.

Von diesen Träumen ahnten seine Eltern wahrscheinlich nichts. Sie dachten, die *Flugsport* sei eben sein Hobby, wie andere sich für ihre Modelleisenbahn interessierten. Aber Gregor ahnte, ja wusste, dass die Fliegerei für ihn mehr war als das.

Bei seinem Freund Adi hatte Gregor sich schon länger nicht mehr blicken lassen. Der marschierte jetzt mit einer Gruppe von Pimpfen am Rande des Oberwiesenfelds, in unmittelbarer Nähe der Kasernen. Braune Hemden, Schiffchen auf dem Kopf, schwarzes Halstuch im geflochtenen Lederknoten, auf dem Hemd das Abzeichen des Jungvolks, kurze schwarze Kniehosen, die nach Vorschrift bis eine Handbreit über das Knie reichen mussten. Ein oder zwei der Pimpfe in seiner Truppe trugen auch schon die schwarzen Langschaftstiefel der Hitlerjungen. Adi war jetzt so etwas wie ein Zugführer seiner Jungs geworden und fühlte sich bereits wie der Oberbefehlshaber einer kleinen Armee. Seit Beginn der Woche lief in vielen Kinos *Hitlerjunge Quex*, in den die Zug- und Scharführer mit ihrem Jungvolk und den Hitlerjungen pilgerten wie die Katholiken nach Rom. Natürlich hatte auch Gregor den Film schon gesehen. Ihm hatte die einfache Geschichte nicht besonders gefallen, und die Botschaft des Films war ihm zu banal. Doch er hatte bemerkt, mit welchem Hass in den Augen die Pimpfe in ihren kurzen Hosen und die Hitlerjungen mit den martialischen Stiefeln aus dem Kino gekommen waren. Sie sahen Quex als einen der ihren, der von Kommunisten feige und hinterrücks ermordet worden war. Beim Hinausgehen dachten sie nur an eines: Jemand musste Rache für ihren toten Kameraden nehmen und es diesen linken Brüdern heimzahlen. Gregor wollte ihnen zurufen: Das ist doch nur ein

Film, der gemacht wurde, um Hass zu schüren und Gewalt zu provozieren. Aber selbst wenn er sich das getraut hätte, hätten sie ihm sowieso nicht geglaubt. Schon die zehn- bis vierzehnjährigen Pimpfe im Jungvolk wurden darauf gedrillt, mit einem Tornister auf dem Rücken zu marschieren. Er war mit Ziegelsteinen gefüllt und wog fünfzehn Pfund. Ihre Anführer, wie Adi einer war, jagten sie damit über Wiesen und improvisierte Exerzierplätze. Wer schlapp machte, wurde verhöhnt und ausgelacht. Gregor lag nichts am Führen und schon gar nichts am Geführtwerden. Er wollte Flugzeugtechnik studieren und fliegen lernen, und dafür musste er nun erst einmal sein Gymnasium abschließen und die Hochschulreife erlangen, damit er sich an der Technischen Hochschule einschreiben konnte. Das war sein Plan. Gregor war zwar im Dallmayr groß geworden, er kannte sich gut aus, und die Arbeit im Geschäft, wenn er aushelfen musste, war keine Qual für ihn. Aber er wollte kein Kaufmann werden. Er wollte nicht sein Leben damit verbringen, Waren einzukaufen und zu verkaufen. Sein Herz brannte nicht für Delikatessen und edle Weine, und auch das Kaffeegeschäft war nicht seine Welt. Gregor kannte sich zwar nicht besonders aus, was die große Politik betraf. Aber dass es besondere Zeiten waren, in denen sie lebten, das spürte er ganz deutlich. Es konnten große Dinge passieren, wovon Adi und seine Genossen überzeugt waren, oder schlimme Dinge, wie sein Vater glaubte. Auch Ursi blies in dasselbe Horn und sah schon die Welt untergehen, weil ihr Turnverein und ihr Jugendverband verboten worden waren. Gregor wollte sich weder auf die eine noch auf die andere Seite schlagen, aber eines glaubte er ganz deutlich zu spüren: Es würde, so oder so, nicht die Zeit sein, in der ein junger Mensch wie er sich in das ruhige, behäbige Leben eines Kaufmanns einrichten wollte. Das kam für ihn nicht infrage. Nun musste er das nur noch seinen Eltern beibringen.

Doch an diesem frühen Sonntagmorgen, die Sonne war gerade erst aufgegangen, wollte er nur eines: möglichst schnell raus in die Natur, einmal den Kopf frei bekommen, wirklich ausspannen, sich unter einen Baum legen und das Sonnenlicht auf den Blättern beobachten und dabei kostbare Zeit vergeuden, bevor das letzte Schuljahr anfing.

Er schüttete sich eine Handvoll kaltes Wasser ins Gesicht zum Wachwerden, packte sein Frühstück, Brot, etwas Käse, Weintrauben und eine Thermoskanne Tee in seinen Rucksack. Den wollte er draußen in der Morgensonne auspacken, und dann vielleicht eine Runde im Eisbach oder am Kleinhesseloher See schwimmen oder auch in der Isar. Er würde schon einen schönen Platz finden für sein Picknick im Grünen.

Die Luft war noch kühl, doch der schwarze Asphalt fing schon an, die Wärme des Tages aufzunehmen und zu speichern. Wenigstens kam es Gregor so vor. Das änderte sich erst, als er den Englischen Garten erreichte. Die Schotterwege unter den hohen Bäumen waren noch nachtkühl und frisch. Gregor atmete tief durch und stieg kräftig in die Pedale. Der Kleinhesseloher See war wie so oft von Stockenten und Gänsen umringt und lud wenig zum Schwimmen ein. Gregor wollte lieber noch ein Stück weiterfahren. Er genoss das schnelle und mühelose Dahingleiten auf seinem Miele-Fahrrad, das er selbst wartete und pflegte. Es waren nur wenig Leute im Park unterwegs um die frühe Uhrzeit.

Da entdeckte er am anderen Ende des Sees eine Läuferin, die ziemlich flott unterwegs war. Blonde Zöpfe fielen ihr bis auf die Höhe der Schulterblätter und klopften den Takt zu ihrer Bewegung. Gregor spürte, wie sein Herz zu rasen begann. Wochenlang, ja monatelang hatte er versucht, sie zu vergessen. Vielleicht spielte ihm sein Herz einen Streich und vor ihm lief nur irgendein blondes Mädchen, das er nie zuvor gesehen hatte. Seine Beine wollten stärker in die Pedale treten, dann wieder zögerten sie, und er rollte nur dahin, unschlüssig, was er tun sollte. Vorbeifahren, sich umdrehen, vorbeifahren, sich nicht umdrehen, sich nichts anmerken lassen, so tun, als wüsste er nicht, wer sie sei.

Vielleicht hatte das Mädchen die Reifen seines Fahrrads auf dem Schotterweg knirschen gehört, denn sie wandte den Kopf im Lauf zu ihm um. Es war tatsächlich Selma. Sie musste ihn doch auch erkannt haben. Aber sie drehte sich wieder um und lief einfach weiter geradeaus, hielt sich lediglich ein bisschen weiter rechts, um ihn passieren zu lassen. Gleich würde Gregor sie eingeholt haben. Sie war verdammt schnell, aber gegen sein Fahrrad kam sie nicht an. Da schlug Selma plötzlich einen Haken und lief nach rechts weg ins Unterholz jenseits des Weges, wohin er ihr mit dem Fahrrad nicht folgen konnte. Er bremste, rief ihren Namen. Er musste ziemlich laut gerufen haben, denn es kam ihm so vor, als ob sein Ruf durch den ganzen Park schallte. Auch von weiter entfernt drehten sich einzelne Spaziergänger zu ihm um. Gregor sah Selmas Zöpfe durchs Gebüsch fliegen und dann verschwinden. Er bremste, sprang vom Rad, warf es achtlos neben den Weg und lief ihr nach, Äste und Zweige zur Seite schiebend. Sie hatte einen Pfad hinaus aus dem Park und Richtung Bogenhausen genommen, aber Gregor holte sie noch am Rande des Parks ein und griff nach ihrem Arm.

»Mensch, Selma«, keuchte er, »jetzt lauf doch nicht weg, das ist doch kindisch.«

Er rang nach Luft, und auch sie war außer Atem. Sie stützte die Hände auf die Knie und beugte den Oberkörper nach vorne, wie nach dem Zieleinlauf.

»Warum läufst du mir davon? Kommst nicht zu unseren Verabredungen und lässt mich stehen wie einen Idioten?«, platzte es aus Gregor heraus. Er hatte den ganzen Sommer über versucht, seine Gefühle für sie, die Scham über das Versetztwerden und seine Sehnsucht nach ihr zu verdrängen, aber jetzt war alles mit einem Schlag wieder da.

»Weil du einer von ihnen bist«, keuchte Selma.

»Was?« Gregor stand da und wusste nicht, wohin mit seinen Armen. Mit einer Hand stützte er sich am Stamm einer Buche ab. »Was hab ich dir denn getan?«

»Du hast gar nicht viel getan«, behauptete Selma, »aber auch rein gar nichts kapiert.«

Gregor wartete ab, bis sie keuchend weitersprach.

»Genau an dem Tag, an dem man uns in der ganzen Stadt gedemütigt, verhöhnt, geschlagen hat, während man die Geschäfte von Juden boykottiert und ihre Schaufenster verschmiert hat, konntest du dir nicht vorstellen, warum ich nicht gekommen bin.« Sie sah ihn immer noch nicht an, sondern starrte auf den Boden und rang nach Luft.

»Woher hätte ich denn wissen sollen, dass du Jüdin bist? Mir hat doch keiner gesagt, dass dein Vater aus Angst, dass euch etwas passiert, die Stadt verlassen hat. Du nicht, euer Hausmädchen nicht, Ursi nicht. Sie hat es mir erst viel später erzählt. Deshalb musst du mich jetzt noch lange nicht als Idioten beschimpfen«, wehrte sich Gregor.

»Du hast es nicht gewusst?«, fragte Selma und sah ihn zum ersten Mal an.

»Nein, woher denn auch?«

»Hätte ich es dir sagen sollen? So ›Hallo, ich bin Selma, und ich bin Jüdin‹?« Sie schnaubte verächtlich. »Ich dachte, Ursi hätte es dir erzählt.«

»Hat sie nicht.« Gregor lehnte sich gegen den Baum und spürte die Rillen und Unebenheiten des Stammes in seinem Rücken. »Mir war überhaupt nicht klar, dass du Jüdin bist.«

»Wie auch?«, fuhr Selma ihn an. »Man sieht es mir ja auch nicht an der Nase an. Wir heißen Böhm, und nicht Grinspan oder Finkelstein. Wir sind Deutsche und sehen aus wie Deutsche und sind eben jüdisch.« Sie löste ihre Hände von den Oberschenkeln und tänzelte ein wenig auf der Stelle. »Und was kann ich dafür, Gregor, sag? Hat mich jemand gefragt, ob ich jüdisch sein möchte oder ob ich es nicht sein möchte? Hat dich einer gefragt, ob du katholisch sein möchtest oder lieber etwas anderes?« Gregor schüttelte den Kopf. »Nein?«, fragte sie. »Na, siehst du. Mich auch nicht.«

»Und wenn du konvertierst?«, fragte Gregor.

»Warum sollte ich das tun?«, fragte Selma zurück. »Das wäre feige, verstehst du das nicht? Ich gehe nicht in die Synagoge, und ich will auch nicht in die Kirche gehen.«

»Musst du ja auch nicht«, sagte Gregor.

»Du meinst: Hauptsache, im Pass steht bei Religion katholisch oder evangelisch? Jetzt überleg doch mal, was du da eigentlich redest. In meiner Familie sind wir kein bisschen religiös. Ich hatte noch nicht einmal eine Bat-Mizwa.«

»Eine was?«

Selma schüttelte den Kopf. »Wie kann man nur so ignorant sein? Ich weiß doch auch, was eine Kommunion oder eine Firmung ist, obwohl ich selbst nie eine hatte. Und ihr? Ihr wisst nichts von uns, gar nichts. Aber ihr verachtet uns. Warum?«

»Ich verachte dich doch nicht«, protestierte Gregor. »Und meine Eltern tun das auch nicht. Wir haben viele jüdische Kunden, und die werden kein Fünkchen anders behandelt als die anderen.«

»Vielleicht lasst ihr euch nur nichts anmerken und denkt trotzdem, wie alle anderen, dass Juden Halunken, Halsabschneider und Betrüger sind. Oder ihr denkt bei Juden gleich an Männer im Kaftan mit Hut, unter dem die Schläfenlocken heraushängen. Nicht an Leute wie uns, wie meinen Vater, den Rechtsanwalt, und seine blonde Tochter. Aber letztendlich schert ihr uns alle über einen Kamm, statt uns so wahrzunehmen, wie wir sind.«

»Und wie seid ihr?«, fragte Gregor und hoffte, dass Selma seine Frage nicht als die dümmste des Jahrhunderts abtun würde.

»Wir sind vor allem nicht alle gleich«, antwortete sie ernst, »sondern ganz verschieden. Wie ihr Christen auch. Den einen Juden gibt es eben gar nicht. Sieh mich doch an. Aber du denkst wie alle, obwohl du gar keine Ahnung hast und wahrscheinlich nicht einmal einen Juden persönlich kennst. Und du hast auch selten etwas mit Juden zu tun, außer dass du vielleicht mal etwas bei Isidor Bach einkaufst.«

»Dich kenne ich schon ein bisschen«, sagte Gregor.

»Ja, aber du wusstest nicht einmal, dass ich Jüdin bin.«

»Ach, Selma, das tut mir alles so leid.«

Darauf gab sie keine Antwort, machte stattdessen Rumpfkreisen und Dehnungsübungen.

»Wie geht es denn nun weiter?«, fragte er schließlich und stieß sich von seiner Buche ab.

»Woher soll ich das wissen?« Selma ließ sich ins Gras fallen. »Meine Mutter möchte weg, aber sie weiß nicht, wohin. Mein Vater will unbedingt hierbleiben. Er sagt, Deutschland sei sein Land, seine Heimat. Wieso sollte er fort?«

»Und du?«, fragte Gregor.

»Mein Traum sind immer noch die Olympischen Spiele. Ich möchte so gern in meinem eigenen Land starten und mich mit den anderen Nationen messen. Berlin 1936, das ist es, was ich mir am meisten wünsche.« Selma hatte den letzten Satz geflüstert, so als traute sie sich nicht, ihn laut auszusprechen. »Dabei weiß ich nicht einmal, ob sie mich starten lassen werden.«

»Wieso denn nicht?«, fragte Gregor. »Wenn du gut bist, bestimmt.«

»Ich bin mir nicht sicher, ob das genügen wird«, antwortete Selma. »Ich werde jedenfalls weiter hart trainieren. So lange, bis sie mich entweder hinauswerfen oder starten lassen.«

»Und wo trainierst du jetzt?«

»Wo? Na, hier zum Beispiel, im Park, wo ich eben noch hindarf.«

»Und dein Trainer, ich meine …«

»Trainer? Gibt es für mich keinen mehr. Mein Verein hat mich und die wenigen anderen jüdischen Sportler, die noch da waren, ausgeschlossen. Arierparagraf, schon mal gehört? Es kann ihnen nicht schnell genug gehen damit, uns loszuwerden.«

O Gott, bin ich ein Schaf, dachte Gregor. Bastle an meinen Flugmodellen und bekomme gar nicht mit, was um mich herum passiert. Aber so ganz stimmte das auch wieder nicht. Natürlich hatte er bestimmte Dinge mitbekommen. Schockiert hatte er im August einen Aushang im Ungererbad gelesen, der Juden den Zutritt zum Freibad verwehrte. Personen »nicht arischer Abstammung«, hieß es da, war der Besuch der städtischen Badeanstalten ab sofort untersagt. Er durfte mit Selma zusammen also gar nicht mehr ins Ungererbad gehen. Schnell wischte er seine Erinnerung wieder weg. Ganz weit weg.

»Wenn du keinen Trainer mehr hast, im Moment, dann könnte ja ich …«, stotterte er.

Selma sah ihn an. »Das würdest du tun?«

»Klar, warum nicht? Du musst mir nur sagen, wie genau ich dir helfen kann.«

»Und was machst du, wenn dich einer von deinen Freunden dabei sieht?«, insistierte sie.

»Na und?«, erwiderte er forsch, auch wenn er sich nicht sicher war, ob ihm das wirklich so egal wäre.

Selma sah ihn an, als spürte sie seine Unsicherheit.

»Und?«, fragte er und erwartete wieder einmal eine Abfuhr. Schließlich hatte sie ihn gerade erst einen Idioten genannt.

»Wir können es zumindest versuchen«, sagte Selma. »Am besten starten wir mit den Sprints. Damit ich auch auf die zweihundert und vierhundert Meter schneller werde.«

»Gut«, sagte Gregor. »Ich schließe nur noch mein Rad ab, und dann kann's losgehen. Oder möchtest du vorher noch einen Schluck Tee? Ich hab welchen dabei.«

»Zu Essen hast du nichts?«, fragte sie. »Ich habe plötzlich so einen Hunger. Das war bestimmt dieser Zwischenspurt durchs Unterholz.« Sie grinste.

»Ich habe jede Menge dabei«, sagte Gregor und zeigte auf seinen Rucksack. »Aber wir könnten uns einen schöneren Platz für ein Picknick suchen als dieses kratzige Gebüsch. Wir müssen uns ja nicht hier drin verstecken, oder?« Gregor bückte sich unter den Ästen.

»Nein, das müssen wir nicht«, antwortete Selma. »Schließlich haben sie uns noch nicht verboten, den Englischen Garten zu betreten.«

Dazu sagte Gregor lieber nichts. Sonst wäre es nur wieder etwas Falsches. Er freute sich auf das gemeinsame Frühstück mit Selma. Und auf ihr gemeinsames Training. Danach würde man weitersehen.

Zum Mittagessen lag ein Brief auf der Anrichte. An den Briefmarken mit dem roten und blauen Hahn erkannte Gregor, dass er aus Frankreich kommen musste. Aber niemand sprach darüber. Erst nachdem die Grießnockerlsuppe serviert worden war, erzählte sein Vater, dass die Lelarges Gregor nach Frankreich einluden. Schon zum zweiten Mal.

»Möchtest du die Einladung nicht annehmen?«, fragte sein Vater.

»So eine Gelegenheit würde ich mir nicht entgehen lassen.« Seine Mutter blinzelte ihm zu.

Gregor löffelte seine Suppe. Schon wieder dieses Thema!

Er wollte nicht nach Frankreich. Warum ließen sie ihn damit nicht endlich in Ruhe?

»Papa, die Lelarges sind doch deine Freunde, nicht meine«, sagte Gregor schließlich. »Du hast diese Geschichte mit Raymond erlebt, aber was habe ich damit zu tun?« Schon falsch angepackt, dachte er, als er in die Gesichter seiner Eltern sah.

»Raymond Lelarge hat mir mein Leben gerettet, solltest du ihm dafür nicht auch dankbar sein?«, fragte Paul.

»Bin ich ja«, behauptete Gregor.

»Warum willst du dann nicht hin?«

»Was soll ich denn da, Papa? Ich will kein Winzer werden. Mit Landwirtschaft habe ich gar nichts am Hut. Ich bin eher ein Techniker, ein Bastler, wenn du so willst. Mich faszinieren Flugzeuge, das wisst ihr doch, keine Weinkeller.«

»Die laufen dir schon nicht weg«, redete Paul auf ihn ein. »Es wäre so wichtig für dich, auch für deine Charakterbildung. Die Franzosen sind so lebensfrohe Menschen …«

»Wenn sie nicht gerade Krieg gegen uns führen«, erwiderte Gregor.

»Oder wir gegen sie«, entgegnete Paul. »Genussmenschen sind sie in Friedenszeiten, und davon solltest du als Delikatessenhändler auch etwas verstehen, sonst bist du in dem Beruf fehl am Platz.«

»Das bin ich wahrscheinlich sowieso.« Das hätte er wohl besser nicht gesagt.

»Wie meinst du das?« Paul legte den Löffel weg.

Lotte löffelte ihre Suppe und ließ sich nichts anmerken.

»Papa, ich glaube, ich möchte später lieber nicht ins Geschäft einsteigen«, sagte Gregor. So, jetzt war es heraus.

»Was willst du denn stattdessen tun?«, fragte Paul.

»Ich möchte Flieger oder Flugzeugbauer werden. Oder am besten beides.«

»Und wer soll das Geschäft weiterführen?«, fragte Paul. »Wir haben ja nur dich. Du bist unser einziges Kind.«

Gregor sah seinen Vater an. Dafür konnte er ihn nun wirklich nicht verantwortlich machen.

»Bei Hermann sieht es auch nicht gut aus mit einer Nachfolge.« Paul schob seine Suppentasse zur Seite. »Johann mit seiner Berufung zum Pfarrer und Johanna als Tierärztin«, stöhnte er. »Habt ihr denn gar keine Liebe zur Tradition und zum Geschäft von uns mitbekommen?«

»Doch, natürlich«, behauptete Gregor. »Also, ich zumindest. Wie das bei meiner Cousine und meinem Cousin aussieht, weiß ich nicht. Da musst du sie selbst fragen.«

»Und wer soll dann das Geschäft weiterführen?«

»Wie wär's mit Fritz?«, schlug Gregor vor. »Der brennt doch dafür.«

»Er brennt für seinen Kaffee«, sagte Paul, »mit Delikatessen hat er nichts am Hut.«

»Mama und du, ihr seid ja sowieso noch jung«, behauptete Gregor.

»Muss ich mich jetzt in den *Münchner Neuesten Nachrichten* nach einem Nachfolger für mich und Lotte umsehen?« Paul sah Gregor enttäuscht an. Enttäuschung war in Ordnung, dachte Gregor, wenn sein Vater deswegen nur keinen Riesenstreit vom Zaun brechen würde.

»Wie schön, dass es bei dir und Onkel Hermann so gut funktioniert hat damals. Aber ich kann das nicht, Papa. Ich bin aus einem anderen Holz geschnitzt.«

»Grexi hat die Oma dich immer genannt«, sagte Lotte mit melancholischem Erinnerungsblick.

»Ja, ich weiß, Mama. Und Pfannkuchen hat sie mir gebacken während des Kriegs, mit Zucker und Marmelade. Ich habe sie sehr gerngehabt«, gab Gregor zu.

»Sie dich auch«, sagte seine Mutter.

»Aber jetzt bin ich nicht länger Grexi, sondern Gregor.«

»Trainierst du wieder diese … Wie heißt sie noch, aus Bogenhausen?«, fragte Lotte.

»Selma.« Gregor nickte.

»Und wie geht es ihr und ihrer Familie? Ich kann mir vorstellen, dass sie unter der aktuellen Situation sehr leiden.« Lotte wartete, bis Anni die Suppentassen abserviert hatte. »Ehrbare, wohlhabende Leute, die grundlos aus dem gesellschaftlichen Leben ausgeschlossen werden. Frau Böhm kommt immer seltener zu uns ins Geschäft. Ich habe sie schon länger nicht mehr gesehen.«

»Aber Herr Böhm, der Rechtsanwalt, war doch erst kürzlich im Laden«, sagte Paul. »Und natürlich wird er zuvorkommend bedient, wie immer halt. Ich habe es allen Angestellten noch einmal extra eingebläut, dass wir im Dallmayr keine Unterschiede machen zwischen den verschiedenen Religionen. Denn dass es sich bei den Juden um eine andere ›Menschenrasse‹ handelt, wie die Nazis behaupten, das kann ich einfach nicht glauben. Und das habe ich meinen Leuten auch gesagt.«

»Irgendwann wirst du ziemliche Schwierigkeiten mit den neuen Machthabern bekommen«, prophezeite Gregor. »Wer ihnen nicht folgt, den sehen sie als Gegner an.«

»Du kennst diese Brüder ganz gut, oder?«, fragte sein Vater.

»Ihr meint wegen Adi? Der interessiert mich nicht mehr. Läuft mit den Pimpfen herum, besser gesagt, sie hinter ihm her wie die Gänseküken.«

»Richtige Rattenfänger sind diese Nazis«, behauptete sein Vater. »Versprechen das Blaue vom Himmel herunter, damit die Leute ihnen folgen. Und es ist ja auch viel zu einfach, ihnen zu glauben, statt sich mit den unbequemen Tatsachen auseinanderzusetzen.«

»Das ist doch auch verständlich«, sagte Lotte. »So sind wir

Menschen halt. Klammern uns an alle möglichen Versprechungen, Hauptsache sie sagen, dass nun alles besser wird.«

»Das wird bei anderen Völkern, den Franzosen zum Beispiel, auch nicht anders sein«, sagte Gregor unbedacht.

»Nur bei uns ist es nicht leben und leben lassen und das Leben genießen. Es ist immer: Wir sind besser als die anderen, und erst, wenn es den anderen schlecht geht, wird es uns besser gehen. Und das ist irgendwie krank.«

Gregor schüttelte den Kopf. Nicht schon wieder, betete er und bereute schon, dass er selbst dieses Thema angesprochen hatte.

»Ich weiß, dass du das nicht so siehst, Gregor«, sagte sein Vater. »Weil dir die Perspektive fehlt.«

»Ja, Papa, ich bin jung, ich habe den Krieg nicht miterlebt.« Gregor rollte mit den Augen. Und schon schwammen sie wieder im alten Fahrwasser.

»Hast du eigentlich mal die Bücher von Erich Maria Remarque gelesen?«, fragte Paul.

»*Im Westen nichts Neues*? Ja, habe ich.«

»Und?«

»Ich weiß nicht. Viele Frontkämpfer lehnen es ab«, sagte Gregor.

»Na klar. Und im Mai wurde das Buch auf dem Königsplatz verbrannt«, sagte sein Vater.

»Ich weiß«, gab Gregor zu. »Es war auch gar nicht so schlecht.«

»Nicht schlecht?«, brauste sein Vater auf. »Es zeigt den ganzen verrückten Wahnsinn eines Krieges! Aber die Leute wollen es nicht mehr lesen. Und jetzt können sie es auch nicht mehr kaufen oder ausleihen, weil es auf dem Index steht.« Paul klopfte mit dem Messer auf die Tischplatte, was die Köchin besorgt aufhorchen ließ. Sie beeilte sich, die Bratensoße abzuschmecken. »Weil sie dieses Buch wachrütteln würde«, fuhr Paul fort. »Stattdessen lassen sie sich lieber vom Größenwahn der Nazis einseifen.«

»Ja, meistens sind es diese Leute, die sowieso nie einen Remarque gelesen hätten«, sagte Gregor, »ob erlaubt oder nicht. Die ganzen Unpolitischen.«

»Bist du auch ein Unpolitischer, Gregor?«, fragte sein Vater.

»Ich will Flugzeuge bauen, Papa.«

»Und würdest du auch Kampfflugzeuge und Bomben bauen, wenn sie dich damit beauftragen würden?«

Gregor zuckte die Achseln. »Ich weiß es nicht.«

»Dann bist du ganz einfach ein Opportunist, Gregor. Das ist nichts Verwerfliches an sich, aber du solltest es wissen und dir klarmachen, dass du einer bist. Und dass du Probleme kriegen wirst, wenn der Wind dann irgendwann wieder dreht. Verstehst du?«

Gregor zuckte die Achseln. »Aus Politik mache ich mir eigentlich nichts.«

»Ach ja?« Paul klang sarkastisch. »Deine beste Freundin seit Kindertagen war bei der Sozialistischen Jugend, bis sie verboten wurde. Und jetzt trainierst du mit einer Jüdin.«

»Halbjüdin«, korrigierte Gregor.

»Halbjüdin? Was soll denn dieser Quatsch? Gibt es denn auch Halbkatholiken und Halbprotestantinnen? Ich verstehe dich einfach nicht, Gregor«, sagte sein Vater.

»Ich mich selbst auch nicht«, gab er zu. »Aber auf jeden Fall denke ich, dass ich kein Nazi bin.«

»Dann ist es ja gut. Aber pass auf, so viele Nazis gibt es sowieso nicht, keine sechzig Millionen jedenfalls. Es gibt wahrscheinlich nur wenige echte und umso mehr Opportunisten, die sich einen beruflichen Erfolg oder gesellschaftlichen Aufstieg erwarten und deshalb so tun, als wären sie welche. Und dann gibt es noch die ganz vielen, die einfach nur mitlaufen. Eine Masse von Leuten, denen es gar keine so großen Vorteile bringt, die bisher ein Niemand waren und dadurch plötzlich zu einem Jemand werden. Und das fühlt sich weitaus besser an als bei den Leuten, die jetzt aus ihren Häusern und Kanzleien rausmüssen, weil sie Juden sind, oder bei den städtischen Angestellten, die, wenn sie weiblich und verheiratet sind, entlassen werden und ihren Platz für einen Mann räumen müssen. Oder bei den sozialdemokratischen Abgeordneten, die nach Dachau gebracht und umerzogen werden. Den einen geht es an den Kragen, und wenn sie wegmüssen, freuen sich die anderen über deren Wohnungen, Arbeitsplätze und die Einrichtung, die sie, wenn sie fortwollen, vor ihrer Ausreise noch preiswert verhökern müssen.«

»Wo bleibt denn da dein Optimismus, Papa, du siehst immer alles so düster.«

»Das war nicht immer so, Gregor. Ich musste erst viel erleben und lernen, bevor ich wusste, was Menschen anderen Menschen antun können.«

Als Anni den Braten servierte, versuchten beide Seiten, das Streitgespräch zu beenden oder zumindest für den Moment ruhen zu lassen, und das gemeinsame Essen zu genießen. Gregor fühlte sich nach der Auseinandersetzung noch etwas unbehaglich. Zugleich war er aber auch erleichtert, dass das Thema Berufswunsch, das ihn schon länger beschäftigte, endlich auf den Tisch gekommen war. Immerhin hatten seine Eltern nun erfahren, dass die Nachfolge möglicherweise nicht so laufen würde, wie sie sich das vorstellten. Und das war ja immerhin ein Anfang.

Marie wickelte die bauchige Kaffeekanne mit ihrem langen dünnen Hals, dem gebogenen Ausguss und der abgerundeten Stellfläche vorsichtig in ein Handtuch und verstaute sie in ihrem Koffer. Bedächtig räumte sie die Truhe aus, in der sie ihre Kleider verstaut hatte. Zwei Monate war sie nun hier in dem Dorf im äthiopischen Hochland gewesen, und sie hatte das Gefühl, dass sie sich hier verändert hatte. Und daran war ihre Begegnung mit Ayana schuld. Marie hatte die körperliche Liebe zu einer Frau hier kennengelernt und war immer noch überwältigt von dem Erlebten. Und unsagbar traurig. Wie oft war sie noch zu dem Wasserfall zurückgekehrt, allein, ohne ihre Freundin weder dort noch im Dorf noch einmal zu sehen. Ayana war wie vom Erdboden verschluckt. Als hätte man sie eingesperrt oder aus dem Dorf entführt und irgendwohin verschleppt. Wo sie auch nach ihr gefragt hatte, hatte man entweder betreten zu Boden gesehen oder nur mit den Acheln gezuckt. Sogar in der Polizeistation im nächsten größeren Ort war sie gewesen. Sie machte sich schreckliche Sorgen um ihre Freundin. Auf dem Polizeiposten hatte man ihr versprochen, der Sache nachzugehen und sich nach Ayana zu erkundigen, aber als Marie sich nach zwei Wochen noch einmal dorthin aufmachte, sagte man ihr, die Person sei verzogen und man wisse nicht wohin. Und dass weitere Fragen und Nachforschungen sinnlos seien. Eine Mauer des Schweigens umgab sie in dem Dorf, in dem sie sich anfangs so wohlgefühlt hatte. Man gab ihr sehr deutlich zu verstehen, dass sie nicht länger willkommen war im Dorf. Man brachte ihr zu essen und versorgte sie mit allem Nötigen für die wenigen Birr, die sie als Miete und Kostgeld dafür gab.

Sie musste schweren Herzens einsehen, dass sie in diesem Dorf nicht länger gelitten war und dass sie die Ablehnung und das Schweigen, das sie nun umgab, niemals würde durchbrechen können. Sie war wieder eine Fremde. Wahrscheinlich war sie für die Einheimischen nie etwas anderes gewesen. Und mit den Grenzen, die sie – aus Liebe – überschritten hatte, hatte sie sich außerhalb der Gemeinschaft gestellt oder sie war dafür ausgestoßen worden. Wenn sie nicht vollends trübsinnig werden wollte angesichts der Ablehnung, die ihr entgegengebracht wurde, musste sie jetzt ihre Sachen packen und fortgehen. Ehe es zu spät war und sie sich für ewig auf der Suche nach ihrer verschwundenen Gefährtin verlor. Sie betete darum, dass Ayana nichts Schlimmes zugestoßen war. Irgendjemand musste sie beobachtet haben. Sie wollte sich lieber nicht vorstellen, was derjenige alles gesehen haben mochte. Marie schämte sich nicht dafür, aber sie hätte alles ungeschehen machen wollen, wenn nur Ayana nichts zugestoßen war.

Das letzte Kleidungsstück am Boden der Truhe ließ sie dort liegen. Sie brachte es nicht fertig, das kostbare blaue Seidenkleid mit der hellen Stickerei, das sie für ihre Freundin bei einem fahrenden Händler erstanden hatte, mitzunehmen. Sie hatte es als Geschenk gekauft und würde es selbst niemals tragen. Bevor sie doch in Versuchung geriet, es einzupacken, ließ sie den Truhendeckel zufallen. Sollte es der nächste Gast mitnehmen oder die Hausfrau es an eine ihrer Töchter oder Enkelinnen weitergeben. Nie würde dieses Kleid ihr die Freundin zurückbringen.

Marie schloss ihren Koffer, warf noch einen Blick auf ihr Zimmer, sah zum Fenster hinaus, dorthin, wo Ayana mit den beiden Mauleseln auf sie gewartet hatte. Dann legte sie ihren Schlüssel auf den Tisch und einige Birr-Noten dazu und verließ leise das Haus. Es war später Vormittag, und eine sengende Hitze lag über dem Dorf. Es wirkte wie ausgestorben, und doch ahnte Marie, dass ihr Weggang nicht unbeobachtet bliebe. Vielleicht erhielte Ayana ihre Freiheit zurück, wenn sie, die Fremde, die unheilbar Reisende in Männerkleidern mit dem Körper einer Frau, endlich das Land verließe. Der nächste Wagen, der gegen Mittag die Landstraße passieren würde, brächte Marie fort aus Äthiopien, Richtung Rotes Meer, Eritrea, dann hinüber nach Aden und vielleicht in den Oman. Was auch immer sie dort erwartete, nie konnte es schöner sein als außerhalb dieses Dorfes im Hochland, hinter dem Wasserfall.

෴

»Jetzt sei nicht so stur und geh mit auf die Wiesn«, sagte Gregor. »Ursi kommt auch, und dann noch jemand.«

»Und wer ist dieser Jemand?«, fragte Selma.

»Überraschung«, antwortete Gregor, »erfährst du nur, wenn du mitkommst.«

»Ich weiß nicht.« Selma zögerte. »Eigentlich wollte ich gar nicht mehr hingehen, wenn sie auf der Wiesn jetzt auch schon keine Juden mehr haben wollen. Oder ist das auch wieder etwas, das du nicht mitbekommen hast?«

»Doch, habe ich«, sagte Gregor. Er hatte die Ankündigung in der Zeitung gelesen. Sie lag neben ihm auf dem Telefontisch.

»*Personen jüdischer Abstammung werden im Interesse der Aufrechterhaltung der öffentlichen Sicherheit und Ordnung zur Verabreichung von Speisen und Getränken und zur Veranstaltung von Lustbarkeiten nicht mehr auf dem Oktoberfest zugelassen. Dies gilt auch für Angestellte, Mitarbeiter, Gehilfen oder Mitspieler.*«

Was für eine Gemeinheit! Als ob es eine Rolle spielte, ob ein Schausteller nun Jude war oder nicht. Was hatte das mit der öffentlichen Sicherheit zu tun?

»Du bist doch Gast auf der Wiesn«, sagte Gregor. »Du arbeitest ja nicht dort.« Zu mehr kam er nicht, denn Selma rastete gleich wieder aus.

»Ach, und ist das vielleicht in Ordnung? Als Gast darf ich auf die Wiesn, als Betreiber eines Fahrgeschäfts oder als Brezenverkäuferin nicht? Nein, hör zu, Gregor, das geht zu weit.

Wir können uns doch nicht auch noch in Klassen trennen lassen von diesen Judenhassern.«

»Ich verstehe dich ja, Selma«, antwortete Gregor, »aber ich finde, du solltest genau deshalb hingehen. Als Protest gegen diese dumme Maßnahme. Um zu zeigen, dass du dich nicht ausschließen lässt.«

Selma schnaubte. Sie hielt ihn mal wieder für naiv.

»Ich finde, wir müssen zusammen feiern, bevor das neue Schuljahr beginnt.«

Selma schnaubte noch einmal.

»Ursi findet das auch. Komm doch mit. Bitte.«

»Ich überlege es mir.« Sie legte auf.

Zwei Tage wartete Gregor auf Selmas Rückruf. Er kam am Dienstagmittag, kurz vor dem geplanten Wiesnbesuch. Sie sagte zu, und Gregors Herz machte einen kleinen Hüpfer. Dabei war es vor allem die Neugier, dachte Gregor, wer sie noch begleiten würde. Ob Ursi einen Freund hatte und ob Selma ihn vielleicht kannte. Gregor schwieg eisern. Es wäre keine gute Idee gewesen, den Namen vorher preiszugeben.

Die beiden Jungs fuhren mit den Rädern zur Theresienwiese und waren zuerst am verabredeten Eingang an der Beethovenstraße. Selma und Ursi hatten auch den weiteren Weg von Haidhausen und Bogenhausen am anderen Ufer der Isar. Auf dem Hinweg zur Theresienwiese ging es für sie bergab, dafür würden sie auf dem Nachhauseweg bergauf strampeln dürfen. Gregor und Fritz schlossen ihre Räder ab und warteten. Kurz nach sechs Uhr kamen Ursi und Selma an. Ursi im geblümten Sommerkleid mit Sandalen. Sie strahlte übers ganze Gesicht, als sie Fritz sah. Selma, etwas eleganter in blauem Rock mit weiß gepunkteter Bluse, Bubikragen, schwarzen Spangenschuhen, das blonde Haar wie üblich zu Zöpfen geflochten, taxierte nach kurzem Kopfnicken in Richtung Gregor den Überraschungsgast.

»Das ist Fritz«, stellte Gregor ihn vor.

»Ich dachte, das ist Fiete, euer Kaffeeröster aus Bremen.«

»Genau der bin ich«, sagte Fritz, »Moin, Moin. In München wurde ich lediglich zur Einbürgerung umgetauft.« Er zwinkerte Ursi zu, die ihr Rad abschloss, zu ihm lief und sich lächelnd bei ihm unterhakte.

»Ach, so weit seid ihr schon?«, wunderte Selma sich.

Auch Gregor überraschte die Vertrautheit der beiden. Selma und er kannten sich schon länger als die beiden, wahrten aber immer mindestens dreißig Zentimeter Abstand. Von ihm ging das nicht aus, aber alle Versuche, Selma näherzukommen, hatte sie bisher abgeblockt. Das verunsicherte ihn, dennoch brachte er nicht den Mut auf, es anzusprechen. Diese Distanz zwischen Selma und ihm fühlte sich so falsch an. Warum war sie nur immer so spröde und abweisend zu ihm? Er konnte doch nichts für diese ganzen Maßnahmen und fand es doch genauso ungerecht wie sie. Aber zuerst musste es ihm gelingen, Selma an den Veränderungen auf der Wiesn vorbeizuschleusen, ohne dass sie etwas davon mitbekam. Das Fehlen jüdischer Schausteller fiel kaum auf, denn alle Lücken waren mit anderen Fahrgeschäften und Buden gefüllt worden. Das Landesschießen stand in diesem Jahr unter dem Motto »Üb Aug und Hand fürs Vaterland«, das war auf den Plakaten überall nachzulesen. An einem Stand war ein Schild »echt deutscher Käse« angebracht, an einem anderen »deutsches Obst«. Das wäre wieder Wasser auf die Mühlen seines Vaters, dachte Gregor, und Selma würde das auch nicht toll finden. Am liebsten hätte er Selma einfach ein Lebkuchenherz mit der Aufschrift »Hab dich lieb« gekauft und dafür einen Kuss verlangt. Aber vielleicht fand sie das albern.

»Wie wär's mit einer Fahrt mit dem Riesenrad?«, fragte er stattdessen. »Dann sehen wir die ganze Wiesn von oben.«

»Dann lieber Geisterbahn«, schlug Ursi vor. »Was meinst du, Fritz?«

»Ich habe viel von den Steilwandfahrern gehört auf dem Oktoberfest. Das würde ich gern sehen.«

»Sag doch nicht immer Oktoberfest«, schimpfte Ursi. »Bei uns ist das die Wiesn.«

»Aye, aye, Käptn, auf der Wiesn«, gab Fritz klein bei. »Und du, Selma? Was würde dir gefallen?«

»Ich weiß nicht«, antwortete Selma, »vielleicht der Flohzirkus?« Sie grinste verschmitzt.

»Das meinst du nicht im Ernst!« Ursi schüttelte den Kopf. »Dann können wir ja gleich zur Enthauptung zum Schichtl gehen, mit seiner angeblich echten Guillotine, oder ins Kuriositätenkabinett mit der dicksten Frau des Universums. Also du hast Ideen!«

»Dann lasst uns doch zusammen ins Teufelsrad steigen«, schlug Gregor vor. »Ich lade euch ein.«

»Au ja, das wird lustig.« Ursi zog Fritz am Arm und stürmte mit ihm los.

Da griff Gregor, ohne lange zu überlegen, nach Selmas Hand, schloss seine um ihre unerwartet zarten Finger und rannte den beiden Freunden hinterher. Die ersten bunten Lichter an den Fahrgeschäften waren angeschaltet, und es blinkte rundherum, während die Sonne hinter ein paar grünlich wirkenden Wolken verschwand und die Familien sich allmählich zu den Ausgängen bewegten. Die Kinder mit Zuckerwatte wie große Schneebälle in der Hand, mit bunten Luftballons oder umgehängten Lebkuchenherzen mit »Wiesn 1933« oder »Fesches Madl« in Zuckerschrift. Gregor war ganz schwindelig, dabei hatte er noch nicht einen Schluck Festbier getrunken. Selmas Zöpfe flogen an seiner Seite, und als er sie ansah, lächelte sie ihm zu.

Sie wurden von einer Menschenmenge aufgehalten, die den

Eingang zur Geisterbahn verstopfte. Eine Tür knarrte schaurig, und ein Schrei kam vom Inneren des Fahrgeschäfts. Dann öffnete sich die Tür und heraus kam ein klapperndes Skelett. Gregor ließ Selmas Hand nicht los. Am liebsten wollte er sie nie wieder loslassen. Und während er sich noch nach einem Weg durch die Menge umsah, drehte Selma sich zu ihm und gab ihm einen Kuss auf den Mund. Er dauerte lang genug, um ihre sagenhaft weichen Lippen auf seinen zu spüren. Seine Gefühle fuhren Karussell. Ob es ihr auch so ging? Er strahlte sie an, er konnte gar nicht anders, und sie biss sich auf die Lippen, als bereute sie den Kuss. Da küsste Gregor sie ganz schnell wieder, und dieses Mal ein wenig länger.

Vor dem Eingang zum Teufelsrad warteten Ursi und Fritz schon auf sie.

»Wo seid ihr denn abgeblieben?«, fragte Ursi. »Wir dachten schon, wir hätten euch verloren.«

Gregor kaufte vier Billetts, und sie betraten das runde Zelt. An den Seiten befanden sich die Zuschauerränge, in der Mitte drehte sich eine Scheibe, flach wie eine Schallplatte, darauf standen, saßen, lagen Menschen.

»Erst mal zuschauen, wie es funktioniert«, sagte Ursi und bugsierte Fritz auf einen freien Platz.

Beim schnelleren Drehen der Scheibe zog die Fliehkraft die Sitzenden nach außen, und sie kippten der Reihe nach vom Teufelsrad. Taten sie das nicht, dann sorgte ein von oben an einem Seil befestigter großer, weicher, aber doch schwerer Ball dafür, dass sie purzelten. Ein »Rekommandeur« kommentierte über Mikrofon, was dort auf der Scheibe alles passierte und warum ein Mann beim Runterrutschen die Beine in die Luft streckte und ein anderer fast seine Hose dabei verlor.

»Was ist das Ziel?«, fragte Fritz, ganz nüchterner Bremer Kaufmann.

»So lange wie möglich draufzubleiben«, antwortete Selma, »und natürlich die Schadenfreude bei den Zuschauern, wenn es schiefgeht.«

»Aha«, sagte Fritz, »dann ist das ja so ähnlich wie bei diesem Toboggan, wo wir vorbeigelaufen sind. Da freut man sich auch, wenn einer das Förderband am Hintern hinauffährt statt auf den Füßen.«

»In München nennt man diese Art der Belustigung ›Derblecken‹«, klärte Ursi ihn auf. »Man macht sich über jemanden lustig, dem ein Missgeschick passiert. Und es kann gut sein, dass das etwas für München Typisches ist.«

»Wir meinen das aber gar nicht böse«, ergänzte Selma.

»Bei uns in Bremen heißt das Schadenfreude«, sagte Fritz.

Seine Zurückhaltung hielt nicht lange an. Bald konnte auch Fritz über die Sprüche des Rekommandeurs und die Opfer des Teufelsrads lachen. Als sie es dann selbst ausprobierten, hielten sich Ursi und Selma am längsten von allen auf dem Rad. Sie sicherten sich den Platz in der Mitte, setzten sich Rücken an Rücken und hakten sich mit den Armen gegenseitig ein. So hielten sie sich erstaunlich lange dort auf ihrer zentralen Position, und als der Ball geworfen wurde, wichen sie geschickt mit dem Kopf aus, ohne ruckartige Bewegungen, die sie aus dem Gleichgewicht gebracht hätten. Der Rekommandeur ließ zwei Helfer mit Seilen antreten, die sie wie Lassos nach den beiden warfen. Ursi und Selma warfen alles zurück, was geflogen kam, bis ein Volltreffer mit dem Ball Ursi unvorbereitet am Kopf erwischte und sie beide nacheinander von der Scheibe wischte. Es gab tosenden Beifall, und die beiden Cowboys verehrten ihnen je eine Papierrose vom Schießstand.

Gregor nahm die schwitzende und abgekämpfte Selma in den Arm. »Gratuliere, du Siegerin«, flüsterte er ihr ins Ohr und holte sich einen dritten Kuss, den er noch etwas länger auskostete als die ersten beiden.

Irgendwann saßen sie mit zwei Maßkrügen Radler, das Fritz Alster nannte, im Löwenbräu-Bierzelt. Eine Blaskapelle spielte, und Fritz staunte über den Lärm und all den Trubel im Bierzelt. Er hatte noch nie gesehen, dass man einen weißen Rettich spiralförmig geschnitten und gesalzen servierte wie eine Ziehharmonika, und dass man ihn zärtlich »Radi« nannte. Und er schätzte, dass die großen Wiesn-Brezen an die dreihundert Gramm wiegen mussten.

Sie stießen gerade mit ihren Steinkrügen an, als Gregor seinen Freund Adi entdeckte, der durch das Bierzelt wanderte. Im selben Moment hatte auch Adi ihn bemerkt und kämpfte sich zu ihrem Tisch durch. Er trug wie üblich das braune HJ-Hemd, ohne das er wahrscheinlich gar nicht mehr aus dem Haus ging. Selma erstarrte, und Ursi schnaubte verächtlich durch die Nase.

»Na, servus, der Herr Randlkofer«, begrüßte er seinen Freund Gregor. »Schon länger nicht gesehen. Ihr seid dem Führer bestimmt dankbar, dass er den Preis für die Maß Bier für dieses Jahr auf neunzig Pfennige festgeschrieben hat.« Sein Blick wanderte reihum zu Selma, Fritz und schließlich zu Ursi. »Ja, da schau her, sitzt der Herr Kaufmann mit einer ehemaligen Kommunistin am selben Tisch.«

»Sozialistin«, korrigierte Ursi ihn.

Adi machte eine wegwerfende Handbewegung. »Geh zur HJ, Mädel, da liegt die Zukunft.«

»Bestimmt nicht«, antwortete Ursi.

»Wir sind auch nicht nachtragend«, behauptete er. »Jeder kann sich irren, und schließlich doch noch auf den rechten Weg kommen.«

»Und der rechte Weg ist da, wo ihr seid, stimmt's?«

»Ganz genau«, sagte Adi, und sein Blick blieb an Selma hängen.

Gregor hielt den Atem an. Glücklicherweise war an ihrem

Tisch nicht einmal mehr Platz für eine halbe Portion, schon gar nicht für den kräftigen Adi.

»Ich such dann mal meine Burschen. Die haben mir bestimmt einen Platz freigehalten«, sagte Adi und wandte sich zum Gehen. Dann beugte er sich noch einmal zu Gregor hinunter. »Gute Wahl, Gregor, dein arisches Mädel«, sagte er. »Die könnte mir auch gefallen.« Dann wandte er sich endgültig ab und zog weiter.

Alle am Tisch grinsten sich an, nur Selma war wie gelähmt. Gregor schob ihr den Maßkrug zu.

»Nimm einen Schluck auf den Schrecken.«

»Und du auch, du Sozialistin.« Fritz reichte Ursi seinen Maßkrug.

»Auf den richtigen Weg will er mich bringen«, sagte Ursi. »So weit kommt's noch!«, und nahm einen großen Schluck.

»Die könnte mir auch gefallen«, ahmte Selma Adi nach. »Aber er mir nicht. Sag ihm das, Gregor, wenn du ihn das nächste Mal siehst.«

»Wann darf ich mich endlich auf dem Förderband der Rutschbahn lächerlich machen?«, fragte Fritz. »Ich denke, zum Einstand muss ich euch Münchnern mal zeigen, was so ein Fischkopp alles zuwege bringt. Ein lächerliches Förderband wird mich sicher nicht zu Fall bringen. Ihr werdet schon sehen.«

~

»Moh-rah, Moh-rah!«, hörte Elsa eines der Kinder von draußen rufen. Gut, dass sie sich gar nicht erst ausgezogen, sondern gleich im Unterkleid hingelegt hatte, um eine halbe Stunde Mittagsschlaf zu halten. Das hatte sie sich nach einem anstrengenden Schulvormittag doch verdient. Ihre Schüler im Kibbuz waren sehr lebhaft und sie keine besonders strenge Lehrerin. Schon wieder rief dieses helle Stimmchen »Moh-rah!«,

»Lehrerin!« Dieser Bengel musste mittlerweile unmittelbar unter ihrem Fenster stehen. Keine halbe Stunde Ruhe gönnten sie ihr. Elsa stand auf und sah hinaus. Da stand der kleine Arie mit seinem einen abstehenden Ohr und der Zahnlücke im Oberkiefer, wo bis vor Kurzem noch zwei ganz passable Schneidezähne gewesen waren.

»Was ist denn passiert, Arie?«, fragte sie.

Triumphierend zog er einen Brief hinter dem Rücken hervor und grinste sie an. »Post für dich, Moh-rah!«, lispelte er.

Elsa sah gleich, dass es kein offizieller Brief an den Kibbuz, sondern ein privater an sie persönlich war, aus Deutschland, wie sie an den Briefmarken erkennen konnte.

»Warte kurz!« Sie machte zwei Schritte zurück ins Zimmer. »Süß oder sauer?«

»Sauer!«, rief Arie.

Sie nahm ein Zitronenbonbon aus der Schublade und reichte es ihm durchs Fenster. Arie wickelte es aus, steckte es in den Mund und lief winkend zurück ins Gemeinschaftshaus.

Absender des Briefes war ihr langjähriger Freund und Maler Sigmund Rainer aus München. Und das war eine echte Überraschung. Elsa hatte ewig nichts von ihm gehört, und dann ein so dicker Brief! Sie öffnete das Kuvert, nahm die eng beschriebenen Blätter mit in ihr Bett und begann zu lesen.

Meine liebe Elsa!

Du wirst dich doch noch an deinen alten Freund in der fernen Heimat erinnern. Du weißt, wie sehr ich dich geliebt habe. Und du warst mir von allen das liebste Modell, Elsa. Die Porträts, die ich von dir gemalt habe, sind die schönsten, die mir je gelungen sind.

Ich muss heute den ganzen Tag schon an dich denken und hoffe, es geht dir gut an deinem biblischen See Genezareth, weit weg von München und von mir. Gestern war ich zu einer denkwürdigen Veranstaltung eingeladen, von der ich dir erzählen will. Es war die Grundsteinlegung für ein neues Kunstmuseum im Herzen der Stadt. Und nun überwältigen mich die Erinnerungen. Du hast das Unglück, das den Münchner Künstlern, der Kunst überhaupt, vor zwei Jahren geschah, nur aus den Zeitungen erfahren. Ich jedoch musste es hautnah miterleben, seitdem verfolgt es mich. Gestern kam die Erinnerung mit voller Wucht zurück, und ich möchte dir gern davon erzählen, Elsa, damit ich die Gespenster wieder loswerde.

Ich erinnere mich wie heute an jene Nacht vor zwei Jahren, in der der Münchner Glaspalast abbrannte. Wir hatten unsere jährliche Kunstausstellung mit ihren über dreitausend Gemälden in monatelanger Arbeit aufgebaut und am 1. Juni eröffnet. Auch von mir hingen, wie von vielen Münchnern, aber eben nicht nur Münchner Künstlern, Gemälde an den hölzernen, weiß getünchten Trennwänden, die die riesigen Räume gliederten. Fünf Tage hatten wir bereits geöffnet, und das Wochenende stand erst noch bevor, aber schon überrannten uns die Besucher. Ich glaube, es waren noch nie zuvor so viele gewesen, die kamen, um unsere Werkschau zu sehen. Ein großer Publikumsmagnet waren die hundertzehn Werke der Sonderausstellung. Werke deutscher Romantiker von Caspar David Friedrich bis Moritz von Schwind. Wunderbare Bilder hingen dort, wichtige und beim Publikum sehr beliebte Bilder. »Ein voller Erfolg«, »größte Werkschau der Münchner Künstler«, »unbedingt sehenswert« schrieben die Zeitungen. Am Abend wurden noch ein paar Ausbesserungsarbeiten vorgenommen und einige Stellwände nachgetüncht. Anstreicher waren im Haus, man konnte die frische Farbe riechen. Ich verließ den Glaspalast spät. Draußen, im Alten Botanischen Garten, duftete es nach Lindenblüten, und über den Blumenrabatten tänzelte ein dunkler Schmetterling, vielleicht schon ein Nacht-

falter vor mir her. Er flog den Kiesweg entlang, als wollte er mir den Weg hinaus in die Stadt weisen. Ich war erschöpft und auch stolz. Ich hatte einige Bilder von meinen Schülern unterbringen können, die zum ersten Mal überhaupt ausstellten, und dann in so einem Rahmen. Wie jeden Abend traf ich sie im Augustiner am Dom, und wir saßen noch lange zusammen und feierten. Zu Hause trank ich noch ein Glas oder zwei, doch schlafen konnte ich nicht. Um drei zog ich mich wieder an, wusch mir das Gesicht, und als ich in die Augustenstraße einbog, bemerkte ich es sofort. Es lag ein leichter Brandgeruch in der Luft. An der Karlstraße wandte ich mich dann Richtung Altstadt und meinte, einen rötlichen Schein am Himmel zu sehen, den ich nicht lokalisieren konnte. Der Bahnhof war zu weit westlich, der Königsplatz zu weit nördlich, aber irgendwo dazwischen musste es sein. Mein Schritt beschleunigte sich, und meine Beine schienen die Richtung zu kennen. Ich hastete durch die Luisenstraße, stolperte schwitzend und erschöpft von meiner Schlaflosigkeit dahin. Und dann sah ich es mit eigenen Augen. Aus unserem wunderschönen riesigen Glaspalast mit seinen über zweihundert Metern Seitenlänge, in dem all unsere wunderbaren Bilder hingen, schlugen Flammen. Ich hörte eine Feuerwehrsirene sich nähern, doch es brannte bereits lichterloh. Das Glas fing an zu bersten und verschmolz zu dicken Klumpen, die wie Geschosse herumflogen. Die schweren Eisenträger glühten. Mir war klar, dass nichts, was sich im Gebäude befand, dieses Inferno überstehen würde. Dreitausend Gemälde! Ich wäre am liebsten zusammen mit ihnen gestorben. Es regnete Asche, und es flogen die Funken. Alles war vernichtet.

Die Ursache für den Brand ist bis heute nicht geklärt. Ich musste damals sofort an die Anstreicher vom Vorabend denken. Putzwolle, ölgetränkt, wie man sie zum Säubern der Bilderrahmen verwendet, sollten sich selbst entzündet und den Brand verursacht haben. Das schien mir plausibel. Es war heiß gewesen, die Handwerker hatten ihr Werkzeug und Material in den Räumen des Glaspalasts untergebracht. Oder war es doch Brandstiftung? Ein abgewiesener Künstler, der sich rächen wollte? Wir werden es vermutlich nie erfahren. Ganz München war wie im Schock. Viele sahen diesen Brand als Menetekel, dass dunkle Zeiten über die Stadt hereinbrechen würden. Die Flammen kündigten an, dass noch größeres Unheil die Stadt heimsuchen würde, sagten die Zeichendeuter und Wahrsager. Der Verlust war ungeheuerlich. Als hätte man der Stadt ein Bein amputiert. Es kamen Beileidstelegramme aus der ganzen Welt nach München, wie zur Beisetzung eines Königs.

Liebste Elsa, sicher fragst du dich längst nach dem Anlass für diesen Brief, warum ich dir das alles ausgerechnet jetzt erzähle. Gleich wirst du es erfahren. Das alles liegt mehr als zwei Jahre zurück, aber du warst damals nicht dabei, Elsa. Du lebtest schon lange in Palästina. Lass mich dir noch kurz berichten, wie es nach dem Inferno weiterging. Dann wirst du auch verstehen.

Nach diesem Schock, der viele von uns, vor allem uns ältere Künstler, fürs Leben gezeichnet hat, haben wir einen Verein gegründet. Wir wollten ein neues Haus für die Kunst erbauen mit den zahlreichen Spenden aus aller Welt, und zwar genau an der Stelle, wo der Glaspalast gestanden hatte. Ein modernes Gebäude aus Stahlbeton, das länger halten sollte als die alte, aber schöne Konstruktion aus Eisen und Glas. Seit zwei Jahren sammeln wir Gelder, machen Pläne, und ganz München unterstützt uns dabei. Es gibt einen Architektenentwurf, der uns allen gefällt und durchaus bezahlbar ist. Und jetzt kommt dieser Herr Hitler und sagt, der Standort passt ihm nicht. Der Alte Botanische Garten ist ihm zu wenig repräsentativ. Was wir Künstler wollen, interessiert ihn nicht. Er will jetzt am Englischen Garten bauen, und auch kein Haus der Kunst, sondern partout ein »Haus der Deutschen Kunst«. Was für ein Unsinn. Die Kunst ist doch nicht deutsch oder französisch. Die Kunst ist die Kunst, oder sie ist keine Kunst. Und jetzt bin ich bei der Gegenwart, Elsa, und auch Alexej, verehrter Freund, wenn Elsa dir den Inhalt des Briefes sinngemäß wiedergeben wird.

In der Zeitung war gestern Folgendes zu lesen: »München-Lehel. Heute, am 15. Oktober 1933, legt Reichskanzler Adolf Hitler, begleitet vom Geläut sämtlicher Münchner Kirchenglocken, den Grundstein für das ›Haus der Deutschen Kunst‹. Es soll von der Prinzregentenstraße aus direkt in den Englischen Garten hineingebaut werden, der deshalb über zehntausend Quadratmeter Fläche abtreten muss.« Aber er wurde genauso wenig gefragt wie wir Künstler. Uns Professoren der Akademie hat man zur Zeremonie eingeladen. Ich ging mit gemischten Gefühlen hin, denn ich teile nicht das Weltbild des neuen Machthabers. Ich bin Künstler und von daher von Natur aus den Mächtigen gegenüber skeptisch. Ich werde mich nicht anbiedern, und ich erwarte mir nichts von den Neuen. Sie haben schon gleich zu Beginn ihrer Herrschaft Bücher verbrannt, und ich ahne, was diese Leute unter »deutscher Kunst« verstehen. Ich für meinen Teil lasse mich nicht mehr verbiegen. Ich gehe, wenn sie mich nicht mehr haben wollen, und hoffe, dass sie mir wenigstens meine Pension noch ausbezahlen werden. Ansonsten habe ich keine großen Erwartungen an dieses Haus der Nationalsozialisten. Es ist nicht der Ort und nicht das Haus, das wir Münchner Künstler gern gebaut hätten. Aber jetzt haben andere das Sagen.

Grüße an dich und deinen Abenteurer Alexej, der dein Herz im Sturm erobert hat und es über so viele Jahre halten konnte, länger als es mir vergönnt war, an deiner Seite zu sein.

Dein Sigmund Rainer

Postskriptum: Jetzt habe ich mich so lange mit meinen Erinnerungen an unseren herrlichen Glaspalast aufgehalten, dass ich die Pointe ganz vergessen habe. Sie lautet wie folgt: Bei der heutigen Grundsteinlegung unter ohrenbetäubendem Glockengeläut ist unserem Reichskanzler und selbst ernannten »Führer« der *silberne Zeremonienhammer in zwei Teile zerbrochen. Der Schreck fuhr vielen Anwesenden in die Glieder. Böses Omen, schlechte Presse. Einige empfanden bestimmt auch Schadenfreude, darunter ich. Aber nicht einer hat sich getraut zu lachen oder auch nur zu grinsen. Er selbst ist kurz erschrocken und hat dann versucht so zu tun, als wäre nichts gewesen. Goebbels hat einen müden Scherz dazu gemacht, dann durfte man endlich lachen oder zumindest schmunzeln. Er hat dann noch flugs der bayerischen Hauptstadt den Ehrentitel »Hauptstadt der Deutschen Kunst« verliehen. Was sie sich dafür kaufen kann, weiß der Kuckuck. Die Akademie der Bildenden Künste machte einen Kratzfuß und verlieh dem Reichskanzler gleich noch die Goldene Ehrenmedaille »für Verdienste um die Kunst«, dabei hat er nicht mehr als die Grundsteinlegung vollbracht und sogar das letztendlich vermasselt. Als Geldgeber für das neue Haus hat Hitlers Partei die Crème de la Crème der deutschen Industrie angezapft. Sie sollen die zehn Millionen Reichsmark aufbringen, die das Haus kosten wird. Als da sind: die I. G. Farben, August von Finck von Merck, Fink & Co, Robert Bosch von den Boschwerken, Friedrich Flick von den Stahlwerken, August Diehn vom Deutschen Kalisyndikat, Fritz Rechberg vom Aufsichtsrat der Commerzbank, die Dynamit Nobel AG, die Kruppwerke, die Adam Opel AG, der Kaffeeröster Ludwig Roselius aus Bremen, die Siemens AG, BASF, die Philipp Reemtsma Cigarettenfabriken und noch ein paar weitere. Nur damit du weißt, wer unseren Herrn Reichskanzler in Sachen Deutsche Kunst unterstützt. Der Architekt heißt übrigens Paul Ludwig*

Troost und hat schon ein Adelspalais in der Brienner Straße zum »Braunen Haus«, der NSDAP-Zentrale, umgebaut. Seid bloß froh, dass ihr so weit weg seid. München jedenfalls hat endgültig aufgehört zu leuchten.

Für immer dein Freund Sigmund Rainer

1934

Paul wusste, dass er sich beeilen musste. Für elf Uhr war der Termin vor dem Schiedsgericht anberaumt, und vorher musste er sich noch in den Fall einlesen. Den Vormittag hatte er sich mit Mühe freigeschaufelt und hastete jetzt von der Schrammer- in die Maffeistraße. Nie konnte er an dem Haus, in dem jetzt die Vereinsbank residierte, vorbeigehen, ohne an der Fassade hinaufzuschauen und das Fenster im zweiten Stock zu suchen, hinter dem sich früher sein erstes Kinderzimmer befunden hatte. Im Erdgeschoss war das erste Lebensmittelgeschäft seiner Eltern gewesen. Paul versuchte, sich seinen Vater in der langen dunklen Schürze vorzustellen. Das Bild verblasste jedoch langsam, und der Vater in seiner Erinnerung ähnelte immer mehr dem auf dem Foto, das im Blauen Salon, der guten Stube in der Dienerstraße, hing. Es war einige Jahre vor seinem Tod aufgenommen worden. Damals trug er einen dunklen Vollbart, sein Haar war schon etwas schütter, und er lächelte ganz fein. Irgendwann würde es gar kein anderes Bild seines Vaters mehr geben. Dagegen waren die Erinnerungen an seine Mutter noch frischer, auch wenn sie ebenfalls ihren Platz an Antons Seite im Blauen Salon eingenommen hatte.

Paul kam am Hotel Bayerischer Hof vorbei, überquerte den Promenadeplatz und dann den Maximiliansplatz und lief auf das schmucke und repräsentative Gebäude der Industrie- und Handelskammer zu. Mehr als eine Million Reichsmark hatte die Kammer für den Gebäudekomplex an der Max-Joseph-Straße bezahlt. Der Architekt Gabriel von Seidl hatte ihn gebaut, nicht für die IHK, sondern als privates Wohn- und Geschäftshaus für den jüdischen Antiquitätenhändler Arnold Drey. Jetzt tagte hier das freiwillige Schiedsgericht der IHK. Seit den Zwanzigerjahren hatte Paul der Tarifkommission des bayerischen Einzelhandels angehört, und bis heute war er Mitglied des Schiedsgerichts. Fragte sich nur, wie lange noch. Bei dem Termin, der für heute anberaumt war, ging es um den Zuckerbäcker Josef Leiminger aus Riem im Münchner Osten. Ihm war als Lieferant für die Wiesn gekündigt worden, weil er, so seine Annahme, kein Parteimitglied war. Daraufhin hatte der Mann sich an das Schiedsgericht gewandt.

Paul kam am Sitzungssaal vorbei und sah auf die Liste der vermerkten Termine, fand aber keinen Eintrag unter dem Namen Leiminger. Für elf Uhr war überhaupt keine Sitzung eingetragen. Hatte man den Termin verlegt und vergessen, ihm Bescheid zu sagen? Er folgte einem Seitengang bis zum Zimmer 06 und klopfte bei seinen Freund Egon Koller, den er schon seit ewigen Zeiten kannte. Von Koller, dem immer schon sehr mageren, schlaksig wirkenden Mann mit dem schütter werdenden mausbraunen Haar, erfuhr er, dass die Klage des Bäckers abgewiesen worden war.

»Der Mann hat keine Möglichkeit mehr für einen Einspruch«, erklärte ihm sein Freund Koller mit gedämpfter Stimme. »Solche politischen Verfahren werden jetzt praktisch nicht mehr verhandelt.«

»Ach so?«, fragte Paul. »Wurde das irgendwo so entschieden?«

»Entschieden und uns als Weisung mitgeteilt.« Egon Koller sah immer wieder unauffällig zur Tür.

»Was ist denn mit dir, Egon?«, fragte Paul. »Du wirkst so gehetzt.«

»Ich weiß nicht, wie lange ich mich hier noch halten kann, Paul. Irgendwann werden sie mich gegen einen Linientreuen austauschen.«

»Außer du besorgst dir das richtige Parteibuch«, bemerkte Paul.

»Das könntest du genauso machen«, antwortete Egon.

»Ich? Ich bin doch ein freier Kaufmann«, sagte Paul.

»Das ist der Bäcker Leiminger auch. Aber wenn er seine Brezen und Semmeln nicht mehr verkaufen darf, dann nützt ihm das nichts.«

»Er darf sie ja noch verkaufen«, wandte Paul ein. »Nur auf der Wiesn nicht.«

»Das ist aber sein Hauptgeschäft, schon in der dritten Generation«, behauptete Koller. »Das heißt, es *war* sein Hauptgeschäft.«

Die IHK war seit letztem Jahr nicht mehr das, was sie einmal gewesen war. Die Selbstverwaltung der Wirtschaft war noch im Jahr von Hitlers Machtübernahme beendet worden. Kammerpräsident Joseph Pschorr, der aus einer berühmten Münchner Bierbrauerfamilie stammte, war aus seinem Amt entfernt worden. Ebenso Hauptgeschäftsführer Edmund Simon. Beide hatte man durch stramme Parteileute ersetzt.

»Dich haben sie bestimmt auch schon auf dem Kieker«, sagte Egon Koller. »Werden dir noch Bankette angeboten?« Er sah Paul an. »Dachte ich mir. Merkst du, wie dir der kalte Wind um die Nase pfeift oder geht's noch?«

»Es geht noch«, antwortete Paul. Der Kerl machte ihn nervös mit seiner ständigen Beobachtung der Tür. Was würde er denn tun, wenn sie wirklich aufging und irgendein Vorgesetzter hereinkäme? »Heil Hitler« rufen und den Arm ausstrecken?

»Hoffentlich kannst du dich noch eine Zeit lang halten.«

»Warum bist du denn so pessimistisch, Egon? Dallmayr ist

in München doch eine Institution. Die richtet man nicht einfach so zugrunde. Das würde schon für Aufsehen sorgen.«

»Umso wichtiger wäre es für die, euch auf ihrer Seite zu wissen. Haben sie dir schon ein Angebot gemacht?«, fragte Koller.

»Ich rede nicht mit denen.«

»Du traust dich was! Bist du sicher, dass du dir das leisten kannst?«

Paul nickte zuversichtlich.

»Was macht dich so sicher? Meinst du, euer Kaffeegeschäft beeindruckt sie so, dass sie euch in Ruhe lassen? Wie läuft es denn mit der Rösterei?«

»Hervorragend. Wir haben jetzt schon vier Hausmischungen, und die Kunden sind ganz verrückt danach.«

»Da hast du ja wieder den richtigen Riecher gehabt. Ich habe erst kürzlich die Zahlen gesehen. Letztes Jahr sind über hunderttausend Tonnen Bohnenkaffee nach Deutschland eingeführt worden. Und das Pfund kostet etwa das Zehnfache vom Ersatzkaffee. Um die zwei Reichsmark fünfzig, oder?«

Paul schmunzelte. »Bei uns geringfügig etwas mehr, wie du dir denken kannst. Dafür schmecken unsere Mischungen auch besser als die im Geschäft an der Ecke.«

»Aber mitgebracht hast du mir keinen, du Geizkragen.«

»Entschuldige, Egon, da habe ich wirklich nicht dran gedacht.«

»Na, macht ja nichts. Ein andermal vielleicht. Aber fühl dich nicht zu sicher, Paul. Und halte Augen und Ohren offen. Eine größere Spezlwirtschaft, als wir sie jetzt in der Politik und Verwaltung haben, hat es vielleicht nie zuvor gegeben, glaub mir.« Koller warf wieder einen schnellen Blick zur Tür und lauschte kurz. »Vetternwirtschaft und dazu noch skrupellos. Die Mischung hat es in sich«, behauptete er. »Explosiv wie Dynamit.«

Paul fragte sich, was mit seinem Freund Egon Koller passiert war. Früher hatte er sich doch auch nicht so schnell einschüchtern lassen. Er stand auf.

»Ich muss mal diesen Leiminger in Riem anrufen. Vielleicht kann er seine Brezen und Semmeln zur Wiesnzeit ja an uns liefern. Unser Umsatz ist zwar nicht so hoch wie auf der Theresienwiese, aber unsere echten Wiesnbrezen werden auch sehr gern gekauft.«

»Denk dran, Paul: Nicht mit dem Feuer spielen! Übertreib's nicht mit deiner Opposition. Diese Leute kennen keinen Spaß.«

»Ich meine es auch gar nicht spaßig«, sagte Paul und verabschiedete sich von Egon Koller. Vorsicht war die eine Sache. Angst eine andere. Und Angst wollte er keine haben.

∾

Bald musste er kommen, der Moment, wenn die Landstraße hinter der letzten Kurve den Blick auf das Meer freigab. Elsa fieberte ihm jedes Mal entgegen, wenn sie sich mit Uri auf den Weg nach Haifa machte. Diese Kurve – war sie nun die letzte? Ja, sie war es. Vor ihnen lag das Mittelmeer, und unter ihnen die weite, natürlich entstandene Bucht von Haifa. Die Kreuzfahrer waren die ersten Europäer gewesen, die sie entdeckt und als Hafen genutzt hatten, denn die Einfahrt war leicht und die See ausreichend tief für ihre Segelschiffe. Danach war er über Jahrhunderte in Vergessenheit geraten, bis die Engländer begannen, den neuen Hafen von Haifa, der bislang nur von einigen kleinen Fischerbooten der Araber genutzt wurde, auszubauen. Nach über zehn Jahren Bauzeit war er vor einem halben Jahr fertiggestellt worden. Er wirkte eigentümlich groß für die Stadt, aber wer wusste schon, wie sie und das ganze Land Palästina sich noch entwickeln würden.

Unter ihnen lag jetzt das arabische Wohnviertel Wadi Salib, in dessen Seitengassen oder verwinkelten Hinterhöfen Uri immer eine dieser winzigen Werkstätten fand, in der jemand an seinem Lkw herumschweißen und -reparieren konnte. Das geschah unter viel Palaver und Fachsimpelei zwischen Männern, die sich alle brennend für Motoren, Achsen, Stoßdämpfer und passende Ersatzteile interessierten. Davor fuhr er Elsa zum Hafen und ließ sie dort an der Mole aussteigen. Nach einer Stippvisite bei den Autobastlern würde er sie hier wieder abholen. Hoffentlich zusammen mit Marie. Aber ob ihr Schiff planmäßig in Haifa einlaufen würde, war nicht sicher. Das einzige zivile Dampfschiff, das Elsa unter den militärischen Kreuzern der Engländer ausmachen konnte, war die »Gerusalemme«. Ein Hafenarbeiter, den sie nach dem Schiff fragte, sagte ihr, es käme aus Triest und habe jüdische Einwanderer an Bord. Wegen der Proteste der Araber verringerten die Briten laufend die Kontingente an Flüchtlingen, denen sie Zugang nach Palästina gewährten.

Immer wenn Elsa hier auf das Meer hinaussah, stellte sie sich vor, dass ihre Heimat zwar ganz weit weg, aber doch über dieses Meer zu erreichen war. Die Hafenstadt Triest, von wo die »Gerusalemme« ausgelaufen war, gehörte vor dem Krieg zur Donaumonarchie. Von dort gelangte man am schnellsten nach München. In Gedanken schickte Elsa einen Gruß hinüber zu ihren beiden Brüdern. Zu Paul ins Geschäft in der Dienerstraße und zu Hermann auf den Goldachhof. Hoffentlich waren sie alle gesund und wirtschaftlich nicht zu sehr von den politischen Veränderungen betroffen. So lange lebte Elsa jetzt schon weit weg von der Heimat. Ihre Mutter war vor neun Jahren gestorben, und Elsa hätte nie erwartet, dass sie Therese einmal so vermissen würde. Ihren Segen, oder zumindest ihren Rat. Wenn heute, in ihrem einundfünfzigsten Lebensjahr, jemand fragte: »Woher nimmst du nur die Kraft für alles, was du für den Kibbuz und die jüdische Sache in Palästina leistest?«, dann antwortete Alexej für sie. »Die hat sie von ihrer Mutter geerbt«, behauptete er. Und dass Therese auch mit fünfundsiebzig noch nicht alt gewesen sei. Damit übertrieb er zwar, aber nicht viel. Therese war eine starke Frau gewesen, die Unfassbares für die Familie und für den Betrieb geleistet hatte. Auch wenn der Krieg ihr viel von ihrer Kraft genommen hatte. Die Sorge um ihren Jüngsten hatte an ihr genagt und sie erst grau, dann weiß werden lassen. Erst da hatte man ihr das hohe Alter auch angesehen. Wie oft hatte sie mit Gregor auf dem Schoß im Geschäft gesessen und in Erinnerungen an bessere Zeiten geschwelgt: den Glanz zur Eröffnung des neuen Hauses, die fröhlichen Gartenfeste und die Jagdgesellschaften auf dem Goldachhof, die Zeiten des Aufbaus und der Fülle, als der Maler Hans Metzger zeitweise mit auf dem Hof lebte und so viele Szenen ihres blühenden Lebens in seinen Skizzen und farbigen Bildern festhielt.

Das Signal eines Schiffhorns riss Elsa aus ihren Erinnerungen und brachte sie zurück in die Gegenwart. Finstere Zeiten waren in ihrem Heimatland angebrochen. Der neue Reichskanzler entwickelte sich in rasendem Tempo zum Diktator und krempelte mit seinen Parteigenossen die ganze Gesellschaft um. Statt demokratischer Rechte, die für alle galten, entstand nun eine »Volksgemeinschaft«, die sich dadurch definierte, dass sie viele Teile des Volkes ausschloss: Juden und Zigeuner aus rassischen Gründen, Sozialdemokraten, Sozialisten und Kommunisten aus politischen. Wie weit würden diese Leute noch gehen? Alexej wäre am liebsten sofort nach Deutschland gereist, um seinen Glaubensbrüdern und -schwestern zu helfen. Aber was konnte man tun, was war jetzt das Beste, und was lag im Rahmen ihrer Möglichkeiten oder der ihrer Organisationen in Palästina? Elsa wusste es nicht. Ihr Leben hatte sich komplett verändert, seit sie in

Palästina lebte. Hier wurde ohne Unterlass improvisiert und organisiert und etwas Neues geschaffen. Das Leben, das sie und Alexej führten, war alles andere als leicht und angenehm. Wer hätte je gedacht, dass sie als Münchner Bürgerstochter und in der Schweiz ausgebildete Juristin einmal hier landen würde, wo alles primitiv anmutete, politische Auseinandersetzungen und Hakeleien an der Tagesordnung waren und noch lange nicht abgemacht war, ob Alexejs Vision und der Traum von vielen Juden auf der ganzen Welt von einem eigenen jüdischen Staat je in Erfüllung gehen würde. Aber sie beide waren dabei und kämpften mit ihren Mitteln dafür, ihn Wirklichkeit werden zu lassen. Mit ihrer Hände Arbeit, mit ihrem Verstand, mit ihrem Geld und ihrer Ausbildung, so gut sie eben konnten.

Normalerweise nutzte Elsa die Tage, wenn sie mit Uri nach Haifa fuhr, für Behördengänge. Alles war so kompliziert und oft nicht eindeutig geregelt. Die Zuständigkeiten blieben unklar, und viele Landkäufe zwischen Juden und Arabern waren per Handschlag besiegelt worden. Es gab keine Unterlagen, und manche Besitzverhältnisse konnten nie ganz geklärt werden. Einige ihrer Siedlungen waren in diesem Sinn auf Sand gebaut, und man konnte nicht sicher sein, ob sie einmal als rechtens angesehen oder die Bewohner wieder aus ihren Häusern vertrieben würden. Ohne Alexej und seinen unerschütterlichen Optimismus an ihrer Seite hätte sie diesen zermürbenden Kleinkrieg mit Behörden und Ämtern längst aufgegeben und wäre zurück in die Schweiz gegangen, mit all den Annehmlichkeiten, die das neutrale und zivilisierte Land bot. Aber Elsa hatte sich nun einmal für ihn entschieden, und deshalb war sein Kampf auch ihrer geworden.

Eine Bande von Schulkindern sauste in einem Wettrennen über den Pier, umrundete den letzten Poller vor der Hafenkante und rannte wieder zurück, ein Mädchen vorneweg. Sie war die Schnellste und führte vielleicht die Bande an. Schmutzig, mit geflickten Kleidern, Kinder von Hafenarbeitern. Ein bisschen ordentlicher und sauberer waren ihre Kinder im Kibbuz schon. Zumindest gab Elsa ihr Bestes, wenn sie zu ihr zum Unterricht kamen. Körper- und Wäschepflege standen bei ihr ebenso auf dem Stundenplan wie Englisch, Geografie und Geschichte. »Deine Kinder« nannte Alexej sie, wenn er mit Elsa über sie sprach. Er wusste von ihrer heimlichen Trauer darüber, kein eigenes Kind zur Welt gebracht zu haben. Ihr Verstand sagte ihr, dass das so in Ordnung und gar nichts Schlimmes sei. Aber ihr Herz kannte diese ungestillte Sehnsucht doch.

War das nun das Schiff aus Ägypten, das sie schon länger am Horizont ausgemacht hatte und das sich nun dem Hafen näherte? Es war ziemlich groß und sah nach einem Passagierschiff aus. Elsa würde noch Zeit haben, bis es anlegte, und so bestellte sie sich eine Limonade in einer der Hafenkneipen. Wenn das Schiff tatsächlich aus Alexandria kam, dann standen die Chancen gut, dass ihre Nichte von Bord gehen würde. Marie hatte geschrieben und diesen Tag anvisiert oder auch den nächsten. Genauer ging es nicht bei den langen Postwegen. Aber das machte nichts. Ein Tag mehr oder weniger, den Elsa in Haifa verbrachte, war nicht entscheidend. Sie würde einkaufen gehen, im Hotel Zeitungen lesen, und wenn sie Glück hatte, war sogar eine deutschsprachige dabei. Die Kinder im Kibbuz warteten auf Süßigkeiten und kleine Spielsachen aus der Stadt, wenn sie zusammen mit Marie wieder nach Hause käme.

Der erwartete Dampfer kam tatsächlich aus Alexandria, aber als Marie von Bord ging, hätte Elsa sie beinahe nicht wiedererkannt. Noch dünner war sie geworden, als sie ohnehin immer war, hohlwangig und blass, mit tief liegenden Augen und dunklen Schatten darunter. Was war passiert? Hatte das

Reisen sie so ausgezehrt? Ein scheues Lächeln huschte über Maries Gesicht, als sie ihre Tante erkannte. Elsa schloss sie fest in die Arme. Marie fühlte sich knöchern an und zerbrechlich. Ihr glasiger Blick schien die Umgebung kaum wahrzunehmen.

»Möchtest du noch etwas essen und trinken, bevor wir fahren?«, fragte Elsa. »Du wirkst kränklich. War die Seereise so anstrengend?«

Marie schüttelte den Kopf. »Ich habe an Bord gegessen«, sagte sie, »etwas Couscous mit Gemüse. Ich hasse das Hammelfleisch, wie es in Ägypten zubereitet wird.«

»Bist du krank?«

»Eher unglücklich«, sagte Marie, »und etwas müde vielleicht.«

»Dann fahren wir am besten gleich nach Hause«, entschied Elsa und hakte Marie unter. »Ich kaufe nur noch ein paar Kleinigkeiten für die Kinder ein. Ich weiß, wo ich die bekomme.«

»Du hast Kinder?«, fragte Marie.

»Ja, ziemlich viele sogar, aber es sind nicht meine eigenen. Du wirst meine Schülerinnen und Schüler bald kennenlernen. Ich bin ihre Lehrerin.«

Marie nickte, aber ihre düstere Miene hellte sich nicht auf. »Ich wollte so gern auf den Berg Karmel, wenn ich hier in Palästina ankomme. Hat hier nicht der Prophet Elia in einer Höhle gelebt?«

»Das wird erzählt, ja. Aber der Berg läuft dir nicht weg«, antwortete Elsa, »und der Prophet wohnt schon sehr lange nicht mehr dort.«

»Der Herr hat sich ihm in einem ›sanften Säuseln‹ offenbart«, sagte Marie. »Diese Zeile fand ich immer besonders bewegend in Mendelssohns *Elias*.«

Elsa erinnerte sich nicht. Sie hatte das Oratorium schon länger nicht mehr gehört.

»Mendelssohn wird nicht mehr gespielt in Deutschland«, erzählte Marie. »Es wird jetzt auch bei den Komponisten zwischen ›arisch‹ und ›nicht arisch‹ unterschieden.«

»Dabei war Mendelssohn getaufter Christ«, sagte Elsa. Doch sie wollte jetzt gar nicht über so bedrückende Dinge reden mit ihrer Nichte. »Wie lange bist du jetzt schon unterwegs, Marie?«

»Bald ein Jahr«, antwortete Marie, und es klang erschöpft. »Gestartet bin ich ja mit meinem Ford. Später habe ich meinen Wagen unterwegs verkauft. Das Reisen im Auto war doch beschwerlicher, als ich dachte. Durch Wüsten und übers Meer ist es sogar richtig unpraktisch.« Marie lächelte zum ersten Mal.

»Es ist so schön, dass du uns besuchen kommst.« Elsa blieb stehen und strahlte Marie an. »Alexej freut sich auch schon sehr auf dich. Er ist immer begierig danach, Nachrichten aus aller Welt zu bekommen, hier in unserer kleinen Oase.«

»Eine Oase kann ich jetzt gut gebrauchen«, seufzte Marie. »Aber bevor ich etwas erzählen kann, muss ich mich erst einmal richtig ausschlafen.«

Elsa fand ihren Fahrer in einer der arabischen Werkstätten in Wadi Salib. Er lag unter dem Pritschenwagen, mit dem sie hergekommen waren. Irgendwas war immer zu reparieren oder auszutauschen. Uri kroch unter dem Wagen hervor, als sie ihn rief, und starrte Marie an wie eine Erscheinung. Sie bräuchten noch etwa eine halbe Stunde, das neue Ersatzteil einzubauen, sagte er. Sie könnten noch einen Tee trinken. Er beeile sich.

Für die etwa siebzig Kilometer zum Südende des Sees Genezareth brauchten sie einige Stunden, so schlecht waren die Straßen.

»Dein Berg Karmel«, sagte Elsa und zeigte auf den lang gestreckten, knapp fünfhundert Meter hohen Bergrücken, der sich aus dem flachen Küstenstreifen erhob.

»Ich habe ihn schon lange vom Schiff aus gesehen«, antwortete Marie.

Später schlief sie ein und wachte auch durch das Rütteln des Pritschenwagens nicht mehr auf, bis sie endlich da waren.

ᘓ

Das Karussell drehte sich vor dem Backsteinturm der Mariahilfkirche unter einem strahlend weiß-blauen Himmel. Sie sahen hinunter auf die Zeltdächer der unzähligen Verkaufsstände, in denen buntes Geschirr aus Keramik und Porzellan angeboten wurde, Haushaltswaren, Putzutensilien, Wässerchen für die Schönheit und den guten Atem und jede Menge Raritäten und Trödel. Aber wer wollte schon nach unten sehen, wenn er durch die Luft flog wie Gregor, der versuchte, Selmas Hand wieder einzufangen, die ihm entglitt, als sie mit der anderen Hand nach hinten griff, um die ausgestreckte Rechte von Fritz zu greifen, der mit Ursi in der Reihe hinter ihnen durch die Luft schwebte. Selma strahlte ihn an, sie war so gelöst und entspannt wie schon lange nicht mehr. Mit der Konzentration auf die Abiturvorbereitung war vieles an ihr vorbeigezogen, was sich sonst so schwer auf ihre Stimmung legte. Auch auf der Auer Dult gab es seit letztem Jahr keine Verkaufsstände von jüdischen Händlern mehr. Entweder hatte Selma es noch nicht mitbekommen oder sie wollte gerade nicht daran denken. Und Gregor würde den Teufel tun, sie darauf aufmerksam zu machen. Er liebte sie sehr, wenn sie so sorglos strahlte und ihm ein Lächeln schenkte wie gerade jetzt, das sein Herz klopfen und seinen Magen flattern ließ.

Plötzlich hörten sie Geschrei von unten herauf dröhnen. »Ihr Rotzlöffel, ihr damischen! Lasst ihr nicht sofort los?«

Fritz hörte wohl, dass da jemand etwas rief, aber er verstand nicht, worüber der Mann sich so aufregte.

»Meinen Sie uns?«, schrie er hinunter. »Ich kann Sie nicht verstehen.«

»Ich geb dir gleich was auf deine Ohrwaschel, vielleicht verstehst du mich dann besser, du Hanswurst, du preußischer.« Der Schausteller drohte Fritz mit der Faust, woraufhin zuerst Selma vor ihm und dann Ursi, die neben ihm saß, seine Hand losließen und er in seinem Kettensitz nach außen trudelte.

»Hat er mich gerade einen Preußen genannt?«, fragte Fritz.

»Alles jenseits des Weißwurstäquators gilt in München als preußisch«, schrie Ursi in den Wind, »tut mir leid. Wir haben es nicht so mit der Geografie und machen keine Unterschiede zwischen Norddeutschen, Hanseaten und Preußen. Entschuldige, aber das weißt du doch schon.«

»Da habt ihr nicht nur mit der Geografie, sondern auch mit der Geschichte ein Problem«, schrie Fritz zurück.

Es war der letzte Samstag vor dem 1. Mai und damit traditionell der erste Tag der Maidult in der Au, einem Stadtviertel rechts der Isar unweit des Deutschen Museums. Und auch wenn die mündlichen Prüfungen noch nicht stattgefunden hatten, so waren die schriftlichen alle durch, und keiner von ihnen zweifelte daran, dass sie alle drei bestanden hatten. Und das war doch ein Grund zum Feiern.

Das Karussell beschleunigte, und die vier flogen durch die Luft, wenn jetzt auch jeder für sich und ohne die Freunde an den Händen zu halten.

»Wollen wir noch einmal?«, fragte Gregor am Ende der Fahrt. »Ich habe noch Geld.« Er bezahlte die nächste Runde und legte etwas Trinkgeld drauf, um den Schausteller zu besänftigen.

»Wenn da was passiert, sperren sie mir den Kettenflieger zu«, grantelte er schon ein wenig freundlicher.

Später suchten sie sich einen schattigen Platz unter den alten Kastanien im Wirtsgarten in der Lilienstraße. Der Kies knirschte unter Gregors Füßen, als er eine freie Ecke an einem Biertisch ansteuerte. Bei der Kellnerin bestellten sie zwei Radlermaß, zwei große Brezen und einen Käseteller.

»Wie geht's denn jetzt eigentlich so weiter mit euch?«, fragte Fritz, als die zwei Maßkrüge angetrunken waren. »Dass Ursi Lehrerin werden will, weiß ich schon fast vom ersten Tag an, als ich sie kennenlernte.« Ursi zog eine Grimasse. »Na gut, dann eben vom zweiten. Und was habt ihr beide so vor?«

»Na, jetzt rate mal«, antwortete Gregor. »Uns kennst du doch auch fast so lang wie Ursi. Im Grunde seit du hier in München aufgetaucht bist. Was wird Selma wohl studieren wollen? Bestimmt nicht Physik oder Medizin.«

»Da bleibt nur der Sport«, vermutete Fritz. »Und das kann man studieren?«

»Natürlich kann man das. An der Hochschule für Leibesübungen in Berlin«, sagte Gregor.

»Und dort hast du dich beworben?«, fragte Fritz.

»Klar, was denkst du denn.« Ursi schnappte sich den Käseteller und tunkte ein Stück von der Breze in den Obatzten, der einen intensiven Geruch nach Zwiebeln, Paprika und Bier ausdünstete.

»Beworben habe ich mich, aber noch keinen Bescheid bekommen.« Selma streute sich Salz auf ein Radieschen und biss hinein. »Aber ob sie mich auch nehmen?«

»Die müssen sich doch die Hände reiben, wenn sie dich als Studentin bekommen«, sagte Ursi mit vollem Mund.

»Und du? Hast du schon was gehört von deinen Pädagogen?«, fragte Selma. Ursi nickte und wurde fast ein bisschen rot. »Was? Und da sagst du gar nichts?«, entrüstete sich Selma.

»Ich wollte euch damit überraschen. Dafür gebe ich auch gern die nächste Runde Radler aus.«

Selma beugte sich über den Tisch und fiel Ursi um den Hals.

»Da gratuliere ich dir aber ganz herzlich! Das ist doch großartig, dass du jetzt auf die Lehrerbildungsanstalt nach Pasing gehen darfst. Das hast du dir doch immer gewünscht.«

»Ich freu mich ja auch so«, sagte Ursi, purpurrot vor Stolz und Freude.

Fritz legte den Arm um sie. »Und was macht ihr jetzt eigentlich diesen ganzen langen Sommer über, den ihr nicht die Schulbank drücken müsst?«, fragte er. »Arbeitet vielleicht jemand von euch, so wie ich zum Beispiel?«

»Selma verlässt mich«, sagte Gregor und nahm einen Schluck aus dem Maßkrug.

»Stimmt gar nicht«, protestierte Selma. »Du verlässt mich. Du hättest ruhig mit zu meiner Cousine nach London fahren können. Ich hätte nichts dagegen gehabt. Und Anne auch nicht.«

»Und da sagst du Nein?«, entrüstete sich Ursi, »wenn du von zwei Mädels eingeladen wirst? Hast du vielleicht was Besseres vor?« Sie verspeiste den letzten Zwiebelring auf dem Brotzeitbrett. »Sag bloß, du bist wieder mit deinen Segelfliegern unterwegs zum Chiemsee.«

»Das wäre ich sehr gern.« Gregor winkte der Kellnerin und bestellte noch eine Runde Getränke und einen Teller mit süßen Apfelkücherl für alle.

»Und?«, fragte Ursi. »Jetzt spuck es schon aus. Was hast du vor?«

»Bevor ich mich um ein Technikstudium bewerbe, musste ich meinen Eltern versprechen, nach Frankreich zu gehen. Auf das Weingut, das einem Freund von meinem Vater gehört. Er ist da öfter und kauft Champagner fürs Geschäft. Lelarge heißt das Gut und liegt mitten in der Champagne.«

»Und du sollst dort einkaufen?«, fragte Fritz.

»Nein, ich soll auf den Feldern und bei der Weinlese mithelfen und in der Kellerei. Mich nützlich machen eben und etwas von der französischen Lebensart kennenlernen.«

»Und warum machst du dazu so ein Gesicht?«, fragte Ursi. »Ich würde mich sicher nicht beschweren, wenn man mich nach London oder in die Champagne schicken würde. Aber ich armer Tropf werde wie üblich hinter dem Tresen im Wirtshaus meiner Eltern stehen, wie in jedem Sommer. Und wenn ich Glück habe, den ein oder anderen Nachmittag im Ungererbad verbringen oder am Flaucher.«

»Das ist die richtige Einstellung!« Fritz legte den Arm um ihre Schultern. »Irgendwer muss schließlich auch etwas arbeiten, während die verwöhnten Herrschaften hier in Europa herumgondeln.«

»Nur leider nicht zusammen«, sagte Gregor und streichelte Selmas Arm.

»Ach, das schafft ihr schon«, meinte Ursi. »Genießt eure Freiheiten, dann wird das Wiedersehen umso schöner.«

~

Gnadenlos brannte die Sonne vom Himmel. Dass die Reben in dieser Hitze nicht verdörrten, sondern ihre Trauben zur vollen Reife brachten, war fast ein Wunder. Gregor holte sich ständig Wasser von dem Blechkanister, der auf einem Pferdefuhrwerk gebracht worden war. Er hatte praktisch immer Durst, die Kleider klebten ihm am Leib und auf seinen Strohhut, der schon mehrere Generationen von Erntehelfern vor der stechenden Sonne geschützt hatte, wollte er nicht mehr verzichten. Die ausgefranste Krempe, von der nur noch einige Halme abstanden, gab ihm ein verwegenes Aussehen. Alle Hügel, soweit er sehen konnte, waren von gleichmäßig angelegten Reihen von Reben bedeckt. Nur an den Feldrainen und an den Grundstücksgrenzen wuchsen ein paar wilde Blumen, Ackerwinde, Wegwarte, Unkraut. Es musste bald Mittag sein. Die Sonne stand über ihm, und sein Magen knurrte, obwohl er zum Frühstück alles in sich hineingestopft hatte, was ihm in die Finger gekommen war. Die Frauen im Haus hatten alle Hände voll zu tun, die ganze Meute dreimal am Tag satt zu bekommen. Freie Kost und Logis, das bedeutete weniger Lohn. Aber Essen und Trinken war doch bei dieser Arbeit und in dieser Jahreszeit wichtiger.

Ein Stück weiter unten arbeiteten die Mädchen. Sie hatten sich immer etwas zu erzählen und zu lachen. Und die eine, die ihre Glieder gerade durchstreckte nach der gebückten Haltung beim Pflücken, und ihren geschmeidigen Leib nach hinten bog, das war Dominique. Sie hatte ihre Strohhaube abgenommen und ließ das dicke schwarze Haar wie ein Vlies über ihren Rücken gleiten.

Beim Mittagessen saßen sie alle zusammen im Innenhof unter den aufgespannten Planen, die als Sonnensegel dienten. Manche Männer tranken tatsächlich Wein in der Hitze, doch Gregor hielt sich an den Krug mit Wasser, der, sobald er leer war, am Brunnen neu befüllt wurde. Es gab Pastete als Vorspeise und gebratenes Gemüse als Hauptgang, ein wenig Käse hinterher und frisch gebackenes, mit Puderzucker bestäubtes Gebäck zum Dessert. Auch Kaffee wurde ausgeschenkt. Die Mädchen saßen getrennt von den Männern, doch es wurden Sätze, Anzüglichkeiten hin und her geworfen, die Gregor nicht alle verstehen konnte. Das war auch nicht wichtig. Man nahm sich gegenseitig wahr, und obwohl alle müde waren von der Arbeit, wollte man doch zeigen, dass man immer noch Mensch war, Mann und Frau, und nicht nur Arbeiterin und Arbeiter.

»Hast du gesehen?«, raunte François ihm ins Ohr.

»Was?«, fragte Gregor zurück.

»Ich glaube, du gefällst ihr.«

»Wem?«

»Na, Dominique, bist du blind?«

Zur Siesta zogen sich einige in ihre Unterkünfte zurück. Die Mädchen stürmten zusammen den Waschraum. Manche Männer legten sich einfach unter die Linde im Hof oder in den Schatten der Hofmauern und dösten.

»Heute Abend in der Sandgrube?« François zwinkerte ihm zu, als er sich während der Nachmittagsschicht den vollen Traubenkorb auf den Rücken lud, um in Richtung des Fuhrwerks abzusteigen. Er meinte die wilde Sandgrube, in der es an den Wochenenden erlaubt war, ein Lagerfeuer zu entzünden. Gregor hatte das schon einmal mitgemacht. Die jungen Leute tanzten ums Feuer, die Burschen sprangen darüber, und Gregor war meistens mittendrin dabei. Nur wenn getanzt wurde, drückte er sich und beschränkte sich aufs Zuschauen. Er wollte sich nicht lächerlich machen. Beim Tanzkurs hatte er einsehen müssen, dass wohl nie ein begnadeter Tänzer aus ihm werden würde. Er war ein hölzerner Tollpatsch auf dem Parkett, und das würde hier am Lagerfeuer nicht anders sein, wo immer irgendwer ein Akkordeon oder eine Gitarre anschleppte. Ohne Musik kein Sandgrubenfest.

An diesem Abend nun erschien auch Dominique irgendwann in der Sandgrube. Sie war hübsch zurechtgemacht, roter schwingender Rock, helle Bluse mit auffälligem Ausschnitt, der abwechselnd zeigte und verhüllte, gerade so viel, dass alle Jungs und Männer hinstarrten. Verführerisch war sie.

Die Feuerstelle. Er hatte François zugehört und versucht, etwas von der Geschichte zu verstehen, die er erzählte, da kam sie und forderte ihn zum Tanzen auf. Gregor zögerte. Er wusste nicht so recht, wie er sich zu den leidenschaftlichen Klängen der Gitarre, die einer der Wanderarbeiter spielte, bewegen sollte. Aber Dominique zeigte es ihm, und dann war es plötzlich doch gar nicht so schwer. Sie drehten sich und drehten sich und kamen immer weiter weg von den anderen und von der knisternden Feuerstelle. Am Rand der Sandgrube gab es ein kleines Wäldchen. Ein paar Eichen standen dort, zum Weg hin schimmerte weißlich der getünchte Sockel eines kleinen Bildstocks mit einem Bild der Jungfrau Maria.

Dominique schien sich auszukennen. Die Gitarre war nur noch von fern als Rhythmus ohne Melodie zu hören, vom Feuer konnte Gregor nur noch einen schwachen Schein am dunklen Himmel erkennen. Am Fuß einer der Eichen mit ihrer dick aufgeworfenen Rinde ließ Dominique sich nieder und zog ihn zu sich hinunter. Der ganze Körper des Mädchens schien zu beben. Ihre Brust hob und senkte sich rasch, und sie biss sich unaufhörlich auf die Lippen. Sie war so schön und so nah, und plötzlich gab es nichts anderes mehr auf der Welt als sie. Nur Dunkelheit und Vergessen ringsherum, und Dominique.

Sie fielen beide wie in einen Rausch. Gregor wusste hinterher nicht mehr, wer was gesagt oder getan hatte. Wie nach einer festgelegten Choreografie bewegten sie sich aufeinander zu. Wenn er die Augen schloss, schmeckte er nur den salzigen Schweiß auf ihrer Haut und hörte ihr leises Keuchen. Kein Gedanke an Vorsicht, an nichts. Sie hatte ihn eingeladen, und er war ihr gefolgt. So einfach war es Gregor erschienen, als hätten sie sich einem geheimen Plan gefügt, wie Figuren in einem Puppentheater, bewegt von fremder Hand. Nein, eigentlich nur angestoßen, hingeschubst, den Rest hatten sie alleine, zu zweit zustande gebracht. Eine weitere Hilfe von außen war nicht mehr nötig gewesen.

Und jetzt?, dachte Gregor, als er am nächsten Morgen aufwachte. War er nun eine Verpflichtung Dominique gegenüber eingegangen? Er hatte geschlafen wie ein Baby, selig. Nein, bereuen wollte er nichts von dem Erlebten, denn dazu war es zu schön gewesen. Aber etwas nagte an ihm, wenn er daran dachte, dass er jetzt seine Tasche packen und sie alle verlassen würde, die Lelarges, François und alle anderen, Dominique.

Als Raymond ihn mit dem Wagen zum Bahnhof nach Reims fuhr, kamen sie an den berühmten Champagner-Kellern von Pommery vorbei. Einmal war er mit Gregor in die Kavernen im Kalkgestein hinabgestiegen, in denen die berühmten Pommery-Flaschen in dreißig Metern Tiefe reiften. Kühl und feucht war es da unten gewesen, fast ein wenig gruselig. Mit dem Rattern einer Grubenbahn mit Kipploren und klingenden Flaschenaufzügen hatte Gregor sich wie in einem Bergwerk gefühlt. Nun hatte er verstanden, dass die Champagner-Erzeugung eine richtige Industrie war. Nicht umsonst exportierten die großen Namen in die ganze Welt. Vor allem die Briten waren große Champagnertrinker. Er hätte auch hier ein Praktikum machen können, in einem richtig großen Betrieb. Dann wäre er Dominique nie begegnet. Sie war ihm bei der Abreise aus dem Weg gegangen. Das war ein wenig schade, aber vielleicht das Beste.

»Was ist los mit dir, Bruder?«, hatte François gefragt, als sie sich verabschiedeten.

»Nichts«, antwortete Gregor.

»Ist es wegen der Spanierin?«

»Spanierin?«

»Wir nennen sie so, weil sie so … Du weißt schon … temperamentvoll ist. Dominique. Du warst doch gestern mit ihr unterwegs. Auf einmal seid ihr beide verschwunden.«

Darauf sagte Gregor gar nichts.

»Was ist? War's nicht schön mit ihr?«

Was wusste François davon? Hatte er sie beobachtet?

»Sie ist ganz schön verschossen in dich«, sagte François.

»Hoffentlich nicht«, sagte Gregor. »Denn gleich bin ich wieder weg.«

»Was macht's? Sie findet bestimmt bald wieder einen anderen. Muss ja nicht immer ein blonder Deutscher sein. Auch unter den Einheimischen hat sie jede Menge Verehrer.«

»Was heißt das?«, fragte Gregor.

»Was das heißt?« François lachte. »Dominique holt sich, was sie braucht.«

»Ich habe meine Freundin betrogen«, sagte Gregor.

»Musst es ihr ja nicht auf die Nase binden. Solche Dinge kommen eben vor auf einem Weingut. Ich kenne es nicht anders. Jedes Jahr gibt es Liebesgeschichten bei uns auf dem Hof oder auf den Feldern ringsherum.« François grinste.

»Aber ich bin nicht so einer«, sagte Gregor.

»Komm schon, was ist denn dabei? Manche Gelegenheiten muss man einfach beim Schopf packen, sonst tut's ein anderer. Wir sind jung, unser Körper hat Bedürfnisse. Warum sollten wir da nicht zugreifen, wenn sich eine Gelegenheit bietet?« François boxte Gregor in die Seite. »Dominique ist doch ein prächtiges Mädchen. Bei ihr kannst du jede Menge lernen, was deiner Freundin zu Hause schließlich zugutekommt.«

François umarmte ihn herzlich, dann stieg Gregor in Raymonds Auto. Sie fuhren zum Tor hinaus und auf einer schmalen, kurvigen Landstraße zwischen den Weinfeldern hindurch in die Stadt zum Bahnhof.

∾

»Was heckt ihr zwei denn aus?« Paul lief über den Hinterhof, wo Lotte und Fritz unter der Markise vor der Kaffeemanufaktur saßen und Limonade tranken.

»Das ist jetzt unser Sommerbüro«, antwortete Lotte. »Bei der Hitze kann man es drinnen ja nicht aushalten. Bei Fritz in der Manufaktur schon überhaupt nicht. Ende Juni und so eine Affenhitze!« Sie trug ein ärmelloses Leinenkleid, das vorne durchgeknöpft war, mit weitem V-Ausschnitt und kleinem Kragen. Ein Fuß steckte noch in den zehenfreien Schuhen mit dem kleinen Absatz, der andere stand nackt auf dem schattigen Pflaster.

»Und woran arbeitet das Sommerbüro gerade?«

»Wir verkaufen Kaffee«, sagte Fritz.

»Mit Worten«, ergänzte Lotte.

»Ah, unsere Kreativabteilung bei der Arbeit. Dann will ich nicht länger stören.«

»Du störst doch nie«, rief Lotte ihm hinterher, aber da war er schon in der Tür zu den Lagerräumen verschwunden.

»Also, Fritz, welche Mischungen kannst du unseren Kunden gerade besonders ans Herz legen?«

»Tja, also eine Empfehlung wäre meine Dallmayr-Mischung Nummer 2, eine feine Campinas-Mischung aus Brasilien, voll und rund im Geschmack, würde ich sagen.«

»Voll und rund im Geschmack«, notierte Lotte mit.

»Und dann natürlich unsere Nummer 6, ein Hochlandkaffee aus Mittelamerika, richtig edel.«

»Ein echter Sonntagskaffee also?«, fragte Lotte.

»Da macht schon die Zubereitung Freude. Allein dieser himmlische Duft beim Mahlen der Bohnen«, schwärmte Fritz.

»Ein besonderer Genuss, der den Preis rechtfertigt, oder? Das ist unser teuerster mit 3,50 Reichsmark für das halbe Kilo. Die Nummer 5b liegt im Preis irgendwo dazwischen.«

»Die 5b ist unsere milde Sorte aus den besten Plantagen. Manche Damen schätzen sie als Wiener Geschmacksrichtung. Da schwingt das Kaffeehaus und ein Stück Sachertorte mit. Eine echte Damenmischung.«

»Dann brauchen wir jetzt noch etwas für die Sparfüchse. Nicht billig, sondern …« Lotte suchte nach dem richtigen Wort.

»Ergiebig vielleicht?«, schlug Fritz vor.

»Das klingt gut. Natürlich hervorragend in Geschmack und Aroma. Etwas für anspruchsvolle Sparer, das Pfund für 2,60 Reichsmark. Das ist doch ein guter Preis, wo er doch so ergiebig ist. Dann bilden wir noch eine unserer Geschenkdosen dazu ab, die als Mitbringsel sehr beliebt sind, und die Anzeige ist fast fertig. Rosa soll das auf der Schreibmaschine noch schön gestalten, und dann ab damit für die Samstagsausgaben.«

Als habe sie gehört, dass von ihr gesprochen wurde, kam Rosa mit einer frischen Karaffe eisgekühlter Limonade auf den Hof. In der freien Hand schwenkte sie einen Brief.

»Von Gregor?«, fragte Lotte. »Hat er uns doch nicht ganz vergessen?«

»Nein, nicht aus Frankreich. Aus der Schweiz, von unserem Ludwig!« Rosa stellte den Krug Limonade ab, nahm eine Klappkarte aus dem aufgeschnittenen Kuvert und reichte sie Lotte.

»Oh, schaut doch: Eine Einladung zur Geschäftseröffnung von Ludwig und seiner Frau in Lausanne. Wie schön! Sie haben es also geschafft, wieder einen eigenen Laden zu gründen!«

»Ludwig – ist das nicht Ihr ehemaliger Lehrling, der Chocolatier?«

»Genau der. Er hat bei meiner Schwiegermutter gelernt, vielleicht war er sogar einer ihrer ersten Lehrlinge. Und der Onkel von deiner Ursi!«

»Ich dachte, er lebt in Südfrankreich.«

»Das war vor dem Krieg. Danach ging das nicht mehr. Die Franzosen haben Deutsche und sogar Deutschstämmige, die französische Staatsbürger waren, ausgewiesen. Ihre Betriebe wurden konfisziert.«

»Der von Ludwig auch?«, fragte Fritz.

»Nein, der glücklicherweise nicht, denn er hatte ja ursprünglich der Familie von Ludwigs Frau gehört«, sagte Rosa, die sich zu ihnen unter die Markise gesetzt hatte. »Während des Kriegs und Ludwigs Internierung in diesem Lager in der Bretagne hat seine Frau das Geschäft auf ihren Namen umschreiben lassen, damit es ihr keiner wegnehmen konnte.«

»Und Ludwig?«, fragte Fritz. »Hat er dann wieder in Deutschland gelebt?«

»Ein Leben in Deutschland kam für seine Frau und seinen Sohn nicht infrage. Kurz nach dem Krieg waren Franzosen hier bei uns auch nicht gerade willkommen. Und sie sprachen ja kein Deutsch. Also ist Ludwig in die Schweiz gegangen und hat dort zuerst in fremden Betrieben als Patissier gearbeitet.«

»In der französischen Schweiz«, ergänzte Lotte. »Er hat sich dort eine neue Existenz aufgebaut. Und soweit es uns möglich war, haben wir ihn unterstützt. Wir waren sowieso auf der Suche nach neuen Handelspartnern und Lieferanten, und die Schweiz war ja unbelastet.«

»Er hat dann eine Schokoladenfirma in Bern gefunden, Camille Bloch, die mit der Produktion in den französischsprachigen Jura, nach Courtelary, umgezogen ist. Ludwig hat den Umzug vorbereitet, die Firma dort aufgebaut und wurde Geschäftsführer. Dann konnte seine Frau das Geschäft in Bayonne verkaufen und ist mit Antoine in die Schweiz gekommen. Und jetzt hat es anscheinend endlich mit einem eigenen Geschäft geklappt!«

Fritz nahm die Einladung und las laut vor: »Pâtisserie Planès-Loibl à Nyon, Lac Léman.«

»Das ist am Genfer See«, sagte Lotte. »Da, wo immer schon die großen Chocolatiers gelebt hatten: Cailler, Kohler, Philippe Suchard.«

»Und wer ist Planès?«, fragte Fritz.

»Das ist der Name seiner Frau«, sagte Rosa. »Mir hat er am Telefon gesagt, am Genfer See hätte seine Frau ein bisschen weniger Sehnsucht nach dem Atlantik.« Sie wandte sich an Lotte. »Sie fahren doch hin zur Eröffnung?«

»Aber natürlich! Das ist doch klar. Und wie ist es mit dir, Fritz, magst du nicht mitkommen? Deine Ursi und ihre Eltern sind bestimmt auch dabei.«

»Ich weiß nicht, wer im Straubinger Hof die Stellung halten wird, aber wenn Ursi zum Genfer See fährt, würde ich natürlich gern mitfahren. Also, wenn ich darf.«

»In der Schweiz wächst zwar kein Kaffee, aber es ist bestimmt interessant für dich, mal über den Tellerrand zu schauen. Und mit Ursi zusammen sowieso.« Lotte zwinkerte Fritz zu. »Ich rede mal mit meinem Mann, ob ein kleiner Urlaub, nein, eine geschäftliche Reise, für unseren erfolgreichen Mitarbeiter drin ist.«

»Ich als Personalbeauftragte befürworte das jedenfalls schon einmal.« Rosa steckte die Karte wieder in den Umschlag und stand auf.

»Ach, Rosa, jetzt hätte ich es beinahe vergessen. Hier wäre unsere Zeitungsanzeige für den Samstag.«

»Wann ist diese Geschäftseröffnung von Ursis Onkel noch gleich?«, fragte Fritz, bevor er zurück an seine Arbeit ging.

»Um Mariä Himmelfahrt herum«, antwortete Rosa. »Mitte August, also Ferienzeit.«

࿐

Noch bevor er den Zaun des Kibbuz passierte, hupte Uri, schaltete einen Gang runter und gab Gas. Sie zogen eine Staubwolke hinter sich her, die an einen Sandsturm erinnerte. »Alexej«, schrie er schon vom Hof aus. »Ich habe den Ring bekommen und schon eingebaut. Hast du gehört, wie ich runtergeschaltet habe? Nichts hat gekracht. Unser Wagen ist wie neu aus der Fabrik.«

Das war natürlich übertrieben. Nur weil er jetzt wieder klaglos seinen Dienst tat, war nicht ausgeschlossen, dass es am nächsten Morgen »Plong« machte und ein Rädchen, ein Splint oder eine Schraube am Boden lag und der Wagen keinen Mucks mehr machte.

Alexej interessierte sich fast mehr für die Ersatzteile und

die Macken des Getriebes von Uris Fahrzeug als für Marie und seine Frau. Die Begrüßung fiel fast flüchtig aus. Aber Elsa wusste, dass der Wagen für den Kibbuz lebenswichtig und daher schon fast heilig war. Von ihm und Uris Künsten hing es ab, ob sie ihr Obst und Gemüse zu den Märkten und den Händlern bringen und Geld verdienen konnten, das sie in Degania so dringend brauchten.

Doch später, nach dem Abendessen, saßen sie zusammen auf ihrer kleinen Terrasse unter den Olivenbäumen. Der Abend war lau, die Zikaden zirpten. Einige saßen noch zusammen im Gemeinschaftsraum. Aus der Küche hörte man das leise Klappern des Küchendienstes. Andere machten sich bereits auf den Weg in ihre Schlafräume oder schlenderten noch ein wenig durch den kleinen Park. Endlich hatte auch Alexej Zeit für sie und griff gern zu bei den Zigaretten aus Maries silbernem Etui, obwohl er sonst eigentlich gar nicht rauchte. Er schnupperte an der ägyptischen Zigarette wie an einem Glas schottischem Whiskey. Ein Genuss, den er nur äußerst selten, eigentlich so gut wie nie, zwischen die Finger bekam.

Marie, die sich ein wenig erholt hatte, gab Alexej Feuer aus ihrem eleganten Benzinfeuerzeug. Sie sog gierig an der filterlosen Zigarette, die dabei zu einem Drittel schon abbrannte.

»Die deutsche Frau raucht ja nicht«, sagte sie und blies den Rauch aus, »aber ich tu es sehr gern. Solche Plakate hingen schon im Mai '33 in manchen Städten in Deutschland. In Ulm habe ich sie zum ersten Mal gesehen.« Sie nahm einen zweiten tiefen Zug. »Wie schnell sie damit waren. Als hätten sie die Plakate schon lange in der Schublade liegen gehabt und nur darauf gewartet, sie endlich aufzuhängen.«

»Gesünder lebt ein Nichtraucher bestimmt«, sagte Alexej, pustete etwas Rauch aus und hustete danach in typischer Nichtrauchermanier. »Es sei denn, er säuft.«

»Männer dürfen rauchen, und trinken dürfen sie auch«,

sagte Marie. »Den Nazis geht es nur um die ›deutsche Frau‹. Die soll möglichst viel Nachwuchs in die Welt setzen und deshalb auf ihre Gesundheit achten.«

»Müsstest du damit nicht auch langsam mal anfangen?«, fragte Alexej.

Elsa hätte ihm am liebsten gegen das Schienbein getreten. »Alexej scherzt«, sagte sie säuerlich. »So ist er manchmal. Er findet das lustig. Vermutlich handelt es sich dabei um so etwas wie einen typisch russischen Humor.«

»Russischen Bauernhumor nennst du das sonst immer«, korrigierte Alexej sie.

»Im Prinzip hat Alexej ja recht«, sagte Marie. »Wenn ich mich dem neuen Geist in Deutschland anpassen will, dann müsste ich das wohl.«

»Aber du willst nicht?«, fragte Alexej sie direkt.

Marie schüttelte den Kopf.

»Weil du gegen diesen neuen Geist im Land bist?«

Marie nickte. »Und weil ich selbst …«, sie zögerte kurz, »anders bin.«

»Und warum bist du gegen sie?«, fragte Alexej. »Weil sie dir das Rauchen verbieten?«

»Alexej, also bitte. Benimm dich!«, fuhr Elsa dazwischen. »Marie ist meine Nichte, und ich will nicht, dass du so mit ihr redest. Immer diese Provokationen.«

Alexej hob entschuldigend die Arme und riss die Augen auf wie ein Mensch, der einer ungeheuerlichen Sache bezichtigt wird, an der er völlig unschuldig ist. Man konnte ihm einfach nicht böse sein. Zumindest Elsa konnte es nicht, und Marie anscheinend auch nicht.

»Lass ihn nur, Tante Elsa«, sagte sie. »Ich bin alt genug, mich selbst zu verteidigen. Denn mir scheint, du greifst mich an, Alexej. Aber weshalb genau? Weil ich weggegangen bin und mich so gewissermaßen aus der Affäre gezogen habe?«

Ein Pärchen kam an der Terrasse vorbei auf dem Weg zu dem kleinen Olivenhain. Mirjam und der schöne Joseph. Sie ließen sich kurz los, um ihnen im Vorübergehen zuzuwinken, rückten aber gleich wieder eng zusammen, kaum dass sie an der Terrasse vorüber waren. Dann verloren sie sich als ein einziger Schatten zwischen den im Mondlicht silbern schimmernden alten Bäumen.

»Seit einem Jahr bin ich jetzt im Orient und in Afrika unterwegs«, sagte Marie. »Ich wollte etwas von der Welt sehen, auf mich selbst gestellt sein, Erfahrungen sammeln. Und ja, vielleicht hatte ich Sehnsucht nach so etwas wie dem ›wahren‹ Leben. Vielleicht dachte ich, ich würde es in irgendeinem Beduinenzelt in der Wüste oder auf einem Boot mitten auf dem Nil finden.«

»Und«, fragte Elsa, bevor Alexej etwas sagen konnte, »hast du es gefunden, das wahre Leben?«

»Noch nicht«, gab Marie zu.

»Dafür musst du gar nicht so weit reisen. Das kannst du hier bei uns finden«, behauptete Alexej selbstbewusst und trank von dem Saft, den sie aus ihren eigenen Trauben gepresst hatten. Er träumte davon, eines Tages einen Weinberg anzulegen und eigenen Wein zu keltern wie in der Bibel. Aber so weit waren sie noch lange nicht. Und keiner hatte eine Ahnung, ob er hier bei ihnen, am See Genezareth, überhaupt gedeihen würde. »Aber nicht, wenn du uns bei der Arbeit zusiehst. Nur wenn du selbst im Morgengrauen aufstehst, aufs Feld gehst, Gemüsebeete jätest, gießt, erntest, pflanzt, wenn du Kartoffeln schälst fürs Mittagessen von dreißig Leuten, Tische deckst, abräumst, spülst, wenn du dich um unsere Kinder kümmerst und so weiter. Feiern darfst du auch ab und zu mit uns und nach getaner Arbeit auf der Terrasse sitzen, bis dir die Augen zufallen. Ich sage dir, das ist das wahre Leben.«

»Nicht für jeden, Alexej«, wandte Elsa ein. Marie erschien ihr körperlich und seelisch viel zu zerbrechlich für die Arbeit in der Landwirtschaft. »Ich arbeite auch nicht auf den Feldern.«

»Du bist ja auch unsere Lehrerin, Anwältin und Verwaltungschefin. Du kümmerst dich darum, dass unser Land verbrieft wird. Was würden wir tun ohne dich?« Er nahm Elsas Hände und küsste sie. Elsa wünschte sich, dass ihr Mann niemals vernünftig würde, selbst im hohen Alter nicht.

»Ich dachte, ich schreibe über meine Reisen und meine Suche«, sagte Marie. »Das habe ich auch getan. Aber es wird immer schwieriger, meine Geschichten in Zeitungen und Zeitschriften zu veröffentlichen. Die Leute interessieren sich nicht mehr dafür. Alle sind so beschäftigt mit ihrem eigenen Leben. Das Interesse für fremde Völker ist schon fast ganz verschwunden. Keiner will so etwas mehr drucken, weil keiner es mehr lesen will.«

»Bald wird es vielleicht nicht mehr darum gehen, fremde Völker zu verstehen, sondern eher, sie zu erobern und auszubeuten«, sagte Alexej. »Dazu ist es sogar besser, wenn man nicht allzu viel über sie weiß.«

Marie nippte an ihrem Traubensaft. Dann stand sie auf, ging ins Gästezimmer und kam mit einer Flasche Whiskey und einem kleinen Trinkbecher aus Metall zurück.

»Den habe ich auf unserem Dampfschiff erstanden. Möchtet ihr?« Sie goss den Becher voll und ließ ihn herumgehen.

»Und was willst du jetzt tun?«, fragte Alexej, nachdem er einen Schluck genommen hatte.

»Ich werde nach Deutschland zurückgehen«, antwortete Marie. »Ein Jahr ist genug. Ich habe viel erlebt, und jetzt bin ich müde vom Reisen. Mein Geld geht zur Neige.«

Plötzlich rückte Alexej seinen Stuhl näher zu Marie und ergriff ihre Hand. »Geh zurück nach Deutschland und hilf unseren Leuten«, bat er sie. »Den Juden geht es schlecht, und es wird ihnen in Zukunft womöglich noch schlechter gehen, wenn sie in Deutschland bleiben. Sie können es sich nur noch nicht vorstellen. Hilf uns, dass die Jungen zu uns nach Palästina kommen können. Wir brauchen die jungen Leute. Und wir tun unser Bestes, um sie bei ihrer Übersiedelung zu unterstützen, Elsa und ich, wir kümmern uns um Papiere, Visa, Einreisegenehmigungen, auch um etwas Geld für den Anfang. Wir werden nicht alle holen können, aber auch wenn es nur ein paar wenige sind, so ist es doch besser, als zuzusehen, wie sie immer mehr gedemütigt und entrechtet werden. Oder nicht? Elsa, erklär deiner Nichte, wie wichtig es für uns wäre, Helfer in Deutschland zu haben, gerade solche, die nicht jüdischen Glaubens sind.«

»Hör auf damit, Alexej. Es ist nicht ungefährlich, das weißt du genau. Ich will nicht daran schuld sein, wenn Marie etwas zustößt.«

»Vielleicht sollte ich Marie begleiten, mit einem falschen Pass, dann könnte ich mich vor Ort um die entsprechenden Kontakte kümmern«, meinte Alexej.

»Nein, das solltest du nicht«, widersprach Elsa. »Denn wenn du mit deinem gefälschten Pass auffliegst, kommst du nie wieder raus aus Deutschland, und dann nützt du überhaupt niemandem. Wir haben schon so oft darüber gesprochen, Alexej, schlag dir das aus dem Kopf.« Elsa war etwas lauter geworden. Musste er schon wieder anfangen mit dieser Schnapsidee, nach Deutschland zu reisen und seinen Glaubensbrüdern zu helfen. Was für ein Irrsinn!

»Jetzt im Ernst«, sagte Marie. »Was kann ich denn tun, wenn ich zurück in Deutschland bin?«

»Nichts«, sagte Elsa kategorisch.

»Moment mal, Neschama. Marie ist zwar deine Nichte, aber sie ist auch eine erwachsene, selbstständige und kluge Frau. Sie kann für sich entscheiden. Ich rede mit ihr und erkläre ihr, was wir tun und wie sie uns und unseren Leuten helfen kann. Vor allem brauchen wir Geld, von den wohlhabenden Juden, soweit es sie noch gibt oder auch von nicht jüdischen Geldgebern, die uns unterstützen wollen. Sie kann sich die Sache doch zumindest durch den Kopf gehen lassen. Wärm mir doch schon mal das Bett vor.«

Elsa schnaubte. »Das könnte dir so passen. Ich bleibe hier und höre zu, um einzuschreiten, wenn du zu weit gehst.«

∾

Auf seiner täglichen Runde kontrollierte Hermann den Wasserstand der Goldach vor seinem Kraftwerk, die Qualität des Wassers in den Fischteichen und in den Brunnen auf dem Hof. Es war schon vorgekommen, dass Grundwasser in ihr Trinkwasser eingedrungen war und es trüb und ungenießbar gemacht hatte. Aber heute war alles in Ordnung. Das Wasser war klar, und es roch frisch, so, wie es sein sollte.

Als er seine Runde beendet hatte und zum Haus zurückkam, hörte er die Männer, die draußen am Hof an den Biertischen saßen und sich ihr Feierabendbier schmecken ließen, schon von Weitem erhitzt diskutieren. Einer von ihnen war besonders laut: sein Knecht Simon. Er redete sich gerade in Rage über den Leiter des Reichsnährstandes, diesen Richard Walther Darré, der für die Landwirtschaft kürzlich eine »Erzeugungsschlacht« ausgerufen hatte.

»Ja, sind wir Bauern und Landarbeiter denn Soldaten im Krieg?«, ereiferte Simon sich. »Müssen wir auf den Höfen jetzt auch schon Schlachten schlagen? Mit Pflug und Dreschflegeln vielleicht?«

Die anderen Knechte und Arbeiter am Biertisch unter der Linde lachten.

»Sollen wir Krieg führen gegen die Scholle und unser

Getreide?«, fragte Simon. »Soll doch der Darré einmal herkommen und uns zeigen, wie das geht!«

Natürlich hatte auch Hermann gelesen, dass dieser ehemalige SA-Führer an die »Verantwortung der Bauern gegenüber der deutschen Bevölkerung« appelliert hatte. Damit sollten die Landwirte dazu gebracht werden, die Erträge auf ihren Höfen bis zum Maximum zu steigern. Sie sollten alle Flächen, und auch noch jede Brache bebauen, die Felder überdüngen, um möglichst hohe Erträge zu erwirtschaften. Das Ziel, das dahinterstand, war, dass Deutschland ausschließlich von eigenen Erzeugnissen leben und auf die Einfuhr von Nahrungsmitteln ganz verzichten wollte.

»Die zehn Gebote der Erzeugungsschlacht hat dieser Hirsch erlassen, wie Moses damals auf dem Berge Sinai«, rief Simon. »Als wären wir lauter Deppen, die nichts verstehen von ihrer Arbeit. Als würden wir nicht schon immer darauf achten, dass wir möglichst hohe Erträge aus unseren Böden erzielen. Anders könnten unsere Landwirte oder Gutsbesitzer doch gar nicht wirtschaften, und wir, die Arbeiter in der Landwirtschaft, hätten doch schon längst unser Auskommen verloren.« Er nahm einen Zug aus seinem Keferloher und nahm sich in seinem Eifer nicht die Zeit, seinen Bart aus Bierschaum abzuwischen. »Aber nein, jetzt ist Schluss mit der traditionellen Landwirtschaft. Jetzt gibt es den Krieg auf den Feldern, weil es diesem damischen Ritter aus Preußen, dem Herrn Gutsbesitzer aus der Lausitz, diesem Richard Walther Darré, so einfällt!«

Für Hermann war dies der Moment, um einzugreifen. Simon war wieder einmal dabei, sich um Kopf und Kragen zu reden. Wie er nur so naiv sein konnte zu glauben, dass die anderen Knechte, die mit ihm am Tisch saßen, wirklich alle seine Einstellung teilten. Spitzel gab es überall, das sollte doch gerade Simon wissen, der sich die Welt schon mehr als einmal vorübergehend durch Gitterstäbe hatte ansehen müssen.

»Na, Männer, schmeckt euch unser Bier?« Hermann klopfte Simon auf die Schulter. »Hat er sich wieder aufregen müssen, dieser Hitzkopf. Dabei meint Simon es ja gar nicht so scharf, wie er es herausbringt.«

Als Simon aufspringen und protestieren wollte, drückte Hermann ihn wieder zurück auf seine Bierbank. »Wenn's doch wahr ist, dass diesen preußischen Junkern wieder nichts G'scheites einfällt, da droben in Berlin. Stimmt's nicht?«

Hermann winkte der Magd und orderte noch einmal Bier für alle, um die Gemüter zu besänftigen. Natürlich passte es ihm genauso wenig, dass eine Flut von Gesetzen und Vorschriften erlassen wurde, um die gesamte landwirtschaftliche Marktordnung von oben her zu regeln. Bald waren sie keine eigenständigen Unternehmer mehr, sondern nur noch Befehlsempfänger. Nicht mehr der Markt regelte dann die Preise, sondern der Reichsnährstand. Für viele Produkte gab es schon Festpreise. Und ob die Abschottung vom Weltmarkt nun wirklich die beste Lösung war, schien zumindest fraglich. Dass sie eine gewaltige Preissteigerung bestimmter landwirtschaftlicher Produkte gegenüber dem Weltmarktpreis brachte, das konnte man hingegen jetzt schon deutlich erkennen.

»Man kann einen Boden auch zu Tode düngen«, maulte Simon. »Hab ich nicht recht, Chef?«

Hermann nickte. »Die Düngemittel müssen ja auch erst einmal zur Verfügung stehen. Und wir müssen sie uns auch leisten können. Aber wir Moosbauern sind sowieso kleine Fische und schwimmen vielleicht unbemerkt von der Politik untendurch. Jetzt schauen wir einfach mal, ob wir unsere Erträge mit gutem Gewissen noch steigern können, ohne unsere Böden auszulaugen. Du weißt ja, dass nie so heiß gegessen wie droben in Berlin gekocht wird. Prost, Simon!«

Besonders ärgerte Hermann das verhängte Verbot der Verschuldung und des Verkaufs bäuerlicher Höfe. Denn das beschränkte die Möglichkeiten für Investitionen und technische Erneuerungen, die die Landwirtschaft wirklich voranbringen würden. Das war wieder so ein Widerspruch in sich, den man schlucken musste, auch wenn man es im Grunde besser wusste und lieber anders gemacht hätte.

Dass in dem Moment Johanna mit ihrem schon gut sichtbaren Babybauch aus dem Haus kam, war eine gute Möglichkeit, die Diskussion zu beenden oder zumindest zu unterbrechen und Simons Gemüt abzukühlen.

»Ja, schöne Frau, wohin bist du denn unterwegs?«, fragte Simon. »Musst du arbeiten?«

»Zur Schneiderin muss sie«, antwortete Sonia für ihre Tochter. »Ich fahre sie in der Kutsche, damit es nicht zu anstrengend für sie wird.«

»Mutti fährt mit, weil sie Angst hat, ich laufe der Schneiderin wieder davon, wenn es mir zu langweilig wird«, erklärte Johanna.

»Für solchen Tand hat meine Tochter keine Nerven, wie sie sagt. Tand! Damit meint sie das Brautkleid! Dabei muss das doch gerade in deinem Zustand jede Woche neu vermessen werden. Was nützt dir das schönste Kleid, wenn du nicht reinpasst.«

Die Männer lauschten der Auseinandersetzung der beiden Frauen. Das waren doch ganz andere Probleme als die, die der Herr Darré für sie parat hielt. Sein Wildfang Johanna, dachte Hermann, machte sich eben nichts aus Kleidern und auch nichts aus dem Gerede der Leute, die sich bereits das Maul darüber zerrissen, wann sie und Franz nun endlich heiraten würden. Nicht auszudenken, wenn sie ihr Kind unehelich zur Welt bringen müsste. Hermann machte sich darüber keine Sorgen. Dafür freute er sich zu sehr auf sein Enkelkind. Es wurde aber auch langsam Zeit. Manchmal hatte er schon gedacht, wenn sie sich nicht beeilte, wäre er womöglich gar nicht mehr da, wenn der erste Enkel käme. Aber jetzt standen seine Chancen nicht schlecht, wenn er sich den Bauch seiner Tochter so ansah.

Wie würde das werden, wenn das Kind da wäre? Würde Johanna einfach weiterarbeiten wie bisher? Ach, das würde sich alles zeigen.

»Ich geh mir ein bisschen die Beine vertreten.« Hermann schälte sich aus der Bank, schickte Simon einen mahnenden Blick, es nicht wieder zu übertreiben mit seinem politischen Eifer, und ging hinaus auf den Flurweg. In Höhe der Kapelle holte ihn Sonia mit der Pferdekutsche ein. Sie winkte ihm im Vorbeifahren zu, und Hermann winkte zurück. »Pass auf unser Enkelkind auf!«, rief er. In ihrer engen Kostümjacke mit dem schmalen Oberkörper und dem langen dunklen Haar sah sie aus wie ein junges Mädchen, na ja, nein, eher wie eine Frau in ihren allerbesten Jahren. Während das Alter bei ihr kaum Spuren hinterließ, fühlte er selbst sich manchmal wie ein alter Mann. Vor allem, wenn es wieder einmal hier zwickte und dort knackte und ihm bewusst wurde, wie viel schneller und zupackender er seine Arbeiten früher erledigt hatte.

Vor der Kapelle bei der kleinen Brücke, an der die Ahornallee begann, musste Hermann an seine Mutter denken. Genau hier hatte sie damals gesessen, zusammen mit dem Herrn von Poschinger, als die Bäume gepflanzt wurden. In der Stube hing immer noch die Zeichnung, die Hans Metzger von den beiden gemacht hatte, während sie ihren Kaffee tranken. Sonia hatte die Skizze rahmen lassen.

Der Maler war schon lange nicht mehr hier draußen auf dem Goldachhof gewesen. Der weite Weg von München zu ihnen hinaus war ihm zu anstrengend geworden. Zu Beginn des Jahres hatte er endlich das Angebot bekommen, Professor an der Kunstakademie zu werden. Doch die Nationalsozialisten, die nun an der Macht waren, hatten seine Ernennungsurkunde nicht unterzeichnet. Die Gründe dafür erfuhr er nicht. Vielleicht war es ein Versehen oder einfach nur Pech. Denn Metzger war nie bei den neuen Machthabern in Ungnade gefallen, wie so viele andere Künstler. Im Gegenteil schätzten sie seine Bilder, die heimatverbundenen Motive, den fast naiven Malstil. Seitdem verbrachte Hans Metzger die Sommer meist in seiner Heimat Egenburg im Landkreis Dachau und zeichnete und skizzierte Landschaften und die bäuerliche Welt. Im Winter vollendete er in seinem Münchner Atelier die Skizzen zu farbigen Gemälden. Selbst im Atelier nahm Hans seinen schwarzen breitkrempigen Hut nicht ab. Als Hermann ihn dort zuletzt besuchte, hatte er sich selbst davon überzeugen können. Hans lebte zurückgezogen und ging nur noch selten aus. Er war ganz konzentriert aufs Wesentliche, dachte Hermann. In seinem Fall war das die Malerei.

Hermann setzte sich auf die Hausbank vor der Kapelle. Wie schön es früher bei ihnen gewesen war, dachte er, und wie er sich trotzdem immerzu aufgeregt und geärgert hatte. Heute kam es ihm so vor, als hätte er gegen Windmühlen gekämpft, dabei hatten sie es doch so gut gehabt vor dem Krieg, als seine Mutter noch lebte. Vielleicht hätte er weniger arbeiten und dafür mehr genießen sollen, mehr Feste feiern, öfter unter den Lerchen und Kiebitzen am Himmel ins Moos hinauswandern.

Und was ist denn eigentlich mein Wesentliches?, fragte Hermann sich plötzlich. Er dachte an die Kutsche, die Sonia mit Johanna und dem Enkelkind Richtung Ismaning gelenkt hatte. Da hast du dein Wesentliches, du Depp, schimpfte er mit sich selbst. Dass die Kinder, vor allem sein Ältester, nicht so wollten, wie Hermann es für sie vorgesehen hatte – darauf konnte er doch pfeifen! Wieso sollte er ausgerechnet so leben wollen, wie sein Vater es gern hätte? Es war doch alles ganz einfach. Hör endlich auf zu hadern und gib Frieden, redete er sich selbst zu. Draußen im Moos keckerte ein Eichelhäher.

Hermann ging zurück zum Hof, um zu schauen, ob Simon immer noch große Reden schwang. Aber dort war alles ruhig, die Pause war beendet, die Versammlung hatte sich aufgelöst. Nachdem er noch beim Geflügel draußen auf den Fischweihern nach dem Rechten gesehen hatte, ging er mit einer Tasse Kaffee in der Hand wieder nach draußen, zur Kapelle, und wartete dort auf seine beiden Frauen, die sich, wenn es nach Johanna ging, nicht sehr lang bei der Schneiderin aufhalten würden. Schau, sprach Hermann nach einiger Zeit zu sich selbst, da kommt es zurück, das Wesentliche. Der Kern des Wesentlichen, sein Dreh- und Angelpunkt.

Er beobachtete seine Frau, wie sie das Pferd auf den Hof zulenkte. Im Vorbeifahren sagte Johanna: »Sitzt du immer noch da!« Hermann lächelte.

»Ist noch genügend Stoff im Kleid, um noch etwas zuzugeben, wenn dein Bauch noch dicker wird?«, fragte er seine Tochter.

»Johanna ist nicht die erste schwangere Braut«, sagte Sonia. »Wenn du noch einen Moment sitzen bleibst, lade ich Johanna vor dem Haus aus, spanne die Stute aus und komme zu dir. Anka hat bestimmt Durst nach der Kutschfahrt.«

Hermann wartete. Sonia kam mit der Stute am Halfter zurück und ließ sie in der Goldach trinken. Als sie sich zu ihrem Mann setzte, nahm er Sonia in den Arm und küsste sie.

»Was ist denn mit dir los?«, fragte Sonia.

»Ich wollte dir nur zeigen, dass ich dich als alter Zausel immer noch genauso lieb habe wie als junger Mann. Und dass du das Wesentliche für mich bist. Du und Johanna und ihr Kind.«

»Das Wesentliche?«, fragte Sonia. »Das klingt aber ein bisschen wunderlich, Hermann.«

»Lass es klingen, wie es mag. So ist es jedenfalls.« Und dann küsste er sie noch einmal.

~

Durch den Dampf der Lokomotive und die Menschenmenge, die auf dem Bahnsteig nach ihren zurückkommenden Reisenden Ausschau hielt, versuchte Marie die vertraute und bodenständige Gestalt ihrer Cousine Johanna auszumachen. Marie war in Bukarest schon müde in den Orientexpress eingestiegen. Sie war mit dem Schiff von Palästina nach Istanbul, dann über das Schwarze Meer nach Constanta und von dort auf dem Landweg nach Bukarest gereist. Wie aufgeregt und fröhlich sie damals, ganz am Anfang, ihre Reise angetreten hatte! Die Heimreise dagegen war vor allem eines: beschwerlich. Marie hatte die Tage, ja Stunden gezählt, bis sie endlich die Grenze von Österreich nach Deutschland passierte und nun wirklich auf dem Weg in die Heimat war. Doch wo blieb denn jetzt Johanna? Marie war neben ihrem Koffer und der Reisetasche einfach stehen geblieben. Sie hatte keine Kraft mehr, ihr Gepäck irgendwohin zu schleppen, und vom langen Sitzen tat ihr der Rücken weh.

Wo war es denn nur, das dicke blonde Haar ihrer Cousine, das ihr ein wenig bäuerlich wirkendes Gesicht mit dem gütigen, freundlichen Lächeln umrahmte? Sie war meist in einfache Röcke und Blusen gekleidet und legte keinen großen Wert auf Raffinesse, Eleganz oder Geschmack. Genau nach dieser Natürlichkeit und Freundlichkeit sehnte Marie sich jetzt, am Ende ihrer langen, ereignisreichen Reise.

»Marie!« Vor ihr war eine Frau stehen geblieben, die Marie noch überhaupt nicht wahrgenommen hatte. »Erkennst du mich denn nicht wieder?«, fragte sie besorgt. Marie blinzelte. Da stand nicht ihre Cousine Johanna vor ihr, sondern eine Frau Anfang fünfzig, das dunkle Haar von Silberfäden durchzogen, im eleganten taubenblauen Kostüm, sich sehr aufrecht haltend, weiblich vom auffälligen Sommerhut bis zu den zierlichen beigen Spangenpumps.

»Mutter?« Marie war völlig überrumpelt. »Was machst du denn hier?«

»Dich abholen«, sagte Balbina und breitete die Arme aus. Marie stand sehr steif, ließ sich kurz umarmen und machte sich gleich darauf wieder los.

»Aber wie kommst du hierher, Mutter? Ist irgendwas mit Johanna?«

»Sie steht kurz vor der Entbindung, und jeder Weg ist mittlerweile beschwerlich für sie geworden, sogar für deine unermüdliche Cousine. Sie muss einsehen, dass sie ihr gewohntes Pensum nicht mehr schafft. Und da ich gerade auf dem Goldachhof zu Besuch war, habe ich die Fahrt nach München übernommen, um dich abzuholen. Hier bin ich also.« Balbina winkte einem Dienstmann, der sich um Maries Gepäck kümmern sollte. »Wie geht es dir? Du siehst so blass und furchtbar dünn aus.«

»Vielleicht fehlt mir nur ein starker Kaffee und ein Glas Cognac dazu.« Marie wollte nicht schon wieder in ein Fahrzeug steigen, ob Zug, Droschke oder Automobil, und nach Ismaning weiterfahren. Sie war so kaputt, als könnte sie sich keine zwanzig Schritte mehr auf den eigenen Beinen halten.

»Am Bahnhofsvorplatz gibt es ein Café«, schlug Balbina vor. »Sollen wir uns dort kurz stärken?«

Der Dienstmann zog Maries Gepäck auf einem Handkarren neben ihnen her. Marie hängte sich bei ihrer Mutter ein, was sie sonst nie tat. Als sei sie krank und könnte nicht allein gehen.

Erst der Kaffee weckte Maries Lebensgeister wieder, und der Cognac wärmte sie von innen. Balbina erzählte vom Goldachhof, von Hermann, dem es wegen seiner Herzschwäche gerade nicht so gut ging. »Wie bei unserem Vater«, sagte sie. »Aber ich plappere hier und plappere. Jetzt erzähl du doch mal von deiner großen Reise. Du warst bei Elsa und ihrem Mann, hat Johanna uns berichtet. Wie geht es den beiden denn?«

Marie erzählte von Palästina, von Elsa und Alexej und von den anderen Ländern des Orients, die sie bereist hatte, und merkte, wie schnell es sie wieder erschöpfte, die lange Reise, wenn auch nur in Auszügen, nachzuerzählen. Sie bestellte noch einmal dasselbe, während ihre Mutter vornehm an ihrer Porzellantasse mit Darjeeling nippte. Womöglich hielt sie ihre Tochter für eine Trinkerin. Marie unterbrach ihre Erzählung, kippte das zweite Glas Cognac hinunter und sagte plötzlich, auch für sie selbst völlig überraschend: »Ich habe mich auf der Reise verliebt, Mutter.«

Diese Mitteilung kam so ohne Zusammenhang, dass Balbina nicht wusste, wie sie reagieren sollte.

»Ach ja?« Sie lachte unsicher. »Und wer ist denn der Glückliche?«

»Eine Frau, Mutter. Sie heißt Ayana und ist Äthiopierin.«

»Ayana?«, fragte Balbina und sah nicht ihre Tochter an, sondern die Marmortischplatte, auf der ihre Tasse stand. »Und wo ist sie jetzt?«

»Sie ist einfach verschwunden, von einem Tag zum anderen, und ich weiß bis heute nicht, was mit ihr geschehen ist.« Marie hatte Tränen in den Augen, als sie endlich aussprach, was passiert war. Das Verschweigen des Geschehenen hatte ihr alle Kraft geraubt. Das merkte sie nun. Alle, die sie nach ihr gefragt hatte, waren ihr ausgewichen, hatten die Achseln gezuckt, taten, als verstünden sie nichts. Sie hatte nichts erfahren. Es war zum Verrücktwerden.

»Du hast dich in eine Frau verliebt?« Balbina schien sich noch einmal zu vergewissern, ob sie ihre Tochter auch richtig verstanden hatte.

Marie nickte. Und jetzt lief ihr auch schon eine Träne über die Wange.

»Kind!« Balbina drückte Maries Hände.

»Ja, Mutti, so ist es. Deshalb bin ich aber nicht krank oder übergeschnappt oder was du dir jetzt alles denken magst.«

»Ich denke gar nichts«, behauptete Balbina. »Es fällt mir nur schwer, es zu verstehen.«

»Das habe ich mir schon gedacht.« Ganz steif saß Marie auf dem vorderen Teil ihres Holzstuhls mit der gebogenen Lehne. Am Nebentisch rauchte ein Mann, und sie hatte große Lust, ihn um eine Zigarette zu bitten.

Doch Balbina überwand ihre Erschütterung und ihr Unverständnis und strich ihrer Tochter sanft über die Wange, während sie mit der anderen Hand immer noch Maries Hände hielt.

Marie ließ die Berührung zu, und es kullerten noch mehr Tränen über ihre Wangen, die Balbina mit einem Spitzentaschentuch trocknete.

»Ach, wie leid mir das tut«, sagte sie. »Da verliebst du dich einmal, und dann endet es so schrecklich, und die geliebte Person verschwindet einfach.«

Marie schniefte und putzte sich die Nase. Ihre Mutter wartete, bis sie fertig war.

»So wie damals bei mir und Hermann«, sagte sie schließlich. »Wir waren beide so ineinander verliebt. Und dann war er plötzlich weg. Von Tante Therese auf eine große Reise geschickt. Ich konnte es damals überhaupt nicht verstehen.«

Marie kannte die Geschichte, aber sie hatte nie von ihrer Mutter gehört, wie unglücklich sie damals gewesen war. Sofort musste Marie daran denken, dass sie selbst auch selten einmal richtig glücklich gewesen war, früher. »Ich konnte es dir als Kind nie recht machen. Ich war davon überzeugt, dass du mich einfach nicht liebst.« Marie schnäuzte sich noch einmal.

»Sag doch so etwas nicht, Marie. Ich habe dich immer geliebt. Du bist doch mein einziges Kind.«

»Warum hast du es mir dann nicht gezeigt?«, fragte Marie.

»Ich war lange Zeit so furchtbar gekränkt«, sagte Balbina. »Dass mein Onkel Anton eigentlich mein Vater war, mir aber nie davon erzählt hat, und auch meine Tante Therese mir nach seinem Tod die Wahrheit verschwiegen, dafür Hermann auf die Kanaren geschickt hat – das war alles so demütigend und entwürdigend für mich. Ich habe mein halbes Leben gebraucht, bis ich mich davon erholt habe.«

»Und dabei hast du mich ganz übersehen«, sagte Marie teilnahmslos.

»Ich hatte so viel Bitterkeit und so wenig Liebe übrig. Ich habe Ernst, deinen Vater, immer geachtet.«

»Nur für mich war nichts übrig an Achtung und Liebe.«

»Es tut mir so leid, Marie. Ich hoffe, es ist noch nicht zu spät für uns beide.«

»Ich weiß es nicht, Mutti«, sagte Marie. »Ich bin einfach nur müde, und mir ist hundeelend.«

»Kommst du mit auf den Hof?«, fragte Balbina.

Marie schüttelte den Kopf. »Ich kann das jetzt nicht.« Sie dachte an ihre hochschwangere Cousine. Und sie wusste, sie konnte sich im Augenblick nicht so mit ihr freuen, wie es angemessen gewesen wäre.

»Sollen wir hier übernachten?«, fragte Balbina plötzlich. »Gleich hier am Bahnhof, Hotel Germania, in der Schwanthalerstraße. Ich bin vorhin dran vorbeigelaufen. Vielleicht bekommen wir zwei Zimmer, und du kannst dich in aller Ruhe ausschlafen. Ich passe so lange auf dich auf. Wenn du mir etwas erzählen willst von deiner Reise, von … Ayana, dann bin ich da und höre dir zu. Und wenn du morgen immer noch nicht nach Ismaning rauswillst, dann bleibst du einfach hier, solange du magst, und ich fahre allein und kümmere mich. Alle verstehen, dass du vollkommen erledigt bist nach der langen Reise. Mach nur, was dir guttut.«

»Was es wohl wird?«, fragte Marie.

»Was meinst du?«

»Johannas Baby.«

»Das wissen wir doch nicht. Aber wenn es ein Mädchen wird, soll sie Lina heißen.«

»Und ein Junge?«, fragte Marie. »Heißt er dann Hermann?«

»Nein, dann wollen sie ihn Franz nennen, nach dem Papa. Das passt doch auch viel besser zu Johanna«, meinte Balbina.

»Wieso?« Marie gähnte. Sie konnte sich kaum mehr aufrecht halten vor Müdigkeit.

»Der heilige Franz von Assisi, der mit den Tieren sprechen konnte, und unsere heilige Johanna, die unermüdlich unterwegs ist, um kranke Tiere zu heilen. Das passt doch perfekt.«

∞

Die erste Septemberwoche war angebrochen. Die Spätsommersonne schien golden auf das dunkle Holz des Chinesischen Turms, wo sie vier Plätze an einem Tisch erkämpft hatten. Bald würde ihre gemeinsame Zeit in der Stadt, alle vier zusammen, zu Ende gehen. Gregor wollte gar nicht daran denken. Am liebsten hätte er noch tagelang hier mit seinen Freunden gesessen und sich die Sonne ins Gesicht scheinen lassen, den Arm um Selma gelegt, ihre Hand in seiner. Sie wurde mit jedem Tag schöner, wenigstens kam es ihm so vor. Arme und Beine braun gebrannt von den vielen Stunden im Freien, beim Sport oder beim Baden. Den schönen Tag wollte er noch genießen, zu viert, und morgen, übermorgen vielleicht, würde er es ihr sagen. Heute war einfach nur ein perfekter Tag, in den er keine Missstimmung bringen wollte.

Er blinzelte in die Sonne. Ursi berichtete von Pasing, von

ihrer Ausbildung zur Lehrerin. Sie hatten schon einen Stundenplan bekommen, und Ursi stöhnte, dass sich das zunächst einmal wie eine Verlängerung der Schulzeit anfühlte. Fritz erzählte von seinen Experimenten mit einer neuen Charge Kaffeebohnen aus Brasilien und Selma von ihren Trainingsfortschritten, während Gregor vor sich hin träumte.

»Und wie ist es eigentlich jetzt bei dir, Gregor?«, fragte Ursi ihn gerade und riss ihn aus seinen Spätsommerträumen. »Hast du dich jetzt an der Technischen Hochschule beworben? Dein Umerziehungsversuch in Frankreich hat ja wohl nicht so funktioniert, wie deine Eltern sich das vorgestellt haben, oder?«

Der Gedanke an Frankreich und das Eichenwäldchen am Rande der Sandgrube in der Nähe des Weinguts von Lelarge machte Gregor gleich verlegen.

»Hast du etwa eine Absage bekommen?«, fragte Selma besorgt.

Gregor schüttelte den Kopf. Und gab sich innerlich geschlagen. Es hatte keinen Zweck, sich jetzt herauszureden und vor der Wahrheit zu drücken. Wenn er jetzt nichts sagte, würde Selma sich hintergangen fühlen. »Ich hatte meinen Studienplatz an der TU schon in der Tasche«, sagte er und drückte Selmas Hand.

»Und was heißt das?«, fragte sie. »Hast du dich jetzt doch entschlossen, Kaufmann zu werden?«

»Nein, das will ich immer noch nicht.«

»Also warum dann ›hatte‹?«, fragte Ursi. »Jetzt rede doch endlich.« Sie stopfte sich aufgeregt ein Stück Breze in den Mund.

»Weil ich letzte Woche meine Einberufung zum Reichsarbeitsdienst bekommen habe.«

»Was? Als Student?«, regte Ursi sich auf.

Selma wurde ganz blass.

»Ich bin ja noch kein Student. Ich wäre vielleicht bald einer geworden. Aber das ist denen egal. Ich habe das große Glück und gehöre zum ersten Jahrgang, der zum RAD verpflichtet wird. Was für eine Ehre!«

»So ein verdammtes Pech!«, rief Ursi. »Jetzt sag du doch auch mal was, Selma. Sitzt da und schweigst. Willst du Gregor vielleicht loswerden?«

»So ein Quatsch«, wehrte Selma sich, »ich … ich weiß gar nicht, was ich dazu sagen soll. Warum hast du denn nichts davon erzählt? Du musst es doch schon früher erfahren haben.«

»Ich hab mich nicht getraut. Ist mir doch klar, dass das nicht einfach für dich ist, gerade jetzt.«

Selma schluckte. Sie hatte Tränen in den Augen. »Wo musst du denn hin, weißt du das schon?«

»Nach Brannenburg«, antwortete Gregor.

»Und wo ist das?«

»Irgendwo hinter Rosenheim, im Inntal.«

»Und was sollst du da machen?«, fragte Ursi.

»In der Landwirtschaft helfen, nehme ich an. Oder beim Straßenbau, Kanalbau, Moortrockenlegung, solche Sachen. Körperliche Arbeiten.«

»Aber das wolltest du doch nie«, sagte Selma.

»Man hat mich nicht gefragt, ob ich will oder nicht.«

»Aber du lehnst dich auch nicht dagegen auf«, behauptete sie.

»Was hätte das auch für einen Sinn?«

»Und was wird jetzt aus unserem Training?« Selma presste die Lippen zusammen und wischte sich eine Träne aus dem Augenwinkel.

»Vielleicht kann ich ja an den Wochenenden nach Hause kommen, mit dem Fahrrad oder mit dem Zug. Und du wolltest doch sowieso zum Jüdischen Turn- und Sportverein in Sendling gehen. Dann mach das mal am besten gleich, damit du keine Trainingspause hast. Du weißt ja: Es sind nur noch zwei Jahre bis zu den Olympischen Spielen.«

»Wann musst du fort?«, flüsterte Selma.

»Am 1. Oktober.«

»Was?« Selma wurde noch bleicher. »Das ist ja schon ganz bald.« Dann stand sie auf.

»Wo willst du denn jetzt hin?«, fragte Ursi.

»Ich muss mal«, antwortete Selma und lief in Richtung der Toilettenhäuschen davon.

»Du hättest es ihr früher sagen müssen«, schimpfte Ursi. »Allein. Nicht hier im Biergarten.«

Gregor sah ein, dass es ein Fehler gewesen war. »Es war aber doch keine böse Absicht. Ich wusste einfach nicht, wie ich es ihr sagen soll.«

Als Selma nicht gleich zurückkam, ging Ursi die Freundin suchen. Aber sie war nicht mehr aufzufinden.

1935

Der 6. April schon! Gregor hätte eigentlich längst zurück sein müssen von seiner Verpflichtung zum Arbeitsdienst. Doch er war zum Ende hin krank geworden und wurde nun in Brannenburg noch medizinisch versorgt, bis er sich auf den Heimweg machen konnte. Selma zählte die Tage. Am liebsten wäre sie sofort hingefahren, um ihn abzuholen. Aber das ging natürlich nicht. Besuche von Angehörigen waren nicht erlaubt, und wer war sie schon? Jedenfalls keine Angehörige. Sie trat stärker in die Pedale. Kalt war es an diesem Samstagmorgen, der Himmel bleigrau, es konnte jederzeit anfangen zu regnen.

Eigentlich hatte sie sich das alles anders vorgestellt. Sie hätte längst in Berlin sein wollen. Aber dann hatte sie den ersehnten Studienplatz an der Deutschen Hochschule für Leibesübungen, um den sie sich beworben hatte, doch nicht bekommen. Durch ihren Vater wusste sie, dass der Direktor dieser ersten Sporthochschule der Welt im Vorjahr als politisch unzuverlässig eingestuft und von den Nationalsozialisten entlassen worden war. Man vermutete, dass es damit zu tun hatte, dass er mit einer Jüdin verheiratet war. Überall Politik, sogar im Sport oder gerade auch im Sport. Die offizielle Begründung für Selmas Ablehnung an der Hochschule war, dass es sehr viele Bewerber und Bewerberinnen gegeben hatte und man gezwungen war, eine Auswahl zu treffen. Nach welchen Kriterien sie erfolgt war, darüber erfuhr sie nichts. In den

Kategorien der politischen Führung war Selma als »jüdischer Mischling« wahrscheinlich auch als unzuverlässig eingestuft, doch inwieweit das ein Entscheidungsgrund für ihre Ablehnung gewesen war, das hatte man ihnen nicht mitgeteilt. Nun hatte sie angefangen, in der Kanzlei ihres Vaters Botendienste und kleinere Aufgaben im Sekretariat zu übernehmen, um überhaupt etwas zu tun zu haben. »Warum machst du nicht eine Lehre als Anwaltsgehilfin bei mir?«, hatte ihr Vater angeboten. »Und wenn die Zeiten wieder besser werden, kannst du vielleicht Jura studieren.« Doch Selma kannte nur eine Sache, die ihr wichtig war, und das war das Laufen, der Sport. Und sie hatte immer noch und trotz allem nur ein Ziel: die Olympischen Spiele 1936 in Berlin.

Selma war jetzt auf Höhe des Friedensengels angekommen und sauste auf der Prinzregentenstraße den Berg hinunter auf die Luitpoldbrücke zu. Hier musste man immer aufpassen, mit den Reifen nicht in die Trambahnschienen zu geraten. Am Beginn der Brücke erkannte sie eine Gruppe von Leuten, die an der Steinbrüstung standen und wild gestikulierten. Jemand zeigte hinunter auf den Fluss. Was mochte es denn da zu sehen geben? Selma fuhr langsamer, bremste schließlich ab und stieg vom Rad. Sie beugte sich über die Brüstung. Zunächst sah es aus, als treibe da ein Bündel Kleider in der Isar flussabwärts. Dann erst wurde Selma klar, dass da ein Mensch in den durchnässten Kleidern steckte. Eine Frau, deren Röcke sich um sie herumbauschten und sie wahrscheinlich nach unten ziehen würden, wenn keiner einschritt. Warum um Himmels willen unternahm denn keiner was? Selma lehnte ihr Fahrrad gegen die Brüstung und sprintete die Treppen hinunter zur Isar. Im Laufen schlüpfte sie aus ihrer Windjacke. Die Sportbekleidung, die sie schon fürs Training trug, behielt sie an.

Das Wasser war eisig kalt. Wegen der Schneeschmelze in den Bergen dümpelte die Isar nicht wie im Sommer zahm dahin, sondern führte viel Wasser, und weiter draußen gab es eine sichtbare Strömung. Selma hörte die Leute auf der Brücke durcheinanderschreien, doch niemand folgte ihr in den kalten Fluss. Konnten sie alle nicht schwimmen? Ein paar Meter trennten sie noch von dieser Frau, die jetzt auch Selma entdeckt hatte und sie aus weit aufgerissenen Augen anstarrte. Sie bewegte sich nicht. Nur wenn ihr Kopf dabei war, unter Wasser zu gehen, holte sie vorher noch Luft und schloss den Mund. Dann kam sie wieder hoch, vielleicht weil ihre Kleider noch so viel Auftrieb hatten und wie ein Propeller um sie herumsegelten. Sie machte keinen Versuch, um ihr Leben zu kämpfen und aus eigener Kraft ans rettende Ufer zu gelangen.

Nun war Selma auf ihrer Höhe, griff nach dem Stück ihres Mantels, das am leichtesten für sie zu fassen war, und zog daran. Sie bekam einen Krampf in der Wade, aber sie zog und zog.

»Hierher, du schaffst es!«, rief ihr ein Mann vom Ufer aus zu.

Selma sah ihn verschwommen im knietiefen Wasser stehen. Aber diese Frau mit ihren Kleidern war zu schwer, das Ufer zu weit entfernt. Da griff plötzlich jemand nach ihrer Hand und rief: »Gleich kannst du stehen, nur noch ein, zwei Meter.«

Er musste nun doch ins Wasser hineingegangen sein und zog sie zu sich. Aber es ging so langsam. Selma durfte den Mantel nicht loslassen, in dem diese Frau steckte. Wenn sie losließ, war alles umsonst.

Sie musste die Besinnung verloren haben, denn als sie wieder zu sich kam, lag sie in eine grobe Decke gehüllt am Ufer, über ihr stand der junge Mann, der sie herausgezogen hatte. Auch er hatte eine Decke umgehängt, und neben ihr, auf einer Bahre, die Frau mit den vielen Kleidern.

»Ist sie tot?«, flüsterte Selma.

»Nein«, sagte der junge Mann. »Sie lebt.«

»Was geschieht mit ihr?«

»Sie wird ins Krankenhaus kommen. Psychiatrie«, sagte er, »dorthin bringt man die Selbstmörder.«

Selbstmörder? Selma hatte sich noch keine Gedanken gemacht, wie die Frau im Wasser gelandet war. Sie hatte sich nur gewundert, dass sie nichts dazu getan hatte, wieder herauszukommen.

»Das ist doch die …«, flüsterte einer der Sanitäter, die gerade dabei waren, die Frau auf eine Tragbahre umzubetten.

»Wer denn?«, fragte Selma.

»Die Schauspielerin.« Und noch leiser: »Liesl Karlstadt, die Partnerin von diesem langen dürren Schlacks, dem Komiker.«

»Von Karl Valentin?«, fragte der Helfer.

Liesl Karlstadt? Und die hatte sich umbringen wollen? Selma dämmerte wieder weg, es war so schrecklich kalt. Als sie wieder zu sich kam, wurde die Bahre mit der Geretteten gerade das Isarufer hinaufgetragen. Dann stand wieder ein Mann über ihr, diesmal allerdings nicht der junge Mann, der ihr geholfen hatte, sondern ein Reporter mit einer Kleinbildkamera und einem Notizblock in der Hand. Er machte ein Foto von dem jungen Mann neben ihr und beugte sich dann über Selma und brachte seine Kamera in Position.

»Nein, bitte nicht!«, rief Selma und zog sich die Decke über den Kopf.

»Warum denn nicht, Fräulein? Sie sind doch die Retterin der Karlstadt, wie mir der junge Mann erklärt hat. Mit dem Bild kommen Sie in die Zeitung.«

»Ich will aber nicht in die Zeitung. Bitte, lassen Sie mich in Ruhe.«

»Nanu? Sie sind doch eine Heldin, Fräulein. Und so schlecht sehen Sie nicht aus, selbst wenn Sie froschnass sind. Wie ist denn Ihr Name?«

»Selma«, sagte sie unbedacht.

»Helma?«, fragte der Kerl nach.

»Ja, Helma.«

»Und wie noch?«

»Helma Bauer.«

»Und wo wohnen Sie? Falls sich die Dame irgendwann bei Ihnen für Ihre Rettung bedanken möchte.«

»Johann-Clanze-Straße 1 in Sendling«, log Selma. Das war die Straße, in der sich der Jüdische Sportverein befand. Sie wollte ihr Bild nicht in der Zeitung sehen, wollte nicht ihren Namen lesen, nichts von »jüdischem Mischling« oder einer sonstigen Gemeinheit. Sie wollte nicht auffallen, sich nicht in den Vordergrund drängen, nicht so.

»Vielen Dank, Fräulein Bauer!«

Man fuhr sie nach Hause, in die Johann-Clanze-Straße, und im Turnverein wunderte man sich, wieso sie mit nassen Kleidern ankam, wo es doch gar nicht geregnet hatte an dem Tag. Selma nahm eine heiße Dusche, aß eine halbe Tafel Schokolade, nahm dann ihre Sportsachen aus dem Spind und ging zum Training. Jüdischer Mischling!, dachte sie grimmig. Euch werd ich es zeigen!

∾

Überall diese Hakenkreuzfahnen an den öffentlichen Gebäuden. Immer dieses eintönige Rot-Weiß-Schwarz. Meist achteten die Leute gar nicht mehr darauf. Und dazu die Aufmärsche auf dem Königsplatz, vor der Feldherrnhalle, am Odeonsplatz. Aber der Mensch gewöhnte sich an alles. Nein, dachte Paul, es ist nicht die Gewöhnung, sondern es bleibt mir ja gar nichts anderes übrig, als mich damit abzufinden. Ich werde ja nicht gefragt, ob ich es gern rot-weiß-schwarz hätte oder lieber weiß-blau oder gelb und grün. Ob es in anderen Städten im Reich vielleicht besser war als in München?

Die Stadt war jetzt offiziell und von Hitler persönlich abgesegnet zur »Hauptstadt der Bewegung« erklärt worden. Was für ihren NSDAP-Bürgermeister eine Ehre, für Paul dagegen nicht nur ein zweifelhafter Ruhm war, sondern auch eine ungefragte Vereinnahmung. München war bis 1918 Residenzstadt und Hauptstadt des Königreichs Bayern gewesen. Die Stadt war von den Wittelsbachern geprägt worden. Es hatte immer eine breite katholische, monarchistische und auch eine Bewegung für die Eigenständigkeit des Freistaats Bayern gegeben und damit gegen einen zu großen Einfluss Berlins und der Zentralregierung. Wo waren diese Strömungen alle hin? Was war mit all diesen Leuten passiert? Er dachte nicht an politische Revolutionäre, sondern an ganz normale Menschen. Solche wie Korbinian Fey, der jahrzehntelang bei Dallmayr gearbeitet hatte, erst an der Seite seiner Eltern, dann als wichtigste Stütze seiner Mutter. Er war überzeugter Monarchist und bayerischer Patriot gewesen. Was hätte Korbinian über die neuen Machthaber gesagt? Hätte er sie abgelehnt? Oder hätte er sich von ihnen vereinnahmen lassen? Wäre er mit ausgestrecktem Arm am Ehrenmal für die »Blutzeugen der Bewegung« an der Feldherrnhalle vorbeigegangen, an dem Tag und Nacht SS-Männer darüber wachten, dass jeder Passant den toten Helden auch den Hitlergruß entbot? Oder hätte er, wie so viele Münchner, lieber die kleine Gasse an der Rückseite der Feldherrnhalle gewählt, um die Straßenseite zu wechseln und so den Gruß zu vermeiden? Dass die Viscardigasse von den Münchnern liebevoll die »Drückebergergasse« getauft worden war, das hätte einem wie Korbinian sicher gefallen. War die Drückebergerei der Münchner nur der Bequemlichkeit geschuldet oder war sie nicht eher ein stiller Protest? Paul hatte eine Vermutung, aber es spielte für ihn jetzt keine Rolle. Er hatte nämlich ein mittelgroßes Problem an der Backe, und dabei brauchte er unbedingt Hilfe. Weshalb er sich wieder einmal in die Max-Joseph-Straße aufmachte, in das Palais, in dem die Industrie- und Handelskammer residierte. Dort sollte man als Münchner Unternehmer und langjähriges IHK-Mitglied doch auch Unterstützung bekommen, wenn der Staat einen grundlos schikanierte. Auf seinem Weg musste er sich weder an der Feldherrnhalle vorbei noch durch die Viscardigasse schleichen. Dazu musste er nur die Grünanlagen am Maximiliansplatz durchqueren, mit den Denkmälern der Zivilisten und Chemiker Max von Pettenkofer und Justus von Liebig. Und die musste man zum Glück nicht mit ausgestrecktem Arm grüßen.

Paul klopfte an der Bürotür seines Freundes Egon Koller und öffnete, als er keine Antwort bekam. Er streckte seinen Kopf ins Zimmer, wo Koller schon aufgesprungen war, den Arm in die Luft gereckt und ein schneidiges »Heil Hitler!« verlauten ließ. Sogar die Hacken hatte er aneinandergeschlagen, wie auf dem Kasernenhof. Sobald er sah, welchen Besucher er da vor sich hatte, ließ er den Arm sinken und griff sich schwitzend und ein wenig beschämt in den Hemdkragen.

»Ja, du mich auch, Egon«, sagte Paul zur Begrüßung. »Ist das jetzt Vorschrift bei euch, oder kann ich einfach ›Servus‹ sagen, so wie immer?«

»Freilich, Paul«, antwortete sein Freund, »ich hab angenommen, das ist mein Chef. Er beobachtet mich seit geraumer Zeit und hat mich heute schon einmal überrascht. Da bin ich ihm nicht schnell genug aufgesprungen.« Er grinste gequält. »Ich hab vier Kinder daheim, du weißt es. Ich kann es mir einfach nicht leisten, meinen Posten zu verlieren. In meinem Alter bekomme ich doch nirgendwo mehr eine Anstellung. Das verstehst du doch?«

»Schon klar, Egon«, antwortete Paul, »du musst dich vor mir nicht rechtfertigen.« Er war froh, nicht auf dem Platz seines Freundes zu sitzen, bei so einem Chef.

»Was gibt es denn? Weshalb bist du gekommen?«, fragte Koller. »Du schneist doch nicht einfach so herein, weil du nach deinem alten Spezi Egon Koller schauen willst. Ob er immer noch der typische Beamte und ›Aktenvernichter‹ ist, wie mich die Kollegen früher immer genannt haben.«

»Ich brauche deine Hilfe, Egon.« Paul war nicht sicher, ob er mit Koller auf das richtige Pferd setzte, so ängstlich wie sein alter Freund darauf bedacht war, ja nicht anzuecken. Einen Versuch musste er jedoch wagen. Paul zog den Brief aus der Sakkotasche, der ihm die letzten zwei Nächte den Schlaf geraubt hatte. »Schau dir das an. Die Hauptvereinigung der Deutschen Gartenbauwirtschaft in Berlin verlangt von uns, dass wir für alle Gartenbauerzeugnisse, die bei uns über den Ladentisch wandern, nachweisen, ob sie aus dem In- oder Ausland stammen. Und zwar in Pfund, Kilo und Zentner wollen sie es wissen und für jeden Monat des Jahres. Und das Ganze außerdem noch rückwirkend bis 1931.« Paul strich sich die Haare aus der Stirn. »Egon, kannst du dir das vorstellen? Für ganze fünf Jahre! Wie soll denn das bitte gehen? Die wollen mich doch nur schikanieren! Um nichts anderes geht es dabei. Oder wie siehst du das?« Er starrte Egon Koller an. »Als hätte ich nichts Besseres zu tun!«

»Jetzt setz dich mal hin, Paul. Und schrei nicht so rum. Wir wollen doch kein Aufsehen erregen. Mein Chef, na, du weißt schon.«

Paul setzte sich, und Egon Koller füllte am Waschbecken eine Karaffe mit Leitungswasser und stellte zwei Gläser auf den Tisch.

»Trink was, und beruhige dich.«

»Früher hat's bei dir aber auch was Besseres als Leitungswasser gegeben«, sagte Paul. »Ich erinnere mich an einen Cognac, oder was war das, was du immer im Schreibtisch gebunkert hattest?«

»Calvados«, half Koller ihm auf die Sprünge. »Ausländisches Produkt. Jetzt streng verboten. Also zumindest für die unteren Ränge. Da oben«, Koller deutete mit dem Finger in die oberen Etagen, »wird alles gesoffen, und die Herkunft aus dem Ausland ist dabei kein Hinderungsgrund. Im Gegenteil! Aber unser Leitungswasser ist hervorragend, Paul. Kann ich dir wirklich empfehlen.«

Paul nahm einen Schluck.

»Und?«, fragte Koller.

»Schmeckt nach Wasser. Was sagst du jetzt zu dieser Sache mit den Gartenbauerzeugnissen? Obst, Gemüse, alles! Fünf Jahre! Ist das nicht ein Irrsinn? Wozu das Ganze?«

»Das weißt du doch selbst, Paul. Du bist bis jetzt kein Parteimitglied, und das merkst du wahrscheinlich schon am Umsatz. Jetzt kommt halt noch ein bisschen Bürokratie und Dokumentationsaufwand dazu.«

»Aber wozu wollen die das alles wissen? Und was machen sie dann damit, wenn sie's wissen? Dass Orangen und Bananen bei uns in Deutschland nicht wachsen, das werden sogar diese Armleuchter in Berlin wissen.«

»Keine Beleidigungen in meinem Büro, bitte«, mahnte Koller. »Dahinter steckt der Reichsnährstand. Eine Monsterbehörde der Partei, die sich als zentrale Anstalt um die Produktion, den Vertrieb und die Preise für alle landwirtschaftlichen Erzeugnisse kümmert. Die hauen gerade eine ganze Flut von Gesetzen und Vorschriften raus. Letztlich wollen sie den Markt und die Preise kontrollieren und die Einfuhren regeln. Sie haben vor, die gesamte inländische Produktion zu erfassen und wie sie im Reichsgebiet verteilt wird.« Koller nahm noch einen Schluck Leitungswasser. »Natürlich mit dem Ziel, das irgendwann alles von dort zu steuern. Sie wollen selbst die Preise festlegen.«

»Aber wissen sie dafür überhaupt genug? Kennen die sich

wirklich so gut aus?«, unterbrach Paul seinen alten Bekannten Koller. »Dazu ist doch die freie Wirtschaft da, wir Unternehmer mit unserer langjährigen Erfahrung und unserem Wissen um die Gesetze des Marktes. Wozu machen wir denn eine kaufmännische Ausbildung? Das läuft doch auf ein Festpreissystem raus, was du da schilderst, und auf ein Ende der Privatwirtschaft. Alles staatlich geregelt. Ist es das, was sie wollen?«

»Sie wollen die Preise und damit den Markt kontrollieren«, sagte Koller. »Und natürlich die Produktivität in der Landwirtschaft steigern, mit allen Mitteln, um so das Deutsche Reich langfristig vom Weltmarkt abzuschotten und mit der landwirtschaftlichen Produktion von Lebensmitteln autark zu werden.«

»Haha, autark!«, höhnte Paul. »Und wo bauen wir dann Zitrusfrüchte an, am Tegernsee vielleicht? Und Bananen auf der Insel Mainau? Tabak und Kaffee in der Lüneburger Heide?«

»Die deutsche Landwirtschaft ist zur Selbstversorgung des deutschen Marktes aufgerufen. Und die Importe sollen stark reduziert werden.«

»Aber wieso denn?«, rief Paul. »Was ist denn schlecht an Importen und am Welthandel? Ich versteh's einfach nicht.«

»Den Welthandel und die Preise auf dem Weltmarkt werden sie nie kontrollieren können, Paul. So weit reicht ihr Arm nicht. Das wird ihnen so nicht gelingen. Also soll nichts oder möglichst wenig Fremdes reinkommen, was sich außerhalb ihrer Kontrolle befindet.«

»Aber die Leute werden nicht freiwillig auf Tee und Kaffee, Tabak und Zitrusfrüchte verzichten. Da wird es Aufstände geben. Das garantiere ich dir.«

»Warten wir es ab. Irgendwas werden sie sich dann schon einfallen lassen.«

Paul nahm noch einen Schluck Leitungswasser und dachte nach. »Dann muss ein Geschäft wie Dallmayr für die Leute vom Reichsnährstand ja ein rotes Tuch sein. Mit unserem enorm hohen Anteil an Waren aus aller Welt. Da müsste ich mehr als meinen halben Laden leer räumen, wenn nur noch einheimische Erzeugnisse in den Regalen stehen sollen. Und meine Kaffeerösterei kann ich stilllegen, wenn wir keinen Rohkaffee mehr einführen dürfen.«

»Wie läuft es denn so mit eurem Kaffee?«, fragte Koller.

»Spitzenmäßig. Die Leute sind begeistert. Unsere Rösttrommel läuft praktisch durch.«

»Ist doch prima. Und um Kaffee geht es ja noch nicht. In dem Brief ist lediglich von Obst- und Gemüseerzeugnissen die Rede. Sei froh, Paul. Wer weiß, was die Zukunft noch so alles bringt.«

An die Zukunft wollte Paul noch gar nicht denken. Ihm reichte schon die gegenwärtige Schikane. »Aber was mache ich jetzt mit diesem Brief? Ich kann unmöglich diese ganzen Daten nachträglich herausfinden. Soll ich einfach lügen?«

»Dazu kann ich dir natürlich nicht raten. Aber lass mich mal überlegen, wie wir das am besten anpacken, damit sie dich in Ruhe lassen. Habt ihr noch dieses landwirtschaftliche Gut draußen bei Ismaning?«

Paul nickte. »Mein Bruder kämpft in vorderster Front der Erzeugungsschlacht. Er steigert die Kartoffelerträge durch Kunstdünger und züchtet Turbohühner, die mit Kraftfutter jeden Tag mindestens drei Eier legen.«

»Das ist doch fein«, sagte Egon Koller, und für Paul war nicht zu erkennen, ob er das vielleicht ernst meinte. »Daraus können wir uns vielleicht etwas zusammenbasteln an Argumenten. Ich schaue, was ich für dich tun kann, Paul. Nächste Woche melde ich mich bei dir.«

»Da wäre ich dir wirklich sehr verbunden, Egon. Ich hab bestimmt auch noch ein paar Flaschen Calvados irgendwo im Lager stehen. Besser du trinkst ihn, als dass sie mir den noch irgendwann als böse Importware konfiszieren.«

»Um Himmels willen, nein, Paul. Das wäre ja Bestechung. Untersteh dich. Damit bringst du mich nur noch mehr in Verruf.«

»Den Calvados würde ich doch nie hierherbringen. Den liefere ich deiner Frau persönlich, wenn's sein muss, getarnt in einem Sack Kartoffeln.«

Paul verließ das IHK-Gebäude mit gemischten Gefühlen. Würde Egon, der so um seinen Arbeitsplatz bangte, ihm wirklich helfen? Konnte er es überhaupt? Für alle Fälle würde er ihm schon ein paar Flaschen Calvados reservieren. Man konnte ja nie wissen.

»Käthe ist krank.«

Hatte Johann diesen Satz gerade geträumt? Es war immer noch stockfinster draußen, aber irgendwas hatte ihn aufschrecken lassen. Stand da etwa jemand an seiner Zimmertür? Er war abends nach einem wie üblich langen Arbeitstag im Bürgerbüro von Pater Mayer todmüde ins Bett gefallen und hatte bestimmt vergessen, abzuschließen.

»Kümmern Sie sich bitte um sie, ich glaube, sie braucht einen Arzt!«, sagte die vertraute Stimme mit dem schwäbischen Einschlag. Also stand Pater Mayer tatsächlich draußen vor seiner Tür, und er hatte nicht geträumt.

»Wer ist ›sie‹?«, krächzte Johann schlaftrunken.

»Käthe«, kam die Antwort, und dann entfernten sich die Schritte.

Himmel, dann war es also doch Pater Mayer gewesen. Johann wischte sich den Schlaf aus den Augen. Käthe war die Köchin, Mutter und Versorgerin des geistlichen Haushalts. Sie war der gute Geist, der dafür sorgte, dass der Pater regelmäßig etwas etwas zu essen und zu trinken zu sich nahm und sich für ein paar lächerliche Stunden hinlegte oder zumindest ausruhte, sobald einmal kein Gottesdienst und keine Predigt angesetzt war und keiner der Bittsteller vor der Tür stand, die es zu fast jeder Tages- und Nachtzeit dazu drängte, bei Pater Rupert Mayer zu beichten oder ihn um Hilfe in persönlichen Nöten zu bitten. Stunden verbrachte der Priester täglich im Beichtstuhl, obwohl das lange Sitzen für ihn eine Tortur war. Die Leute liebten und verehrten ihn als »Apostel Münchens« und nannten ihn sogar ihren »15. Nothelfer«. Wenn sie ihn predigen hörten, umlagerten sie nach dem Ende der Messe seinen Beichtstuhl. Oft predigte er mehrmals am Tag, in verschiedenen Kirchen in und um München. Es gab Monate, in denen er ganze siebzigmal auf der Kanzel stand. Und dabei war er nicht einmal ein besonders guter Redner.

Fünf Minuten noch, dachte Johann, dann kümmere ich mich um Käthe und hole einen Arzt. Nur fünf Minuten will ich noch im warmen Bett liegen bleiben.

Pater Mayer war kein ausgekochter Rhetoriker. Alle Attitüden eines Volksredners waren ihm fremd, ja eigentlich zuwider. Er gab sich keine sonderliche Mühe bei der Wahl seiner Worte, er suchte nicht nach besonderen Bildern oder Gleichnissen. Die Leute hörten nichts aus einer anderen Welt, wenn sie ihm lauschten. Außerdem hatte er immer noch diesen schwäbischen Akzent, der so gar nicht in die Stadt München passte. Aber zwei Dinge waren bei ihm ganz anders als bei allen anderen katholischen Priestern, die in München und anderswo in Bayern die Messe lasen und predigten. Zum einen scheute Pater Mayer sich nie, die Wahrheit zu sagen. Er legte sich dazu, wenn es sein musste, mit jedermann an, auch mit den neuen Regierenden, die seit ihrer Machtübernahme gegen die katholische Kirche arbeiteten und eine Konfessionsschule nach der anderen zu schließen drohten. Dagegen predigte Pater Mayer auf der Kanzel, und deshalb stand er unter stetiger Überwachung. Alles, was er öffentlich äußerte, wurde mitgehört und protokolliert. Doch davon ließ er sich nicht einschüchtern. Denn, so ein Ausspruch des Paters: »Die Wahrheit muss gesagt werden.« Und wenn es sonst keiner öffentlich tat, dann eben er.

Zum anderen erkannten die Menschen, die ihn predigen hörten, dass hier einer sprach, der es vollkommen ernst meinte. Der seine Botschaft selbst überzeugend lebte. Person und Botschaft waren eins, das spürten die Leute ganz deutlich, und das machte fast jeden, der ihn hörte und erlebte, fromm. Das brachte sie dazu, nach der Messe zur Beichte zu gehen und wenigstens für den einen Moment zu versuchen, es ihm gleichzutun und ein besserer Mensch zu werden.

Johann schlug die Decke zurück und sprang aus dem Bett. Halb vier. Der Pater war schon zur ersten Frühmesse unterwegs. Bestimmt ohne Kaffee und ohne Frühstück, wenn Käthe krank war. Johann musste einen Ersatz für sie finden, jemanden, der den Pater versorgte, damit er sein Tagespensum schaffen konnte. Er ahnte auch schon, wer diese Ersatzperson für Käthe sein würde. Außer ihm selbst war ja keiner in der Nähe. Kardinal Faulhaber hatte Johann dem Pater an die Seite gestellt, nicht, um ihm den Haushalt zu führen, sondern um ihn in seelsorgerischen Dingen zu unterstützen. Das war Johanns Funktion, und er erfüllte seine Aufgabe mit Stolz. Bis auf die Momente, in denen er beschämt einsehen musste, dass er selbst nie an den Pater heranreichen könnte, der doppelt so alt war wie er selbst, im Krieg ein Bein verloren hatte und deshalb einen Stock zum Gehen benutzte und nachts kaum schlafen konnte vor Schmerzen. Johann wollte sein Bestes geben, auch wenn es nie genug war. Also raus aus dem Bett und sehen, was mit Käthe los war.

Johann kochte Lindenblütentee für Käthe, denn sie brauchte keinen Arzt, es sei nur eine Sommergrippe, meinte sie. Tüchtig zu schwitzen würde ihr schon helfen. Und Johann sollte dem

Pater sein Frühstück auf halb acht richten, wenn er von seiner ersten Sitzung im Beichtstuhl wiederkäme. Johann stellte sich den Wecker und legte sich noch einmal hin. Er war eben nicht so stark wie der Pater oder wie Käthe, wenn sie gesund war. Er konnte es nicht ändern, aber ein Held war er offenbar nicht.

Während des Frühstücks wurde Pater Mayer viermal in den Beichtstuhl gerufen. Die Menschen ließen sich nicht abwimmeln, sie wollten zu ihm und zu keinem anderen. Und er stand ohne Murren vom Tisch auf, nahm noch einen Schluck Kaffee und ging. Es schien ihm nicht Pflicht, sondern selbstverständliche und unaufschiebbare Aufgabe zu sein, jedes Mal wieder.

Es war Samstag, der 18. Mai, und die Caritassammler und -sammlerinnen waren bereits seit dem frühen Morgen auf den Münchner Straßen unterwegs mit ihren Sammelbüchsen. Caritas, die christliche Nächstenliebe, für Pater Mayer vielleicht der höchste Wert in seinem Verständnis der katholischen Religion. Er kümmerte sich nie nur um die Seele und das Gewissen der Menschen, die zu ihm kamen. Er kümmerte sich auch darum, dass Menschen eine neue Wohnung fanden, wenn sie ihre verloren hatten, dass Arbeitslose wenigstens vorübergehend an Arbeitgeber vermittelt werden konnten. Sogar mit kleineren Geldbeträgen half er den Leuten aus. Sein Büro, in dem Johann im Vorzimmer saß, wurde wochentags belagert, und selbst die Wochenenden waren nicht ganz sicher vor Besuchern.

Um die Mittagszeit wurde ihnen von Tumulten in der Neuhauser Straße im Zusammenhang mit der Kollekte berichtet. Eine Gruppe junger Männer, Studenten wahrscheinlich, hatte eine Caritassammlerin angepöbelt und versucht, sie von der Straße zu drängen. Ein Kollege war ihr zu Hilfe geeilt und hatte in einem Handgemenge einen Schlag gegen den Kopf abbekommen. Passanten, die die Szene beobachteten, trauten sich nicht, einzugreifen. Der Konflikt konnte erst durch das Hinzueilen von Geistlichen und anderen Sammlern entschärft werden. Aber nicht einmal eine Stunde später kam die Polizei und überbrachte eine Weisung von Adolf Wagner, dem bayerischen Innenminister, in dem er die Durchführung der Caritassammlung in München wegen Erregung öffentlichen Ärgernisses mit sofortiger Wirkung verbot. Als Pater Rupert Mayer davon erfuhr, war die Sache schnell entschieden.

»Besorgen Sie mir eine Sammelbüchse, Johann«, bat er.

»Was haben Sie vor, Pater? Sie haben doch eben ein Verbot bekommen.«

»Die Caritassammlung ist eine Angelegenheit der Kirche. Da lasse ich mir von einer staatlichen Stelle nicht dreinreden und schon gar nichts verbieten. Dann nehme ich die Büchse eben selbst in die Hand und gehe sammeln.«

»Soll ich die anderen Sammler auch benachrichtigen?«

»Nein, wir wollen niemanden gefährden.«

»Nur uns selbst«, bemerkte Johann.

»Ich habe keine Angst, Johann, und Sie sollten auch keine haben.«

Johann organisierte zwei der weißen Sammelbüchsen. Der Pater nahm seinen Stock, steckte sich das Gänseblümchen an den schwarzen Rock, das die Caritassammler als Erkennungszeichen trugen, und dann stellte er sich in Hut und Rock auf die Neuhauser Straße und bat die Leute um eine Spende. Johann stand nur ein paar Meter von ihm entfernt, hatte aber weit weniger Erfolg. Er behielt die Straße im Auge, um eventuell anrückende Pöbler oder Polizisten früh genug zu erkennen. Aber es passierte weiter nichts mehr. Der Pater lächelte und schüttelte seine immer schwerer werdende Sammelbüchse.

Da tippte jemand Johann auf die Schulter. Er fuhr herum und dachte schon, einen Polizisten vor sich zu haben, aber da stand sein Vater, mit einem gefalteten Geldschein in der Hand.

»Kann ich bei dir etwas spenden?«, fragte Hermann.

»Freilich«, antwortete Johann verlegen. »Vergelt's Gott, Papa!«

»Ich hab gar nicht gewusst, dass die Münchner Pfarrer jetzt schon selbst mit der Sammelbüchse durch die Stadt ziehen.«

»Wir haben die Sammler heimgeschickt, weil der Minister Wagner die Kollekte verboten hat.«

»Ihr traut euch was«, sagte Hermann. Er sah angestrengt aus, blass, das ehemals blonde Haar war schon stark ergraut.

»Wie geht es dir, Papa? Mama hat mir erzählt, du bist nicht so recht auf dem Damm. Was fehlt dir denn, ist es wieder das Herz?«

Hermann nickte und machte eine Geste, als wäre das nicht der Rede wert. »Ich war bei Paul. Er ist von den Behörden schikaniert worden, und ich wollte schauen, ob ich ihm helfen kann.«

»Und?«, fragte Johann, der von diesen Dingen nicht die leiseste Ahnung hatte.

»Seinem alten Spezi bei der IHK ist es gelungen, ihn rauszuhauen. Ein feiner Kerl, dieser Koller. Ich kenne ihn auch noch von früher. Bei einem Jahresumsatz wie im Dallmayr hat er ihnen erklärt, ist es praktisch unmöglich, über fünf Jahre zurück genau aufzuschlüsseln, ob das Obst und Gemüse jetzt aus Bayern, Deutschland oder dem Ausland gekommen ist. Wenn sie so etwas genau wissen wollen, müssen sie es vorher sagen, nicht fünf Jahre später, diese Schlauberger.« Hermann sah seinen Sohn an. »Ich weiß schon, dass die Geschäftswelt und das Kaufmännische nicht dein Metier sind. Du bist mit ganz anderen, den nicht irdischen Dingen beschäftigt.« Es klang spöttisch, aber nicht so schlimm wie sonst, wenn sein Vater über die Entscheidung seines Sohnes, Priester zu werden, lästerte. Johann glaubte, schon am Ton eine leise Veränderung herauszuhören.

»Du täuschst dich, Vater. An der Seite von Pater Mayer kommt das Irdische mindestens so sehr zu seinem Recht wie das Geistliche. Wir helfen den Menschen, nicht nur ihrer Seele.«

»Ist er immer noch so unermüdlich im Einsatz, dein Pater?«, fragte Hermann.

»Schau ihn dir an. In seiner Büchse sind bestimmt schon doppelt so viele Münzen und Scheine wie in meiner. In allem ist er besser als ich.«

»Dann muss ich noch mehr spenden, damit du aufholst«, sagte Hermann, zog noch einen Schein aus der Tasche und faltete ihn so, dass er in den Schlitz der Sammelbüchse passte. Dann umarmte er Johann, wie er es seit ewigen Zeiten nicht mehr getan hatte. »Pass auf dich auf, Bub, und komm uns mal wieder besuchen. Bald feiern wir den ersten Geburtstag von unserer kleinen Lina. Deiner Nichte. Wir würden uns freuen, wenn du kommst.«

»Ich werde es versuchen«, versprach Johann und sah seinem Vater nach, wie er Richtung Bahnhof davonging, langsam und ein wenig mehr nach vorne gebeugt als früher. Johann nahm sich fest vor, sich den Tag im Kalender anzustreichen und, koste es, was es wolle, tatsächlich freizuhalten.

൬

Diese Ruhe, mit der Alexej auf seinem Sessel saß und leise vor sich hin schnarchte. Seit sie ihr Schiff in Athen verlassen hatten, war es Elsa nicht mehr gelungen, ein Auge zuzutun. Aber einer musste doch auch wach bleiben und aufpassen. Alexej sorgte sich nicht so wie sie. Er behauptete, so teuer, wie sein Pass gewesen war, musste er eine sehr gute Fälschung sein. Er war nicht zum nächstbesten Fälscher in Haifa gegangen, sondern zu einem Mann, den er sich ohne Elsas Hilfe nie hätte leisten können. Ein Spezialist und wahrer Künstler, dem er so vollkommen vertraute, dass er sich hinlegen und schnarchen konnte, während Elsa jetzt aufstand und den Gang auf und ab lief, um sich die Beine zu vertreten und ihre innere Unruhe zu bekämpfen. Zur Toilette oder in den Speisewagen zu gehen, traute sie sich nicht. Sie konnte Alexej doch hier nicht allein lassen, und dazu ihr Gepäck, ihre Papiere. »Er hat das alte Foto herausgenommen und meines vorsichtig eingeklebt und gestempelt. Darunter steht mein Name auf Kyrillisch und sogar auf Lateinisch dazu, damit ihn alle lesen können«, hatte Alexej sie beschwichtigt. Aber was wussten sie beide schon, ob das in den bulgarischen Pässen überhaupt so üblich war. Dass Alexej in seinem neuen Pass kein Jude mehr war, sondern orthodoxer Christ, das kam ihm vor wie ein Verrat, und es schmerzte ihn von allen Dingen am meisten. Serben und Ungarn waren hoffentlich nicht so bewandert mit bulgarischen Pässen wie die Bulgaren selbst. Die Durchreise durch Bulgarien hatten sie vermieden und waren mit dem Schiff über Griechenland, nicht über die Türkei, auf der klassischen Route gereist. Wenn sie erst nach Österreich eingereist wären, wollte Elsa ein paar Stunden schlafen. Sie hatten ausgemacht, dass Alexej sich unter keinen Umständen von irgendwelchen Mitreisenden in ein Gespräch verwickeln lassen durfte. Es konnten überall Spitzel unterwegs sein.

Skopje, Niš, Belgrad, und alles ging gut. Dann über die ungarische Grenze und von Budapest nach Wien ohne Beanstandungen. Ab Salzburg waren sie allein im Abteil. Alexej wollte den Arm um Elsa legen und sie zu sich ziehen, aber sie war viel zu aufgeregt. Gleich würden sie an die deutsche Grenze kommen. Solange sie diese letzte Grenze, die wichtigste, nicht passiert hatten, würde sie keine ruhige Minute haben. Elsa nahm zum wiederholten Mal Alexejs Pass zur Hand, hielt die Seiten gegen das Fenster, sah sich die Einträge an, und fast wäre ihr das Herz stehen geblieben.

»Was hat dieser Pfuscher gemacht?«, rief sie. »Schau dir das an. Ist dir das bisher gar nicht aufgefallen? Mein Gott, nein, ich glaube es nicht!«

»Was hast du denn? Ist doch alles in Ordnung«, behauptete Alexej.

»Schau hin! Da steht bei Größe: hundertachtunddreißig Zentimeter!«

»Unverschämtheit! Ich bin doch kein Zwerg!«, empörte Alexej sich.

»Er hat die Zahlen verdreht und statt hundertdreiundachtzig versehentlich hundertachtunddreißig eingetragen. Das fällt den deutschen Grenzern ganz bestimmt auf. Das fällt doch jedem auf. Und dann schauen sie alles noch gründlicher an, und wir fliegen auf, o mein Gott!«

»Jetzt reg dich doch bitte nicht so auf!«, bat Alexej.

»Doch, doch, ich reg mich auf. Nimm deinen Pass und geh auf die Toilette, schließ dich ein, oder nein, lass lieber offen und versteck dich hinter der Tür. Vielleicht bleibst du so unentdeckt.«

»Meinst du wirklich, das ist so wichtig?«

Diese Ruhe, die Alexej ausstrahlte, war geradezu nervtötend. »Jetzt geh schon, geh. Gleich kommt die Grenze. Vielleicht sind sie sowieso schon im Zug. Bitte verschwinde und verhalte dich ruhig. Bitte!« Sie schob Alexej zur Abteiltür hinaus und drückte ihm auch noch seine Jacke in die Hand.

Gleich hinter Salzburg hielt der Zug an. Die Waggontüren wurden aufgerissen, Stiefelknallen auf den Gängen. Sie waren zu zweit und kontrollierten Elsas Pass. Sie sagte, sie hätte eine Tante in Griechenland besucht und wäre jetzt wieder auf dem Weg nach Hause nach München. Die Grenzer salutierten und gingen zum nächsten Abteil, dann zum übernächsten.

Schließlich hörte sie lautes Klopfen, und einer schrie: »Sofort rauskommen!«

»Jesus Maria!«, Elsa schickte ein Stoßgebet zum Himmel. Sie verließ ihr Abteil und trat auf den Gang hinaus.

»Passkontrolle«, herrschte einer von beiden Alexej an.

Elsa hielt den Atem an, wartete. Schließlich hörte sie Schritte, die sich entfernten. Alexej kam ihr entgegen, über das ganze Gesicht grinsend.

»Kannst wieder Luft holen«, sagte Alexej. »Du bist ja schon ganz grau im Gesicht.«

»Und, was war?«, fragte Elsa.

»Nichts«, antwortete Alexej. Und dann grinste er sie an. »Hurra, wir sind in Deutschland!«

»Und dein Pass?«

»Ist ein sehr guter Pass«, behauptete Alexej. Er schlug ihn schmunzelnd auf und zeigte mit dem Finger auf die Stelle mit der Größe. Dort stand jetzt hundertachtundachtzig Zentimeter.

»Du bist gewachsen?«, fragte Elsa verblüfft.

»War nicht so schwer«, meinte Alexej.

»Fünfzig Zentimeter in einer Stunde?«, fragte Elsa und blies die Luft aus. »Du hast Nerven.«

»Na, ich meine, mit dem Stift aus der Drei eine Acht zu machen. Jetzt bin ich fast einen Meter neunzig – wie gefällt dir das?« Er streckte die Brust raus.

Elsa war erleichtert. Der Panzer, den sie sich in der ganzen Anspannung zugelegt hatte, zerstob in tausend Teile, und als Alexej sie in die Arme nahm, fing sie leise an zu weinen. Erst jetzt wurde ihr wieder bewusst, weshalb sie diese gefährliche Reise überhaupt unternommen hatten. Zum ersten Mal, seit sie in Piräus vom Schiff gegangen waren, dachte sie an den Goldachhof und daran, was sie dort erwarten würde. Die Brust wurde ihr eng, und sie kuschelte sich noch näher an ihren Mann. Hermann, du bist doch noch da, wenn wir kommen? Du wartest doch auf uns?

In Ismaning holte ihre Nichte Johanna sie mit dem Wagen ab. Wie lange hatten sie sich nicht gesehen.

»Werden wir auch deine kleine Tochter kennenlernen?«, fragte Elsa.

Johanna nickte. »Lina ist kaum aus dem Zimmer ihres Opas wegzubekommen. Nur wenn jemand mit ihr zu den Pferden oder Kühen geht, kann er sie da rauslocken. Das beruhigt sie.«

»Dann ist sie wie du, oder? Du warst auch immer am liebsten bei deinen Tieren«, sagte Elsa. »Hermanns tüchtige Tochter«, stellte sie Alexej Johanna vor, »und das ist mein verrückter Russe Alexej.«

»Bulgare«, korrigierte er, »ein Meter achtundachtzig, also eigentlich fast ein Riese.«

»Ich erinnere mich.« Johanna lächelte. »Ihr wart einmal da, als Großmutter Therese noch gelebt hat.«

»Da war ich allerdings noch jünger und auch schöner«, bemerkte Alexej.

»Und etwas kleiner«, scherzte Elsa.

»Großmutter hat uns damals diese Geschichte mit dem Gedichtband erzählt und wie Alexej sich deine Adresse in der Schweiz erschlichen hat.«

»Darauf bin ich heute noch stolz«, sagte Alexej. »Eine grandiose Idee, die ich mit dem Buch hatte. Eigentlich war es ja ein russischer Dichter, der uns zusammengebracht hat. Puschkin nämlich.«

In der Küche am Goldachhof saß die ganze Familie beisammen. Die Stimmung war gedrückt. Lotte kochte Suppe, Johann war da, mit der kleinen Lina auf den Knien. Paul, ihr kleiner Bruder, war so traurig, wie Elsa ihn außer bei der Beerdigung ihrer Eltern nie erlebt hatte. Es war ein trüber Novembertag, und schon bei der Ankunft hatte Elsa bemerkt, dass die üblichen Geräusche auf dem Hof ganz zu fehlen schienen: das Schnattern der Gänse, das Wiehern der Pferde, die Knechte, die sonst auf dem Hof herumliefen und ihre Arbeit verrichteten. Es war, als ob alle den Atem anhielten, ihre Aufgaben auf einen anderen Tag verschoben hatten und sich stattdessen aufs Warten, Hoffen, und wer weiß, aufs Beten verlegt hatten. Sonia begleitete den Arzt nach draußen. Er würde später noch einmal nach Hermann sehen.

»Ist er oben?«, fragte Elsa.

Paul nickte. »Ich komme mit.« Auch Alexej wollte sie begleiten, aber Elsa hielt sie beide zurück.

»Ich möchte allein zu meinem Bruder«, bat sie.

Als sie die Treppe nach oben nahm, wurden ihr die Beine schwer, und noch schwerer wurde ihr das Herz. Wie unfassbar schrecklich es war, den großen Bruder leiden zu sehen, ihn vielleicht gehen lassen zu müssen, wenn nicht noch ein Wunder geschah. Es spielte keine Rolle, dass sie sich lange nicht gesehen hatten und Hermann auch kein großer Briefschreiber war. Sie hatten ab und zu miteinander telefoniert. Er hatte vom Hof erzählt, dass er davon träumte, sich einen Lanz Bulldog anzuschaffen. Davon träumten sie in Degania auch, aber es würde wohl noch viel länger dauern, bis sie dafür das nötige Geld zusammengespart hatten. Beide Geschwister waren jetzt kurioserweise mit landwirtschaftlichen Dingen beschäftigt. Wer hätte das gedacht. Was für einen heftigen Widerstand hatte Hermann damals geleistet, als Mutter den Hof ohne sein Wissen kaufte. Wann war das gewesen? Vor dreißig Jahren, 1905. Und dann war er doch Gutsherr geworden für den Rest seines Lebens. Noch unglaublicher war es, dass nun auch Elsa schon über zehn Jahre in einer Gemeinschaft lebte, die den Sümpfen am Jordan ihre Felder abtrotzte und darum kämpfte, dass ihre Kühe genügend Milch gaben und ihre Hühner Eier legten. Genau dort, wo der Jordan aus dem

See Genezareth kam und seinen Weg nach Süden nahm. Im Gelobten, im Heiligen Land.

Elsa trat an die Tür, klopfte, und eine Frauenstimme antwortete mit »Herein«. Elsa öffnete. Da stand eine Frau am Bett ihres Bruders und kämmte ihm mit einer weichen Kinderbürste, die vielleicht Lina gehörte, das schüttere, gelblichgraue Haar aus dem Gesicht. Hermann schien zu schlafen. Eine Schüssel mit warmem Wasser stand auf dem Nachttisch, ein feuchter Lappen war über ihren Rand gelegt.

Elsa war für einen Augenblick ganz verwirrt. Sie fühlte sich zurückversetzt in ihre Jugendzeit. So sehr erinnerte die Szene sie an damals, als ihr Vater schwer krank gewesen war. Fünfzehn war sie damals gewesen, eine verwöhnte Göre, die ihren Klavierunterricht schwänzte und sich heimlich mit Sigi, ihrem Maler, traf. Während Balbina, die arme Verwandte aus der Oberpfalz, mit ihren knapp sechzehn Jahren ihren Vater pflegte. Sie hatte ihn täglich gewaschen, gekämmt und sogar rasiert. Elsa erinnerte sich noch so genau an das gefährlich aussehende gebogene Rasiermesser und den Lederriemen zum Abziehen der Klinge. Damals, blind wie sie gewesen war, das arrogante Fräulein Elsa Randlkofer, war Balbina für sie eine Dienstmagd vom Land, die solche Sachen eben irgendwo gelernt hatte. Der man das alles zumuten konnte, was ihr, der höheren Tochter, die zu den Klosterschwestern in Nymphenburg zur Schule ging, niemals zugemutet hätte. Was war sie nur für ein überheblicher Backfisch gewesen, dumm und borniert. Und dann war aus dem Dienstmädchen Balbina – oh Wunder – eines Tages ihre Halbschwester geworden. Sie führte bis heute mit ihrem Mann ein Hotel am Bodensee, aber wenn man sie brauchte, war sie da, und ganz selbstverständlich übernahm sie dieselben Pflichten wieder, die sie schon bei ihrem Vater übernommen hatte. Diesmal bei Hermann, in den Balbina sich als junges Mädchen so heftig verliebt hatte. Und wenn Elsa sie jetzt so sah, Balbina und Hermann, strahlten die beiden eine solche Innigkeit und tiefe Verbundenheit aus, die Elsa geradezu übernatürlich, fast heilig empfand. Als wären sie niemals voneinander getrennt gewesen.

»Was ist mit dir, Elsa?«, fragte Balbina besorgt. »Du musst hier nicht stehen und still sein und mich anstarren wie einen Geist. Ich bin's wirklich. Hermann schläft nur. Er ruht sich aus. Die Körperpflege hat ihn doch angestrengt. Aber wir wollen doch auf sein Äußeres achten, wenn er heute schon so viel Besuch bekommt und von so weit her. Wie war eure Reise?«

Sie legte die Bürste weg und öffnete die Arme. Erst da fiel die Starre von Elsa ab, und sie konnte sich endlich wieder bewegen. In der Umarmung löste sich ihre Anspannung und Sorge um ihren Bruder ein wenig auf. Tränen liefen ihr über die Wangen, aber sie bezog auch viel Trost aus dieser Umarmung.

Als Balbina die Waschschüssel wegtrug, setzte Elsa sich zu ihrem Bruder ans Bett und nahm seine Hand. Sie sprach leise mit ihm und streichelte seine Hände. Sie hatte ihren großen Bruder schon zu lange nicht mehr gesehen. Als sie ihre Wange an seine legte, meinte sie eine winzige Bewegung seiner Finger wahrzunehmen, aber er öffnete die Augen nicht. Der Arzt hatte ihm ein starkes Schmerzmittel gegeben.

Erst später, als sie alle zusammen im Krankenzimmer um sein Bett herumstanden und Lina bei ihrem Opa im Bett saß und ihn am Ärmel zupfte, schlug Hermann für ein paar Sekunden die Augen auf und sah sich erstaunt im Zimmer um.

»Was macht ihr denn alle hier?«, fragte er wie von weither. »Habt ihr nichts Besseres zu tun?«

Sonia, die seine Hand hielt, lächelte. Johanna hielt ihre Tochter fest und weinte leise. Lina klopfte auf Hermanns Arm und rief »Opa, Opa, aufstehen«.

Es war so schön, die ganze Familie, alle Geschwister noch

einmal um sich zu haben, auch wenn der Anlass ein so trauriger war. Elsa dachte plötzlich, dass es vielleicht das letzte Mal war, dass sie hier auf dem Goldachhof oder überhaupt in ihrer Heimat war. Bei den Zeiten, die angebrochen waren, würde es immer gefährlicher für sie werden, hierherzureisen. Alexej war der festen Überzeugung, dass Deutschland, und damit vielleicht ganz Europa, erneut auf einen Krieg zusteuerte. Er hatte Kontakte zu den Jüdischen Gemeinden in München hergestellt und würde versuchen, einigen der jungen Leute zur Ausreise zu verhelfen, solange das noch möglich war. Aber egal, ob sie noch einmal nach Deutschland käme in der Zukunft oder nicht. Einer würde fehlen, für immer. Johann, der Priester in der Familie, ließ es sich nicht nehmen, die Nächte bei seinem Vater zu wachen und für ihn zu beten. Die beiden hatten sich ausgesöhnt miteinander, das konnte man deutlich spüren.

Hermann starb wenige Tage darauf, am 16. November 1935, in seinem zweiundsechzigsten Lebensjahr.

Nun hast du all dein Werk getan,
Die letzten Erdenschatten sinken,
Frei schwingt dein Geist sich himmelan,
Wo Ruh' und Frieden winken,
s' ist Feierabend.
Leb, Vater, wohl in Himmelshöh'n.
Im Schau'n unendlicher Wonnen.
Bitt', dass wir uns alle wiedersehn,
beim Löschen der Weltalls-Sonnen
am Feierabend.

R. I. P.

Der Himmel am Tag von Hermanns Beerdigung war von einer Farbe wie Baumwolle. Ein geradezu unwirkliches Beige ballte sich da vor einer blassen Wintersonne zusammen. Simon behauptete, bald würde der erste Schnee fallen. Und als sie hinter dem Sarg durch das Friedhofstor traten, fielen tatsächlich die ersten zarten Flocken. Bis sie am Grab angekommen waren, war der Sarg wie mit weißen Blüten bedeckt, so dick fiel der Schnee vom Himmel, der nun rein und weiß war.

Traurig schritt Elsa zwischen Alexej und ihrem kleinen Bruder Paul, der irgendwann groß geworden und nun ihr einziger Bruder war. Neben ihm Lotte mit Sonia, der Witwe, im Arm, dahinter die Kinder. Nun war also der Erste aus ihrer Generation gegangen. Sie würden folgen, aber hoffentlich noch nicht allzu bald. Elsa hatte das Gefühl, dass ihre Mission noch nicht beendet war, aber es lag alles in Gottes oder Jahwes Hand.

Alexej war unruhig, sie spürte es körperlich, so gut konnte sie in seinen Gesten und Blicken lesen. Er war mit einem lange und genau ausgearbeiteten Plan gekommen und wollte endlich darangehen, ihn in die Tat umzusetzen. Es fehlte jedoch noch an Geld, ohne das nichts davon geschehen konnte. Sonia war die Erste, die ihm etwas gegeben hatte. Sein Plan, bei dem er von der zionistischen Jugendorganisation Hechaluz in Deutschland unterstützt wurde, sah vor, einem Kontingent von fünfzig jungen Jüdinnen und Juden unter dreißig im Süddeutschen Raum die Auswanderung nach Palästina zu ermöglichen. Das Zusammenstellen der Emigranten war in Zusammenarbeit mit den jüdischen Gemeinden in München, Augsburg, Nürnberg und Fürth relativ schnell gelungen. Der Plan sah weiterhin vor, diese fünfzig »Auserwählten«, getarnt als Gruppe von Sportlern, in Bussen und privaten Automobilen von München nach Wien zu bringen. Angeblich, um an einem Wettkampf mit dem jüdischen Turnverein Hakoah teilzunehmen. Von dort hatte Hechaluz ein Schiff der Donaudampfschifffahrtsgesellschaft organisiert, das seine Passagiere im Idealfall bis ans Schwarze Meer bringen sollte. Von Bulgarien oder Griechenland aus würden sie dann in kleineren Booten an der britischen Mandatsverwaltung vorbei die Küste von Palästina ansteuern. Nicht für alle würde es gelingen, Einreisegenehmigungen zu erhalten, denn die Briten ließen, mit Rücksicht auf die Araber, immer weniger Juden ins Land. Sie kontrollierten die Mittelmeerhäfen und verweigerten Schiffen das Anlanden, wenn sie illegale Einwanderer an Bord hatten. Anderen jedoch gelang die Einreise im Schutz der Dunkelheit an abgelegenen Buchten. Sie wurden dort von Ariel, Enzo, Chayim, Senetta und den anderen Helfern in Empfang genommen und konnten mit ihrer Hilfe in Palästina bei jüdischen Familien und Siedlern untertauchen.

Doch um diese Pläne zu realisieren, brauchte Alexej Geld. Balbina hatte ihr gesamtes Erbe in die Renovierung des Hotels am Bodensee gesteckt, hatte also gerade nichts mehr zur Verfügung. Paul und Lotte gaben etwas, Johann sammelte Geld über wohlhabende private Spender, denen Pater Mayer persönlich ins Gewissen redete. Aber es war einfach nicht genug, um die Reeder zu bezahlen, die die Not der Emigranten ausnutzten und horrende Preise für eine Fahrt auf ihren Seelenverkäufern verlangten.

In München trafen Elsa und Alexej am nächsten Tag mit Ludwig Regensteiner zusammen, der Rechtsanwalt und Vorstand der jüdischen Gemeindevertretung war.

»Wenn ich nur könnte, würde ich auf der Stelle selbst emigrieren, zusammen mit meiner Frau«, sagte Dr. Regensteiner.

»Und was hindert Sie daran?« Elsa dachte, es habe mit seiner Verantwortung für die Gemeinde zu tun.

»Meine Mutter lebt seit dem Tod meines Vaters bei uns. Sie

ist schwer asthmakrank. Eine Emigration kommt deshalb für uns nicht infrage. Wir bleiben hier, solange sie lebt.«

Hoffentlich ist es dann nicht zu spät, dachte Elsa. Leider waren auch Regensteiner die Hände gebunden. Er sah keinen Weg, wie er das nötige Geld auftreiben könnte.

»Die Reichsfluchtsteuer, die 1931 eingeführt wurde, um die Kapitalflucht reicher deutscher Bürger einzudämmen, wird uns jüdischen Deutschen zum Verhängnis. Nun will Deutschland seine Juden loswerden. Doch selbst wenn wir ein Land finden, das uns aufnimmt, wird fast unser gesamtes Vermögen vom deutschen Staat einbehalten. Man könnte auch sagen, erpresst und gestohlen. Wir sollen gehen und anderswo, fern unserer Heimat, noch mal von vorne anfangen. Aber unser Geld müssen wir hierlassen. Wie soll das gehen, bitte schön?« Elsa bemerkte, dass er sich beim Reden unablässig seine schmalen Hände rieb. Regensteiner hatte Finger wie ein Pianist, lang, dünn und sehr gepflegt.

»Waren Sie schon bei Rechtsanwalt Böhm?«, fragte er schließlich. »Er hat gute Beziehungen, auch zu richtig vermögenden Juden in Süddeutschland. Vielleicht hat der alte Fuchs noch einen Trumpf im Ärmel, wie Sie zu dem noch fehlenden Geld für Ihre Mission kommen können. Damit wenigstens unsere jungen Leuten eine Chance auf ein hoffentlich besseres Leben bekommen.«

»Rechtsanwalt Böhm? Ist er hier in München?«, fragte Elsa.

Der Gemeindevertreter nickte. »Ich rufe ihn an und frage ihn, ob er vorbeikommen kann. Er ist ein Kämpfer für unsere Sache. Wenn er keine Möglichkeiten sieht, dann bin ich auch am Ende mit meinem Latein.«

Einige Stunden später, nach dem Mittagessen bei Paul und Lotte in der Dienerstraße, waren sie mit Rechtsanwalt Böhm in dessen Kanzlei verabredet. Er hatte, wie er ihnen mitteilte, seinen »arischen« Sozius um Hilfe gebeten und einen vermögenden jüdischen Bekannten, der zusammen mit seiner nicht jüdischen Frau immer noch glaubte, die Lage in Deutschland würde sich bald wieder beruhigen. Ein anderer Kollege spendete unter dem Deckmantel des Schweigens, berichtete Böhm, um nicht anzuecken. Jedenfalls übergab der Rechtsanwalt Alexej, nachdem er Erkundigungen über ihn und Elsa eingezogen hatte, einen Briefumschlag, dessen Dicke ihnen beiden ein dankbares Lächeln ins Gesicht zauberte. Regensteiner hatte also den richtigen Riecher gehabt, den Kollegen Böhm, den »alten Fuchs«, als Nothelfer ins Spiel zu bringen.

Alexej setzte gerade zu einer salbungsvollen Dankesrede an, als es an der Kanzleitür schellte. Elsa hatte schon die Befürchtung, einer der Geldgeber habe es sich vielleicht anders überlegt oder, schlimmer, die Polizei sei ihnen schon auf der Spur. Ihr Herz klopfte wild, als die Tür aufging und die Vorzimmerdame eine junge Frau mit kastanienfarbenen Locken und dunklen Augen ins Zimmer führte.

»Und wer sind Sie, junges Fräulein?«, fragte Böhm.

»Hannah Regensteiner«, antwortete die junge Frau, und ihre Augen hatten die Farbe von dunklem Bernstein. »Ich will mit nach ›Erez Israel‹«, sagte sie. »Es ist mein sehnlichster Wunsch seit zwei Jahren.«

»Wie alt sind Sie?«, fragte Elsa.

»Ich bin siebzehn, aber das Einverständnis meiner Eltern habe ich.« Sie reichte Elsa einen Brief.

»Es ist nicht sicher, dass Sie durchkommen werden, Hannah«, sagte Elsa.

»Es ist auch nicht sicher, wie es mit uns Juden hier in Deutschland weitergehen wird. Nichts ist mehr sicher. Aber ich habe einen Traum, und ich bitte Sie, lassen Sie mich mitfahren nach Wien und auf das Schiff, das uns nach Palästina bringen wird.« Sie trat zu Elsa und ergriff ihre Hand. »Bitte!«, flehte sie.

Als sie am Nachmittag in der Dienerstraße ihre Spenden zusammenzählten, stellten sie fest, dass es viel war, aber immer noch neunhundert Reichsmark für das Bezahlen der Schleuser und das Bestechen von Grenzbeamten und Polizisten fehlten.

»Dann können wir eben nicht alle mitnehmen, die wir ausgewählt haben«, dachte Elsa laut.

»Ja, genau. Dann rufst du morgen bei Regensteiners an und sagst, dass ihre Tochter doch nicht mitkommen kann.«

»Du musst nicht sarkastisch werden, Alexej. Hast du eine bessere Idee? Ich fürchte, langsam drängt die Zeit. Wir müssen zurück. Du weißt es so gut wie ich.«

»Kommt Zeit, kommt Rat«, rief Lotte aus der Küche. »Jetzt gibt es erst einmal Abendbrot, vielleicht fällt uns ja allen zusammen noch etwas ein. Gregor und Selma sind auch gerade gekommen.«

»Selma?«, fragte Elsa. »Lernen wir endlich Gregors Freundin kennen.«

»Guten Abend«, sagte das Mädchen mit den blonden Zöpfen, das neben Gregor saß, und stand auf. »Ich bin Selma Böhm.«

»Böhm?«, echote Alexej. »Böhm wie dieser Rechtsanwalt, bei dem wir heute waren?«

»Mein Vater«, sagte Selma, aber da hatte Elsa sie schon in die Arme geschlossen.

Beim Frühstück am nächsten Morgen hatte Lotte die Idee, einen Kredit über tausend Mark aufzunehmen.

»Wofür denn?«, fragte Paul. »Ich meine, was erzählst du der Bank, wofür wir das Geld brauchen?«

»Ach, da fällt mir schon was ein«, meinte Lotte leichtfertig.

Das Telefon klingelte, und Gregor ging ran. »Für dich, Tante Elsa«, rief er.

»Für mich? Wer denn?«, fragte Elsa, aber ihr Neffe zuckte nur die Achseln.

»Aus Berlin«, sagte er.

Es war Marie, die anrief und ihrer Tante erzählte, dass es ihr endlich gelungen war, ihre Reiseberichte aus dem Orient zu einem Band zusammenzufassen. Und dass sie einen Verleger gefunden hatte, der ihn unter dem Titel *Am blauen Nil* in der Schweiz herausbringen würde.

»Und stell dir vor, Tante Elsa, heute wurde der Vorschuss angewiesen, den ich ihm mit viel Gejammere aus den Rippen leiern konnte. Ihr könnt ihn haben, du und Alexej, für euer Projekt. Tante Elsa? Bist du noch dran?«

Elsa war zu gerührt, um Marie gleich zu antworten. Sie musste sich räuspern. »Hast du dir das auch gut überlegt? Du musst doch auch von irgendwas leben«, sagte sie.

»Mach dir keine Sorgen um mich. Ich komme schon durch. Ich schicke eine Vollmacht an meine Bank in München, die auf deinen Namen lautet, Tante Elsa. Damit du das Geld für mich abholen kannst. Ich habe Alexej doch versprochen, dass ich ihm helfen werde. Und was ich einmal verspreche, das halte ich auch.«

»Marie, du bist ein Engel!«, brüllte Alexej in den Hörer, nachdem er seiner Neugier nachgegeben und das ganze Gespräch belauscht hatte.

»Ja, ein gefallener«, rief Marie zurück.

»Und, äh, wie hoch ist denn dein Vorschuss?« Elsa rollte mit den Augen und gab Alexej ein Zeichen, dass er jetzt zurück an den Tisch gehen sollte. Er wollte aber Maries Antwort unbedingt noch abwarten.

»Achthundertfünfzig«, sagte Marie. »Reicht das?«

»Das reicht«, kam Elsa ihrem Mann zuvor. »Hab tausend Dank, Marie. Und viel Erfolg für den *Blauen Nil*!«

»Und euch viel Erfolg für die fünfzig Pioniere!«

»Einundfünfzig!«, korrigierte Alexej.

1936

Selma bemerkte es selbst, dass sie immer und vom ersten Tag in Berlin an darauf bedacht war, möglichst nicht aufzufallen. Was für eine widersinnige Haltung für eine Athletin. Das war ihr durchaus bewusst. Doch sie konnte einfach nicht aus ihrer Haut. Eigentlich lebte sie in der ständigen Angst, man würde sie wieder nach Hause schicken, noch bevor die Wettkämpfe begonnen hätten. Angst und Anspannung, das war es, was sie fühlte. Wie sollte sie so überhaupt laufen können? Und noch dazu ihre Bestzeit?

Während des Abendessens passierte dann trotz aller Vorsicht das Malheur. Der Teller mit dem Linseneintopf rutschte ihr aus der Hand und klatschte auf den Tisch. Eine hässliche braune Soße tränkte das Tischtuch, selbst als sie die Linsen wieder zurück in den Teller gelöffelt hatte.

»Na, was denn, Mädel«, rief ein Trainer vom Nebentisch. »Heute schon so nervös? Es geht doch erst am Montag los!«

Zwei Mädchen am Tisch halfen ihr, Servietten unter das nasse Tischtuch zu schieben.

War sie nervös? Sie war nicht nur nervös, sie zitterte regelrecht vor Aufregung. Schon bei der Ankunft auf dem Reichssportfeld hatten ihre Knie gewackelt, als wären sie aus Pudding. Ständig sah sie sich um, als stünde da schon einer hinter ihr, der ihren Ausweis oder einen Ariernachweis sehen wollte, um ihr anschließend den Weg zum Ausgang zu weisen und sie aus dem Olympiagelände zu werfen. Wie der Erzengel Gabriel, der Adam und Eva aus dem Paradies vertrieben hatte wegen eines einzigen Vergehens. Und ihres war, dass sie als Kind eines jüdischen Vaters geboren war.

Wochenlang hatte Selma im Herbst jeden Tag sehnsüchtig auf den Postboten gewartet. Als eine der Letzten im Olympischen Kader hatte sie endlich den erlösenden Brief bekommen, dass man sie aufgenommen hatte. In den Trainingslagern ließen weder die anderen Mädchen noch die Trainer sie spüren, dass sie »anders« war. Von den Leistungen her stand ihrer Starterlaubnis nichts im Weg, und doch konnte sie es immer noch nicht glauben, dass sie nun tatsächlich zu den Vorläufen über die hundert Meter starten würde. Ungläubig las sie ihren Namen auf der Liste der Teilnehmerinnen. Aber tatsächlich, da stand er: Selma Böhm, München.

»Wisst ihr, warum Gretel nicht dabei ist?«, fragte Käthe, die rechts von ihr an der Anschlagtafel stand. »Sie steht gar nicht auf der Liste der Hochspringerinnen. Hast du etwas gehört, Selma?«

»Ich? Nein, wieso ich?«, fragte sie argwöhnisch zurück.

»Es heißt, sie hätte sich verletzt«, sagte Emmy. »Bei den Deutschen Meisterschaften war sie ja auch nicht dabei.«

Alle kannten Gretel Bergmann, Selma natürlich auch. Gretel war eine der besten deutschen Hochspringerinnen. Und sie war Jüdin. Anfangs hatte sie mit ihnen im Kader trainiert, und nun war sie doch nicht bei den Spielen dabei. Selma spürte sofort wieder diese Angst im Nacken. Es war immer noch möglich, dass sie doch nicht starten durfte, auch wenn ihr Name schon auf der Liste für die Vorläufe zu lesen war. Und wenn jemand fragte, hieß es eben: Selma Böhm? Die hat sich leider verletzt.

Nach dem Abendessen fand sich eine Gruppe Athletinnen vor dem Kameradschaftshaus zum Dauerlauf zusammen. Die weiblichen Sportlerinnen waren direkt hier auf dem Reichssportfeld untergebracht. Es waren ja auch nur an die dreihundert. Die Männer, mehr als dreitausend, wohnten dagegen draußen im Olympischen Dorf mit seinen komfortablen Häusern und Einrichtungen.

Die Sportlerinnen liefen zuerst Richtung Osttor, wo der Haupteingang zum Stadion lag. Über den beiden Türmen rechts und links vom Eingang schwebten die Olympischen Ringe. Oben auf dem Bayernturm war eine große Uhr angebracht, und rechts, am Preußenturm, das Hakenkreuz. In der nächtlichen Beleuchtung wirkte das riesige Stadion wie ein Spukschloss. Fehlten nur noch die Raben, die darüber kreisten. Am 1. Mai hatte Adolf Hitler hier zur deutschen Jugend gesprochen. Selma erinnerte sich, wie sie das Bild damals in der Zeitung entdeckt hatte. Ein Teil der Mädchen vom Bund deutscher Mädel auf den Zuschauerrängen hatte weiße Blusen getragen, ein anderer Teil dunkle Jacken. Die mit den Jacken waren so platziert, dass sie zusammen drei Wörter bildeten. Der Satz, der sich daraus ergab, lautete: WIR GEHOEREN DIR. Selma bekam sogar jetzt noch eine Gänsehaut, wenn sie sich das Bild in Erinnerung rief. Er wollte sie wegen ihrer Abstammung nicht, deshalb wollte sie ihm bestimmt nicht gehören. Sie würde für ihr Land laufen, für ihre Familie, für sich. Aber nicht für ihn.

Die Gruppe lief am Südtor und an der Reitanlage vorbei und umrundete einmal das Maifeld. Während der Spiele sollten hier die Poloturniere stattfinden, sonst kannte man die riesige Rasenfläche von den Aufmärschen zu den Maifeierlichkeiten. Und nun lief sie, Selma Böhm aus München, hier mittendurch. Wegen ihres Vaters war sie ein jüdischer Mischling und hatte ihren Sportverein verlassen müssen. Selma fragte sich, ob sie die einzige Halbjüdin oder Jüdin unter den deutschen Athleten hier in Berlin war, jetzt, wo Gretel Bergmann angeblich wegen einer Verletzung ausgeschieden war. Doch dann fiel es ihr gleich wieder ein. Außer ihr gab es noch die Fechterin Helene Mayer, die in den Staaten gelebt hatte und von dort zu den Olympischen Spielen nach Berlin zurückbeordert worden war. Auch sie war Halbjüdin, und soweit Selma wusste, würde sie ebenfalls für Deutschland antreten. Bestimmt wollte Helene, genau wie Selma, es ihnen allen zeigen, wozu so ein »jüdischer Mischling« fähig war. Doch seit ihrer Ankunft in Berlin schrumpfte Selmas Mut immer mehr zusammen. Sie fühlte sich einsam, obwohl keines der Mädchen sie schnitt oder anders behandelte als die anderen. Am liebsten hätte sie ihre Eltern angerufen und sie gebeten, sie von hier wegzuholen. Wie früher aus dem Ferienlager. Ich habe geglaubt, ich kann es. Aber nun stelle ich fest, dass ich es doch nicht schaffen werde. Ich habe Angst, dass meine Beine versagen. Dass ich keine hundert, keine fünfzig, keine zwanzig Meter weit komme. Dass mir die Knie einknicken und die Beine wie Gummi herumschlenkern. Wie in den bösen Träumen.

Nach dem Duschen ging Selma sofort zu Bett. Woher sollte sie nur die Kraft nehmen, zum Vorlauf anzutreten, beobachtet von Tausenden Zuschauern aus der ganzen Welt, in diesem überdimensionalen Stadion? Unter SEINEN Augen und denen der Journalisten, die über Rundfunk in alle Länder der Erde darüber berichteten. Das war keine Aufregung, kein Lampenfieber, das Selma spürte. Das war nackte Panik.

∞

»Das ist ja mal wieder typisch«, meinte Ursi, als sie das gelbe Olympiaheft durchblätterte, das sie am Eingang zum Stadion erstanden hatte.

»Hey, es ist Montag, 3. August 1936«, erinnerte Gregor sie,

»und wir haben Karten für das Olympiastadion, um die Leichtathletikwettbewerbe zu sehen. Wir sind in Berlin, Ursi!«

»Weiß ich doch«, maulte Ursi.

»Wir sind da, um Selma anzufeuern, falls du es vergessen hast. Du willst dich doch nicht ernsthaft über irgendeine Kleinigkeit aufregen, hier, vor der Kulisse, in dieser Stimmung?«

»Ist ja gut«, gab Ursi beleidigt zurück und las still weiter in ihrem Heft.

Die Ränge füllten sich allmählich. Die Zuschauer strebten mit Kissen, Decken, Limonade und in Butterbrotpapier gepackten Stullen zu ihren Plätzen. Und Ursi, Fritz und Gregor hatten fest vereinbart, dass keiner von ihnen sich über Hakenkreuzfahnen, den deutschen Gruß der Athleten und Funktionäre, die Propaganda auf Plakaten, in Rundfunk und Zeitungen aufregen würde. Die vereinbarte Devise lautete: Wir fahren doch nicht nach Berlin, um uns aufzuregen. Wir fahren wegen Selma nach Berlin.

Der Himmel war bedeckt, es hatte um die zwanzig Grad. Nicht heiß, nicht kalt, eigentlich müsste es genau die richtige Temperatur für Selma sein. Wie es ihr wohl gehen mochte, so kurz vor dem Vorlauf? Ob sie sehr aufgeregt war? Gregor hatte die letzten Tage, seit sie in Berlin war, nichts mehr von ihr gehört. Ihren Eltern gegenüber hatte sie Zweifel geäußert, ob es richtig war, überhaupt teilzunehmen. War das nun ein schlechtes Zeichen oder ganz normal, dass sie auch mal unsicher wurde, ob Berlin der richtige Ort für sie war? Gregor bekam Gänsehaut, wenn er daran dachte, dass sie am Nachmittag aus den Katakomben des Stadions heraus zu ihrem Vorlauf antreten würde. Und gleichzeitig platzte er fast vor Stolz. Selma hatte es tatsächlich geschafft! Olympische Spiele 1936, ihr riesengroßes Ziel, vom ersten Tag an, seit er sie kannte. Und jetzt war sie tatsächlich hier.

»Was ist denn los, Ursi?«, fragte Fritz, und wollte den Arm um sie legen, aber sie schüttelte ihn ab. »Welche Ungerechtigkeit in der Welt hast du denn wieder aufgedeckt?«

»Findet ihr es vielleicht normal«, platzte Ursi heraus, »dass es bei den Männern dreiundzwanzig Wettbewerbe in der Leichtathletik gibt, bei den Frauen aber nur sechs? Die weitesten Strecken, die man die Frauen laufen lässt, sind die achtzig Meter Hürden und die einhundert Meter. Sonst gar nichts. Keine zweihundert, keine vierhundert oder gar tausend. Und nicht einmal weitspringen dürfen sie! Kann mir das vielleicht einer erklären, warum das so ist?«

Sie sah Fritz, dann Gregor an, aber die beiden waren entweder überrumpelt oder folgten immer noch treu ihrer Devise »nur nicht aufregen«.

»Da haben wir im Turnverein München-Ost, als es ihn noch gab, ja schon mehr Frauensport im Freien gemacht als jetzt bei den Olympischen Spielen. Was soll denn das?«

»Hochsprung der Frauen findet doch aber statt«, sagte Fritz. »Hab ich gelesen. Ist da nicht Gretel Bergmann aus Stuttgart die deutsche Medaillenhoffnung?«

»Ich habe ihren Namen gar nicht auf der Liste der Teilnehmerinnen gelesen.« Ursi witterte schon wieder eine Verschwörung.

»Ist sie nicht Jüdin?«, fragte Fritz.

Ursi nickte. »Dabei hat Hitler doch der Welt versprochen, dass niemand wegen seines Glaubens oder seiner Hautfarbe oder etwas anderem ausgeschlossen wird. Sonst hätten die Amerikaner doch an den Spielen gar nicht erst teilgenommen.«

»Ursi«, mischte Gregor sich ein, »hast du wirklich vergessen, was wir uns hoch und heilig versprochen haben? Keine Politik! Wir sind nicht da, um uns aufzuregen …«

»Sondern um Selma anzufeuern. Ja, ich weiß.« Ursi knallte

ihr Heft neben sich auf die Tribüne. Dann holte sie die Thermoskanne und eine Packung Kekse aus dem Rucksack. »Zweites Frühstück gefällig, die Herren? Was darf ich Ihnen anbieten?«

Vormittags stand die Qualifikation im Hammerwurf auf dem Programm. Drei deutsche Athleten schafften die geforderte Weite von sechsundvierzig Metern. Das Finale war für fünfzehn Uhr vorgesehen, gleichzeitig mit den zwei Halbfinals über einhundert Meter der Herren. Was natürlich aufregender war als der Hammerwurf. Lauf eins gewann der Amerikaner Jesse Owens, der im Vorlauf mit 10,3 bereits Olympischen Rekord gelaufen war. Durch sein natürliches, sympathisches Auftreten hatte er bereits den direkten Weg in die Herzen der Zuschauer gefunden. »Jesse, Jesse«, skandierten sie vom Start weg und trugen ihn mit ihren Anfeuerungsrufen als Erster ins Ziel. Lauf zwei gewann sein schärfster Rivale Ralph Metcalfe, ebenfalls ein dunkelhäutiger Amerikaner. Ihre Zeiten lagen sehr nahe beieinander. Das würde ein spannendes Finale werden.

Doch davor, um sechzehn Uhr dreißig, würde Selma in einem der Vorläufe über die einhundert Meter der Frauen starten.

Vorlauf eins, zwei, drei und vier waren bereits durch, und Gregor hielt es nicht mehr auf seinem Sitzplatz. Er hatte die Kleinbildkamera ausgepackt, eine Kine Exakta, die seine Cousine Marie auf der Leipziger Frühjahrsmesse erstanden und ihm nach kurzer Einweisung für diesen besonderen Tag geliehen hatte. Als sich die Leute in der Reihe hinter ihm beschwerten, er möge sich doch setzen, sonst könnten sie nichts mehr sehen, klärte Ursi die Berliner auf.

»Seine Freundin läuft mit, Selma Böhm aus München. Ihr feuert sie doch mit uns zusammen an wie verrückt, oder?«

»Na, wenn det so ist«, meinte einer, »denn klatschen wir

eben für eine Sportlerin aus Bayern. Hättet ihr mal so ne olle weiß-blaue Fahne mitgebracht. Dann hätte die Läuferin uns hier oben wenigstens gesehen.«

»Dann müssen wir eben so laut schreien, dass sie uns hören kann«, sagte Gregor und rief »Selma, Selma«, wie vorher »Jesse, Jesse«.

Der Berliner Fanblock machte mit, und tatsächlich schien Selma am Start einmal kurz in ihre Richtung zu blicken. Er konnte sich aber auch täuschen. Gregor schlug das Herz bis zum Hals. Als müsste er selbst gleich starten. Es wurde ganz still, als die Läuferinnen in Startposition gingen. »Auf die Plätze, fertig«, und dann kam der Schuss. Selma hatte einen guten Start erwischt und rannte von Beginn an vorne mit. Vor ihr eine Amerikanerin, neben ihr eine Niederländerin. Selma lief wie der Teufel, und im Ziel warf sie sich noch nach vorne und wurde mit 12,6 Sekunden Zweite hinter der Amerikanerin.

»Zweite!«, schrie Gregor, »das ist doch verrückt! Dann ist sie im Halbfinale!« Er drehte sich zu den Berliner Fans um. »Wenn ihr Selma dann noch mal so anfeuert wie eben, spendiere ich eine Runde Würstchen.«

»Eigentlich hätten wir jetzt schon Appetit«, antwortete der Stimmführer der Gruppe. »Dieses Anfeuern macht so wat von hungrig.«

Gregor winkte dem Würstchenmann und gab die ersten fünf Portionen aus. Währenddessen ging der Hammerwurf mit einmal Gold und einmal Silber an Deutschland. Das ganze Stadion war jetzt wie im Rausch. Und dazu stand nun auch noch das Finale der einhundert Meter der Männer an. Wieder peitschte das Publikum seinen Liebling »Jesse, Jesse« nach vorne. In einer Zeit von 10,3 Sekunden gewann Jesse Owens Gold vor seinem Rivalen Metcalfe und dem Niederländer Osendarp.

»Na, was ist jetzt mit der Überlegenheit der arischen Rasse über alle anderen auf der Welt?«, raunte Ursi.

»Dem Publikum ist das anscheinend egal«, meinte Fritz, »auch wenn manch einer da oben in der Führerloge jetzt toben wird.«

Das erste Halbfinale der Frauen startete um siebzehn Uhr dreißig und endete mit sehr starken Zeiten, die besten waren sogar unter zwölf Sekunden gelaufen. Im zweiten Halbfinale startete Selma. Nun stand bereits der halbe Block, den Gregor mit einer zweiten Lage Würstchen mit Senf und Brot bestochen hatte. Selma startete erneut phänomenal und lief bei den Besten vorne mit. Sie würde es schaffen können! Die ersten drei wären fürs Finale qualifiziert!

»Lauf, Selma, lauf!«, brüllte Gregor.

Da drehte Selma einmal ganz kurz den Kopf zur Seite, als schien sie zu begreifen, dass sie es schaffen konnte, und dann sah es so aus, als zögerte sie für den Bruchteil einer Sekunde. Genau in dem Moment lief die Amerikanerin an ihr vorbei, und Selma kam als Vierte ins Ziel. Damit hatte sie die Finalteilnahme knapp verpasst. Gregor war wie erstarrt. Warum hatte sie gezögert? Er sah zu Ursi hinüber.

»Hast du das gesehen? Warum ist sie nicht einfach durchgelaufen?«, flüsterte er. »Sie hätte es schaffen können.«

Ursi legte den Arm um Gregor. »Vielleicht war es nun einfach genug.«

»Gerade jetzt, im Halbfinale?« Gregor hörte Ursis Antwort gar nicht, auch den Lärm im Stadion nahm er nicht mehr wahr. Er fragte sich immer nur, warum gerade jetzt, auf dem Höhepunkt? Sie hatte es doch allen zeigen wollen. Und sie hätte es gekonnt. Die Chance auf das Finale war doch zum Greifen nah gewesen. Er verstand es einfach nicht.

»Im Halbfinale zu starten, ist doch ein großartiger Erfolg«, behauptete Fritz. »In diesem Hexenkessel. Stell dir mal den

Druck vor. Ich habe mich immer gefragt, woher Selma eigentlich die ganze Kraft nimmt.«

Gregor musste sich setzen. Wie betäubt ließ er die letzten Wettkämpfe und Siegerehrungen des Tages an sich vorbeiziehen. Am liebsten hätte er sich in Selmas Unterkunft geschlichen, um von ihr selbst zu erfahren, was passiert war. Warum sie plötzlich aufgegeben hatte. Denn genau so hatte es für ihn ausgesehen.

Auf der Prachtstraße Unter den Linden wehte ein Fahnenmeer. Aber nicht die bunten olympischen Ringe auf Weiß flatterten im Sommerwind, sondern alles war rot und trug ein einziges Zeichen: das schwarze Hakenkreuz auf weißem Grund. Von den Balkonen, aus den Fenstern, auf den Dächern der Häuser waren sie, und die Straße war sowieso voll davon. Das Café Kranzler an der Ecke Friedrichstraße machte da keine Ausnahme. Nur das Erdgeschoss und der erste Stock waren verschont geblieben. Die Fassadenbeflaggung begann erst im dritten und vierten Stockwerk.

Sie warteten jetzt schon fast eine Stunde auf Selma. Gregor wurde immer unruhiger, während Fritz bereits die dritte oder vierte Tasse Kaffee verkostete und nach wie vor nicht ganz zufrieden mit der Röstung oder der Zubereitung oder sonst irgendwelchen Feinheiten zu sein schien. Er versuchte den Kellner in ein Fachgespräch zu verwickeln, aber der hatte keine Ahnung, welche Mischungen verwendet wurden, wo die Bohnen herkamen und all diese Dinge, nach denen der Experte fragte. Fritz war enttäuscht. Ursi nicht. Sie probierte sich durch die Sahnetörtchen und naschte auch von den Tellern ihrer Begleiter.

Endlich kam Selma. Nicht wie eine stolze Olympionikin betrat sie das Café, sondern sie schlich fast herein und verhedderte sich mit ihrer Sporttasche in der Schwingtür. Sie wirkte ängstlich. Gregor lief ihr entgegen und nahm ihr die Tasche ab.

Sie umarmten sich so kurz, wie es sich in der Öffentlichkeit schickte, dabei hätte Gregor sie am liebsten gar nicht mehr losgelassen und auf Händen zum Tisch getragen.

»Wie geht's dir heute?«, fragte er, als sie beieinandersaßen. Selma sah erschöpft aus. Sie war blass und sehr dünn, offenbar hatte sie einiges an Gewicht verloren.

»Ganz gut«, sagte sie, »nur ein bisschen kaputt.« Sie bestellte sich eine Fassbrause. »Es wird wohl noch eine Weile dauern, bis ich das alles hinter mir lassen kann, aber es ist in Ordnung. Ich bin bei Olympia gestartet, für Deutschland!« Ursi trat ihr ein angebissenes Himbeertörtchen und ihre Gabel ab.

»Reist du heute schon ab?«, fragte Ursi.

»Ja, ich bin durch«, antwortete Selma. »Und außerdem bin ich jetzt frei.«

»Du bist eine tolle Zeit gelaufen«, sagte Gregor und nahm Selmas Hand. »Ich dachte schon, es würde reichen fürs Finale.«

»Vielleicht hätte es gereicht«, sagte Selma und trank ihre Limonade aus. »Ich bin meine persönliche Bestzeit gelaufen, und vielleicht wäre auch noch mehr gegangen.«

»Wenn nicht …?«, fragte Gregor ungeduldig.

»Wenn ich einfach gelaufen wäre und sich nicht plötzlich mein Kopf eingeschaltet hätte.«

»Und wieso bist du nicht einfach gelaufen?« Genauso hatte es für Gregor ja auch ausgesehen.

Selma starrte ihn an. »Stell dir bloß mal vor, ich hätte das Finale erreicht und vielleicht eine Medaille gewonnen!«

»Ja und?« Gregor verstand es immer noch nicht.

»Was hätte ich denn dann gemacht, bei der Siegerehrung? Hast du dir das mal überlegt? Hätte ich beim Abspielen der Nationalhymne den Arm zum deutschen Gruß ausgestreckt? Dann würde ich mich und alle anderen verraten, die wie ich unter diesen …«, Selma senkte die Stimme, »unter diesen Hakenkreuzlern leiden. Wie Gretel Bergmann zum Beispiel. Die haben sie fallen lassen wie eine heiße Kartoffel. Sie schließen uns aus den Vereinen, den Schulen, den Universitäten aus. Sie wollen die wirtschaftliche Existenz unserer Väter vernichten. Wer weiß, vielleicht wollen sie uns am Ende noch alle vertreiben. Und ich soll mich hinstellen und diese Leute mit dem von ihnen ausgedachten und vorgeschriebenen Gruß ehren? Vor laufenden Kameras und Fotoapparaten der Reporter aus aller Welt? Siegen hätte ich vielleicht können. Aber das hätte ich nicht gekonnt. Niemals. Wenn ich von da an in den Spiegel geschaut hätte, hätte ich doch immer nur eine Verräterin gesehen.«

»Und wenn du den Gruß verweigert hättest?«, fragte Ursi, die Rebellin.

»Hast du auch nur einen einzigen deutschen Athleten oder eine Athletin gesehen, die das gewagt hätte? Gretel Bergmann vielleicht, aber die haben sie vorsorglich ausgeschaltet. Ich wäre die Erste und sicher die Einzige gewesen, wenn ich mich getraut hätte. Hätte ich aber wahrscheinlich nicht. Und wenn doch, dann säße ich jetzt wohl nicht mehr hier, sondern in irgendeinem Gefängnis oder in einem von diesen Lagern.«

»Probier doch mal«, sagte Ursi und bot Selma eine Gabel von ihrem Törtchen an. Mechanisch öffnete Selma den Mund und kaute.

»Du hast also deinen Traum von Olympia begraben?«, fragte Fritz.

»Wieso denn begraben?«, protestierte Gregor. »Sie hat doch jahrelang trainiert wie eine Verrückte, und sie hat es geschafft! Sie war dabei, und ist eine klasse Zeit gelaufen. Hat die Qualifikation überstanden und war im Halbfinale. Und wenn sie gewollt hätte, dann auch im Finale. Da bin ich mir ganz sicher.«

»Aber sie hat es nicht gewollt«, sagte Ursi, »weil sie diesem Führer oben in seiner Ehrenloge eins auswischen wollte.«

Und dann bestellte Gregor doch noch Schampus mit vier Gläsern, und sie stießen auf Selma und ihre Olympiade an.

1937

Auf dem Flugplatz Schleißheim und ringsherum hatte die Sonne die letzten Schneereste weggeschmolzen. Die Wiesen waren noch nass vom Aprilwetter, aber schon hellgrün. Gregor hatte im vergangenen Herbst so viele Flugstunden genommen wie möglich. Nach einem halben Jahr Arbeitsdienst, der krankheitsbedingt um zwei Wochen verlängert worden war, und dem gleich anschließenden Jahr Wehrdienst hatte er noch im Herbst den begehrten Studienplatz an der Technischen Hochschule bekommen, und seine Eltern hatten sich schweren Herzens damit arrangieren müssen, dass ihr Sohn für die Laufbahn als Kaufmann zunächst einmal verloren war. Sie unterstützten ihn dennoch finanziell, damit er im Spätsommer und Herbst möglichst viele Flüge absolvieren konnte. Und nun, im Frühling, der Schnee war gerade getaut, war es so weit: Sein allererster Alleinflug mit dem Segelflieger lag buchstäblich in der Luft. Fliegen sollte er einen Mü 10 Milan, einen Doppelsitzer mit einem Rumpf aus Stahlrohr, der von der Münchner Akaflieg selbst entwickelt und gebaut worden war. Hochziehen würde den Milan eine Schleppwinde, die etwa einen Kilometer vom Start entfernt stand. Doch der Morgen begann zunächst mit zwei weiteren Schulflügen, die Gregor zusammen mit seinem Fluglehrer unternahm. Nach der zweiten Landung öffnete Helmut die Abdeckung des Cockpits und stieg aus. Er blieb neben dem Milan stehen und tätschelte ihm den Rumpf, wie man einem Pferd den Hals klopft.

»Na, dann wollen wir doch mal sehen, was du bei mir gelernt hast!«, sagte Helmut und grinste Gregor an.

»Was, jetzt gleich?«, fragte Gregor.

»Was möchtest du vorher noch machen, austreten vielleicht?«

»Nein, ich dachte nur, also es kommt jetzt doch plötzlich.«

»Fühlst du dich noch nicht bereit?«, fragte sein Fluglehrer. Er war vor Jahren bei einem missglückten Start gegen eine Böschung geprallt und hatte dabei sein rechtes Auge verloren. Das Fliegen und das Ausbilden von Flugschülern hatte er jedoch nie aufgegeben. Er war mit einer erneuten Prüfung und Sondergenehmigung weitergeflogen, und dafür bewunderten, ja verehrten ihn alle, die seine Geschichte kannten.

Gregor holte einmal tief Luft. »Doch, ich bin bereit«, sagte er und versuchte zu ignorieren, dass sich sein Magen verkrampfte, um sich stattdessen auf die allerletzten Instruktionen seines Fluglehrers zu konzentrieren. Ein alter klappriger Kastenwagen ohne Nummernschild brachte das Schleppseil und klinkte es ein.

»Sargdeckel zu!«, sagte Helmut und schloss die Haube über dem Cockpit.

Ein letzter Check der Ruder und Bremsklappen, und Gregor war startklar. Die Tragfläche wurde angehoben, und der Starthelfer schwenkte eine farbige Tafel. Es war das Signal an den Windenfahrer, dass er mit dem Hochschleppen des Seglers beginnen konnte. Das Stahlseil straffte sich langsam, und jetzt spürte Gregor die Anspannung nicht mehr nur im Bauch, sondern im ganzen Körper, von den Fußsohlen bis zum Schädeldach. Er klammerte sich mit der rechten Hand an den Steuerknüppel, während er gezogen wurde, die linke presste er gegen den Oberschenkel. Dann gab es einen Ruck, und er war in der Luft. Helmut hatte ihm immer wieder eingetrichtert, dass er zuerst die Sicherheitshöhe erreichen musste, bevor er den Steuerknüppel etwas mehr zurücknehmen durfte. Als Gregor hoch genug war, brachte er den Knüppel in eine leicht gezogene Stellung. Der Steigflug war so steil, dass er fast auf dem Rücken lag. Vorne sah er nur noch Himmel, so ging es aufwärts. Gregor schaute immer wieder kurz über die linke Schulter nach unten. Die schnurgerade Startbahn half ihm, den Kurs zu halten. »Während des Hochschleppens nicht zu weit nach links oder rechts ausscheren«, hörte Gregor Helmuts Stimme, als säße er hinter ihm.

Die Schleppgeschwindigkeit ging etwas zurück, und der Winkel wurde flacher. Gleich würde der Segler anfangen zu wippen. Gregor ließ den Knüppel etwas nach, und er beruhigte sich wieder. Dann ein Klack, und das Schleppseil hatte sich automatisch ausgeklinkt.

»Ausklinkknopf ziehen!«, hörte er wieder Helmut rufen, und Gregor zog den Knopf. Für den Fall, dass das Seil gerissen wäre, konnte immer noch ein Rest am Flugzeug hängen. Den sollte man tunlichst loswerden, damit er sich beim Landen nicht in der Botanik verhakte.

Der Milan mochte jetzt ungefähr fünfhundert Meter über dem Boden sein. Helmut hatte ihm geraten, in dieser Höhe einfach eine ordentliche Strecke geradeaus zu fliegen. Die Sicht war gut. Am Horizont erkannte er das Häusermeer und die Türme der Großstadt München, unter ihm Felder, Waldstücke, kleine Dörfer. Plötzlich entkrampfte sich sein Magen, und es breitete sich ein warmes, wohliges Gefühl in Bauch und Brust aus. Er fühlte sich leicht, besah sich seine Schwingen rechts und links, die Nase des Milan in der Luft, die frei und grenzenlos war. Gregor flog aus eigener Kraft und steuerte zum allerersten Mal ein Flugzeug alleine. Es war ein großartiges Gefühl, und alle Angst war mit einem Mal wie weggeblasen.

Wenn jetzt ein echter Milan neben ihm herflöge, dann wären sie für ein paar Minuten wie Brüder. Doch seiner war weit und breit der einzige.

Plötzlich musste Gregor an Selma denken, ausgerechnet jetzt. Er wollte den Gedanken vertreiben, aber er ließ sich nicht abschütteln, und Selmas Bild vor seinen Augen wurde immer schärfer, als säße sie auf der anderen Seite der Haube seines Cockpits. Ihr blondes Haar zu einem Zopf geflochten, der ihr über die linke Schulter hing, ihre taubenblauen Augen, ein zärtlicher Zug um die weichen Lippen. Da saß er nun hier, in seinem Segelflugzeug, zum ersten Mal alleine, und da musste ausgerechnet sie ihm erscheinen. Konnte es sein, dass sie ihn genau jetzt zu sich rief? Bis England würde er es nicht schaffen ohne Motor. Das ist zu weit für mich und meinen Milan, Selma. Gregor wischte sich eine Träne aus dem Augenwinkel. In diesem erhabenen Moment, auf den er so lange gewartet hatte, erschien ihm die, die er hatte gehen lassen müssen. Die er nicht zurückholen konnte. Sie war nicht seinetwegen weggegangen, sondern weil sie nicht länger ein »Mischling« sein wollte, der dies und jenes von einem Tag auf den nächsten nicht mehr durfte, weil irgendjemand das so bestimmte. Sie hatte es nicht mehr ausgehalten mit diesen Regeln und Verboten, die aus ihr einen Menschen machten, der sie niemals hatte sein wollen. Sie wollte laufen, wollte frei sein, wollte einfach ein normales Leben führen, gleichberechtigt unter allen anderen.

Es war nur eine Frage der Zeit, wann Selmas Vater seine Zulassung als Rechtsanwalt verlieren würde. Bislang schützte ihn, dass er im Weltkrieg als Soldat an der Front gewesen war. Irgendwann würde auch das nicht mehr zählen. Ob Selmas Eltern schon versucht hatten, zu Verwandten nach England umzusiedeln? Dorthin, wo Selma bereits lebte. Sie hatte einen Studienplatz an einer Sporthochschule im Süden Londons bekommen, startete bei Wettkämpfen für ihre Unimannschaft und gewann Pokal um Pokal. Eine echte Erfolgsgeschichte. Aber sie fehlte ihm so.

Gregor war ein ganzes Stück geflogen und musste nun langsam wieder runter und die Landung vorbereiten. Vorsichtig leitete er eine Rechtskurve ein. Dabei half ihm ein simpler Wollfaden, der innen an der Frontscheibe angebracht war. Ein nützliches Instrument zum Fliegen sauberer Kurven. Der Milan reagierte sehr sensibel auf seine Steuerbewegungen. Er verlangte viel Fingerspitzengefühl. Genau wie eine Frau, dachte Gregor. Vollkreis nach rechts. Der Flieger wackelte etwas herum. Bestimmt beobachteten ihn Helmut und der Flughelfer und der eine oder andere Flugschüler vom Boden aus und warteten gespannt, wie er die bevorstehende Landung meistern würde. Dreihundertfünfzig Meter über dem Platz. Dann zweihundert Meter und die letzte Kurve. Parallel zur Betonbahn für die militärischen Maschinen waren die Markierungen der Segelflugpiste auf dem Rasen zu erkennen. Noch war Gregor relativ hoch. Er schätzte seine Geschwindigkeit auf ungefähr achtzig Kilometer pro Stunde.

Unten stand Helmut an der Landebahn und klappte seine Arme wie eine Schere nach oben und unten auf und zu. Das bedeutete, Bremsklappen ausfahren. Und mit einem Ruck waren sie draußen. Es rauschte und rüttelte, und dann ging es wie im Aufzug nach unten. Gregor korrigierte noch einmal, fuhr die Klappen wieder ein, und nachdem der Milan wieder ruhig in der Luft lag, versuchte er es noch einmal, diesmal mit mehr Gefühl. Das klappte schon besser. Die Graspiste flog ihm entgegen, und da wurde ihm doch noch einmal mulmig. Kurz vor dem Aufsetzpunkt erwischte ihn noch eine kleine Seitenböe. Er konnte die Richtung gerade noch halten, setzte auf und rollte aus. Helmut, der Starthelfer und zwei Kameraden aus der Flugschule nahmen Gregor in Empfang.

Er wusste, was nun passieren würde. Kaum dass er sich aus seinem Flieger herausgeschält hatte, nahm ihn einer in den Schwitzkasten, und die anderen versohlten ihm mit kräftigen Schlägen den Hintern. Das war alte Segelfliegertradition nach dem ersten Alleinflug, und so musste das sein.

൞

»Da sieht man doch gleich, dass wir in München sind«, sagte Paul.

»Wieso?«, fragte Lotte. »Meinst du wegen den Temperaturen? Ich hab schon trockenere und wärmere Sommermonate in München erlebt, aber der Juli ist ja bald vorbei. Und der August wird bestimmt besser.«

»Ich rede nicht vom Wetter«, antwortete Paul.

Sie hatten sich am Nachmittag freigenommen und waren unter Lottes schwarzem Schirm mit den gelben und orangen Paradiesvögeln zum Hofgarten hinüberspaziert. Es nieselte leicht. Vor dem Eingang zum Galeriehaus am Hofgarten hatte sich eine Traube von Menschen gebildet.

»In London würde man jetzt ganz ruhig und geordnet in der Schlange stehen«, meckerte Paul, »aber bei uns meinen alle, dass sie mit Drängeln schneller reinkommen als die anderen.«

Ein großes Plakat hing über dem Eingang. »Ausstellung Entartete Kunst – Eintritt frei«. Ob der Andrang geringer gewesen wäre, wenn der Eintritt fünfzig Pfennige gekostet hätte, wie drüben im Haus der Deutschen Kunst? Wahrscheinlich nicht. Dort war die »gute«, die »artgemäße« Kunst zu sehen, während im Hofgarten Bilder und Skulpturen zu sehen waren, die in Galerien beschlagnahmt und hier an den Pranger gestellt und dem Spott der Leute ausgesetzt wurden.

Lotte wusste, wie Paul es hasste, sich in eine dichte Menschenmenge zu begeben. Aber da musste er jetzt durch. Sie hängte sich an seinen Arm und drängelte ein wenig mit.

»Bist du sicher, dass wir uns jetzt die ›Ausgeburten des Wahnsinns, der Frechheit, des Nichtkönnens und der Entartung‹ zusammen mit diesen vielen Leuten anschauen müssen?«

»Psst! Sei still, Paul«, flüsterte Lotte. »Wer weiß, wann wir noch einmal so viele moderne Kunstwerke unserer Zeit zu sehen bekommen.«

»Vielleicht hätten wir zu einer anderen Uhrzeit kommen sollen.«

»Ich habe gehört, es geht zu jeder Uhrzeit so zu«, sagte Lotte leise. »Sogar morgens schon.«

Trotzdem war es ein seltsames Gefühl, diese Ausstellung zu besuchen. Die Bilder hingen dicht an dicht an den Wänden. Man hatte sich keine Mühe gegeben, sie einer Idee oder einem Konzept folgend zu präsentieren oder einzelne Räume mit den Werken eines Künstlers zu gestalten. Sie hingen wie in einem Depot oder einer Rumpelkammer wild durcheinander, die meisten ohne Rahmen, einige schief. Und das machte einen ganz und gar schäbigen Eindruck. Lotte biss sich auf die Lippen, als sie an einer vollen Wand den »Turm der blauen Pferde« von Franz Marc erkannte. Lotte liebte Marc. Nur zu gern hätte sie eines seiner Tierbilder erworben, früher. Jetzt war das nicht mehr möglich.

»Hätte ich mir doch damals das Bild mit der gelben Kuh gekauft, als ich es zum ersten Mal sah. Weißt du noch, Paul?«

Paul nickte. »Oder das mit den blauen Eseln. Jetzt ist es zu spät. Hier kannst du nichts kaufen«, flüsterte Paul. »Wer weiß, was nach dieser Ausstellung mit den ganzen Kunstwerken geschieht.«

»Wie schön die Pferde sind«, flüsterte Lotte.

»Und was für eine Schande, einen so großartigen Münchner

Maler so zu verhöhnen«, flüsterte Paul. »Franz Marc war Soldat und wie ich vor Verdun. Er hatte nicht so viel Glück wie ich und ist nicht lebend zurückgekommen.«

»Sonst hätte er noch viele Pferde und Kühe malen können. In allen Farben.« Lotte sah sich um, ob man sie schon belauschte. Aber die Räume waren so voll, dass die Aufseher abgedrängt in den Ecken standen. Lotte war sich sicher, dass viele Münchner die Gelegenheit nutzten, um »ihren« Künstlern noch einmal die Ehre zu erweisen oder um ihre Bilder noch einmal zu sehen, bevor sie wer weiß wohin verschwanden.

Im nächsten Raum stieß Lotte Paul in die Seite. Da hing »Der Goldfisch« von Paul Klee und strahlte aus seinem dunkelblauen Meer hervor.

»Jetzt können sogar schon Goldfische entartet sein.«

»Ja, aber schau doch!«

Vor dem Bild stand ein Mann, der sich jeden einzelnen Pinselstrich von Paul Klee einzuprägen schien. Wie um das Bild zu Hause nachzumalen. Der Mann hatte einen schwarzen Hut in der einen Hand, die andere war auf einen Gehstock gestützt.

»Hans!«, rief Paul und lief auf den Mann zu, der kein anderer war als Hans Metzger, ihr Maler vom Goldachhof.

Hans Metzger lächelte, als er Paul und Lotte erkannte.

»Gut, dass ich kein Tiermaler bin«, sagte er, während er Paul die Hand gab. »Denn was man den Tieren hier antut, das ist doch wirklich die Höhe.«

»Sei froh, dass deine Pferde meistens schwarz und deine Kühe braun sind«, sagte Paul.

»Aber meine Goldfische, wenn ich welche malen würde, wären genauso golden wie der hier von Paul Klee.«

Lotte umarmte den alten Freund. »Von dir sind doch hier keine Bilder ausgestellt?«, fragte sie besorgt.

»Nein«, antwortete der Maler dicht an ihrem Ort. »Meine

Heimatbilder gefallen diesen Leuten ja. Am liebsten würde ich wie der Schriftsteller Oskar Maria Graf vom Starnberger See fordern, man soll mich auch verbrennen oder als entartet verhöhnen. Ich will gar nicht verschont werden. Aber wegen denen fange ich jetzt nicht an, expressionistisch zu malen. Da bleibe ich mir lieber selbst treu. Muss ich eben damit leben, dass sie meine Kunst nicht anstößig finden.«

»Ich finde, du hast schon genug mitmachen müssen, Hans. Sei froh, dass sie dich wenigstens als Künstler in Frieden lassen«, sagte Paul.

»Meine Hoffnung ist, dass meine Bilder diese Zeiten überdauern werden«, antwortete er.

»Komm uns doch besuchen«, bat Paul. »Du bist uns immer willkommen.«

»Das mache ich, sobald ich Zeit habe«, versprach der Maler und verabschiedete sich von ihnen, um sich wieder dem Goldfisch zuzuwenden. Als ob ihm noch ein paar Pinselstriche fehlten zur Fertigstellung des Gemäldes in seinem Kopf.

Paul nahm Lottes Hand und drückte sie. Er sah ihr an, wie bewegt sie war. Der Goldfisch verschwamm ihr vor den Augen. Paul zog sie weiter in den nächsten Raum, aber Lotte taten alle Bilder und Kunstwerke so schrecklich leid, genauso wie die Künstler, von denen viele nun weggehen und das Land verlassen würden. Denn wenn sie weiterarbeiten wollten, dann mussten sie ja fort. Lotte litt so mit ihnen mit. Sie konnte sich gar nicht mehr beruhigen.

Paul schob sie durch die restlichen Räume und schließlich aus dem Gebäude hinaus auf die Straße.

»Kaffee?«, fragte er.

»Lieber einen Schnaps.«

»Die ›Große Deutsche Kunstausstellung‹ im Haus der Deutschen Kunst müssen wir uns aber nicht auch noch ansehen, oder?«

»Die schenken wir uns«, sagte Lotte. »Schöner als die blauen Pferde kann gar nichts sein.«

Im Café am Hofgarten fragte sie Paul: »Hast du das Foto von Charlie Chaplin in der Ausstellung gesehen, mit seinen ›typisch jüdischen Merkmalen‹, auf die extra hingewiesen wurde?«

Paul nickte.

»Und weißt du auch, was der größte Witz dabei ist?«

»Was denn?«, fragte Paul.

»Chaplin ist gar kein Jude.«

1938

»Johann!« Es klopfte tatsächlich, er hatte es nicht geträumt. »Johann! Also Ihren Schlaf möchte ich haben.« Das war Käthes Stimme. »So wachen Sie doch auf, Johann. Der Pater lässt Sie rufen.«

Johann räusperte sich. »Bin gleich da.« Keine Zeit mehr, sich noch einmal umzudrehen und dem Traum nachzuspüren, der ihn gerade noch so beschäftigt hatte. Was war es noch mal gewesen? Eben hatte es doch noch so deutlich vor seinen Augen gestanden. Hatte er mit seinem Vater gesprochen? Die Mutter hatte ihm vor Kurzem erzählt, wie sie sich damals kennengelernt hatten, auf ihrer Insel. La Palma. Johann erinnerte sich daran, dass er als Kind einmal da gewesen war. An seinen Onkel Estéban und seine Yeya, wie die Großmutter genannt wurde. Es war dort traumhaft schön gewesen, die Bananenplantagen hatten fast bis ans Meer gereicht, und nur widerwillig hatte er damals das Schiff bestiegen, das sie wieder nach Hause brachte, wo es im Herbst immer so nass war und im Winter so kalt.

»Johann, bitte, Sie wissen doch, wie ungeduldig der Pater sein kann.«

»Ich komme«, rief er und zog sich hastig an.

»Was hat er denn?«, fragte er Käthe, nachdem er sich rasch ein wenig frisch gemacht hatte.

»Das wird er Ihnen selbst sagen«, antwortete Käthe und

drückte ihm ein Tablett mit einem Becher Kaffee und zwei Käsebroten in die Hand. Das hieß, dem Pater ging es nicht so gut heute, sonst hätte er seinen Kaffee in der Küche getrunken und ›keine Umstände gemacht‹, wie er das nannte.

Johann klopfte.

»Da sind Sie ja endlich, Johann«, begrüßte ihn Pater Mayer. »Ich beneide Sie ja um Ihren tiefen Schlaf. Aber heute ist wirklich nicht viel Zeit.«

Wann ist hier im Haus schon Zeit?, dachte Johann. »Was gibt es denn so Dringendes?«

»Sie müssen rüber in die Herzog-Max-Straße. Mir tut heute mein Knie so weh, ich kann auch mit Prothese nicht richtig laufen. Und ein katholischer Priester mit Krücken und nur einem Bein, wie schaut denn das aus?«

»Und was soll ich in der Herzog-Max-Straße?«

Johann räumte den Nachttisch frei und stellte das Tablett ab. Es war vermutlich nicht nur das Knie. Pater Mayer war immer noch geschwächt von seinem Gefängnisaufenthalt in Landsberg. Schon vor einem Jahr war er wegen »Kanzelmissbrauchs« festgenommen und eingesperrt worden. Denn er hatte in seinen Predigten klar Stellung bezogen. »Ein guter Katholik kann nicht gleichzeitig Nationalsozialist sein«, das war seine Überzeugung. Und er scheute sich nicht, sie auch öffentlich kundzutun. Aufgrund der Proteste von Kardinal Faulhaber und vieler Münchner Bürger hatte man ihn freigelassen, aber mit einem Predigtverbot belegt. Und was hatte Pater Mayer gemacht? Er hatte nicht nur sofort angekündigt, weiterzupredigen, er hatte es auch fortwährend getan und dabei kein Blatt vor den Mund genommen. Anfang Januar hatten sie ihn deshalb zum zweiten Mal verhaftet, und erst im Zuge einer Amnestie war er im Mai wieder freigekommen. Fünf Monate Gefängnis, das steckte ihm immer noch in den Knochen.

»Sie gehen hinüber zur Israelitischen Kultusgemeinde.«

»Ich?«

»Ja, Sie. Ich kann heute beim besten Willen nicht. Es ist aber wichtig und sehr dringend.«

»Wieso, was ist denn los?«

»Die Kultusgemeinde muss die Synagoge räumen und ebenso ihre beiden Gebäude in der Herzog-Max-Straße. Und zwar unverzüglich.«

»Die große Synagoge beim Künstlerhaus?«

Der Pater nickte.

»Aber warum denn?«

»Warum, das können Sie sich denken, Johann. Dem Führer ist schon jede katholische Kirche ein Dorn im Auge. Doch beim Anblick der prächtigen Hauptsynagoge, noch dazu an einer so prominenten Stelle in der Altstadt, muss diesem Judenhasser doch jedes Mal die Galle hochkommen.«

»Was soll denn mit der Synagoge geschehen, wenn die Gemeinde sie geräumt hat?« Johann konnte sich das überhaupt nicht vorstellen. Die Hauptsynagoge war für die Münchner Juden ihr Haus Gottes. Es war, als würde man den Katholiken sagen, sie müssten ihren Liebfrauendom räumen.

»Die Synagoge soll abgerissen werden. Aus verkehrstechnischen Gründen, so zumindest die offizielle Version.« Der Pater sah Johann an. »Angeblich müssen diese Barbaren genau dorthin einen Parkplatz bauen. Ausgerechnet an diese Stelle, verstehen Sie?«

Johann nickte. »Aber was soll ich dann noch dort? Ich kann doch auch nichts dagegen machen.« Wollte der Pater, dass er in die Herzog-Max-Straße ging und in irgendeiner Form Widerstand leistete? Sollte er sich die Gefängniszellen in Landsberg auch einmal von innen ansehen?

»Nein, natürlich nicht. Aber die jüdische Gemeinde hat sich an Kardinal Faulhaber gewandt und ihm die Orgel zum Kauf angeboten. Er möchte sie erwerben und in der St.-Korbinian-Kirche in Untersendling aufstellen lassen. Vierzehn Jahre ist es jetzt her, dass die Kirche geweiht wurde. Aber aus Geldmangel hat sie immer noch keine Orgel. Es wäre eine schöne Gelegenheit und würde uns und den Juden helfen. Sie gehen als Unterhändler hin und kümmern sich um die Abwicklung des Kaufs und den fachgemäßen Abtransport der Orgel. Und feilschen Sie nicht, Johann. Wir zahlen den Preis, der gefordert wird.«

Johann nickte. Er kannte sich mit Orgeln und den Preisen für Orgeln sowieso nicht aus. Aber es graute ihm vor dieser Mission. Wenn sie Pater Mayer aus seiner Bürgersaalkirche in der Neuhauser Straße hätten vertreiben wollen, dann wäre er sicher nicht freiwillig gegangen. Womöglich hätte er sich an den Altar gekettet. Was für ein trauriger Auftrag. Die prächtige Hauptsynagoge, die immer schon dort gestanden hatte, seit Johann denken konnte.

Der Vorsitzende der Israelitischen Kultusgemeinde, bei dem Johann eine halbe Stunde später eintraf, erzählte ihm, dass König Ludwig II. selbst der Gemeinde den Bauplatz an der Herzog-Max-Straße zur Verfügung gestellt hatte. An die dreihundertfünfzigtausend Mark hatten sie damals dafür bezahlt. Und jetzt mussten sie das Grundstück mitsamt der Synagoge für ganze einhunderttausend wieder verkaufen. Ein Hohn. Der geforderte Preis für die Orgel schien moderat, zumindest versicherte der bereits anwesende Orgelbauer Johann, dass die Orgel den Preis auf jeden Fall wert wäre. Die Gemeindevorsteher waren hauptsächlich daran interessiert, dass sie weiter bespielt und nicht vernichtet würde. Die Kultusgemeinde, die vor 1933 elftausend Mitglieder gezählt hatte, war auf nicht einmal fünftausend geschrumpft. Und der Abwärtstrend würde sich fortsetzen. Darüber machte sich niemand

Illusionen. Wer konnte, der verließ das Land. Aber nicht jeder hatte die Möglichkeit und die Verbindungen, ins Ausland zu gehen.

»Wir hoffen, unsere Orgel bringt Ihnen mehr Glück als uns«, sagte der Vorsitzende der Gemeinde beim Abschied. »Shalom aleichem.«

»Aleichem shalom«, antwortete Johann und verneigte sich.

Schon eine Woche später, am Morgen des 9. Juni 1938, musste Johann, und mit ihm alle Münchner, mitansehen, wie die Abbrucharbeiten an der Herzog-Max-Straße begannen. Im Schaukasten des *Stürmer* war dazu zu lesen: »Ein Schandfleck verschwindet.« Von einem Parkplatz an der Stelle war keine Rede mehr.

~

»Schließ du bitte heute den Laden auf.« Lotte drückte Paul den Hauptschlüssel in die Hand. »Ich habe Angst, sie überrennen mich. Als würden wir unseren Kaffee horten oder selber trinken. Manche Kunden lassen sich einfach nicht abwimmeln. Ich erkläre ihnen lang und breit, dass wir unseren Kaffee nur noch an Stammkunden abgeben dürfen, und dann behaupten sie einfach, sie wären Stammkunden und hätten immer schon im Dallmayr eingekauft. Manche sind sogar so dreist und fragen mich, wer ich denn überhaupt sei und was ich hier zu sagen hätte.«

Paul nahm den Schlüssel. »Das soll mich mal einer fragen. Dem werde ich was erzählen.«

»Gestern wurde einer von denen dann von einer echten Stammkundin aufgeklärt. ›Das ist doch die Frau Randlkofer‹, hat sie gesagt. Darauf der andere: ›Und wer soll das bitte sein?‹«

»Und so was will unser Stammkunde sein«, kommentierte Paul. »Dann will ich die Meute mal reinlassen. Wenn sie sich wenigstens in einer ordentlichen Schlange anstellen würden.« Er träumte wieder einmal von seinen Londoner Bushaltestellen. »Man kommt sich ja vor wie ein Löwenbändiger im Circus Krone. Die Leute haben anscheinend wenig Zuversicht, dass es bald wieder besser wird mit dem Kaffee. Sonst würden sie nicht so viel auf Vorrat kaufen.«

»Und? Hast du denn mehr Zuversicht?«, wollte Lotte ihn fragen, aber Paul war schon wieder unterwegs in den Verkaufsraum.

Nach der neuen Kaffeeabteilung war auch eine kleine Teeabteilung im Dallmayr aufgebaut worden. Lotte, die morgens gern Kaffee, tagsüber und abends aber auch mal eine Tasse Tee trank, konnte sich nicht so recht entscheiden, welcher Abteilung sie den Vorzug gab. Sie liebte beide. Der Kaffeeduft war stets dominanter, Duft und Aroma des Tees dagegen dezenter, zurückhaltender, feiner, doch wenn man sich darauf einließ, auf seine Weise ebenso betörend. Wenn Lotte an den frisch abgefüllten Teepackungen schnupperte, die Unterschiede in den Sorten und Herkunftsländern mit der Nase entdeckte und den kundigen Verkäuferinnen lauschte, konnte sie schnell in eine andere Welt eintauchen. Eine Welt des eleganten, unaufdringlichen Genusses. Allein schon die wunderbaren Porzellangefäße aus Nymphenburg, die kleiner waren als ihre bunten Verwandten in der Kaffeeabteilung, bauchiger in der Form und dezenter in der monochromen Farbgebung in Blau-Weiß oder schlichtem Grau-Weiß, luden zum Betrachten und Träumen ein. Elefanten, Löwen oder Hirsche waren darauf abgebildet, Palmen, Farne und andere exotische Pflanzen. Die Kunst, die unterschiedlichen Teesorten aus den besten Teegärten der Welt zu Mischungen zusammenzustellen, die auch anspruchsvolle Teeliebhaber zufriedenstellte, noch besser begeisterte, davor hatte Lotte mindestens ebenso viel Respekt wie vor der Kunst des

Kaffeeröstens und Mischens, die ihr Fritz so meisterhaft beherrschte.

Mit den Teearomen in der Nase wechselte Lotte hinüber in die Kaffeeabteilung und schaute sich die Liste mit den vorhandenen Mengen an 250-Gramm-Päckchen an. Sie würde die Namen der Stammkunden notieren, für ihre eigene Übersicht und, falls nötig, als Nachweis für eventuelle Kontrollen. Es gab eine offizielle Überwachungsstelle für Kaffee wie auch für Tabak. Nur gut, dass sie keine nennenswerten Mengen an Tabakwaren verkauften. Nur ein paar teure Zigarren lagerten in den Schubladen unter der Kasse. Im Vergleich zu den Zigarettenkunden verhielten sich die Kaffeekunden offenbar noch gesittet. Von Berlin gab es Fotos von wütenden Menschenmengen vor den Zigarettenläden in der Zeitung. Die »Reichsstelle für Tabak und Kaffee« hatte diese Fotos bestimmt auch gesehen. Sie hatten ihre Beobachtungsposten sowieso überall. Rohkaffee musste genauso wie Rohtabak gegen Devisen eingeführt werden, insofern waren beide Genussmittel gefährdet. Denn das Regime war auf Autarkie ausgerichtet und sehr bemüht, knappe Devisen zu sparen. Aber einen wesentlichen Unterschied gab es doch. Während man stets darum bemüht war, die Tabakkonsumenten mit ihrem Suchtmittel zu versorgen und ruhig zu halten, wurden die Kaffeetrinker gern als verweichlichte Genussmenschen an den Pranger gestellt. Ob es daran lag, dass die Raucher ganz überwiegend Männer waren, fragte Lotte sich. Goebbels höchstpersönlich hatte sich erst kürzlich wieder über die als »Kaffeetanten« diffamierten Kaffeetrinker lustig gemacht. Wörtlich hatte er gesagt, es sei die Pflicht eines national denkenden Menschen in einer solchen Situation – damit war der Mangel gemeint – von sich aus auf ein derartiges Genussmittel zu verzichten. Gehört und gelesen hatten sie es wohl, aber keiner glaubte, dass Goebbels selbst oder auch nur einer seiner ranghöheren Parteigenossen auf seinen Bohnenkaffee zum Frühstück und seine Zigarette oder Zigarre verzichteten.

Nun hatten sie auch noch ihre wunderbaren und sehr begehrten Dallmayr-Kaffeemischungen, die schönen Kaffeedosen mit den München-Motiven und alles Zubehör aus den Schaufenstern entfernen müssen, weil ein Werbeverbot für Kaffee verhängt worden war. Die Verknappung war also schon weit vorangeschritten und nicht länger zu leugnen. Die Händler waren angewiesen, ihre Bestände an Bohnenkaffe ab sofort nur noch an Stammkunden abzugeben. So wollte man die Kunden noch einigermaßen bei Laune halten und Hamsterkäufe unterbinden. Das Regime mochte keine Schlangen vor den Geschäften, denn das beunruhigte die Leute und brachte sie gegen die politische Führung auf. Denn verzichten würden sie freiwillig kaum. Was war denn auch die Alternative? Ersatzkaffee aus Gerste, aus Malz, aus Zichorien, sprich aus der Wurzel der Gemeinen Wegwarte. Sie wurden geröstet und gemahlen wie Kaffeebohnen und bekamen dadurch auch die braune Farbe des Kaffees, konnten sich aber im Geschmack in keiner Weise mit echtem Bohnenkaffee messen. Ersatzkaffee aus Getreide enthielt außerdem kein Koffein, woher auch? Er konnte also für echte Kaffeetrinker kein wirklicher Ersatz sein.

Lotte schaute noch kurz bei Fritz vorbei, um zu erfahren, welche Mengen er im Laufe des Tages rösten würde. Die Röstmaschine lief, und es war wie immer tropisch warm in der Manufaktur. Die Kaffeesäcke, die sich sonst neben- und übereinander an der Wand entlangstapelten, waren auf einen überschaubaren Rest zusammengeschrumpft. Entgegen seiner sonstigen Gewohnheiten waren keine Probiertassen und Schalen mit verschiedenen Mischungen aufgebaut.

»Morgen, Fritz.«

»Moin, Chefin.«

»Hast du denn schon eine Lösung für die viel beschworene ›Kaffeefrage‹ gefunden?«, fragte Lotte.

»Eine richtige Lösung noch nicht, aber eine Maßnahme«, antwortete Fritz. »Ab sofort stelle ich keine neuen Mischungen mehr zusammen.«

»Und was soll das bringen?«

»Dann muss ich auch nicht mehr so viel verkosten und ausspucken. Diese Verschwendung kann ich doch den Kunden bei der derzeitigen Verknappung nicht zumuten«, sagte Fritz. »Wir verwalten jetzt nur noch das, was da ist. Schlimm für einen Kaffeeröster, aber ich fürchte, die Lage wird sich so schnell nicht bessern. Eher im Gegenteil.«

»Wieso?«, fragte Lotte. »Weißt du was, das wir noch nicht wissen? Dass Devisen gespart werden müssen und weder Tabak noch Kaffee bei uns in der Heimat wachsen, das ist mir bekannt.«

»Ich habe gehört, dass es nicht nur das Devisensparen ist, was unseren Kunden die Kaffeeknappheit beschert. Ein Händler aus Bremen hat mir erzählt, dass immer noch genauso viel Bohnenkaffee eingeführt wird wie in den letzten Jahren. Es kommt also gar nicht weniger rein, wie wir immer gedacht haben.«

»Und wieso bekommen wir dann nicht mehr oder nicht einmal so viel wie früher?«

»Tja«, sagte Fritz und rieb sich das Kinn. »Darüber gibt es Vermutungen.«

»Jetzt lass dich doch nicht so betteln. Die Kundschaft wartet draußen auf mich.«

Fritz senkte die Stimme, als würde er gleich ein Staatsgeheimnis verraten. »In einer französischen Zeitung war zu lesen, dass das mit dem Kaffee und dem Tabak sehr stark an 1914 erinnert.«

»Und was soll das bitte heißen?«

»Dass die Genussmittel, Kaffee, Kakao, Tabak für das Militär gebunkert werden. Ein bestimmter – und ziemlich großer – Teil wird also gleich nach der Einfuhr beiseitegeschafft. Man legt große Mengen Vorräte an für den Fall der Fälle.«

»Und was wäre das?«, fragte Lotte. »Doch nicht etwa Krieg? Das ist doch Unsinn. Wir leben schließlich in Friedenszeiten, oder etwa nicht? Beim Anschluss Österreichs im März ist kein Blut geflossen, und als im September die Sudetendeutschen heim ins Reich geholt wurden, ging das auch ganz ohne Kampfhandlungen. Wegen den Sudetendeutschen ist sogar das Oktoberfest in ›Großdeutsches Volksfest‹ umbenannt worden. Ich habe selbst gesehen, wie man sie in Scharen vom Bahnhof auf die Festwiese gekarrt hat.«

»Aber wenn es so weitergeht mit den Gebietserweiterungen, dann werden die Franzosen und Engländer irgendwann nicht mehr zuschauen, oder? Und für diesen Fall braucht die Armee ihre Vorräte, auch an Genussmitteln. Wer einem Soldaten Muckefuck statt anständigen Bohnenkaffee und anstelle von Zigaretten Lakritz anbietet, der fördert die Meuterei und nicht die Wehrkraft.«

»Und das denkst du dir jetzt nicht aus, dass Kaffee und Tabak gebunkert wird, während er uns in den Läden für unsere Kunden fehlt?«

»So viel Fantasie habe ich gar nicht. Beschwören würde ich es nicht, denn ein Teil mag auch Propaganda aus dem Ausland sein. Aber es wäre doch immerhin eine Erklärung für die Trauben von Leuten, die sich draußen vor unserer Tür die Füße platt treten und ganz verrückt nach unserem Kaffee sind.«

»Und hat dein Informant aus Bremen vielleicht auch eine Ahnung, wie viel vom jährlichen Import auf diese Weise abgezweigt wird?«

»Er hat den Überblick über die Einfuhrmengen beim Rohkaffee und meint, es sind mindestens zwanzigtausend Tonnen, die gar nicht erst auf den Markt kommen«, sagte Fritz. »Das wären so an die zehn Prozent der jährlichen Einfuhrmenge.«

»Zehn Prozent? Das ist in etwa das, was wir auch am Umsatz merken. Wir schrumpfen, und das über den Preis auszugleichen, wird schwierig werden. Es trifft uns Händler also genauso wie die Kunden. Den Ersatzkaffee kauft ja keiner.«

»Den kann man auch nicht trinken«, meinte Fritz.

»Die Herren Goebbels und Göring und wie sie alle heißen, trinken bestimmt auch keinen Malzkaffee.«

»Wasser predigen und Wein saufen – pardon, Chefin, aber so nennt man das. Etwas anderes als brasilianischer Bohnenkaffee und kubanische Zigarren ist diesen Herren ja auch nicht zumutbar«, sagte Fritz.

»Unseren Stammkunden ebenfalls nicht«, antwortete Lotte. »Dann wollen wir mal sehen, wie lange der Kaffee heute reicht. Und alle, die ich nicht kenne und die mich nicht kennen, schicke ich gleich zu meinem Mann. Heute darf er sich mit den Hamsterern und Querulanten herumschlagen. Alles keine guten Nationalsozialisten.« Sie zwinkerte Fritz zu. »Denn wenn sie national dächten, würden sie doch freiwillig und freudig auf ihr Genussmittel verzichten.«

»Gut, dass sie das sicher nicht tun werden«, sagte Fritz, »sonst müsste ich mir einen neuen Beruf suchen. Dabei gibt es überhaupt keinen schöneren als meinen.«

»Vielleicht experimentierst du mit Ersatzkaffee und röstest und mischst schon mal Eicheln, Gerste und Zichorien.«

»Igitt!« Fritz schüttelte sich. »Ich finde, das Gebräu dürfte eigentlich gar nicht Kaffee heißen, nicht einmal Ersatzkaffee. Selbst Muckefuck ist noch eine viel zu nette Beschreibung für diese Plörre.«

»Wie sollte man es denn deiner Meinung nach sonst nennen?«, fragte Lotte.

»Wurzelbrühe vielleicht.«

Lotte lachte. Sie war schon an der Tür. »Wie geht es eigentlich deiner Ursi? Wo ist sie noch mal?«

»In Schrobenhausen«, antwortete Fritz. »Ich kannte den Ort auch nicht, bevor Ursi dorthin versetzt wurde. Aber es heißt, dort wächst der beste Spargel in ganz Süddeutschland.«

»Stimmt, daher kennt man den Namen. Und wie geht es euch beiden so mit der örtlichen Trennung?«

»Glücklicherweise hat dieses Schrobenhausen einen Bahnhof. Ursi wohnt dort zur Untermiete bei einer gestrengen Hauswirtin, am Wochenende kommt sie deswegen lieber nach München. Sie hat schon einige Gesuche eingereicht, um hierherversetzt zu werden.«

»Was dir nicht unrecht wäre, nehme ich an«, sagte Lotte. »Ich drücke euch die Daumen, und jetzt kümmere ich mich um unsere Kaffee-Stammkunden. Tschüss, Fritz.«

»Tschö«, rief Fritz ihr hinterher.

∾

Es war ein grauer Novembermorgen, als Gregor auf dem Weg zur Hochschule mit dem Fahrrad in die Herzog-Rudolf-Straße einbog und sofort einen intensiven Brandgeruch in der Nase hatte. Er sah sich in der Straße um und bemerkte, dass die Fassade der Synagoge ganz schwarz von Ruß war. Alle Fensterscheiben waren zerborsten, auch die der großen Mittel-Rosette zur Straße hin. Am Turm des Mittelbaus war der Dachstuhl eingestürzt. Die angekohlte Tür stand offen, und als er ins Innere hineinblickte, sah Gregor, dass die ganze Einrichtung zerstört war. Dann hatte die Feuerwehr, die immer noch mit einem Fahrzeug in der Straße stand, wohl nichts mehr ausrichten können gegen die Flammen. Gregor war vom Fahrrad abgestiegen und sah sich die

Schäden an dem Bauwerk an. Da herrschte ihn einer der Feuerwehrmänner an.

»Weiterfahren, weiterfahren«, forderte er ihn auf. »Hier gibt es nichts mehr zu sehen.«

An der Straßenecke standen ein paar Männer in langen Mänteln und schwarzen Hüten beisammen. Aber auch die zerstreuten sich, als sie den Feuerwehrmann sahen. Er musste gar nichts sagen, fuchtelte nur mit den Händen, und sie senkten die Köpfe und gingen auseinander.

In der Hochschule munkelte man, die Synagoge sei von der SA angezündet worden, nachdem Goebbels am Abend zuvor bei einem Kameradschaftstreffen im Alten Rathaus gegen die Juden gehetzt hatte. Ein Mitstudent, der am Gärtnerplatz wohnte, berichtete, dass auch die Neue Synagoge in der Reichenbachstraße in der Nacht gestürmt und völlig verwüstet worden sei.

»Sie haben sich nicht getraut, sie in Brand zu stecken«, sagte der Kommilitone. »Sonst hätten bestimmt noch mehr Häuser im Gärtnerplatzviertel gebrannt.«

Er hatte auch mitbekommen, dass alle Männer, die sich in der Synagoge aufgehalten hatten, abgeführt und auf einem Lastwagen abtransportiert worden waren.

»Sie haben nach ihnen getreten und sie auf den Kopf geschlagen. Alte Männer mit Kippa und weißen Bärten, auch der Rabbi war unter ihnen. Meine Mutter kennt den, weil seine Frau immer ihr Gemüse und Obst bei uns im Geschäft kauft.«

Gregor musste an Selmas Vater denken. Ob er immer noch in seiner Kanzlei tätig war? Oder waren die Böhms mittlerweile ausgewandert? Er hatte schon seit ein paar Wochen nichts mehr von Selma gehört.

Am Nachmittag, nach den Vorlesungen, entschloss Gregor sich, an der Kanzlei in der Sonnenstraße vorbeizufahren. Auf die Hausmauer neben dem Schild »Dr. Otto Böhm, Rechtsanwalt« war ein riesiger schwarzer Davidstern gemalt, von dem hässliche schwarze Farbnasen nach unten ausgelaufen waren. Wie Tränen, dachte Gregor.

Mit klopfendem Herzen drückte er auf den Klingelknopf und erschrak fast, als im ersten Stock ein Fenster zur Straße aufging und ein Mann, der wohl Herr Böhm sein musste, den Kopf herausstreckte.

»Ich bin es, Gregor«, rief er hinauf, da verschwand der Kopf, und kurz darauf surrte der Türöffner.

Herr Böhm war, seit Gregor ihn zuletzt gesehen hatte, ganz grau geworden und trug einen Dreitagebart. Er stand im Treppenhaus und schob Gregor in die Kanzlei, sobald er den ersten Stock erreicht hatte. Dann schloss er die Tür hinter ihm ab.

»Wie geht es Ihnen, Herr Böhm? Ich wusste gar nicht, dass Sie noch da sind.«

»Und wo sollte ich Ihrer Meinung nach sein?«, fragte Böhm und bot ihm einen Besucherstuhl an.

»Ich dachte, vielleicht in London.«

»Und wer soll sich dann um die kümmern, die jetzt noch hier leben? Ein paar von uns müssen aushalten, sonst sind die Juden in der Stadt ganz ohne Rechtsbeistand. Freiwild sozusagen.« Sein Blick irrte hin und her, es schien ihm schwerzufallen, still zu sitzen. Er sprang auf, holte eine Flasche Whiskey aus dem Schrank, schenkte sich ein. »Auch einen?«, fragte er. Gregor lehnte ab.

»Wie geht es Ihrer Frau?«, fragte Gregor.

»Elisabeth? Der geht es gut. Wir haben uns scheiden lassen. Sie lebt nun unter ihrem Mädchennamen weiter in unserer Wohnung in der Prinzregentenstraße und hat eine Stelle in einem Büro gefunden. Sie hat ja jetzt keine Probleme mehr, seit sie nicht mehr mit einem Juden verheiratet ist.«

»Und wo wohnen Sie jetzt?«, fragte Gregor.

»Hier«, antwortete Böhm. »Ich habe mir im ehemaligen Sekretariat ein Feldbett aufgestellt, das reicht mir.« Er nahm noch einen Schluck und schenkte sich nach. »Haben Sie mitbekommen, was heute Nacht passiert ist?«

Gregor nickte.

»Gut, dass die Hauptsynagoge bereits geräumt und abgerissen war. Ein brennendes Gotteshaus hat doch etwas äußerst Beängstigendes, finden Sie nicht? Selbst für jemanden, der sich selbst nicht als gottgläubig bezeichnet. Wenn es da keine Grenze mehr gibt, dann gibt es überhaupt keine mehr, oder?«

»Ich weiß es nicht«, sagte Gregor.

»Einer muss sich kümmern«, sagte Böhm und trank auch das zweite Glas leer. »Man hat der jüdischen Gemeinde bereits aufgetragen, schriftlich, dass sie für den Abriss der Synagoge Ohel Jakob in der Herzog-Rudolf-Straße sorgen und ihn natürlich auch bezahlen soll. Verstehen Sie? Erst zündet man den Juden das Haus an, und dann sollen sie auch noch für den Schaden aufkommen.«

Gregor wusste darauf nichts zu sagen.

»Es gibt nichts, was diese Barbaren nicht gegen die Juden auffahren. Wann werden sie Ruhe geben? Wenn der letzte von ihnen das Land verlassen hat?« Der Rechtsanwalt stand auf und streckte den Rücken durch. »Was frage ich hier dumm herum? Sie können es ja auch nicht wissen.«

»Wie kommt es, dass Sie noch als Anwalt praktizieren dürfen?«, fragte Gregor. »Ich habe gehört, dass man den jüdischen Anwälten schon Anfang des Jahres die Zulassung entzogen hat.«

Selma hatte es ihm vor einiger Zeit am Telefon erzählt. Und dass ihr Vater vielleicht auch davon betroffen sein würde.

»Ja, ich habe Glück, oder auch Pech, je nachdem«, sagte Böhm und setzte sich wieder. Er rieb sich die Augenlider mit beiden Daumen. »Unter den siebzehntausend zugelassenen

Rechtsanwälten im Reich gab es Anfang 1938 noch eintausendsiebenhundertdreiundfünfzig Juden. Also zehn Prozent, die allesamt unter das sogenannte Frontkämpferprivileg fielen. So wie ich. Von der hohen Zahl waren die Nationalsozialisten wohl selbst überrascht. Jetzt, mit der Fünften Verordnung zum Reichsbürgergesetz wurde ihre Zulassung zum 30. November 1938 aufgehoben. Danach werden wiederum nur noch zehn Prozent von den jetzt noch Praktizierenden als jüdische Rechtskonsulenten übrig bleiben, die allein zur Vertretung von Juden befugt sein werden. Und wie es aussieht, werde ich wohl zu diesen Letzteren gehören. Ich bleibe also und habe vorerst noch eine Ausnahmegenehmigung zur Ausübung meines Berufs. Ich kann bloß hoffen, dass die SA-Männer, die die Synagogen angezündet und zerschlagen haben, das auch wissen, wenn sie das nächste Mal zu mir kommen. Beim letzten Mal haben sie sich noch damit begnügt, ein Menetekel an meine Hauswand zu malen.«

»Menetekel?«, fragte Gregor.

»Den schwarzen Davidstern da unten. Er wurde als Drohung dort hingeschmiert, als Vorzeichen von drohendem Unheil, wie es das Buch Daniel im Tanach erzählt. Aber egal. Ich nehme mein Amt und meine Aufgabe an. Ich werde also jüdischer Konsulent und bleibe an meinem Platz, solange man mich eben lässt.«

Es klingelte, und Gregor rutschte fast das Herz in die Hose. War das schon die SA oder die Polizei? Herr Böhm sah aus dem Fenster und drückte dann den Öffner.

»Das ist die kleine Rachel. Sie ist heute für mich als Kundschafterin unterwegs.«

Rachel war höchstens vierzehn Jahre alt, hatte einen rotblonden Lockenkopf und sehr helle Haut. Sie sah Gregor unsicher an.

»Ein arischer Freund«, sagte Dr. Böhm.

»Ich heiße Gregor.«

»Rachel«, sagte das Mädchen und wandte sich dann an den Anwalt. »Vater und Sohn Bildstein sind in der Nacht aus der Reichenbachstraße verschleppt worden. Frau Bildstein weiß nicht, wohin sie die beiden gebracht haben. Sie hat keine Nachricht. Herr Schuster war auch in der Synagoge. Sie haben ihn blutend auf der Straße gefunden und zu seiner Frau nach Hause gebracht.«

»Also gut«, sagte Dr. Böhm und stemmte sich seufzend aus seinem Ledersessel. »Dann will ich mich mal zur Ettstraße aufmachen und Nachforschungen zum Verbleib der beiden Bildsteins anstellen. Ich kann mir schon denken, wo ich sie finden werde. Aber ich will es von ihnen selbst hören, und ebenso den Grund für ihre Festnahme. Da bin ich gespannt. ›Besuch einer Synagoge‹ kann da ja kaum stehen. Der ist meines Wissens noch nicht verboten.«

Gregor stand ebenfalls auf. »Wenn ich irgendwie helfen kann …«, sagte er.

»Die Ettstraße ist kein guter Ort für einen jungen Mann wie Sie. Aber ich danke Ihnen für das Angebot. Vielleicht muss ich gelegentlich sogar darauf zurückkommen. Auf Wiedersehen.«

»Wiedersehen«, sagte Gregor, nickte Rachel zu und verließ die Kanzlei.

Menetekel, dachte er, als er an der Schmiererei an der Hauswand vorbeiging. Und zum ersten Mal fand er es gut, dass Selma nun in England lebte. Denn dort war sie wenigstens in Sicherheit.

1939

Durch die dreiteiligen Werkstattfenster, die nachträglich oben an der Wand des Zimmers eingebaut worden waren, in dem Fritz hauste, konnte er die Föhnwolken sehen, die wie Federn über den blauen Himmel verstreut waren. Der Föhn gehörte zu München wie die steife Brise an die See. Doch der Wind, der über die Alpen bis ins Vorgebirge zog, sorgte für ungewöhnlich hohe Temperaturen und einen aufregend schönen Himmel. Fritz konnte sich gar nicht sattsehen an diesen weichen Formen, die wie mit dem Pinsel hingetupft wirkten. Er hätte schnurren können vor Wohlbefinden. Neben ihm auf der Couch, die er nachts auch als Bett nutzte, lag Ursi halb auf dem Bauch. Sie hatte ihre Bluse ausgezogen und die Augen geschlossen. Er öffnete den Verschluss ihres Büstenhalters und strich sanft mit Daumen und Zeigefinger ihre Wirbelsäule entlang, von oben nach unten und dann wieder nach oben. Er folgte der Linie ihres Schulterblattes, erst links, dann rechts. Kraulte ihr den Nacken bis hinauf zum Haaransatz, küsste den blonden Flaum und die zarte Haut. Fuhr mit beiden Händen die Linie ihrer Schultern entlang, rieb sanft an den Muskelsträngen entlang und stellte fest, dass Ursi ganz entspannt war. War sie eingeschlafen? Sie schlug ein Auge auf und fixierte ihn.

»Was ist?«, fragte Ursi.

»Gar nichts«, sagte Fritz.

»Woran denkst du?«

»Wie schön du bist und wie zart deine Haut sich anfühlt. Aber am allerfeinsten sind diese Babydaunen.«

»Babydaunen, wo?«

»Im Nacken wachsen die bei dir, wie bei einem Küken. Die darfst du nie schneiden oder abrasieren. Versprich es mir.«

»Versprochen. Und sonst?«, bohrte sie nach.

»Ich habe Angst, dass ich bald meinen Job verliere.« Fritz küsste sie auf den kleinen Höcker am Ende ihrer Halswirbelsäule. »Was soll ich rösten, wenn nicht Kaffee? Und jetzt komm mir nicht mit Eicheln und Gerste, ich will das nicht.«

»Und, hast du Ideen?«

»Ich könnte nach Bremen zurückgehen, bei meinen Eltern in die Firma einsteigen.«

»Und was soll dort besser sein? Meinst du, in Bremen gibt es mehr Kaffee oder irgendwelche geheimen Unterseewege, auf denen die brasilianischen Frachten erst ab- und dann an der Weser wieder auftauchen?«

»Ich weiß es auch nicht.«

»Die Randlkofers haben doch bestimmt einen anderen Bereich im Geschäft, den sie dir so lange anvertrauen werden. Dass der Kaffee so knapp ist, das wird doch schließlich nicht für immer so bleiben. Sicher suchen sie längst nach einer Lösung, glaubst du nicht?«

»Keine Ahnung.« Fritz zuckte die Achseln. »Für unsere Regierung ist Bohnenkaffee ein Luxus, den sich sowieso nur wenige leisten können. Und solange sie selbst nicht verzichten müssen und sich einen Vorrat gesichert haben, sollen die Zivilisten halt auf Tee umsteigen.«

»Kräutertee, meinst du wohl. Denn der aus Ceylon wird ja auch bald knapp werden, wie alles, was aus Übersee kommt.« Ursi hakte den Verschluss ihres BHs wieder ein und setzte sich auf. »Du klingst so mutlos.«

»Es gibt ja auch noch ganz andere Gerüchte.«

»Welche? Was meinst du?«, fragte Ursi.

»Dass Hitler die Wehrmacht auf einen Krieg vorbereitet.«

»Und das heißt?« Ursi sah ihn mit großen Augen an.

»Das heißt, dass die jungen Männer, solche wie ich, wahrscheinlich eingezogen werden, sobald es dazu kommt.«

»Zuerst musst du aber doch zur Musterung«, sagte Ursi, als würde die Monate, wenn nicht Jahre dauern. Oder als könnte ausgerechnet Fritz dabei übersehen oder einfach vergessen werden.

»Ja, die Musterung. Die wird mich auch nicht retten. Ich bin zwar keine Sportskanone, aber ich sehe und höre ausreichend gut, und durch den Dreck robben kann ich wahrscheinlich auch, wenn man mich dazu zwingt. Genauso wie lesen und schreiben.«

»Hör auf, Fritz, ich will das nicht hören«, unterbrach Ursi ihn. »Du bist doch Kaffeespezialist.«

»Ja und? Soll ich deshalb nach Brasilien durchbrennen oder gleich nach Äthiopien? Dort wollte ich sowieso schon immer hin.«

»Nein, du sollst hierbleiben«, sagte Ursi, »und mir den Haushalt führen. Wir leben von meinem Einkommen. Wie herrlich, wenn dann schon das Essen auf dem Tisch steht, sobald ich von der Schule heimkomme.«

»Für dich vielleicht, aber fürs Kochen bin ich kein Spezialist. Dafür habe ich weder eine Ausbildung noch Talent.«

»Eher schon fürs Küssen und Streicheln«, murmelte Ursi und zog ihn zu sich.

»Das habe ich bei dir gelernt.«

»Und ich bei dir.« Ursi schlang die Arme um Fritz. »Ich will nicht jeden Moment daran denken, was alles passieren kann und vielleicht sogar gerade schon passiert. Ich will ja auch leben und dich lieben. Wir sind doch nur einmal jung.« Sie küsste ihn auf die Augen, auf den Mund.

»Und wie gut, dass du einen Monatszyklus hast, nach dem man die Uhr stellen kann, und du außerdem eine kluge Frau bist«, murmelte Fritz.

»Hast du gehört?«, fragte Ursi und lauschte.

»Nein, will ich auch gar nicht«, antwortete Fritz.

»Jetzt hör doch mal. Ich glaube, es hat geklopft.«

Sie warteten. Es klopfte noch einmal, leise zwar, aber doch hörbar. Seufzend stand Fritz auf und ging zur Tür, während Ursi ihre Bluse zuknöpfte.

An der Tür zu Fritz' Einzimmerwohnung gleich neben seiner Manufaktur stand ein rothaariges Mädchen mit so vielen Locken auf dem Kopf wie Sommersprossen im Gesicht.

»Entschuldigung«, sagte sie, »ich suche Gregor. Wohnt er nicht hier?«

»Nicht hier, sondern oben im ersten Stock. Der Eingang ist in der Passage, da müsstest du direkt vorbeigegangen sein«, sagte Fritz. Um zu seiner Wohnung zu gelangen, musste man durch die Passage durch und über den Hinterhof gehen.

»Gregor, ist er da?«, wiederholte das Mädchen.

»Ich glaube nicht«, sagte Ursi. »Der ist bestimmt auf dem Flugplatz in Schleißheim, wie jeden Samstag. Wer bist du denn?«

»Ich bin Rachel«, antwortete sie.

»Und worum geht es, Rachel? Können wir dir vielleicht helfen?«

Das Mädchen schüttelte die roten Locken. »Ich komme von Dr. Böhm. Gregor soll sich bei ihm melden, wenn er zurück ist.«

»Was ist denn los?«, fragte Ursi.

Das Mädchen zögerte. Sie schüttelte wieder den Kopf.

»Ich bin Ursi, und das ist Fritz. Wir sind Freunde von Gregor und Selma Böhm. Wir wissen Bescheid«, sagte Ursi. »Wir waren zusammen in Berlin, als Selma die hundert Meter gelaufen ist. Du musst keine Angst vor uns haben.«

»Jetzt erzähl schon«, sagte Fritz. »Wir geben Gregor dann gleich Bescheid, sobald er heimkommt.«

Stockend begann das Mädchen zu erzählen. »Einer seiner Mandanten ist verhaftet worden, und Dr. Böhm ist zur Ettstraße gegangen und hat dort vorgesprochen. Er wollte wissen, was mit Herrn Baermann passiert ist. Seine Frau weiß nicht, wohin man ihn gebracht hat und weshalb man ihn überhaupt festhält.« Rachel sah zu Boden. »Und dann sind zwei SA-Leute aufgetaucht und haben Dr. Böhm verspottet und ihm gesagt, er solle verschwinden. Als er noch einmal nach seinem Mandanten gefragt hat, haben sie ihn verprügelt.« Rachel sah zu Boden. »Sie haben gesagt, er solle sich nie wieder erlauben, sich über die polizeiliche Behandlung eines Juden beschweren.«

Ursi und Fritz sahen sich an. »Und wie geht es ihm jetzt?«, fragte Ursi.

»Er hat sich hingelegt. Und er wollte nicht, dass ich einen Arzt hole. Aber er meinte, dass Gregor ein Freund ist, der ihm vielleicht helfen kann. Und er hat mir auch gesagt, wo ich ihn im Notfall finden kann. Nämlich hier, im Dallmayr-Haus.«

»Wird es denn ohne Arzt gehen?«, fragte Fritz.

»Wenn er sich schont«, sagte Rachel. »Aber ich glaube nicht, dass er das tun wird.«

»Gut, wir geben Gregor Bescheid, sobald er auftaucht«, sagte Fritz.

Rachel hob die Schultern. »Ist gut«, sagte sie und wandte sich zur Tür.

»Warte«, sagte Ursi plötzlich. »Ich komme mit.« Sie sah Fritz an. »Du hast doch bestimmt irgendwo Verbandszeug und Schmerzmittel hier.

»Ja, aber …« Fritz kratzte sich am Kopf.

»Ich habe erst vor Kurzem einen Kurs in Erster Hilfe gemacht, für die Schule«, antwortete Ursi. »Ein bisschen kenne ich mich schon aus mit der Versorgung von Wunden. Wenn es zu schlimm ist, laufe ich zu unserem Hausarzt und bitte ihn, dass er mitkommt und sich um den Patienten kümmert.«

»Willst du nicht warten, bis Gregor wieder hier ist?«, fragte Fritz.

»Nein, lieber nicht. Du weißt doch, seine Reise steht an. Am Ende fährt er gar nicht. Besser, wir kümmern uns darum.«

Fritz besorgte das Verbandszeug, und dann folgten sie Rachel zur Kanzlei.

Der Anwalt sah schlimm aus. Die Oberlippe war aufgeplatzt, und er hatte einen großen Bluterguss am Jochbein.

»Ich bin Ursi, eine Klassenkameradin von Selma aus der St.-Anna-Oberrealschule«, stellte sie sich vor.

»Ich erinnere mich«, stöhnte Dr. Böhm. »Die rote Ursi.«

Ursi nickte. »Und das ist mein Freund Fritz, er arbeitet bei Dallmayr.«

Ursi säuberte die Wunden und legte einen kalten Umschlag auf das Jochbein, um die Schwellung zu stoppen. Dann schickte sie Rachel zu ihrer Mutter in den Straubinger Hof, um heiße Suppe zu holen, und setzte Teewasser auf.

»Wir sagen Gregor aber, was passiert ist, wenn er heimkommt, oder?«, fragte Fritz, als sie nach Hause gingen. Sie hatten Rachel aufgetragen, weiter nach Dr. Böhm zu sehen und ihm später noch einmal etwas Suppe einzuflößen.

»Lieber nicht«, sagte Ursi.

»Ja, aber, ist es denn richtig, ihm nichts zu sagen?«

»Fritz, was ist jetzt gerade wichtiger, Gregor oder Dr. Böhm?«

»Da bin ich mir eben nicht sicher«, antwortete Fritz.

»Pass auf. Es sind nur Platzwunden. Und wir schauen morgen noch einmal nach ihm. Selma möchte ihren Vater doch sowieso die ganze Zeit dazu bewegen, dass er nach England auswandert. Aber er bleibt stur und denkt, er kann hier noch etwas ausrichten. Vielleicht sieht er jetzt endlich ein, dass ihm das nicht mehr gelingen wird. Und wenn, dann nur unter höchster Gefahr für sein eigenes Leben.«

»Vielleicht, vielleicht. Trotzdem kommt es mir falsch vor, Gregor nicht zu sagen, was passiert ist. Was wissen wir schon?«

»Wir wissen es nicht, aber wir entscheiden jetzt einfach und sagen es ihm hinterher, wenn er wiederkommt. Bitte, du ehrlicher Mensch. Ich nehme das auf meine Kappe. Und ich kenne Gregor und Selma schließlich schon etwas länger als du.« Sie nahm die Hand ihres Freundes, verhakte ihre Finger in seinen und führte ihn durch die Gassen der Altstadt nach Hause.

~

Die Aufregung war zusammen mit ihm am Münchner Hauptbahnhof in den Zug gestiegen. Immer wieder vergewisserte sich Gregor, dass sich das kleine blaue Kästchen noch in der Tasche seines Sportsakkos befand. Beruhigend strich er mit dem Finger über den Samt, erst gegen den Strich, anschließend wieder in Strichrichtung, bis sich die Oberfläche weich und glatt anfühlte. Fast so weich wie menschliche Haut. Er hatte das Kästchen mit Bedacht nicht im Gepäck verstaut. Denn wenn sein Koffer durch irgendeinen dummen Zufall verloren ginge, wäre das Kästchen mit ihm verschwunden und er stünde in England mit leeren Händen da. Seine Jacke konnte nicht verloren gehen, denn er trennte sich praktisch nie von ihr. Abends, als die Betten im Liegewagen aufgeklappt wurden, legte er sich das Sakko unter den Kopf und behielt eine Hand auf dem blauen Kästchen in der Tasche. Gregor verbrachte die Nacht wie im Fieber, abwechselnd wachend und schlafend, und dazwischen in einem dritten Zustand, halluzinierend, die Geräusche des Zuges eingebaut in einen chaotisch geschnittenen Film, in dem Fahrzeuge groß wie Panzer über

Äcker pflügten und die Erde aufwarfen, lautes Geschrei ihn quälte und Wörter in fremden Sprachen, die er nicht verstehen konnte, sooft sie auch wiederholt wurden. Dann wieder Blicke nach draußen auf nächtliche Bahnhöfe, das regelmäßige Schlagen der Räder über den Schienenstoß, Schlafgemurmel, Atmen aus halb geöffneten Mündern, Rascheln von Bettlaken und Knarzen der Liegen, wenn einer der Reisenden sich vom Gang zur Wand drehte oder wieder zurück. Selma würde versuchen, ihn zu überreden in England zu bleiben und nicht mehr zurückzukehren. Er hatte selbst auch schon über diese Möglichkeit nachgedacht und gemeint, sie beim Abschied in den Augen seines Vaters zu sehen. Er würde seine Beweggründe verstehen und ihn gehen lassen, aber seine Mutter nicht, genauso wenig wie die meisten seiner Freunde. Vor allem nicht die Kameraden in der Akaflieg. Ein Überlaufen bei einer der Einladungen ins Ausland kam für sie nicht infrage. Sie suchten zusammen mit den Alten Herren des Vereins nach anderen Möglichkeiten. Streng genommen gab es die Akaflieg München sowieso nicht mehr, auch wenn sie in ihrem Denken nie aufgehört hatte zu existieren und weiterhin von denselben Leuten getragen wurde. Sie war in »Flugtechnische Fachgruppe (FFG) an der TH München bei der Deutschen Versuchsanstalt für Luftfahrt e.V. (DVL)« umbenannt worden. Ein äußerst geschickter Schachzug. Denn so blieb die ehemalige Akaflieg von einer Mitgliedschaft im Deutschen Luftsportverband verschont, aus dem später das Nationalsozialistische Fliegerkorps wurde. Und der DLV war praktisch eine reine Tarnorganisation zur Aufstellung einer deutschen Luftwaffe zu einer Zeit, als sie noch verboten war. Die Vereinssenioren hatten es geschafft, verantwortliche und einflussreiche Posten in der Industrie, im Reichsluftfahrtministerium oder in der Versuchsanstalt für Luftfahrt zu ergattern und dort Forschungsgelder zu akquirieren. Die Akaflieg konstruierte und flog eine ganze Serie neuer Flugzeuge, und die Alten Herren hofften, »ihre« Studenten so in die Forschung einbinden zu können, damit ihnen ein militärischer Einsatz möglichst erspart bliebe.

Letztes Jahr hatte Gregors ehemalige Akaflieg an einem internationalen Konstruktionswettbewerb zum Bau eines Einheits-Segelflugzeugs für die Olympischen Spiele 1940 in Tokio teilgenommen. Sie hatten die neue Mü 17 Merle, wegen der Form auch »Kleiderbügel« genannt, im Rahmen dieses Wettbewerbs präsentiert und waren immerhin Zweite geworden.

Diese Mü 17 war nun wohlverpackt und gegen Erschütterungen gesichert in einem Güterwagen der Reichsbahn, genau wie Gregor, auf dem Weg nach England. Wenn sie in London ankäme, würde Dave Lambert sich um den Transport nach Dunstable kümmern. Dave war der Vorsitzende des London Gliding Clubs, der die Münchner zum nationalen Flugwettbewerb auf dem Flugplatz von Dunstable, eine gute Bahnstunde nördlich von London, eingeladen hatte. Dort warteten die Mechaniker schon, die Gregor beim Zusammenbau seiner Merle helfen würden.

Als die Dampflok des Orientexpresses aus Wien endlich im Hafen von Ostende ankam und auf das Fährschiff nach Dover fuhr, schlüpfte Gregor in sein Sportsakko, prüfte, ob das blaue Kästchen noch in der Tasche war, und verließ den Zug, um an Deck zu gehen und seine Nase in den Seewind zu halten. »Ostende-Douvres 3 heures de traversée« las er auf einem Plakat der Belgischen Eisenbahn, auf dem eine attraktive Dame im rostbraunen Mantel mit Schal und Hut die Reling des Fährschiffs betrat, hinter ihr ein ebenso eleganter Mann, der ihren Koffer trug.

ග

»Sie haben Besuch«, sagte Käthe, als sie Johann die Tür öffnete.

»Besuch?«, fragte Johann ohne große Überraschung oder gar Begeisterung. Wahrscheinlich wieder einer der vielen Bittsteller, die zu Pater Mayer wollten. Dass Käthe ihn überhaupt hereingelassen hatte, statt ihn auf die Bürozeiten zu verweisen, wunderte ihn.

»Eine junge Dame«, sagte Käthe und hob die Brauen.

Sie saß mit dem Rücken zur Tür, trug ihr braunes Haar kurz geschnitten, sodass Johanns Blick auf ihren ungewöhnlich langen, elegant geschwungenen Hals fiel. Über dem Stuhl hing eine dunkle Kostümjacke mit Nadelstreifen. Sie war schlank und knabenhaft schmal. Wie immer, dachte Johann, als er sie endlich erkannte.

»Marie!«, rief er, und endlich drehte sie sich zu ihm um.

Als seine Cousine aufgestanden war und Johann sie umarmte, merkte er, dass sie in Wahrheit noch viel zerbrechlicher war, als sie auf den ersten Blick wirkte.

»Was führt dich nach München? Warst du schon bei Johanna auf dem Hof?«

»Ich wollte zuerst zu dir«, sagte Marie. »Können wir irgendwo reden?«

»Bleiben Sie ruhig sitzen«, sagte Käthe. »Ich muss mich sowieso um das Mittagessen kümmern.« Sie wandte sich zur Küche und schloss die Tür hinter sich.

Auf dem Tisch stand eine Flasche mit selbst eingekochtem Johannisbeersaft, dazu eine Karaffe Wasser. Der Saft funkelte rubinrot im Glas, als Johann ihnen einschenkte und mit Wasser aufgoss.

»Wie geht es dir? Was machst du in Berlin?«, fragte er.

»Das, was ich immer gemacht habe: Schreiben, Fotografieren und Bericht erstatten«, antwortete Marie. »Nur dass es heute anders läuft als früher. Früher konnte ich schreiben, was ich wollte, was mir wichtig und erzählenswert erschien.

Das einzig einschränkende Kriterium war, ob es meine Leserinnen und auch meine Leser interessierte.«

»Und heute?«, fragte Johann und nahm einen Schluck von dem fruchtig-süßen und zugleich ein wenig herben Saft.

»Na, ihr wisst doch, dass wir Schreiberlinge jetzt alle nur noch dieselbe zensierte, fade Soße über das Land ausschütten dürfen. Es gibt ja gar keine richtigen Journalisten oder Reporterinnen mehr.«

»Wieso denn nicht?«, fragte Johann.

»Sie heißen jetzt alle Schriftleiter. Und die Chefredakteure von früher sind jetzt auch andere. Sie nennen sich Hauptschriftleiter und tun alles, um den Nazibonzen zu gefallen. Statt zu informieren und zu berichten, wie die Lage wirklich ist. Das Wort ›Wahrheit‹ will ich da gar nicht erst in den Mund nehmen.«

Johann bemerkte einen scharfen Zug um ihren großen Mund mit den schön geschwungenen Lippen. War der immer schon da gewesen oder war er ihrem Beruf, ihrem Leben in der Großstadt Berlin und ihren Enttäuschungen geschuldet?

»Alles eine einzige Lügensoße. Man erstickt fast daran«, sagte Marie und nahm einen Schluck aus ihrem Glas.

Er hätte wohl besser Wein angeboten, dachte Johann, oder etwas noch Stärkeres. Käthe hütete irgendwo eine Flasche Schnaps, aber den gab es nur bei Magenverstimmungen oder sehr großem Kummer. Hatte Marie Kummer?

»Und wie hältst du das aus?«, fragte er, »Teil dieser, wie du es nennst, Lügensoße zu sein?«

»Ich habe mich aufgespalten in zwei Maries. Die eine ist die Nazi-Marie, die ihren Job macht wie eine Schreibmaschine und den ganzen Dreck und die Unwahrheiten aus den Vorgaben und Anweisungen zusammenschreibt, die ihr auf den Tisch gekippt werden. Die andere ist die kriminelle Schwarzarbeiter-Marie, die in den kleinen Spielräumen, die sie noch hat, eben doch versucht zu berichten, wie es wirklich ist.«

Marie sah elend aus, blass. Das war doch bestimmt ein klassischer Fall von Magenverstimmung.

»Warte mal«, sagte Johann.

Er verließ das Zimmer und kam mit einer Flasche Schnaps und zwei Gläsern wieder. Käthe war rasch davon zu überzeugen, dass das dünne Fräulein akute Probleme mit dem Magen haben musste. Er schenkte ihnen ein, und sie tranken auf das Wohl seiner Cousine.

»Auch für die Auslandspresse gibt es gute und schlechte Schlagzeilen. Nicht jede Wahrheit wird gern gelesen, wenn du verstehst, was ich meine.«

Johann schüttelte den Kopf. Marie griff selbst nach der Flasche und schenkte ihnen noch einmal nach.

»Die Ausgrenzung und Entrechtung der Juden zum Beispiel ist ein Thema, das eher schlechte Schlagzeilen gibt. Prost!«

Als sie noch einmal nachschenken wollte, legte Johann die Hand über sein Glas.

»Du weißt doch noch, wie sich die Amerikaner gewunden haben, bis sie dann doch an der Olympiade in Berlin vor drei Jahren teilgenommen haben, obwohl jüdische deutsche Sportler praktisch ausgeschlossen waren, bis auf ein, zwei Alibi-Läuferinnen und Fechterinnen. Dieser Avery Brundage hat doch noch den Witz gemacht, bei ihm in den USA sei den Juden auch der Zutritt zu den guten Sportclubs, wie dem seinen, untersagt. Er hat sich in dieser Frage mit den Nationalsozialisten quasi verbrüdert, verstehst du?«

Sie kippte ihr drittes Glas, und Johann nahm die Flasche vom Tisch und stellte sie etwas weiter fort, auf die Anrichte.

»Darüber lesen die Amis gar nicht gern«, fuhr sie fort, »weil sie das zu sehr an ihren eigenen Rassismus erinnert. Juden, Schwarze. Roosevelt hat Jesse Owens auch nicht empfangen nach den vier Goldmedaillen, die er in Berlin gewonnen hatte. Er war der erfolgreichste Athlet der Spiele, und die Berliner haben ihn geliebt. Aber Präsident Roosevelt hatte Angst, dass seine weißen Wähler es nicht gut finden würden, wenn er sich mit ihm ablichten ließe. Nicht einmal ein Telegramm hat er geschickt. Bei der Siegesfeier der Olympioniken im Waldorf Astoria in New York musste Owens den Warenaufzug benutzen. In den Personenaufzug haben sie ihn auch mit vier Medaillen für sein Land nicht reingelassen.«

»Ist das wirklich wahr?«, fragte Johann.

»Das ist die reine Wahrheit. Für die schwarzen amerikanischen Athletinnen und Athleten war Berlin das Paradies. Sie konnten einfach in die Busse einsteigen ohne Trara, konnten einkaufen gehen, und wenn sie einen Kaffee bestellten, dann bekamen sie den ohne Umstände. Im Olympischen Dorf gab es so etwas wie Rassentrennung nicht. Daran hatten die Organisatoren gar nicht gedacht.« Marie lehnte sich zurück. »Johann, was ich damit sagen will: Die anderen Nationen haben auch Dreck am Stecken, trotzdem kann man sie nicht mit uns vergleichen. Denn sie haben immerhin so etwas wie Pressefreiheit, und das ist ein hohes Gut, eines der höchsten. Und wir Deutschen lassen uns das einfach so wegnehmen. Die Leute merken es doch auch. Die Auflagen der Zeitungen gehen zurück, keiner kauft mehr diesen langweiligen Einheitsbrei. Aber keiner geht für die Pressefreiheit auf die Straße.«

»Niemand geht mehr auf die Straße«, sagte Johann, »für nichts. Wer auf die Straße gegangen ist, das waren die organisierten Arbeiter. Das waren die Roten. Die sind jetzt alle weg.«

»Weggesperrt, mundtot gemacht hat man sie«, sagte Marie. »Aber das ist ebenfalls ein ganz unbeliebtes Thema für einen

Bericht aus Deutschland. Die Roten will dort ja auch keiner, genauso wenig wie die Juden und die Schwarzen. Die Amis nicht, die Briten nicht. Und die Kirchen sowieso nicht.«

Aha, dachte Johann. Daher wehte der Wind.

»Für deinen Kardinal Faulhaber sind die Bolschewisten auch die schlimmsten aller Feinde. Und am allerschlimmsten die jüdischen Bolschewisten. Ich weiß ja nicht, wie viele es von denen je gegeben hat oder noch gibt auf der Welt. Aber wenn, dann sitzen sie wahrscheinlich in der Sowjetunion und nicht bei uns.« Marie schwieg, nippte an ihrem Glas, schenkte sich Wasser nach. »Was sagst du eigentlich dazu, dass dein Kardinal nichts für die Juden tut?«

Johann hatte sich schon gedacht, dass Marie darauf hinauswollte. »Er ist Erzbischof und das Oberhaupt der Katholiken, nicht der Juden«, sagte er.

»Er sollte Christ sein, auch als Oberhaupt der Katholiken«, antwortete Marie.

»Er ist Christ. Er hat sich immer dafür ausgesprochen, Juden, die zum christlichen Glauben konvertiert sind, als deutsche Christen und nicht als Juden anzusehen.«

Marie beugte sich zu ihm und sah ihm in die Augen. »Und die anderen?«, fragte sie.

»Er kann sich nicht um alle kümmern.«

Marie lachte auf. Es klang höhnisch. »Dir ist aber schon bekannt, dass sich die Nationalsozialisten nicht darum scheren, wen dein Kardinal zu den guten und wen zu den schlechten, oder sagen wir, weniger guten Juden sortiert? Johann, das ist denen doch völlig egal. Sie verachten die Juden ja auch nicht als die Christusmörder, wie wahrscheinlich dein Kardinal.«

Sie machte eine Pause, wartete offensichtlich auf einen Protest von Johann, aber der kam nicht.

»Für sie sind die Juden nicht Jesusmörder und nicht Brunnenvergifter wie seit dem Mittelalter für die meisten Christen. Das Religiöse interessiert sie gar nicht. Für sie sind die Juden alle zusammen eine minderwertige Rasse, egal ob bekennende oder nicht bekennende, Konvertierte, Bolschewisten, Frontkämpfer aus dem Weltkrieg, Wohltäter, Kapitalisten oder arme Schlucker. Alles egal.« Marie wischte sich eine widerspenstige Haarsträhne aus dem Gesicht. »Aber dazu schweigt dein Kardinal, weil es ihm ausschließlich um seine katholischen Schäfchen geht, stimmt's? Und weil er letztlich selbst ein Judenverachter ist. Wenn auch kein rassischer, sondern ein religiös motivierter. Ach, Johann«, seufzte sie und nahm seine Hände in die ihren. »Das ist alles so furchtbar schlimm. Ich könnte jeden Tag aufstehen, schreien und heulen und dabei irre werden. Dann gehe ich in die Zeitungsredaktion, grüße meinen Hauptschriftleiter, wenn Zeugen dabei sind, sogar mit ›Heil Hitler!‹. Wenn wir unter uns sind, dann genügt auch ein ›Guten Morgen‹«. Und dann setze ich mich an den Schreibtisch und verfasse diese Lügengeschichten, so wie gewünscht, obwohl alles in mir dagegen anschreit. So ist das bei mir, Johann. Wäre ich doch bloß im Orient geblieben, dort war es so schön. Oder in Palästina, auch da hätte ich bleiben können. Bei Tante Elsa und Onkel Alexej.«

»Und warum bist du nicht geblieben?«, fragte Johann, der immer davon träumte, einmal ins Heilige Land zu reisen, aber noch nie dort gewesen war.

»In Degania hätte ich auf dem Feld arbeiten oder in der Großküche für eine riesige Meute Kartoffeln schälen und kochen müssen. Das war mir zu anstrengend. Obwohl ich im Hotel aufgewachsen bin, aber nicht als Zimmermädchen oder Köchin, sondern als Tochter der Hotelbesitzer. Das prägt, ob man will oder nicht.«

»Tante Elsa ist aber doch auch nicht als Tochter von Bauern oder Landarbeitern geboren«, wandte Johann ein.

»Sie arbeitet auch nicht auf dem Feld, und sie kocht nicht. Das kann sie nämlich gar nicht«, sagte Marie.

»Was macht sie dann?«, fragte Johann.

»Sie hilft der Gemeinschaft als Rechtsanwältin bei allen Verträgen zu Grund und Boden, zu den Krediten und den Zuwendungen, die sie von jüdischen Organisationen erhalten. Sie dokumentiert ihre Arbeit in der Landwirtschaft und Viehzucht und alle Erträge, die sie erzielen und die Fortschritte, die sie machen. Und außerdem unterrichtet sie noch die Kinder im Kibbuz. Elsa ist wie eine Heilige.« Sie sah Johann an. »Aber sie tut es nicht für Gott, wie du und dein Pater, und vielleicht auch dein Kardinal. Sondern wegen des Mannes, den sie liebt, ihren Alexej. Unser Onkel ist Jude, Johann. Und er tut sein Bestes von Palästina aus, seinen Glaubensgenossen hier bei uns zu helfen. Auch für ihn müssen wir mitkämpfen, Johann.«

Johann löste seine Hände aus ihren und stand auf. Die Müdigkeit rollte wie eine Welle auf ihn zu und wollte ihn mitnehmen. »Was kann ich tun und weshalb bist du hier, Marie? Folgst du irgendeiner Mission oder bist du hier auf Urlaub, auf der Durchreise zum Bodensee?«

Marie winkte ab. »Urlaub gibt es in diesen Zeiten doch nicht mehr. Außer man schippert als Arier mit einem Kraft-durch-Freude-Schiff durchs Nordmeer oder mit einem KdF-Zug zum Tegernsee und in die Alpen.«

»Also, was kann ich für dich tun?«, fragte Johann.

»Besorg mir einen Termin bei deinem Kardinal Faulhaber«, bat Marie ihren Cousin. »Ich muss ihm ein paar Fragen stellen.«

»Für wen, ich meine, welches Medium? Deine Zeitung?«

Marie schüttelte den Kopf. »Meine Zeitung interessiert sich nicht die Bohne für deinen Kardinal. Außer um ihn zu verleumden, wenn es nötig wäre.«

»Für wen dann?«

»In meiner Freizeit bin ich Stringer«, sagte Marie. »Aber bitte, Johann, das muss unter uns bleiben.«

»Und was ist das?«

»So etwas wie eine Informantin bei der Polizei oder für einen Detektiv.«

»Und für wen arbeitest du?«

»Für eine ausländische Journalistin, die noch frei berichten darf, als Korrespondentin aus Deutschland.«

»Für welches Land?«

»USA.«

»Ich glaube nicht, dass der Kardinal sich dafür Zeit nehmen wird«, sagte Johann.

»Sprichst du von einem Mangel an Zeit oder an Mut?«, fragte Marie.

»Mut kann extrem gefährlich sein in diesen Zeiten«, sagte Johann. Er dachte daran, wie elend Pater Mayer ausgesehen hatte, als er ihn in Landsberg im Gefängnis besucht hatte. Abgemagert, das Gesicht eingefallen, faltig, schlecht rasiert. Geradezu verwahrlost.

»Ja, das gilt für uns alle«, sagte Marie. »Willst du ihn fragen? Bitte, Johann!«

»Also gut, ich werde ihn fragen«, versprach er. Er wollte Marie keine Hoffnungen machen. Aber sein oberster Vorgesetzter würde das nicht riskieren. Ihm war klar, dass einer die Kirche durch diese schweren Zeiten führen musste. Was nützte es, wenn sie ihn auch ins Gefängnis steckten wie Pater Mayer? Johann kannte die Haltung des Erzbischofs von München und Freising, und er zweifelte sie nicht an. Auch wenn er Maries Anliegen verstehen konnte.

~

Der Flugplatz von Dunstable lag inmitten von grünem Grasland in einer weiten Ebene. Die einzige Erhebung, die dem endlosen Himmel hier zu einer Seite hin eine Grenze bot, waren die Chalk Hills, Kreidehügel, die sich sanft aus der Landschaft schoben. Von dort oben würden die Starts erfolgen. Noch kreisten zwei große Greifvögel auf Beutesuche über den Hügeln. Es waren Red Kites, wie einer der Helfer, die Dave Lambert ihm zugeteilt hatte, Gregor erklärte. Sie waren wunderschön mit ihren gegabelten Schwanzfedern, schwarz-weiß gebänderten Flügelunterseiten und den einheitlich schwarzen Enden ihrer Handschwingen. Rotmilane waren das, vielleicht sogar ein Paar im Balzflug. Von der Jahreszeit her hätte es gepasst.

Oben auf dem Starthügel baute Gregor zusammen mit einigen Helfern seine Merle zusammen. Sie montierten die leicht gepfeilten Tragflügel mit ihren fünfzehn Metern Spannweite. Die Mü 17 war bereits mit Automatik-Anschlüssen für Querruder und Bremsklappen ausgestattet, worüber die Engländer anerkennend staunten. Für den Start war eine schmale Metall-Laufrinne im Boden verankert, auf der der Rumpf der Merle laufen würde. Je vier Helfer liefen mit den beiden Gummiseilen los, deren Ende an seinem Flieger befestigt wurden. Als alles bereit war, stieg Gregor ein und schnallte sich an. Ein Mann schloss das Cockpit. Die Helfer zogen ihn über die Startrinne, die zum besseren Gleiten mit Schmierseife präpariert war. Gregor hörte gedämpft die gebrüllten Kommandos von draußen, das Seil klinkte sich aus, sobald er in der Luft war. Er erwischte eine Thermik und stieg elegant hoch und flog eine Schleife über die Menschenmenge aus Zuschauern und Clubmitgliedern. Er war hier zu Gast und nicht dazu da, den gemeldeten Teilnehmern an dem Wettbewerb die Schau zu stehlen. Sie nannten ihn hier in England Gregory und waren nett und gastfreundlich, wie es unter Segelfliegern überall üblich war.

Seine Landung wurde von den Zuschauern beklatscht. In der Menge erkannte er nicht wenige Damen in schicken Kleidern und mit eleganten Hüten. Unwillkürlich griff Gregor an seine Sakkotasche und befühlte die Umrisse des blauen Kästchens, das er weiterhin ständig bei sich trug. Wann würde er Selma wiedersehen und endlich das Kästchen öffnen und ihr den Ring anstecken dürfen? Er war schmal, aus Gelbgold und hatte einen kleinen, runden, in Facetten geschliffenen Saphir als Blickfang. Gregor hatte den Stein wegen seiner Farbe ausgesucht, von der er dachte, dass er perfekt zu Selmas blondem Haar und ihren blauen Augen passte. Der Stein sei etwas ganz Besonderes, hatte ihm der Verkäufer gesagt, als Gregor beim Preis kurz zusammengezuckt war. Aus Sri Lanka, sagte der Händler, aber Gregor war der Preis da schon egal, denn er konnte sich den Ring so gut an Selmas Hand vorstellen. Der oder keiner. Aber ob er passen würde? Und wann endlich würde er sie sehen?

Gregor wollte den Tag noch in Dunstable verbringen. Er war vom Club zum Essen eingeladen worden und würde den Wettbewerb auf jeden Fall bis zum Ende verfolgen. Beim Barbecue klopfte ihm plötzlich jemand auf die Schulter, und als er sich umdrehte, wurden ihm die Knie weich. Selma stand vor ihm. Sie trug nicht mehr die blonden Zöpfe, die einmal ihr Markenzeichen gewesen waren, sondern hatte die Haare auf Kinnlänge schneiden lassen. Die Spitzen lugten unter einem Strohhut hervor. Wie süß sie damit aussah. Sie hatte ein Sträußchen frischer Veilchen an das Hutband gesteckt, und ihr Mund war herzförmig und sehr rot. Gregor hatte Selma nie zuvor mit Lippenstift gesehen. Sie war eine junge elegante englische Lady, nicht länger der Wirbelwind, der in kurzen Hosen vor ihm durch den Englischen Garten gerannt war.

»Hello, Sportsman«, sagte sie und begrüßte ihn mit Küsschen

rechts und Küsschen links, wie sich das auf dem Flugfeld gehörte. »Sag bloß, ich habe deinen Flug verpasst.«

Gregor musste sich räuspern, so verlegen machte ihn die Situation. Er hätte sie so gern in den Arm genommen, sie auf diesen roten Mund geküsst. Stattdessen stand er da, wusste nicht, wohin mit seinen Armen, und brachte kein Wort heraus. Er war so durcheinander, er hätte weinen können. Küssen, weinen, beides war doch ganz und gar unmöglich. Er nahm ihre Hände und sagte: »Wie schön, dich zu sehen.« Endlich sah er Selma wieder, hörte nicht nur ihre Stimme am Telefon oder las ihre harmlos netten Postkarten, die sie von Zeit zu Zeit sandte, um ihm und ihrem Vater zu zeigen, dass bei ihr alles in Ordnung war.

»Wo steht denn dein Flieger?«, fragte sie. »Kann ich ihn mal sehen?«

»Dort hinten.« Gregor zeigte auf den Platz hinter dem Hangar, auf dem seine Merle stand. Dann sagte er Dave und seinen Kollegen, die um das Barbecue herumstanden, er wäre gleich wieder da und würde nur der jungen Lady kurz seinen Segler zeigen.

Hinter dem Rumpf seiner Mü 17 küsste er Selmas rote Lippen. Nie hätte Gregor sich träumen lassen, wozu ihm der »Kleiderbügel« noch einmal dienen würde. Sie flüsterten wie Kinder, die in ihrem Versteck saßen und nicht gefunden werden wollten. Eigentlich war es nicht viel, ein paar Küsse, Berührungen, zartes Streicheln, enges Beieinanderstehen, und doch war es himmlisch, hier vor dem Hangar, in dem die Flieger startklar gemacht wurden. Sollte er hier sein Kästchen auspacken? Nein, noch nicht, entschied Gregor. Es musste eine bessere Gelegenheit geben.

Selma blieb noch zum Barbecue, bevor sie mit dem Zug zurück nach London fuhr. Sie hatte ihm noch einmal ihre Adresse aufgeschrieben und wie er abends dorthin finden würde. Aber Gregor hatte keinen Nerv für die U-Bahn hierhin und umsteigen dorthin. Dave nahm ihn bis in die Stadt mit und ließ ihn an einem der Londoner Bahnhöfe raus. Dort nahm Gregor ein Taxi. Die Reise nach England war von der Ausfahrt aus dem Münchner Hauptbahnhof an aufregend gewesen. Die vielen Stunden im Zug, das Umsteigen, die Fähre, der Transport des Segelfliegers, die Ankunft in Dunstable. Aber jetzt, auf diesem letzten kurzen Stück seiner Reise schlug Gregors Herz noch einmal so schnell. Ihm war fast ein wenig schwindelig. Wenn er kurz die Augen schloss, begann sich alles leicht zu drehen, als säße er in einem Karussell. Das musste nun die letzte und die größte Aufregung sein. Bald könnte er seine Selma in die Arme schließen. Und zwar nicht hinter irgendwelchen Flugzeugen, heimlich. Sondern vollkommen frei, in ihren eigenen vier Wänden, nur sie beide. Endlich allein. Die Vorfreude ließ sein Herz höherschlagen.

Das Taxi blieb vor Selmas Haus stehen. Gregor sah Licht in ihrer Wohnung. Da stand sie, ohne sich seiner Beobachtung bewusst zu sein, und hantierte am Herd. Mit dem Handrücken strich sie sich gerade eine Strähne aus dem Gesicht, die sie beim Kochen störte. Das blonde Haar schmiegte sich an ihren Kopf wie ein Helm. Der Schnitt wirkte viel moderner als die Zöpfe, die sie früher getragen hatte und die Gregor so liebte. Sie bemerkte nicht, dass ein Taxi vor ihrem Haus gehalten hatte und mit laufendem Motor wartete, bis der Fahrgast endlich ausstieg. Der Fahrer wiederholte den Fahrpreis noch einmal, als Gregor nicht reagierte. Er konnte sich einfach nicht sattsehen an diesem Bild, das wie aus einem seiner Träume entsprungen war. Der Fahrer räusperte sich noch einmal.

»Sir?«, fragte er.

Gregor bezahlte und stieg endlich aus. Sein Herz klopfte

und beruhigte sich nur minimal, als er mit dem Finger über den Samt des blauen Kästchens in der Jackentasche strich.

Selma trug noch ihre geblümte Kochschürze, als sie ihm die Tür öffnete. Grinsend zog sie ihn zu sich in die Wohnung.

»Da bist du ja endlich«, sagte sie mit erhitzten Wangen. Es roch nach Eintopf.

»Du hast doch hoffentlich Hunger.« Selma ging in die Küche voran. Doch Gregor hielt sie fest.

»Später vielleicht«, sagte er. Dann umarmte und küsste er sie, bis sie nach Luft schnappte. Gregor sah sich in der Diele um. Welche von den Türen war wohl die zu Selmas Schlafzimmer? Wie lange hatte er sich gewünscht, mit ihr allein zu sein. Und egal, was danach noch geschehen mochte, heute Nacht würde er ihr den Goldring anstecken. Das Kästchen glühte förmlich in seiner Tasche, als hätte er ein Stück Kohle aus dem Ofen eingesteckt.

»Können wir vielleicht …?«, fragte Gregor und deutete auf die Tür, die er für die zu Selmas Schlafzimmer hielt. Sie presste die Lippen zusammen.

»Das geht leider nicht«, sagte sie leise.

൭

So hatte Ursi sich das nicht vorgestellt. Seit sie denken konnte, spätestens seit ihrem ersten Schultag, hatte sie immer nur eines gewollt: Lehrerin werden. Sie war immer gern zur Schule gegangen, und das Lernen war ihr leichtgefallen. Es konnte ihr gar nicht schnell genug gehen damit, lesen und schreiben zu lernen, die Zahlen kennenzulernen und das Einmaleins auswendig aufzusagen. Das war fast schöner als jedes Spiel draußen auf der Straße oder auf den Dachböden der Häuser, in denen sie und ihre Freunde lebten. Endlich Bücher richtig lesen können, statt nur die Bilder anzusehen. Nicht länger warten müssen, bis die Mutter Zeit hatte, ihr vorzulesen. Die hatte sie ja fast nie, denn die Arbeit in der Wirtschaft ging immer vor. An dem Tag, an dem die Büchertrambahn einmal in der Woche zum Isartor kam, war Ursi die Erste in der Schlange der Wartenden und verteidigte ihren Platz gegen jeden, der sich vordrängeln wollte. Zehn Bücher waren das Maximum, das man an einem Tag in der Büchertram der Städtischen Wanderbücherei ausleihen durfte. Genau zehn packte Ursi aus ihrem Rucksack aus, um sie zurückzugeben, und zehn neue räumte sie wieder ein. Dann rannte sie mit dem schweren Rucksack nach Hause, fischte sich aus dem Aufsteller auf dem Tresen eine der Dauerbrezen und rannte nach oben. Mit einem Stuhl kletterte Ursi auf den alten Schrank in ihrem Zimmer. Dort hatte sie sich mit Decken und Kissen ihren geliebten Leseplatz eingerichtet. Blieb nur noch die Frage: Welches Buch würde sie zuerst durchblättern, von welchem den Anfang lesen und welches vom Ende her durchblättern?

Den Schrank gab es immer noch, nur kletterte Ursi schon lange nicht mehr hinauf. Wieso fiel ihr das eigentlich gerade jetzt ein? Weil sie, wie immer, zwei Bücherstapel unter den Arm geklemmt hatte, einen links, den anderen rechts? Oder weil ihr wieder einmal bewusst geworden war, was sich in den letzten Jahren alles verändert hatte? Eigentlich alles, natürlich auch die Bücher. Nur die jüngsten Kinder noch nicht. Doch sobald sie in die Schule kamen, konnten sie sich der Propaganda und dem ganzen Erziehungsprogramm praktisch nicht mehr entziehen. Auch wenn die Schule immer noch ein relativ geschützter Raum war. Der Stoff und der Unterricht hatten sich in den meisten Fächern nicht grundlegend geändert. Bis auf Geschichte, wo es nun über die Germanen rauf- und runterging, und die Biologie, in der die Rassenkunde nun den wichtigsten Platz einnahm. In der Biologiestunde lernten die Kinder jetzt, einen Schrobenhauser Spargelbauern an der Nase und an der Gesichtsform von einem jüdischen Kaufmann zu unterscheiden. Und das war gar nicht so leicht, zumal die meisten Kinder noch nie einen Juden zu Gesicht bekommen hatten. Wenn der Lehrer kein überzeugter Nazi war, dann konnten die Kinder einfach wie früher lesen, schreiben, rechnen lernen, ohne ideologische Soße drüber. In der Freizeit dagegen sah das anders aus. Es verging fast kein Tag, an dem die Kinder nicht zu irgendeinem Appell oder Aufmarsch antreten mussten. Es gab Heimatabende, gratis Filmvorführungen und Schulungsabende, deren Besuch verpflichtend war. Als ob die Partei der Schule Konkurrenz machen oder sie übertrumpfen wollte.

Ursi öffnete die Schwingtür mit dem Rücken, das konnte sie schon sehr gut. Das Problem war eher das Klopfen an der Tür des Direktorats. Was wollte Widmann denn überhaupt von ihr?

»Fräulein Loibl«, fauchte die Schulsekretärin sie an, sobald sie die Tür aufbekommen hatte. »Wir haben schon gedacht, sie wären nach Hause gegangen. Was ist denn an ›gleich nach der letzten Stunde zum Direktor‹ so schwer zu verstehen?« Sie klopfte an Widmanns Tür.

»Nichts«, antwortete Ursi. »Ich hab nur meine Bücher noch zusammenpacken müssen.«

»Jaja, ihre Bücher«, höhnte die Sekretärin. »Dafür gibt es Taschen. Viele Lehrer benutzen sie für ihre Bücher, die allermeisten sogar.« Sie hielt Ursi die Tür auf. »Eigentlich alle. Bis auf Sie, Fräulein Loibl.«

»Grüß Gott, Herr Widmann.« Ursi legte ihre Bücherstapel auf dem Tisch des Direktors ab.

»Nehmen Sie Platz, Fräulein Loibl.« Widmann war ein kleiner Mann mit einer spiegelnden Glatze. Er verschwand fast hinter seinem großen Schreibtisch. Ihr Direktor war wirklich kein Mann, vor dem man Angst haben musste. Vielleicht spielte die Sekretärin deshalb den Zerberus, damit wenigstens einer den Anschein erweckte, scharf und gefährlich zu sein.

»Was gibt es denn?«, fragte Ursi. »Liegt irgendwas an?« Sie war in Gedanken schon die letzten Tage durchgegangen und hatte keine besonderen Vorkommnisse oder Kritikpunkte an ihrem Unterricht finden können.

»Die Bücher, Fräulein Loibl«, sagte Widmann betrübt.

»Meine Bücher? Ist mit denen irgendwas nicht in Ordnung?«

»Wir wissen alle, warum Sie die in beiden Händen tragen und keine Tasche benutzen oder irgendeine andere Lösung dafür finden.«

»So?« Ursi fühlte sich ein wenig unwohl. »Warum denn?«

»Sie müssen vor mir nicht die Ahnungslose spielen. Wirklich nicht.« Er sah sie traurig über den großen, mit Papieren überladenen Schreibtisch hinweg an. »Bestimmt haben Sie auch schon eine dieser Tafeln in der Stadt gesehen. Es sind ja genug aufgehängt worden.«

Ursi nickte.

»Und was steht drauf auf den Tafeln, Fräulein Loibl?«

»Meinen Sie die mit: ›Juden sind hier unerwünscht‹?«

Widmann sah sie mit hängenden Mundwinkeln an. »Nein, die meine ich nicht. Ich meine die anderen, die mit der Aufschrift ›Der deutsche Gruß: Heil Hitler‹. Haben Sie bestimmt schon mal gesehen.«

»Ach so, die.«

»Und den rechten Arm hoch, Fräulein Loibl, selbst Sie müssen wissen, wie das geht.« Widmann seufzte. »Wenn man beide Arme voller Bücher hat, ist das natürlich nicht möglich.«

»Eben«, antwortete Ursi.

»Zu mir können Sie sagen, wozu Sie gerade lustig sind. Aber

vor der Klasse, Fräulein Loibl, kommt nichts anderes infrage als der deutsche Gruß. So ist nun mal die Vorschrift. Und die gilt auch für Sie.«

»Hat sich jemand beschwert von den Eltern? Oder haben die Schüler gepetzt?«, fragte Ursi.

Widmann nickte.

»Wer war das?«, fragte Ursi.

»Das spielt keine Rolle, Fräulein Loibl. Machen Sie sich nichts vor. Heute ist es der, morgen ein anderer. Sie können nicht unbehelligt so gegen den Strom schwimmen. Allein. Lassen Sie es lieber nicht drauf ankommen. Wer weiß, ob es glimpflich abgehen würde, wenn die Beschwerde an die richtigen Stellen weitergeleitet wird. Das wäre gar nicht gut für Sie. Sie sind doch gern Lehrerin.«

Ursi nickte. Im Prinzip schon, dachte sie.

»Na also. Wenn Sie das bleiben wollen, dann sollten Sie nicht zu viel riskieren.«

Ursi nickte wieder. Ihr kleiner, als Schusseligkeit getarnter Widerstand war also nicht unbemerkt geblieben. Natürlich wollte sie Lehrerin bleiben. Aber der Hitlergruß schon so früh am Morgen? Alles in ihr kämpfte dagegen an, und sie fühlte sich jedes Mal schlecht, wenn sie ihn zeigen musste, wenn der Schulrat auftauchte oder irgendein höherer Beamter, die alle das Parteiabzeichen am Revers trugen. Die Vorstellung war schrecklich, dass sie ihre Schülerinnen und Schüler jeden Morgen mit ausgestrecktem Arm und dem zackigen Gruß begrüßen sollte, immer und immer wieder.

Widmann hielt den Kopf geneigt und beobachtete Ursi über seinen Brillenrand hinweg.

»Ich kenne einen, ein Lehrerkollege von uns, nicht in Schrobenhausen, der sagt nur ›Heil‹ und hebt die Hand, nicht den ganzen Arm«, sagte Widmann.

»›Heil‹ und dann?«, fragte Ursi.

»›Heil‹ und dann nichts mehr.« Widmann widmete sich wieder seiner Post und fing an, in der Unterschriftenmappe zu blättern.

Das war gar keine schlechte Idee. Ursi überlegte, ob sie das fertigbringen würde. Man müsste es versuchen. Aber ob sie den Beschwerdeführer damit überzeugen konnte? Sie stand auf, sammelte ihre Bücher ein und öffnete die Tür mit dem Ellbogen.

»Danke, Herr Direktor«, sagte sie.

»Schade«, sagte Widmann. »Schade, dass ich jetzt nicht sehen kann, wie Sie es schaffen, die Tür von außen wieder zuzumachen.« Dann zog er die Kappe von seinem Füllfederhalter und setzte seine Unterschrift unter das erste Schriftstück in der Mappe.

∾

»Und warum geht das nicht?« Gregor stand zwischen Küche und Schlafzimmertür und spürte eine Enttäuschung aufsteigen, bitter wie Galle. Hatte Selma einen anderen? Aber wieso war sie dann zu ihm nach Dunstable auf den Flugplatz gekommen? Oder musste sie ihr Schlafzimmer etwa mit jemandem aus der Familie teilen? Davon hatte sie ihm nie etwas erzählt.

Selma nahm Gregors Hand. Dann klopfte sie leise an die Schlafzimmertür und öffnete sie. Ein kleines Mädchen mit dunklem Haar, vielleicht fünf, sechs Jahre alt, saß vor dem Bett auf dem Boden. Aus Stoffresten hatte es ein Bettchen gebaut, und darin lag ein abgegriffener Teddybär. Ein Kinderbuch lag aufgeschlagen daneben. Es war ein deutsches Kinderbuch, wie Gregor an der Schrift erkannte.

»Hedy«, sagte Selma, »das ist Gregor aus München. Er ist mein Freund. Gregor, das ist Hedy.«

Gregor räusperte sich. Er wollte sich seine Enttäuschung nicht anmerken lassen. »Grüß dich, Hedy.«

Das Mädchen deckte ihren Bären zu. »Der Teddy möchte noch eine Geschichte hören, sonst kann er nicht einschlafen«, sagte es ernst.

»Dann erzählst du dem Teddy jetzt eine klitzekleine Geschichte, Hedy, und dann kommst du zum Essen, ja? Es gibt Pichelsteiner, das magst du doch.« Hedy nickte.

»Wer ist Hedy, und was macht sie hier bei dir?«, fragte Gregor, als sie zusammen in der Küche standen.

Selma deckte den Tisch und reichte ihm einen Laib Brot und ein Messer. »Hedy stammt aus Nürnberg«, erklärte sie. »Ihre Eltern haben sie mit einem der Kindertransporte nach England geschickt. Sie ist vor sechs Wochen mit neunzig anderen jüdischen Kindern aus Deutschland gekommen und im Hafen von Harwich gelandet.« Selma stellte den Eintopf auf den Tisch. »Wir haben bis jetzt noch keine Pflegefamilie für sie gefunden, also wohnt sie so lange bei mir.«

»Und ihren Teddy hat sie von zu Hause mitgebracht?«, fragte Gregor.

»Nein, den haben wir ihr geschenkt. Die Kinder dürfen nicht viel mitnehmen, das ist alles genau geregelt. Sie kommen nur mit einem kleinen Koffer und ein paar warmen Anziehsachen. Jedes darf nur zehn Reichsmark mitnehmen. Und die nimmt ihnen meist der Zoll in Hamburg oder sonst wo ab. Sie kommen also praktisch mit leeren Händen. Nur ein einziges Foto von ihrer Familie dürfen sie bei sich haben. Das ist ihr größter Schatz. Kein Spielzeug, kein Buch auf der tagelangen Reise im Zug und auf dem Schiff. Kannst du dir vorstellen, wie lang den Kindern diese Reise wird?«

Selma stützte sich mit einer Hand am Tisch ab, mit der anderen strich sie sich die blonden Haare aus dem Gesicht. Sie war so schön!

»Die Kinder stehen allein am Bahnsteig und warten auf den Zug, steigen allein ein, auch die kleinen. Eltern und Geschwister dürfen nicht mit auf den Bahnsteig kommen, das ist alles so vorgeschrieben. Die Deutschen wollen nicht, dass es dramatische Szenen gibt auf ihren Bahnhöfen, und sie wollen nicht, dass die anderen Leute etwas mitbekommen von diesem Handel. Ach, ich könnte sie alle verfluchen, diese Braunhemden. Und dabei müssen wir noch dankbar sein, dass sie ein paar Hundert Kinder aus Deutschland ausreisen lassen.«

Sie setzte sich an den Platz über Eck an den kleinen quadratischen Holztisch. Gregor nahm ihre Hand und streichelte sie.

»Wir bringen Teddys und Puppen mit, wenn ein neuer Transport ankommt. Jedes Kind darf sich ein Spielzeug und ein Buch aussuchen. Das ist unser Willkommensgeschenk. Wer weiß, wann sie ihre Familien wiedersehen werden.«

»Seit wann werden jüdische Kinder nach England geschickt?«, fragte Gregor und schob das Brett mit dem geschnittenen Brot in die Mitte des Tischs. Er hatte davon nichts mitbekommen.

»Seit den Ausschreitungen gegen die Juden letzten November, als in Deutschland die Synagogen brannten. Wir haben hier in England Fotos in den Zeitungen gesehen, und mein Vater hat mir aus München berichtet.«

»Ist dein Vater an der Organisation der Kindertransporte beteiligt?«, fragte Gregor.

»Offiziell nicht. Er hat nur einmal einer Münchner Familie mit drei Kindern geholfen. Er möchte natürlich am liebsten allen helfen, aber das geht nicht. Er bringt sich nur selbst in Gefahr dabei. Und wenn wir es übertreiben, dann widerrufen sie vielleicht ihre Zusage, jüdische Kinder zwischen sechs und siebzehn Jahren ausreisen zu lassen.«

»Und hier kümmert sich der Staat um die Kinder?« Gregor streichelte weiter Selmas Hand.

»Schön wär's«, antwortete Selma. »Die jüdischen Organisationen stellen pro Kind eine bestimmte Summe Geld zur

Verfügung. Sie versuchen, Pflegefamilien für sie zu finden, und versprechen, dass sie für deren Ausbildungskosten aufkommen werden. Die Kinder stammen nicht nur aus Deutschland, sondern auch aus Österreich und aus der Tschechoslowakei. Von überall, wohin Hitlers Arm schon reicht.«

Gregor seufzte. Er war doch nicht nach England gekommen, um *darüber* zu reden. Es machte ihn so traurig. Er griff in seine Jackentasche. Das Kästchen war kalt, er strich mit dem Finger über die Kanten.

Vielleicht konnte Selma seine Gedanken, besser seine Gefühle lesen. Sie beugte sich zu ihm über den Tisch. »Nach dem Essen bringe ich Hedy ins Bett und lese ihr noch eine Geschichte vor. Wenn sie schläft, können wir es uns hier auf der Couch bequem machen. Das Bettzeug liegt in der Truhe. Es ist etwas eng, aber es wird schon gehen, oder was meinst du?«

Gregor sah zur Couch hin, dann zu Selma. Sie lächelte verschmitzt. »Sicher wird das gehen«, sagte er und grinste zurück. In seiner Sakkotasche fing das Kästchen wieder an zu pulsieren.

Während Selma Hedy zu Bett brachte, machte Gregor die Couch in der Küche zurecht. Er war fast fertig, als Selma kam. Leise schloss sie die Tür und drehte den Schlüssel um.

»Willst du nicht endlich deine Jacke ausziehen, Sportsman?«, fragte sie ihn.

Sie umfasste seine Taille und schmiegte sich an ihn. Er zog das Sakko aus. Während er es über den Stuhl hängte, nahm er das blaue Samtkästchen heraus, das er seit München wie seinen Augapfel gehütet hatte, und überreichte es ihr.

»Für mich?«, fragte Selma.

Gregor nickte. Sie strich sanft mit dem Finger über den blauen Samt, wie Gregor es nun bestimmt schon tausendmal getan hatte. Dann klappte sie den Deckel auf. Sie warf ihm einen erschrockenen Blick zu.

»Du bist doch verrückt!«, murmelte sie.

Ja, nach dir, dachte Gregor.

Selma nahm den Goldring mit dem blauen Saphir heraus, steckte ihn an den Ringfinger der linken Hand, und er schien zu passen. Gregor nahm ihre Hand und küsste sie. So hatte er sich das unzählige Male vorgestellt. Genau so.

»Soll das ein Verlobungsring sein?«, flüsterte Selma.

»Willst du denn?«, fragte Gregor zurück und sah Selma in die saphirblauen Augen.

Selma nickte ernst, und dann suchten ihre Lippen seine. Sie löschte das Licht. Der Schein einer Laterne beleuchtete die verlassene Straße. Die Blätter des Alleebaums auf der gegenüberliegenden Seite schimmerten rötlich und gelb, und Gregor meinte, ein Beben ginge durch die ganze Straße und erschüttere Selmas Haus.

Als sie das rote Backsteingebäude der Londoner Victoria Station betraten, hatten sie längst alles besprochen. Die halbe Nacht hatten sie wach gelegen und geredet, leise, um die kleine Hedy nicht zu wecken. Selma hatte ihn angefleht zu bleiben, und als er ihr sagte, dass er fahren musste, dass es keine andere Möglichkeit für ihn gab, hatte sie Tränen in den Augen. Doch er konnte nicht bleiben, konnte seine Eltern nicht im Stich lassen, musste sein Studium zu Ende bringen. Und wenn es denn sein musste, wollte er auch seinem Land dienen.

Am Ende der Nacht – es dämmerte schon, und sie hatten kaum geschlafen – bat Selma ihn, dafür zu sorgen, dass ihr Vater heil aus Deutschland herauskäme. Er musste es ihr in die Hand versprechen, dass er sich darum kümmern würde.

Nun, am Eingang zur Victoria Station, hatten sie sich alles gesagt. Selma hatte dunkle Schatten unter den Augen, Gregor wankte dahin wie ein Schlafwandler. Er sehnte sich nach einem leeren Zugabteil, in dem er ein wenig Schlaf nachholen konnte. Sie hielten sich fest an den Händen. In der Nacht hatten sie vereinbart, sich schon am Zugang zum Bahnsteig voneinander zu verabschieden. Die Abfahrt des Zuges nach Dover, das Winken, Gregors Gesicht am Zugfenster, das immer kleiner und kleiner wurde – Selma hätte es nicht ertragen. Sie hatte Angst, dass das Zurückbleiben, in Sicherheit zwar, aber ohne ihren Geliebten, ihr das Herz brechen würde. Doch sie musste sich jetzt um Hedy kümmern, sie in die Vorschule bringen, sich auf den Weg zur Arbeit machen, ihr Leben weiterleben, ohne ihn. So war es besprochen und vereinbart. Und dann war da plötzlich der Zugang zu den Bahnsteigen, diese unvermeidliche Sperre. Beide zögerten. Nur noch ein paar weitere Minuten zusammen sein. Wer weiß, wann sie sich wiedersehen würden. Gregor blieb stehen, mit hängenden Schultern, und überließ Selma die Entscheidung.

»Ich kann nicht mehr«, sagte sie, und alles Lebendige, Warme, Zärtliche war aus ihrer Stimme und aus ihrem Gesicht gewichen.

Sie packte seinen Arm, klammerte sich an ihn, küsste Gregor noch einmal. Dann drehte sie sich um und ging fort, schien sich nur mit Mühe auf den Beinen halten zu können. Dann verlor er sie in der Menge aus den Augen.

Er ging durch die Sperre, fand den Bahnsteig, an dem sein Zug auf ihn wartete, und stieg ein. Zwei ältere Damen saßen sich in seinem Abteil am Fenster gegenüber und musterten ihn. Gregor grüßte und legte seine Tasche ins Gepäcknetz. Dann ging er hinaus auf den Gang, öffnete ein Fenster und streckte den Kopf hinaus. Leute liefen den Bahnsteig entlang und suchten nach ihrem Abteil. Ein Mann verabschiedete sich von seiner Frau und bestellte Grüße an Margaret. Ein Dienstmann rollte einen Handwagen mit drei großen Koffern vorbei. Enttäuscht musste Gregor einsehen, dass Selma nicht noch einmal zurückgekommen war. Trotzdem suchte er noch während der Ausfahrt des Zuges aus dem Bahnhof den Bahnsteig nach ihr ab. Als sie durch die Ausläufer Londons rollten, vorbei an Häusern, Straßen, Plätzen, Türmen und Fabriken, da wusste Gregor, dass er den Menschen, den er am liebsten hatte auf der Welt, wohl für sehr lange Zeit nicht mehr sehen würde. Als der Gedanke »vielleicht nie wieder« durch seinen Kopf geisterte, schüttelte er ihn zornig. Nein, das wollte er nicht einmal denken. Es würde einen Weg geben, ganz bestimmt.

Gregor war in einen unruhigen Schlaf gefallen, während die beiden alten Damen rücksichtsvoll miteinander flüsterten. Als er wieder wach wurde, lag das Meer vor ihm, und auf der anderen Seite des Ärmelkanals erst Belgien, dann Deutschland. Am Horizont erahnte Gregor schon die weißen Kreidefelsen von Dover. Davor der Fährhafen und auf einem Hügel über der Stadt das riesige Dover Castle, eine jahrhundertealte Befestigungsanlage. An der Endstation Dover Priory half Gregor den beiden Damen mit ihrem Gepäck, nahm dann seine eigene Tasche und stieg wie aus einem Nebel kommend herab auf festen Boden. Auf dem Weg zum Hafen blies ihm ein kräftiger Seewind ins Gesicht, und als er an den Landungsbrücken ankam, war von dem Schiff, das ihn nach Ostende bringen sollte, weit und breit nichts zu sehen. Die Schifffahrt hinüber zu den Fährhäfen in Frankreich und Belgien war wegen der rauen See unterbrochen worden. Gregor zog sich eine Jacke über sein Sportsakko und hielt die Nase in den Wind. Eigentlich passte das Wetter ganz gut zu seiner Gefühlslage. Er war innerlich aufgewühlt wie die See, die gegen den Pier gischtete.

Sobald er an Bord ging, würde er die Insel und somit auch seine Geliebte, seine Braut, seine Verlobte endgültig verlassen, aber noch hielt sie ihn fest und ließ ihn nicht los. So fühlte es sich an. Und doch spürte er auch ein Ziehen irgendwo tief drinnen, eine Sehnsucht, hinüber auf den Kontinent und in seine Heimat zu gelangen, die so weit weg von der Nordseeküste lag, wie es in Deutschland nur möglich war. Gregor empfand die verspätete Überfahrt wie einen Aufschub. Oder wie eine Prüfung. Noch hätte er umkehren können, doch er würde es nicht tun. Der Wind zerzauste sein Haar, und allmählich begann er zu frieren.

Cullins Yard. Eine Hafenkneipe, deren Eingang ein Seeräuber mit Holzbein, Augenklappe und einem Eisenhaken anstelle der linken Hand flankierte. Er war aus Pappmaschee und sah schäbig aus mit seinem abblätternden Anstrich. Gregor bestellte sich einen Grog. Nachdem er ihn ausgetrunken hatte und an der Theke einen zweiten orderte, trat plötzlich eine blonde junge Frau in einer übergroßen Wachsjacke durch die Tür. Sie blieb am Eingang stehen und sah sich suchend in der Kneipe um. Hatte der Grog ihm bereits so zugesetzt? Nein, das konnte einfach nicht sein. Oder doch? War das wirklich Selma? Sie kam geradewegs auf den Tresen zu.

»Selma, was machst du hier?« Ungläubig fuhr Gregor sich mit den Fingern durchs Haar.

»Ich musste dich noch einmal sehen, noch ein letztes Mal mit dir sprechen.« Sie nahm ihn an der Hand und führte ihn an einen freien Tisch.

»Wie bist du hierhergekommen?« Gregor konnte sich die Sache nicht erklären. Sie hatte doch nicht im selben Zug gesessen wie er.

»Ich habe den Mann meiner Cousine bearbeitet. Er hat eine Schirmfabrik im Süden Londons und besitzt einen Wagen.

Sein Fahrer hat mich in seinem Austin hergebracht und wird mich auch wieder zurückbringen. Er nimmt uns auch beide mit zurück, falls du es dir noch einmal überlegst.«

Gregor nahm ihre Hände und streichelte sie. »Dass du das gemacht hast«, sagte er, »wegen mir. Aber ich kann nicht mit dir zurück nach London fahren. Ich muss nach Hause.«

Gregors Grog wurde ausgerufen. »Möchtest du auch einen?« Selma schüttelte den Kopf.

Als er mit seinem Glas zurück an den Tisch kam, lag ein Goldring auf dem Tisch.

»Was ist das?«, fragte Gregor.

»Der Hochzeitsring meines Großvaters«, antwortete Selma.

»Und?«

»Ich habe ihn aus Deutschland mitgebracht und als Andenken aufbewahrt, zusammen mit dem Ring meiner Großmutter.«

»Und jetzt?«, fragte Gregor.

Selma nahm Gregors linke Hand und steckte ihm den Ring an den Mittelfinger, denn für den Ringfinger war er zu weit. Dann legte sie ihre Hand mit dem Saphirring über seine.

»Wenn wir verlobt sind, dann brauchst du doch auch einen Ring«, sagte sie.

»Und dafür bist du mir aus London nachgereist? Du konntest doch gar nicht wissen, dass die Fähre Verspätung haben würde.«

»Ich habe es nicht gewusst. Ich habe nur gehofft, dass der Austin schnell genug ist, um den Zug irgendwo auf der Strecke einzuholen. Spätestens in Dover.«

Sie tranken abwechselnd Grog, dann Tee, dann wieder Grog und redeten und schwiegen und hielten sich an den Händen. Sie küssten sich verstohlen und sahen sich tief und lange in die Augen.

»Unsere Verlobungsfeier«, sagte Gregor und organisierte

beim Wirt von Cullins Yard zwei Stücke eines bröseligen englischen Kuchens mit vielen Rosinen und kandierten Früchten.

Es wurde Mittag. Selmas Chauffeur betrat die Kneipe und drängte zur Rückfahrt nach London. Gregor hielt Selma ein letztes Mal in seinen Armen, spürte die Wärme ihres Körpers, den er schon fast so gut zu kennen glaubte wie seinen eigenen, und dann ließ er sie los. Als sie gegangen war, drückte er seine Lippen auf den Ring, den sie ihm geschenkt hatte. Er hatte ganz vergessen zu fragen, wie ihr Großvater geheißen und wo er gelebt hatte. Vielleicht auch in München. Aber das war jetzt nicht wichtig. Wichtig war nur, dass er sich verlobt hatte.

∾

Johanna hatte unterschätzt, was für eine schwere Arbeit es war, einen Weidezaun aufzustellen. Eigentlich sollte der Knecht mithelfen, aber der hatte sich den Daumen verletzt und war zum Doktor nach Ismaning gefahren. Deshalb war Johanna eingesprungen. Aber vom Aufstellen und Halten der Pfosten, die Franz auf einer Staffelei stehend mit dem schweren Hammer einschlug, und vom Auflegen der Querstangen spürte sie ihre Oberarme kaum mehr. Das würde einen Muskelkater geben, der sich gewaschen hatte.

Die Kinder spielten drüben auf dem Hof unter der Aufsicht der Großeltern. Lina, die fast fünf war, hatte ihren Bruder in seinen Korbkinderwagen gesteckt und kurvte mit ihm zwischen den Hühnern herum, die voller Panik auseinanderstoben. Lina war ein wildes Mädchen, wahrscheinlich schimpfte die Großmutter schon wieder, sie sollte besser auf den kleinen Leonhard aufpassen. Aber der war genügsam und freute sich meist über alle Spielideen seiner großen Schwester, selbst wenn sie nicht sonderlich rücksichtsvoll mit ihm umging.

Und schon musste die nächste Querstange aufgelegt werden. Johanna streckte noch einmal den Rücken durch, bevor sie den dünnen Stamm aufnahm, der wegen seiner Länge trotzdem schwer war. Da sah sie aus dem Augenwinkel ein Fuhrwerk auf den Hof fahren.

»Das ist doch der Sepp vom Häuslerhof«, sagte Franz und passte das Querholz in die Führung ein. »Was der hier will?«

Sie würden es sicher gleich erfahren, dachte Johanna, denn er hatte sie bereits entdeckt und kam zu ihnen.

»Johanna«, bat ihr Nachbar, »kannst du bei uns auf dem Hof vorbeischauen? Meine beste Milchkuh ist krank. Sie steht gar nicht mehr auf, und ich weiß nicht, was sie hat.«

Johanna zog die groben Arbeitshandschuhe aus. Franz schien nicht unbedingt begeistert.

»Und wie soll ich hier allein weitermachen? Wir wollten doch heute den Zaun fertig aufstellen, damit die Pferde auf die Weide können.«

»Wenn Johanna meine Rosina wieder gesund macht, helfe ich dir nachher noch«, bot Sepp an. »In einer Stunde sind wir leicht fertig.«

Eine Stunde, dachte Johanna. Mit ihr würde Franz dreimal so lang brauchen.

Sie lief ins Haus, um sich die Hände zu waschen und ihre Tasche zu holen. Als sie zum Fuhrwerk ging, stand Lina schon parat und wollte mitfahren. Die Großmutter protestierte.

»Das ist doch nichts für ein Kind, schon gar nichts für ein Mädchen!«

»So?«, fragte Johanna. »Warum denn nicht? Mit einer Kolik oder einem verstauchten Hinterbein einer Kuh kann sie sich wohl kaum anstecken.«

»Das ist doch nichts für kleine Kinder. Heinrich, sag du doch auch einmal etwas.«

Opa Heinrich nahm gerade den kleinen Leonhard aus dem

Kinderwagen und setzte ihn sich auf die Knie zum Hoppehoppe-Reiter-Spielen. »Ein Kuhstall ist jetzt nichts, von dem man Kinder fernhalten müsste«, brummte er. »Lina hat schon Geburten von Kälbchen miterlebt, das hat ihr auch nicht geschadet.«

»Weiß man's?«, gab die Großmutter zurück. »Willst du nicht lieber bei der Oma bleiben, Lina?«

»Nein, ich will mit!«

»Aber du musst die Mama arbeiten lassen, gell? Ich werde mich da um die Kuh kümmern, nicht um dich.« Lina nickte ernst, während Johanna sie auf das Fuhrwerk setzte. Die Oma schüttelte resigniert den Kopf.

Auf dem Weg zum Häuslerhof erzählte Sepp, dass schon der Tierarzt aus Ismaning da gewesen war, aber nichts Besonderes feststellen konnte. »›Vielleicht hat sie etwas Unrechtes gegessen‹, hat er gemeint.«

»Ach, dann hast du ja schon eine Tierarztrechnung bezahlt. Deshalb willst du meine Rechnung beim Zaunbau abarbeiten«, neckte Johanna ihn und ließ sich nicht anmerken, dass es sie kränkte, dass er nicht gleich zu ihr gekommen war.

»Meine Mama findet bestimmt heraus, was der Kuh fehlt.« Lina war sich ganz sicher.

Rosina lag im Stroh und ließ geduldig Johannas Untersuchung ihres Bauches über sich ergehen. Lina hatte auf einem Schemel Platz genommen, und Sepp sprach beruhigend auf seine Kuh ein. Johanna maß Fieber und gab ihr als Sofortmaßnahme etwas Pflanzenöl ein zum Abführen.

»Einen Tag lang nur Kräutersud geben, keine feste Nahrung«, wies sie ihren Nachbarn an. »Ihr habt doch bestimmt Kamille im Haus, oder Johanniskraut.«

Sepp nickte. »Was hat sie denn?«

»Ich tippe auf eine Kolik. Bei den Kühen erkennt man das nicht gleich, weil sie ganz anders reagieren als Pferde zum Beispiel. Gib ihr viel Flüssigkeit zu trinken und füttere sie ein, zwei Tage lang nicht. Wenn sie dann wieder Appetit hat, fang mit gekochtem Gemüse und Heu an.« Johanna stand auf und ging sich am Brunnen die Hände waschen. Lina lief hinterher. »So, Fräulein, dann sind wir fertig und fahren wieder heim.«

»Ganz brav war sie, deine Lina. Sag bloß, du willst auch mal eine Viehdoktorin werden wie deine Mama.« Sepp setzte das Kind auf das Fuhrwerk. Sie schüttelte den Kopf. »Was willst denn dann werden, Bäuerin?«

»Zirkusdirektorin«, antwortete Lina, »oder vielleicht Zoodirektorin.«

ᘛ

Seit er aus London zurück war, dachte Gregor daran, dass er zu Selmas Vater gehen müsste. Aber wie sollte er es anstellen, ihn zur Ausreise zu bewegen? Er hatte es Selma fest versprochen. Dabei wusste er nicht einmal sicher, ob Dr. Böhm die Kanzlei in der Sonnenstraße noch hatte, wo er ihn zuletzt getroffen hatte.

Am Freitagabend entschloss er sich, Ursi vom Bahnhof abzuholen, nachdem er von ihrer Mutter erfahren hatte, welchen Zug sie für gewöhnlich nahm.

»Gregor, was machst du denn hier? Wartest du auf jemanden?«, fragte Ursi, als sie ihn am Bahnsteig entdeckte.

»Auf dich«, antwortete Gregor.

»Ist was passiert? Seit wann bist du zurück aus London? Ist was mit Selma?«

Gregor nahm Ursi ihre Reisetasche ab.

»Was schleppst du denn da hin und her?«, fragte er.

»Wäsche zum Waschen, leere Marmeladengläser, die Mutti

mir dann gegen volle austauscht, solche Sachen. Ich verdiene noch nicht so viel, weißt du? Und in dem Zimmer, das ich in Schrobenhausen bewohne, kann ich weder waschen noch kochen.« Sie sah ihn von der Seite an. »Jetzt erzähl mal: Wie war's in London?«

Gregor lud Ursi auf Kaffee und Kuchen in ein Café in der Schützenstraße ein und erzählte ihr von Dunstable, von London und vor allem von Selma und von ihrer Verlobung.

Ursi strahlte. »Dann gratuliere ich euch ganz herzlich. Und hoffentlich kommt ihr bald zusammen, ich meine so richtig, nicht getrennt vom Ärmelkanal, von unterschiedlichen politischen Systemen und so weiter. Ach, ich träume halt mal für euch.« Sie legte die Kuchengabel zur Seite. Ein Stück Apfelstrudel hatte sie schon verputzt. Auf Nachfrage der Kellnerin und einem kurzen Blick zu Gregor bestellte sie noch ein Stück Gugelhupf. Es hatte den Anschein, als müsste sie in Schrobenhausen die ganze Woche über hungern.

»Weißt du, ob Selmas Vater noch in der Kanzlei in der Sonnenstraße ist?«, fragte Gregor unvermittelt.

»Wieso fragst du?« Ursi stippte ihr Kuchenstück in den Kaffee.

»Er muss endlich raus aus Deutschland. Ich habe es Selma versprochen, mich darum zu kümmern.«

Ursi nickte. »Verstehe«, sagte sie und nahm einen Schluck von ihrem Kaffee, in dem die Kuchenbrösel schwammen.

»War's recht?«, fragte die Kellnerin und nahm Ursis Teller mit.

»Vor ein paar Wochen war er jedenfalls noch da«, sagte Ursi, nachdem sie fort war.

»Du warst dort?«

Ursi saugte den letzten Tropfen Kaffee aus ihrer Tasse. »Es war kurz vor deiner Abreise nach England. Da kam so ein Mädchen zu euch, also zum Dallmayr, und wollte dich sprechen. Du warst aber nicht da. Also haben Fritz und ich mit ihr geredet.«

»Was für ein Mädchen denn?«, fragte Gregor.

»So ein rothaariges, mit ganz vielen Sommersprossen.«

Gregor erinnerte sich an sie. »Und weiter?«

»Sie hat gesagt, Herrn Böhm ginge es schlecht. Die Polizei hätte ihn verprügelt.«

»Und ihr habt mir nichts davon erzählt?«

»Wir dachten, also ich dachte, es wäre nicht der richtige Zeitpunkt, so kurz vor deiner Abreise. Dein Flieger war ja schon verpackt. Am Ende wärst du gar nicht gefahren. Und dann hättest du Selma nicht getroffen, und ihr wärt jetzt nicht verlobt«, sagte Ursi.

»Und was war mit ihm?«

»Er hatte überall blaue Flecken, im Gesicht ein paar Wunden, die wir versorgt haben. Einen Arzt wollte er nicht. Ich habe das Mädchen, diese Rothaarige, zu meiner Mutter geschickt, um Suppe zu holen. Nach ein paar Tagen hat sie Mutti den Topf zurückgebracht und gesagt, dem Patienten ginge es gut.« Ursi griff nach Gregors Händen und drückte sie. »Tut mir leid. Ich hätte es dir gleich sagen müssen.«

»Ich muss zu ihm. Kommst du mit?«

Ursi nickte.

Gregor trug Ursis Tasche. Im Botanischen Garten blühten Blumen und Sträucher, und man hörte trotz des Verkehrslärms die Vögel in den Bäumen zwitschern. Es war Mitte Juni, ein wunderbarer Frühsommertag.

»Ist München nicht schön?«, rief Ursi. »Ganz was anderes als Schrobenhausen. Eine richtige Stadt eben und kein Kuhdorf.«

Sie folgten den Straßenbahnschienen zum Stachus, dann Richtung Sendlinger Tor. Als sie zu dem Haus in der Sonnenstraße kamen, wo die Kanzlei gewesen war, fanden sie kein Namensschild mehr. Es sah aus, als sei es abgeschraubt worden.

Ursi sah zu den Fenstern im ersten Stock hinauf, während Gregor im ersten Stock klingelte, doch es rührte sich nichts. Die Vorhänge blieben zugezogen, keine Bewegung.

»Da ist keiner«, sagte Gregor.

»Jetzt warte doch«, antwortete Ursi. Und dann hörten sie plötzlich das Summen des Türöffners.

Böhm stand an der Wohnungstür im ersten Stock. Er hatte sich verändert.

»Herr Rechtsanwalt Böhm?«, fragte Gregor.

Er hatte einen ungepflegten Stoppelbart und steckte in einem Anzug, der sicher einmal teuer gewesen war. Sein Hemd war falsch eingeknöpft, und oben stand der nicht mehr ganz saubere Kragen ab. Alles an ihm war grau.

»Ich bin es, Gregor …«

»Ich kenne euch«, sagte Böhm und betrat die Wohnung. Sie folgten ihm.

»Wie geht es Ihnen, Herr Böhm?«, fragte Ursi. »Sind Ihre Wunden alle verheilt?«

»Ach das!« Er machte eine Handbewegung, als wollte er eine Fliege verscheuchen. »Was führt euch zu mir?«

»Ich war in London, bei Ihrer Tochter, Herr Böhm. Selma möchte, dass sie so bald wie möglich zu ihr nach England ausreisen.«

»Selma«, sagte er mit leerem Blick und setzte sich an seinen Schreibtisch.

»Soll ich uns Tee machen?«, fragte Ursi und verschwand, ohne eine Antwort abzuwarten, in der Küche.

»Dürfen Sie denn noch als Anwalt praktizieren?«, fragte Gregor.

Böhm schüttelte den Kopf. »Meine Zeit als jüdischer Konsulent ist vorbei. Seit Anfang des Jahres habe ich keine

Zulassung mehr. Es gibt nun keine Anwälte mehr für Juden. Sie haben praktisch keine Rechte mehr und können sich auf juristischem Weg auch gegen nichts mehr wehren.«

»Was machen Sie dann noch hier?«, fragte Gregor.

»Ich bleibe und helfe allen, denen es schlechter geht als mir«, sagte er.

»Wie denn, wenn Sie kein Anwalt mehr sind?«, fragte Gregor.

»Ich bin immer noch Anwalt, ich darf nur nicht mehr praktizieren, junger Mann. Ich darf auch nicht mehr vor Gericht erscheinen, weshalb sich die Motten jetzt über meine Robe hermachen.« Er richtete sich in seinem Stuhl kerzengerade auf. »Aber ich weiß immer noch, wo man etwas beantragt, wie man Formulare ausfüllt und an welche Stellen man sich wenden kann im Notfall.«

»Und? Haben Sie Erfolg mit Ihrer Tätigkeit? Können Sie Ihre Leute noch aus Deutschland rausbringen?« In der Küche fing der Wasserkessel an zu pfeifen. Ursi goss Tee auf.

»Ab und zu gelingt es noch, aber es wird immer schwieriger«, gab der Anwalt zu.

»Und was ist mit Ihnen?«, fragte Gregor.

»Ach, ich bin nicht so wichtig, junger Mann.«

»Aber Sie haben Familie. Eine Tochter, die in England auf Sie wartet.«

»Selma ist in Sicherheit. Wie geht es ihr?«

»Sie hat ein jüdisches Mädchen aufgenommen, das mit einem Kindertransport nach England gekommen ist.«

Böhm nickte. »Das ist gut«, sagte er.

Ursi servierte Tee in frisch gespülten Tassen.

»Selma ist krank vor Sorge um Sie, Herr Böhm. Was muss denn eigentlich noch passieren? Sie sind in der Ettstraße verprügelt worden, wie Ursi mir erzählt hat.«

»Es gibt Schlimmeres«, wiegelte der Rechtsanwalt ab.

»Sie haben den Abriss und die Zerstörung der Münchner Synagogen miterlebt. Wissen Sie noch? Ich war an dem Abend bei Ihnen.«

»Das war schrecklich«, gab Böhm zu.

»Man hat Ihnen ein Berufsverbot erteilt. Selma sagt, Sie hätten sich immer auf Ihre Sonderstellung als Frontkämpfer verlassen, doch auch das ist jetzt nichts mehr wert.« Böhm sah zu Boden, kratzte sich am Handrücken. »Begreifen Sie denn nicht, dass es mit jedem Tag schwieriger für Sie wird, aus München, aus Deutschland rauszukommen?«

»Doch, ich begreife es«, antwortete er. »Was mir fehlt, ist der Wille, es wirklich zu tun.«

»Dann lassen Sie sich helfen! Deswegen sind wir hier. Sie besitzen einen Pass?«, fragte Gregor.

»Schon sehr lange«, antwortete Böhm. »Aber seit Januar steht ein neuer Name drin. Ich heiße jetzt Israel. Ich finde ihn ja ganz hübsch, aber wenn Sie mich vorher gefragt hätten, hätte ich mir einen anderen Namen ausgesucht. Einen schönen altdeutschen wie Heinrich, so hieß mein Großvater, oder Friedrich, so hieß mein Vater. Aber Israel, nun ja, man hat mich nicht gefragt und alle anderen Israels und Saras auch nicht.« Er stand auf und trat ans Fenster. »Judith wäre auch ein hübscher Frauenname gewesen, oder Esther.« Er drehte sich um und sah Gregor direkt an. »Oder Selma«, sagte er. »Ein schöner Name, nicht?«

Gregor schluckte.

»Bitte, Herr Böhm«, sagte Ursi. »Sie haben also einen Pass. Können Sie denn die Reichsfluchtsteuer noch bezahlen?«

»Haben Sie zufällig mitbekommen, junge Frau, dass jüdisches Vermögen 1938 eingezogen wurde, und zwar komplett?«

»Ja, das habe ich. Aber Sie sind ein kluger Kopf, sicher haben Sie sich etwas überlegt.«

Böhm grinste.

»Sie wissen doch, dass Sie uns vertrauen können?«, fragte Ursi.

»Wir wollen Ihnen nur helfen«, bekräftigte Gregor.

»Freunde meiner Tochter sind auch meine Freunde«, sagte Böhm. »Sonst müsste ich meinen Glauben an die Menschheit ja noch ganz aufgeben.«

»Also?«, fragte Gregor.

Der Rechtsanwalt setzte sich wieder an seinen Schreibtisch. »Ich habe einen Notgroschen bei einem Ex-Kompagnon in der damals noch gemeinsamen Kanzlei untergebracht«, sagte er. »Aber ob dieser Mensch sich heute noch daran erinnert, das weiß ich natürlich nicht.«

»Würde es denn reichen für diese Ausreisesteuer?«, fragte Gregor.

Böhm nickte. »Wenn er mir das Geld zurückgibt, ja. Aber ich würde für niemanden mehr meine Hand ins Feuer legen. Weder Arier noch Jude.«

»Dann müssen wir das rausbekommen«, sagte Ursi. »Haben Sie vielleicht etwas gegen diesen Mann in der Hand? Ich meine, falls er das Geld nicht freiwillig rausrückt.«

»Nein«, sagte der Rechtsanwalt. »Ich habe ihm immer vertraut. Wissen Sie, es gibt auch gute Menschen unter den ›richtigen‹ Deutschen, solche, die keine Opportunisten und nur darauf aus sind, sich auf Kosten der Juden zu bereichern. Es sind nicht so furchtbar viele, und sie werden auch immer weniger, aber vielleicht sind noch ein paar übrig. Und mit etwas Glück gehört er dazu.«

»Gut, dann rufen Sie ihn an«, schlug Ursi vor.

»Mit welchem Telefon meinen Sie? Mit dem, das sie mir vor Monaten abgestellt haben? Oder soll ich hinüber ins Telegrafenamt am Bahnhof zum Telefonieren gehen?«

»Schreiben Sie ihm eine kurze Nachricht. Dann gehen wir zu ihm und reden mit ihm.« Ursi sah Gregor an, und der nickte.

Böhm stand auf, ging wieder ans Fenster, sah durch die dichten Gardinen nach draußen, hinunter auf die Straße, wo die Leute hin- und herliefen wie an jedem ganz normalen Tag.

»Herr Böhm, bitte, ich glaube, wir sollten gleich los. Den Brief an Ihren Freund«, mahnte Ursi.

Er drehte sich um, sah die beiden jungen Leute aus seinen grauen Augen, seinem grauen Gesicht, seinem grauen Anzug und dem grau gewordenen Hemd an. Die Krawatte hing am Garderobenständer. Sie war dunkelgrau. Er muss weg, dachte Gregor, sonst geht er hier kaputt.

»Ich gehe nur, wenn ich noch jemanden mitnehmen kann«, sagte der Anwalt. »Rachel.«

»Das rothaarige Mädchen?«, fragte Ursi. »Hat sie denn einen Pass?«

»Wenn sie keinen hat, lassen wir ihr einen machen. Ich kenne da jemanden«, antwortete der Rechtsanwalt, und plötzlich kam doch ein Funke Leben in diesen vor der Zeit gealterten Mann.

»Sie heißt jetzt übrigens Sara. Rachel Sara Jacobi. Früher hieß sie nur Rachel. Aber Sara ist wenigstens ein hübscher Name, finde ich.«

∾

Degania Aleph, 23. Mai 1939

Liebe Marie,

nun ist es schon wieder so lange her, dass wir uns bei Hermanns Beerdigung gesehen haben, und noch länger, dass du uns hier auf deiner Reise durch den Orient besucht hast.

Die Nachrichten, die uns aus Deutschland erreichen, sind

schrecklich und beängstigend, und Alexej ist überzeugt, dass es noch schlimmer kommen wird.

Zu einigen der jungen Leute, die wir über die Donau ans Schwarze Meer und nach Palästina bringen konnten, haben wir heute noch Kontakt. Wir wissen, was aus ihnen geworden ist. Und stell dir vor, Hannah Regensteiner, die Tochter des jüdischen Gemeindevorstehers aus München, lebt hier bei uns in Degania und hat sich mit Uri zusammengetan. Letztes Jahr hat sie ihren ersten Sohn Moshe geboren.

Wenn ich an all den Unfrieden in der Welt denke, bin ich dankbar, dass ich hier lebe. Palästina ist in mancher Hinsicht auch ein Hexenkessel, aber kannst du dich noch erinnern, wie schön unser Tal ist? Du warst viel zu kurz hier, um alles zu sehen und kennenzulernen. Wir hatten damals so viel zu reden und zu erzählen.

Besonders im Frühling kann ich mich gar nicht sattsehen an unserem Flecken Erde. Von hier aus sehe ich sogar die Berge Galiläas, und auf der anderen Seite des Sees Genezareth das syrische Gebirge und ganz weit entfernt auch die Schneegipfel des Hermon an der Grenze zu Jordanien. Im Frühling versteht man sofort, warum unser Kibbuz auf den Namen Degania getauft wurde, denn das bedeutet »Kornblume«. Die blauen Blumen wachsen hier überall wild, zwischen Mohn und Alpenveilchen, und ihre Farbe ist einzigartig. Der Frühling ist die schönste Jahreszeit. Im Sommer ist es sehr heiß in unserem Tal, das zweihundert Meter unter dem Meeresspiegel liegt. Die Ebene ist dann wie ein heißer Teller, und die Luft summt von Insekten. Der Fluss nur mehr ein Rinnsal, während er in der Regenzeit früher alles überschwemmte, um beim Abfließen Schlamm und fruchtbare Erde zurückzulassen.

Ich bin ja so etwas wie die Hüterin der Erinnerung des Kibbuz. In meiner Eigenschaft als Chronistin habe ich erst kürzlich wieder in den Aufzeichnungen der Gründerväter und

-mütter nachgelesen. Wie unfassbar schwer sie es anfangs hatten! Sie lebten zu Beginn noch in primitiven Lehmhütten und Holzschuppen, die sie den Arabern abgekauft hatten. In den Sümpfen brütete das Fieber, und die Malaria raffte immer wieder Menschen dahin. Daraufhin pflanzten die ersten Siedler Eukalyptusbäume, um den Sumpf zu entwässern und Land zu gewinnen. Dann wurden Kanäle gebaut. Statt das Wasser die Felder überfluten zu lassen, wurde es in Rinnen geführt und konnte dadurch auch zur Bewässerung während der Trockenzeit verwendet werden. Es gab lange keine richtige Straße, und im Winter, wenn die Furt durch den Jordan nicht mehr passierbar war, brachten die Siedler ihre Früchte und das Getreide auf Eselkarren an den Fluss und luden die Fracht auf Boote.

Wenn man heute auf der neuen Straße die Berge herunterkommt, sieht man über den See und den Jordan auf das Tal hinunter mit seinen Hainen, Gärten, Feldern und Fischteichen. Alles ist herrlich und frisch durch das Wasser. Es ist ein kleiner Garten Eden geworden, Marie, und ich kann mich gar nicht sattsehen daran. Ich möchte nirgendwo anders mehr leben.

Ich befürchte, dass es von jetzt an immer schwerer wird, den Kontakt zu dir und zur Familie zu halten. Aber lass es uns versuchen. Wir denken viel an euch und wünschen uns nichts mehr, als dass ein Wunder geschehen möge und all unsere schlimmen Ängste und Ahnungen sich nicht bewahrheiten mögen. Dass irgendetwas geschehen möge, was die Geschicke Deutschlands und Europas noch einmal wendet und das Leid abwendet, das wir kommen sehen. Bleib so tapfer, wie du es immer gewesen bist, liebste Marie, und vergiss uns nicht.

Deine Tante Elsa

Sonntags, und sein Vater kochte. Man konnte es schon in der ganzen Wohnung riechen. Rinderbraten nach Omas Rezept, mit Rahmsoße und Semmelknödeln. Von der Küchentür aus sah Gregor seinen Papa mit Schürze am Herd stehen und Speck anbraten.

»Speck gibt es auch noch?«, fragte Gregor.

»Der kommt in den Krautsalat«, antwortete Paul. »Sag bloß, du hast Hunger.«

»Ich hab eigentlich immer Hunger.«

»Kannst mir ja beim Knödeldrehen helfen, dann geht's schneller.«

»Lieber nicht. Für Knödel habe ich zwei linke Hände.«

»Was? Du als Flugzeugbastler und Konstrukteur und zwei linke Hände? Das glaube ich dir nicht.«

»Flugzeugbauteile sind ja auch nicht so glibberig und wabbelig wie Knödelteig«, sagte Gregor. »Sag mal, kennst du vielleicht einen Anwalt Aumüller, der früher in der Nähe vom Stachus seine Kanzlei hatte?«

»Aumüller heißt der? Warte mal. Ist es der mit der Kanzlei in der Sonnenstraße? Wenn es der ist, dann kenne ich ihn. Ich hatte früher mit ihm zu tun. Wieso fragst du?«

»Ich müsste etwas mit ihm besprechen.«

Während sein Vater Eier aufschlug und sie mit den Händen unter den Knödelteig mischte, damit der noch glitschiger wurde, erzählte Gregor ihm von seinem Besuch bei Selmas Vater. »Dr. Böhm hat seinem früheren Kollegen Aumüller Geld zur Verwahrung gegeben, das er jetzt dringend brauchen könnte.«

»Ausreise?«, fragte Paul. »Warum ist er nicht schon längst weg, zu seiner Tochter?«

»München ist seine Heimat, sagt er, und dass er sich nicht vertreiben lassen will. Und dann noch sein Pflichtgefühl. Er denkt, er muss allen helfen, denen es noch schlechter geht als ihm selbst. Auch wenn ihn das irgendwann den Kopf kosten wird.«

»Und deshalb willst du jetzt zu diesem Aumüller gehen?«

Gregor nickte.

»Soll ich mitkommen? Er erinnert sich bestimmt noch an mich.« Sein Vater sah ihn an. »Ist vielleicht nicht schlecht, so ein persönlicher Bezug, wenn es um Geld geht.« Das Wasser im Topf begann zu simmern, und Paul ließ vorsichtig Knödel um Knödel hineingleiten. »Vor allem um Geld, das man von einem jüdischen Kollegen zur Aufbewahrung bekommen hat. Da ist die Versuchung groß, die wahren Besitzverhältnisse zu vergessen.«

»Das ist es, was wir auch befürchten«, antwortete Gregor.

»Wie die Leute das nur schaffen, ihr Gewissen so zu täuschen.« Sein Vater schüttelte den Kopf. »Das, was vor ein paar Jahren noch Unrecht war, ist heute ... ja was eigentlich? Noch nicht unbedingt Recht, aber es wird geduldet, einfach, weil alle es so machen. Also macht man es selbst auch so.«

»Ich glaube, jeder schaut einfach nur auf seinen eigenen Geldbeutel«, sagte Gregor und verteilte das Besteck auf dem Tisch.

»Bei denen, die nichts drinhaben im Beutel, kann ich das ja verstehen«, meinte sein Vater und schmeckte die Soße noch mit einem Schuss Rotwein ab. »Aber die Rechtsanwälte, ich bitte dich, das sind doch keine armen Schlucker. Das wäre einfach nur schäbig.«

Rechtsanwalt Hubert Aumüller war mit seiner Kanzlei vor Jahren in die Häberlstraße am Goetheplatz umgezogen. Er war ein feinsinnig wirkender älterer Herr mit grau meliertem Schnauzer, trug einen altmodisch wirkenden Nadelstreifenanzug, und am Revers steckte kein Parteiabzeichen, wie Gregor erleichtert bemerkte. Seine runde Brille hatte keine

Bügel, deshalb wirkte es so, als würde in diesem Gesicht irgendetwas fehlen. An den Wänden des Kanzleizimmers hingen mehrere gerahmte Aquarelle, die seinem Vater natürlich sofort auffielen. Motive aus Italien, der Toscana, Landhäuser in Orange und Terrakotta, Zypressen, Gärten, Brunnen, Licht und Schatten, das Meer. Eine andere Welt, als die ihre draußen vorm Fenster. Und sein Vater, der Italienliebhaber, fragte auch prompt, nachdem sie sich vorgestellt hatten: »Sie sammeln Kunst, Herr Aumüller?«

»Ich habe Glück und bekomme die Bilder geschenkt«, sagte der Rechtsanwalt. »Meine Tochter hat sie gemalt. Was verschafft mir die Ehre Ihres Besuches, Herr Randlkofer mit Junior?«

»Wir kommen wegen eines Kollegen von Ihnen«, antwortete Gregor. »Rechtsanwalt Dr. Otto Böhm. Er sagt …«

Da ging die Tür zu einem der Nebenräume auf, und eine junge Frau mit dunklem, kinnlangem Haar, breitflächigem Gesicht und wachen dunklen Augen erschien in der Tür. Sie trug eine Hemdbluse mit frechem Leopardenmuster und saß im Rollstuhl.

»Oh, Verzeihung, du hast Besuch«, sagte sie, als sie Gregor und seinen Vater bemerkte.

»Das ist meine Tochter Anina«, stellte Aumüller sie vor.

»Die wunderbare Malerin«, rief Paul. »Ich habe Sie zum letzten Mal gesehen, da waren Sie so groß.« Er zeigte auf die Höhe der Schreibtischkante. »Sie sind ja eine wahre Schönheit geworden.«

»Danke, das ist lieb von Ihnen«, antwortete sie mit einer warmen, fast rauchigen Stimme. »Leider erinnere ich mich nicht daran.«

»Das sind die Herren Randlkofer, Vater und Sohn, von der Firma Dallmayr«, stellte Aumüller die beiden vor.

»Dann entschuldigen Sie bitte die Störung.« Anina wendete

den Rollstuhl. Die Tür hatte keine Schwelle, wie Gregor erst jetzt bemerkte.

»Kann man Ihre Bilder kaufen?«, fragte Paul. »Ich hätte auch gern so eine schöne Erinnerung an Italien.«

»Vielleicht schenke ich Ihnen eines. Wenn Sie uns das nächste Mal besuchen.« Lächelnd fuhr sie aus dem Zimmer. Die Tür fiel ins Schloss, und Gregor fiel auf, dass er kein einziges Wort gesagt hatte. Als wäre er stumm.

»Sie waren gerade dabei zu erzählen, was Sie zu mir führt«, sagte Aumüller.

»Rechtsanwalt Dr. Otto Böhm.« Gregor hatte nun auch seine Stimme wiedergefunden. »Sie erinnern sich an ihn?«

Aumüller nickte. »Seine Frau hat sich von ihm scheiden lassen, habe ich gehört.« Es klang neutral und unbeteiligt.

»Das ist richtig«, sagte Gregor. »Er darf jetzt auch nicht mehr als Anwalt arbeiten, aber das wissen Sie sicher.«

Aumüller nickte wieder, aber es war nicht zu erkennen, ob ihn diese Tatsache in irgendeiner Weise berührte.

»Dr. Böhm sagt, er habe Ihnen Geld anvertraut, als die gemeinsame Kanzlei aufgelöst wurde. Ist das richtig?«, fragte Gregor.

Aumüller antwortete mit einer Gegenfrage. »Warum fragen Sie mich das?«

»Er muss dringend ausreisen. Sein gesamtes Vermögen ist eingezogen worden. Auch diese Vorgänge müssten Ihnen als Anwalt bekannt sein.«

Der Anwalt nickte. Er sah von Gregor zu seinem Vater. »Und warum setzen gerade Sie sich für Dr. Böhm ein?«, fragte er schließlich.

»Ich bin mit Herrn Böhms Tochter verlobt«, antwortete Gregor. »Selma Böhm lebt in London. Und ich habe ihr fest versprochen, dass ich ihren Vater aus Deutschland rausbringe, soweit das in meiner Macht steht.«

»Selma ist ungefähr im Alter Ihrer Tochter«, fügte Paul hinzu.

»Ich weiß«, antwortete der Anwalt.

»Sie hat sogar bei den Olympischen Spielen in Berlin teilgenommen, als Leichtathletin. Sie können vollkommen sicher sein, dass wir nicht aus Eigennutz handeln«, versicherte Paul. »Wir wollen nur Herrn Dr. Böhm bei seiner Übersiedlung nach England, zu seiner Tochter, helfen.«

Aumüllers Blick war starr auf den Tisch gerichtet. Er nahm die Brille von der Nase und rieb sich die Nasenwurzel. Sie warteten, bis er damit fertig war.

»Also gut«, sagte er schließlich und lehnte sich im Stuhl zurück. »Ja, ich habe Geld von ihm bekommen zur Verwahrung.«

Und?, dachte Gregor. Ist es noch da? Rückst du es jetzt heraus? Der Anwalt ließ sich wieder Zeit, bevor er weitersprach.

»Es liegt auf einem Konto, das auf den Namen meiner Tochter läuft. Ich habe es seitdem nicht angefasst und meine Tochter selbstverständlich auch nicht. Wie viel brauchen Sie?«

∾

Paul schloss gerade die Ladentür ab, als er aus dem Augenwinkel noch jemanden mit flatternder Jacke durch die Landschaftsstraße laufen und die Dienerstraße überqueren sah. Nein, bitte, wer du auch sein magst, komm morgen wieder, dachte Paul. Wir Geschäftsleute müssen auch irgendwann einmal Feierabend machen dürfen. Gerade heute. Er drehte sich um und ging ins Innere des Ladens. Da klopfte es auch schon gegen die Glastür. Paul ging weiter.

»Paul«, rief dieser Mensch, »Paul, so mach doch auf!«

Paul zögerte. Ich kann nicht mehr, dachte er. Ich muss nach

Lotte sehen. Nur weil du irgendwas vergessen hast, einzukaufen. Aber es klopfte wieder, nein, jemand hämmerte regelrecht gegen die Tür. Als Paul sich umdrehte und sah, wer draußen stand, ging er schließlich doch zur Tür.

»Egon, was machst du denn hier? Wir haben schon geschlossen.«

»Das weiß ich doch. Ich wollte ja auch ein bisschen früher kommen, zum Ladenschluss, aber Sonntag in der Familie, mit vier Kindern, da ist was geboten.«

»Wolltest du noch was einkaufen, Egon?«, fragte Paul. Und lass mich bloß mit deiner Familie in Ruhe.

»Nein, Paul, jetzt lass mich doch bitte rein. Ich muss was bereden mit dir.« Egon Koller trat von einem Bein aufs andere, blickte zurück, sah die Dienerstraße rauf und runter, als könnte es sein, dass ihm jemand gefolgt war.

»Hat das nicht bis Montag Zeit?«, fragte Paul ohne allzu viel Hoffnung.

»Montag? Bis dahin ist alles hin. Wir müssen jetzt handeln, sonst ist es zu spät.« Jetzt fing Egon auch noch an in Rätseln zu sprechen. »Bitte, ich habe wichtige Informationen für dich.«

Paul fuhr sich mit dem Handrücken über die Augen. »Wichtige Informationen«, sagte er, »brauch ich heute nicht mehr.«

Doch Egon Koller drängelte sich an ihm vorbei hinein ins Geschäft. »Paul, du hast keine Ahnung, was los ist. Und weißt du noch? Du hast gesagt, ich hab noch was gut bei dir, wegen der Sache mit der Nachweispflicht für euer Obst und Gemüse damals.«

»Natürlich weiß ich das noch, Egon.«

»Du stehst doch zu deinem Wort?«

Paul nickte. »Aber muss es ausgerechnet heute sein?«

»Es muss«, antwortete Egon Koller. »Ist Lotte nicht da?«

»Sie hat sich hingelegt.«

»Ist sie krank?«

Paul schüttelte den Kopf. »Nur erschöpft.«

»Ist was passiert?«, fragte Koller.

»Gregor«, sagte Paul. »Und Fritz gleich dazu, das ist unser Kaffeeröster aus Bremen.«

»Und was ist mit den beiden?«, fragte Koller.

»Einberufung zur Wehrmacht.«

»Heute?«

Paul nickte. »Lotte ist ihnen zum Bahnhof gefolgt. Die Jungs wollten das nicht. Also ist sie heimlich hinterher. Hat sich hinter Litfaßsäulen und Hausecken versteckt. Und dann im Bahnhofsgebäude hinter den Kiosken. Bis ihr Zug abgefahren ist. Dort ist sie dann zusammengebrochen. Man hat mich angerufen, und ich habe sie dann in der Bahnhofswirtschaft abgeholt. Und jetzt hat sie sich hingelegt.« Paul ließ die Arme hängen. »Also mach's kurz, Egon, heute ist ein ganz schlechter Tag, mich um einen Gefallen zu bitten.«

Egon Koller nickte. »Aber wenn deine Frau eh gerade schläft, dann haben wir wenigstens ein bisschen Zeit zu reden. Ist vielleicht besser, dass du sie erst mal schlafen lässt.« Dann sah sich der schlaksige Mann mit dem schütteren Haar im Geschäft um. »Schön habt ihr's hier. Alle Regale noch voll, alles da.« Er sah hinüber zur Käsetheke. »Wie viele Sorten sind das da in der Theke?«

»Ich werde sie heute nicht mehr zählen, Egon. Nicht einmal für dich«, sagte Paul.

»Können wir in dein Büro gehen?«

Paul seufzte tief und ließ ihn dann vorangehen.

»Ich hätte einen guten Sherry da. Magst du ein Gläschen?«

»Da sage ich nicht Nein.«

Paul schenkte ihnen ein. »Und jetzt komm bitte zur Sache, Egon. Ich bin hundemüde.«

Egon räusperte sich. »Alles im Vertrauen, Paul, gell?« Paul nickte. »Morgen wird ein Dekret erlassen zur Rationierung wichtiger Konsumgüter. Die Ernährungsämter sind angewiesen, für die Sicherstellung des lebenswichtigen Bedarfs des deutschen Volkes verschiedene Güter nur noch gegen Bezugsscheine zu erlauben«, erklärte Koller.

»Moment mal«, unterbrach ihn Paul, dessen Müdigkeit schlagartig verpuffte. »Das heißt, die Leute können nicht mehr einfach so bei uns einkaufen und aus ihrer Geldbörse bezahlen, sondern brauchen dazu noch eine Berechtigung von einer Behörde?«

»So ist es«, bestätigte Koller.

»Ha, Bezugsscheine!«, rief Paul. »Das kennen wir doch noch aus dem letzten Krieg.«

Koller nickte wieder.

»Ja, verdammt«, fluchte Paul, »wir sind aber doch gar nicht im Krieg. Oder sind wir im Krieg, und ich habe es nur nicht mitbekommen?«

Koller schüttelte den Kopf. »Nein, bisher kein Krieg.«

»Ab wann soll denn das gelten mit den Bezugsscheinen? Bist du dir überhaupt sicher?«

»Absolut«, sagte Koller. »Sonst wär ich nicht hier. Du kennst mich doch, Paul. Ein Spruchbeutel, einer, der sich nur wichtigmacht, war ich noch nie. Stimmt's, Paul?«

»Dann rede endlich, Egon, was weißt du darüber?«

»Es wird einen Erlass geben, der morgen verkündet wird.«

»Am Sonntag?«, fragte Paul.

Koller nickte. »Und ab 28. August …«

»Also Montag«, sagte Paul.

Koller nickte wieder. »Ab Montag müssen sich die Leute beim Ernährungsamt am Schalter mit dem Ausweis ihre Bezugsscheine für die ersten Lebensmittel und Waren abholen, die auf der Rationierungsliste stehen.«

»Und welche werden das sein?«, fragte Paul. »Weißt du das auch schon?«

»In der ersten Zuteilungsperiode, also bis Ende September, werden es, soweit ich weiß, an Lebensmitteln Fleisch, Fett, Zucker und Marmelade sein. Außerdem Seife, Kohle, Textilien und Schuhe.«

»Kaffee auch?« Paul kippte seinen Sherry auf ex.

»Weiß ich nicht«, erwiderte Koller. »Aber wahrscheinlich auch Bohnenkaffee.«

Paul fühlte sich wie erschlagen. Was würde denn heute noch alles über sie hereinbrechen? »Aber unsere Regale sind voll«, sagte er. »Es gibt von allem genug. Warum sollte der Staat jetzt Waren rationieren? Erklär mir das mal.«

Plötzlich stand Lotte in der Tür. Weiß wie die Wand.

»Entschuldigt«, sagte sie, »die Tür stand offen, und ich konnte nicht anders, als zu lauschen.«

»Komm rein, Lotte.« Paul stellte noch einen Stuhl an den Tisch. »Setz dich doch. Konntest du dich ein wenig ausruhen? Egon Koller von der IHK kennst du ja.« Koller stand auf und verbeugte sich.

»Was hat es mit diesen Bezugsscheinen auf sich?«, fragte sie. »Wieso gerade jetzt?«

»Eine Vorsichtsmaßnahme«, sagte Egon. »Morgen wird die Maßnahme angekündigt und ab Montag in Kraft treten. Und am selben Montag werden die Leute das Ernährungsamt stürmen, und die Schlangen vor den Schaltern werden bestimmt bis auf die Straße reichen. Dort werden dann gegen Vorlage des Ausweises Bezugsscheine an die Leute verteilt.«

»Und dann werden sie in die Läden stürmen, weil sie denken, die Lebensmittel sind bereits knapp, und wer zuerst kommt, kriegt noch etwas, wer zu spät dran ist, geht leer aus.« Paul graute vor der Vorstellung.

»Und die, die vorher etwas erfahren, heute Abend, wie wir,

oder morgen früh«, sagte Lotte, »die kommen dann schon morgen Vormittag, um sich mit Lebensmitteln und Kaffee einzudecken, die sie dann ab Montag nur noch mit den Bezugsscheinen bekommen.« Lottes Gesicht bekam wieder etwas Farbe. Ihre Gedanken fanden endlich ein neues Ziel und kreisten nicht mehr unablässig um ihren Sohn, der jetzt vielleicht gerade in der Kaserne eingekleidet wurde.

»Hamsterkäufe«, fasste Paul Lottes Gedanken zusammen.

Lotte nickte und sah von ihrem Besucher zu Paul und dann wieder zu Koller. Endlich verstand auch Paul.

»Ach so, Egon. Ich schulde dir ja noch einen Gefallen.« Sein Freund wollte also auch ein wenig hamstern vor dem großen Ansturm.

Koller räusperte sich. »Ich bin gekommen, um euch auf eigene Gefahr Informationen weiterzugeben, die natürlich noch streng geheim und unter Verschluss sind. Aber schließlich sind wir alte Freunde, Paul und ich.« Paul schenkte ihm noch einmal nach, und Koller nahm noch einen Schluck Sherry. »An eurer Stelle würde ich von den Lebensmitteln, die als Erstes rationiert werden, einen Teil für schlechtere Zeiten zur Seite schaffen. Irgendwann, vielleicht schon morgen, wird euer Bestand kontrolliert und aufgenommen werden, aber nicht heute. Deshalb bin ich hergekommen«, sagte er. »Und wenn euch mein Tipp ein paar Marmeladengläser für meine Kinder wert ist, dann würde ich nicht Nein sagen. Freilich nicht. Meine Minna hat Angst, sie bekommt ihre Töchter bald nicht mehr satt. Die fressen mir so schon die Haare vom Kopf«, sagte er und fasste sich an den schütteren Haarschopf.

Paul und Lotte sahen sich an. Sollten sie tatsächlich anfangen, Waren zu bunkern? Heute Abend noch? Nicht schon wieder, dachte Paul. Das hatten sie doch schon einmal, vor fünfundzwanzig Jahren.

Koller leerte sein Glas, und Paul schenkte ihm noch ein weiteres Mal nach. »In einem geheimen Schreiben«, sagte sein Freund, »auf das ich einen kurzen Blick werfen konnte, war von einer Beschlagnahme von Waren im Einzelhandel die Rede.«

»Beschlagnahme durch wen?«, fragte Lotte.

»Durch die Behörden«, antwortete Koller.

»Und wann soll das passieren?«, fragte Paul.

»Ebenfalls am Montag«, antwortete Koller.

»Kann ich auch ein Glas Sherry haben?«, fragte Lotte in die Stille hinein.

Paul nahm ein drittes Glas aus dem Schrank und schenkte ein. Lotte stürzte es in einem Zug hinunter. Sie sah ihren Mann an.

»Weißt du noch, Paul? Die Nacht nach der Kriegserklärung, 1. August 1914. Wir haben nachts alle feindlichen Waren aus den Schaufenstern geräumt und im Kohlen- und Kartoffelkeller verschwinden lassen.« Natürlich erinnerte Paul sich an jene Nacht, genau wie Lotte. »Und dann stand plötzlich Mutter mit einem Stock oder einem Schirm bewaffnet im Laden. Weißt du's noch? Sie war von den Geräuschen im Laden aufgewacht und dachte, es wären Diebe im Haus.«

Paul nickte. »Ich erinnere mich.« Er drückte die Handballen auf die Augen. »Und jetzt sind wir also wieder an dem Punkt.«

»Vielleicht ist es auch nur eine Vorsichtsmaßnahme, die bald wieder aufgehoben wird«, versuchte Koller Optimismus zu verbreiten, konnte damit aber nicht einmal sich selbst überzeugen.

»Gut«, sagte Lotte. »Dann wollen wir doch mal schauen, was wir Feines für Ihre Töchter haben, Herr Koller. Welche Marmelade mögen Sie denn besonders gern? Oder anders gefragt: Gibt es eine, die Sie nicht mögen?«

»Vom Dallmayr? Ich bitte Sie, Frau Randlkofer, da ist doch alles gut. Da wird nicht gemäkelt.«

Paul schenkte sich noch einmal nach und wunderte sich, woher Lotte plötzlich die Kraft nahm, sich um Marmelade und andere Vorräte für die Familie Koller zu kümmern.

»Aber«, meldete sich Egon Koller noch einmal, »aber versteckt die Waren gut. Keiner darf etwas wissen. Spitzel und Denunzianten gibt es überall. Sie warten nur darauf, dabei etwas auf dem eigenen Konto zu verbuchen. Ihr könnt ja vielleicht morgen schon etwas früher öffnen, bevor die Angestellten eintreffen. Ihr sagt, die Leute hätten schon frühmorgens Schlange gestanden und eingekauft wie die Wilden. Dann habt ihr eine Erklärung, wo die fehlende Ware abgeblieben ist.«

Pauls Augen wurden bei dem Gedanken an die bevorstehende Aktion ganz klein. Wenn er sich nur einmal irgendwo hätte ausstrecken können, wäre er auf der Stelle eingeschlafen. Aber sein Bett würde er wohl erst in ein paar Stunden wiedersehen. Davor waren noch einige Kisten in den Keller zu schaffen, während Lotte dafür sorgen würde, dass die Lücken in den Regalen, auf den Theken und Tischen nicht sofort zu erkennen wären.

Am Sonntag, zur regulären Öffnungszeit des Geschäfts, war der Andrang kaum größer als sonst. Die Kunden hatten also noch keinen Wind bekommen von den bevorstehenden Maßnahmen. Lotte hatte Rosa, der sie zu einhundertzwanzig Prozent vertraute, eingeweiht in das, was ihnen bevorstand. Zu dritt drängten sie nun, am Sonntagvormittag, die Stammkunden sanft und möglichst unauffällig dazu, von ihren üblichen Einkäufen doch noch etwas mehr mitzunehmen. Sie sprachen von vermuteten Lieferengpässen für Marmeladen und Schwierigkeiten bei der Bestellung von gutem Olivenöl aus Italien.

Sie erzählten, dass die Kaffeerösterei aus personellen Gründen ruhte und der Dallmayr-Kaffee vorübergehend rar werden könnte.

»Vielleicht nehmen Sie lieber noch ein oder zwei Päckchen mehr mit?«, hörte Paul Lotte der Frau Regierungsrat Benker raten. »Sonst müssen Sie am Ende noch Getreidekaffee trinken.«

»Das wird nicht passieren«, antwortete die Kundin. »Bevor er Muckefuck trinkt, greift mein Mann zum English Breakfast Tea mit Milch und Zucker.«

»Dann nehmen Sie von dem vielleicht besser auch noch einen Vorrat mit«, riet Lotte lächelnd.

Der Herr Regierungsrat sah Lotte verwundert an, aber seine Frau eilte schon voraus in die Teeabteilung.

Am späten Vormittag saß Paul wieder am Schreibtisch. Er hatte beide Ellbogen aufgestützt und rieb sich mit den Daumen die Augen, als würde er davon wieder munter. Obwohl sie genauso wenig geschlafen hatte wie er, stand Lotte im Laden und bemühte sich um die Kundinnen und Kunden. Sie war ihm fast ein wenig unheimlich. Wo nahm sie diese Energie her?

Paul massierte seine Schläfen. Er sah hinunter auf den nachgedunkelten Schreibtisch aus Nussbaumholz, der seiner Mutter gehört hatte. Dann fuhr er mit den Fingerspitzen über die polierte Oberfläche, die zwar gepflegt war, aber auf der viele Jahre des Gebrauchs ihre Spuren hinterlassen hatten. Paul hätte ihn nie gegen einen moderneren getauscht. Schließlich hatte seine Mutter hier gesessen, die Weichen für den Erfolg des Geschäfts gestellt und die Pläne für den Neubau ausgebrütet. Mutters Büro und noch mehr ihr Schreibtisch, waren immer noch so etwas wie das Herzstück oder die Schaltzentrale des Ladens.

Gut, dass Mutter nicht mehr lebt, dachte Paul. Sie hätte es wahrscheinlich kaum ertragen können, dass man ihren Enkel eingezogen hatte. Mutters Liebling, Gregor, den sie in besonders innigen Stunden Grex oder Grexi gerufen hatte. Vierundzwanzig Jahre war es her, dass Paul selbst in die Kaserne einberufen und von dort direkt an die Westfront geschickt worden war. Jetzt also Gregor. Und Fritz gleich mit dazu. Noch war kein Krieg, und die beiden mussten nur nach Landsberg am Lech in die Kaserne einrücken. »Wenigstens sind die beiden zusammen«, hatte Lotte gesagt. Das war ihr einziger Trost. Und dass Deutschland nicht im Krieg stand. Noch nicht.

Paul war nun tatsächlich und ganz offiziell von der Handelskammer über die »Verordnung zur vorläufigen Sicherstellung des lebenswichtigen Bedarfs des deutschen Volkes«, Reichsgesetzblatt Nr. 149, informiert worden. Danach würden ab sofort Bezugsscheine für vierzehn Waren eingeführt. Vor ihm auf dem Tisch lag ein Muster dieser Bezugsscheine, die ab morgen an den Schaltern der Ernährungsämter abgeholt werden konnten.

»Sind sie das?«, fragte Rosa, als sie zu Paul ins Büro kam. Und fällte auch gleich ihr Urteil: »Die sehen aber wirklich hässlich aus.«

Die Ausweiskarten waren auf rosa Wasserzeichenpapier gedruckt. Paul wischte sich wieder über die Augen, aber die rosa Karten gingen davon nicht weg. Sie schienen ihn geradezu anzuschreien. Kriegsvorbereitung, brüllten sie. Wer es sich bis jetzt nicht hatte eingestehen wollen, konnte es nun nicht mehr leugnen, wenn er auch nur etwas Verstand und Erfahrung besaß. Gregor und Fritz und ihre Kameraden würden nicht mehr lange in ihren Kasernen herumexerzieren und den Umgang mit Artilleriegeschützen, Pistolen und Handgranaten einüben. Vielleicht ging es für sie schon bald hinaus aufs Feld. O Gott, wenn Lotte sich das klarmachte, würde es ihr den Boden unter den Füßen wegziehen.

Er hatte Rosa ganz vergessen und fuhr zusammen, als sie fragte: »Wo wird das wohl wieder hinführen?«

Zusammen sahen sie sich die Bezugsscheine genauer an. Neben einem Stammabschnitt enthielt ein rosa Bogen kleine Teilabschnitte, auf denen die Waren verzeichnet waren, die man pro Abschnitt bekam. *Reichsfettkarte, gültig vom 28.VIII.1939 bis 24.IX.1939. Butter oder Butterschmalz: Abschnitte 1–4. Käse oder Quark: Abschnitte 1–4. Margarine oder Pflanzen- oder Kunstspeisefett oder Speiseöl: Abschnitte a1-b4. Schweineschmalz oder Speck oder Talg: Abschnitte 1–4. Reichskarte für Marmelade (wahlweise Zucker). Bestellschein für 700 g Marmelade, Bestellschein für 350 g Zucker. Bestellschein für 250 g Marmelade, wahlweise 125 g Zucker. Reichsfleischkarte. Nicht übertragbar. Sorgfältig aufbewahren.*

Eine Karte war auf den Tag genau vier Wochen gültig. Nach Ablauf der Gültigkeit durften die Bestellscheine darauf nicht mehr verwendet werden und verfielen ersatzlos. Dann würde er als Kaufmann also von nun an wieder mit diesen Karten leben müssen. Er musste prüfen, ob sie überhaupt gültig waren, und abgelaufene abweisen. Dann musste er die Kärtchen pro Einkauf abtrennen, sammeln, aufkleben und anschließend gesammelt einreichen, damit er dafür beim Großhändler neue Ware zugeteilt bekam. Ein Albtraum, dem sich kein Händler entziehen konnte. Eine offizielle Erklärung dazu, warum jetzt, gerade jetzt, diese Marken auftauchten, gab es nicht.

Zum Ladenschluss am späten Vormittag bat er alle Angestellten zu einer kurzen Unterredung. Er informierte sie über die aktuelle Lage, zeigte ihnen, wie die Bezugsscheine aussahen, und erklärte, wie mit ihnen umzugehen war.

»Bitte genau auf das Ablaufdatum achten. Wenn wir Waren auf abgelaufene Bezugsscheine ausgeben, geht das zu unseren

Lasten. Man wird sie uns streichen und weniger Waren im Großhandel zuteilen. Also bitte gut aufpassen. Es wird alles kontrolliert werden.«

Jemand räusperte sich umständlich. Xaver Huber war es, der unruhig von einem Bein auf das andere trat und sich dann noch einmal räusperte. Sie hatten vor Kurzem auf seine zwanzigjährige Betriebszugehörigkeit angestoßen.

»Xaver, was gibt es?«, fragte Paul. »Hast du etwas nicht verstanden?«

»Einerseits schon«, antwortete Xaver. »Den Mist mit den Bezugsscheinen haben wir Älteren ja schon einmal mitgemacht. Aber …« Er stockte. »Ich möchte einmal wissen, was das bedeutet. Warum kommen diese Marken genau jetzt? Unsere Regale und unsere Lager sind doch, äh, noch fast voll.«

Er hatte also gemerkt, dass schon Waren in die Keller und draußen in die Schuppen im Hinterhof verschwunden waren. Und wahrscheinlich war er nicht der Einzige.

»Warum gerade jetzt?«, wiederholte Paul seine Frage. »Ich bin kein Politiker, wie ihr wisst. Ich habe eine Vermutung, aber sicher weiß ich es nicht. Es könnte sein, dass wir auf einen Konflikt zusteuern.«

»Militärisch?« Huber ließ nicht locker. »Österreich und ein Teil der Tschechoslowakei reichen anscheinend noch nicht.«

Paul wollte antworten. Er sah, wie Lotte die Brauen hob. Das sollte heißen: »Sei vorsichtig«. Doch zum einen vertraute er seinen Angestellten und zum anderen hatte er es satt, um den heißen Brei herumzureden.

»Bis jetzt ging es ohne Gewalt«, wand er sich. »Aber ich würde einen gewaltsamen Übergriff nicht ausschließen.« So, jetzt war es hoffentlich genügend verklausuliert heraus.

»Aber wir haben doch noch keinen Krieg«, rief ein anderer Mitarbeiter, einer von den jüngeren.

»Er wird schon noch kommen.« Es war Xaver Huber, der damit das Schlusswort sprach.

Bevor seine Leute nach Hause gingen, gaben Paul und Lotte allen noch etwas mit. Marmelade, Butter, etwas von der Fleischtheke, ein Päckchen Bohnenkaffee für jeden. Sie wünschten allen noch einen schönen Sonntag. Dann schlossen sie hinter dem letzten Angestellten ab.

Paul zog Lotte zu sich und legte die Arme um sie.

»Komm, ich muss jetzt raus an die frische Luft. In den Hofgarten und hinterher vielleicht ins Café Luitpold. Zieh dir ein hübsches Kleid an und setz deinen Hut mit dem grünen Seidenband auf.« Er hatte Angst, Lotte würde Nein sagen und sich lieber im Haus vergraben, aber sie ging und zog sich um.

Hand in Hand liefen sie durch den Hofgarten, und Lotte schmiegte sich an Paul und schien Freude zu haben an ihrem kleinen Ausflug. Das Café Luitpold in der Brienner Straße war gut besucht, doch sie fanden einen Tisch im Freien, zwischen Palmen, die in Kübeln wuchsen. Die Leute sitzen hier in der Sonne und genießen den Sonntag, als sei nichts geschehen, dachte Paul. Im Café zu sitzen, Kaffee, Kuchen und Likör zu bestellen, vermittelte ein Gefühl von Normalität, von Müßiggang und Luxus. Paul hoffte, dass auch Lotte es so empfinden würde, trotz allem. Aber er täuschte sich. Als sie die erste Gabel von ihrem Schokoladenkuchen abgestochen und zum Mund geführt hatte, fiel die Kuchengabel klirrend auf den Teller. Lotte schob ihren Stuhl zurück.

»Ich kann das nicht«, sagte sie. »Gregor und Fritz marschieren auf dem Kasernenhof, und wir sitzen hier in der Sonne und essen Kuchen.«

»Lotte, bitte, keinen Skandal«, bat Paul sie ohne viel Hoffnung. Den Jungs würde es jetzt auch nicht helfen, wenn sie den Kuchen zurückgehen ließen. Aber Lotte sah das offenbar anders.

»Ich warte am Odeonsplatz auf dich«, sagte Lotte, sprang auf und lief mit flatterndem Seidenband am Hut davon.

Paul trank seinen Kaffee, während er auf die Bedienung wartete, und probierte ein paar Happen von seiner Torte. Dann zahlte er und ging zum Odeonsplatz. Er fand Lotte vor einem Schaufenster stehend und legte den Arm um ihre Schultern.

»Wie kann es überhaupt sein, dass diese Bezugskarten jetzt schon da sind und verteilt werden?«, fragte sie. »Die müssen doch geplant, berechnet, vorbereitet und gedruckt werden. Das geht doch nicht von heute auf morgen.«

»Darüber habe ich auch schon nachgedacht. Ich glaube, die liegen schon lange in den Schubladen. Überleg doch mal. Wie viele solcher Bezugskarten müssen gedruckt werden? Millionen! Und sie gelten ja nur vier Wochen. Dann gibt es wieder neue.« Paul wollte nicht so negativ klingen, aber ihn hatte der Spaziergang auch nicht fröhlicher gestimmt. »Ich glaube mittlerweile, sie haben uns von Anfang an belogen, Lotte. Was sie wirklich vorhaben, ist etwas völlig anderes als das, was sie uns über Radio und Presse erzählen. Die Leute haben immer mehr Angst, aber es ist niemand da, an den man sich mit seiner Angst wenden könnte. Opposition gibt es keine mehr, die ist ausgemerzt.«

»Jetzt hör auf, so schwarzzusehen«, fuhr Lotte ihn an. »Dann verteilen wir eben Fett und Zucker wie das Christkind und der Osterhase. Wenn nur unsere Buben heil aus der Sache herauskommen.«

∾

Der 27. August war ein Paukenschlag gewesen, dachte Paul, während er im Wagen vom Goldachhof nach München zurückfuhr. Wie ein Erdbeben oder ein Vulkanausbruch. Alles war in heller Aufregung durcheinandergerannt und hatte geklagt und gebangt. Doch der September war genauso schlimm oder noch schlimmer geworden, und der Albtraum hörte immer noch nicht auf. Gregor als Soldat in der Wehrmacht, die Verteilung der Bezugsscheine und Beschlagnahme der rationierten Waren durch den Staat. Am 1. September der Einmarsch in Polen und damit der Kriegsbeginn. Also doch! Und genau so, wie es vorherzusehen war. Alles ein abgekartetes Spiel, von wegen »jetzt wird zurückgeschossen«. Paul hielt das für eine glatte Lüge und wunderte sich, dass es Menschen gab, die diese Geschichte tatsächlich zu glauben schienen.

Er schaltete den Scheibenwischer an. Der Regen war jetzt stärker geworden. Dieses richtig abscheuliche Herbstwetter war ihm fast willkommen. Lotte, die sich noch einmal gegen ihre tiefe Niedergeschlagenheit aufgelehnt und den Kampf mit den Kundenschlangen und den hässlichen rosa Kärtchen und Bezugsscheinen aufgenommen hatte, seine Lotte war an einem dieser Tage Anfang September einfach zusammengebrochen und fand keine Kraft mehr, wieder aufzustehen. Seine schöne, lebenslustige Frau hatte von einem Augenblick zum anderen ausgesehen wie ein altes Mütterchen. Hohlwangig, eingefallen, mit tiefen Furchen zwischen Nase und Mund, Mund und Kinn. Sie konnte einfach nicht mehr und wollte auch nicht mehr. In seiner Not hatte Paul seine Schwägerin angerufen, und zusammen hatten sie Lotte hinaus aufs Land gebracht. Sonia hatte Lotte ein schönes helles Zimmer auf dem Goldachhof zurechtgemacht und kümmerte sich darum, dass sie möglichst oft an die frische Luft kam. Die beiden unternahmen Spaziergänge zusammen, Sonia nahm Lotte mit zu den Pferden oder hinüber zu Johanna und ihrer Familie auf Gut Zengermoos. Und an den Wochenenden besuchte Paul seine Frau.

Der Wind riss die Blätter von den Bäumen, und der Regen fegte sie zu Boden. Rot, gelb, braun, die Straße wurde allmählich zum Morast, der Belag war rutschig, glitschig, undurchsichtig. Die Reifen fanden wenig Halt, sein Wagen schlingerte durch das letzte Licht des Tages, aber Paul hielt seinen Fuß auf dem Gaspedal und ging kaum runter von der Geschwindigkeit. Was waren das nur für grässliche Zeiten? Wieso mussten ausgerechnet sie die Generation sein, die zweimal in ihrem Leben einen Krieg mitmachte? Was für ein Fluch lastete auf ihnen? Was konnten sie denn dafür? Ihm war klar, dass das natürlich eine sehr dumme Frage war. Nichts konnten sie dafür, gar nichts. Und doch war es anscheinend ihr Schicksal.

Unter den Sitzen versteckt hatte er wieder Kaffeepäckchen auf den Goldachhof geschafft. Dort gab es mehr und bessere Verstecke als im Haus in der Dienerstraße. Das Kaffeegeschäft, das 1933 mit der Ankunft von Fritz so gut angelaufen und über sechs Jahre zu einem wichtigen wirtschaftlichen Faktor für die Firma geworden war, dieses Geschäft war mausetot.

Sie hatten schon im Februar damit begonnen, Listen mit den Namen ihrer Stammkunden anzulegen, die zunächst bevorzugt und später dann ausschließlich Bohnenkaffee erhielten. Das hatte nach einer gewissen Zeit der Eingewöhnung ganz gut funktioniert. Die verfügbaren Mengen an Rohkaffee waren anfangs noch schwankend, dann jedoch sanken sie stetig. Es ging das Gerücht, schon damals, dass der Rohkaffee, der trotz Rationierung weiter über die Häfen im Norden importiert wurde, abgezweigt und irgendwo für andere Zwecke gebunkert wurde. Die staatlichen Zwecke, das konnten im Prinzip nur militärische sein. Der Führer selbst trank ja bekanntermaßen keinen Kaffee. Im Zuge jenes verhängnisvollen 27. Augusts, an dem sich ihr Leben als Händler wie als Konsumenten so entscheidend änderte, stellte sich bald heraus, dass auch Bohnenkaffee von den Kunden nur noch mit

Bezugsschein und ausschließlich innerhalb des eigenen Stadtviertels eingekauft werden konnte. Dort, wo man im Ernährungsamt zur Ausgabe der Karten registriert war. Der Händler konnte dabei frei gewählt werden. Doch der Verkauf lief, nicht nur bei Dallmayr, im Grunde sowieso nur noch über die Stammkundenlisten. Geschäftsfremde Kunden bekamen überhaupt keinen Dallmayr-Kaffee mehr.

Ein von der Seite kommender Windstoß erfasste für den Bruchteil einer Sekunde Pauls Wagen. Er lenkte dagegen. Während der ersten Zuteilungsperiode gab es pro erwachsener Person ganze dreiundsechzig Gramm Kaffee für zwei Wochen. Da musste man schon genau hinschauen auf der Balkenwaage und die ganz feinen Gewichte herausholen. Denn von den dreiundsechzig Gramm war lediglich ein Anteil von zwanzig Gramm Bohnenkaffee. Der verbliebene Rest, also dreiundvierzig Gramm, war Getreidekaffee. Bei der nächsten Zuteilung am 8. September waren es sogar hundert Gramm, die jedem auf seine Marken zustanden, aber von den hundert Gramm war nicht ein Gramm mehr echter Kaffee. Der Bohnenkaffee war komplett weggefallen. Das heißt, es gab keinen mehr zu kaufen. Ein »Reichsbeauftragter für Kaffee« wurde aus dem Hut gezaubert, und der bestimmte, dass sämtliche Vorräte an Bohnenkaffee zukünftig für die Versorgung der Fronteinheiten der Wehrmacht verwendet werden sollten. Nun war es also offiziell. Die zivilen Kaffeetrinker sollten fortan Verzicht üben und auf Tee oder Getreidekaffee umsteigen. Und sich bitte schön nicht darüber beklagen. Dieses kleine Opfer konnten sie doch angesichts des großen Ziels erbringen.

Paul hielt seinen Fuß konstant auf dem Gaspedal und bewegte jetzt auch noch das Lenkrad von einer Seite zur anderen, als fahre er einen Slalomparcours. Der Wagen schlitterte dahin, erst nach rechts, dann nach links, und verlor beinahe die Bodenhaftung. Grimmig gab Paul noch ein bisschen mehr Gas. Der Regen prasselte jetzt ohne Unterlass gegen die Scheiben, und der Wind kam wieder von der Seite und rüttelte an der Karosserie.

Alle Einzelhändler waren angehalten, ihre Restbestände an Bohnenkaffee in Kaffee-Ersatz-Mischungen mit maximal zwanzig Gramm Bohnenkaffee zu verpacken. Vorschrift war, dass die Verkäufe innerhalb von acht bis vierzehn Tagen stattfinden mussten. Paul war sich vorgekommen wie im Irrenhaus. Und wenn am nächsten Tag die Anweisung gekommen wäre, dass zu den zwanzig Gramm Bohnenkaffee und dreiundvierzig Gramm Getreidekaffee noch zwölf Gramm Schuhwichse wegen der Farbe gemischt werden sollten, dann hätten sie auch das ausgeführt, brav wie die Lämmer. Da aber anscheinend immer noch Kaffee im Umlauf war – Paul vermutete eher bei den Großröstereien als bei den Einzelhändlern –, wurde kurzerhand ein generelles Verkaufsverbot angekündigt. Dann würde es überhaupt keinen Bohnenkaffee mehr für die Zivilbevölkerung geben. Und wer wusste schon, für wie lange. Würde es schnell gehen? Würde Hitler mit seiner Armee durchmarschieren bis Paris und London, wie er bis Prag und Wien und Warschau durchmarschiert war?

Es kam noch Rohkaffee ins Land, es wurde noch geröstet in den großen Betrieben in Hamburg und Bremen. Roselius in Bremen hatte immer noch Vollbeschäftigung, wie man hörte. Aber er röstete, wie vermutlich auch die anderen Großbetriebe, ausschließlich für das Militär.

Hysterische Szenen spielten sich im Laden ab. Eine Kundin warf ihre Bezugsscheine für Getreidekaffee auf den Boden und trampelte darauf herum. »Ich hasse Getreidekaffee«, kreischte sie dazu. Die Szene war zwar ungehörig und peinlich gewesen, aber alle konnten nachempfinden, warum die Dame so die Contenance verlor. Es würde wirklich hart werden für Kaffeetrinker. Der Getreidekaffee schmeckte einfach nur sauer. Es war eine Frechheit, dass er überhaupt als »Kaffee« bezeichnet wurde, denn mit Kaffee hatte er, bis auf die Farbe vielleicht, so gut wie nichts gemein. Und sogar der Getreide-Muckefuck war schon rationiert. Man hatte von Anfang an Bedenken, ob überhaupt genug Gerste eingelagert war, um ihn in ausreichender Menge zu einem Ersatz für Bohnenkaffee zu verarbeiten. Es gab auch Feigenkaffee. Der schmeckte so richtig widerlich und ganz unnatürlich süß. Davon bekamen manche Leute Blähungen oder Durchfall. »Kaffee« aus Zichorie, der Wurzel der Gemeinen Wegwarte, hatte etwas unangenehm Zusammenziehendes und war, wenn man es recht betrachtete, eigentlich völlig ungenießbar.

Paul hatte jetzt die Scheinwerfer eingeschaltet und schlug auf das Lenkrad ein. Dann presste er die Hand auf die Hupe und ließ sie für eine halbe Minute nicht mehr los. Das Wild in den Isarauen, durch die er auf München zufuhr, würde vor dem Lärm Reißaus nehmen. Was für schreckliche Zeiten, in denen sie gezwungen waren zu leben. Plötzlich schleuderte der Wagen ohne Pauls Zutun auf dem nassen Laub dahin, der Wagen drehte sich einmal um die eigene Achse und blieb dann quer zur Fahrbahn stehen. Der Motor war abgestorben. Alles war still.

»Ich will meine Frau wiederhaben«, schrie Paul. »Ich will mein Geschäft wieder so führen, wie ich es für richtig halte. Und ich will, dass Gregor wieder gesund nach Hause kommt!«

Und dann startete er den Wagen neu, fuhr an den Straßenrand, legte die Hände aufs Lenkrad, ließ den Kopf darauf sinken und hielt die Tränen nicht länger zurück.

Paul hatte Lotte jetzt schon eine ganze Weile bearbeitet. Wo er doch so froh war, dass sie wieder nach München zurückgekommen war, um ihn im Geschäft zu unterstützen. Ihre Verstimmung war noch nicht ganz auskuriert, aber sie nahm wieder am Stadtleben teil und war wieder an seiner Seite. »Kino?«, hatte sie gefragt, als wollte er sie in eine zwielichtige Bar mit halb nackten Tänzerinnen einladen. Sie war noch so weit entfernt von einfachen Vergnügungen, Unterhaltung, einfach ein wenig Freude haben und abgelenkt werden. Früher waren sie oft zusammen ins Kino, ins Theater, ins Konzert gegangen. Aber jetzt war alles grau in grau, und das lag nicht nur am November. Laub lag auf den nassen Straßen, morgens stand der Nebel über der Isar. Aber Paul fand, auch das hatte seinen Reiz, man musste wegen des Herbstes und ein wenig Nebel nicht gleich trübsinnig werden. Doch Lotte weigerte sich. »Ach, Kino!«, seufzte sie, als wären die Zeiten, wo man unbeschwert ins Kino gegangen war, für sie unwiederbringlich vorüber. Es fiel Paul nicht leicht, sich das einzugestehen, aber eigentlich ärgerte ihn diese Haltung zunehmend. Es war vieles gerade ziemlich schlimm, aber es gab doch trotz allem auch noch Schönes. Sie waren gesund, sie waren zusammen, wieso sollten sie nicht auch ab und an ein bisschen Spaß haben. Das war doch nicht verboten. Mit Zarah Leander hatte er Lotte schließlich doch gekriegt, denn sie hörte gern ihre Lieder und drehte jedes Mal das Radio lauter, wenn ihre tiefe, sinnliche Stimme zu hören war. Und am Mittwoch war es ihm tatsächlich gelungen, zwei Karten zu reservieren und Lotte aus dem Haus zu locken. Trotz des trüben Abends und der vor Nässe spiegelnden Straßen gingen sie zu Fuß zum Isartor, am Deutschen Museum vorbei zur Ludwigsbrücke und über die Isar. Die Straßenbahn fuhr bimmelnd an ihnen vorbei, als sie die Museumsinsel überquerten.

»Ausgerechnet heute gehen wir ins Kino«, sagte Lotte.

»Wieso ausgerechnet heute?«, fragte Paul. »Was ist denn heute?«

»Sag bloß, das weißt du nicht. Was ist heute für ein Tag?«

»Der …«, Paul rechnete nach, »8. November«, sagte er. Und sofort fiel es ihm ein: Der Führer würde heute Abend, wie jedes Jahr, im Bürgerbräukeller am Gasteig zu den »Alten Kämpfern« sprechen. Und der Gasteig war gleich hier um die Ecke.

»Dann passt es doch«, sagte Paul, »dass wir uns ein bisschen amüsieren. Oder möchtest du zum Bürgerbräukeller gehen und unseren Führer hören?«

»Bloß nicht«, sagte Lotte.

Da standen sie auch schon vor den Museum Lichtspielen. Zeppelinstraße 85, Ecke Rosenheimer Straße. Der Film hieß »Es war eine rauschende Ballnacht«. Neben Zarah Leander, die natürlich auch singen würde, spielte noch Marika Rökk, die ungarische Tänzerin, mit. Die beiden Frauen waren im Film Rivalinnen um die Gunst des Komponisten Peter Tschaikowsky. Die Geschichte mit dem Komponisten und den zwei Frauen klang zwar ein wenig seltsam, aber das war Paul egal. Hauptsache, sie gingen endlich wieder zusammen aus.

Das Kino war bis auf den letzten Platz belegt. Paul hatte Schokolade gekauft und bot sie Lotte an, als die Einweiserin sie zu ihren Plätzen geführt hatte.

»Du verwöhnst mich.« Lotte lächelte ihn an, und Paul nahm ihre Hand in seine, genau wie früher. Er hoffte, sie würde sich ein wenig mehr auf die etwas seltsame Geschichte des Films einlassen als er selbst. Schließlich las sie im Gegensatz zu ihm ja auch Romane, während er abends im Bett in Fachzeitschriften oder einer Bismarckbiografie blätterte. Als Zarah Leander schließlich dieses Lied sang, *Nur nicht aus Liebe weinen,* das von einer Balalaika begleitet wurde, drückte Lotte seine Hand. So ergriffen war sie von dieser Stimme, von dieser Wehmut, die Paul fast fatalistisch vorkam. Wahrscheinlich gelang es ihm nur nicht, sich in diese verworrenen Herzensangelegenheiten richtig einzufühlen.

Paul freute sich jedenfalls, dass sein Plan aufging. Der Film sollte Lotte ablenken. Sie sollte endlich einmal wieder aus ihrer Monotonie und dem ständigen Gedankenkreisen herauskommen. Vielleicht würden sie nachher noch irgendwo ein Gläschen trinken gehen. Im Hotel Bayerischer Hof zum Beispiel, dort waren sie auch schon lange nicht mehr gewesen. Paul ließ Lottes Hand bis zum Schluss des Films nicht los.

Als sie das Kino verließen, hatte Lotte rosige Wangen und einen verträumten Blick. Sie war noch gar nicht richtig angekommen in der Wirklichkeit des grauen Novemberabends in München. Sie hakte sich bei Paul unter und kuschelte sich an ihn.

»Ist dir kalt?«, fragte er besorgt, und zusammen wichen sie einer Pfütze auf dem Gehsteig aus. Es musste geregnet haben, während sie den Film angeschaut hatten. Da tat es plötzlich einen dumpfen Schlag, wie von einer Explosion, gar nicht weit weg von der Museumsinsel. Für ein paar Sekunden kam es Paul so vor, als erzitterten die Pfützen auf dem Asphalt. Alle Kinogänger, die auf der Ludwigsbrücke stadteinwärts unterwegs waren, drehten sich um und sahen die Rosenheimer Straße hinauf. Von dort schien dieser Lärm zu kommen. Und nun hörte man auch schon Schreie und Rufen, und irgendetwas stürzte ein, eine Mauer, ein Haus, eine Wand. Von den Leuten, die stadtauswärts, Richtung Haidhausen und zum Ostbahnhof liefen, schrie plötzlich einer: »Der Bürgerbräukeller.« Und ein anderer rief: »Der Führer!«

Vom Gasteig kamen jetzt Leute Richtung Isar heruntergerannt. Fenster in den Häusern an der Rosenheimer- und

Zeppelinstraße öffneten sich. Rufe nach der Polizei wurden laut. Lotte und Paul blieben wie angewurzelt stehen und warteten, bis von irgendwoher ein Martinshorn zu hören war.

»Was ist mit dir?«, fragte Paul.

Seine Frau zitterte am ganzen Körper. Er nahm ihre Hände, sie waren eiskalt.

»Ein Attentat auf unseren Führer«, kreischte ein Mann.

»Meinst du, er ist tot?«, flüsterte Lotte.

Er sah sie nur an, denn was hätte er antworten sollen? Er wusste es so wenig wie sie oder sonst jemand von den Umstehenden.

»Vielleicht ist er tot«, wiederholte Lotte. »Ist der Krieg dann zu Ende?«

»Pssst«, machte Paul und legte den Finger an den Mund. Wenn der Krieg zu Ende war, würde Gregor nach Hause kommen. Nur daran dachte Lotte.

»Komm, wir gehen«, sagte Paul, als der erste Wagen der Feuerwehr und die Ambulanz an ihnen vorbei die Anhöhe hinauf zum Gasteig raste. An ein nettes Glas Wein im Bayerischen Hof war nicht mehr zu denken. Er spürte, wie aufgewühlt Lotte war. Wahrscheinlich betete sie inständig, dass der Anschlag, falls es tatsächlich einer gewesen war, Erfolg gehabt hatte. Sie betete um ihren Sohn, und er konnte es ihr nicht verdenken.

Was passiert war, hörte man bald darauf im Rundfunk. Ein feiges Attentat auf den Führer. Doch die Vorsehung hatte es so gewollt, dass Adolf Hitler überlebte. Er hatte die Versammlung bereits verlassen, als der Sprengsatz gezündet wurde.

»Die Vorsehung«, höhnte Paul. »Wahrscheinlich ein dummer Zufall. Wer weiß, was uns alles erspart bliebe.«

»Aber wer war der Attentäter?«, fragte Lotte. »Wer kann das bloß gewesen sein? Die Kommunisten?«

»Die sind doch alle in Dachau oder längst außer Landes. Vielleicht war es ja vom Ausland aus organisiert. Aus Prag, aus Paris oder London.«

»Die Vorsehung war's, die ihn geschützt hat«, sagte Paul und drehte das Radio ab. »Auf die ist auch kein Verlass mehr.«

Heimaturlaub! Zurück in die Welt, aus der er vor vier Monaten herausgezerrt worden war und die bis dahin seine gewesen war. Gregor erinnerte sich noch genau an den Tag, als der Zug in München aus dem Bahnhof rollte. Abschied. Einige der Kameraden hatten ihre Freundinnen oder Frauen mitgebracht. Nur Selma war unerreichbar weit weg. Nicht einmal erzählen konnte er den anderen von ihr. Nur mit Fritz konnte er darüber reden. Auch Ursi war mit an den Bahnhof gekommen. Sie war tapfer und ließ sich nichts anmerken. Sie taten, als würden sie eben kurz verreisen, in Urlaub fahren. Dabei wurden sie alle mitten aus ihrem Leben gerissen. Fritz aus seiner Kaffeerösterei, die ohne ihn irgendwie weiterlaufen würde oder eben nicht. Er selbst mitten aus dem Studium, dem Segelfliegen in Schleißheim und seiner Akaflieg. Es hieß, die Professoren kämpften hinter den Kulissen um ihre Studenten, aber wer wusste schon, ob sie je etwas erreichen würden. Noch ging es für sie nur in ein Ausbildungslager, nicht an die Front.

Ihr Zug fuhr an den Alpen entlang über Salzburg nach Wien. Zum Besteigen der Wagen mussten sie sich alphabetisch geordnet aufstellen. Zum Glück waren er und Fritz zusammengeblieben. Unter den anderen, die von nun an seine Kameraden sein würden, gab es, wie im richtigen Leben, alles: Zurückhaltende, Vorsichtige, Laute, Aufschneider, Ahnungslose und überzeugte Nationalsozialisten. Vorbei an Seen, über denen Nebel stand, und weiten Moorlandschaften mit Birken und Wiesen, durch die Silberreiher staksten. Schließlich traten die Berge zurück, und sie kamen ins weite Tal der Donau. Die Nacht verbrachten sie im Zug auf einem Wiener Bahnhof. Morgens im Dämmerlicht ging es weiter. Gregor erkannte die Umrisse des Riesenrads im Prater und mehrere Donaubrücken. Und dann ging es hinein ins neu zusammengewürfelte Reichsprotektorat Böhmen und Mähren. Die Landschaft kam Gregor jenseits der Grenze ursprünglicher und weniger durch menschliche Eingriffe verändert vor. Links und rechts neben der Bahnlinie gab es große Wiesenflächen, die unter Wasser standen. Büsche und Bäume waren verstreut dazwischen, Bäche mäanderten unreguliert und zeigten kaum Spuren von menschlichem Eingreifen. Gregor fand die weite mährische Ebene schön und romantisch. Doch sie waren nicht zum Schauen hier und nicht zum Bewundern der Landschaft.

3. Kompanie Infanterie Ersatzbataillon 352, Standort Olmütz. Die Begrüßung auf dem Kasernenhof der Laudon-Kaserne besorgte der Bataillonskommandeur mit »Heil Soldaten!«. Der erste von Hunderten Appellen, die vielleicht noch kommen würden. Es wurde viel von Ehre, viel von Pflicht gesprochen, bis sie, die rechte Hand zum Schwur erhoben, vereidigt wurden. Und dann folgte das Programm, das sie schon aus Landsberg kannten: marschieren, exerzieren, Ausbildung an den Waffen. Aus einem achttägigen Unterführerlehrgang an der Militärakademie in Mährisch Weißkirchen wurden mehrere Wochen. Hier lag die Übungsfront. Sie mussten ein Übersetzen mit dem Schlauchboot über den Fluss und den erlernten Umgang mit Infanteriegeschütz, Panzerabwehrkanone, Granatwerfer und schwerem Maschinengewehr vorführen. Rüber und den Feind niederkämpfen war die Devise. Doch alles war vorerst noch Übung. Zurück in Olmütz ging die Feldpost hin und her, das ein oder andere Päckchen von zu Hause traf ein. Post aus feindlichen Ländern war selbst-

verständlich nicht erlaubt. Also keine Nachricht von Selma. Wie lange würde das nun so weitergehen, dass sein Leben von außen bestimmt wurde. Der Ort, an dem er lebte, die Dinge, mit denen er sich beschäftigte, die Art, wie er zu gehen, zu grüßen, sich zu kleiden hatte. Es war, als seien die Uhren angehalten und das Leben draußen, in Freiheit, ausgesetzt. Wie eine Krankheit, die einen ans Bett fesselte oder ein Aufenthalt im Spital. Andere bestimmten über den Tageslauf, und man wurde nicht gefragt, wie man es denn gern hätte. Ein Ausnahmezustand, doch wie lange würde er dauern? Und wenn die Zeit der Ausbildung in Mähren vorüber war, wo würde es dann hingehen?

An all das erinnerte sich Gregor auf seiner ersten Heimreise. Er war in Gedanken noch ganz dort von wo er aufgebrochen war, und noch nicht da, wo er ankommen würde. In München wechselte Fritz den Zug und fuhr gleich weiter nach Bremen, zu seinen Eltern.

»Wer weiß«, sagte Fritz, »wie oft ich sie noch wiedersehe. Grüß mir die ganze Dallmayr-Familie und schau nach meiner Röstmaschine. Du musst mir haarklein berichten, wie es um sie steht.« Das war seine erste Sorge. Dann hielt er nach Ursi Ausschau, die ihn in den Norden begleiten würde.

»Also wird es jetzt ernst mit euch beiden«, spottete Gregor, »wenn du Ursi endlich zu deinen Eltern mitnimmst.«

»Ich war die letzten Jahre so beschäftigt, dass ich kaum einmal nach Bremen gekommen bin«, sagte Fritz. Auch für ihn war es ein völlig ungewohnter Zustand, seine Tage damit zu verbringen, mit Marschgepäck zu exerzieren und zum Appell anzutreten, statt seine Röstmaschine zu bedienen.

Nach Hause zu kommen fühlte sich nur kurz ein wenig fremd und seltsam an. Gregor betrat das Haus durch das Geschäft und wurde von den Angestellten mit großem Hurra begrüßt. Er sah die Kunden im Geschäft die letzten Weihnachtseinkäufe machen. Sie standen mit ihren Bezugsscheinen an der Kasse an. Auch zu Hause ging es jetzt anders zu als noch Ende August, als sie von daheim fortmussten. Auch für sie hatte sich das ganz normale Leben, das sie damals noch gehabt hatten, verändert.

Seine Eltern warteten schon mit dem Essen auf ihn, die Mutter hatte Tränen in den Augen.

»Wir haben doch nur geübt, Mutti«, konnte er sie beruhigen. »Und böhmisches Bier getrunken und Knödel gegessen bis zum Abwinken. Olmütz ist ein hübsches Städtchen mit Gaststätten, holzvertäfelt und genauso gemütlich wie in München. Und das Bier ist hervorragend.«

»Du bist doch eigentlich gar kein großer Biertrinker«, wunderte Paul sich.

»Das wird man beim Militär automatisch«, behauptete Gregor. Er bemühte sich, alles möglichst harmlos darzustellen. Er war nicht nach Hause gekommen, um sich auszujammern. Später vielleicht, aber jetzt sollte seine Mutter erst einmal aufatmen und dann wieder lachen können.

Nach dem Essen überraschte sein Vater Gregor mit einem Paket.

»Ist denn heute schon Heiligabend?«, fragte Gregor.

»Das schönste Geschenk bekommst du schon vorher«, antwortete Paul.

»Und was ist es?«, fragte Gregor.

»Mach es doch auf.«

Ein brauner Postumschlag mit gestempelten Briefmarken. »Landesausstellung 1939 HELVETIA«, las Gregor. Adressiert war der Umschlag an Paul Randlkofer, Fa. Dallmayr, Dienerstraße München.

Gregor öffnete den Umschlag, und heraus fielen mehrere Briefe aus England. Er zählte insgesamt sechs, alle von Selma. Gregor schluckte.

»Wie habt ihr denn das geschafft?«, fragte er.

»Wir haben doch jetzt einen Verbindungsmann in der Schweiz, genauer gesagt am Genfer See«, sagte Paul.

Gregor verstand nicht sofort.

»Die Patisserie Planès-Loibl«, half Lotte ihm auf die Sprünge.

»Ludwig!« Endlich fiel bei Gregor der Groschen.

»Neben den reinen Geschäftsbeziehungen«, erläuterte Lotte, »ist Ludwig jetzt unsere Poststelle und unser Mittelsmann in der Schweiz. Über ihn kommen nicht nur Bestellungen zu uns, sondern auch die Post von Geschäftsfreunden in Ländern, zu denen wir seit September keinen offiziellen Postweg mehr haben. Zum Beispiel aus England.«

Gregor stand auf und umarmte seine Mutter. »Ich ...«, setzte er an und biss sich auf die Lippen.

»Ist doch klar, dass du deine Post nicht hier in der Küche lesen willst«, sagte Lotte.

»Du berichtest uns aber, was Selma schreibt?«, fragte Paul. »Also nicht das ganz Persönliche«, er räusperte sich, »aber wir wollen doch auch wissen, wie es ihr geht und was sie von ihrem Vater berichtet.«

In seinem Zimmer, das ihm nach vier Monaten in Kasernenstockbetten seltsam fremd war, öffnete Gregor den allerersten Brief.

»Mein Liebster«, las er, *»es ist gelungen! Mein Vater ist mit Rachel über die Schweiz und Frankreich nach Calais gereist, wo ich die beiden abgeholt habe. Zusammen haben wir nach England übergesetzt. Ich danke dir von ganzem Herzen, dass du es geschafft hast, dass ich meinen Vater wieder bei mir habe. Er muss jetzt Englisch lernen und englisches Recht studieren. Er hat eine Stelle in einer Kanzlei. Noch ist er nicht viel mehr als ein Laufbursche. Aber er macht es gern. Er hilft auch hier in der jüdischen Gemeinde mit, genau wie Rachel.*

Wir können wirklich jede Hilfe gebrauchen. Seit Kriegsbeginn ist kein einziger Kindertransport mehr durchgekommen. Wehe den Kindern und allen Juden, die jetzt noch in Deutschland leben.

Und wie geht es dir, Liebster? Was erlebst du? Schreibe mir lang und ausführlich, wenn es irgendwie geht. Deine Eltern sind großartig. Sie werden schon einen Weg finden, wie deine Briefe zu mir kommen. Nenne keine Namen, vor allem nicht deinen eigenen. Nicht, dass du Schwierigkeiten bekommst. Ich liebe dich und warte auf dich, Liebster. Bleib gesund und bleib der, der du bist, bitte. Ich bete darum, dass du nichts Schlechtes tun musst in diesem Krieg, und hoffe von ganzem Herzen und ganzer Seele, dass er bald, bald aus ist. In Liebe, deine S. PS: Liebst du mich denn noch?«

Ja, das tue ich. Gregor warf sich aufs Bett. Er verdrückte ein paar Tränen und träumte von seiner Liebsten. Wann würden sie sich wiedersehen? Und was würde bis dahin noch alles geschehen?

ᘓᘐ

Ein intensiver Käsegeruch waberte durch das ganze Haus. Johann wusste, was das bedeutete: Käthe kochte Käsespätzle, eine der Lieblingsspeisen des Paters. Dabei war er nicht einmal da, sondern saß wieder im Gefängnis. Die Spätzle waren ein vorgezogenes Weihnachtsessen für Johann und Käthe, denn sie würden beide über die Feiertage zu ihren Familien nach Hause fahren. Johanns Tasche mit den Mitbringseln aus dem Klosterladen in Ettal stand schon fertig gepackt im Flur. Er hatte eine Kerze für seine Schwester, einen Kräutergeist für seinen Schwager Franz und Tinkturen für die Pferde seiner Mutter besorgt. Für Lina und den kleinen Leonhard würde es eine illustrierte Kinderbibel zum Vorlesen geben. Käthe hatte ihm beim Verpacken geholfen.

»Ist das Essen schon fertig?« Käthe stand mit dem Rücken zu ihm am Herd, und der Geruch nach Bergkäse war jetzt sehr intensiv.

»Ich bin gleich so weit. Sie können schon den Salat auf den Tisch stellen.«

Während sie hier eines der Lieblingsgerichte des Paters verspeisten, würde er sich in der Haft mit weniger Feinem begnügen müssen. Er hatte sich in den letzten Monaten auf Weisung von Kardinal Faulhaber tatsächlich an das Predigtverbot gehalten, das ihm auferlegt worden war. Doch er stand weiter unter Beobachtung wie ein Staatsfeind. Und nun verlangten sie von Pater Mayer, Auskunft über seine Seelsorgegespräche zu geben, soweit sie verdächtige Personen betrafen. Er hatte sich geweigert und war auch dabei geblieben, als man ihm Strafmaßnahmen androhte. Woraufhin er am 3. November zum dritten Mal verhaftet wurde.

Johann stellte den Endiviensalat auf den Tisch, und Käthe brachte die Pfanne mit den Spätzle.

»Ich habe nie geschwiegen, wo ich reden sollte, und nie geredet, wo ich schweigen sollte«, zitierte sie ihren Dienstherrn.

Johann kannte diese Worte natürlich. Der junge Rupert Mayer hatte sie damals zu seiner Priesterweihe als Leitwort mit auf den Weg bekommen. Aber wieso kam Käthe gerade jetzt damit an?

»Ist das Urteil im Prozess gegen den Pater schon gesprochen?« Konnte das sein, am 23. Dezember, einen Tag vor Heiligabend?

Käthe nickte bekümmert und sah ihn dabei gar nicht an. Also war es schiefgegangen.

Käthe tat ihm eine Portion Spätzle auf den Teller. »Sie

müssen trotzdem etwas essen. Es hilft ihm dort auch nichts, wenn Sie mit leerem Magen nach Hause fahren.«

Wegen »Kanzelmissbrauchs« konnten sie ihn nicht verurteilt haben. Was war dieses Mal die Begründung? Käthe wusste es nicht. Irgendetwas hatten sie bestimmt gefunden. So wie sie immer etwas fanden, wenn sie etwas finden wollten.

»Und was passiert jetzt?«, fragte Johann, der bereits überlegte, wie er seiner Familie am besten beibringen konnte, dass sein Weihnachtsbesuch auch dieses Jahr ausfallen würde.

»Nichts«, antwortete Käthe. »Sie fahren jetzt heim zu Ihrer Familie. Ich bleibe hier, und wenn sie mich zu ihm lassen, bringe ich ihm alles, was er braucht. Das Ordinariat wird mich schon über alles Nötige unterrichten. Wenn wir Sie brauchen, melden wir uns bei Ihnen. Vielleicht lassen sie ihn wenigstens über die Weihnachtsfeiertage nach Hause. Es gibt doch auch unter den Richtern noch Menschen.«

Käthe stach ihre Gabel in die Spätzle, zog dicke Käsefäden mit aus der Masse. Johann bewunderte die Ruhe und Konzentration, mit der sie aß. Ihm wollte das nicht gelingen.

Auf dem Weg zum Bahnhof musste er an seinen Vater denken, wie er damals bei der Caritassammlung Geldscheine in seine Sammelbüchse gesteckt hatte, damit er gegen den Pater eine Chance bekäme, aufzuholen. Und plötzlich wurde ihm klar, wie sehr er seinen Vater vermisste. Und dass er es nie geschafft hatte, ihm von jenem Tag auf dem Goldachhof zu erzählen, der sein weiteres Leben bestimmt hatte.

Johann war damals, kurz vor dem Abitur, eines Morgens sehr früh aufgewacht und konnte nicht mehr einschlafen. Er hatte das Gefühl, er müsste gleich aufstehen und hinausgehen, als ob er von jemandem gerufen werde. Er zog sich an, schlang sich einen Schal um den Hals und wanderte, immer an der Goldach entlang, hinaus ins Moos und dann in Richtung des großen Sendeturms, des höchsten Bauwerks im Moos. Der einhundertsechzig Meter hohe Holzturm sah ein bisschen aus wie der Eiffelturm und war an der Spitze mit einer Rundfunkantenne ausgestattet. Während Johann in der Morgendämmerung dahinlief, ging ganz plötzlich und wie aus dem Nichts rot glühend die Sonne auf. Sie tauchte die weite Moorfläche mit ihren verstreuten Laubbäumen, den Hecken und geraden Wasserläufen in ein glühendes Licht. Johann empfand den Moment als überirdisch schön. Er drehte sich einmal um die eigene Achse. Auch der hölzerne Turm, der jetzt wie angestrahlt war, fügte sich ganz natürlich in diese Landschaft, und die Antenne auf seiner Spitze glänzte wie der Spiegel in einem Leuchtturm. Ein überwältigendes Gefühl von Dankbarkeit breitete sich in ihm aus. Johann sah und spürte, wie unfassbar schön die Welt war und dass es Gott war, von dem diese ganze Schönheit ausging. Er gibt mir so viel, dachte Johann, ich will ihm etwas zurückgeben. Der Gedanke war auf einmal da, und er hatte etwas Starkes und Mystisches: Ich gebe mein Leben für das, was Gott mir schenkt. Johann konnte dieses morgendliche Erlebnis nicht anders deuten als einen Ruf Gottes. Und er entschied sich, ihn anzunehmen.

Von diesem Tag hatte er seinem Vater nie erzählt, und nun war er nicht mehr bei ihnen. Er war einfach nicht mehr da. Dafür erzählte er es seiner Mutter, nachdem sie am Weihnachtstag an Hermanns Grab gewesen waren. Sie nahm still seine Hand und drückte sie. Sie hatte ihn immer verstanden, auch ohne Worte. Schweigsam war Sonia geworden, seit sein Vater gestorben war. Wären die Enkelkinder nicht gewesen, so wäre sie wahrscheinlich wieder in ihrer Heimat, dachte Johann. Sie sprach nicht darüber, aber er ahnte, dass es sie zurück auf die Kanaren zog, wenigstens für eine kurze Zeit.

Erst nach den Weihnachtsfeiertagen erfuhr Johann, dass Pater Mayer noch am 23. Dezember ins Konzentrationslager Sachsenhausen bei Berlin gebracht und dort interniert worden war. Johann war überzeugt, dass es ein Todesurteil war. Die Peinigungen und Schikanen in den KZs, von denen man hörte, würde der Pater, schon durch seine Verwundung aus dem Krieg und von den Gefängnisaufenthalten geschwächt, mit Sicherheit nicht überleben. Sie mussten ihn da herausholen, bevor es zu spät war.

1940

Ausgerechnet heute war es wieder so spät geworden in der Redaktion. Marie sah durch das beschlagene Fenster der Straßenbahn. Ein grauer Schleier lag über der Stadt und der Geschäftigkeit auf den Straßen. Menschen, die über die Straßen hasteten, hupende Autos, wütend bimmelnde Straßenbahnen, wie Hummeln, die gegen Scheiben flogen. Und darüber die roten Fahnen mit dem Hakenkreuz. Ein Meer von Fahnen Unter den Linden, das heute mal nicht stramm im Wind flatterte, sondern schlapp in der Flaute hing wie nasse Wischlappen über der Spüle. Doch sie waren da und nicht mehr wegzukriegen. Wie lange würde das noch so gehen? »Ewig«, sagte Doro, ihre beste Freundin. »Und wie lange ist ewig?«, fragte Marie dann zurück. Immer fiel dem Herrn Hauptschriftleiter kurz vor Feierabend noch ein dringendes Thema ein, das unbedingt bearbeitet werden musste. Und wie er sich damit wichtigtat, eine Nachricht wiederzukäuen, die ihm sowieso in der Tendenz von oben, manchmal sogar in den Formulierungen vorgegeben wurde. Heute hätte Marie ihn wirklich am liebsten an der Krawatte gepackt und durchgeschüttelt, diesen aufgeblasenen Schwätzer mit seinem vorstehenden Spitzbauch. Tschemmer, natürlich auch heute wieder! Dabei war sie doch mit Hans Westhagen verabredet, der in der Redaktion die Sportberichte verfasste, Spezialgebiet Boxen. Er war vielleicht nicht die allerhellste Kerze auf der Torte, aber amüsant war er doch, und er sah gut aus. Er hatte Karten für eine der Revuen im Metropol-Theater an der Friedrichstraße. Oder war es eine Operette? Egal, heutzutage war das fast schon dasselbe. Im Metropol traten die Tänzerinnen in Strapsen und am Schluss auch noch oben ohne auf. Was dazwischen passierte, war im Grunde nicht wichtig. Die Berliner fanden das pikant und amüsierten sich köstlich, und die Obrigkeit hatte nichts dagegen, weil es völlig unpolitisch und reine Unterhaltung war.

Marie ließ die schwere Eingangstür zu ihrem Haus hinter sich ins Schloss fallen und öffnete den Briefkasten. Jetzt noch schnell umziehen und für die Revue und für Hans zurechtmachen. Wer weiß, was sie nach dem Metropol noch unternehmen würden. Ein dickes Kuvert rutschte aus dem Briefkasten und landete vor ihr auf dem Fußboden. Den Marken und Stempeln nach kam der Brief aus der Schweiz. Tante Elsa nutzte manchmal den Postweg über die Schweiz, aber es war nicht ihre gleichmäßig nach rechts geneigte Handschrift auf dem Umschlag. Marie nahm den Brief mit hinauf in die Wohnung. Es war das Vernünftigste, ihn einfach wegzulegen, wenn sie rechtzeitig zu ihrer Verabredung kommen wollte. Sie konnte ihn ja später, beim Nachhausekommen, lesen. Oder morgen, falls sie nicht allein nach Hause käme. Sie schlüpfte aus den Büroschuhen, legte den Brief auf die Ablage im Flur und ging zum Kleiderschrank. Das schwarze, gerade geschnittene Paillettenkleid mit den Spaghettiträgern war für heute das Richtige. Darüber ein Herrenblazer mit Schulterpolstern, für den nötigen Kontrast. Auf dem Weg ins Badezimmer fiel ihr wieder der Brief ins Auge. Es würde ihr ja doch keine Ruhe lassen, bis sie nicht nachsah, von wem er stammte.

Liebe Marie. Das war die krakelige Handschrift von Alexej.

Ich werde meinen Brief einer unserer Organisationen mit

Verbindung in die Schweiz übergeben, in der Hoffnung, er gelangt auf dem Weg über den neutralen Staat zu dir nach Berlin. Aus dem britischen Mandatsgebiet kann ich ihn nicht direkt nach Deutschland versenden.

Marie, ich habe die traurige Aufgabe, dir, Paul und der Familie zu berichten, dass Elsa, meine geliebte Frau, verstorben ist. Ich bin unendlich traurig, aber ich will dir erzählen, wie es geschah, damit ihr vielleicht leichter von ihr Abschied nehmen könnt.

Du hast uns ja einmal hier besucht, Marie. Du kennst Uri, der unseren Lkw fährt. Er kann nichts dafür, aber er macht sich die größten Vorwürfe und ist selbst der traurigste Mensch auf Erden. Er hat Elsa geliebt und verehrt wie wir alle hier. Ende Mai, einen Monat vor ihrem vierundfünfzigsten Geburtstag, fuhr sie wie so oft mit Uri im Lkw des Kibbuz nach Haifa, um eine Eingabe bei Gericht zu machen. Es ging wieder einmal um Landstreitigkeiten zwischen Arabern und Juden, um Wegerechte und so weiter. Ein ewiger Kampf, den sie jedoch nie müde wurde auszufechten. Wir brauchen verbriefte Rechte zu unserem Land, hat sie immer gesagt. Ohne sie können wir hier nicht auf Dauer leben, und es wird niemals Frieden geben.

An einer der ersten Kreuzungen in der Stadt kam von der Beifahrerseite, auf der sie saß, ein Lieferwagen angefahren, dessen Bremsen versagten oder dessen Fahrer eingeschlafen war. Wir wissen es nicht. Er erwischte unseren Lkw und verkeilte sich darin. Elsa wurde bei dem Aufprall nach hinten geschleudert, ihr Kopf dabei so überstreckt, dass das Genick brach. Sie war sofort tot, Marie. Ihr könnt euch nicht vorstellen, wie verzweifelt wir alle waren. Und ich noch mehr als alle anderen zusammen. Elsa war nicht nur eine Kämpferin für unsere Rechte, sie war unsere Seele. Sie kümmerte sich um die Bücher und um die Kinder im Kibbuz. Sie brachte ihnen fremde Sprachen bei, lehrte sie Geografie und Geschichte. Sie war unser Engel, aber nicht einer, der herumflattert und aus durchsichtiger Luft besteht, sondern einer mit Gewicht. Sie war der Pol, nach dem wir uns ausgerichtet haben.

Ich verliere den Menschen, den ich am meisten geliebt habe in meinem Leben, und kann hier nicht mehr leben ohne sie. Ich werde Degania Aleph verlassen und mich der jüdischen Untergrundbewegung anschließen. Auch das muss getan werden, nachdem die Briten sich bei der Palästina-Konferenz in London von uns abgewandt und auf die Seite der Araber gestellt haben. Wie du vielleicht weißt, hat es die arabische Seite auf der Konferenz abgelehnt, überhaupt mit den jüdischen Delegierten zu sprechen. Am liebsten würden sie uns zerquetschen, so, wie man Läuse zerquetscht. Sie wollen uns hinauswerfen aus Palästina, und die Briten helfen ihnen entweder dabei oder sie sehen untätig zu. Und das gerade jetzt, wo die europäischen Juden von Hitler verfolgt und drangsaliert werden und alle Staaten, überall auf der Welt, ihnen die Einreise so schwer wie möglich machen. Und nicht einmal nach Palästina, in unser Gelobtes Land, dürften wir sie mehr einreisen lassen. Wir kämpfen ums Überleben, und ich schließe mich diesem Kampf jetzt an. Nicht mehr mit Pflug und Harke, sondern mit Sprengstoff und Munition, wenn es sein muss. Ich sage dir und der Familie meiner Frau Adieu. Ich denke nicht, dass wir uns noch einmal wiedersehen. Habt Dank für eure Zuneigung und eure Unterstützung.

Was von Elsas Vermögen verblieben ist, hat sie der Gemeinschaft übereignet. Das Testament ist in Haifa beim Notar hinterlegt. Auch ihr persönlicher Besitz, ihre Bücher, bleiben hier in Degania. Sie wollte es so.

Bivracha (das heißt: Mit Segen)
Alexej

Marie trat mit dem Brief in der Hand ans Fenster. Berlin war ein Häusermeer und ein Hexenkessel. Eine braun gemachte Hauptstadt. Und sie selbst war den ganzen Tag mit der Produktion von Unwahrheiten beschäftigt. Tante Elsa war so kraftvoll, so zupackend, so mutig und klug gewesen.

Statt sich wie geplant schick zu machen und Make-up aufzutragen, schlüpfte Marie in ihre bequemsten Schuhe, zog irgendeine warme Jacke an und verließ das Haus. Sie rief Hans an, dass er heute eine andere Frau glücklich machen musste mit seiner Karte fürs Metropol und wer weiß was noch. Dann begann sie ihre ziellose Wanderung durch die nächtlichen Straßen von Berlin, die plötzlich alle erfüllt waren von den Erinnerungen an Tante Elsa und Onkel Alexej und an blaue Kornblumen.

Der Tag war hochsommerlich warm, der Himmel über den Bergen weit und wolkenlos. Johann lockerte sein Kollar, das ihm in der Hitze fast den Hals zuschnürte. Während er in Ettal auf den Bus wartete, überlegte er, ob er nicht lieber zu Fuß hinunter zum Bahnhof von Oberau gehen sollte. Wie gern war er in seiner Studienzeit hier mit Freunden und Mitstudenten in den Bergen gewandert. Laber, Ettaler Manndl, Notkarspitze oder hinaus ins Graswangtal und nach Schloss Linderhof. Bis der Bus kam, würde es noch eine ganze Weile dauern, und in einer guten Stunde wäre er bestimmt unten. Er würde schwitzen in seiner schwarzen Soutane, aber da trafen seine Füße schon eine Entscheidung und liefen einfach los.

Johann blickte noch einmal zurück, um dem Kloster und allen, die hinter seinen kühlen Mauern lebten oder leben mussten, Adieu zu sagen. Nach den letzten Häusern des Dorfes bog er von der Straße auf einen schattigen Wanderweg ein. Er nahm nun auch seinen schwarzen Pileolus ab und wischte sich mit einem Taschentuch den Schweiß von Kopf und Nacken. Er packte das Scheitelkäppchen und den weißen Kragen in seine Tasche, öffnete die ersten fünf oder sechs der dreiunddreißig schwarzen Knöpfe seiner Soutane und atmete tief die frische Waldluft ein. Eine plötzliche Freude stieg in ihm auf. Er hätte springen und sich drehen können und lief ganz locker und entspannt dahin. Er dachte an Pater Mayer, der nun hinter Klostermauern lebte. Nicht freiwillig. Die sieben Monate im KZ Sachsenhausen hatte er irgendwie überlebt. Vollkommen abgemagert war er nun hierher in die Verbannung geschickt worden. Das war die Bedingung, unter der sie ihn freigelassen hatten. Wäre er im KZ gestorben, so hätte die katholische Kirche nun einen Märtyrer mehr in ihren Reihen gehabt. Deshalb hatten sie es sich anders überlegt. Nach ihren Bedingungen für seine Freilassung durfte Rupert Mayer nicht mehr nach München zurückkehren, keine öffentlichen Messen mehr halten, nicht mehr predigen und nicht länger Seelsorger sein. Darauf hatte Kardinal Faulhaber sich mit den Vertretern des Staates einigen müssen. Auf dem Spiel stand das Leben von Rupert Mayer, also willigte er ein. Und der Pater gehorchte seinem obersten Dienstherrn.

Das Sonnenlicht drang mühelos durch die Wipfel der Buchen und legte sich in sanften Streifen und Flecken auf den Pfad, der Johann fast lebendig erschien mit den vielen Wurzelsträngen, die ihn wie Adern durchzogen. Hier lag das Leben, die Kraft und auch die Schönheit. Alle Herrlichkeit der Schöpfung war in der Natur, das Elend dagegen war menschengemacht. Warum musste das so sein? »Hinter den Klostermauern bin ich lebend ein Toter«, hatte der Pater ihm zum Abschied gesagt. »Auf den wirklichen Tod war ich schon so oft gefasst, aber das hier ist schlimmer.«

Ohne seine Gemeinde, ohne seinen Dienst am Menschen fühlte er sich wie ein lebender Toter. Johann verstand seine Verbitterung. Das Wichtigste im Leben war ihm genommen: anderen beizustehen. Immer schon war es Johann so vorgekommen, dass die Kraft des Paters mit jeder Hilfeleistung und jedem Akt der Nächstenliebe nicht weniger wurde, sondern zuzunehmen schien. Als käme die Kraft, die er den anderen gab, in gleichem oder noch stärkerem Maß zu ihm zurück. Diese Quelle war nun abgeschnitten. Wie lange würde er in seinem neuen Gefängnis, weit fort von den Menschen, ausharren müssen?

Nach seinem einstündigen Fußmarsch kam Johann erfrischt in Oberau an, setzte den Pileolus wieder auf, legte den steifen Kragen um und knöpfte die Soutane zu. Der Zug nach München fuhr ein ganzes Stück an der grünen Loisach entlang, die den Reisenden mit den Schmelzwassern der Gletscher einen letzten Gruß aus dem Gebirge überbrachte.

In Ohlstadt stieg eine junge Frau zu. Sie bekreuzigte sich, als sie sich Johann gegenübersetzte. Ihr Gesicht war auffallend lang und schmal, das blonde Haar war mit einer Klammer seitlich festgesteckt. Oben am Scheitel war es glatt gezogen, doch eine Fülle von blonden Locken und Wellen kräuselte und bauschte sich von den Schläfen bis zu den Schultern. Es war ein apartes Gesicht von einer herben und etwas bitteren Schönheit. Die Frau sah ihn immer wieder mit einem schnellen Blick an, und wenn er zurückschaute, sah sie hastig zum Fenster hinaus.

»Mein Bruder«, sprach sie Johann endlich an, »ist in Frankreich.«

»Als Soldat?«, fragte Johann.

Sie nickte. »Er ist in Paris und hat mir von den prächtigen Boulevards geschrieben. Er hat mir einen Seidenschal geschickt. Hier.« Sie öffnete ihre Tasche, nahm einen Schal heraus, elfenbeinfarben mit feinen blauen Tupfen und Fransen als Abschluss. Sie strich mit den Händen über den feinen Stoff. »Ich weiß doch gar nicht, wann ich so etwas Kostbares tragen soll.«

»Er schätzt Sie offenbar sehr«, sagte Johann, »wenn er Ihnen so ein Geschenk macht.« Wie für eine Geliebte, dachte Johann, aber er sagte es nicht.

»Er wird doch zurückkommen?«, fragte sie, als könnte Johann in die Zukunft blicken. »Ich meine, der Krieg ist doch jetzt aus, oder nicht?«

»Frankreich ist erobert, die Beneluxstaaten wurden dabei überrannt«, antwortete Johann und ließ ihre Frage unbeantwortet.

»Aber der Krieg«, wiederholte sie. »Unsere Soldaten kommen doch jetzt nach Hause?«

»Das weiß ich nicht«, antwortete Johann. »Aber jetzt ist Ihr Bruder ja in Sicherheit. Die Kämpfe sind eingestellt. Wie heißt denn Ihr Bruder?«

»Johannes«, sagte sie.

»Wie ich«, sagte Johann, und über das Gesicht der Frau huschte ein kleines Lächeln.

»Johannes Färber«, fügte sie hinzu. »Und ich bin seine Schwester, Margarethe. Er wird mir doch wiederkommen, mein kleiner Bruder?«

»Beten wir ein Vaterunser für ihn«, schlug Johann vor, »wenn Sie mögen.«

Margarethe nickte.

»Gestatten Sie?« Johann nahm ihre Handtasche und stellte sie auf den Sitz daneben. Dann nahm er ihre Hände in seine, schloss die Augen und betete für den jungen Johannes Färber in den Boulevards einer fremden Stadt, in der er als Eroberer in Uniform herumlief und doch eigentlich unerwünscht war. Was hatte er dort zu suchen? Er war nicht gefragt worden, es war nicht seine Entscheidung gewesen, nicht sein Krieg. »Und vergib uns unsere Schuld, wie auch wir vergeben unseren Schuldigern«, betete er. »Und führe uns nicht in Versuchung, sondern erlöse uns von dem Übel. Amen.«

»Danke«, flüsterte Margarethe, und Johann löste seine Hände von ihren.

Überall hofften die Menschen jetzt auf Frieden. Aber würde er auch kommen? Würde der Sieg über Frankreich dem Führer und größten Feldherrn genügen? Träumte er nicht laut von neuem Lebensraum im Osten für sein Volk, und versprach er den Leuten nicht das Blaue vom Himmel? Seine Blitzkriege wurden bejubelt, ja, und doch sehnten die Menschen sich nach Frieden. Auch im Westfeldzug waren Brüder, Söhne, Enkel gefallen, auf beiden Seiten. Was würde er selbst tun, wenn die Kirche ihn nun, wo Pater Mayer in Kloster Ettal lebte, zu den Soldaten ins Feld schickte? Natürlich würde er gehen. Der Pater hatte ihm oft erzählt, dass sein Einsatz im Krieg trotz allem, trotz des Leids und trotz des verlorenen Beins eine Zeit seines Lebens gewesen war, die ihn geprägt hatte wie keine andere. Oder gerade deshalb. »Der Kamerad ist an der Front kein Mythos«, hatte er zu Johann gesagt. »Er ist dein Nächster und dein Lebensretter, wenn's darauf ankommt. Und du bist seiner.« Hoffentlich hatte Johannes Färber auch einen solchen Kameraden an seiner Seite und vielleicht sogar einen Priester, dem er von seiner Sehnsucht nach der Schwester und nach dem Frieden erzählen konnte.

∾

»Was für ein verdammter Zufall!« Genau so hatte Lotte sich ausgedrückt, als am 1. September bekannt gemacht wurde, dass es plötzlich wieder Bohnenkaffee für die Zivilbevölkerung geben sollte. Und als Paul nicht gleich begriff, was sie meinte, erklärte sie es ihm: »Wir feiern ein Jahr Kriegsbeginn, und dafür gibt's echten Kaffee, juhu!«

Dieser Zug ins Sarkastische war neu, den hatte Lotte früher nicht gehabt, dachte Paul. Er war dabei, die Bögen mit den aufgeklebten Lebensmittelmarken, die er beim Ernährungsamt einreichen musste, zu kontrollieren. Sein ganzer Schreibtisch war voll damit. Wenn Rosa nicht gewesen wäre, die sich akribisch um diese verfluchten Marken kümmerte, er hätte wahrscheinlich schon sein Geschäft geschlossen und wäre nach Brasilien ausgewandert oder nach Paraguay. Wer wollte Lotte ihre Bitterkeit verdenken. Im Grunde wurde einfach nichts besser, egal, welche Grenzen die Wehrmacht noch überschritt und wie viele Länder die Deutschen noch okku-pierten. Die Menschen sehnten sich nach einem normalen Leben, aber es war noch nirgendwo in Sicht. Woher kam dieser Kaffee, der jetzt plötzlich auftauchte, aus den besetzten Ostgebieten? Hatten sie ihn in Prag oder Warschau »akquiriert«? Paul hatte von seinem Freund Egon Koller von der IHK gehört, dass in Tschechien und Polen ein Röstverbot ausgesprochen worden war. War also deren Rohkaffee für das Deutsche Reich beschlagnahmt worden? O Gott, und darüber sollte man sich jetzt freuen? Doch die wenigsten würden sich fragen, wo er denn nun herkam. Hauptsache, es gab wieder welchen.

Wie es seinem Freund Lelarge und seiner Familie wohl gehen mochte? Zumindest standen die Franzosen dieses Mal nicht vier Jahre im Feld. Paris war kampflos in die Hände der Deutschen gefallen. Es war ja schon alles vorbei gewesen, noch bevor es richtig angefangen hatte. Die Welt stand Kopf, zumindest aus deutscher Sicht, und die Begeisterung über die Siege war riesengroß. Aber nun ging der Sommer zu Ende, und die Sorge um die Angehörigen im Feld nahm wieder zu, genauso wie die Ungeduld der Leute stieg. Denn ihre Hoffnungen auf Frieden erfüllten sich nicht. Der Krieg wechselte nur die Himmelsrichtungen und die Länder. Seit Mai trafen britische Luftangriffe nun auch deutsche Städte. Man hatte Bilder des zerstörten Mönchengladbach gesehen, das an der Versorgungsstrecke Aachen-Düsseldorf lag. Die Einschläge rückten also näher.

Paul hakte Bogen um Bogen ab. Rosa hatte wieder einmal ganze Arbeit geleistet. Nicht den kleinsten Fehler hatte er bisher finden können.

Mit der seit Kriegsbeginn vor einem Jahr gezählten 16. Zuteilungsperiode sollte nun ab Oktober jeder über Achtzehnjährige statt der üblichen hundertfünfundzwanzig Gramm Ersatzkaffee einmalig fünfzig Gramm echten Bohnenkaffee bekommen.

»Jeder?«, hatte Lotte gefragt, als sie die Ankündigung der Regel gemeinsam durchgelesen hatten.

»Ja, hier steht es«, hatte Paul geantwortet.

»Du meinst, jeder Mensch, außer er ist Jude, Pole oder Kriegsgefangener.« Wieder dieser Sarkasmus, dachte Paul. Aber sie hatte ja recht.

Gemeinsam studierten Paul und Lotte die »Richtlinien der Arbeitsgemeinschaft des Kaffeehandels über die Kaffeeversorgung«, um zu erfahren, was auf sie zukommen würde.

»Moment«, sagte Lotte, »wenn ich den Anfang von diesem Schriftstück überfliege, wird mir gleich dermaßen elend, dass ich kurz an meine Notvorräte gehen muss. Und du wirst hier ja wohl noch irgendwas Trinkbares bei dir im Büro haben. Bin gleich wieder zurück.«

Als sie mit einer Tafel Vollmilchschokolade wiederkam, hatte Paul eine Flasche Zirbenschnaps aus seiner Bar und zwei Gläser auf den Tisch gestellt.

»Auf unseren Sohn und auf Fritz!«, sagte Lotte, als sie anstießen. »Dass es ihnen gut geht und dass sie heil zu uns zurückkommen.«

Und dann lasen sie, dass der Kauf von Bohnenkaffee nur nach einer vorschriftsmäßigen und rechtzeitigen Vorbestellung möglich war. Dafür mussten die Kunden beim Händler den Abschnitt N30 der Nährmittelkarte für Erwachsene der 15. Zuteilungsperiode vorweisen. Sie musste mit dem Aufdruck »Kaffeebestellung für die 16. Zuteilungsperiode« versehen sein. Bis zum 28. September mussten diese Abschnitte beim Einzelhändler, »also bei uns«, sagte Paul, abgegeben werden. Der Händler, »also wir«, sagte Lotte, musste dann einen Stempel auf die Rückseite der Karte drücken. Alle erhaltenen Abschnitte musste der Händler, »also wir«, sagte Lotte und schenkte ihnen noch einmal ein, zu je einhundert Stück auf Papierbögen kleben, um sie beim Ernährungsamt gegen Bezugsscheine umzutauschen. Erst dann konnte er beim Großhändler die entsprechende Menge bestellen. Lotte sah Paul mit einem resignierten Blick an.

»Der Verkauf des Bohnenkaffees«, las Paul weiter, »erfolgt in der 16. Zuteilungsperiode nur in Kombination des gestempelten Stammabschnitts der alten Nährmittelkarte mit den Abschnitten N24 und N25 der aktuellen Nährmittelkarte, die auf der Trennlinie mit einem K versehen wurden.« Und auch diese Abschnitte mussten von den Einzelhändlern wieder hundertstückweise beim Ernährungsamt eingereicht werden.

»Weißt du was?« Lotte kippte ihr zweites Glas.

»Was?«, fragte Paul. »Sag bloß, du brauchst noch einen Schnaps.«

Lotte schüttelte den Kopf. »Ich will auch überhaupt keinen Bohnenkaffee mehr zugeteilt bekommen. Sollen sie ihn doch behalten und weiterhin nur den Soldaten und Offizieren geben. Wegen läppischer fünfzig Gramm pro Person, einmalig oder zweimalig oder weiß Gott wie oftmalig so ein Bohei zu machen. Das ist doch unfassbar.«

»Ein was?«, fragte Paul.

»Ein Bohei?«, fragte Lotte. Paul nickte. Er hatte dieses Wort noch nie gehört, weder aus dem Mund seiner Frau noch von sonst jemandem.

»Ein verdammtes Geschiss würdet ihr hier in München dazu sagen«, behauptete sie.

Und damit hatte sie verdammt recht.

1942

Es war ein außergewöhnlicher Septembertag. Paul war in den Gemüsegarten hinausgegangen und betrachtete nun den südlichen Horizont. Weiter vorne stand die Köchin über die Beete gebückt und schnitt Salat fürs Abendessen. Der Föhn hatte ihnen vom Alpenrand bis in die Münchner Schotterebene und sogar bis hinaus nach Ismaning an diesem letzten kalendarischen Sommertag Sonne, Temperaturen um die zwanzig Grad und eine umwerfend klare Sicht auf die Alpenkette beschert. Die Berge waren so nahe gerückt, dass es aussah, als stiegen ihre weißen Gipfel unmittelbar hinter der Münchner Stadtgrenze in die Höhe. Auch die Türme der Frauenkirche und den Alten Peter konnte man ganz deutlich erkennen, so klar war die Luft. Was für ein Geschenk, dachte Paul, dieser Tag, in dieser Zeit. Er erinnerte sich an den Beginn des Jahres, als sie im Januar minus dreißig Grad gehabt hatten, die kälteste jemals in München gemessene Temperatur. Es war eine sibirische, lebensfeindliche Kälte gewesen. Als hätten sie in der Heimat einen Gruß von ihren Soldaten aus dem russischen Winter erhalten. Der Überfall auf die Sowjetunion war nicht in einem Handstreich erledigt gewesen. Seit einem Jahr kämpften deutsche Soldaten nun in Russland, und es war ihnen nicht gelungen, Moskau einzunehmen, auch wenn sie knapp davorgestanden hatten. Nun war die Wehrmacht vor Stalingrad. Die Rote Armee sollte dort eingekesselt und ein schneller Sieg errungen werden. Doch für einen erneuten Blitzkrieg und Blitzsieg kämpften sie nun schon viel zu lange. Paul glaubte nicht an die Vorsehung oder sonst eine wundersame Kraft, die dafür sorgte, dass die Deutschen immer schnell und stets siegreich aus allen Schlachten hervorgehen würden, die sie in alle Himmelsrichtungen trugen. Welche Kraft sollte das auch sein, ein Weltgericht? Wenn, dann würde das am jüngsten Tag geschehen, und Gott würde der Richter sein, kein Mensch, egal, für wie großartig er sich auch halten mochte.

Paul konnte sich gar nicht sattsehen an dem Ausblick, den die Natur und das Wetter an diesem Tag zu verschenken hatten. Er lief eine Runde durch den Garten. Bald würde das Abendessen fertig sein. Aber solange man ihn nicht rief, wollte er noch draußen sein und den Abend genießen. Fast hätte man hier auf dem Land vergessen können, dass nun schon über drei Jahre Krieg herrschte. Im Januar war aller Wintersport abgebrochen, die Skiweltmeisterschaften in Garmisch-Partenkirchen abgesagt worden. Denn die Wehrmacht brauchte dringend mehr Ausrüstung, und dazu gehörten auch Skier. Es gelangte nicht genug Nachschub in den Osten, wie man aus all den Spendenaufrufen ablesen konnte. Natürlich konnte man auf den Wintersport verzichten. Aber darum ging es nicht.

Im Frühling hatte Gregor ihnen noch von der Ostfront geschrieben, er könne gar nicht verstehen, dass die Bäume plötzlich wieder austrieben und blühten. Ganz so, als sei alles wie immer. Und dabei war für die Soldaten wie für die Zivilisten und am meisten für die Opfer in den Kriegsgebieten doch nichts mehr, wie es einmal gewesen war. »Doch die Bäume geht unser Krieg nichts an«, hatte Gregor geschrieben. Und es war nicht schwer, zwischen den Zeilen herauszulesen, dass Gregor ihnen damit mitteilte, dass ihn persönlich dieser Krieg auch nichts anging. Dass er und seine Kameraden gezwungen waren, ihn zu führen.

Paul sah zum Obstgarten hinüber. In einem alten Apfelbaum hing eine Kinderschaukel. Zwischen den Bäumen waren Tabakrabatten angepflanzt, deren Ernte unmittelbar bevorstand, denn die Blätter begannen schon gelblich zu werden und bekamen durchsichtige Flecken. Aufgrund der schlechten Versorgungslage waren die Leute zur Selbstversorgung übergegangen. Schlechter Tabak war immer noch besser als gar kein Tabak. Hier war wenigstens Platz für den Anbau. Und im Gegensatz zu München gab es auch noch genügend zu essen. Gemüse, Obst, Salat und Beeren wuchsen in den Gärten und auf den Feldern Rüben, Kartoffeln und Kraut. Auf dem Goldachhof wurden Sonnenblumen auf einer alten Presse zu Öl gepresst. In den Teichen gab es Fische. Man schleuderte Honig und produzierte Milch, Fleisch, Eier und baute Torf zum Heizen ab. Überhaupt machte hier alles noch einen fast idyllischen Eindruck. Im Garten waren Blumen gepflanzt, die Frau des neuen Verwalters hatte einen Steingarten angelegt, und in der Hofmitte stand immer noch die alte Linde. Nur der Maibaum, den Hans Metzger vor vielen, vielen Jahren bemalt hatte, war irgendwann von einem Traktor umgelegt und danach nicht wieder aufgestellt worden.

Doch das Wichtigste – und Paul blickte noch einmal voller Dankbarkeit auf das außergewöhnliche Alpenpanorama –, das Allerwichtigste war, dass Gregor endlich wieder bei ihnen zu Hause und in Sicherheit war. Den grauen Eminenzen hinter seiner Fliegergruppe an der Technischen Universität war es tatsächlich gelungen, ihn und noch ein paar aus seiner Gruppe für »kriegswichtige« Aufgaben freizustellen. Er musste sich sofort nach seiner Rückkehr in den Dornier-Flugzeugwerken in Neuaubing, im Münchner Norden, melden. Dort arbeitete er jetzt an der Planung und Konstruktion von Flugzeugen mit. Seit Kriegsbeginn wurden bei Dornier vor allem die Junkers Ju 88 gefertigt und die Messerschmitt Me 410, ein zweimotoriges

Kampfflugzeug, an dem eifrig konstruiert und verbessert wurde. Denn, so hatte Gregor erzählt, es hatte zu viele Unfälle und Abstürze mit diesem Flieger gegeben.

Vor Dankbarkeit, dass ihr Sohn wieder bei ihnen war und er – vorerst zumindest – eine Pause einlegen konnte vom Krieg, hatte Lotte die etwas vernachlässigte Kapelle am Goldachhof renovieren lassen. Heute hatte sie einen Eimer Blumen und Kerzen zu ihrer Ausschmückung mitgebracht, und der Pfarrer von Ismaning war herausgekommen, um eine Messe zu lesen, zum Dank und in Erinnerung an die Toten der Familie. Lotte und Paul hatten entschieden, noch zu bleiben, während Gregor schon zurück nach München gefahren war, um sich mit Ursi zu treffen. Es war ein herrliches Herbstwochenende, und sie sahen die Familie sowieso viel zu selten.

Plötzlich sauste die kleine Lina durch den Obstgarten und sprang auf die Schaukel. »Essen ist fertig, Onkel Paul«, rief ihm Johannas Tochter zu.

»Sollten wir dann nicht ins Haus gehen?«, fragte Paul zurück.

»Nur noch einmal schaukeln«, antwortete sie. »Aber ganz hoch!«

»Wie hoch denn?«, fragte Paul und ging zu ihr, um sie anzuschieben.

»Bis in den Himmel!«, rief sie.

෴

Gregor stieg in Ismaning in den Zug nach München. Es war immer noch ganz ungewohnt für ihn, ohne Uniform herumzulaufen. Halb Deutschland war seit Jahren in Uniform gekleidet. Von den Pimpfen, der Hitlerjugend und dem Bund deutscher Mädel über den Arbeitsdienst und die Wehrmacht trat alles in Uniform auf. Und auch die Damenmode schien sich anzupassen. Die meisten Frauen trugen auf Taille geschnittene Kostüme mit dicken Schulterpolstern. Sie sahen darin wie Gefängnisaufseherinnen aus, dachte Gregor. Doch eigentlich war er es, der sich in Hose und Hemd mit einem von seiner Mutter gestrickten grünen Pullunder schrecklich unwohl fühlte. Ein junger Mann wie er, und in Zivilkleidern! Er spürte diesen Vorwurf in den Blicken der Passanten und in der unverhohlenen Neugier, mit der ihn manche musterten. Wieso war er nicht an der Front? War er verwundet worden? Selbst auf Heimaturlaub trugen die meisten Soldaten ihre Uniform. Keiner wollte als Drückeberger oder als Feigling dastehen. So froh Gregor war, dass er dem Wahnsinn des Krieges vorläufig entronnen war und schöne Tage mit der Familie verbringen konnte, dieses unterschwellige schlechte Gewissen, seine Kameraden oder sein Volk zu verraten, wurde er nicht los. Hoffentlich würde sich das irgendwann ändern. Noch war es erst wenige Wochen her, dass er seine Abberufung von der Ostfront erhalten hatte. Er musste sich erst in seinem neuen Einsatz als Mitarbeiter in den Dornier-Werken zurechtfinden. Am liebsten hätte er sich ein Schild um den Hals gehängt: »Meine Arbeit in der Rüstungsindustrie ist kriegswichtig. Ich bin weder ein Deserteur noch ein Feigling.«

Gregor versuchte den älteren Herrn zu übersehen, der ihm schräg gegenübersaß und ihn immer wieder argwöhnisch musterte. Er schaute lieber zum Fenster hinaus. Es war ein herrlicher Herbsttag, die Blätter hingen wie Hunderte kleiner Lampions an den Bäumen und schaukelten im Wind. Der Zug fuhr über den Mittleren Isarkanal, der den großen Speichersee füllte. Genieß die Fahrt, redete er sich selbst gut zu, dir ist dein Leben und deine Freiheit zurückgegeben worden. Nicht viele haben so ein Glück.

Er sah sie schon bei der Einfahrt des Zuges in den Münchner Hauptbahnhof am Bahnsteig stehen und winken. Gregor schob das Fenster auf und winkte zurück. Ursi war sehr schlank, fast mager geworden, und ihr helles Sommerkleid schlotterte an ihren Hüften und Beinen. Sie hatte sich eingelebt in Schrobenhausen und kam nicht mehr so oft wie früher nach München. Aber jetzt, wo Gregor wieder da war, hatte sie versprochen, am Wochenende zu kommen und am Bahnhof auf ihn zu warten. Ob auch sie ihm heimlich Vorwürfe machte, dass er hier sein durfte, während Fritz im Krieg Tag für Tag ums Überleben kämpfen musste? Nach seinen letzten Informationen hatte er mit seiner Einheit irgendwo vor Charkow gestanden.

»Na, du Zivilist«, begrüßte Ursi ihn und legte damit gleich den Finger in Gregors Wunde. »War's denn schön am Goldachhof?«

Er nahm Ursi in den Arm und drückte sie so fest, dass ihr fast die Luft wegblieb. Eine Reisetasche stand neben ihr am Bahnsteig.

»Warst du noch gar nicht zu Hause?«, fragte Gregor. »Sollen wir die Trambahn nehmen?«

»Wenn du mir meine Tasche trägst, dann würde ich lieber zu Fuß heimgehen«, schlug Ursi vor. »Meine Eltern freuen sich schon so auf dich. Hast du ein Glück, Gregor, dass sie dich gehen haben lassen.«

Sofort machte sich wieder Gregors schlechtes Gewissen bemerkbar.

»Aber weißt du was?«, fügte sie hinzu. »Ich finde, das hast du dir auch mehr als verdient.«

»Wieso?«, fragte Gregor.

»Na, die ganze Geschichte mit der erzwungenen Trennung von deiner Verlobten«, sagte Ursi. »Nach allem, was sie Selma und dir angetan haben, und Selmas Vater. Da darfst du doch auch einmal Glück haben. Und ich gönne es dir von Herzen.«

Ein größeres Geschenk hätte sie Gregor nicht machen können. »Und wie geht es Fritz?«, fragte er. »Wo steckt er denn gerade?«

Ursi blieb stehen und griff nach seiner Hand. Lieber Himmel, es durfte ihm einfach nichts geschehen sein.

»Was ist mit ihm?«, fragte Gregor.

»Er ist im Lazarett.«

»Was ist denn passiert?«

»Er liegt seit drei Wochen im Reservelazarett Arnsdorf bei Dresden. Das hatte ich dir doch geschrieben. Hast du meine Post gar nicht bekommen?«

Gregor schüttelte den Kopf.

»Von Fritz selbst hast du auch keine Nachricht?«

»Nein, da war ich wahrscheinlich schon auf dem Heimweg, als ihr mir geschrieben habt. Schlimm?«, fragte er. Ursi wirkte so gefasst.

»Er hatte einen Durchschuss an der Wade und Granatsplitter, die im Bein steckten. Die haben sie ihm herausgeholt. Er kann aber noch nicht laufen.«

»Er wird es doch wieder lernen?«, fragte Gregor.

»Das hoffen wir«, sagte Ursi tapfer. »Wenn er doch nur bald heimdürfte.«

»Du meinst, auf Heimaturlaub?«, sagte Gregor.

Ursi nickte. »Vielleicht wird er auch als untauglich eingestuft und nach Hause geschickt. Dann wärt ihr beide wieder hier in München.«

»Auch wenn er nicht gleich heimkommt, dann zumindest weg von der Front«, sagte Gregor. »Es gibt viele Dienste, die für das Heer lebenswichtig sind. Bei der Versorgung mit Nachschub, im Sanitätsbereich, in den Schreibstuben, bei der Verwaltung …«

»Das werden wir dann ja sehen, wenn er erst einmal genesen ist. Lebensmittelversorgung«, fantasierte Ursi, »das wäre ja genau das, was er als Kaufmann gelernt hat. Das würde doch passen. Vielleicht kommt er dann sogar an echten Bohnenkaffee.«

»Ah, Moment, jetzt hätte ich es fast vergessen.« Gregor zog aus der Innentasche seiner Lederjacke ein Päckchen hervor, das in Zeitungspapier gewickelt war. »Hier, das habe ich auf dem Goldachhof gefunden. Leider ist es nur ein Pfund. Aber vielleicht gibt es zu Hause auch noch etwas. Meine Mutter ist ja wie ein Eichhörnchen. Sie hat überall im Haus ihre Verstecke.«

»Und was sagt sie wohl dazu, dass du all ihre Verstecke plünderst und ihre Schätze an fremde Leute verschenkst.«

»Du bist doch nicht ›fremde Leute‹, Ursi. Fritz und du, ihr seid meine besten Freunde.«

»Und Selma?«, fragte Ursi. »Ach so, ja, sie ist ja deine Verlobte«, zog sie ihn auf, grinste und packte den Kaffee in ihre Tasche. »Danke schön. Die Mutti wird sich auch freuen. Sie mag keinen Getreidekaffee. Aber wer mag den schon.« Dann blieb sie plötzlich stehen und schlug sich mit der Hand gegen die Stirn. »Ist das ein Dallmayr-Kaffee, den du mir mitgebracht hast?« Gregor nickte. »Dann ist es eine der Mischungen von Fritz?«

»Natürlich!«, antwortete Gregor. »Dallmayr-Mischung Nummer 4, glaube ich. Auf jeden Fall von Fritz zusammengestellt, geröstet, abgefüllt und liebevoll verpackt.«

Ursi zog das kleine Paket wieder aus der Tasche, umschlang es mit beiden Armen und drückte es wie einen Schatz an sich.

Als sie über den Viktualienmarkt gingen, hatten die Marktstände schon geschlossen und ihre Waren weggepackt. So furchtbar viel gab es ohnehin nicht mehr. Reichlich Kartoffeln, Kraut und Rüben waren noch zu haben. Vieles andere nur auf dem Schwarzmarkt. Sie setzten sich auf eine Bank in die Herbstsonne.

»Ich fahre zu ihm hin, sobald ich darf«, sagte Ursi. »Und wenn ich nicht darf, fahre ich trotzdem. Ich finde schon einen Weg.«

Daran zweifelte Gregor nicht.

»Nächstes Wochenende schon will ich nach Dresden fahren«, sagte sie. »Ich möchte nämlich heiraten.«

»Jetzt auf einmal?«, wunderte sich Gregor.

»Wer weiß, was noch alles passiert.« Ursi legte sich Gregors Arm um ihre Schultern. »Wir gehören doch zusammen, Fritz und ich.«

»Und dein Beruf? Du wolltest doch nicht heiraten, damit du deine Arbeit nicht verlierst.«

»Ja, schon. Aber Lehrerin zu sein, ist auch nicht mehr so, wie ich mir das einmal vorgestellt habe. Diese dumme Rassenlehre, o mein Gott!«

»Scht!«, machte Gregor. Ursi sah sich um. »Da ist doch gar keiner«, sagte sie. »Und dieses ewige ›Heil Hitler!‹« Gregor hinderte sie daran, den Arm auszustrecken. »Die Lügen im Geschichtsunterricht. Ich muss andauernd Sachen sagen, an die ich selbst nicht glaube. Irgendwann zerreißt es mich noch.«

»Hört sich so an, als wäre dein Traum vom Lehrerinnenberuf zerplatzt«, sagte Gregor.

»Es ist für mich einfach die falsche Zeit, um mit ganzem Herzen Lehrerin zu sein«, sagte Ursi resigniert.

»Weiß Fritz eigentlich schon von deinen Heiratsplänen?«

»Nein, er hat keine Ahnung.«

»Du bist gut. Und wenn er gar nicht will?«

»Sag mal, spinnst du?«, fuhr Ursi ihn an. »Wieso sollte er denn nicht wollen?«

»Na, hör mal«, sagte Gregor. »Die Lazarette sind doch voll von blonden, blauäugigen Oberprimanerinnen, die zum Pflegedienst für die Wehrmachtssoldaten abkommandiert werden. Wusstest du das nicht?« Ursi sah ihn entgeistert an. »Und dann wacht der verwundete Soldat auf, an seinem Bett sitzt ein blonder Engel und lächelt selig, weil er endlich die Augen aufschlägt. Was denkt er da?«

»Was?«, fragte Ursi.

»Er denkt natürlich, er ist im Paradies.«

»Und vergisst, dass ich zu Hause auf ihn warte?«, fragte Ursi. »Dann melde ich mich krank und fahre sofort mit dem nächsten Zug nach Arnsdorf.«

»Mensch, Ursi«, lachte Gregor. »Das mit den Schwestern war doch nur ein Scherz. Wie sollte Fritz eine so ausnehmend hübsche und patente Frau wie dich wegen irgendeiner Oberprimanerin vergessen? Bist du verrückt?«

»Jetzt hast du mich aber ganz schön erschreckt.« Sie boxte Gregor in die Seite. »Jetzt aber mal los. Mutti wartet bestimmt schon auf uns. Du kommst doch mit?«

ஒ

Die Kinder wurden nach dem Essen zu Bett gebracht. Sonia öffnete gerade die zweite Flasche Rotwein, als von irgendwoher ein Sirenenton anfing zu heulen. Das musste aus Ismaning kommen. Durchs Moos wurde der durchdringende Ton mühelos bis zu ihnen heraus auf den Hof getragen. Er stieg an und schwoll wieder ab, an und ab, wie eine Welle auf dem Ozean. Und es klang durchaus bedrohlich.

»Fliegeralarm.« Paul sah in die entsetzten Gesichter seiner Frau und seiner Schwägerin.

»Sollen wir den Volksempfänger anschalten?«, fragte Johanna.

»Holt die Kinder aus den Betten«, antwortete Paul. »Schnell!« Johanna sprang auf und lief nach oben.

»Wo sollen wir hin?«, fragte Lotte.

»Unter die Brücke«, antwortete Sonia, »wir haben ja keinen

Keller. Ich gebe dem Verwalter Bescheid. Könnt ihr nach der Köchin und den Knechten sehen?«

Fliegeralarm. Bestimmt flogen die Bomber der Engländer oder Amerikaner nach München. Hier draußen im Moos war ja nichts, in München dagegen viel Industrie, Eisenbahn, Rüstungsbetriebe und viele, viele Zivilisten. Paul sorgte sich um Gregor und um das Geschäft. Himmel, sie waren schließlich mittendrin in der Stadt. Wenn sie doch auch schon am Nachmittag nach Hause gefahren wären. Aber was hätte er tun können? Beten, dass es nicht so schlimm kommen würde. Alle kannten die Fotos von zerstörten deutschen Städten: Augsburg, Bayreuth, das Ruhrgebiet. Die ersten Bomben waren schon im Sommer 1940 gefallen.

Ein Baby schrie. Lina weinte, als alle zum Hoftor hinausdrängten. Die Sirenenwellen gingen immer noch auf und ab, und jetzt kam auch das Motorengeräusch der anfliegenden Bomber dazu. Mit Taschenlampen suchten sie sich den Weg an der Kapelle vorbei zur Brücke. Viel Platz gab es darunter nicht. Sie mussten die Kinder festhalten und selbst aufpassen, um auf der Böschung nicht abzurutschen und in den Bach zu fallen. Eine Bisamratte stieß sich vom Ufer ab und zog beim Wegschwimmen eine lange Spur durchs Wasser. Lina zeigte mit dem Finger auf die Ratte. Sie fürchtete sich. Vor der großen Ratte und noch mehr vor der Gefahr, die sich aus der Luft und mit so viel Ungewissheit ankündigte, dass sogar die Erwachsenen sich versteckten. Alle standen eng beieinander an die feuchten Wände der Steinbrücke gepresst und warteten. Als die Flieger direkt über ihnen waren, weinten alle Kinder, auch Lina, gegen den unerträglichen Lärm und die Spannung an. Paul nahm sie auf den Arm und versuchte sie zu beruhigen. So standen sie in ihrem Versteck und warteten ab.

Der Motorenlärm aus der Luft nahm kein Ende. Wie viele Flugzeuge mochten das sein? Sie flogen im Verband, und man konnte die einzelnen Maschinen kaum identifizieren und zählen. Paul meinte, es müssten vielleicht fünfundzwanzig oder dreißig sein. Wie um Himmels willen würde seine Heimatstadt aussehen, wenn sie ihre tödliche Fracht über München abgeworfen hätten, denn das war mit Sicherheit ihr Ziel. Nach einer endlos erscheinenden Zeit des Wartens und atemlosen Ausharrens wurden die Motorengeräusche endlich schwächer, und von Ismaning her schwoll nun wieder der Heulton der Sirene an. Und diesmal blieb er stehen. Ein einziger langer Ton, das hieß Entwarnung. Sie kletterten vorsichtig die Böschung hinauf. Paul sah die Allee hinunter, die seine Mutter Anfang des Jahrhunderts gepflanzt hatte. Auf ihr war er im Februar 1920 aus seiner Kriegsgefangenschaft wieder nach Hause gekommen.

Während die Kinder beruhigt und wieder zu Bett gebracht wurden, drängte Paul Lotte zum Aufbruch. Er musste nach Hause. Musste sehen, was in München passierte. Er hatte keine Ruhe mehr.

∾

Sie aßen im Straubinger Hof mit Ursis Eltern zu Abend und saßen danach noch ganz lange in Ursis Zimmer zusammen und redeten und redeten. Als Gregor endlich aufbrach, war es schon ziemlich spät geworden. Er hatte aber immer noch keine Lust darauf, nach Hause zu gehen. Seine Eltern übernachteten draußen auf dem Goldachhof, und er war so lange aus München fort gewesen. Richtig Heimweh hatte er gehabt nach seiner schönen Stadt mit ihren Parks und Plätzen, den Brunnen, den Kirchen, der Isar, all den Straßen und Winkeln, die ihm so vertraut waren. Also beschloss Gregor, noch ein wenig spazieren zu gehen. Vom Isartor lief er zum Deutschen Museum und hinauf nach Haidhausen, ins Franzosenviertel. Von dort über die Hochstraße hinüber zum Nockherberg, von wo er dann zur Isar hinunter und über die Au zurück Richtung Altstadt laufen wollte.

Kurz bevor er den Nockherberg erreichte, fingen plötzlich die Sirenen an zu heulen. Gregor sah hinauf in den Nachthimmel. Erkennen konnte er noch nichts, aber hören konnte er sie schon. Sie schienen von Nordnordost zu kommen. Gregor sah sich um. Wo konnte er jetzt am besten Schutz suchen? Er erinnerte sich, dass es in den Stollen der Paulanerbrauerei am Nockherberg einen Luftschutzbunker geben musste. Er lief um die Gaststätte herum und entdeckte einen Zugang über eine Stahltür an der Südseite. An der Tür stand ein Mann in SS-Uniform. Gregor rannte auf ihn zu. Doch statt ihm die Tür zu öffnen, blieb der Mann breitbeinig davor stehen und bewegte sich nicht. Er musterte Gregor von Kopf bis Fuß, schüttelte langsam den Kopf.

»Sie stehen hier vor dem Gauleiterbunker, junger Mann. Da kommen Sie nicht rein.« Der Lärm der anfliegenden Bomber wurde lauter. Gleich würde man sie am Himmel ausmachen könne. »Wieso sind Sie nicht im Felde, Mann?«, herrschte der Uniformierte ihn an.

Das Gleiche könnte ich dich fragen, dachte Gregor. »Kriegswichtiger Einsatz bei Dornier in Neuaubing«, antwortete er. Der Lärm wurde nun ohrenbetäubend, gleich waren sie über ihnen. Man hörte weiter nördlich schon die Bomben einschlagen. »Wo soll ich denn jetzt hin?«

Der Mann zeigte etwa hundert Meter weiter nach unten. »Dort ist der Zugang zum öffentlichen Bunker. Für Zivilisten.«

Gregor rannte los und erreichte den Eingang, riss die Tür auf.

»Tür zu!«, schrie der Bunkerwart aus dem Inneren des Schutzraumes. »Das war aber höchste Eisenbahn, junger Mann! Kannst mir hier gleich mal helfen, die Sandsäcke zum Eingang zu schleppen. Damit uns die Tür nicht um die Ohren fliegt, während der Thommy uns mit seinen Sprengbomben eindeckt.«

Gregor packte mit an.

»Schießt auf Zivilisten, der verdammte Engländer, weil er unsere Soldaten nicht besiegen kann«, schimpfte der Luftschutzwart weiter. »Wieso sind Sie denn nicht dabei, junger Mann? Wenn ich noch einmal so jung wäre, ich würde kämpfen, bis zur letzten Kugel.« Seine Augen glänzten.

Gregor ließ sich nicht provozieren. In dem Stollen saßen Frauen und Kinder, alte Leute, und allen stand die Angst ins Gesicht geschrieben. Jemand murmelte ein Gebet, ein Kind wimmerte leise. Die Minuten zogen sich endlos. Es waren Einschläge zu hören und zu spüren, aber zum Glück nicht in unmittelbarer Nähe. Irgendwann schien es zu Ende zu sein. Doch sie blieben, bis die Sirenen Entwarnung gaben.

Als Erster ging der Luftschutzwart hinaus. Gregor nahm ein kleines Mädchen an die Hand und ging mit der Mutter der Kleinen hinaus. Sie hatte ein Baby auf dem Arm. Gregor begleitete sie bis zu ihrer Wohnung am Mariahilfplatz.

Über der Stadt sah man an verschiedenen Stellen Brände und den Widerschein der Flammen am Himmel. Feuerwehrsirenen waren zu hören.

Das ganze Oberland war auf den Weg nach München geschickt worden, las Gregor am nächsten Tag in der Zeitung. Und dass die dreißig Bomber der britischen Royal Air Force mit ihren an die hundertfünfzig Tonnen Spreng- und Brandbomben einhundertneunundvierzig Menschenleben ausgelöscht hatten. Man zählte mehr als vierhundert Verletzte.

In den Anfangsjahren des Krieges hatte München noch Glück gehabt oder eine gut funktionierende Flugabwehr. Außerdem war die Flugzeit nach München für die Air Force ziemlich lang. Als Verkehrsknotenpunkt und mit seinen Rüstungsbetrieben, besonders seiner Luftfahrttechnik und den zahlreichen Flugplätzen war »die Hauptstadt der Bewegung« zwar wichtig, aber schwer erreichbar gewesen. Doch der Feind wurde stärker, und seine Flugzeuge wurden immer besser.

Zwei Wochen später kam eine Postkarte für Gregor. Darauf war ein typischer mehrstöckiger Anstaltsbau zu sehen mit einem Park und Blumenrabatten davor. »Reservelazarett Arnsdorf, Sachsen« stand da. Die Karte kam von Fritz.

»Gregor, du Aas! Was hast du denn der armen Ursi erzählt? Bei ihrem Besuch hier hat sie unsere Rotkreuzschwestern kaum aus den Augen lassen können. Über jede einzelne wollte sie von mir Auskunft haben. Und sie fragte mich auch nach Oberprimanerinnen. Welchen Floh hast du ihr denn da ins Ohr gesetzt? Jedenfalls komme ich bald nach München. Genesungsurlaub! Und ich freue mich, dass du auch da bist! Beste Grüße, Fritz. PS: Ich Glückspilz habe einen Heiratsantrag bekommen. Und ihn natürlich angenommen, was sonst?«

1945

Anfang März 1945

Selma, Liebste,

denkst du manchmal an mich? Jede Nacht vorm Einschlafen rufe ich mir dein Bild in Erinnerung. Ich muss dich doch in mein Nachtgebet einschließen und will von dem Tag träumen, an dem wir uns wiedersehen werden. Manchmal bin ich sehr traurig, so lange von dir getrennt zu sein, und manchmal glücklich, dass es dich für mich gibt, und ich hoffe, hoffe, hoffe, dass unsere schönste Zeit erst kommen wird. Machst du dir keine Sorgen um mich, so wie ich mir Sorgen um dich mache, ganz schreckliche, als London im Winter 1940/41 bombardiert wurde? Nun sind wir dran. Drei Jahre geht es nun schon so, und es wird immer schlimmer. Ich hoffe, unser Postweg über die Schweiz funktioniert noch und meine Nachricht erreicht dich in Sicherheit. Wäre ich jetzt bei dir, dann würde ich dir ins Ohr flüstern: »Hoffentlich geht es dir gut, Liebste.« Ich würde einen Schritt zurücktreten und sehen, wie schön du bist, deine Lippen, so schön geschwungen, deine Haare angestrahlt von den letzten Sonnenstrahlen. Ich würde dich in den Arm nehmen, tief deinen Duft einatmen. Aber so ist es leider immer noch nicht. In der grausamen Gegenwart sind wir immer noch getrennt voneinander, und jeder muss sein Schicksal allein, ohne den anderen, tragen.

Wüsste ich nicht, dass du und dein Vater trotz allem, was Deutschland euch angetan hat, an eurer Heimat hängt und darauf wartet, dass ich euch berichte, wie es jetzt ist, in München zu leben, so bliebe ich stumm. Es fällt mir schwer, euch davon zu erzählen. Ich will nicht zu sehr klagen, auch nicht anklagen, aber es gibt auch nichts zu beschönigen. Das Leben in der Stadt ist zur Hölle geworden. Man kann es nicht anders beschreiben. Die Meinung unter der Bevölkerung ist, dass die Feinde uns alle, jeden Einzelnen von uns, auslöschen wollen. Was sollen wir tun? Wo sollen wir hin? Unsere Führer sitzen immer noch fest im Sattel, und jede weiße Fahne, jedes Davonlaufen wird hart bestraft. Sie kennen keine Gnade, auch nicht mit dem eigenen Volk.

Ich kann die Fliegeralarme, die Bombardierungen, die Brände in der Stadt gar nicht mehr zählen. So viele Nächte, die wir in Kellern sitzen und hoffen, dass unser Haus noch steht, wenn wir wieder herauskriechen aus unseren Verstecken. So viele Tote und Verwundete. So viele Obdachlose. So viele, die nichts mehr haben als das, was sie am Leib tragen.

Bei dem Angriff in der Woche vor Weihnachten, es war der 17. Dezember, fielen Brandbomben auf unser Haus in der Dienerstraße, und der Dachstuhl brannte vollständig aus. Alle Fenster im Haus zerbarsten. Es gelang uns, den Brand zu löschen und die Räume im Erdgeschoss und in den unteren Stockwerken so weit herzurichten, dass wir wieder öffnen konnten. An die dreihundert Bomber der Royal Air Force hatten Tausende von Bomben auf die Stadt geworfen. Man zählte über fünfhundert Tote und doppelt so viele Verletzte. Etwa fünfzigtausend Münchner verloren ihre Wohnungen. Dann kam Weihnachten, und danach Heilige Drei Könige. Am 8. Januar war die Weihnachtspause beendet, und es ging weiter. Diesmal rollten etwa sechshundert Bomber auf die

Stadt zu. Sie hatten es vor allem auf die Altstadt abgesehen. Dieses Mal hatten wir Pech. Das Haus Dienerstraße Nummer 15 ging in Flammen auf, das Haus Nummer 14 wurde von einem Minenvolltreffer in die Luft gesprengt. Das war das Ende für Alois Dallmayr. Wie durch ein Wunder haben wir unverletzt überlebt. Hunderte hatten nicht so viel Glück. Meine Mutter hat geweint wie ein Kind. ›Wo sollen wir denn jetzt hin?‹, hat sie immer wieder gefragt. Sie wohnt jetzt wieder auf dem Goldachhof. Keinen Tag länger hätte sie es ausgehalten in der Stadt, die fast nur noch aus Ruinen besteht. Wahrscheinlich wäre sie verrückt geworden in all dem Chaos.

Noch im Januar sind wir in die Ottostraße umgezogen, in Räumlichkeiten an der Rückseite des Palais Bernheimer. Sämtliche Ausweichlager, die wir in der Innenstadt hatten, wurden geplündert. Die Leute haben nichts mehr, und sie haben Hunger. Dasselbe geschah mit unseren Weinkellern in der Klenzestraße. Das alles sind große Verluste, aber das Wichtigste ist doch, dass wir noch am Leben sind.

An diesem Punkt stehen wir jetzt. Aber wie lange noch? Was wird alles noch kommen? Lange dauern kann es nun nicht mehr. Es heißt, die Amerikaner sind nicht mehr weit. Aber unser Gauleiter, unser Bürgermeister, alle sind sie noch da und sitzen verdammt fest in ihren Sätteln. Sie geben nicht auf, solange nicht jemand mit einer Maschinenpistole vor ihnen steht, der stärker ist als sie. Und wenn wir diese letzten Tage und Wochen, vielleicht Monate, überleben, dann werden wir am Ende doch nur ein Volk von Bettlern sein. Die Welt wird uns anklagen, und wir werden die Augen nicht verschließen können vor dem, was geschehen ist, in unserem Namen.

Was soll man uns wünschen? Dass der Krieg endlich zu Ende ist. Dass die Luftangriffe aufhören? Vom menschlichen Standpunkt her: JA! Wenn es den Krieg und das Sterben unserer Leute dadurch verlängert, dann ist es mir lieber, es geht weiter. Es muss doch irgendwann ein Ende haben.

In Liebe und in der Hoffnung auf ein Wiedersehen, bald, bald!
Dein Gregor

PS: Meine Eltern lassen dich grüßen, auch deinen Vater. Hoffentlich geht es euch besser als uns. Es wird wieder einen Frühling geben, auch wenn wir ihn noch nicht sehen können. Draußen, auf den Wiesen, wird das erste Grün aus der Erde wachsen, die Bäume werden Knospen ansetzen und Blätter werden austreiben. Nicht bei uns in der Stadt. Denn uns fällt der Himmel auf den Kopf.

PPS: Nur gut, dass es mit dem Flugzeugbau bei Dornier in Neuaubing jetzt ein Ende hat. Ich hatte befürchtet, dass sie mich deshalb sofort einziehen und an eine unserer Fronten schicken würden. Aber noch bin ich wie ein blinder Passagier abgetaucht. Vielleicht haben sie mich im Wehramt nur noch nicht gefunden, vielleicht sind meine Unterlagen bei einem Angriff verbrannt, oder meine Karteikarte ist hinter einen Aktenschrank gerutscht. Ich weiß nicht, warum sie mich noch nicht geholt haben, und rechne eigentlich jeden Tag damit, dass sie kommen. Andererseits hoffe ich einfach auf ein Wunder. Vielleicht habe ich Glück. So kann ich mich wenigstens wirklich nützlich machen und bei den Löscharbeiten helfen und beim Beseitigen der Trümmer überall in der Altstadt. Und ich kann meinem Vater mit dem Geschäft, oder den Überbleibseln davon, zur Seite stehen. Er kann jetzt jede Hilfe gebrauchen.

Um zwei Uhr morgens wurde Johanna plötzlich wach. Was waren das für Geräusche? Ihr Mann stand am Fenster und schaute hinaus in die Nacht.

»Was ist los?«, fragte sie noch schlaftrunken. »Das hat sich angehört wie eine schwere Maschine.«

»Ich habe es für zwei Jagdpanzer gehalten«, antwortete Franz.

»Wo wollten die denn hin?«

»Ich glaube, sie sind zum Sender rübergefahren.«

Schon in der vorangegangenen Nacht waren mehrere Mopeds zu hören gewesen, die sich der Ismaninger Sendeanlage genähert hatten. Vielleicht eine Vorhut, die gekommen war, um etwas auszuspähen. Und jetzt die beiden Panzer. Johanna lief sofort ins Zimmer der Kinder, um zu sehen, ob sie vom Dröhnen der Motoren und der Erschütterung durch die Kettenfahrzeuge aufgewacht waren. Aber sie schliefen fest. In der Küche schaltete Franz das Rundfunkgerät ein, doch außer einem gelegentlichen Knacken und Knistern passierte nichts weiter. Johanna legte sich wieder hin.

Als sie kurz vor sechs Uhr morgens in die Küche kam, saß ihr Mann immer noch dort. Er hatte Kaffee gekocht und schenkte ihr eine Tasse ein. Am Geruch merkte sie sofort, dass er zumindest einen kleinen Anteil an Bohnenkaffee von Tante Lotte untergemischt hatte.

»Was ist denn los?«, fragte Johanna noch etwas schlaftrunken. »Gibt es etwas zu feiern?«

»Noch nicht«, antwortete ihr Mann. Er sah müde aus und angespannt. »Aber es wird schon noch kommen.«

Es war nicht mehr als eine Hoffnung. Sie hatten gerätselt, ob es die Amerikaner waren, die den Sender unter Beobachtung hatten, oder ob es endlich doch so etwas wie einen deutschen Widerstand gab. Aber sie hatten keine Idee, von wem er ausgehen konnte.

Franz schnitt Brot, holte Marmelade aus der Speisekammer und dazu etwas Butter, die sie selbst hergestellt hatten. Heute sollte es ihnen also gut gehen. Johanna hielt die Nase über den Kaffeedampf, der aus ihrer Tasse aufstieg. Schon allein der Geruch schaffte es, sie zufrieden, fast glücklich zu stimmen. Sie genoss zuerst ausführlich seinen Duft, erst dann nippte sie an der Tasse. Sie erinnerte sich noch ganz genau daran, wie gut Bohnenkaffee schmeckte, und stellte sich vor, die ganze Tasse sei voll davon, so wie es früher für sie selbstverständlich gewesen war. Im Grunde musste sie dankbar sein. Ihr Mann war wegen seiner Sehschwäche zunächst als untauglich ausgemustert worden, später als unabkömmlich für den Betrieb des Hofes vom Kriegseinsatz befreit worden. Ihr Bruder Johann war zuerst als Seelsorger bei Pater Mayer, dann im Ordinariat in München geblieben, und ihr Cousin Gregor war wie durch ein Wunder zurückgekommen, um bei Dornier zu arbeiten.

Um Punkt sechs Uhr knisterte es wieder stärker im Radioapparat. Franz nahm seine Brille ab und wischte sich über die Augen.

»Jetzt, jetzt kommt was«, flüsterte er.

»Achtung, Achtung!«, war eine unbekannte Stimme zu hören. »Hier spricht die Freiheitsaktion Bayern.«

Freiheitsaktion? Was sollte das sein? Davon hatten sie noch nie gehört.

»Arbeiter, schützt eure Betriebe gegen Sabotage durch die Nazis! Sichert Arbeit und Brot für die Zukunft! Beseitigt die Funktionäre der Nationalsozialistischen Partei! Die FAB hat heute Nacht die Regierungsgewalt erstritten.«

»Ist das wahr?«, flüsterte Johanna.

»Woher soll ich das wissen?«, sagte Franz. »Wir werden es ja sehen.« Er stützte den Kopf auf die Hände und massierte sich mit den Daumen die Schläfen. »Hol ein weißes Bettlaken.«

»Meinst du wirklich?« Johanna wusste nicht, was sie von dieser Durchsage halten sollte. »Und wenn es nur ein Trick ist? Wenn sie längst überwältigt sind und die SS schon draußen am Sender steht?«

»Hol das Laken, Johanna. Irgendwann muss einmal Schluss sein mit der ganzen Angst und Feigheit«, sagte Franz.

Sie befestigten das Laken am Balken über der Dachluke.

Wenig später kam ein Funktionär von der Mooskultivierungsvereinigung mit dem Moped auf den Hof gefahren und bekniete Franz, doch die Fahne wieder abzunehmen.

»Gar nichts hat diese Freiheitsaktion erreicht«, behauptete er. »Schon gar nicht die Regierung gestürzt. Wenn dir deine Familie lieb ist, dann tu um Himmels willen diese Mordsfahne da weg. Du willst doch nicht kurz vor dem Ende noch zum Märtyrer werden, zusammen mit deiner Frau und deinen Kindern.«

Franz sträubte sich, aber Johanna half mit, das Bettlaken wieder einzuziehen.

»Erst wenn die Amerikaner anrücken, dann raus damit«, riet ihnen der Besucher zum Abschied. »Es kann nicht mehr lang dauern.«

***

Eigentlich hatte Paul zum Mittagessen kommen wollen. Doch auf dem Goldachhof warteten sie vergeblich auf ihn. Um eins rief er an und sagte, dass er es nicht schaffen würde. Er hatte Helfer und zwei Handwerker aufgetrieben, und sie hatten von irgendwoher Benzin für einen ihrer Lieferwagen organisieren können. Sodass sie jetzt anfangen konnten, das, was in den Lagern und Kellern noch an Waren übrig war, ins Bernheimer Palais zu schaffen. Auch Gregor half mit, und so würde er wohl heute keine Zeit mehr haben, zu ihnen rauszukommen.

Lotte hängte den Hörer in die Gabel. Fast vier Monate hatte sie sich jetzt davor gedrückt, nach München zu fahren, sich das ganze Ausmaß der Zerstörung und die neuen Räume in der Ottostraße anzusehen. Es war nicht so, dass es Lotte nicht interessierte, was aus ihrem Geschäft wurde. Sie konnte es nur einfach nicht ertragen, all dieses Elend, das immer nur größer wurde, mit eigenen Augen zu sehen. Auch sie hatten Fliegeralarme gehabt, und in Ismaning war immer mal wieder etwas vom Himmel gefallen, ob aus Versehen oder mit Absicht, wer wusste das schon. Es hatte einige Tote und Verwundete gegeben – nichts im Vergleich zu München. Ein paar Fensterscheiben und Dächer waren zu Bruch gegangen. Einige Privathäuser hatten etwas abbekommen, außerdem der Ismaninger Wasserturm und sogar das Schloss. Brände hatten Vorräte vernichtet: Heu, Stroh und Brennmaterial zum Heizen. Auf den Getreide- und Kartoffelfeldern konnte man riesige Bombentrichter sehen.

In den letzten Tagen hatte es eine große Aufregung beim Rundfunksender im Ismaninger Moos gegeben, nur wenige Hundert Meter vom Goldachhof entfernt. Der Sender war besetzt worden, wie man hinterher erfuhr, und die Besatzer hatten sich über Rundfunk bei der Bevölkerung gemeldet und behauptet, sie hätten die Regierungsgewalt errungen. Doch dann kam am Tag darauf eine Durchsage des Gauleiters Giesler, der diese »Freiheitsaktion« von Verrätern, wie er sie nannte, für beendet erklärte und drohte, wer eine weiße Fahne am Haus habe, werde auf der Stelle erschossen. Sie waren sofort nach Zengermoos zu Johanna und Franz hinübergefahren, aber dort war glücklicherweise alles ruhig. Das Grundgefühl, das jedoch nun unter den Menschen herrschte, war, dass etwas in Gang gekommen war, das ihnen Hoffnung machte: Es konnte nicht mehr lange dauern, bis die Amerikaner eintreffen würden. Und wenn sie einmal da waren, würden keine Bomber mehr über die Städte fliegen und für Tod und Verwüstung sorgen.

Eine plötzliche Unruhe und ein Gefühl der Verantwortung erfasste Lotte. Sie konnte ihre Männer nicht ewig allein dahinschuften lassen, ohne ihren Teil beizutragen. Die Auszeit, die sie sich genommen hatte, dauerte nun schon viel zu lange.

»Ich fahre nach München«, verkündete sie nach dem Mittagessen. »Ich muss mir das Elend mit eigenen Augen ansehen und wenn es mich umbringt. Ich kann den Kopf nicht länger in den Sand stecken.«

»Gut, dann begleite ich dich«, beschloss ihre Schwägerin. »Zu zweit ist es leichter auszuhalten.«

Kolja, einer ihrer Ostarbeiter, fuhr sie im Landauer zum Bahnhof. Unterwegs begegneten sie einem Fuhrwerk, und der Moosbauer erzählte ihnen, dass es am Morgen einen Beschuss aus einem Flugzeug gegeben hatte, bei dem die Papierfabrik in der Fischerstraße beschädigt worden war, außerdem eine Brücke und der Kirchturm der katholischen Kirche.

»Jetzt kommen sie«, sagte Kolja und strahlte. »Bald kann ich nach Hause.«

»Können wir trotzdem weiterfahren?«, fragte Sonia und sah von Kolja zu Lotte.

Kolja nickte. Er wollte sich bestimmt die Schäden im Ort ansehen. Sie schürten ja seine Hoffnungen.

»Natürlich«, antwortete Lotte. »Wenn ein Zug geht, dann fahren wir.«

Der Fahrplan war außer Kraft gesetzt, aber irgendwann kam eine Lok mit drei angehängten Waggons, in die sie einsteigen konnten. Von ihrem Fenster aus sahen die beiden Frauen, welche Schäden es entlang der Strecke von Unterföhring über Daglfing und Zamdorf bis München gab. Am schlimmsten sah der Ostbahnhof in München aus: Einschlagtrichter, Schienen, die sich wie Schlangen aufgerichtet hatten.

Auf einer Gleisumleitung kamen Lotte und Sonia in die Nähe des Hauptbahnhofs. Straßenbahnen verkehrten keine mehr, also machten sich die beiden zu Fuß auf den Weg Richtung Marienplatz und Dienerstraße. Oder sollten sie gleich den Weg zum Lenbachplatz einschlagen und sich die neuen Räumlichkeiten im Bernheimer Palais ansehen? Lotte zögerte noch. Schließlich bogen sie in die Prielmayerstraße ein. Die dunkle zerschossene Fassade des Justizpalastes war übersät mit hellen Einschusslöchern. Die beiden Frauen näherten sich dem Karlsplatz, als vom anderen Ende der Prielmayerstraße Geräusche eines schweren Fahrzeugs zu hören waren. Ketten rasselten, und ein Klingeln mischte sich darunter. Lotte spürte die Erschütterung im Boden unter ihren Füßen. Die Passanten blieben auf den Gehsteigen stehen und warteten gespannt. Es war ein Gefühl zwischen Angst und Neugier. Ein gepanzertes Kettenfahrzeug kam ratternd auf sie zu. Sechs oder acht Männer saßen obenauf, mit Stahlhelmen auf dem Kopf.

Jemand rief: »Die Amerikaner sind da!«, und eine Frau zog ein Taschentuch aus dem Mantel und fing an wie verrückt zu winken.

»Endlich sind sie da«, sagte Sonia und packte Lottes Arm und rüttelte daran, als müsste sie eine Schlafende wecken. »Lotte, verstehst du denn nicht? Der Krieg ist aus!«

Lotte starrte auf dieses Ungetüm aus Stahl mit der Horde von Soldaten obenauf. Unter ihnen war der erste Mann mit dunkler Hautfarbe, den Lotte zu Gesicht bekam.

»Hoffentlich sind keine Parteileute mehr in der Stadt«, sagte Sonia. »Nicht dass die noch schießen.«

Der Panzer fuhr direkt auf den Karlsplatz zu und überquerte ihn Richtung Neuhauser Straße.

»Und wohin gehen wir jetzt?«, fragte Sonia.

»Den Amerikanern hinterher. Sie fahren bestimmt zum

Marienplatz. Und da müssen wir ja auch hin, wenn wir in die Dienerstraße wollen.«

»Wollen wir denn da überhaupt hin?«, fragte Sonia. »Bist du bereit, dir das Haus anzusehen?«

»Jetzt kann es nicht mehr schlimmer werden«, seufzte Lotte. »Das muss reichen als Trost.«

»Am Nachmittag des 30. April 1945 erreichten Soldaten der 7. US-Armee den Marienplatz. Um sechzehn Uhr fünf wurde ihnen das Rathaus übergeben.« So meldete es der Rundfunk noch am selben Tag. Und wir waren dabei, dachte Lotte. Bürgermeister Fiehler und Gauleiter Giesler hatten mit ihren Leuten die Stadt verlassen, das Rathaus war kampflos übergeben worden.

Doch der schwerste Weg stand Lotte noch bevor. Nach über drei Monaten wagte sie es endlich, zu ihrem Haus in der Dienerstraße zurückzukehren. Sie setzte sich auf einen Trümmerhaufen auf dem zerbombten Marienhof, der Nummer 15 genau gegenüber, und starrte auf die Ruine, die einmal das stolze Feinkosthaus Dallmayr gewesen war. Dort holte Paul sie später ab und nahm sie mit ins Bernheimer Palais, wo die Überreste aus ihrem Geschäft eingelagert waren und nach all den Plünderungen streng bewacht wurden. Mein Mann ist bei mir, dachte Lotte, mein Sohn ist am Leben geblieben, das ist das Allerwichtigste. Und das Feinkostgeschäft Dallmayr wird es auch irgendwann wieder geben. Plötzlich war sie sich dessen ganz sicher. Die Zuversicht war zurückgekehrt, und das Leben konnte endlich weitergehen.

∾

Am 1. Mai flatterten endgültig die weißen Laken aus den Fenstern von Gut Zengermoos, und die lang erwarteten Amerikaner kamen nun auch endlich auf die Höfe im Moos. Für Franz und Johanna und für viele, viele andere war dieser Tag nicht länger der Tag der deutschen Arbeit, sondern der Tag der Befreiung und das Ende des Krieges.

Ein paar Wochen später war Johanna auf dem Goldachhof, um die kranke Malika zu untersuchen. Ihre beiden Kinder hatte sie zu Oma Sonia mitgenommen. Sie tollten draußen auf dem Hof in den frisch eingebrachten Heuballen herum. Da kam ihr Sohn aufgeregt in den Stall gelaufen.

»Mami, Mami«, rief Leonhard, »da sind so Männer draußen. Ich glaube, die sind auch alle krank wie Malika. Komm schnell.«

Johanna trat auf den Hof hinaus. Da standen zwölf Männer in gestreifter Häftlingskleidung, abgemagert bis auf die Knochen, die Gesichter grau und eingefallen.

»Was ist mit den Männern?«, fragte Lina.

»Ich glaube, sie haben einfach nur Hunger«, antwortete Johanna.

Es waren KZ-Häftlinge aus verschiedenen Lagern von Dachau bis Freising, die meisten von ihnen Serben und Bulgaren. Der Verwalter auf dem Goldachhof sorgte dafür, dass die stark geschwächten und unterernährten Männer etwas zu essen und zu trinken bekamen. Johanna untersuchte ihre Wunden und versorgte sie. Verlauste Kopfhaare wurden rasiert und die Kleider gewaschen. Die Sträflingshosen ersetzten sie durch andere, so gut es eben ging. Sie richteten ihnen ein Lager aus Stroh in den Stallungen, denn das Haus war bereits mit Flüchtlingen aus dem Sudetenland belegt, und brachten Decken. Die Männer blieben einige Tage und zogen dann weiter in Richtung ihrer Heimatländer. Einer von ihnen, ein älterer, von Krankheiten gezeichneter Mann, starb bei ihnen auf dem Hof. Sie begruben ihn draußen am Wegrand. Er hieß Gojko Sasek. Das schrieben sie auf das kleine Holzkreuz, das sie neben seinem Grab aufstellten.

ക

Paul hätte ein Arbeitspensum für fünfzig Leute gehabt, aber dazu fehlten ihm mindestens vierundvierzig. Auf ihm und Gregor und einer Handvoll Angestellter, die ihnen geblieben und einsatzfähig waren, lag die Hauptlast der Arbeiten. Einen Trupp Arbeiter zu bekommen, war reine Glückssache. Alle, die überhaupt verfügbar gewesen wären, waren zuerst in den eigenen Wohnungen und Häusern beschäftigt, dann bei den Nachbarn und danach erst bei den Geschäftsleuten. Bedarf an Arbeitskräften bestand an jeder Ecke, überall mangelte es an Helfern, Material und Transportmöglichkeiten. Irgendwann musste Paul tatsächlich einmal eine Pause einlegen, sonst drehte er noch durch. Lotte redete ihm seit Tagen ins Gewissen, dass er sich noch zu Tode schuften würde. »Dann haben wir zwar ein neues Haus dort stehen, aber du bist nicht mehr da. Es kann doch nicht sein, dass wir dafür all diese grauenhaften Bombennächte überstanden haben«, sagte sie.

Die Amerikaner hatten auf vehementes Drängen und Bitten von Kardinal Faulhaber die Fronleichnamsprozession für diese Woche genehmigt, und das passte Paul überhaupt nicht in den Kram. In der Dienerstraße mussten sie jetzt den Schutt wegräumen, damit man überhaupt sehen konnte, wie groß die Schäden waren und wie weit sie das noch stehen gebliebene Mauerwerk abtragen mussten, um irgendwann mit dem Wiederaufbau beginnen zu können. Daher passte ihm ein Feiertag mitten unter der Woche, an einem Donnerstag, überhaupt nicht in seine Pläne. Und doch hatte er Lotte versprechen müssen, dass sie gemeinsam hingehen würden. Ausgerechnet am Donnerstag hatte es dann aber wie aus Kübeln gegossen. Was weder für eine Prozession, noch für Abbrucharbeiten im Freien zuträglich war. So wurde die erste Großveranstaltung in München nach dem Krieg kurzerhand auf den Sonntag verlegt. Wie bei den Nazis, dachte Paul, welche Ironie. Ihnen war der Donnerstag als kirchlicher Feiertag auch ein Dorn im Auge gewesen. »Genau wie dir«, hatte Lotte gesagt. Es war jedenfalls die richtige Entscheidung gewesen, denn der 3. Juni 1945 war ein herrlicher Frühsommertag mit wolkenlosem Himmel und strahlendem Sonnenschein. Wie in einem Scheinwerferstrahl aus der Erdatmosphäre wurde die fast vollständig zerstörte Altstadt ausgeleuchtet. Es war ein Anblick, der von oben, aus der Luft besehen, erschütternd sein musste. Beim Überfliegen der Innenstadt hätte man schon lange suchen müssen, bis man mit viel Glück ein Haus fand, von dem noch alle Mauern standen. Fenster gab es überhaupt keine mehr. Die Glaser würden irgendwann, sobald Material vorhanden wäre, über Jahre hinaus Überstunden schieben müssen. Es würde auf jeden Fall ein schwerer Gang werden, mitten durch die Ruinen eines Viertels, das einmal ihre Heimat und der Mittelpunkt ihres Geschäftslebens gewesen war. Kein Mensch konnte heute sagen, wann und ob überhaupt es das je wieder sein würde. Paul und Lotte waren keine besonders aktiven Christen, aber die Teilnahme an dieser Prozession war fast schon eine Verpflichtung.

Fronleichnam, das Fest des heiligsten Leibes und Blutes Christi, hatte im katholischen München schon immer eine große Bedeutung gehabt. Seit über fünfhundert Jahren gab es diese feierliche Prozession in der Stadt. Könige hatten daran teilgenommen, Politiker, der Magistrat und überhaupt die halbe Stadt. Den Nazis war sie ein Dorn im Auge gewesen, aber man hatte es nicht gewagt, sie ganz zu verbieten, und sie stattdessen lediglich eingeschränkt. Und gerade während des Kriegs hatten die Münchner, die in der Heimat geblieben waren, eifrig daran teilgenommen. Die Leute hatten die Häuser geschmückt und die Blumenaltäre ausgestattet, wie es der Brauch war. Nicht üppig, aber so gut es eben ging. Kardinal Faulhaber würde mit dem Allerheiligsten, der Monstranz mit der geweihten Hostie, den Zug anführen, unter einem von vier

Männern getragenen Baldachin. Wie viele Stunden er mit seinen sechsundsiebzig Jahren die Strapaze des Umzugs durchhalten könnte, würde man sehen. Eine Demonstration der Wiederauferstehung des Glaubens und der Kirche sollte dieser Tag werden, nach so vielen finsteren Jahren.

Die Masse der Teilnehmer allein war schon ergreifend. Es mussten mehrere Zehntausend sein. Paul und Lotte waren von der Dienerstraße die wenigen Meter hinunter zum Marienplatz gelaufen und hatten einen Platz am Rathauseck gefunden. Von dort aus konnten sie auch den neuen, von den Amerikanern eingesetzten, bayerischen Ministerpräsidenten Karl Scharnagl im Zug erkennen. Eine so große Veranstaltung ganz ohne braune Uniformen und ohne Hakenkreuzfahnen, ohne zackig Marschierende und bellende, aggressive Ansprachen. Ohne »Blutzeugen der Bewegung« und überhaupt ganz ohne Helden. Die Kirchenmänner standen im Dienst des Allerheiligsten und waren nur ihm verpflichtet.

Am Marienplatz wurde vor der beschädigten Fassade des Rathauses die heilige Messe gefeiert. Danach setzte sich der Zug langsam in Bewegung. Durch die Dienerstraße, zwischen ihrem zerstörten Geschäft und dem Schuttplatz auf dem Marienhof hindurch, wurde die goldene Monstranz unter ihrem Brokat-Himmel erst Richtung Residenz, dann weiter zum Odeonsplatz getragen, und alle folgten ihr. Früher hatten sie das Dallmayr-Haus an Fronleichnam mit Tüchern und Blumen geschmückt. Aber von der herrlichen gelben Fassade mit den weißen Säulen war nichts mehr übrig geblieben. Ein Krieg auf Heimatboden, der die Altstadt in Schutt und Asche legt – niemand hätte sich das auch nur fünf Jahre zurück vorstellen können. Wenn Krieg, dann bitte anderswo. Dass es sie selbst einmal so schlimm treffen würde, hatten sich die meisten so nicht ausgemalt. Umso andächtiger und demütiger marschierten die Menschen durch die Stadt oder das, was von ihr noch übrig war. Die Stimmung war feierlich. Überall standen Gruppen von Menschen und reihten sich am Ende des Zuges mit ein. Doch dort, wo früher prächtige Geschäftshäuser und Palais, Kirchen, Wohnhäuser mit Innenhöfen, Plätze mit Brunnen und Statuen, Reiterstandbildern und grüne Oasen wie der Hofgarten mit dem Dianatempel das Stadtbild geprägt hatten, gab es nun nur noch Trümmerhaufen und Schutthügel.

Am Marienhof schloss sich ihnen auch Gregor an. Sonia, Johanna und Franz mit den Kindern waren aus Ismaning gekommen. Natürlich war auch Johann dabei. Er schritt in schneeweißer Chorkleidung neben dem Mann her, der seit langem den Titel »Apostel von München« trug. Der von vielen Münchnern tief verehrte Pater Rupert Mayer war nach langen Jahren in seinem Exil im Kloster Ettal endlich nach München zurückgekehrt. Er benutzte einen Stock zum Gehen, hielt sich aber sehr aufrecht. Man konnte die Jahre der Verbannung an seiner Gestalt ablesen: Hager war er und das vormals dunkle Haar vollkommen ergraut. Johann war dicht bei ihm. Er würde ihn stützen, falls nötig, oder ihn nach Hause begleiten, wenn er die drei, vier Stunden des Zuges nicht durchhielt.

Am Odeonsplatz, unter der Feldherrnhalle, winkte ihnen jemand zu. Paul erkannte Ursi und Fritz mit der kleinen Emma. Wie gut, dass auch Fritz wieder zurück war. Zum Kaffeerösten war es noch zu früh, aber er griff Paul im Ersatzgeschäft im Bernheimer Palais und in der Organisation und Logistik bereits kräftig unter die Arme, und das Tag für Tag, seit Kriegsende. Fritz' Verwundung war zum Glück fast verheilt. Er hinkte noch leicht, aber es bestand Hoffnung, dass seine Wunden ausheilen und sein Bein wieder ganz gesund werden würde. Und wie froh sie waren, dass er wieder bei ihnen war. Irgendwann würde es wieder losgehen mit dem Dallmayr-Kaffee, da war Paul sich ganz sicher. Fritz hatte schon seine Antennen nach Bremen und Hamburg ausgerichtet. Sobald irgendwo der erste Sack Rohkaffee auftauchte, würde er versuchen, ihn nach München umzuleiten, so war das fest ausgemacht. Und selbst wenn es erst der dritte oder vierte Sack wäre, dann wäre das auch in Ordnung. Seine Ausrüstung war jedenfalls betriebsbereit auf dem Goldachhof, wohin Paul sie gleich nach der ersten Bombennacht geschafft hatte. Fritz hatte Tränen in den Augen gehabt, als Paul das Tor zur Scheune öffnete und die Planen, mit denen er die Röstmaschine abgedeckt hatte, entfernte. Es dauerte keine drei Tage, dann glänzte nicht nur alles, auch die Mechanik war geschmiert und betriebsbereit.

An der Feldherrnhalle gab es keine SS-Ehrenwache mehr. Ganze zwölf Jahre hatte sie hier gestanden, rund um die Uhr. Das von Troost erbaute »Ehrenmal« war gestürzt worden. Dort, wo man als Fußgänger gezwungen war, die »Gefallenen der Bewegung« mit dem Hitlergruß zu ehren, war jetzt ein Schriftzug in weißer Farbe und krummer Schrift zu lesen.

»Was steht denn da?«, fragte Lotte, die das Geschmiere auch gerade entdeckt hatte.

»Da steht«, bemühte Paul sich zu entziffern, »›KZ Dachau – Velden – Buchenwald. Ich …‹, warte mal, ich kann das so schlecht lesen, ›Ich schäme mich, dass ich ein Deutscher bin‹.«

»Das nutzt den Opfern jetzt auch nichts mehr«, sagte Lotte trocken. Sie gab ihm plötzlich einen Stoß in die Seite.

»Was ist denn?«, fragte Paul.

»Ist das da drüben nicht dein Freund, Gregor?«, fragte Lotte. »Dieser, na, wie hieß er denn noch? Der schon ganz am Anfang so eine Nazifrisur getragen hat und immer in den kurzen Hosen der Hitlerjugend rumgelaufen ist?«

»Du meinst Adi?«, fragte Gregor.

»Ja, genau der. Schau doch hin, das ist er doch!«

Gregor streckte sich und sah in die Richtung, in die seine Mutter zeigte. »Tatsächlich«, bestätigte er, »Adi Faltermeier aus der Westenriederstraße.«

Jetzt war auch Adi auf sie aufmerksam geworden und arbeitete sich durch die Menge auf sie zu. Sein Haarschnitt war ganz zivil, das Hitlerbärtchen abrasiert. Das war mittlerweile ganz aus der Mode gekommen. Adi trug natürlich keine Uniform mehr, sondern ganz normale Herrenhosen mit langem Bein.

»Du bei der Fronleichnamsprozession?«, begrüßte ihn Gregor.

»Warum denn nicht?«, fragte Adi zurück und gab ihnen die Hand.

»Adi Faltermeier«, sagte Gregor, »der gute Christ?«

»Immer gewesen«, behauptete Adi, »im Herzen.«

»Schau an«, sagte Paul laut genug, dass alle Umstehenden inklusive Adi es hören konnten. »Wie schnell die Mitläufer und die Mittäter ihr Fähnchen in den neuen Wind hängen.«

Adi Faltermeier packte seine Begleiterin am Arm und schob sie ohne ein weiteres Wort zurück in Richtung des Annast-Hauses, wo Lotte sie zuvor entdeckt hatte.

Sie schlossen zu Sonia und Johanna auf, doch die mussten sich gleich wieder verabschieden, weil sie auf dem Goldachhof Besuch erwarteten. Ihre Cousine Marie hatte sich bei Johanna angekündigt. Sie hatte sich von Berlin aus mit einer Freundin im Automobil eines Bekannten bis nach Bayern durchgeschlagen. Und auf dem Weg wollte sie unbedingt Johanna treffen. Die beiden waren immer noch dicke Freundinnen.

»Wo will Marie denn hin?«, erkundigte sich Lotte.

»Nach Hause, nach Lindau, um nach dem Rechten zu sehen«, antwortete Johanna. »Sie hat ihre Eltern lange nicht gesehen und weiß auch gar nicht genau, was aus dem Hotel geworden ist.«

»Hoffentlich sieht es am Bodensee besser aus als bei uns«, sagte Lotte.

»Lindau war Lazarettstadt«, sagte Paul, »und soweit ich weiß, wurde die Stadt unbeschadet den Franzosen übergeben. Sag schöne Grüße von uns, auch an Balbina und Ernst.«

»Mach ich«, versprach Johanna. Sie und ihr Mann hatten beide ein Kind an der Hand. Sonia bildete die Nachhut und winkte ihnen herzlich zu, bevor sie in der Menge verschwanden.

Die ganzen vier Stunden, die die Fronleichnamsprozession in diesem Jahr dauerte, hielten Paul und Lotte nicht durch. Sie hatten genug gesehen, genug gesungen und gebetet. Gregor hatte sich verabschiedet, um Ursi und Fritz zu treffen. Sie würden in der Gastwirtschaft von Ursis Eltern zusammensitzen, die nur mäßige Schäden erlitten hatte.

Als Paul und Lotte Arm in Arm über die Residenzstraße zurück zur Dienerstraße gingen und vor den Trümmern ihres ehemals so prächtigen Hauses stehen blieben, fragte Lotte: »Was tun wir denn jetzt?«

Paul fragte sich kurz, was sie meinte. Wollte sie nur wissen, ob sie nun etwas essen oder in die Ottostraße gehen würden? Oder zielte ihre Frage auf etwas viel Grundsätzlicheres ab?

Paul jedenfalls hatte sich schon entschieden.

»Wir bauen wieder auf, was denn sonst?«, antwortete er.

∾

Der Jeep, der mit Karacho in den Hinterhof des Bernheimer Hauses einbog, kam mit quietschenden Bremsen und inmitten einer Staubfahne zum Stehen. Da standen sie alle schon an den zur Hälfte mit Brettern vernagelten Fenstern im Erdgeschoss und starrten hinaus auf den Hof. Es fühlte sich an wie eine Razzia. Und auch wenn sie nichts gestohlen oder auf dem Schwarzmarkt gehandelt hatten und sich auch sonst keines Unrechts bewusst waren, schlug Gregors Herz plötzlich wie verrückt.

»Die Amis«, sagte einer von ihnen. »Was wollen die denn von uns?«

»Das werden sie uns hoffentlich gleich sagen.« Paul bemühte sich, ruhig zu bleiben.

Während der Fahrer im Wagen sitzen blieb, war ein Colonel mit einem Begleiter ausgestiegen. Er hatte einen M1 Karabiner im Anschlag.

»Mister Gregory Randlkofer?«, rief der Oberst in Richtung des scheibenlosen Hinterhoffensters, an dem sie standen.

Gregor und sein Vater sahen sich an. »Bleib hier«, flüsterte Paul. »Sie sollen erst sagen, was sie von dir wollen.«

Aber Gregor, dem der Drill der Wehrmacht noch in den Knochen steckte, meldete sich sofort zur Stelle. »Hier!«, rief er automatisch und trat an die Tür.

»Mitkommen!«, befahl der Colonel.

»Wo bringen Sie meinen Sohn hin?«, fragte Paul. »Was wollen Sie denn überhaupt von ihm?«

»Mitkommen«, wiederholte der Militär. »Wir bringen ihn in ein, zwei Stunden zurück.«

Gregor nahm seine Jacke vom Haken und ging zum Jeep. Der Colonel tippte sich an die Mütze und ließ ihn hinten einsteigen, zusammen mit dem Mann mit dem Gewehr. Er nahm auf dem Beifahrersitz Platz und gab dem Fahrer ein Zeichen, dass sie abfahrbereit waren. Mit quietschenden Reifen und röhrendem Motor verließ der Jeep den Hinterhof.

Gregor überlegte fieberhaft, was sie von ihm wollten und wohin sie ihn bringen würden. Dachten sie, er sei ein Nazi?

Hatten sie irgendwas über ihn herausgefunden, aus seinem Kriegseinsatz als Wehrmachtssoldat?

Sie fuhren nicht weit. Zuerst über den Karolinenplatz zum Königsplatz. In der Arcisstraße nahm der Jeep eine Piste zur Rückseite der Gebäude der Technischen Universität und blieb vor einem Eingang zu den nicht zerstörten Gebäudeteilen stehen, in denen noch oder wieder gearbeitet wurde. Bei Gregor klingelte immer noch nichts. Der Colonel führte ihn in einen Büroraum mit spärlichem Mobiliar, und dort saß, an einem Besprechungstisch, ein älterer Herr, der Gregor wie aus einer anderen Zeit oder einer anderen Welt gekommen schien.

»Doktor Krause?« Gregor war sich nicht sicher. Er hatte seinen früheren Professor an der TU Jahre nicht gesehen, in denen so viel passiert war. Die Zeiten, in denen sie sich in Seminaren und Vorlesungen als Lehrer und Student gegenübergesessen hatten, schienen ewig her. Fast wie aus einem anderen Leben.

»Sie erinnern sich also, Herr Randlkofer«, sagte Krause. »Nehmen Sie doch Platz. Wie geht es Ihnen?«

»Gut, danke.« War Krause einer der Alten Herren gewesen, durch deren Fürsprache es gelungen war, dass Gregor zu den Dornier-Werken gekommen war? Er hatte nie herausgefunden, wem er das zu verdanken hatte.

»Waren Sie derjenige, der sich für mich eingesetzt hat?«, fragte Gregor.

Krause machte eine kleine Bewegung mit der Hand. »Schnee von gestern, Herr Randlkofer. Oder von vorgestern. Lassen Sie uns in die Zukunft schauen.«

Die Zukunft. Zwischen all den Trümmerhaufen und der Not um ihn herum konnte Gregor sie nicht einmal in Umrissen erkennen. Da war nur Nebel und Staub, wenn er mal etwas weiter vorausdachte. Und selbst dafür fehlte ihm oft schlicht die Zeit.

»Dass eine Zukunft der Luftfahrt in Deutschland momentan nicht mehr als ein frommer Wunsch ist«, sagte Krause, »muss ich Ihnen nicht erzählen. Das liegt auf der Hand.«

Der Colonel marschierte langsam an der Tür auf und ab. Da er Deutsch sprach, würde er verstehen, was sie redeten. Doch Krause war sowieso nichts anderes als das Sprachrohr der Amerikaner, des Colonels und seiner Vorgesetzten, das war klar. Gregor lag die eine Frage auf der Zunge: Was wollen Sie von mir?, aber er schwieg. Krause würde schon noch zum Punkt kommen.

»Sie wissen, dass wir mit unserer Flugzeugtechnik schon sehr weit waren.« Er sah in Richtung des Colonels, aber der hatte ihm den Rücken zugewandt. »Es besteht Grund zur Annahme, dass wir sogar weiter waren als die Alliierten«, fuhr er fort. »Und das hat nichts mit Propaganda zu tun.«

»Wenn Sie genügend Treibstoff gehabt hätten, wäre es für uns gefährlich geworden«, mischte sich der Colonel in das Gespräch ein. »Aber Ihr Führer hat sich verrechnet, und das nicht zum ersten Mal. Er hat zu viele Fehler gemacht, dieser Bastard. Glücklicherweise, muss ich aus unserer Sicht sagen.«

Da hatte der Colonel wohl recht. Was nützten die besten Jäger und Bomber, wenn sie wegen Treibstoffmangels am Boden herumstanden? Genau so war es aber gewesen, zumindest in den letzten beiden Jahren, in denen es unaufhaltsam auf die Niederlage zugegangen war.

»Ihre Messerschmitt Me 262 war ab 1943 das erste massenhaft gebaute Strahlflugzeug«, sagte der Colonel. »Der Diktator setzte ihn als ›Blitzbomber‹ ein. Den brauchte er zur Abwehr der erwarteten Landung der Alliierten auch dringend.« Der Colonel unterbrach seinen Marsch und blieb abrupt stehen. »Das war ein großer Fehler«, sagte er. »Professor Krause, Sie stimmen mir doch zu?«

Krause nickte. »Die Me 262 war eigentlich als Abfangjäger

konzipiert«, antwortete er. »Das Sichtfeld des Piloten auf den Boden war ziemlich eingeschränkt, die Trefferquote beim Bombenabwurf, sagen wir: eher schlecht.«

»Wie wir aus gewissen Kreisen erfahren haben«, fuhr der Amerikaner fort, »haben die Herren der Luftwaffenführung ihren Befehlshaber sogar über diese Tatsache aufgeklärt. ›Das sieht doch jedes Kind, dass dies kein Bomber, sondern ein Jäger ist‹, soll einer aus dem Führungsstab ihm gesagt haben, vor Zeugen. Aber Hitler ließ sich nicht beirren. Punkt für uns.« Der Colonel ließ sich endlich am Besprechungstisch nieder, legte die Hände auf den Tisch und fixierte Gregor.

»Was wissen Sie über die Messerschmitt Me 163?«

»Nicht mehr, als das, was wahrscheinlich jeder weiß«, antwortete Gregor. »Die Komet, Spitzname ›Kraftei‹, ist ein Abfangjäger mit Raketenantrieb. Also ein Raketenflugzeug der Messerschmitt AG.«

Der Colonel nickte. »Ein streng geheimes Projekt, seit etwa 1938 eingeleitet. In der Nazipropaganda eine der berühmten Wunderwaffen.«

»Die jedoch nie zum Einsatz kam«, sagte Gregor.

»Zum Glück für diese Welt«, antwortete der Colonel.

»Die Me 163 war das erste Flugzeug, das eine Geschwindigkeit von tausend Kilometern pro Stunde erreichte«, sagte Professor Krause.

»Was wissen Sie über die Arado Ar 234?«, wandte sich der Colonel wieder an Gregor.

»Der erste einsatzfähige strahlgetriebene Bomber der deutschen Luftwaffe«, antwortete Gregor.

»Der Welt!«, ergänzte Krause.

»Und wissen Sie, warum auch dieser Blitzbomber nicht zündete?«, fragte der Colonel.

»Soweit mir bekannt ist«, antwortete Gregor, »war die Ar 234 eigentlich ein Aufklärungsflugzeug. In der Bomberversion mussten die Bomben extern mitgeführt werden, was die Fluggeschwindigkeit enorm drosselte.«

»Ganz genau.« Der Colonel strich sich über die Hände, als würde er Handschuhe überstreifen. »So konnten wir die Arado mit unseren traditionellen Jagdflugzeugen niederringen.«

Wenn nur genügend Treibstoff zur Verfügung gestanden hätte, dachte Gregor, dann wäre es für die alliierten Jäger sehr schwer bis unmöglich gewesen, den ›Blitz‹ abzufangen. Aber das sagte er nicht.

»Was können Sie mir noch zur Arado sagen?«, fragte der Colonel.

»Schulterdecker in Ganzmetallbauweise, ungepfeilte Tragflächen, je ein Strahltriebwerk vom Typ Junkers Jumo 004 unter jeder Tragfläche.«

Der Colonel sah Krause an und nickte. Und dann stand er auf und ging.

Professor Krause setzte Gregor im Anschluss davon in Kenntnis, dass die Amerikaner sehr an der deutschen Flugzeugtechnik, dem deutschen »Know-how«, wie sie es nannten, interessiert waren. Dazu schickten sie ihre eigenen Techniker in die Flugwerften oder was davon noch übrig war, und nahmen die Dinger Stück für Stück auseinander. Doch das genügte ihnen nicht. Sie wollten auch die Hirne derer haben, die diese Technik ausgetüftelt, berechnet, konzipiert, erprobt und geflogen hatten.

»Aber wie wollen sie das anstellen?«, fragte Gregor.

»Indem sie die Männer mit diesen Hirnen mit in die Vereinigten Staaten nehmen und sie dort weiterarbeiten lassen«, erklärte Krause ihm.

»Aber ich bin doch nur ein ganz kleines Licht«, sagte Gregor. »Was wollen sie denn ausgerechnet von mir?«

»Sie sind mit Leib und Seele Flieger und Flugzeugbauer. Das wissen wir seit den Zeiten der Akaflieg. Sie haben Wissen,

Geschicklichkeit, Mut, Fantasie, und Sie denken mit. Kurzum: Die Amerikaner würden Sie gern haben.«

Gregor konnte es nicht glauben. Er sollte nach Amerika?

»Die Russen machen das übrigens auch«, sagte Krause und seufzte. »Der reinste Ausverkauf ist das. Aber wenn die jemanden wollen, wenden sie ganz andere Methoden an. Ich spreche ausdrücklich nicht von Gewalt, denn davon ist mir persönlich nichts bekannt. Und ich weiß nicht, ob es alles stimmt, was man so hört. Die Leute behaupten ja viel, man muss nicht alles glauben. Von den Amerikanern ist es jedenfalls nur ein Angebot. Und kein schlechtes, junger Mann.«

»Ich weiß nicht, was ich dazu sagen soll.« Gregor wäre auch gern aufgestanden und durchs Zimmer gelaufen, um wieder etwas Bewegung in seine Gedanken zu bringen. »Das kommt für mich sehr überraschend. Mein Vater braucht mich gerade ganz dringend hier in München. Innerlich habe ich mit der Fliegerei schon abgeschlossen. Sie erinnert mich immerzu an den Krieg. Und ich möchte nie wieder einen Krieg erleben.«

»Ich spreche nicht von Krieg, sondern von Technik und Flugzeugbau, Herr Randlkofer.«

Gregor schwieg. »Ihr Vorschlag überrumpelt mich«, sagte er schließlich.

»Überlegen Sie es sich«, sagte Krause. »Ich weiß nicht genau, wie viele Männer die Amis schon angeheuert haben. Aber ich weiß, dass einige sich geradezu darum gerissen haben, mitzugehen. Denken Sie an die Möglichkeiten, die sich Ihnen dort bieten werden. In Deutschland ist nichts mehr los, und es wird lange dauern, bis es irgendwie weitergeht. Vielleicht sind wir dann sowieso schon weg vom Fenster, und die anderen Nationen haben uns längst abgehängt. Es könnte eine Chance für Sie sein. Vielleicht sogar eine richtig große.«

»Wie lange habe ich Zeit für meine Antwort?«, fragte Gregor.

»Kommen Sie im Laufe der Woche wieder hier vorbei. Und, Herr Randlkofer, kein Wort zu irgendjemandem. Ich muss mich auf Ihre Diskretion verlassen können. Es hätte unangenehme Folgen für Sie.«

»Das ist mir klar. Nur noch eine Frage.«

»Ja?«

»Nehmen die Amerikaner eigentlich jeden? Ich meine jetzt nicht vom Können oder von der Qualifikation her. Ich meine, werden auch Nazis und Kriegsverbrecher nach Amerika geholt? Oder gibt es da, sagen wir, moralische Grenzen?«

Krause sah Gregor an. Offensichtlich überlegte er, wie er sich dazu äußern sollte.

»Ich weiß nicht, wie viele es letztlich werden, ob zwanzig, fünfzig oder hundert. Es sind nicht alles Techniker, sondern auch unsere besten Wissenschaftler. Alle, die für die USA und ihre Forschungsprojekte nützlich sein können. Nach meinem Kenntnisstand sind Männer mit belasteten Biografien davon ausgeschlossen.«

Gregor nickte.

»Aber«, Krause strich sich eine Haarsträhne aus der Stirn, »man hört auch, dass sie besonderes Interesse an der Raketentechnik eines Wernher von Braun haben.«

Und der war SS-Mitglied gewesen. Krause musste es nicht aussprechen, denn das wusste jeder in Deutschland.

Als Gregor durch den Hintereingang wieder auf den Hof der TU kam, war der Jeep verschwunden. Vielleicht waren sie schon in der Stadt unterwegs, um den nächsten Kandidaten abzuholen. Gregor ging zu Fuß nach Hause und war froh, ein wenig Zeit zum Nachdenken zu haben.

Anfang Juli legte der Sommer eine Pause ein. Der Himmel blieb bedeckt, und es war viel zu kühl für die Jahreszeit. Gregor merkte es kaum, so viel hatten sie mit dem Sammeln aller ihrer noch vorhandenen Waren, der Aufstellung einer Inventarliste, dem Wiederanknüpfen ihrer Kontakte zu den Produzenten und ihren Lieferanten zu tun. Noch war an einen echten Handel nicht zu denken. Aus Deutschland ging nichts raus, und es kam auch kaum etwas rein. Aber zumindest in der britischen Besatzungszone war der Brief- und Postkartenverkehr wieder aufgenommen worden – wenn auch vorerst nur eingeschränkt. Vielleicht würden die Amerikaner demnächst nachziehen. Wie lange es dann noch dauerte, bis auch Waren wieder frei versandt werden konnten, wusste kein Mensch. Aber Gregors Vater war optimistisch, dass es nicht mehr so lange dauern konnte. Die amerikanischen Besatzungsbehörden hatten damit begonnen, die Sperrung von deutschen Bankguthaben wieder aufzuheben. Und sein Vater hatte die größten Hoffnungen, dass er bald wieder Zugriff auf die Gelder der Firma bekäme. Ohne Geld kein Wareneinkauf und keine Zukunft, das lag auf der Hand. Natürlich beherrschte er die gesamte Klaviatur des Bezahlwesens in Notzeiten: Schmuck, Porzellan, Gold und Silber, und wenn es sein musste auch Zigaretten gegen Ware. Und dann natürlich die Tauschgeschäfte. Aber diese Art des Handels funktionierte nur lokal und in kleinen Mengen. Ganze Wagenladungen voller begehrter Waren und Ferngeschäfte konnte man so nicht abwickeln.

»Hauptsache, der Krieg ist vorbei und wir haben überlebt«, sagte seine Mutter. Ihr ging es endlich wieder besser, obwohl das Leben auch jetzt alles andere als leicht war. Doch zumindest lebte man nicht mehr in ständiger Angst um sich und seine Liebsten. Lotte konzentrierte sich voll und ganz auf das Jetzt, während Paul auf die Zukunft des Geschäfts fokussiert war. Er war besessen von der Idee, alles genau wieder so herzustellen, wie es vor dem Krieg gewesen war. Diese fixe

Idee war praktisch zu seinem Lebensziel geworden. Und er schuftete Tag und Nacht dafür. Sorgen machte ihm in erster Linie, woher das Geld kommen sollte, um das Haus im Original wiederaufzubauen. Man konnte nicht wissen, wie sich die Lage noch entwickeln würde. Doch Paul bemühte sich, trotz aller Sorgen, zuversichtlich zu bleiben. Im Notfall, hatte er zu Gregor gesagt, musste man eben den Goldachhof verkaufen. Die Dienerstraße war sein Fixstern, um den sich alles drehte. Alles andere musste sich diesem großen Ziel unterordnen.

Ängstlich hatte sein Vater ihn erwartet, als er von seiner Verschleppung durch die Amis – so nannte Paul das – zurückgekommen war.

»Und? Was wollten sie von dir?«, war das Erste, was er Gregor fragte.

Gregor hatte sich auf den drei, vier Kilometern Fußweg Zeit genommen, sich eine Geschichte zu überlegen, die er seinem Vater auftischen konnte. Denn es war klar, dass er ihm auf keinen Fall die Wahrheit sagen würde. Er wollte die Sache mit sich allein ausmachen und ohne Beeinflussung von außen zu einer Entscheidung kommen.

Gregor erzählte seinem Vater lediglich, dass die Amerikaner ihn zu technischen Details der Flugzeugproduktion während des Krieges ausgefragt hatten.

»Sie wollen Informationen über den Stand unserer Technik und die Namen der entsprechenden Männer, die hinter diesen technischen Entwicklungen stehen«, erklärte er seinem Vater.

»Und was wollen sie von denen?«, fragte Paul. »Sie befragen, ihr Wissen anzapfen?«

Gregor nickte. »Und einige wollen sie sogar mit nach Amerika nehmen. Technologie aus Deutschland abziehen.«

»Sie sind die Sieger«, antwortete Paul.

Paul hatte sich damit zufriedengegeben und nicht weiter nachgefragt. Dass ausgerechnet sein Sohn einer von diesen gefragten Technikern sein könnte, darauf kam er gar nicht.

Nun hatte Gregor den ganzen Morgen über ein Zimmer renoviert, das bald als Verkaufsraum dienen sollte. Vom Streichen der Decke hatte er noch einen aus Zeitungspapier gefalteten Hut auf dem Kopf, als er auf den Hof trat, um sich einmal durchzustrecken und frische Luft zu schnappen. Der Himmel war grau, und sein Rücken schmerzte. Da lag etwas neben der Tür am Boden. Gregor bückte sich und hob es auf. Es war eine stachelige Kugel, die in einem Papierschiffchen lag. Er nahm die Kugel in die Hand und ließ sie hin und her rollen. Sie war federleicht. Vielleicht der Samenstand einer Platane. Die Platanen in der Innenstadt hatten die Bombardierungen nicht überlebt, aber in den Außenbezirken gab es bestimmt noch welche. Auch in der Straße, in der Selma wohnte, hatten Platanen gestanden, erinnerte Gregor sich. Er dachte an den Tag zurück, als er, vom Flughafen in Dunstable kommend, abends mit dem Taxi zu Selmas Wohnung gefahren war und sie zuerst durch das Küchenfenster von der Straße aus beobachtet hatte. Im Juli 1939 war das gewesen, kurz vor Ausbruch des Krieges. Vor sechs Jahren! Gregor nahm seinen Papierhut mit den weißen Farbspritzern ab und setzte sich auf die Stufe an der Türschwelle. Sechs lange Jahre hatte er Selma nicht gesehen. Ihre Postverbindung über die Schweiz war irgendwann abgebrochen. 1943 musste das gewesen sein. Er spürte ein schmerzliches Ziehen in der Brust, wenn er an sie dachte. Was mochte aus ihr geworden sein? Hatte sie in der Zwischenzeit einen anderen kennengelernt? Es tat weh, diesen Gedanken zuzulassen. Er stellte das Schiffchen mit dem Samen zurück an die Stelle, wo er es gefunden hatte. Vielleicht würde das Kind, das es gebastelt und hierhingelegt hatte, ja zurückkommen, um damit weiterzuspielen. Dann ging er zurück an seine Arbeit.

Zur Mittagspause brachte seine Mutter ihm belegte Brote und etwas Kartoffelsuppe in einem Henkelmann vorbei. Gregor wusch sich die Farbspritzer von den Händen und aus dem Gesicht und setzte sich an den Tisch. An der Stirnseite lag eine Kinderzeichnung.

»Wo kommt die denn her?«, fragte Gregor. Er hatte selten Kinder in diesem Teil des Bernheimer Hauses bemerkt, seit sie hier hausten.

»Es lag draußen vor der Tür«, erzählte Lotte. »Hübsch, nicht wahr? Da hat ein Kind seine Familie gemalt.«

Gregor betrachtete die Zeichnung genauer. Sie war sogar signiert mit zwei ungelenk gemalten Großbuchstaben und zeigte einen Mann und eine Frau in einem fast leeren Raum. Nur eine Uhr hing an der Wand, und darunter stand eine Bank. Die dritte Person auf dem Bild war das Kind, denn es war kleiner gezeichnet als die beiden Erwachsenen. Es trug einen Rock und hatte langes Haar, also war die kleine Künstlerin ein Mädchen. Gregor wollte die Zeichnung schon wieder weglegen, als sein Blick auf ein Detail fiel, das ihm für einen Augenblick den Atem nahm.

»Was ist denn mit dir?«, fragte seine Mutter. »Hab ich die Suppe versalzen?«

»Nein, nein, alles gut«, sagte Gregor. Wenn er ihr erklären würde, was er auf dem Bild erkannt hatte, dann würde sie ihn womöglich für verrückt erklären.

Der Mann auf dem Bild hatte einen Koffer oder eine Tasche neben sich stehen. Und auf dieser Tasche entdeckte Gregor ein winziges Detail. Man hätte es für die Umrisse eines Vogels halten können, aber wegen der abgerundeten Spitze und den trapezförmigen Flügeln konnte es für Gregor nur eines sein: ein Segelflugzeug. So eines wie auf seiner Reisetasche, die er in London dabeihatte. Sie war dunkelblau, mit einem Aufkleber des Flughafens in Schleißheim in einer Ecke. Darauf war ein Segelflieger abgebildet.

Gregor spürte, dass Selma – oder ein Bote, den sie geschickt hatte, in der Nähe sein musste. Mit klopfendem Herzen machte er sich wieder an seine Malerarbeit, denn er hatte seinem Vater versprochen, dass er heute noch mit dem Raum fertig würde. Gregor arbeitete wie im Wahn, während er überlegte und überlegte. Endlich hatte er eine Idee. Er würde am Abend mit dem Fahrrad zur Wohnung von Selmas Mutter in der Prinzregentenstraße fahren. Vielleicht konnte sie ihm etwas sagen. Gregor zwang sich, mit den Gedanken zu seiner Arbeit zurückzukehren.

Er hatte gerade mit der vierten Wand begonnen und stand ganz oben auf der Staffelei, als er das Gefühl hatte, dass jemand zu ihm ins Zimmer gekommen war. Er fuhr so heftig herum, dass der Eimer auf der Leiter gefährlich in Bewegung geriet und die Farbe beinahe über den Rand schwappte.

»Vorsicht!«, rief das blonde Wesen in einem blau geblümten Sommerkleid, das dort an der Tür stand. Sie hatte ihr Haar am Hinterkopf locker aufgesteckt, zwei lose Strähnen fielen ihr ins Gesicht. Es war dieses Gesicht, das Gregor sich über so viele Jahre ins Gedächtnis gerufen und herbeigesehnt hatte.

»Selma!« Gregor starrte sie an wie einen Geist. »Wo kommst du denn jetzt her?«

»Über Frankreich mit der Bahn«, sagte sie. »Und ab der Grenze haben wir uns dann mit Taxis, Lieferwagen und privaten Fahrern durchgeschlagen.«

»Und wer ist wir?«

»Mein Vater und ich.«

»Dein Vater?« Gregor war jetzt von seiner Leiter gestiegen.

Aber er konnte sie doch unmöglich in die Arme nehmen, wie er es so gern getan hätte. Alles war voller Farbspritzer. Er hätte ihr das Kleid ruiniert mit der frischen Farbe. So standen sie sich gegenüber, beide unfähig, den Blick vom anderen abzuwenden.

»Mein Vater musste unbedingt sofort zurück«, sagte Selma schließlich. »Du kennst ihn ja. Er hat auch schon wieder eine Aufgabe für sich gefunden. Als Erstes will er seine Rehabilitierung als Rechtsanwalt erwirken, um sich dann dafür einzusetzen, dass diese unsäglichen ›Arisierungen‹ rückgängig gemacht und Enteignungen von jüdischem Besitz aufgeklärt werden. Dass Immobilien und Kunstwerke, die geraubt wurden, ihren rechtmäßigen Besitzern zurückgegeben werden, soweit sie noch leben. Oder ihren Erben. Er würde am liebsten heute noch damit anfangen.«

»Und du?«, fragte Gregor.

»Ich wollte ihn nicht allein reisen lassen. Und ich wollte meine Mutter wiedersehen. Wir wussten ja kaum, wie es ihr ergangen ist in all den Jahren.«

»Und sonst?«, fragte Gregor.

»Und sonst will ich nach meinem jüdischen Sportverein schauen, ob es den Sportplatz noch gibt und ob der Verein noch Mitglieder hat. Nach allem, was passiert ist, habe ich da nicht viel Hoffnung.«

»Und sonst?«, fragte Gregor wieder. Er wäre am liebsten auf die Knie gefallen, um seine geliebte Selma anzubeten oder auch nur, um danke, danke, danke zu flüstern, danke, dass sie wieder da war.

»Und sonst«, sagte Selma und zog den Goldring mit dem blauen Saphir, den sie trug, den Verlobungsring, den Gregor ihr angesteckt hatte, vom Finger.

Gregor dachte, sein Herz würde gleich zerspringen.

»Und sonst möchte ich dir deinen Ring zurückgeben.«

Es fühlte sich an, als würde sie ihm einen Dolch zwischen die Rippen stoßen.

»Du kannst ihn entweder zurücknehmen«, sagte Selma mit unbewegter Miene, »oder ihn tauschen.«

»Tauschen?«, fragte er. »Gegen was?«

»Gegen einen goldenen ohne Stein«, sagte Selma.

Gregor konnte sich auf seinen wackeligen Beinen nicht mehr halten und sank nun tatsächlich auf die Knie.

»Du musst nicht vor mir niederknien«, sagte sie und lächelte. »Eigentlich hast ja nicht du mir gerade einen Antrag gemacht, sondern ich dir.«

»Du würdest also Ja sagen?« Gregor presste die Lippen zusammen und wischte sich eine Träne von der Wange.

»Doch, ja, ich glaube, das würde ich.« Sie beugte sich zu ihm, um ihn zu küssen.

»Vorsicht, die Farbe …«

»Kann man wieder abwaschen«, antwortete sie.

Und Gregor schloss die Augen und wartete darauf, dass ihre weichen, vollen Lippen seine berührten. Selma ist wieder da, dachte er. Dann ist der Krieg also wirklich vorbei, und es gibt so etwas wie eine Zukunft für uns. Und so, wie es aussieht, liegt sie hier in München, wo wir beide zu Hause sind.

Nachtrag

Pater Rupert Mayer, der im Mai 1945 in das vom Krieg zerstörte München zurückgekehrt war, erlitt an Allerheiligen, während der Morgenmesse in der Kreuzkapelle von St. Michael, mitten in seiner Predigt einen Schlaganfall. Er sank nicht zu Boden, sondern blieb am Altar stehen und wurde in seinen Kleidern weggetragen, als die Gläubigen merkten, dass er nicht mehr bei sich war. Wenige Stunden später starb er, ohne das Bewusstsein wiedererlangt zu haben. Die Art seines Sterbens beeindruckte die versammelte Kirchengemeinde tief. Er wurde auf dem Ordensfriedhof in Pullach begraben. Viele Menschen besuchten sein Grab. Er wurde 1948 in die Unterkirche des Bürgersaals umgebettet und wird bis heute wie ein Heiliger verehrt. 1987 wurde er von Papst Johannes Paul II. seliggesprochen.

In den Jahren 1940 bis 1945 wurde München durch dreiundsiebzig *Luftangriffe* schwer gezeichnet. 6632 Menschenleben hatten die Angriffe gekostet, fünfundvierzig Prozent der Bausubstanz waren zerstört, in der Innenstadt sogar fast neunzig Prozent. Der Wiederaufbau der Altstadt erfolgte in traditionellen Bauformen, nur die Straßen wurden verbreitert. Der Verkehr wurde neu geregelt, an den Stadträndern entstanden Trabantensiedlungen. Die Olympischen Sommerspiele von 1972 bildeten den symbolischen Abschluss von Münchens Wiederaufbau.

Einige Spuren des Krieges sind in der Stadt bis heute zu sehen. 1947 wurde der Feilitzschplatz in »Münchener Freiheit« umbenannt, in Erinnerung an die »Freiheitsaktion Bayern«.

Am Hauptgebäude der Universität an der Ludwigstraße befinden sich noch Einschusslöcher aus der Kriegszeit. Hier warfen die Geschwister Hans und Sophie Scholl am 18. Februar 1943 ihre letzten Flugblätter von der Galerie im zweiten Stock hinunter in den Lichthof und wurden dabei vom Hausmeister entdeckt und festgehalten. Am 22. Februar 1943 verurteilte sie der Volksgerichtshof unter Vorsitz des Richters Roland Freisler wegen landesverräterischer Feindbegünstigung, Vorbereitung zum Hochverrat und Wehrkraftzersetzung zum Tode. Sie starben noch am selben Tag im Strafgefängnis München-Stadelheim zusammen mit ihrem Studienkollegen Christoph Probst durch die Guillotine. Seit 1946 heißt der Vorplatz der Ludwig-Maximilians-Universität westlich der Ludwigstraße »Geschwister-Scholl-Platz«. Sein östliches Pendant auf der anderen Seite der Ludwigstraße heißt »Professor-Huber-Platz«, nach Prof. Kurt Huber, der zusammen mit Willi Graf und Alexander Schmorell im Oktober 1943 hingerichtet wurde.

Auch an der Westfassade der wiederaufgebauten Alten Pinakothek sind die Kriegsschäden noch immer zu sehen. In der Gebäudemitte über dem Portal ist das vereinfachte Mauerwerk am Ort eines ehemaligen Bombentrichters deutlich zu erkennen.

Die Schuttberge auf dem Olympiagelände, im Luitpoldpark, in Fröttmaning und am Isarhochufer entstanden aus den Trümmern des Zweiten Weltkriegs.

Das *Dallmayr-Haus* in der Dienerstraße wurde von 1945–1948 wiederaufgebaut. 1948 konnte das Geschäft von der Ottostraße zurück in die Dienerstraße ziehen. Am 24. November 1948 wurde ein erster Abschnitt des Geschäfts wiedereröffnet. Das Wirtschaftswunder der Nachkriegsjahre bescherte Dallmayr einen märchenhaften Aufstieg. Ein Tochterunternehmen wurde in Bremen gegründet und ein weltweiter Geschenkdienst etabliert. 1960 hatte Dallmayr fünfhundert Mitarbeiterinnen und Mitarbeiter.

1959 gewann Dallmayr den »Goldenen Zuckerhut« der deutschen Lebensmittelwirtschaft. *Paul Randlkofer* dekorierte auch noch im fortgeschrittenen Alter von über siebzig Jahren die Schaufenster selbst. Der jüngste Sohn von Therese Randlkofer starb 1963 im Alter von achtundsiebzig Jahren.

Fiete oder Fritz Wünsche (alias Konrad Wille) bereiste in den 1960er-Jahren Äthiopien, das Ursprungsland des Kaffees. Oft war er dabei auf Eselsrücken zu den Kaffeefeldern unterwegs. Als Pionier in Äthiopien kaufte er einen Großteil der äthiopischen Kaffeeernte auf. Sie bestand im ersten Jahr aus ganzen sieben Säcken Rohkaffee. Heute gehört Äthiopien zu den wichtigsten Kaffeeanbauländern, und ein Großteil der Ernte geht auch heute noch an Dallmayr. Die Arabica-Bohne aus dem äthiopischen Hochland prägt auch den Geschmack des Dallmayr-Flaggschiffs Prodomo, einer Kaffeemischung, die Konrad Wille 1964 kreierte.

Am 30. November 1949 wurde der *Goldachhof* für vierhunderttausend DM verkauft. Er befindet sich heute im Besitz der Gemeinde Ismaning und wird originalgetreu restauriert. Die von Therese Randlkofer angelegte Ahornallee, die Kapelle, der Hof mit seinen Wohn- und Ökonomiegebäuden, der Taubenturm und das Wasserkraftwerk stehen heute noch.

Der wenige Kilometer vom Goldachhof entfernte 1929 angelegte *Speichersee* liegt am Nordufer des Mittlere-Isar-Kanals. Er dient der Wasserregulierung der Kraftwerke am Isarkanal und dem Hochwasserschutz sowie der natürlichen Nachklärung der Münchner Abwässer. Der Speichersee ist ein Refugium für Wild- und Zugvögel, die sich dort gut beobachten lassen.

Der *Sender Ismaning*, ebenfalls wenige Kilometer vom Goldachhof entfernt, ist heute ein Rundfunksender des Bayerischen Rundfunks. Er wurde 1932 von der Deutschen Reichspost als Mittelwellensender in Betrieb genommen. Über den Sender wurde am 28. April 1945 der Aufruf der *Freiheitsaktion Bayern* verbreitet, einer Widerstandsgruppe, die in den letzten Kriegstagen für eine gewaltlose Kapitulation Deutschlands eintrat. Die Aktion wurde von SS-Einheiten blutig niedergeschlagen.

Liesl Karlstadt, die große Münchner Komikerin, war seit vierundzwanzig Jahren Karl Valentins Bühnenpartnerin, als Valentin 1934 sein eigenes Vermögen und das von Liesl Karlstadt in ein Theaterprojekt steckte und damit pleiteging. Als Valentin sich auch noch eine neue Partnerin suchte, fiel Karlstadt in eine tiefe Depression. Am 6. April 1935 versuchte sie sich durch einen Sprung in die Isar das Leben zu nehmen, wurde aber glücklicherweise gerettet. Lange Klinikaufenthalte folgten. Kurios: Ab 1941 verbrachte Karlstadt zwei Jahre bei einer Gebirgsjägereinheit auf der Ehrwalder Alm im Zugspitzgebiet, wo sie sich als »Obergefreiter Gustl« um die als Tragtiere eingesetzten Mulis kümmerte.

Im Januar 1948 trat sie noch einmal zusammen mit Karl Valentin auf. Nach Valentins Tod (1948) war Liesl Karlstadt als Schauspielerin u. a. in den Münchner Kammerspielen und am Residenztheater erfolgreich. Sie starb am 27. Juli 1960 im Alter von 67 Jahren und wurde auf dem Bogenhausener Friedhof in München beigesetzt.

Wie ging es mit der *Akaflieg* München nach 1945 weiter? Bau und Unterhalt von Flugzeugen waren im Nachkriegsdeutschland durch die Besatzungsmächte verboten worden. Forschung und Flugbetrieb waren somit für die Akaflieg München unmöglich. Doch die Studenten fanden sich bald als »Arbeitsgemeinschaft für Strömungsmechanik« wieder zusammen und konstruierten u. a. ein Starrsegel für ein Boot am Chiemsee. 1951 wurde das Luftfahrtverbot für Deutschland gelockert. Die Studenten holten die Mü 10 »Milan« aus dem Deutschen Museum, wo sie den Krieg heil überstanden hatte, und begannen von Neuem mit Forschung und Flugbetrieb.

Quellenverzeichnis

Berno Bahro, Jutta Braun, Berlin 36, Das Buch zum Film, vbb Verlag für Berlin Brandenburg, Berlin 2009

Joseph Baratz, Siedler am Jordan, Vandenhoeck & Ruprecht, Göttingen 1954

Gretel Bergmann, »Ich war die große jüdische Hoffnung«. Erinnerungen einer außergewöhnlichen Sportlerin, G. Braun, Karlsruhe 2003

Christian Feldmann, Die Wahrheit muß gesagt werden. Rupert Mayer – Leben im Widerstand, Herder, Freiburg im Breisgau 1987

Gerhard Grabsdorf, Hg., München 1930–1960 Ein Spaziergang durch Stadt und Zeit, Fotografien von Herbert Wendling, Volk Verlag, München 2020

Helmut Krüger, Der halbe Stern. Leben als deutsch-jüdischer »Mischling« im Dritten Reich, Metropol, Berlin 1993

David Clay Large, Hitlers München. Aufstieg und Fall der Hauptstadt der Bewegung, C.H. Beck, München 1998

Saskia Müller, Benjamin Ortmeyer, Die ideologische Ausrichtung der Lehrkräfte 1933–1945, Beltz, Weinheim 2017

Cornelia Oelwein, Zwischen Goldach und Seebach. Die Geschichte des Goldachhofs und der Mooskultivierung in Ismaning, Franz Schiermeier Verlag, Ismaning 2013

Beatrix Ost, Als wär's ein Teil von mir. Eine Kindheit zwischen Krieg und Frieden, Weltbild Verlag, Augsburg 2004

Nicole Petrick-Felber, Kriegswichtiger Genuss. Tabak und Kaffee im »Dritten Reich«, Wallstein, Göttingen 2015

Lisa Tetzner, Hans Urian oder Die Geschichte einer Weltreise, Weiß, Berlin 1949